JN116389

ナクツァン
あるチベット人少年の
真実の物語
ནགས་ཚང་ཞི་ལུའི་སྐྱིད་སྡུག

原題　「ナクツァン少年の喜びと悲しみ」

ナクツァン　目次

ナクツァン

第1章　人が経験する喜び、悲しみ、苦しみ

――前世の業の結果

第1節

誰でも故郷については、大きな愛情を抱く。二人の男が出会うと、「君の故郷はどこだい？」と、たいてい最初に尋ねるものだ。私の心にも、幼いころから故郷という言葉を聞くだけで、いいようのない大きな愛情が湧いた。そして、自分の故郷のあり様について詳しく説明して、その土地の美しいことや水のおいしいこと、草や木や花の多いことや馬やヤクや羊の多いことなど、故郷の素晴らしさについてほめたたえてきた。私や私と同年代の者ならば、故郷の素晴らしさについて語らぬ者はないだろう。

それ程素晴らしい故郷ならば、故郷を離れて異郷で暮らしたいと思う者はいないはずである。しかし、私の周辺にいる者の大部分は、自分の愛する故郷から離れて、異郷をさすらう者ばかりである。考えてみれば、たとえ自分の故郷を離れたくなくても、どうしようもなかった点において彼らと私は同じである。それでも、たとえ遠く離れた土地に来ていても、自分の故郷を忘れることはできない。逆に、自分の土地に住み続けている者達は、かえってその土地の素晴らしさや、故郷にいられることの有難さに思いが至ることはないのかもしれない。

しかしさらに深く考えてみると、故郷という言葉の意味はよく分からなくなる。故郷というこの言葉（チベット語では「父・国」という意味になる）は、自分の父の土地あるいは村（デワ）を指すのであろうか、あるいは自分の生まれた場所、つまり母が出産した土地を指すのであろうか。いずれにせよ、人に会えば人に、犬に会えば犬に向かって故郷の話をし、自慢するものである。

私の友人の僧侶が、「故郷の水を飲むことさえできさえすれば、食べる物といえば麦焦（ツァンパ）[※1]がしすらなくとも、心は満ち足り、腹も満ち足りる。遠く異郷にあると、肉を食べても腹が満ち足りるだけで、心は満ち足りることがない」といったことがある。子供達がいつも「私の故郷はどこどこだ。金持ちはいなくても楽しい所」と歌っていたように、そこでは全ての人の心はひとつであった。私もまた故郷にいた時は、故郷のすばらしさと、故郷が私を育ててくれた恩に思いが至ることはなかった。異郷にあってこそ、はじめて故郷に懐かしさを感じる。

幼い頃、父[※2]は私達を連れて色々な場所を放浪した。その時父がいつも私達兄弟二人に語っていたのは「二歳の子供であっても、そしてたとえどこへ行こうとも、自分の故郷とその言葉は忘れることができないものだ」ということであった。その言葉は今も私の耳に鮮明に響いている。故郷から遠く離れてどこへ行こうとも、たとえ故郷の風景を覚えていないと思っていても、故郷の土地や、自分が幼い時に行ったことのある土地は、いつまでも忘れることはないものだ。

やはり私が幼い時、トン・ニャムツォ[※3]のある老人は私に、「坊や。犬と乞食には故郷がない。どこでもお腹の膨れる所が故郷なのだ」といったことがある。その言葉は、今日いわれたかのようにはっきりと覚えている。しかし子供の頃、自分達兄弟は二人して孤児となり、乞食や犬のような境遇であることは分かっていたが、それでも故郷がないなどとは思ったことがない。その頃、昼間は故郷を思い、夜は夢で故郷を想った。苦しい時であっても、「たとえどんな目に会おうとも、何とか生き抜こう。必ず故郷へ戻るのだ」という思いは揺らぐことはなかった。

「男子は異郷で一人前になる」といわれるが、悪しき業を積みさえしなければ、胸を張って、懐かしい人々に再会することができる日が必ず来るだろう。その時、時の流れの中で、親戚は少なくなっていたとしても、マデ・チュカマの土地、水、山、谷と、聖山ウルギャン・ペンシの有様などは以前と同じだろう。実際の所、私の故郷には直接の家族はもう誰もいないが、叔父や叔母など近い親戚はたくさんいる。たとえ私一人ごときが故郷にいなくても、問題は全くない。しかし、私は常に故郷と故郷の親戚や、幼いころの遊び友達や、ナブセン[※4]という名の仔牛や、ギャル[※5]という名の老犬などを思い出す。特に、故郷の土地と河と山については、何処へ行こうとも、また何年経とうとも忘れることはない。だから、私は幼いころから「生きている限りは、いつかは故郷のラデ・カルオ[※6]に戻るのだ」と決心していた。

私が最初、チュマルレプ[※7]のラツァン村の学校に入った時、ゴロク[※8]出身のツェラン・ドルジェ先生に「君はゴロク出身かい。本当の故郷は何処なんだ?」と尋ねられた。「僕の故郷はマデのチュカマ[※9]です」と答えると、「おお、そこなら知っている。ングラ・ラデ[※10]だな。チュカマならよく知っている。小さい時に行ったこともある。土地は美しく、村(デワ)は堅固で、男たちは荒々しい所だな」とおっしゃった。私はその時はまだ幼かったが、話の中で私の故郷をこのように褒めてもらったことが何とも嬉しかった。

君の故郷は何処だと問われれば、私の本当の故郷はチベットの東部、聖山アニェマチェン・ポムラ[※11]の南側、高山シャル・ドゥン・リの麓、マチュ(黄河)の十八屈曲部の最初にあたる、マデ・チュカのチュカマという村であると答える。

第2節

誇張ではなく、マデ・チュカマの土地については、山や谷、平地のどこでも草と水が豊かであり、樹木や花が多くある土地であるばかりでなく、福徳を備えた土地でもある。山の頂には、鹿やレイヨウ（ゴワ）、雪鹿などが住んでおり、マチュの岸辺の森や杜松（ねず）の林には、熊や狼、狐などがたくさんいる。毎年の気候は温和であり、十分な雨が降るので、草や樹木の生育はとても良い[※12]。さらにマチュの流域には、キジ、カササギなどの多くの種類の鳥が住んでいる。域内の高地全体には、広大な牧地に草が豊かに生え、家畜が健やかに育っていた。

私が幼い頃には、よくショツェ叔父が他の人と議論しているのを聞いたものだ。彼は、「子供達よ、俺達のマデ・チュカマは、天下無双の土地だ。長大なマチュの、最初の屈曲部。山と、高原、谷のどこでも、草と水が豊かであり、馬やヤク、羊の放牧に適した土地。牝ヤク（ディ）、ゾモの乳が満ちる土地。馬を走らせるのに良い土地。男たちがたくましく、荒々しい所。美しい娘が生まれる所。清らかな教えの広まる土地。首長やアラク[※13]が高貴である所。人々の力と財力が高まる場所」などと、いつも自慢していたものだ。「良い男の口には話があり、良い女の手には食べ物がある」という言葉のように、誰が聞いても（こういったお国自慢は）嫌味がないものだ。

マデ・チュカマは、快適な土地というだけでなく、毎年の春夏秋冬の気候の変化につれて水が凍り、また溶けることや、草や花が育つなどの変化は、時節に従って非常にはっきりしている。この地に住む年長者達は、年ごとの四季の季節の変化の徴（しるし）をこの様にいう。

「酉の月（チベット暦一月）は（氷が溶けて）水黒く、道も黒い。戌の月はウォト（草原の中の瘤上の隆起）に草が生えだす。亥の月は山が灰色で、地は青い。子の月は山が青く、平地も青い。丑の月は草が震え、水は荒れる。寅の月は（花で）色とりどり。卯の月は大麦が稔る。辰の月は風が木の葉を運ぶ。巳の月は家畜の尾に氷が付く。午の年は川べりが凍る。未の月は口がしもやけとなり鼻が痛む。申の月は（寒さのあまり）土が砕け、岩も砕ける」

このように、毎年の十二か月の気候の変化について、月ごとにはっきりとその特徴を説明する。マデ・チュカマには七百軒の家があるとされるが、マチュの両岸やギュチュの向こう側とこちら側の山々、山裾には、遊牧部落（ルコル）※14が展開しており、それらはゴツァやコチェン、ワルシ、ギュラクなどの集落に別れていた。※15またタシ・チューリン僧院（ゴンパ）※16では五百人の僧侶が修行している。その背後にはグダとユダという聖山があり、前にはウルギャン・ペンシという聖山がある。村と僧院が揃っていて、仏法と徳が広まっており、男女、老若の区別なく人々は親切で温和であり、思慮深く、徳義心があり、名誉を重んじる。この地は豊かで、全ての人に衣食が満ち足りており、その快適さでは世に抜きんでており、そこで暮らす喜びは、三界に稀な程である。それが、マデ・チュカマの地である。

私の気持ちとしては、自分の前生で積んだ業により、あるいはアラクと三宝のお慈悲によって、このようなすばらしい土地に生まれたことを非常に嬉しく思っている。しかし、考えてみると悲しくなるのは、私は十歳から、この神の国のような土地を離れて、遠い異郷を放浪し、現在、すでに五十歳を過ぎてしまったことである。故郷を離れてから現在に至るまで、心は故郷を離れることなく、夢にさえ見るほどである。

故郷を離れて二十年ほど経ったあとで、多くの困難に出会いながら何とか生き抜いて、忘れじの故郷、マデ・チュカマに行ったことがある。その土地と川と山を目で実際に見ると、幼い頃の記憶の通り、美しく、気持ちの良い土地であった。上手を眺めれば、グダやドルジェ・ユダのような故郷の神、土地神達の座す山々が聳(そび)え、下手を眺めれば、ウルギャン・ペンシの山、右にはギャチュ、左にはマチュが流れ、前にはタシ・チューリンなどの気持ちの良い土地が広がっている。今や、本当に私は故郷に帰ってきたのだ。何という喜びであろうか。私の長年に及ぶ望みが実現したのだ。

故郷の親戚もまた喜んでくれた。ノルタ叔父は「ああ、良かった！　お前達兄弟二人は、幼い頃から故郷を離れてしまった。この地には故郷の神、地主神の加護がある。その神のいない場所で死んでしまっては……」といい、それからタムコ叔母は、「おや、何とまあ。死んでしまっては会うこともできなかった。生きているうちにお前達に会うことができるとは思わなかった。お前達二人の、故郷に戻りたいという思いが強かったから、生き抜くことができたのだろう。もう、他所へ行ってはいけないよ。ここを離れることは許さない」など、喜んだり悲しんだり、多くのことを話した。私も、年寄り達のいうことは正しいと思った。しかし、本当に故郷へ戻って来たのに、最早そこには私のすることはなかった。

短い時間を過ごした後で、再び故郷を離れることになった。その時は以前とは違って、心穏やかに旅立つことができた。泣いたり叫んだりする愁嘆場にならないように、わざと出発を告げなかったタムコ叔母を除いて、全ての親戚とにこやかに挨拶を交わした。故郷よ。私の愛する故郷よ。私は幼い頃、望まないままにそこから引き離されてしまった。変化の中で、運命のまま、自分の想いとは別にあちこち放浪することになったが、輪廻のうちにある限り、いつかは故郷に戻ろうと考えていた。そしていつか移動の自由を得るまで、異郷の地に居を定めまいと決心していた。

私はこのすばらしい故郷にいることができなかったので、異郷で死なねばならないことを運命と考えている。いつか異郷において命が終わったとしても、故郷の土地神やラマ、僧達のお力で、私の、蜂が飛ぶように落ち着きのない魂を支えてくださいますように。

第3節

この宇宙開闢（かいびゃく）以来、生命の種類が何百万ある中で、人という生き物は最も不思議な、説明しがたい存在である。考えてみると、人として生まれることは非常に難しいことである。一掴みの豆を壁土の中に混ぜると、二度と集めることはできないという喩（たとえ）の通り、何千万もの魂の変遷の中で、人間の身体を得ることは二度とはない程、難事中の難事であるといわれる。しかし今生きている人間にとっては、そのように考えることは難しく、人間は毎日何十万も生まれるので、自分が人間の身体を得たことさえ、いとも簡単な、大したことのないことのように思えてしまう。

そもそも、その人の生まれた場所がどこであるのか、その生まれた家がどんな状態であるのか、漢人、チベット人、モンゴル人のいずれであるのか、男と女のどちらであるのか、生まれた順番はどうなのか、五体満足であるかどうか、長命であるか短命であるか、幸福な人生を送るかなどについて、自分では選ぶ自由のないままに、母の体から生まれて、人の身体を得る。

私も勿論同様であった。私は小さいころ、父やリドゥン叔母、タムコ叔母達に対して「僕はどうやって生まれたの？　僕のお母さんは誰？」と、何回も何回も尋ねた。しかし、彼らの内の誰も説明してくれなかった。だから私も繰り返して同じことを質問した。ある日、タムコ叔母に尋ねると、彼女は「またお母さんのこと！　この子は馬鹿じゃなかろうか。いつも同じことを聞いて！」といった。その時ノルタ叔父は、「それも母親がいないからだろう。本当に知りたいのだろうが、でもそれはいつか分かることだ。まだ小さいうちは、理解できないだろう」「母親について説明するためには、多くの亡くなった人の名を口にする必要があるから難しいのだ[※17]」といった。

二人のいうことを聞くと、昔の話をすることは、亡くなった多くの人の名を出さねばならないので難しいことになる。しかし、その日から何日かした夜、寝る頃になって、タムコ叔母が真言（マニ）を唱えながら、私が生まれた頃の長い話を最初から最後まですべて話してくれた。

はるか昔の話。マデ・チュカマとマロン・メツァンの二つの間に争いが発生しない以前は[※18]、チュカマの元々の地は、青いマチュ（黄河最上流域）の右岸にあった。マデ・チュカマの広大な草原では、寅の月と卯の月（チベット暦六月、七月）には、あらゆる場所で様々な花が咲き、色彩があふれた。さらに、タシ・チューリン僧院の中では、学堂の集会における読経の声や、太鼓とラクドゥン[※19]の大音響が響き渡り、かぐわしい香（サン[※20]）の匂いが漂い、老若男女を問わず、数珠をもち、礼拝し、右遶する様子がどこからも見えた。マデ・チュカマは仏法が深く浸透している土地であった。周辺の山や平原の中にある山の頂では、若者達が馬や羊を放牧し、ヤクを追う声と（家畜の群を制御するために投げられる）石礫が（角に）

当たる音が響く。マデ・チュカマはこのように豊かな土地であった。

また下手の三つの部落の中を見れば、家の内外で女性達が忙しく立ち働き、牝ヤクやゾモがあちこちで啼き、桶は乳で満たされた。女性達ははしゃぎながら乳しぼりの歌を歌い、あたりには家族の笑い声が響いていた。高僧は尊敬され、領民は心に裏表なく、どこを眺めても、このマデ・チュカマは本当にすばらしい土地であった。

ある年、秋の営地の、ゴツァ村の遊牧部落がキノコのように固まって暮らしている場所の上部の、山の斜面にひとつの家族が暮らしていた。そこには、サイコロのような方形の黒いテント[※21]が張られていた。テントの裏側では、風がバタバタと祈祷旗（タルチョ）をはためかせ、入り口の両側には、黒褐色の四つ目（目の上に白い斑のある）で、虎か豹のように大きな犬が二頭繋がれていた。客が来ると後ろ足で立ち上がり、綱を引っ張るので、綱を結びつけてある杭は左右、上下に動いた。それを見て、豪胆な男でさえもびっくりし、臆病な者は震えあがった。その犬達には部落の全ての者が用心しなければならなかった。

馬とヤクと羊は、夕食を食べ終わったあとに家畜囲いに入れた。牡馬は綱に金具で繋ぎ、牝馬は前足を繋ぐ。牛用の綱には牝ヤクとヤク、ゾ、ゾモ[※22]を繋ぐ。囲いの端では羊が眠る。その家の事情を知らなくとも、見ただけで、この家族が豊かであることが分かった。

あたりの家族の中で、この家族は、マデ・チュカマのナクツァン・タムコもしくはナクツァン・タムメ・ドンロ[※23]（鈷のナクツァン・タムメ）という名で知られていた。そこに、常にテントの内外で働いていて、客が来ると、にこやかに迎えてくれる女がいた。頭には珊瑚の飾りを身に付けた、この美しい女は、この部落の豊かな家族であるワルシー・メシュル・ワチェンツァンの四人姉妹の末娘であるツェリン・キである。彼女は、ナクタムツァンの長男であるナクツァン・ダドゥル、通称ナクツァン・ドゥルコの妻であった。村の中の評判によれば、ツェリン・キがナクツァン家に来てから、ナクツァン家の運が上向きになり、家畜が増え、財、衣服、食べ物が豊かになったので、彼女はメシュルツァンから来た幸運の星ではないかといわれていた。

彼女がナクツァン家に来てから、ナクツァン・ドゥルコとの間に、男の子が一人生まれていた。アラク・ダー・ゴンパツァンは、その子の名前をジャムヤン・ウェマと名付けた。当時、この子は四歳であった。

第4節

その年のチベット暦[※24]八月の十四日の夜は、雨と濃い霧のため、伸ばした手の指先さえ見えないほどであった。雨は段々と強くなり、稲光があちこちで光り、その白い閃光によって、ナクツァン家のテントの後ろに立てた祈祷旗が風と雨とによってばたばたとはためく様子や、周りにいる馬やヤク、静かに寝ている羊の様子が見て取れた。テントの中の仏壇の上では、一対の燈明(とうみょう)が風で揺れていた。その炎は、台所で煙を出して燃えている火のように、竈(かま)[※25]の上の鍋を照らした。ゴドン(竈の両側に設けられた、熾火を拡げておくための窪み)の中の赤々と輝く熾火の上には、小さな薬缶がかかっている。竈の前で、髪の白くなった祖母が、手には数珠をもち、「三宝のご加護を。グンタン・ジャペヤン[※26]のご加護を。母子をお守りください。命をお救いくださいますように……」など、咳をしながらつぶやいていた。

夜更けになっても、相変わらず風雨は強く、雷は一層頻繁になった。雷の落ちる音と共に、稲妻が辺りを照らし、家のドオ（テントの内側に並べられた食料や道具を収めた袋の列）と、竈、食器、寝ている家族の全員をはっきりと見ることができた。突然、稲妻が光るや、同時に雷鳴が轟然ととどろき、テントを揺るがせた。足元では地面が揺れ、テントの中には焦げた臭いが満ちた。牝ヤクの親子、羊、馬たちが啼き騒ぎ、そこへ番犬の吠える声が加わった。

その時、竈の傍に座った祖母は、恐怖に駆られて大声で「ああ、文殊菩薩よ、お助けください。こんな夜は今まで聞いたこともありません」と叫んだ。それに対し、テントの下手で寝ていた祖父のナクツァン・タムメが「大騒ぎするんじゃない！　今晩死ぬわけじゃない。それより嫁がどんな具合か見てきてくれ」といった。祖母は、「陣痛が続いているだろう。でも段々と軽くなるはずさ。どうなるかは分からないよ。生まれるのか生まれないのか、死ぬか生きるかなんてことはね」と答え、それに対して祖父は「馬鹿なことをいうんじゃない。生まれるに決まっているし、死ぬはずはない」と返した。祖父はまた、「息子よ。お前は、起きて入口から見にいってくれ。羊が逃げ出したようだ」といった。

少しして、「はい、父さん」という声がして、テントの上手から長い黒髪の男が、上半身は裸のままで、長い槍を持って戸口から出ていった。その時、寝ていた女が「ああ、お母さん、ここに来て！」と叫ぶと、祖母は「ああ、娘よ。いい子だから我慢しなさい。もっと頑張れば、生まれてくるからね。三宝のご加護を。グンタン・ジャペヤンのご加護を……」といった。雨が激しく降り、稲妻が光り、雷鳴が轟く中で、再びテントの裏に雷が落ち、テントの中には煙が立ちこめた。焦げた匂いが立ちこめる中、タムメが頭を上げて、「こんなひどい天気は聞いたこともない」といった。その時、テントの下手で寝ていた女性の方向から「あーあー」と細い泣き声が聞こえた。祖母は大声で「アラク三宝のご加護を！　生まれたんだね！」と叫んだ。祖父も喜んで、「ああ、よかった。こんな雷の夜に生まれるなんて！　さあ、俺も起きるとしよう」といった。祖母は「起きて何をするんだ。アラク三宝のお慈悲のお陰だよ。ナクツァン家にまた男の子が生まれたんだよ。なんてめでたい。また男の子だよ[※27]」といった。

「それは良い。俺は昨夜夢を見たんだ。それによれば男の子が生まれるということだった」

「法螺（ほら）はおよし。本当は、そんな夢は見ていないんだろう」

「夢を見たのは本当だ。ドゥルコはどこへ行った？　今日は十五日だ。もうすぐ夜明けだ。さあ早く香を焚こう」このように、家族に多くの喜びの声が上がった。

翌朝、空は晴れ上がった。ナクツァン家のテントの背後に設けられた台で、香が盛大に焚かれた。テントでは「あーあーわーわー」と小さな泣き声がし、家族の笑い声も聞こえた。戸外では、家畜を繋ぐ手伝いのため近くに来た老人達が、互いに「めでたいことだ。ナクツァン家にはまた男の子が生まれたんだな」といいあった。

このように私は、チベット暦の第十六ラプジュン戊子（つちのえね）の年（一九四八年）、八月十五日の明け方、風雨と雷鳴の中で、ナクツァン・ダドゥルを父とし、メシュル・ツェリン・キを母として、娑婆世界に生まれ出たのであった。
祖父の夢見が良かったのか、祖母の祈願が良かったのか、そうでなければ、両親が前世に積んだ業の福徳ゆえか、いずれにせよ、男として生まれた私は、家族の者から下にも置かれぬ宝物のような扱いを受けた。

私の識が人の体を得ない前、バルド（中有、中陰）の暗闇の中にある時は、[※28]いつ生まれることができるのかは誰にも分からなかった。しかしその日、実際に光にあふれた娑婆世界に生まれた。今や、得難い人間の身体を得たのだ。私の祖母と祖父、両親は手には数珠をもち、口にはマニ[※29]を唱えていた。私がチベットという仏教を奉じる国に生まれただけではなく、仏法を奉じ、因果の法を守り、道徳の存在する時代に出会ったことはアラク三宝のお陰であり、また自分が前世で積み上げた業の善果なのであろう。その日から、この身体を得て、娑婆世界での私の人生が始まった。

私について、両親と親戚はいつも、「この子は誰の識（転生）だろう？」「この子の前世は誰だろう？」等、答えようのない話をしていた。しかし、私には分かるはずもなく、ましてや、どこから生まれてきたのか、誰の転生なのか等については考えることすらしなかった。子供のころから心に浮かぶことは、この世に生まれてから目で見たものであり、どれだけの長寿を得るかは分からないが、人生を終え、目を閉じ、微細な虫のようなこの識がバルドを彷徨うその時までは、運不運、幸不幸いずれであれ、この世で生きてゆかねばならないということである。人生の長短、業の良し悪し、貧富、地位の上下など、つまりは人生における喜びや悲しみなどは、レイヨウの角（ゴワ）の節のようなものである。私が一歩一歩歩いてゆく間に、どんな喜びや悲しみがあるのかは誰にも分かるはずはない。父がいつも、「業というものには偏りがない。どのような喜びや悲しみが生じるかは、自分の額に描かれている」といっていたのは真実であるが。

私が幼い頃、「オムマニペメフム」という六文字の真言を唱えることを覚えてから、繰り返し心で祈願していたのは、「三宝に帰依（きえ）します。濁世（じょくせ）のこの悪しき時代、頼る所も守ってくれる人もいない僕に、輪廻の苦しみの海の中を進む道をお示しください。無常の炎のようなこの人生が、冷たい風によって吹き消されてしまわないよう、お守りください」ということであった。

第5節

おとといの夜、タムコ叔母は私が生まれた時の長い話をしてくれて、それから私は眠った。今夜眠る時も、彼女は私に「また夜に話をしてあげよう。お前が生まれてからの話がたくさんあるからね」といった。そしてそれから私はおとといの夜のように、タムコ叔母の膝に頭を載せて、じっと話を聞いた。

私の生まれた八月十五日、夜明けになって、ナクツァン家の家族全員の顔に笑顔が満ちた。ある者は香を焚いて祈りを捧げ、ある者は燈明をあげた。女達は茶を作って、おいしい肉を煮た。家族に笑い声の絶えることはなかった。その時、テントの内外に、聞こえないほどの小さな声で「ああわわ」と小さなネズミが啼くような声が響いていたが、それは私であった。

私が生まれたその日の朝、タムコ叔母が家にやって来た。ナクツァン家にまた男の子が生まれたことを聞いて、タムコ叔母が兄の手を引いて、ナクツァン家の家畜囲いまで来た時、私の母のメシュル・ツェリン・キが番犬を抑えに来たので、叔母は「おやおや。あんた、気違いじゃないの。子供を生んだその日から起き上がるなんて今まで聞いたことがないよ。体は大丈夫なのかい?」と叫んだ。母は「あら叔母さん。大丈夫ですよ」と答えて、テントへ迎え入れた。祖母は私を抱いて、「この子は何をしても泣き止まないよ。朝からずっと泣いている」といって、母の手に私を渡した。私は、母の乳房に吸い付いてから、やっと泣き止んで乳を吸い始めた。

祖父のタムメは、「お前達がおしゃべりを始めると、きりがないのはどういうことだ。急いで僧院に行って、アラクの御前でお願いしよう。子供に名前を付けてもらわねば」といった。しかし、私は相変わらず泣いていて、母が色々とあやしても泣きやまないので、「この子はどうしてこんなに泣くのだろう。こんなに泣く子がいるかしら?」というと、祖父は「僧院に行ったら、アラクに尋ねてみてくれ。可哀想に、昨晩雷雨のなかで生まれたせいかもしれない」といった。私は相変わらず泣いており、何をしても泣きやまなかった。その時、兄が「お母さん、赤ちゃんを渡して。僕が抱いてみる」といった。母は、「無理よ。赤ちゃんが死んじゃう」と答えた。兄は再び「赤ちゃんを渡して。大丈夫だよ」といった。そこで祖父が「それではお前が赤ん坊を支えて抱かせておやり」といい、祖母は兄に、「地面に座りなさい。手から落とすと大変だからね」といった。

そこで私は兄に抱かれることとなった。兄は「いい子、いい子、泣きやめば兄さんが抱いてあげるから。泣くのをおやめ」と私に話しかけて、しばらくしてから私は泣きやんだ。母は驚いて「なんてことかしら、泣きやんだわ。私達が何をしても駄目だったのに」といった。祖父は、「不思議はないさ。子供は子供を好きなものだ。この二人の兄弟は、一緒にいれば泣くことはないだろう」といった。

その時、祖母が「じゃあ、私達は僧院に行こう。タムコは上の子を連れて行っておくれ。アラクにさしあげるバターとヨーグルト（ショ）をもってね」といい、それから母に向かって「お前は家にいて、ゆっくりしていなさい。この子は私が抱いていこう」といった。そこで私は祖母の懐に抱かれ、皆は歩いて僧院へ行った。前夜の激しい雨のせいで、草原は全て水で洗われたようになっていた。一面霧がかかってぼんやりしている所に太陽が照り始めたので、様々な花が開いて、甘い香りが漂っていた。僧院までは遠くはなかったが、前夜の雨のせいで道はぬかるみ、草は濡れていて、歩くのは大変であった。そこでタムコ叔母は、「母さん、子供を抱くのを代わろうか？　大丈夫？」と聞いた。祖母は「勿論大丈夫だよ。泣くなら泣けばいいさ。さあ早く行こう。文殊菩薩様」といいながら、歩き続けた。

僧院の近くに来たとき見上げると、チュールン・バルマの日当たりのよい盆地の中で、マデ・チュカマのタシ・チューリン僧院の集会堂と仏殿の屋根の金の荘厳（ラカン）が、太陽の光によって輝いており、僧院の中では香が焚かれ、良い香りが漂っていた。僧侶達の読経の声と太鼓の音が響き、見るものは快く、信心が自ずから生じるような清浄な場所であった。

私達がそこへ着いた時、私の母が急いでやって来た。タムコ叔母が、「これはどうしたことか。あんた気違いじゃないのか？　今日は起き上がることができても、動いてはいけないのに。吐いたりすると良くないよ」といったのに対し、祖母は、「まあいいじゃないか。私達が若い時には、子供を生んだ次の日には牝ヤクの乳を搾り、家事をしたものだ。それでも何ともなかったさ。そんなもんだよ。ここで一服しよう。あんたこの子に乳をやっておくれ。それからゆっくりお堂を巡ろう。今日はアラクがいらっしゃると聞いたよ。ゆっくり行っても大丈夫だ」といった。母は乳をのませた後で、祖母の手に私を委ねた。

最初に僧院の外側を一周した後で、仏殿や学堂、集会堂などにお参りをし、アラク・タクリン・ティワツァンのお住まいを訪れた。大きな門を入ると、ひとりの僧が、「あなた達は、食堂へ行ってお茶でも飲んでいてください。少ししたらアラクがお会いになります」といった。それで一行が食堂へ行くと、コチェン、ギュラク、タアワから三人の子供が来ていた。彼らは全て前夜もしくはその日の早朝に生まれた子で、アラクの祝福を受けるために来たとのことであった。しばらくして、来た順番にアラクに一人ずつお会いすることとなった。バター、肉、ヨーグルト、お金などを捧げ、それを世話役の僧が運んで行った。

第6節

アラクは、寝台の上で袈裟を腰までまとい、袖なし上着のみを着ていた。そして「お前達は、どうしてこんなにたくさんの供物をもってきたのだ。そんな必要はないのに。まあ座りなさい。こちらに来るがよい」とおっしゃった。

その日は多くの子供が来たので「おやおや。今日はなんという日だろう。一日でこんなに多くの子供が生まれるなんて。こんな日はかつてなかったくらいだ」といわれ、そして、家族それぞれの状態と、両親の名前などについて詳しくお尋ねになった。その間、私はどうしても泣きやまなかったので、アラクは「乳をのめば、泣きやむだろう」とおっしゃった。母は私に乳を飲ませたのは勿論、抱き上げてあちこちへ連れてゆき、揺すってみるなどしたが、いっこうに泣きやまなかった。アラクは「もうこちらへ来なさい。何か訳があって泣いているのだろう」といわれた。祖母は、「アラク。昨晩私達のテントのあたりではひどい嵐でした。この子は雷雨の中で生まれたからではないですか?」と尋ねたが、アラクは、「それは大したことではないだろう。子供の中でもよく泣く者もいるが、このような泣き虫は珍しい」と答えられた。

それからアラクは、そこに来た全ての者に灌頂(かんじょう)を施し、祈祷などをされ、各家族がなすべき事柄について助言された。しばらくして、アラクはタアワから来た女の子にはチューキという名を与え、ギュラクから来た男の子にはゴンポ・ドルジェという名を与え、コチェンから来た女の子にはシクチェという名を与えられた。それから私をしげしげと見て、「ややや。この泣き虫は変わっている。可哀想に、これは誰の識であろう」といわれ、ゴンポ・タシという名前を与えた。そして「この名前が適当かどうかは分からないが、当面は大丈夫であろう」とおっしゃった。

さらにアラクは、「この四人の子供は哀れだ。今日は『王者の星』にあたっている。王侯や貴族の家に生まれたならばそれでも構わない。しかし、庶民の家ならば、生まれてきた子の人生には多くの困難があるだろう。その困難を避けるためには、小さいうちから故郷を離れ、長い巡礼をした方が良い。あるいは、年齢がひとまわりしないうちに出家すれば、生命の危険や困難を回避することができるだろうが、そうでなければ十三歳の日を迎えるのは難しかろう」といわれた。

それを聞いた両親達は、涙ながらに「アラク、あなた様に帰依します。どうかお見捨てにならないでください」といい、礼拝を繰り返した。アラクも「ああ、お前達は仏法に一層深く帰依するがよい。私も護法尊、守護尊に子供達を守ってくれるよう祈願しよう。少しは効果があるかもしれない」といわれた。

私の母は、後ろからアラクの前に出て、「アラク、この子が泣きやむ方法を教えてください」と頼んだ。アラクは、私の顔をしげしげと見て「なんと可哀想に。この子が特によく泣くのは、苦難の海に出生したことを悲しんでいるからだ。悲しみの心が途切れないのだ。子供は、小さいうちから運命を覚っている。しかし大きくなるにつれて、最初知っていたことを徐々に忘れてゆき、泣かなくなる。赤子はこの世の困難を知っており、それを怖れるから泣くのだ。この世で経験しなければならない困難が大きいほど、泣く時間は長くなる。だから、この子の人生は特に困難なものになるであろう。お前達に時間があれば、ラブラン僧院[※30]へ巡礼に行き、グンタン・ジャペヤンに帰依するのが良いであろう。私達の僧院は小さく、僧侶の位も低い。多くのことはしてやれないからね」とおっしゃった。

祖母とタムコ叔母は、「アラク、あなた様が救えない者はありません。タシ・チューリン僧院の四百人の僧とあなた様が、私達の子供の命を救ってくださることをお忘れにならないよう、お願いします」などと涙と鼻水で顔をぐしゃぐしゃにしながら頼み込んだ。

それからアラクは、二人の男の子には赤色の、二人の女の子には緑色の吉祥の護符[※31]を与え、そして、「お前達は、気に病むことはない。私のような者が、命の長短を決めたり、人それぞれの運命として生じる災難を止めることはできない。これから僧院の僧侶全員とラマによって、救いがもたらされるよう祈願しよう」といわれたので、皆は少々気が楽になった。

面会の時間が過ぎて、夕方、日の沈む頃に自分達の家へ帰りついた。その日は長く泣きすぎたせいか、あるいは遠出したせいで、家に戻った後、少々乳を飲んだ後で、私は泣くこともなく眠ってしまった。

祖母は、その日僧院でアラクが語ったことを家族全員に詳しく話した。そして泣きながら、「前世で経験した苦しみを思い出して泣いているならばまだ良いが、この世で受けるであろう苦しみを覚って泣いているのならば大変だ。可哀想に」といった。家族もまた打ちひしがれた。しかし祖父のナクタムは、「何、心配することはない。前世の苦しみならば、それはもう済んでしまったことだ。この世の苦しみならば、それは別に驚くことではない。人に普通に起こる悪いことよりも、さらに悪いことは起らないだろう。この子が大きくなったなら、出家させればよいのだ」と、家族の気持ちを軽くするために多くのことを語った。

第7節

私は相変わらず泣き続けていたので、父は私を抱えてテントの内外を歩いたものの、一向に泣きやむことはなかった。父が「なんてことだ。こんなことは聞いたことがない！」と嘆くと、母は「そんな大きな声を出さないでちょうだい。赤ちゃんが怯えるでしょ」といった。父は、「この子を泣きやませる方法はあるんだろうか？　毎日こんなに泣くなんて」と答えた。

私は、母の腕に抱かれて、乳を飲む間だけは少し泣きやんだものの、すぐにまた泣き始めるのであった。祖母が「この馬鹿には困ったものだ。全く寝ないみたいだね。明日僧院へ行って、アラクに再び尋ねてみなければいけない」といったのに対して、祖父のナクタムは「行っても無駄であろう。昨日アラクがおっしゃった通りなのだ。『悲しみの涙は途切れることがない』というではないか。どんなつらい運命を覚っているのかは誰にも分からない。それが分かるのは有徳のラマだけだ。悲しみが頭に浮かばなくなるまでは、泣くのを止めるのは難しかろう」と答えた。祖母は「こんなに小さいのに、そんなに悲しむものだろうか？　これから家に何か悪いことが起こるんじゃないだろうか。文殊菩薩様」といった。

母は、私を泣きやませるために、「ジャアコ、ここにおいで。この子を抱いてちょうだい」といって、私を兄のジャペに委ねた。兄が私を抱いて戸口から出てゆき、「泣くんじゃない。兄さんが抱いているから泣くんじゃない」というと、すぐに私は泣きやんだ。それには家族皆が驚いた。両親や祖母、叔母の誰も泣きやませることはできなかったからである。祖母は「なんとまあ。ジャアコの手に預けると泣きやむのはどういうわけだろう」と不思議がった。兄は「みんなが抱く必要はないよ。僕が抱いてあげよう。この子が泣かないように手助けしてあげる」といった。祖父のナクタムは「親が泣きやませることができなければ、ジャアコが親に代わればよいのだ」といった。

それから長い間、両親と叔母などが私を何度も僧院のアラクの元へ連れてゆき、灌頂や祈祷をおこなったものの、相変わらず泣き続けていた。毎日、兄に抱かれている時以外は、昼夜を問わず泣き続けていたので、周りの家族も、ナクツァンの泣き虫を知らぬ者はなかった。ある者は「この子は病気かもしれない」といい、またある者は「こんなに泣くのは不吉だ。この子は何かを知っているのだろう。村や両親に何か災難が起きるのではないだろうか」というなど、皆は様々に噂した。

ある日、我が家のテントにアク・メンリン[※32]という、一人の山の修行者が訪ねてきた。それは私が生まれてから三か月ほど後のことであった。両親や祖母が、私が泣き続けている様子を詳しく説明すると、彼は「アラクは何と説明されたのか?」と尋ねた。祖母が、「アラクは、この子は輪廻の苦しみの海の中に生まれたのを悲しんでおり、それゆえ涙が止まらないのだとおっしゃった」と答えると、その男は「それはあまり関係ないだろう。この子の泣く様子を見ると、この子は今生で多くの困難に出会うだろうが、だからといって泣いているわけではない」といった。そして私を抱えて、耳に向かって多くのことを話したが、家族には「泣くのはやめなさい。どんな苦しみが来ようとも、それは前世の業なのだから……」という以外は何もわからなかった。

不思議なことに、しばらくして私は泣きやんだ。その時男は、「おやや。なんて良い子だ。もう泣くんじゃない。お前達には分からないだろうが、この子と私は前世で繋がりがあったのだ。今日よりこの子は私の孫だ。もう泣きはしないだろう。彼が育ったら僧侶にすべきだ。お前達はもう心配することはない。この子はジャアコに任せれば泣かないだろう。この二人の兄弟は、今生において、長い間離れて暮らすことはないだろう。この二人はナクツァン家の強い男達だ。今生でどのような困難に出会おうとも、立派に戦うだろう。それから最後は幸せになるであろう。それははっきり分かる」などと、家族の喜ぶことをたくさん話した。

「病の時の医者、死ぬ時のラマ」の喩のように、アラク、ラマ達の灌頂によっても、他の僧侶全ての多くの祈願によっても泣くのを止めることはできず、住人達の噂話にさえなっていたものを、その日、一人の山の修行者が泣きやませたのである。ある者はチュー[※33]の経によって魂を落ち着けたのだといい、ある者は密教の呪法を用いたといった。ともあれ、家族全員の眼前で、私が泣きやんだのは事実である。その事については皆が非常に喜ぶべきではあったが、一方、その男が「この子の人生には多くの困難が生じる」といったことに対しては皆が気にしていた。しかし祖父のナクタムは、「とりあえずは何事も起こらないだろう。どのみち人の一生には良いことも悪いこともたくさん起こるものだ。俺達ナクツァン家の、栴檀（せんだん）の幹のような優れた一族の中に、腐ったチュシン（木の一種。質が劣るとされる）のような孫が生まれるはずがない。とにかく良いことであれ、悪いことであれ、その人の運命であって、それを避けることはできない。いずれにせよ自分自身で対処しなければならないのだ。そのことを俺達が今から心配した所で、詮のないことだろう。何の役にも立たない」と語った。皆それはもっともであると感じた。

　後になって、父はいつも私と兄の二人に「お前達二人、あちこち放浪しながら成長すれば、人に頼ることなく自立することができるだろう。子供の時から少々の困難を経験しておくのは良いことだ」といっていたが、その言葉は、決して忘れられない。人生の喜びや悲しみを色々と経験した時、この言葉は私を支える大きな力となったし、また大きな困難に打ち勝つ力にもなった。

この世で、どんな苦しみが待っているかを事前に知ることはできないとはいえ、私がはっきりと知っていたのは、父が私達兄弟に幼い頃より繰り返し語っていたように、自分の身は自分で養うという覚悟をしておかなければ、この世界において生きのびることはできないということである。

第8節

タムコ叔母は、マニ車を回しながら、前のように私が生まれた後の話をしてくれて、それを私は心を集中して細大もらさず聞いた。今や冬が近づいていた。一日おきに晩秋の雨混じりの雪が降り、それも段々と雪が多くなってゆくようであった。寒さも段々と厳しくなっていた。

母は朝晩私を背負って、毎日僧院の周りを巡り、参拝に行った。牝ヤクの乳を搾る時、私は兄の懐に抱かれて、テントの入り口やソグダン（家畜を繋ぐための綱が張り渡された場所）の端にいた。兄は四歳で、頭が大きく、特に目がとても大きかった。幼い時からとても利発で、温和な性格で、近所の誰からも愛されていた。私の故郷では、子供は三歳になると伸びた髪を切ることになっているのだが、兄はその時黒い髪の毛がふさふさとしていた。兄は私を戸口で長い間背負っており、そのため私の顔は日に灼けて黒くなった。両親と祖父は「私の家の子供は色黒で頭が大きいなぁ」といった。

その日も兄は私を背負って、ソグダンの端から、母が牝ヤクの乳を搾る所を見ていた。母は牝ヤクの乳を搾りながら、「ジャーゴちゃん、ソグダンの近くに来ると、家畜に突かれるよ。チョン・ツァム（テント周辺の張り綱が張ってあるあたり）にいなさい」といった。そして「オー、オー、オー、オー、牝ヤクは慈悲深き母。牛乳とヨーグルトを恵んでくれる吉祥の家畜。オー、オー、オー、オー、吉祥の牝ヤク、吉祥の家畜。おめでたい命の守護者……」などと呼びかけて、歌いながら牝ヤクやゾモの乳を搾った。

ある日、母は私を背負って母の実家であるメシュル・パチェンツァンへ行った。家に着いた時、母方の祖母は「私の泣き虫が来たね。さあ、こちらへおいで。大きくなったねぇ。アク・メンダンがいなければ、今も泣いてただろうね」といった。

母は、「アク・メンダンは、この子は自分の孫だとおっしゃった。あの方の孫に生まれたのかな？」といった。祖母が「どんな生まれでも構わない。この子には早く大きくなってほしいね。大きくなって出家すれば良いよ」と話した時、テントの中に色黒で大柄な子供がひとり入ってきた。そして「あっ、ナクツァン家の頭でっかちだな。ちょっと僕に抱かせて」といった。母は、祖母の手から私を取り上げて、「しっかり抱いてね。落とすと大変だから」といって、男の子の手に渡した。この色黒で大柄な子供は、母の兄弟のメシュル・ゴンツェの長男で、名前をラプテンといい、当時五、六歳であった。彼は小さい時から色が少々黒かったので、家族や周りの人々は皆「黒ラプテン」とか「黒ラプ」と呼んだ。

私が生まれてから六か月がたっていた。祖父のナクタムが家に戻って来るたび、ちょっと抱いただけで私が泣くので、祖父は腹をたてて「あれまあ。どういう訳だろう。俺が抱くといつもこうだ。まるでいじめているみたいだ。ジャーゴ、ここへ来い。こんな泣き虫はテントの外へ捨ててしまった方がいい」といった。そこで私を兄の手に任せると、兄は前のように「もう泣くんじゃない。僕達二人は外へ行こう」といい、私を背負って外へ出た。兄の衣に開いた穴からは、私の足が一本外へ出ていた。

私の母は十六歳になってから父と一緒に暮らし始めた。十八歳で兄のジャペを生み、二十二歳で私を生んだ。実家のメシュル・ワチェンツァンには子供が九人いたが、その一番下であった。子供の頃から容姿が美しく、心優しく、良く働いたので周りの多くの家から求婚されたが、どこの家にも嫁がず、家の中で両親を助けて働いていた。

その頃、祖母はいつも「娘よ。もう子供ではないんだよ。おまえが嫁に行くのは悲しいけれど、あとになって、行かず後家になってしまっては恥ずかしい」などと、結婚することを勧めたが、母は、「私の行きたくない家に嫁入りするくらいならば、この家にいられなくても尼になることを許してください」と答えた。それで結婚しないまま何年かが過ぎた。

その頃ナクツァン家は、ワウェンツァンという村の中でホンボ（族長）の一族と争いをし、馬の手配をリンチェンという男に手伝ってもらって村を出て、この地へ来た。村を出る時、マロン・メツァンとも争い、鉄砲を撃ち合った時に祖父のナクタムが負傷したが、チュカマの近くで副族長（ホンチュン）のグルチョク等によって迎え入れられた。ナクタムは長男のダドゥルと次男のノルキャブの二人を連れており、ゴツァ（チュカマの五つの集落のひとつ）に落ち着いた。その時二人は出会い、私の父が母をナクツァン家の嫁にしたのであった。母もまた喜んでナクツァン家に来て、苦楽を共にする夫婦となった。

母がナクツァン家に来た時から一年もすると、ナクツァン家の財産や家畜が大いに増えたので、村の者は皆「メシュルツァンの福娘と一緒になって、ナクツァン家には運が向いてきた」と噂した。それは誰が見ても本当であった。

三、四年もすると、ナクツァン家では馬が三、四十頭、ゾ、ゾモとヤクが百頭、羊が五百頭にもなり、富裕な家の一つになった。ナクツァン家では毎月ラマや僧侶を招いて、香を焚き、仏事を催し、多くの親戚がやって来た。まことに世にいうように「富裕になれば、着ているものは立派に、声は高く響き、住まいには多くの客が訪れ、家長の名声は広まり、女性は美しく、家の守護神は強力に、戸外の犬は猛々しく見えるものだ……」という言葉の通りであった。ナクツァン家の名声は村の内外に広まっていった。近隣の年寄りたちは「ナクツァン家はますます栄えていって、夏の三か月にも口には肉の途切れることがなく、冬の三か月にも家にヨーグルトの途切れることはない。どこへ行こうとも馬に乗り、背中には鉄砲を背負い、家には息子が育つ。この幸福の全てはメサ・ツェリンのお陰だ」といった。もっともなことであり、それは全て真実であった。これらは母のお陰であった。

ナクツァン家の家運は隆盛を迎えた。メシュルツァンの福は、私の母のメサ・ツェリンに転じ、彼女がナクツァン家に嫁入りしたことによって、今度はナクツァン家の人と家畜が増え、段々と栄えていったのだ。

第9節

新年の後、一月のある日、母は父に「この頃気分がよくないの。何かの病気ではないかと、心配で夜中に目が覚めてしまう」といった。父は「多分大したことはないだろう。僧院へ行ったとき、アラクには申し上げたか?」と答えた。母は「申し上げるには申し上げたけど、何もおっしゃらなかったわ。私が死んだら、この子達はまだ小さいから、あなたには苦労をかけることになる」といい、涙を流した。父は「心配するんじゃない。頭痛か腹痛程度のものだろう」といって母の涙をぬぐってやった。

母は、「私は、ラブランへ行って、アラク・グンタンツァンにお会いしようと考えています。そこで二人の男の子の加護をお願いしてみます」といった。父は、「おまえに良い道連れがいなければ行くことはできないし、子供が小さいからといって背負って行くわけにもいかないぞ」と答えた。母は「子供達はタムコ叔母さんが世話してくれるでしょう。急いで行かないと、着くことができないわ」といった。父は繰り返し「しっかりした道連れがいないと行くのは難しいぞ」などといい、この夜は夫婦で遅くまで話し合った。

次の日、母はタムコ叔母の家へ行き、昨晩夫婦で話し合ったことを涙ながらに全て語った。叔母が「あんたはまだ若いのだから、不安に思うことはない。ラブランへ行くことは良いことだよ。子供二人は私が面倒を見てあげるし、心配することはない。少し待てば道連れもできるだろう」というのに対して母は、「道連れについては大丈夫です。でも両親には黙っていってください。分かったら許してもらえないと思うので。今年の冬のモンラム[※34]の時に皆で一緒に行こうというのですが、私にはそれを待っていることができません」と答えた。叔母はあきれて「何てことだ。馬鹿げたことをいう。待っているこどもできないし、両親にいうこともできないなんて。絶対に叱られるよ」といった。

このように、母は叔母とも長い間相談した。しかしその頃、母の胸の内を分かっている者は誰もいなかった。彼女がなぜこれほど不安を感じていたのか、なぜこれほど急いでいたのかは誰にも分からなかった。

四、五日して、母はメシュルツァンの娘一人と、近所の女性一人の三人で、道中の食料を背負って、夜明け前に徒歩でラブラン・タシキルへ巡礼に出発した。

次の日、祖父のナクタムは父に「お前は駄目じゃないか。準備もなしにそのまま徒歩で行かせるなんて。今すぐ馬に食料を背負わせて、後から追いかけて行ったらどうだ」といった。父は「それは無理ですよ。それは余計なことで、あいつらは道連れがいるといって、いうことを聞かないのだから。大丈夫、女性だけだといって危ないことはないでしょう。ラブランに着いたらすぐ戻ってくるといっていましたし」と答えた。

「それじゃお前はあの子の実家に行って説明してくれ」

「それは必要ですか？　あいつの姉が一緒に行くと聞いていますが」

「それは知らなかった。あいつらはこっそりとどこかへ逃げてしまうかもしれんぞ」

次の日、父はメシュルツァンへ行って話をした。彼らはその時まで娘がどこへ行ったかを知らなかった。母の両親は「娘達二人が一緒に行ったなら、大丈夫だろう。もう一人の道連れの娘さんは誰かな。お前は村に戻って、家族が心配していたなら説明してやってくれ。両親も安心するだろう」といった。祖母は「ドゥルコ、幼い子を抱えて大変だろう。ここへ連れてくれれば、私が面倒を見るよ」といったが、父は「息子二人は、タムコに預けているから大丈夫です」と答えて家へ戻って来た。

このように、母はその望み通りにラブランへ出かけ、タムコ叔母とリドゥン叔母の二人がナクツァン家の家事の手伝いをし、兄と私の面倒も見てくれた。兄はいつも「叔母さん、母さんはどこへ行ったの？　もう戻って来る？」と尋ねた。タムコ叔母は「母さんはラブランへ行ったんだよ。明日かあさってには会えるよ」と答えた。

それから半月ほどして、母とその仲間はラブランへ参詣して家に戻って来た。父は「アラク・グンタンにはお会いしたかい？　何とおっしゃった？」と尋ねた。母は「お会いしました。子供達二人をお守りくださいという願いについては、心に留めておくとおっしゃいました。私については何もおっしゃらずに、ただ巡礼が終わったなら早く家に戻りなさいとおっしゃっただけです」と答え、アラク・グンタンからもらった赤い護符を兄と私の首に結び付けた。

夜、家族全員が揃い、母は巡礼の話をたくさんした。祖父のナクタムは「お前は凄い、凄い。お前の望みは達成された。この泣き虫もアラク・グンタンがお守りくだされば何も問題はないだろう」といった。家族全員でおいしい茶を飲み、脂ののった肉を食べた後に、夜更けまで話をした。

次の日もまた、リドゥン叔母やタムコ叔母、メシュルツァンの祖母など多くの親戚が母に会いにやって来た。母は「私達は軽装で行ったので、何も買っては来なかったの」といいながら、皆にラブラン・ゴリ（ラブランの名物とされる円形のパン）と赤い干し棗（なつめ）の実を一掴みずつ配った。リドゥン叔母は、

「私は何も要らないわ。あんたが歩いて巡礼に行ってきたのは凄いわ。私は去年行ったけど、本当に大変だった。運が悪ければ、戻って来ることはできなかったかもしれないのに」といった。タムコ叔母は「何とまあ、ジャアコは役に立つ子だよ。自分のご飯を終えると、いつも弟の面倒を見ていたんだよ」といった。このように、女達が集まると話の途切れることはないものだ。

そこで祖父のナクタムは「おい、うまい肉をみんなにやってくれ。今日は、喉の渇いた鹿が水を見つけた時みたいに肉を食べてくれ。飲んで、食べて、ゆっくりして法螺話をすればよい。時間はたくさんあるからな」といった。母は、「わかりました」といい、肉と腸詰（ギュマ）[※35]などを取って煮た。それから茶を作り、壺の中の乳を各自の椀に注いだ。タムコ叔母はナクタムに「なんてまあ。ナクツァンの財産が惜しくないなら、今日私達で全部食べて、飲んでしまいましょう」といった。祖父は「ナクツァンの財産を惜しんで何になるんだ。財産なんてものは当てにはならない。今日あるからといって、明日もあるかどうかは分からないからな。お前達が毎日ここに来て、いくら食べようとも、このナクツァンの老人にとっては何でもないことだ」などといい返した。しばらくして、母は新鮮なヨーグルトを叔母達に配った。リドゥン叔母達は「もう結構。そんなにたくさんは要らないわ」といった。飲んだり食べたりしながら、夜になるまで話が続いた。

第10節

二、三日の後、母は頭と首が痛むといって、昼間も起きていられない程になった。実際は、ラブランから戻って来る時風邪をひいたといっていた所へ、首筋が腫れ、病は日毎に重くなっていった。その頃メシュルツァンの姉も風邪から首が痛くなり、寝込んでしまったということであった。

その頃ナクツァン家では、毎日のようにラマや僧侶を招いて多くの法事をし、また医者や行者を招いて薬を与え祈祷をし、できることは何でもしたが、それも石に水を注いだようなもので全く効果がなかった。母の病状が回復しないまま、ある朝メシュルツァンの娘が亡くなったという悪い知らせが届いた。ナクツァン家の家族全員が不安に思っていたので、この悪い知らせは母に隠しておいた。

ある日、母は涙を流しながら父に「ドゥルパ、私はもう治るとは思っていません。あなたにはつらい仕事と、二人の子供を任せてゆくことになってしまいました。あんなに小さいのに可哀想に。たくさんの大変な事が起きるかもしれませんが、アラク・グンタンには、あの二人をお守りいただくようお願いしました。私が死んだら、また結婚して家庭を作ってください。あの二人もお母さんができたら喜ぶでしょう」といった。

父は「そんなに悪いことばかり考えるんじゃない。大丈夫だよ」と答えたが、その目からはとめどなく涙が流れた。「大事な人、泣かないで。その人その人の寿命があるのだから。私の寿命は尽きたのです。私はラブランでアラク・グンタンにお会いしましたし、心残りなことはありません。あなたは必ずまた結婚して、この二人の子供を育ててください。以前アラクが、下の子にはつらい運命が待ち受けているといいました。こんな事になってしまいましたが、可哀想に、小さくて何も分かっていないのです。ジャアコは出家するというので、護符をいただきました。そんなに悲しまないで、しっかりして、元気に暮らしてくれれば、私に心配なことはありません」と、母は泣きながら父と今生の別れの話をした。

午後、山間の谷に影が伸びる頃、父は寝床で母の上半身を支えていた。母は時折目を開いて、父と、その傍で私を懐に抱いた兄のジャペを見、手を伸ばして兄と私の頭を撫でた。その時はもう母の頬に涙が流れただけで、話すことはできなかった。

しばらくして、母は痛みや病の苦しみから解放され、父の腕の中で眠ったようになった。父と兄、私や娑婆世界への執着を絶ち、再び輪廻の世界には戻らない極楽世界へと赴いたのであった。

ナクツァン家のドチャの横に置いた供物台の上に、数十もの燈明が灯され、十人以上の僧侶が毎日カンワなどの葬送のお経を唱えた。骨笛や太鼓の音が響き、近隣の者や他所に住む親戚皆が香典を持参し、ナクツァン家の前には訪れる人々が途絶えることはなかった。

母が亡くなって三日たった朝、日が昇るころに近隣から二十人ほどが馬に乗って集まり、母の遺体を馬に載せてチュカマのタシ・チューリン僧院へ行った。後に残った女達は小石をたくさん集めて、母が寝ていた場所に積み上げた。遺体を運んできた男達は寺の中に入り、集会堂の入り口の石板の上で、僧侶四百人余りを集めて灌頂の儀式をとりおこなって母を浄めた。それから再び遺体を馬に載せ、寺の鳥葬場へ行った。

鳥葬場は、チルン・ゴンマの尾根上の、日当たりのよい、とても美しい場所にあった。鳥葬場の周囲には、何万ものマニ石（マニを彫り込んだ石板）が積み上げられていた。マニ石の外側には、白、赤、黄色の三色の祈祷旗が無数にはためき、ばたばたと音を立てており、恐ろしいような場所であった。

鳥葬場に着くと、遺体を切り刻む役の老人が、長髪を後にまとめ、袖まくりをしてから母の衣服を剥いで裸にし、うつ伏せに置いた。そして母の首に白い綱を巻き付け、打ち込んである杭に結び付けた。鳥葬場の上方では十人以上の僧侶が骨笛を吹き、太鼓を鳴らして法要をおこなった。すぐに鳥葬場の西方から白、黒、紫のハゲワシが十羽ほど現れ、上空を数回旋回した後で、一羽ずつ地上に降り立ち、遺体の近くに来た。老人は母の背中と尻の肉に刃物を何回も突き立て、肉片を切り取って地面に投げた。しかし、鳥達は遺体の周辺を歩くだけで、母の肉や血を食べようとはしなかった。そこで老人は、母の体から肉片を取り上げて、そのまま口に入れて噛んだ。そして白いハゲワシと黒いハゲワシに向かって「ヤーヤー、カルチュンとナクトよ。お前達二羽から食べ始めろ。このように俺は食べたぞ」と呼びかけたが、ハゲワシ達はまだ食べようとはしなかった。

人々の噂によると、この老人は、そこに来る全てのハゲワシを一羽一羽知っているだけではなく、それぞれに名前を付けていた。そして、いつもはハゲワシ達を名前で呼び、話をしながら肉を好むものには肉を与え、血を好むものには血を飲ませ、ヒゲワシ(セゴール)には骨を砕いて与えていたそうである。しかしその日は、何をしようともハゲワシたちは食べようとはしなかった。

やがて再び西方からほら貝に似た、白いハゲワシが飛来し、まっすぐ母の胸の肋骨の上に降り立ち、背中をくちばしで三、四回つついて飛び去った。そのハゲワシが飛び去るやいなや、そこにいた全てのハゲワシがすばやく集まって来て、肉をつつき、皮を引きちぎって食べた。[※36]

鳥葬場の傍らでは人々が茶を沸かしていたが、老人はそこへ来て、血の付いた手を衣でぬぐっただけで、洗いもせずに茶を飲み、麦焦がしを食べた。しばらくして、ハゲワシの大部分は食べ終わり、鳥葬場の周りの山の上へ飛び去っていったが、何羽かは食べ続けていた。老人は遺体の頭部を潰して、髪と脳みそを一緒に捏(こ)ね、それをハゲワシに食べさせた。大腿骨などの大きな骨も潰して、ハゲワシとヒゲワシに与えた。

やがて僧侶たちは法要を終えて帰っていった。老人は母の遺体をすっかり片づけてしまい、鳥葬は終わった。村人は一緒に、各自の家へ戻っていった。鳥葬場の周りには肉や血が飛び散っていたが、それらは鴉や蝙蝠(こうもり)がつついて食べた。この日から、母は悪しき輪廻の世界を離れて、その意識は蜂の如く、暗いバルドの世界を彷徨わねばならない。その後は、人か、あるいは家畜に生まれても、それを知る術はない。四十九日の間ナクツァン家は、上は僧侶と僧院の学堂に多くの馬、ソク[※37]、羊を布施し、下は犬や乞食にたくさんの茶、バター、肉を施した。

その頃、アラク・ミルドツァンが、母はラデの裕福な家の息子に転生したとおっしゃった。死んだ者は死んだ者であり、知ったり見たりすることはできないので、どこに生まれ変わろうとも喜ぶべきことは何もない。しかし、家族や親戚の者達はアラクのおっしゃったことなので、「何とすばらしい」「ありがたいことだ」「あの子は心優しい子だから、かならず良い生まれ変わりをするだろう」などと、皆が自を慰めるように話した。アラクのおっしゃったことなので、皆が慰められたのである。

兄は幼いものの、母が亡くなった悲しみを忘れることができず、毎日夜になると私を懐に抱いて、テントの入り口近くで「お母さん、お母さん、どこにいるの？」と泣きながら叫んだ。父も毎日悲嘆にくれて、呆然としていた。全く、ナクツァン家を明るく照らしていた光が失われたようなものであった。

その頃、ごたごたの中で馬が十頭ほど盗まれてしまった。さらに母の遺体が葬られた日、父の兄弟のノルキャブが馬泥棒を追いかけている間、山に放牧していた羊が、夜間に狼に襲われて十五頭が殺され、八、九頭が傷つけられた。そのため、遊牧部落の全員に肉が行き渡った。

祖父のナクタムは、「今やナクツァン家は、ホルのグルカルツァン（ケサル物語中の登場人物）を災難が襲った時のようだ。今年から、運勢は下降しているようだ。全く、死ぬべき人間が間違っている。死ぬべき人間は俺なんだ。閻魔王は間違いをした。死なせる人間を誤ったんだ」といって、自分の胸を拳で叩いて嘆き悲しんだ。父は、「父さん、そんなことをいってはいけない。死というものは、その人の運命なんだ。それは明らかなことなんだ。死んでしまった者はもうどうしようもない。俺達残された者達は、何であれ必要なことはしてきた。死者にすべきことは供養することで、今や財産の半分を費やした。もうできることはないよ」と祖父を慰めるために多くを語ったが、祖父はひとこともいわず黙りこんだ。

母が亡くなってから四、五日してから、リドゥン叔母が私を預かることになり、彼女の家へ連れていかれた。その頃は私が生まれてから七か月半くらいであったそうだ。タムコ叔母や祖母のツォロたちが、長い間、毎日ナクツァン家の内外の仕事を助けてくれていた。

その頃ナクツァン家に起こった特に悪いこととは、叔父のノルキャブとその連れの二人が、ラブランでの母への供養の法会に参加するために出かけて、その帰りにングラ・ラデの賊に会い、鉄砲で撃たれて殺されたことであった。災難は天から降って来るがごとく、次から次にナクツァン家に降りかかって来た。

後で、僧院と族長たちがラデと談判し、賠償を取り決めた。しかし、ナクツァン家にとって必要なのは賠償ではなく、虎の子のような息子を失った損失は計り知れず、その苦しみを忘れることはできなかった。

後から分かったこととしては、犯人とノルキャブは良く知っている間柄であっただけでなく、仲の良い友人であった。しかしその夜、お互いを確かめもせず遠方から鉄砲を撃ち合い、ラデの男二人も負傷し、馬が一頭死に、もう一頭が傷ついたのであった。明け方頃、やっとお互いに気付いて、ノルキャブの友人たちが遺体を僧院へ運び、付き添いをしてくれたという。その話を聞いて祖父のナクタムは、「ラデの奴らめ。我らナクツァン家に何の恨みがあるのだ。奴らの生首を凍らせてやる。もう俺は終わりだ。自分の目玉のように大事な息子を亡くしてしまった。何ということだ。俺が以前の様ならば、奴らに復讐したものを。奴らの家には火も立たなくなるよう、皆殺しにしてやる。この老人が死ぬ前に、可愛い息子を失うなんて」と、寝床の中で泣き叫んだ。

当時祖父は七十七歳であった。彼の体に残る、メッァンと争った時の傷はまだ治っていなかった。間もなく、悲嘆と怒りのために祖父は寝込んでしまい、頭以外は動かすことができなくなってしまった。皆は、ナクタムはもう長くはないだろうといい、深刻な雰囲気になった。暦学者や占者はナクタ

1950年頃のチュカマ周辺のデワの位置

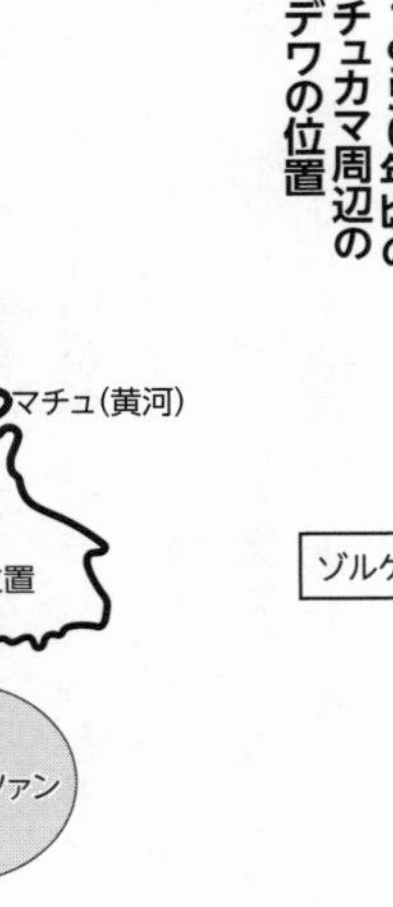

ムの運勢について占い、僧侶は帰依を説いた。後でアラク達が、病は少々長引くであろうが、命に係わるようなことはないだろうとおっしゃったので、家族はいささか安心した。

母が亡くなってから、ナクツァン家の者でなくとも、ナクツァン家の家運は日毎に傾いてゆくように見えたであろう。番犬の一頭さえも、ある日ノルに突かれて怪我をし、五、六日後に死んでしまった。

親戚や遊牧部落の人たちは、「ラマ三宝。どうかこれ以上ナクツァン家に災難が降りかかりませんように」という祈願をした。ナクツァン家には、今や十歳の馬が一頭、牝ヤクが三〇頭程、羊が百頭程残っているだけであった。世間の諺に「人が亡くなれば、財もまた尽きる」というものがあったが、ナクツァン家の財も確実に失われていった。その状態は、心優しい者が見れば悲しく、感じやすい者が見れば泣けてくるほどであった。しかしナクツァン家の生き残った者達は、大きな悲しみにも関わらず以前と同じ生活を続け、毎日、明け方には馬とソクと羊を山に連れて行った。そして夜は家畜囲いに入れて餌を与え、休ませた。日は昇り、また沈む。ナクツァン家の人々も、夜明けから日沈まで、遊牧部落の他の人々と同様、生きるために忙しく働いたのである。

次の年の夏、マデ・チュカマとマロン・メツァンは土地を巡る問題から戦いになり、ナクツァン家はチュカマの土地を逃れてラデの地に至った。それからラデの中でも争いになり、またマチュ（黄河）を渡ってソクウォ[※38]の地に来たのであった。それ以後、トロクやチュゴキャラなどに長く住んだそうだ（地図1参照）。

タムコ叔母からこの長い話を聞いて、私の心には、いいようのない悲しみが生じた。どうして母は若くして亡くなったのだろう？　なぜ私の運命には苦難が待ち受けているのだろう？　いずれにせよ、幼い頃より私は母の暖かい目で見守られたことはなく、その記憶すらない。村の子供達は私のアマ（お母さん）とか、あの子のアマというのであったが、私にはアマと呼べる人はなかった。家に戻っても悲しくて、涙を流すことが多かった。

私にはアマはいなかったのでいつも思い出すのは、幼い頃に「アネ（叔母）、アエ（祖母）、アパ（父）」と呼んだことだけで、誰かを「アマ」と呼んだことはなかった。私は気が弱く、感じやすい子供だったので、村の中で誰かの母親が亡くなり、その子供が泣いているだけで、私も涙を止めることはできなかった。村の子供には、凍えたり、お腹がすいた時にはそれぞれ母という、泣いたり、話したり、悲しみを訴える相手がいた。しかし私には幼い頃より喜びにつけ悲しみにつけ、凍えようともお腹がすこうとも、悲しみの涙を隠して飲み込むより他に仕様はなかった。

私は幼い頃から、テントを支える綱の傍で、ぼんやりと考え込むことが多かった。ウィル（仔ヤク）にはディ（牝ヤク）という母がおり、タウ（仔馬）にはグマ（牝馬）という母がいる。地上の虫にも、空の鳥にもそれぞれの母がいるのに、なぜ私には優しい母がいないのであろうか？　母のいない悲しみが、心から消えることはなかった。

後に、タムコ叔母が母の亡くなった理由などについて話してくれてからは、いつも夢の中で母と会うようになった。夢の中で「恋しいアマ、アマ」と何度も呼びかけてはみても、目が覚めてみれば、涙で枕が濡れているだけであった。私にはどこに母がいるのだろう？　夢の中でさえ、母の顔は曖昧にしか浮かんでこないのであった。

母は私を大切にしてくれなかった訳ではなく、閻魔王によって、あの世に連れ去られてしまったのだ。今私には父がいるのだから、父が元気でいてくれれば私も幸福である。忍耐や慈悲が必要なのは、生きている私ではなくて来世に行ってしまい、兜率天（とそつてん）に生まれ変わってもう戻ってはこない母である。

私には、大恩のある母に恩返しをする方法はないので、子供の頃から僧院へ行った時には母のためにマニを唱えた。心を込めて母のために祈り、どうか後生のバルドの世界でも、降りかかる雨のように功徳が回向されますようにと祈った。バルドの暗黒を彷徨う母の識に、助けとなりますようにと祈る以外に、自分のためや、自分の後生のために祈ることは決してなかった。後には、大人達のいうようにマニを一回唱えるだけであっても、「大恩のある父母と一切の衆生のために回向します」と唱えるようになった。

第12節

ある暑い日、タムコ叔母はテントの入り口で両足の膝と、脛(すね)に脂を塗って、太陽に当てて温めていた。私は、椀の中で麦焦がしを捏ねて食べながら、叔母の傍らで、裸で日差しを浴びていた。その時ノルタ叔父がテントの入り口から出て来て、叔母に「お前達二人はまた昔話をしているのか?」と尋ねた。叔母は「いいや。私には毎日話してやる時間はないからね」と答えた。叔父は「それじゃ教えてやってくれ。ナクツァン家の歴史について全て教えてやってほしい。そうしないと納得できないだろうから」といった。

叔母は、「私は昨日この子達の母親が亡くなった様子について話して、すっかり気がめいっちまった。だから今日も気分がすぐれないくらいだよ。だから、すまないが後はあんたが話しておくれ。私が話さなければいけないのだけれども、これ以上は無理だよ」と答えた。それで、ノルタ叔父が、代わってナクツァン家についての話をしてくれた。

マデ・チュカマとマロン・メツァンの戦いが終わり、チュカマの土地からソクウォの地に移って二年が経った。ナクツァンの一族はその頃クシン・トロク[※39]の地に住んでいた。メシュルツァンの、グルチョク叔父をはじめとする親戚の多くが父に再婚を勧めたが、父は「今は再婚する気はない。それよりも二人の息子を立派な大人に育てたい。俺が結婚して、それがどれ程良い人であっても、二人の息子にとっては本当の母ではない」といって、なんとしても再婚しようとはしなかった。祖父のナクタムでさえ、「息子よ。人が亡くなっても人生は続くものだ。なんとしても生活は守らねば。まあまの生活ができれば良いのではないか」といったが、父は「再婚する気はありません。二人の息子は、大きくなったら僧院で出家させます。それまでは、他のことは考えません」と答えた。周りの者には別の考えがなかったので、手伝いを置けばという話をしたが、それにも父は同意しなかった。

その頃、私はリドゥン叔母のテントに預けられていた。兄は時折、私がいないと淋しいといって泣いた。祖父のナクタムは「お前、泣くんじゃない。新年(ロサル)が済んだら、ヌコをこちらに連れて来よう。その時あいつらが連れて来なければ、こちらから出かけて行って連れてくるから」といって宥めた。

それからすぐにまた、兄が、私を連れて来てくれといって泣いたので、父もまた「ヌコをこちらに連れて来よう」といって、リドゥン叔母や親戚の子供達が、まだ小さいから新年が済んでからにしてくれと頼んだので、父も私を連れて帰ることはできなかった。

ある夜、家畜を連れ戻してから、祖父は父に「新年が終わったら、必ず出かけていってヌコを連れて来てくれ。俺達で面倒を見ることができるだろう。ジャコが淋しいといってるんだ。死んだ者は死んだ者だ。気がかりなことがあると、何事も手につかない。家族が別々に別れていると、心配が募って、仕事もできないだろう」といった。父は「分かりました。後で必ず連れてきます。俺もヌコのことが思い出されて落ち着かないのでね」と答えた。

その頃のナクツァン家は、以前ほど豊かではなかったとはいえ、衣食に不自由はなく、まあまあの状態に戻っていた。色々な馬が十頭以上、ソクが大小四十頭程、羊が百頭以上いた。ナクタムはいつも、「我がナクツァン家は、かつては富裕であった。しかし財は永遠のものではない。今、息子と孫が元気でいてくれるなら、財産などは別に大したものではない。人に頼らないで生活できれば、それでよいのだ」といっていた。本質からいえば、この言葉は当然真実である。人には命があり、財には命がない。人は生きていさえすれば、誰でも財を得ることができる。周りの人に頼らないで質素に生活する程度のことは、特に運が悪くなければ誰にでもできることである。

元来、祖父のナクツァン・タムメの故郷はゾルゲ※40であった。若い時にはタムメ・ドンロ（銛のタムメ）と呼ばれ、剽悍無類の略奪者であった。祖父にはナクツァン・ベンゲンという兄弟がいたが、彼の眼にはちょっとした障害があり、皆は陰で、めっかち坊主のナクツァンと呼んだ。彼は以前、僧侶であったそうだ。

後にナクタムはワウェンツァンのランコルマで結婚し、そこでドゥルコとノルキャブという二人の息子を得た。私の父となるドゥルコには、ワウェンツァンのある家との間で縁談があり、チュキという娘と結婚しようとしていた。しかしその頃、ナクタムとワウェンツァンの族長の家との間でもめ事が起こった。父の義兄弟（立誓の友人）であるリンチェン・タソという男は、ワウェンツァンの族長（ホンボ）一族のミキャン（独身の男）であったが、ワウェンツァンがナクツァン家を襲撃しようとしていることを知り、一丁の鉄砲を持ち、もう一丁は肩に担ぎ、一頭の馬に乗り、もう一頭は引き連れて、ナクツァン家に駆け付けた。ナクツァン家はリンチェン・タソに助けてもらい、全ての物は後に捨て置いて、馬に乗ってその地を逃れた。

後にマデ・チュカマの地に来て、父はメシュルツァンから妻を迎え、生活していた。ワウェンツァンの娘チュキとは結婚できなかったが、彼女にはその年娘が生まれたということであった。これらの話は、故事に属するものである。

その年の秋、祖父は杖を突いてテントの入り口に歩いて行った際、転んで左腕を折ってしまった。前に負った傷さえ癒えていない所に、腕を折ってしまったので、日ごとに病は重くなっていった。食べたり、飲んだり、動くことは勿論、頭を動かすことさえできなくなってしまった。そこでグルチョク叔父と周りの人たちが話し合って、コチェンの女を手伝いとして雇うこととした。

当時、ナクツァン家の馬やソクは、周囲の人の助けで放牧されていた。父は馬と鉄砲を愛し、近隣の若者とともに山で狩猟をし、あるいは家畜の略奪に行くことを好み、家にいる時間は殆どなかった。父は火縄銃を背負い、ルデの中では射撃の名手として知られていた。部族の友人や周りの者達も、父と一緒に山へ行きたがった。山では鹿を撃ち、角と肉を持ち帰ってきた。当時、父が麝香(じゃこう)鹿や狐、狼などを撃って、持ち帰ってきたことを覚えている。

第13節

父が山へ出かけてからは、手伝いの女(ヨクモ)が朝夕に牝ヤクの乳を搾り、祖父と兄の食事の支度などの家事をすることになった。最初、この女はとても善良であった。しかし、家に来てから二、三か月もすると、家事をちゃんとやらないばかりか、犬に餌を与えず、さらには牝ヤクの乳を搾ると、ぬるい茶を祖父の傍らのゴドンに置いて、家から干し肉やバターなどの食料を全て持ち出して自分の家に戻り、夕方まで戻って来なかった。

女がいる時、祖父が「あんた、犬に餌をやるのを忘れないでくれ。可哀想に、犬は腹を空かせていても、それを訴えることもできない。餌をやらないのは良くないことだ」と注意した所、女は不満げに「犬には毎日一回しか餌をやる必要はないよ。あんたの犬畜生に、毎日、二、三回も餌をやることはできないね」といって出ていってしまった。そこで、兄が外へ行って犬に餌をやった。日が暮れてから時間が経っても、彼女はゴドンの傍で俯いて茶を飲んでいるだけで、祖父や兄に夕食を作ろうとはしなかった。祖父が「あんた、何をしてるんだ。今晩は食べるものがないのか」というと、女は「ナクツァン家は金持ちでしょ？ 当然夕食はあるわ」といい、麦焦がしの入った箱を持ってきて、ばん、と地面に投げつけて出ていってしまった。そこで兄は祖父の椀に麦焦がしを入れて茶を注ぎ、二人は黙って夕食を食べた。

女がどこか近所へ行ってしまう時、麦焦がしの入った箱をテントの張り綱の上の方に引っ張り上げておくことがあった。兄は背が届かず、祖父は起き上がって手を伸ばすことができず、二人は一日中ぬるくなった茶を飲む以外に、食べるものがなかった。

祖父は兄に、「ドオの上に登るか、何かを踏み台にして麦焦がしの箱を取れないか？ あの忌々しい女はわしら二人を飢え死にさせようとしているぞ」といった。

そこで兄はセト（食べ物をしまっておく容器）をひっくり返してその上に登り、テントの張綱をつかんで箱を取ろうとした。しかしそれを取り損ねて、箱と一緒に地面に落ちてしまった。そのため麦焦がしの粉を頭からかぶったばかりでなく、あたり一面にまき散らしてしまった。祖父は「何てことだ。麦焦がしの箱ひとつ持てないなんて。こんなことは初めてだ」と嘆いた。そして寝床から這い出て、二人でまき散らされた麦焦がしを集めて食べた。

夕方、女はやって来ると、「何てことだろう。あんた達は麦焦がしを盗んだね。この家の者は恥を知らない」といった。祖父が「今日、風でテントが揺れたので、箱が落ちたんだ」というと、女は「それじゃあんたのテントは鳥の羽のようなもんだ。嘘をいうんじゃないよ。隣家の賊には犬が気付かず、家族の賊には人が気付かない、というのは本当だね」などと、ひどい悪態をついた。

そこで祖父は怒って、「この性悪女め！　お前は今まで何をしたんだ。食事の支度もせず、麦焦がしの箱を吊り下げておくなんて。一体どこにそんな奴がいるんだ。もう何もいわなくてもよい。家に帰れ。早く出ていけ！」と怒鳴って、枕元の鉄砲を取り上げた。女は手に持った薬缶を置いて、逃げて行った。

その夜もまた、兄が茶を沸かし、石臼で干し肉を少々砕き、祖父と二人で麦焦がしを捏ねて食べた。そして夜、燈明をあげ、ゴドンに熾火を広げてめいめい眠りについた。

次の日、タムコ叔母とリドゥン叔母が女を連れてきて、祖父と長い間話した。女は前のように手伝いをすることとなった。女は相変わらず祖父と兄にまずい食べ物や茶を出したが、祖父は全く文句をいわなかった。しかしある日、兄が唇を噛んで、女に「なんてひどい奴だ。ゴコル[※41]で殴ってやろうか」といった所、女も「黙りな。あんたなんか何もできないくせに」と答え、祖父の顔を窺った。

兄は、昼間家にいたくないので、近くの家に手伝いに行って、そこで食事をしていた。ある日、肉と腸詰を少々持ち帰ってきて、祖父に渡した。祖父が、「お前はどこから肉をもらってきたんだ？」と尋ねたので、兄は「今日、ヌコに会いに行ってきた。肉と腸詰はゲルツァンがくれた」と答えた。

祖父が「可哀想に。ヌコが恋しいんだな。肉はわしが食べよう。腸詰はドゴンに置いておいて、二人で明日の朝に食べよう」というと、兄は「ヌコは、僕と一緒に帰るといって泣いたよ。リドゥン叔母が駄目だといったけど、ロサルが済んだら連れてくるよね」と尋ねた。祖父は「その通りだ。もう少ししてお前の父親が戻ってきたら、この女を追い出して、ヌコを連れてきて、皆で楽しく暮らそう」と答えて、兄を慰めた。

程なくして、父と仲間達が山での狩猟から戻って来て、干し肉や鹿の角、毛皮などを持ち帰って来た。そして熊の大きな毛皮を祖父の寝床に敷いた。祖父は「おお、これは本当の赤熊の毛皮だ。これを敷けば楽になる」といって、非常に喜んだ。

その夜、父と祖父は長い間話し合い、次の日の朝、女を自分の家に帰らせた。

秋頃から、祖父の病は段々と悪くなってきていた。ある日祖父は父に、「ドゥルコ、明日の朝お前は出かけていって、ヌコを連れて来てくれ。俺は長い間病んでいて、もう長くはない。二人の孫は、俺の見える所にいてほしい。お前は向こうの家にうまく話してくれ。ロサルなどはどうでもよい。朝出かけて行って、とにかく連れ戻してくれ」と頼んだ。父は「分かりました。明日の朝出かけます」と答えた。兄は喜んで、「ヌコが戻ってきたら、毎日僕が面倒を見るよ。夜も僕が抱っこしてあげよう」といった。祖父は「おお、ジャコは弟の面倒を見てやってくれ。小さい時からお前が抱っこをすれば、あの子は泣かなかったからな。これから父さんが家に居ない時は、お前が世話をしなくちゃならないぞ」といった。

第14節

翌朝、父は家を出発した。そしてリドゥンの家から私を連れて戻って来た。兄は入り口から私の手を引っ張って、祖父の寝床まで連れて行った。祖父は、「おお、俺の、色黒で頭でっかちな孫が戻って来たな。こっちへおいで。顔をよく見せてくれ。大きくなったな」といって、涙を流して喜んだ。そして、枕元から干し棗を取り出して、私と兄にくれた。

当時私は四歳であった。生まれてから髪を切ったことがなかったので、髪が伸び放題になっていた。私は叔母の家で作ってもらった、子牛の皮にフェルトを当てて繕った小さな衣を着ていたが、靴を履いていなかった。祖父は、「何てことだ。俺の孫がまともな衣を着ていないなんて。明日の朝、俺が温かい衣を作ってやろう」といった。

翌日祖父は自分の古い衣の袖を取り外し、それらを切って縫い合わせ、私のための小さな衣を作った。毛皮は古かったがとても暖かかった。そして、古い衣の表皮を靴の甲皮とし、靴底にも皮を縫い付けて、冬用の靴も作ってくれた。

後から思うと、これは私が生まれてから最初に足に履いた靴であり、ちゃんとした衣であった。この話は、ノルタ叔父がしてくれたものだが、私にもかすかに記憶がある。

ロサルが近づいてきた頃、祖父の病は段々と重くなってゆき、寝たきりになった。ラマや僧院のダツァン[※42]に、多くの祈祷をおこなってもらった。人は、そのため少しは病気も良くなると思うかもしれないが、実際の所、祖父の病気は悪くなる一方であった。

ある日、祖父は私の父を傍に呼んで、「息子よ、ありがとう。俺はもう長くはないものと覚悟している。もう医者を呼ぶ必要はないし、ラマやダツァンに祈祷を頼む必要もない。人の寿命は決まっているので、驚くことでもない。明日の朝お前は出かけて行って、副族長のグルチョクと、アク・ギャコルにここに来てくれるよう頼んでくれ。俺はこの二人にいっておくべきことがある。それから、アラク・ガンデンパがいらっしゃれば、一緒にお呼びしてくれ」といった。

父は、「アク・メンパが明日来ます。薬を飲めば良くなるでしょう」といったが、祖父は「俺には分かる。薬の問題ではないんだ。年齢が八十になろうとしているからだ。気分は良い。いずれ八十になってしまったら、体が思うようにならないかもしれない。喜びや悲しみも分からないようになってまで生きているのはよくない。自分のことが自分でできるうちに死んだ方がよいのだ。息子よ、お前は二人の子が立派な男になるよう、頑張って育ててくれ。ナクツァン家は豊かではないが、食べてゆくぐらいのことはできるだろう。また妻を迎えるかどうかは、自分で決めればよい。『眠る時にはたくさんの茶を飲むな、亡くなる時は多くの話をするな』という。もうこれ以上いい残すことはない」と、父をいたわるような話をした。父は何もいうことができず、涙を流しながら祖父の話を聞いた。

次の日、グルチョク[※43]とギャコル、アラク・ガンデンパ等が祖父に会いにやって来た。朝、彼らは多くの話をした。祖父は「私は罪深い人間だ。地獄に落ちないための祈祷も役には立つまい。何であれ、全ては人生における善悪の絵なのだ。自分の手と足で描いたもので、また自分の頭と首で担ってきたものだ。若い頃は後悔することを知らず、今、死の淵にあっては、後悔しても詮がない。私の後にはドゥルコ達が残る。彼には兄弟や、頼りになる友人がいない。二人の孫も幼い。彼らがこの先どこへ行き、どこで暮らそうとも、あなた達は目をかけてやってほしい。それ以外に、この老人の望むものはない」といった。

グルチョクは、「安心しなさい。心配することは何もない。あの父子は、我がマデ・チュカマの五百軒と苦楽を共にする。結婚するかどうかは彼次第だが、それ以外の援助については、できることは何でもしよう」などと、多くのいたわりの言葉をかけた。

またギャコルは、「ドゥルコが結婚せず、どこかへ行きたいと思っても、住む所については心配しなくともよい」といった。祖父は、「ありがとう。我がナクツァン家は、マデ・チュカマで大きな貢献はしてこなかった。しかしそこで、草を食べる時は草を食べ、水を飲む時は水を飲んできた（人々と協調して生活してきたことを意味する）。何といっても、村と僧院に対しては感謝している」と答えた。

アラク・ガンデンパも、「あなたが兜率天に送られ、そこで守られるための祈願を、このロサルの法要でしよう。今はラマ三宝に祈願し、死後バルドの中で救われることを祈ろう。現世における罪障が大きくとも、それを心から悔いて懺悔するならば、その功徳は大きく、現世と来世での大きな助けとなるだろう」など、仏法に関する多くの話をしたが、祖父は「死に臨んでの懺悔に功徳があるかは分かりません。今や死への恐れは毛筋ほどもありません。私がおこなってきたことの善悪は、ラマ三宝が知るのみでしょう」といった。

夜、別れ際になってグルチョクは父に「老人の様子を見ると、この先長くはないだろう。お前はここで準備をしておいてくれ。寺については私にまかせなさい」といった。

二日後、祖父の病はさらに悪くなり、手を動かす以外、声を出すこともできなくなった。その日の真夜中、祖父は目を見開き、吸う息は短く、吐く息は長くなっていった。左手で土を掴むような、石を掴むようなしぐさをした。そして明け方頃、咳を幾つかして息絶えた。

家には、父を手助けするためにタムコ叔母やノルタ叔父などがいた。ある者はバターを溶かして灯明を作り、ある者はそれを並べた。父やタムコ叔母などは声をあげて泣きはしなかったものの、涙を止めどなく流した。昼ごろ、グルチョク叔父が十人以上の僧を連れてきて、葬儀などの手配をした。その頃には、周辺や遠方から来た親戚や友人が、荷物を載せた馬をひいて、かなりたくさんやって来た。父は戸口の内外で、それらの客人を接待した。

祖父が亡くなってから三日目、東方から朝日が昇る頃、多くの馬に乗った者が現われ、遺体を馬に載せて寺へ運んで行った。

第15節

今やナクツァン家には父と兄、私の三人しかいなくなってしまった。家族が揃い、財産と家畜が増えていったかつてのナクツァン家は、母が亡くなってから、家族は失われ、財産は戸口より流れ去ってしまった。十八尋の幅があり、三本の柱を必要とする大きなテントも、家族が揃っていた頃には小さいように思われたが、今となっては広すぎるように感じられた。

数日して、グルチョク叔父とメシュル家のゴンツェ叔父[※44]、ギャコル叔父などが家に来た。兄と私は戸口の外で遊んでいた。彼らは一日中話し合いをしていた。夜になって帰る頃、グルチョクは父に向って「お前の好きなようにして、何も問題はない。ソクと羊のいくらかは近い親戚に預ければよい」といった。ギャコルは、「私はまず僧院へ行って、部屋を用意しよう。私は僧院には長くは住まないが、お前達父子は長くいても大丈夫だ。ジャコは出家を望んでいるので、僧院の中で暮らした方がよい。私が僧院にいる時は、私が二人の子供の面倒を見る。私達は一緒に住もう。僧院のお陰で、彼ら二人は腹をすかせずに済むだろう」といった。

ゴンツェは、「牝ヤクとゾモを僧院の周りの家に預けておけば、いつもヨーグルトや牛乳、バターが得られて好都合だろう。ゾや牛、羊は私が飼ってもよい。人に預けた家畜は増えないというように、他人には預けない方がよい。そうすればお前がどこへ行こうとも、どこに住もうとも容易であろう」といった。父は「ありがとう。俺としては、そうするより他に仕方がない。今、俺には結婚する気は全くない。それよりも、二人の息子の顔を見ながら暮らしたい。彼ら二人が成長してくれさえすれば、とにかく自分の村と僧院にいれば何とかなるだろう」と答え、皆は帰っていった。

その二日後の早朝から近隣の人たちが手伝って、ナクツァン家のテントの片づけをした。テントの裏手に掲げてあった祈祷旗を下して、人に頼んでドルジェ・イダー神の祭壇に掲げ直した。十頭以上の馬、三十頭以上のソク、約七十頭の羊は人に委託してチュカマの僧院へ寄進した。さらにいくらかの炊事道具を除いて、テントを含む家財道具も僧院に寄進した。また二頭のゾモ、四、五頭のゾとヤク、三十頭以上の羊をメシュルツァンとノルタ叔父などに預けたので、最後には二頭の牡馬、三頭のゾモ、三頭の牝ヤクが残っただけであった。父は、兄と私を連れてゾモ、牝ヤクを追ってチュカマの僧院へ来て、ギャコル叔父の家に落ち着いた。ゾモと牝ヤクは、僧院の近くの親戚の、ガルトツァンに預かってもらった。

ノルタ叔父によるナクツァン家についての話は終わった。その時私はまだ幼かったが、話の意味ははっきり理解でき、楽しい話には喜び、悲しい話には悲しくなった。特に祖父が亡くなった時に、私が悲しく思ったかどうかについては覚えていないが、兄が泣き叫んだことや、祖父の遺体がテントの入り口から運び出されて馬に載せられたこと、それからテントをたたんで僧院へ来たことなど、曖昧に覚えていたことがノルタ叔父の話によってはっきりした。

このような経緯によって、ナクツァン家はテントでの暮らしに別れを告げた。今やマデ・チュカマには、ナクツァンの父と子がいるだけで、ナクツァン家という、テント住まいの家族はいなくなった。まことに、命ははかなく財産もはかない。人と財によって成り立つ生活というものは、さらにはかないものである。数年前には、ナクツァン家という、多くの人が集まり、その戸口には馬、ソク、羊が増える運が付いているといわれる裕福な家族があったのだが、今や一人の男と、彼の二人の男の子だけになってしまった。

この世界においては、ただ暮らしてゆくことさえ易しいことではない。家族全員早朝に起き、夜遅くに眠りにつき、人を走らせ、犬を走らせて（あくせく働いて）、飲まず食わずで、ネズミの巣の如く食べ物をため込む。そして一生働いた挙句、自分の父母や配偶者が亡くなった時は、心悲しく、物惜しみすることなく、ため込んできたものや、馬やソクを気前よく僧院に寄進し、最後には家財すら全て寄進してしまう。しかし、残された人々は、以前のように生活をしなければならないので、再び朝早く起きて暗闇の中を働きに出てゆく。掌の様に小さな背中が凍えないように、壷の様に膨らんだ腹が飢えないように、様々な手段で衣食を満たす必要がある。多くの苦労をしなければ、僅かな食物や、好みの飲み物さえ簡単には手に入らない。

その意味について考えてみると、そもそも、あるだけの財を仏法のために寄進してしまう必要はない。しかし、父母や配偶者が亡くなった時には、死者に恩義を感じて、考えること、思うことといえば仏法のことだけである。そのため、あるだけのものを仏法のために寄進してしまう。それらが少しでも死者のためになるならと思い、財産を捧げ、家畜を捧げ、果ては家財道具をたたんで、その全てを捧げてしまう。その時、物惜しみなどはいささかもしない。後で、どのような困難が生じようとも、そこには毛筋ほどの後悔もない。

私はいつも、必要であること、不要であることについてはよく考えてきた。この世界に生まれてから最初のうちは、俗世における喜びや苦しみの経験があまりないが、やがて成長するにつれて、たとえ物事の意味がはっきりしなくとも、多くのものを目で見ることになる。さらに老人が話す、自分に関係する喜びや苦しみの話を聞くことによって、幼子の心にさえ、いいようのない悲しみや苦しみの気持ちが生まれる。はっきりと分るのは、将来起こるであろう生活の喜びや苦しみを全て語る必要はなく、自分で直接聞き、考え、経験する必要があるということだ。喜ぶべき時には喜び、苦しい時には苦しめばよい。その人の運命の絵は、自身の足と手で描いたものだからである。

第1章　註

註1　大麦を脱穀した上で炒り、粉にひいたもの。日本でハッタイ粉、もしくは麦焦がしと呼ばれるものと同じ。普通は、椀に盛ったツァンパとバターや茶、スープを混ぜ合わせ、手で固くこねて食べる。（チベット牧畜文化辞典 217 - 218）

註2　原著にでてくる父（pha）、母（a ma）という言葉には全て「御恩のある（drin can）」という形容詞がついている。しかし訳出はしていない。

註3　（stong nyam mtsho）現在の玉樹チベット族自治州曲麻莱県一帯。

註4　「鼻水をなめる奴」の意。第26節参照。

註5　赤褐色の毛色の犬、馬などを一般にギャルと呼ぶ。第21節参照。

註6　具体的な地名ではなく、「神の国のように美しい土地」の意味。75節にも同じ表現が出てくる。

註7　現在の玉樹チベット族自治州曲麻莱県。

註8　現在の青海省南東部、果洛チベット族自治州一体を指す。遊牧地域であり、その住民は勇猛な気質で知られてきた。

註9　現在の甘粛省甘南チベット族自治州瑪曲県斉哈瑪。

註10　現在の甘粛省甘南チベット族自治州瑪曲県欧拉。ラデはラブラン僧院の直轄領であることを示す。

註11　現在の青海省果洛チベット族自治州瑪沁県の聖山。

註12　この部分には、様々な植物の民俗名が列挙されているが訳出はしていない。

註13　転生ラマ（高僧の生まれ変わりとされる者）のこと。

註14　相互扶助や防衛の為に、近接してテントを設営する家集団。筆者によれば、通常二十軒ほどで構成される。

註15　著者によれば、当時のマデ・チュカマはゴツァ、コチェン、ワルシ、ギュラク、タアワの五つの下位集団（通常はツォワと呼ばれる）に分割されていたとのことである。

註16　僧院（ゴンパ）は、人々の信仰の対象であるだけではなく、僧侶の修行、学習、生活の場でもある。

註17　亡くなった個人の名前を口に出すことは不吉であるとされたため。（納倉・怒羅 2011: 26）

註18　（Nietupski 2011: 78）

註19　法事に用いられるアルペンホルン状の長大な楽器。

註20　神々への供物として焚かれる香。杜松の葉の乾燥したもの等が用いられる。（チベット牧畜文化辞典 370 - 372）

註21　ヤクの毛で織った布を縫い合わせて作られたテント。（南太加 2018: 92 - 95）（チベット牧畜文化辞典 248 - 261）

註22　ヤクはいわゆるヤク牛（Bos grunniens）の牡（特に去勢されたもの）、ヤク牛の牝はディと呼ばれる。ゾはディと種牛の一代雑種の牡、ゾモはディと種牛の一代雑種の牝を指す。これらは総称してソク、またはノルと呼ばれる。（チベット牧畜文化事典 56 - 64, 78 - 79）

註23　著者によれば、この名前には以下のようなエピソードがある。
――タムメが青年の頃、ある日仲間と一緒に家畜の略奪へ出かけ

た。しかし家畜を連れ帰る時、見つかって略奪先の村人に追跡された。タムメは追手の先頭にいた村人の乗る黒馬に銛（ドンロ：mdung lo）を投げつけて殺したが、抵抗も虚しく捕らえられてしまった。しかしその黒馬に乗っていた者は偶然にもタムメの親戚であり、タムメは死を免れた。それ以後、タムメはその勇敢さを称えられ、「銛のタムメ」と呼ばれるようになった。

註24　チベットで用いられる太陰太陽暦。通常太陽暦よりも一か月程遅れる。

註25　テントの中央には、土製の竈が築かれた。（蔵族伝統詞図解詞典 12）（チベット牧畜文化辞典 263 - 269）

註26　グンタンはラブラン僧院の主要な転生ラマの一人で、一世ジャムヤン・シェーパの弟子であったゲンドゥン・プンツォ（1648 - 1746）を初代とする。（Nietupski 2011: 122）

註27　チベットでは、伝統的に男児の出生を吉とする。

註28　死の瞬間（死有）から次の誕生の瞬間（生有）までの過渡的な状態。49日間とされる。

註29　観音菩薩の真言。チベット語ではオム・マ・ニ・ペ・メ・フムの6文字で表される。この六文字は人々が唱えるだけではなく、旗に刷られ、石に刻まれて、チベット族の住む全ての土地にあふれている。

註30　一世ジャムヤン・シェーパによって一七〇九年に創建されたゲルク派の大僧院。現在の甘粛省甘南チベット族自治州夏河県に位置する。一九五八年以前は少なくとも三千五百人の僧侶がそこで修行、学習していた（Nietupski 2011: 19 - 21）。李安宅によれば、その内約五百人は転生ラマ（アラク）であった（Li An Che 1982: 36）。その中でも特に有力なグンタン（gung thang）、ホルツァン（hor tshang）、ザムツァ（dzam tsha）、デティ（sde khri）には高い地位（gser khri: 宝座）が与えられていた（Nietpuski 2011: 139、扎扎 2000: 460）。

註31　（phyag mdud）リボン上の布片。首か手首に巻きつける

註32　アムドでは、出家した僧侶のことをアクと呼ぶ。

註33　チューはチベットに伝わる瞑想法の一つで、観想の中で自らの身体を切り刻み、有情に供養するという行をおこなう。女性行者、マチク・ラプドゥンマによって始められたとする。

註34　元来は一四〇九年に、ゲルク派の開祖ツォンカパが始めた弥勒の降臨を願う儀式。ラサでは、チベット暦の正月にラサ周辺のゲルク派三大僧院の僧侶がジョカン寺に一堂に会しておこなわれる。ゲルク派の最高学位であるゲシェーという称号授与のための試験もこの時におこなわれた。ラブラン僧院もゲルク派に属するために、モンラムをおこなっていたものと思われる。

註35　（チベット牧畜文化辞典 223 - 224）

註36　青海民族大学のナムタルジャ氏によれば、このような死者の魂（ラ）を抜く役割をする鳥をラジャ（bla bya）と呼ぶとのことである。ラジャが死者から飛び立ってから、ハゲワシはその肉を食べるとされる。

註37　前出註22参照。

註38　現在の青海省黄南チベット族自治州河南モンゴル族自治県に住むモンゴル系の住民を指す。十七世紀にグーシ・ハーンの孫にあたるダルジャ・ボシュクトジノンが一万五千人のモンゴル族を率いてこの地に移り住んだ。その後、十八世紀にはラブラン僧院を建立した。チベット語を日常的に使用する。（シンジルト 2003: 81 - 104）

註39　現在の青海省黄南チベット族自治州河南モンゴル族自治県の南部にある地名。黄河を挟んでングラ・ラデの対岸にある。

註40　現在の四川省阿坝チベット族チャン族自治州若尓蓋県

註41　護身用の短い鉄棒。革紐を結び付け振り回して用いる。

註42　ゴンパの中に設けられる、僧の教育のための機関。ゴンパの規模が大きい場合は複数存在する。

註43　グルチョクはマデ・チュカマの副族長であり、また著者にとっては母方オジ（アシャン）であった。

註44　ゴンツェについては、（ナクツァン・ヌロ 2016: 352 - 353）参照。

第2章　人生における喜びや悲しみは、レイヨウの角の節のようなものである[※1]

——幼少時代の喜びと悲しみについて

第16節

父はテントをたたんでしまってから、私と兄を連れて、チュカマの僧院の中のギャコル叔父の住まいにやって来た。ギャコル叔父はとても喜び、「やあ、二人の男の子の同居人ができて嬉しいよ。ドゥルコはどこでも好きな所へ行って大丈夫だ。この二人は私が世話をするから」といった。父は「叔父さん、あなたにはご面倒をおかけする。あなた達の食料と燃料については、俺が何とかする。この二人の男の子があなたの所にいれば、あちこち出かけても安心だ」といった。そして四、五日して、父はンガバにいるツォドゥツァン叔父の所へ行くといって出発した。

兄は、ギャコル叔父と二人で僧院の集会に行かねばならなかったので、家の中では日中私一人であった。兄とギャコル叔父は夜が明ける前に出かけた。私は日が昇ってから起き、竈に火を起こし、茶を沸かして、麦焦がしを食べた。昼には、兄が僧院から配られたトゥクパ[※2]（麺や米、肉などを煮込んだ汁物の総称）や、時には肉とバター、麦焦がしを捏ねたものをもって来てくれた。そのため、食べ物に困るようなことは全くなかった。

兄は幼かったが、頭がよく、性格は優しく、要領が良かった。特に私の世話をする時には、父母のように面倒を見てくれた。彼はダツァンに行かなくてもよい時間を利用して私達二人のために燃料を集め、水を汲み、夕食を作るなど多くの仕事をしなければならなかった。しかし兄は、常に大人のように家事と私のための世話をしてくれた。親戚や周りの僧は皆、「この子はよくできた子だ。父親はいつもあちこちを放浪しているので、この子がいなければ子供二人だけで生活するのは困難だったろう」といった。実際母が亡くなってから、茶を作り、竈の灰を掃除し、燃料を集め、犬の餌をやるなど、祖父が亡くなるまで家事全てをしてきたのは兄であった。当時兄は八、九歳であったが、家の内外の仕事は細部までよく知っていた。

僧院に来てから後も、燃料を集めに行く時には、私に綱と小さな袋を持たせて連れて行き、水を汲みに行く時にも、小さな壺を持たせて一緒に連れて行った。兄は「僕は僧の集まりに行かなきゃならないから、燃料を集めたり水を汲みに行く暇がない時もある。だからこういった仕事は小さくても覚えなくちゃいけない」といった。それだけではなく、夜に食事の支度をする際、トゥクパを作る時には私にも粉を捏ねさせ、たまにモモ[※3]を作る時には、兄が皮を伸ばし、私に包ませたり、あるいは肉を刻ませたりした。以前は、私は竈で火を起こすこと、茶を作ることくらいしかできず、燃料を集めること、水を汲むこと、夕食の支度などは何も知らなかった。しかし兄が手取り足取り教えてくれたことによって、私も袋を持って僧院の背後の斜面で燃料にする畜糞を集めたり、マチュの河辺の林間から乾いた薪を運んできたり、僧院の周回路の下にある泉から水を運んでくるだけではなく、夕食の仕度として肉を刻んだり、粉を捏ねたりすることができるようになった。

夜、兄とギャコル叔父の二人が住まいに戻ってくる時には、私が茶を作り、食事の仕度をしておいたので、ギャコル叔父は喜んで「本当にすごいな。私の家には良い料理人がいる。しかし、燃料を集めるために遠くに行ってはいけないよ。僧院の周りにいる犬は危険だからな」といった。

ある日、ギャコル叔父が村の家の法事に出かけたので、住まいの中には兄と私だけになった。私は父のことを想って、「兄さん、父さんはどこへ行ったんだろう？　帰ってこないのはなぜなんだろう?」と尋ねた。兄は「父さんはンガバに商売に出かけたんだ。もうすぐ戻ってくる。お前が家で茶を作ったり、食事の仕度をしたり、水や燃料を運んでくることができるようになった所を見れば、きっと喜ぶよ」といった。私は嬉しくなって、毎日兄が集会に出かけている時には家の内外を掃除し、竈の灰を捨て、水を汲み、燃料を集めるなどの仕事をした。

ある夜、ギャコル叔父が大きな肉の塊を二つ持って帰ってきた。彼は「肉を持ってきたぞ」といった。私が「叔父さん、この肉はどこから持ってきたの?」と尋ねると、叔父は「これは私が読経に行った家からもらったものだ。さあ煮てくれ。ジャペが戻ってきたら、皆でおいしく食べよう」といった。しかし私では肉を切ることができなかったため、叔父が肉を切って鍋に入れて煮た。

肉がまだ煮えないうちに兄が戻ってきた。兄はその日バターの塊を大小二個と、大きな肉の塊一つ、銀貨三円をもらってきた。叔父が「今日はどの家がお金を布施したんだ?」と尋ねると、兄さんは「アラク・ダー・ゴンパツァンの親戚が亡くなったそうです。法要は二日間ということで、布施として麦焦がしが好きなだけもらえたので、袋一杯もらってきました。また僧四人毎に一頭分のソクの肉が配られるそうです」と答えた。なんといっても、僧一人が僧院で自活できただけではなく、その親族二人も生活できたのであるから、僧院が裕福であったというのは事実である。

ある日、兄は私に「明日正午に、お前はこの鍋を持っていって、僧院の厨房の前の周回路へ行ってくれ。そこでは毎日昼にトゥクパをくれる。人がたくさんいるけど、お前は小さいから恥ずかしがることはないよ。そこへ行ってトゥクパをもらってきて」といった。

次の日の正午、私が周回路に行ってみると、たくさんの老人と子供がマニを唱えていた。私がそこへ行くと、一人のおばあさんが、「なんとまあ可哀想に。ドゥルコの下の子供じゃないか。ここに座ってトゥクパをいただきなさい」といったので、私はそこに座ってマニを唱えながら待っていた。少しして、三、四人の僧侶がトゥクパを運んできて、そこに待っている人達に配りながら、「マニを唱えなさい。浄飯、浄水はありがたいものだ。マニをたくさん唱えなさい」といった。私の番が来ると「やや、ここに見かけない子がいる」といったので、おばあさんが「この子はナクツァン家の下の子供です」といった。僧侶は「ああ、そうか。それではこの子はメシュルツァンの亡くなった娘の子供だな。新入りよ、お前には肉の入っている所を入れてやろう」といって、私の鍋の中に、大きな柄杓でトゥクパを掬って入れてくれた。私の鍋は小さかったので、トゥクパは外にあふれた。そして手には持てないほどに鍋が熱くなったので、冷めるまで待たねばならなかった。

皆はトゥクパを持って帰り、残りはそこにいる犬達に配られた。トゥクパが冷めてから、私もそれを持って住まいに戻った。そのため夜に兄が戻ってきた時、夕食の仕度をせずにすんだ。兄が「明日はもらいに行かなくてもいいよ。毎日行ったのでは、食べきることができないから。一日おきに行くといい」といったので、私は一日おきにトゥクパをもらいに行くことにした。

第17節

ある日、ギャコル叔父は私を連れて、近隣の家に読経へ出かけた。私達二人が家に着くと、竈の下手から老婆が「あれあれ、この子はナクツァン家の子じゃないですか?」と聞いてきたので、叔父は「この子はドゥルコの下の子だよ。この頃二人の子は私の所で暮らしていて、私が面倒を見ているんだ」と答えた。

老婆は、「この子達の父親は、あちこち放浪していて、面倒を見ることができるんですか? 可哀想に。小さな子供なのに、ほったらかしにされても大丈夫なのはすごいね」といった。叔父は、「この二人はとても良い子だ。上の子はもちろん、下の子も炊事や水汲み、燃料集めなどなんでもできる。自分のことは自分でできるんだ」など、兄と私について色々なことを話した。

夜になって戻る時、この老婆は私の懐に大きなバターの塊を入れ、また大きな肉の塊を二つと、腸詰などをくれた。叔父は私に肉を担がせ、二人で僧院へ戻ってきた。兄は茶を作って待っていてくれた。私は背負っていた肉を下し、それから懐のバターを取り出そうとしたが、それは衣の内側の毛にくっついてしまっており、取り出すのが大変であった。そのあと三人で夕食を食べている時、叔父は「お前達の父親はちっとも会いにもこない。今度戻ってきたら、叱ってやろう」といった。しかし数日して父が戻ってくると、叔父は父と色々ととりとめもない話をするだけで、叱るような言葉は口にしなかった。

親戚達がいつも父に、「あちこち出かけて、長い間子供達をほったらかしにしていてはいけない」といっても、父は「俺の息子達は、小さい時から自分のことは自分でできる。しかも年毎に何でもできるようになっているので、心配することは何もないよ」と答えるだけであった。そして僧院に十日程いては、再びどこかへ出かけて行った。

兄と私は慣れっこになっていたので、父がいようといまいと平気だった。ある時、「父さん、今度は早く戻ってきてね」といった所、父は「良い子だ。お前は兄さんのいうことをよく聞きなさい。良い子にしていたら、父さんはじきに戻ってくるから」と答えて出て行った。すぐに戻ってくるとはいっても、その時は二か月も戻ってこなかった。

ギャコル叔父はいつも、私達兄弟二人と一緒に居てくれて、愛情をもって接してくれた。私もまた、周りの誰よりもギャコル叔父を慕った。ある日叔父は、自分の皮衣を切り開いて、私に暖かい服を作ってやろうといい、一、二日間あちらを縫い、こちらを切るなどしていたが、どうしても私にそれを着せることはできなかった。とうとう「服を作るのは難しい。私にはできない。お前の父が戻ってきたら手伝ってもらおう」といって、放り出してしまった。

またある日叔父は、今日は禁語の行をするといって、口をきかなかった。私はギャコル叔父の誓いを邪魔してやろうと思って、叔父の前へ行っては、「お茶を飲む?」などと何度も呼びかけた。しかしどうしても口をきいてはくれなかった。それで後ろから「叔父さん!」と呼びかけてみたが、やはり駄目であった。それから少しして、後ろで「アナナ!」と叫んでみると、叔父は「どうした?!」と声を出してしまい、禁語の誓いはだめになった。そこで私が笑った所、叔父は誓いを破ったことに気付いて、「なんてことだ! 禁語の誓いを破ってしまった! バジュラ・サ・タ・フーン。今後お前のいる所で禁語の行はおこなわない。もしこの事について罪が生じるならば、それはお前が背負うべきだ。もういい、私に茶をもってきなさい。一緒に茶を飲もう。禁語の行が終わってしまったので、どうしたもんか」といった。

それからまた別の日、村からカルトという女が来て、兄と私を彼女の家へ連れて行った。カルトは「なんてひどいことを。息子達よ、私が面倒をみればよかった。ナクツァン家が豊かであった時、私はその手伝いをしていたことがあるの。あなた達のお父さんは私によくしてくれた。牝ヤクやゾモも預かっている。あなた達の面倒は私がみましょう」などと、たくさんの話をした。夜になって、兄は次の日の早朝から集会があるため僧院へ戻っていったが、私はカルトの家に留まった。そこにはダチョクのような遊び仲間がいたので、私は五、六日ほどそこで遊んで過ごした。

それからカルトは私にバターやチュラ※4を持たせて、僧院に送ってきてくれた。僧院の周回路の近くで、小坊主達が石を並べて遊んでいるのを二人で見ていた所、道の下から白い、とても長い口ひげをはやした僧が現れた。彼は私達の近くに来て、小坊主皆に声をかけて、黒糖の塊を配った。私の近くに来たとき、彼は「なんと！　この頭の大きな子はナクツァン家の下の子じゃないか！」といった。カルトが、「そうです。ヌコといいます。いつからご存知ですか？」と尋ねると、「当然知っているさ。この子はわしの孫だ」と答えて、私の頭を撫でて、黒糖をひとつくれた。僧はさらに「お前はツァンパ・メンダンという私の名を知っているか？」と尋ねた。私は小さいころからタムコ叔母たちが「アク・メンダン」について話すのを聞いてきた。顔は知らなかったが、そうだろうと思って「アク・メンダン、僕はあなたを知っています。僕が小さい時、家に来たのですね」と答えると、アク・メンダンはとても喜んで、私を抱き上げて、「おや、良い子だ。この子は私が家に来たことを覚えている。この子は他の子とは違って、わしの本当の孫だ」といった。そして私達は一緒に僧院へ行った。

またある日、いつものように僧院の周回路の所でトゥクパをもらって住まいへ戻ろうとしていると、僧院の水汲み役のソパという者と出会った。彼は片方の目が悪かったので、人々は陰で「めっかちのソパ」と呼んでいた。彼が「ヌコ、どこへ行ってきたんだ?」と尋ねるので、私が「トゥクパをもらいに行ってきた」と答えると、「これからは周回路へ行かなくても良い。僧院の厨房へ来い。俺がトゥクパをやるよ。俺たちが親戚だということは知ってたか?」といった。

次の日、私が僧院の厨房に行くと、ソパと手伝いの僧がジトゥク(米を煮込んだトゥクパ)を鍋に一杯入れてくれた。そして私の椀にも一杯入れてくれた。僧の一人は「おなか一杯食べなさい。鍋のトゥクパを持ち帰ればよいから」といった。その日から、私は僧院の厨房に行ってトゥクパを食べ、家にも持ち帰ったので、周回路へ行かなくてもよかった。

私は厨房でトゥクパをもらう代わりに、そこで働く僧たちのために、燃料を運んだり、時には大きな竈から灰を捨てたり、茶殻を捨てる手伝いなどをしたので、厨房の僧達は、「なんとまあ。この子は小さいのに良く働く」といって、私を特にかわいがって、私が顔や手を洗うのを手伝ってくれ、トゥクパをくれる時には特に肉の多い所を選んでくれた。またバターや骨付き肉もよくもらった。とにかく私には毎日する仕事がないので、食べるものも飲むものも住まいに持って帰った。兄とギャコル叔父もとても喜んだ。

第18節

ある日、僧院の厨房で出た茶殻を少々持ち帰って、乾かしてから石臼で砕き、再び煮てみた所とても良い茶ができた。ギャコル叔父は「ヌコ、こんな良い茶をどこからもってきたんだ?」と聞くので、私は「これは本当の茶ではなく、僧院の厨房の茶殻を砕いたものだよ」と答えた。叔父は「でもこれは本当においしい。それではこれから茶は買えないなら買わなくても良いなあ」といった。

またある日、アク・ソパが早朝より入り口の所から「ヌコ、頼むから今日は水汲みを手伝ってくれないか」と呼びかけてきた。私は、彼が馬を引いて水汲みに行くのについていった。彼は前の日に脛を馬に蹴られ、いつものように働くことができなかったのである。彼は馬の背に大きな水桶を二つ積んでおり、小桶を手にもっていた。水源に着いた時、私が馬の口を押え、彼が小桶で水を汲み、馬に積んである水桶に注いだ。水桶が一杯になると、彼は「さあ、ゆっくりと馬を引いて行ってくれ。厨房に着いてアク達が水を移してしまったら、また戻って来てくれ」といった。

馬を引いて厨房に行き、アク達が水を移してから再び馬を引いて水源に戻り、そこでソパが水を汲み、今度は一緒に僧院へ運んだ。厨房に着くと、ソパと仲間のアク達が「今日はこの子がいなかったら水を汲むことができなかった。アク・ダクパよ、トゥクパの肉のたくさん入っているところをやってくれ」というので、アク・ダクパも、トゥクパを配る時「やあ、僧院の小さな水汲みよ、今日はお前にお礼を差し上げよう」といって、肉のたくさん入ったトゥクパをくれた。それから時々私はソパの水汲みを手伝った。その際は、私が馬を引いて厨房と水源を往復した。

さらに別の日、僧院の厨房用の燃料が置いてある空地で、子供を生んだばかりの白斑のある黒い牝犬が、どういう訳か死んでいた。アク・ソパはこの犬の死体を運んで、僧院の周回路の下の崖から投げ捨てた。あとには、目がまだ開いていない子犬が二匹残された。二匹は小さな声で泣きながらあちこち動いていた。私はその様子を見てとても悲しくなった。「可哀想に。この二匹は母のいない僕と一緒だ」と思うと、涙を抑えることができなった。私は犬達に寝場所を作ってやり、「お前達は怖がらないでここで寝なさい。お母さんの代わりに僕が世話をしてやろう」といった。トゥクパをやっても食べることができないので、それぞれ口移しで食べさせてやった。そうして五、六日もすると、トゥクパの入った椀を前に置いてやると、自分で食べるようになった。子犬達はトゥクパを食べた後で椀を噛んだので、椀の淵はぎざぎざになった。

しかしある日、子犬達のうちで大きい方はなぜか死んでしまい、小さくて真っ黒な方が残された。私は悲しくて、「可哀想に。お前の兄さんは死んでしまったが、悲しまなくてもいいよ。僕と一緒に暮らそう」といい、子犬を懐に入れて、住まいへ運んで行った。兄も喜んで、二人で子犬のための寝床を作ってやったが、夜になっても子犬はそこでは寝ないので、また懐に入れた。懐から子犬が私の口や顔を舐めるので、中々眠れなかったが、子犬に親がいないのが哀れで、どんなにか悲しいであろうかと思い、叱ったことはなかった。子犬は小さかったが、きれい好きであった。夜間用を足す時は、啼いてから外でした。私も昼間はいつもこの犬と話をして過ごした。

兄が僧院の集会に行かなくてもよい時は、二人で犬を連れて僧院の周りや水源などで遊んだ。私は毎日のように犬を連れて僧院の厨房に行った。水汲みの手伝いをする時には、犬は厨房近くの燃料置き場でおとなしく待っていた。厨房からもらったトゥクパを、私達は同じ椀から一緒に食べた。晩方、食べ物を運んで行く時には私が犬の前を歩き、「お前は僕の後をついておいで。そうでないと、道に迷うよ」といっておくと、子犬はよたよたと転びながら、後ろをついてきた。

ある日、兄は私に小さな鈴をくれて、これを犬の首に結べといった。すると犬がどこに行ってもチリチリと音がした。私が行くところには犬が後ろからついてくるので、僧院のアク達は犬の顔を覚えて「これはヌコのしっぽだ」といった。この犬は私の家族であり、話し相手であり、とても良い遊び相手であった。

冬の日暮れの頃、僧院のアク達がグンチュ・チューラ[※5]をおこなっている時には、兄もゴンツォク[※6]に参加しなければならなかった。しかし私を住まいに一人にしておくわけにはいかなかったので、私も兄と一緒にゴンツォクの場所へ行った。グンチュ・チューラは山の斜面でおこなわれ、その前にはとても大きな岩があった。私はそこに入ることを許されず、岩の所で兄を待っていた。いつも待ちくたびれて眠ってしまい、学堂の法会が解散する時に起こされた。法会の後は僧侶たちが議論をし、それが済むと兄と私は住まいに戻った。夜、月が出ている時には兄と手をつないで歩き、月が出ていない時には、歩くことができないので背負われて戻った。

住まいに戻ると、子犬は喜んでぴょんぴょんと飛び跳ね、走ってきて私の顔を舐めた。私も犬を抱いて「オ・ロ・ロ、一人でいて、怖くなかったかい？」といった。犬は餌を食べ終えると、私の懐で眠った。

第19節

この頃、忘れられない出来事があった。チューラの間、大岩の所で寝ていると、頭に暖かい湯がかかって、はっとして目を覚ました。頭を上げて見ると、一人の少年僧が私の頭に小便をかけて「やい、あったかい茶を飲みな」というのであった。月は出ていたものの、それが誰であるかは分からず、傍の二人の少年僧も、「目が覚めただろう!」といって、あざ笑っていた。しかしそこへ兄が来て、小便をかけた少年僧に向かって「お前を殺して、血まみれにしてやる!」と叫んで、頭を水瓶の取っ手で殴った。彼は石の上に倒れ、兄はさらに仲間二人の髪をつかんだ。私の親戚のタブという少し年長の僧も、私に小便をかけた少年僧の耳たぶをつかんで「お前なんか死んでしまえ。お前がした小便を、自分の舌で舐めないなら、この場で殺すぞ」と脅した。少年僧は泣きながら、私の頭や衣を舐めたが、彼の頭からは血が滴っていた。

その時ゲクー（司法僧。僧院内の規律を取り締まる）が来て、その少年僧と仲間二人の頬を張って、「不心得者! 愚かな子供のような真似をしおって!」といって、自分の衣で私の頭や顔をぬぐってくれた。それから私は兄と二人で手をつないで住まいへ戻った。

その次の日の夜、兄は「僕はしばらくの間集会に行かなければならない。お前はそこに行く必要はない。家にいられなければ、犬と一緒に外で待っておいで。できるだけ早く戻ってくるから」といった。

その夜ギャコル叔父が来て、傍にいてくれた。私は、昨日少年僧が私の頭に小便をかけた話をした。彼は「おまえはどうしたんだ？　泣いたか？」と尋ねたので、「兄とタブの二人がそいつの頭をなぐって、自分の小便を自分で舐めさせた。僕は泣かなかったよ」といった。叔父は「強い男は泣かないものだ。人生には良いことも悪いこともたくさん起こる。いちいち泣いていたらどうしようもない」といった。ギャコル叔父は五、六日いて、それからどこかへ行った。

夜兄が集会に行くので、私と犬はチューラの場所まで付いていき、大岩の所にしばらくいた。そこへゲクーが来て「ヌコ、すぐに暗くなるから家に戻りなさい。ここにいるとまた寝てしまうぞ。わかったか？」といった。私は犬を懐に入れて住まいに戻ったが、そこは暗くて静かなので恐ろしく、じっとしていることはできなかった。そこで私は庭の、薪が積み上げてある上で、広げてあるぼろの布団にくるまって兄を待つことにした。

私はそこで眠り込んでしまったが、やがて兄が門を開いて入ってきた。私が起き上がる前に子犬が走って行き、兄に飛びついた。このように、ゴンツォク中は私と子犬は、庭の薪の上で兄の帰りを待った。

ロサルの前、父が来て、私を連れて村へ出かけた。最初に私達はグルチョク叔父とリドゥン叔母の所へ行って、そこで十日以上過ごした。そこにはゲタ兄さんや、チュキ姉さん、トゥクパ姉さんなどがいて、毎日私と遊んでくれた。ゲタ兄さん[※7]は、よく私を連れて家畜番に行った。その時皆は私のことを「ヌコ」と呼んだ。タムコ叔母とリドゥン叔母も「ヌコ、ヌコ」と呼んだので、結局「ヌコ」が私の呼び名になってしまった。ラマからいただいた「ゴンポ・タシ」という名前は誰も使わないので、私が小さい時には祖父がいつも、「お前達は私の孫の名をちゃんと呼びなさい。ラマからいただいたゴンポ・タシという名前を使わないと、忘れられてしまうぞ」といったが、皆は気にせず、いつも「ヌコ、ヌコ」と呼んだ。ラマからいただいた名前は本当に忘れられてしまって、その名を使う人はいなくなった。

ある日、ノルタ叔父とゴンダプ兄さんが迎えに来て、彼らの所へ来いといった。次の日の別れ際、リドゥン叔母が「あなた達二人、要るものはない？」と尋ねた。父は「何も要るものはないよ」と答えたが、私は「兄さんと僕にはバターがないので、少しください」といった。叔母は「なんてことだ。こんな小さいのに、そんなことを心配して」といって、父と私にバターやチュラをくれた。

ノルタ叔父は、私の父の姉妹の同居人であった。彼にはゴンダプ[※8]とツェホル[※9]という二人の息子がいた。彼らの母親は亡くなってしまい、その後で、タムコ叔母と一緒に暮らすようになった。父と私が彼らのテントへ行くと、ゴンダプとツェホルの二人がいて、私をとても可愛がってくれて、毎日一緒に遊んだ。タムコ叔母は、「もう僧院に戻るのはやめて、私の所にいなさい」というのであったが、私は「僕が戻らないと、兄にお茶を作ってあげる人がいないし、犬も飼っているんだ」といった。すると叔母は「それじゃあんたはお茶を作ることができるんだ」というので、私は「できるよ。兄とギャコル叔父さんが二人とも集会に行ってしまったあとで、僕が茶を作り、食事の支度をするんだ。それから水汲みも、燃料集めもする」というと、彼らは信じられない様子であった。しかしノルタ叔父は「それは本当だろう。こんなに小さいのに何でもできる子だ。良い勉強をしたな」といった。

その六、七日後、ゴンツェ叔父が来て、私と父をメシュルツァンへ連れていった。そこにはラプテン兄さんやキャプゴ兄さんがいて、他にも周りの遊牧部落の子供達がたくさんいた。十日ほど、どのように過ごしたかは覚えていないが、その後でゴンツェ叔父は私達のために羊を殺して、その肉とバター、チュラ、トゥ（バターとチュラ、砂糖、麦焦がしを捏ねて作った食品）、麦焦がしなど食料をたくさんくれた。そして、父と私と共に僧院まで送ってくれた。

（このように、ナクツァン家の家庭はなくなったが、私達父子は生活を続けていかねばならなかった。行くべき所、住むべき所がないということは、同時に、行きたい所へ行く自由、住みたい所に住む自由があるということを意味する。凍えない程度の服があり、腹を満たす程度の食べ物があれば、心配することは何もない。他人から見れば、屋根に瓦がなく、家に財産がなく、外にソクがいなければ幸せは存在しない。しかし率直にいえば、人は信じないだろうが、私にとっては、改めて考えても決して不幸ではなかった。

父は家庭についての心配を全くせず、心の赴くままに放浪した。二人の息子は僧院のお陰で食べるもの、飲むものには不自由しなかった。年は小さいものの、自分のことは自分でして暮らしていた。どう考えてみても、それを不幸と呼ぶことはできなかった。

私自身を例にとると、このような生活を不幸に思うことはなかった。時々は、母親が死んでしまったことに対して悲しく思うことはあったが、大体は父がいたし、血を分けた兄弟の兄もいた。その頃はまた同居人で話し相手、遊び相手の子犬もおり、不幸なことは何もなかった。一日として、自分を惨めだと思うことはなかったのだ）

第20節

ロサルが済んでしばらくしてから、マチュとギュチュの土手に赤い草の芽が生えてきた。僧院の土壁の側にも多くの草が生えてきた。そうなると、もう春は遠くない。私は以前の様に僧院の厨房へ行って食事をもらい、余りを住まいへ持って帰った。子犬は　私を見つけると走って来て、私の顔を舐め、あちこち走り回って喜んだ。子犬にはトゥクパと、時々は骨を与えた。その頃は、父が僧院に来てから二か月ほどたっていたが、毎日僧院の内外の家族や顔見知りの僧侶を訪れ、昼間は私達の所には殆どいなかった。

父は時々「ヌコ、今日は一緒に行こう」といって、私を連れ出して村へ行き、四、五日僧院には戻ってこなかった。どの家に行っても、「ドゥルコ、この子はお前の下の男の子か？　ニンジェ[※10]、こんなに大きくなって」といわれるのであったが、父は「この子は下の子だよ。あと二年したら、この子も出家させる」というのであった。私達が帰る時には、バターやチュラをいくらかくれるのであったが、父はそれらをタレン（ヤクの背中にかけて用いる袋）にいれて私に背負わせた。ある女が「そんなことをしちゃいけませんよ。子供には重すぎるでしょ」と注意したが、父は「この子は大丈夫、背負えるよ」といい、私も「僕は家では水を運び、燃料も集めている。これぐらいのものは運べるよ」といって、バターやチュラを運んで父と一緒に僧院へ戻った。

家に戻って「兄さん、バターやチュラをたくさんもらってきたよ」というと、兄は「今はバターもチュラもかなり残っている。夏までは十分もつね」と答えた。

ある日父は、「ヌコ、二人でチュカマのゴンツェ叔父とノルタ叔父の所へ行こう」といった。私が「僕達が行ってしまったらジャペ兄さんが茶を作るの？」と聞くと、父は「そうだ。ギャコル叔父と一緒だから大丈夫」と答えた。

夜、兄が帰ってきた時、父は「ジャコ、俺がヌコと一緒にチュカマへ出かけてしまっても大丈夫か？」と尋ねた。兄は「僕は毎日ツォク（法会）に行かねばならない。食べ物や飲み物は僧院から貰うから問題はないよ。ヌコ、春に村に行けば、ヨーグルトや乳をたくさん飲める。父さん達がいなくても大丈夫。明日にはギャコル叔父さんが戻ってくるしね」と答えた。

「ジャペ兄さん、村へ行ったら何かもらってこようか？」

「何も要らない。お前は村でヨーグルトや乳をたくさん飲めばいい」

「じゃあヨーグルトと乳を持って来よう」

「ヨーグルトや乳を運んでくることはできないよ」

二、三日して、父と私は二人でジョルという名の馬に乗って、マチュの船着き場に行った。僧院の前の船着き場で木製の舟に乗り、ロチュという男によってマチュの対岸に渡してもらい、そこからまた一日進んでラデのサンゲトンという所で再びマチュの川岸に出た。そこには舟もなく、浅瀬もなかった。そこで父は革袋を体に結び付けて、私を背中に背負い、馬を追いやってマチュを泳いで渡った。

その夜ノルタ叔父の家に着いた。その頃彼のテントはマチュの川岸のクシン・トロクにあった。父と私が来ると、彼らはとても喜んで、タムコ叔母は「何と大きくなったこと。お願いだから他所へは行かないで、叔母さんの所にいなさい」といった。

十日以上が過ぎて父は、「明日、ヌコと二人でメゴンツァンへ行く」といったが、タムコ叔母は「あんたは良いけど、ヌコは残していきなさい」といって私を置いていかせた。父はその次の日に、ノルタ叔父に送ってもらってゴンツェ叔父の家へ行った。出発に際して父は「ヌコ、叔母さんのいうことを良く聞きなさい。すぐに迎えにくるから」といった。

私はノルタ叔父の家に留まって、ツェホル兄さんや、周りの家のたくさんの子供達と一緒に遊んだ。クンネ、チュンキ、ドルパ、スパなど私と同年代の子供達と、毎日山へ行ったり、川へ行ったりして裸で遊んだ。時には喧嘩をし、時には笑いながら、日がたつのも忘れて過ごしていたが、夜に戻ってくると、父や兄、子犬のことを思い出すこともあった。

一緒に遊びに行く子供達の中で、私とクンネという少女は同じ年頃で、彼女は私のことを「ヌコ兄さん」と呼んで、私の行く所はどこでも一緒に来た。ある日二人で山や川で遊んでいると暗くなってしまい、彼女が怖がって一人では家に戻れないというので私が送って行った。彼女の家に着くと、一人の女が「ナクツァンの息子よ、うちの娘はあんたの傍を離れられないから、大きくなったらあんたの嫁にしてちょうだい」といった。その頃私はまだ幼かったので、そういう話には少々恥ずかしさを感じた。

ある日、私とクンネが川岸で遊んでいる時、彼女が「ヌコ兄さん、大きくなったら私をお嫁さんにして」といった。私は「僕は大きくなったら出家しなくちゃならない。でもラサに連れて行ってあげようか?」といった。彼女が「でもアクになったら、女の子を連れてラサへ行ってもいいの?」と聞くので、私は「その頃はもう大人だから、大丈夫だよ」と答えた。その頃の私達は、無邪気にこんな話をしたものだ。

晩春になって、山や平地は若草に覆われ、早咲きの小さな花々があちこちに咲いていた。その日も五、六人の子供達と一緒に遊びに出かけた。ツェホルやドルパ達はナキウサギ（アダ）[※11]を捕まえるといって山へ行き、クンネ、チュンキや私達は花を摘んで遊んだ。しばらくして、ツェホルやドルパ達は、ナキウサギは捕まらなかったといって戻って来た。

その時チュンキが向こうから「ここに来て。ひな鳥がいる」と叫んだ。皆でそこへ行ってみると、本当であった。土塊の傍の、巣の中に、ひな鳥と卵が三個あった。ツェホルは、「見るだけにしておいて、そっとしておこう」といった。そしてひな鳥と卵を取り上げて、そっと撫ぜてから元の巣に戻した。ドルパは、「僕はひな鳥を家に持ってゆきたい」といったが、私は「家に持ってゆけば死んでしまう。ひな鳥を殺しちゃいけない。ひな鳥を殺せば、死んでから鳥に生まれ変わるそうだよ。巣に戻せば、親鳥が世話をするから」といったので、彼もひな鳥を巣に戻した。

それから麓に降りると、また子供達が巣を見つけた。私と女の子達はそこへ行かず、川岸に行った。少しして子供達の中で喧嘩が起こった。ツェホルがドルパの髪をつかんで、「この野郎、殺すなというのが分からないのか！　これでも食らえ！」と叫びながら、鳥の卵をドルパの口に押し込んでいた。私達がそこへ着いた時には、四個あった卵のうちの二個は地面に落ち、ドルパの顔は卵でどろどろになっていた。スパも「地獄へ行け！　殺すなっていったのに！」と叫んだ。このように、男の子達が喧嘩をしている一方で、私達は川岸へ行った。

日中はとても暑くなった。子供達は裸で川の中へ入って水をかけあって遊んだ。男の子達は魚を捕えようとして、ツェホルが「今日僕達は魚を捕まえよう。でも魚を殺してしまったら、それを生でたべるんだぞ！」といった。私達は魚と、小さな蛙をたくさん捕まえて遊んだ。クンネは、「ヌコ兄さん、魚を殺すと罪が大きいというのは本当？」と尋ねてきた。私は、「魚を殺すと罪は二倍になるよ。アク達がいうのには、魚のように血のない生き物を殺すことから来る罪は、懺悔では浄められないって。魚を殺すと、夜寝ている時に魚の姿が目に浮かんでくるそうだよ」と、自分でもよくは分からないことをたくさん話した。

突然、雨と風が強くなって、子供達は自分の家に戻れなくなってしまい、川岸にあるタムコ叔母の家へ行った。タムコ叔母は「今日の天気の様子を見ると、あんた達は、川で魚を殺したね？」といった。私達は彼女に、魚を捕まえはしたが殺しはしなかったと、さかんに言い訳をした。叔母は「川で魚を殺さなければ、空が荒れることはないんだよ」といった。私は叔母の言葉は本当であると思い、それを忘れることはなかった。しかし、なぜ川で魚を殺すと天候が荒れるのかは分からない。叔母もその理屈を説明してはくれなかった。

父がいつも私に、「ヌコ、男たるもの鳥や虫を殺してはならない。鹿やドン（野生ヤク）や熊を殺してこそ一人前の男だぞ」といっていたことも忘れがたい。このように、幼い時から魚、蛙、鳥、虫など小さい生き物に哀れみをかけ、殺すことは罪悪であると思ってきた。どんな小さい生き物であっても、それぞれの喜び、悲しみ、苦しみがあり、父や母、子供達がいる。理由なく殺してはならない。

第21節

ある日私達が川岸で遊んでいると、上の遊牧部落のショツェという老人がそこにやって来た。彼はしばらく私達が遊んでいるのを見ていたが、小さな蛙を一匹捕まえて、「さあ、お前たちの中で、誰に勇気があるのかを見てやろう。父親のように勇気があるなら、この蛙を口の中に入れてみろ」といった。子供達は笑って崖の方に行ってしまったが、私はそこに立ち留まっていた。私は蛙を口に入れたことが何回もあるので、何も怖いことはなかったのだ。

彼は「おや、お前はどこの家の子だ？　お前の父と同じ勇気がある所を見せてみろ。さあ、蛙を口に入れてみろ」といって、蛙を私の口に押し込んだ。彼は「怖くないのか？」というので「怖くないよ」と答えると「お前はどこの家の子だ？」と尋ねてきた。私が「ナクツァン家だよ」と答えると、彼は「おお、そうか！　父親と同じく勇敢な子だ。そうすると、わし達は親戚同士だ。お前はわしのツァゴ（孫）になるわけだな」といった。そこで、「もし僕達が親戚同士なら、どうして僕の口に蛙を突っ込むの？」と聞くと、老人は「さすがだな。勇敢な息子よ。明日わしが迎えに来るから、どうか我が家に来てくれ」といって去っていった。

子供達が戻ってきた時、クンネは「ヌコ兄さん、怖くなかった？」と聞いた。

「怖くなんかないよ」

「蛙を口に入れると、喉から腹に入って、そこで蛙の子供がたくさん生まれて、お腹が裂けてしまうのよ」

「誰がそんなことをいったの？　それは嘘だよ」

「ツェコおばさんがそういったわ」

その時タムコ叔母さんが、「子供達、早くここに来なさい。おいしいシャクツァムをあげるから」と呼んだ。私達五人は走っていって、叔母の前に並んで待った。叔母は皆にシャクツァムを一杯ずつくれた。それを少し食べてみると、本当においしかった。そこで口一杯頬張ると、喉につかえて戻すことも飲み込むこともできず、息が詰まって目から涙が滂沱と流れ、頭がぐらぐらと揺れて後ろに昏倒した。そこでクンネが「タムコ叔母さん！　ヌコ兄さんの喉につかえた」と叫んだので、叔母が駆け寄って、私の背中を拳で叩き、熱い茶を飲ませた。しばらくして、私は息をふきかえし、シャクツァムを飲み込んだ。叔母は「なんてことだ！　本当にびっくりした。死んだんじゃないかと思ったよ！」といった。

本来シャクツァムは、骨から脂肪を削ぎ取り、麦焦がしと捏ね合わせて作る非常においしいものである。しかし、私には特においしい物を食べる縁がなかったのだ。その後でも、叔母は喉につかえた事を取り上げて、「本当に、ヌコの喉はイダー（餓鬼）の喉のように細くて、いつもつかえるんだよ」といった。だからシャクツァムを食べる時には、叔母は私が口一杯に頬張ると、その度にお茶を飲ませた。お陰で、それ以来シャクツァムが喉につかえたことはない。

その頃ノルタ家には、放し飼いの老犬が一匹いた。遊牧部落の人たちは、その犬をギャルと呼んだ。私はそのギャルの頭を押さえたり、背中に乗ったりしていたが、ギャルはうなるだけで、噛んだりはしなかった。いつも私はギャルを連れて行き、子供達と一緒にその背中に乗って遊んだ。タムコ叔母は「そんなことはやめなさい。いつか噛まれるよ」といったが、「分かった」と答えて、ギャルの口に指を突っ込んで調べて見ると、口の中には歯が二本しか残っておらず、心配することは何もないことが分かった。ある時、私が前に乗り、クンネが後ろに乗って馬のように走らせようとした。しかしギャルが動こうとはしないので、私は手に持った棒でギャルをつついて「チョチョ」といった。ギャルは立ち上がって口をあけ、私の手と脛を噛んだだけでなく、地面に落ちたクンネの肩も噛んだ。クンネは悲鳴をあげ、立ち上がって逃げ出した。

タムコ叔母はギャルを捕まえて、「お前達は噛まれた方がいい。やめろというのに聞かないからそうなるんだよ」といった。彼女は、自分の衣から皮を剥ぎ取って、私達の傷を覆った。クンネは泣いていたが、私の傷は小さかったので泣いたり怖がったりする必要はなかった。叔母は「犬に感謝するんだね。お前達二人は犬に乱暴をした。年寄りの、おとなしい犬を乱暴に扱ってはいけないよ」といったが、私達二人は自分の傷を見つめるだけで、黙っていた。少しして、叔母は麦焦がしを捏ね、それを私の手と足の傷に押し付けて血をぬぐい、「さあ、行ってこれを犬に食べさせなさい。そうしないと傷口が膿むよ」といった。私はその麦焦がしの塊を持って行き、ギャルに与えた。ギャルは嬉しそうに尻尾を振り、私の手と足の傷を舐め、こびりついた血をきれいにしてしまった。私は「この野郎、よくも噛んだな。もうおまえは可愛がらないから」といって、また犬の頭を押さえて、口の中に手を突っ込んで、歯の数を数えた。叔母は「犬にかまうんじゃない。また噛まれるよ」といった。

その時ノルタ叔父が「ヌコ、ここに来なさい」といったので、近くへ行くと、杯で水のようなものを飲んでいた。叔父は「今日はお前に勇気があるか見てやろう。勇気があるならこれを一口飲んでみろ」といった。私は何も考えずに杯からその水のようなものを飲んだ。飲み終わるや、舌がしびれ、喉がとても熱くなった。叔父は「さすがは我が息子だ」といった。叔母は「あんた、こんな子供にチャンを飲ませでどうするんだ」といったが、叔父は「男の子がチャンを少々位飲んだ所で、どうということはないさ」と答えた。

少しして、私は頭がぐらぐらしてきたので、「チャンで酔っ払った」といい、裸でふらふらと歩き回った。叔母は入り口の所で茶を飲んでいたが、私がぶつかったので、茶をこぼしてしまった。叔母は「気違いのふりをすると叩くよ！」といったが、私はテントの上手へ走って行って、テントのゴレ（入り口に垂らす布）に抱き着いた。そのゴレは古かったので、裂けてしまった。叔母は「今日は勘弁しないよ！」と叫んで、一本の革紐をつかみ、私を追いかけてきた。私は逃げる時、テントの杭に足を引っかけて転んでしまった。叔母は私を捕まえて、背中と尻を革紐で一、二回叩いた。

その時ノルタ叔父が来て、私をテントの上手へ連れて行って「なぜ叩く？　チャンで酔っただけじゃないか。ヌコはテントの中へ戻りなさい」といった。叔母が革紐で叩いた痕は赤く残ったが、私は泣かずにツェホルの所へ行った。彼は「あの人は気違いじゃなかろうか？　革紐なんかで叩くなんて。でも男ならこれ位大丈夫だ」といった。

その時叔母が「ヌコ、ここへおいで。ちょっと見せてみなさい」といった。ツェホルは「行くなよ。また叩かれるぞ」といったが、私は立ち上がって叔母のテントへ入った。叔母は「ひどく叩いたね」といって、私に黒糖の塊を二個と、ヨーグルトを一杯くれた。私はヨーグルトを食べながら入り口の所に座っていた。

第22節

　ある日、私がヨーグルトを食べていると、ゴンダプがトル※12（ゾモと種ヤクもしくは種牛との交配種）の死骸を持ってきた。叔母は「ヌコ、ヨーグルトを食べ終わったら、（野生の）葱を何本か取ってきておくれ。今日はアテルワテルを食べよう」といった。私が葱を持ってゆくと、叔母はトルの肉を刻み終わっており、そこに葱や塩などを加えた。それを丸めて、ゾモの羊膜で包んで紐で縛り、十個以上の団子を作った。それを煮て、一人二個ずつ食べた。この時初めて私はアテルワテルというものを食べた。以前にもアテルワテルという名前を聞いたことはあったが、食べたことはなかったのだ。今日アテルワテルを作ってもらい、実際に食べてみると実においしいのであった。

　タムコ叔母は「アテルワテルの中にトルの血を混ぜるといいんだよ。それに肺に血を加えて食べてもおいしいね」といった。そこで私が「またトルを殺したら、僕がアテルワテルを作ってみる」というと、叔母は「トルを『殺した』といってはいけないよ。トルを『もらった』といいなさい」といった。つまり、この地域では、ゾモがトルを生むとすぐに窒息させてしまうのであった。※13「トルは日の光を知らない」といわれる。このように殺したものは、「殺した」とはいわず「もらった」という。ゾモが多ければ、トルもまた多く生まれる。トルが多く生まれれば、アテルワテルを食べることも多くなる。

　したがって、家畜の中でも哀れなのはトルである。命を断っても、それは「殺した」とはいわれず「もらった」といわれるのである。これは、トルを殺す者が自分に罪が及ばぬよう願うごまかしにすぎず、殺しは殺しであり、それを「もらった」と呼び代えたところで意味はない。しかしこれはその地域の習慣なのであった。

トルを殺した女は、「トルをもらった」のであり「トルを殺した」のではないから自分には全く罪がないと考えて、安心したいのかもしれない。しかし実際に因果や後生があるならば、「殺した」のではなく「もらった」のだから罪がないということになれば、命に対し命で報いる必要もないということになる。命あるものを殺せば、九倍の命で報いねばならないといわれる。トルを殺しても九倍の命で報いる必要はないとしても、少なくとも命には命で報いる必要があるように思う。それもなく、トルを「もらった」ことに罪がないならば、閻魔王といえど因果を公正に計ることはできないことになる。

ある日、夜食を食べている時、ノルタ叔父は「ヌコ、お前にできるなら、羊の世話をしてみないか?」といった。

「できるよ」

「そうか、それでは明日から母羊と仔羊を別々に放牧しよう。ツェホルが手伝ってくれるだろう。お前は明日から俺の家の仔羊の世話をしてくれ」

「仔羊は何頭いるの?」

「二十頭位いる」

次の日から、私は羊飼いになった。母羊と他の羊を放牧して少しすると、タムコ叔母が来て「ヌコ、お前は仔羊を水辺に連れていっておくれ。散り散りにさせるんじゃないよ。犬には気をつけて。

草は気にしなくていいから」といった。

皆で手伝って、仔羊を崖の下の水辺に連れてゆき、そのあとで彼らは家に戻っていった。私はそこに留まって羊の見張りをした。川は大きくはなかったが、羊腸のように細い流れがあちこち走っていた。川の湾曲部には草が生い茂り、色々な花が輝くように咲いていた。ここは仔羊にとってすばらしい場所であった。

しばらくして、手伝いのドルパとクンネの二人が来たので、私達は遊びながら仔羊の見張りをした。仔羊は寝たり、遊んだりしてまとまっていた。しかし突然ドルパが斜面を登って、皮衣を頭の上で振り回して「ケー・ヘ・ヘ！」と叫んだので、川岸に向かって散り散りになってしまった。クンネは「馬鹿なことをしないで。そんなことをしてどうするの？　仔羊が逃げてしまったら、番をすることができないのに！」と怒った。私達三人は、仔羊のあとを走って追いかけたが追いつくことはできなかった。傍に近づいてゆくと、また川岸に散らばってゆくのであったが、追わなければ仔羊達も逃げずに、自然に窪地に集まってきた。私は二人に「追わない方が良いんじゃない？　また逃げたら捕まえられないよ」といった。ドルパも「本当だ。仔羊達は走りまわって疲れたな。もう逃げないだろ」といったが、クンネは「何をいってるの。仔羊は疲れてなんかいないわ。私達が行かなければ休んでいるけど、行けばまたどこかへ散らばってしまう」といった。しかしドルパが「さあ、行こう。仔羊は逃げないよ」というので、三人で近づいていった。しかし傍に近づく前に、またあちこちに散らばってしまった。クンネが「ほらごらんなさい。追いつけないじゃないの」というと、ドルパは恥じて、指を咥えてこちらを見た。

私達が崖の上に来た時、仔羊達はばらばらになって村の端に移動していた。そこへ村の犬が一頭来ると、全ての仔羊が、この犬のあとについていった。犬は仔羊を噛んだりはせず、自分の家へ向かった。仔羊もまたその犬のあとを追いかけた。村の家畜囲いがある所まで来ると、レプツァン家の番犬がいて、仔羊達はその周りに集まった。この犬は仔羊に吠えたので仔羊達はばらばらになったが、しばらくしてからまた犬の周りに集まって来た。私達は、その近くに行けば噛まれはしないかと心配であったが、近くに行かなければ追うことができなかった。クンネも「どうしよう、犬が仔羊を殺しはしないかしら」というのであった。

その時レプツァン家の、私達と同じくらいの年頃の二人の少女が戸口に来て、仔羊を追って私達の所まで来た。しかし崖の所まで来た時、再び散り散りになって逃げてしまった。二人の少女は私達を手伝ってくれたが、その一人は「あんた達は来ない方がいい。犬が危ないから。私達が連れてくるわ」といった。そこで私達は待っていることにした。

その時また、私と同じくらいの年頃の少年が現れて、彼ら三人で仔羊と、牝ヤクとその仔牛を一緒に連れてきた。私達の所まで来ると、どういうわけか仔羊達は牝ヤクの周りにかたまって、動こうとはしなかった。少年が「さあ、お前達は牝ヤクを連れていきな。家に着いたら、あとから牝ヤクを返してくれればいいから」というので、私達三人は仔羊と牝ヤクを連れて、家の方に向かった。しばらくして仔羊達は走り疲れ、それから立ち止まって、川の屈曲部で休んだ。私達は牝ヤクをゆっくり引いてゆき、牝ヤクを返してから全ての仔羊を村に連れて帰った。

夜、羊が家畜囲いに戻って来る時は、親子は鳴きながら互いを探し、仔羊達は全て散り散りになって群に混じり合った。私達三人は、その日仔羊が上に逃げれば上に向かって走り、下に逃げれば下に向かって走り、落ち着くことなく走り回って本当に疲れ切ってしまった。全く、仔羊は鬼の子みたいなものであった。考えもなく、指示には従わず、草も食べず、水も飲まず、一つ所には留まらず、あちこちをうろついた。私達は一日中それを追っかけていただけで、二度と仔羊の世話はしたくなかった。

夜、私はその日の家畜番の様子を話した。ノルタ叔父、タムコ叔母、ゴンダプはお腹がよじれる程笑った。ノルタ叔父は「羊の見張りをする時には、後ろから追いかけていては駄目だ。羊達がばらばらになったらお前は離れて見守りなさい。近くに行ってはいけない。昼間、日が照って暑くなると、羊達は近くに寄って来るものだ。羊に考えはないので、追いかけると捕まらないぞ」といった。

その次の日から、私は仔羊の見張りをすることに段々と慣れてきた。時々、私は老犬のギャルを連れて羊番に行ったが、おかしなことに、日中日差しが強くなると、仔羊達はギャルの近くへ来て休んだ。ギャルを連れてゆくと、仔羊達はいつもギャルの後ろについて歩いた。私は時々仔羊と仔牛を混ぜて見張りをした。そうすると特にうまくいった。

第23節

その日ドルパとクンネと私の三人は羊の番をして、家へ戻る道すがら、ノルタ叔父の家の大きな乗用ヤクを捕まえた。私達はそれに乗り、そこへまたツェホルが加わった。ツェホルが前、その次が私、その次がドルパ、最後がクンネだった。

私達四人がヤクに乗って家畜囲いの所まで来た時、二頭のゾモが地面に捨ててあったチュルク（ミルクからバター、チュラを取った後の水分）を舐めていた。そのうちの一頭が走って来て、私達が乗っているヤクに体当たりした。ヤクは怖がって暴れて、私達四人を地面に振り落とした。その時、私の眼の中に星のようなものが光り、気を失ってしまった。少しして、気がついた時にはノルタ叔父やタムコ叔母が私を支えていた。ツェホルとクンネの顔には小さな傷がついていたが、彼らは泣きながら私の近くにいた。

私が、「僕はどうしたんだろう。何も分からない」などと考えていた所、タムコ叔母は泣きながら、「ラマ三宝、グンタン・リンポチェ様、良かった。死んでしまうかと思ったよ」といった。その時、背中にひどい痛みを感じた。そして背中の中心から下に向かって血が流れるのを感じた。ノルタ叔父は、自分の皮衣から大きな皮をはがして、私の背中の傷に貼った。私の背中には大小二つの傷があるということであった。大きな傷は、地面に落ちた時に岩にぶつかってできたものであり、皮を貼っておけば問題はなかった。しかし小さな傷の方は、杭の破片が背中に深く突き刺さってできたものであった。傷は狭いが深く、出血が止まらなかった。

六、七日の間、私は起き上がって戸口まで行くことすらできなかった。タムコ叔母は毎日私をテントの端の、日の当たる所へ置いた。「この所ずっと、うちの子は臥せっている。もしかしたら、父親に会わせることができないかもしれない」といって、私に茶をいれてくれて、麦焦がしを捏ねる手伝いをしてくれた。昼間はヨーグルトと、時には肉や大腸、小腸など何でも食べたいものを用意してくれた。ドルパやクンネもまた家から肉やヨーグルトなどの食べ物を持って来て、私と一緒に食べたり遊んだりした。その頃私は特に父や兄を思い出していた。夜、夢の中にさえ何度も父や兄が出てきた。

十日以上たってから再び地面や岩の上を走ることができるようになり、体にもこれといって大きな不具合はなかった。ある日ノルタ叔父が「ヌコ、おまえは本当に気の強い子だ。あんな傷を負ったのに泣きもしなかったのだからな」といったので、本当に嬉しかった。本当は、地面に落ちた時は、あまりの痛さに泣きそうになったのである。特に、父も兄も近くにいない心細さで泣きそうになったのだが、泣きはしなかった。私は、父やギャコル叔父達がいつも、「男の一生には、良いことも悪いこともたくさん起こるものだ。良きにつけ悪しきにつけ、いちいち泣くのは本当の男ではない」といっているのを覚えていたので、「何が起ころうとも、決して泣きはすまい」と決心していた。

タムコ叔母は、「この子は石みたいだね。去年も（骨髄を食べるために）骨を割っていた時、誤って小指を叩いてしまったけど、泣きはしなかった。小さい時は泣き虫だったのに、今は泣くことを知らないみたいだ」といった。ゴンダプも、「ジャペはアクになるのがよい。彼は穏やかで頭が良いからね。ヌコは気が強いから、アクにはならない方がよい。アクになるにはこんなに気が強い必要はない。大人になった時、この子に良い馬と鉄砲を与えれば、敵が襲ってくるのを防ぎ、盗賊を追い返し、立派な武勲をあげるだろう」といった。

ノルタ叔父は「そうだ。彼の父親はいつも『ジャペは徳の苗であり、ヌコは苦難の種だ』といっている。ジャコが一歳になった時、目の前に色々な物を置いて、何を手に取るかを見た。すると一冊の本を手に取ったそうだ。ジャペは本が好きだ。大きくなったら偉大な僧侶になるかもしれない。ヌコは一歳になった時、目の前に置かれた物から草で作った鉄砲のおもちゃを手に取ったそうだ。つまりヌコは鉄砲が好きなのだ。『大きくなったら叔父さんの家から良い鉄砲を借りて、お父さんと一緒に狩りと略奪に行きたい』といっていたそうだ。いずれそうなるだろう」といった。そこでタムコ叔母が「ヌコ、お前は大人になったら何になりたいんだ?」と尋ねたので、私は「大きくなったら鉄砲を背負って、お父さんと一緒に狩りにいきたい」と答えたが、叔母は「そうか。しかしそれは悪いことだよ。罪を積むことになる」といった。

その日は皆で、私の将来についてたくさんの話をした。私は傍らに座って話を聞きながら、あれこれ考えていた。将来何をするか、という問いは子供の頃から考えても仕方のないことのように思えるが、考えてみると、それは誰であっても考えておかなければならないことである。はっきりいって未来のことは分からないので、子供の頃から自分の将来についての望みがあったとしても、大人になってそれを実現させることは難しい。しかし子供の頃、大きくなったらこれをしよう、あれをしようと考えて希望を持つことは、人間というものの本質である。だから私も子供の頃から色々と考えたものだ。

自分の将来について考えてみると、俗世について思い煩う必要がなく、自分で自分を養うことのできる僧になるのもすばらしいことであるし、獣を撃ち、略奪をし、馬を駆り、人を殺める人生も勇壮なものだろう。あるいは妻を迎えて子供達を養い、ノルや羊の番をしながら慎ましい暮らしをするのが良いのかもしれない。何といってもまだ幼かったし、毎日何らかの仕事があるので、将来したいことを考えた所で仕方がなかった。しかし男というものは、幼い時からあれこれ考える中で、とりわけ馬と鉄砲に憧れるものだ。誰でも心の中で、大きくなったら良い鉄砲が欲しいと願わない男があろうか。私もそうであった。いつも父の鉄砲に触りたがった理由もそのためであった。ただ「大きくなってこんな鉄砲を持てたらどんなにかいいだろう」と思っていた。

私が覚えているのは、幼い頃、「大きくなったら、金持ちでも貧乏でも構わない。幸福でも不幸でも構わない。ただ良い馬と鉄砲があれば、他のものはいらない」と思っていたことである。

第24節

その日も私達は川岸で羊の見張りをしながら遊んでいた。クンネは茹で肉を持ってきた。ドルパはラル（角製の容器）一杯のヨーグルトを持ってきた。私はいつものように椀に麦焦がしを捏ねたものを入れて持ってきた。私達は、ある者は主婦、ある者は家長、ある者は客の役をして、一緒に持ってきたものを食べた。日中、ツェホルが、ツェホルやソパなど二、三人の子供がやって来た。彼らは薪や、小さな薬缶さえ持って来た。ツェホルが、「さあ、今からお茶を作ろう。お前たちはワル（ベリーの一種）を集めてこい」というので、皆は川岸の森へ行ってワルを摘んできた。

ツェホルは、「今から誰が勇者であるかを見てやろう。摘んできたワルを、皆が同じ量になるように分けてから、食べるんだ」といった。そこで私達は、各自が同じ分量のワルを食べることにしたが、女の子達は全部は食べきれず、男の子達は全て食べた。

そこでツェホルが「もう十分だ。みんなお湯を椀に一杯ずつ飲め」というので、私達は湯を椀に一杯ずつ飲んだ。彼は「さあ、誰が勇者であるかを見てやろう。勇者ならば、『痛い』とはいわないだろう」といった。

少しして、私達は皆、耐えがたいほどの腹痛に襲われた。ドルパは「ツェホルの野郎、殺してやる！　なんてことをするんだ。腹が痛くてたまらない」と叫んだが、ツェホルは何もいわず笑っているだけであった。女の子たちやソパも「痛い！　お腹が痛くて我慢できない」といった。私もお腹が痛くて我慢できない程であったが、我慢して、痛いとはいわなかった。ツェホルは「見ろ！　ヌコは脂汗を流しているが、痛いとはいわないぞ。彼こそ勇者だ。それに比べて、お前達は駄目だ」といって、笑った。

しばらくすると、私の腹痛は治まった。他の子供達の痛みも治まったようであった。そこで知ったのは、ワルを食べるだけなら大丈夫であるが、食べた後に湯を飲んではならないということである。もしそうすると、死ぬような痛みを引き起こすのである。クンネが怒って「ツェホルは私達にひどいいたずらをした。村に戻ったら、タムコ叔母さんにいいつけてやる」といったので、ツェホルはあわてて「どうか叔母さんには黙っていておくれ（ツェホルはノルタの連れ子であり、タムコが生んだ子ではない）。僕は明日、茶を沸かす手伝いをするから」といった。

羊を連れて村に戻り、テントに入った時、昨日から来ているアムチュル（その家が日常的に読経や儀式を依頼する、馴染みの僧）のゴンツェが、何のための祈祷をしているのかは分からなかったが、麦焦がしを捏ねてトルマ[※14]を作っていた。彼は、バターでできた飾りを付けたトルマを一組、板の上に並べており、さらに残りのトルマを作っていた。私は、トルマとバターの飾りを崩して食べればおいしいだろうと思ったが、手に入れる方法がなかった。

そこで私はアムチュルの傍に行って、小さな声で「アク、僕にトルマをひとつくれない？」と尋ねた。しかし彼は「この餓鬼、なんてことをいう。トルマは食べ物じゃない。あっちへ行け！」と怒鳴って私を追い払った。そこで私はテントの裏へ行って、隙間から覗いてみると、彼が何をしているかは、ドオに置いてある鞍の下から見ることができた。彼は、トルマを作り終える度に板の上に並べ、再びうつむいて次のトルマを作るのであった。私は「お前は僕を餓鬼と呼んだ。今日はその餓鬼がお前のトルマを盗んでやる」と決心した。皮衣を脱いでテントの隙間から入り、ドオの下に置いてある鞍の隙間から手を伸ばしてトルマを一つ取って様子を見た。アムチュルはできたトルマを置いて、再び次のトルマに取り掛かった。そこで私は再びトルマを一つ取った。アムチュルがまたトルマを置いた時、前に作ったトルマがないことに気付いたようであった。彼は口をぽかんと開け、驚いた様子であちこちを調べ、手を伸ばして探ってから、考え込んで「ラマ三宝」と唱えた。そして立ち上がって行ってしまった。

私はトルマを二つ盗んで逃げた。バターの飾りとトルマを混ぜ合わせて食べるとおいしかった。私は食べながら遊び仲間達の所へ行った。彼らにも勧めると、クンネは「ヌコ、トルマは食べちゃいけないのよ。食べると啞（おし）になるよ。私は食べない」といった。しかし男の子達は食べた。ドルパは「嘘をいうんじゃない。全くの嘘だ。俺は僧院のトルマを何回も食べたことがあるけど、啞にはなっていない。それとも今口がきけなくなるというのか？」といった。私は「そうじゃない。啞になるかならないかは運命次第だ。食べたいなら食べればいいし、食べたくなければ食べなくてもいい。自分次第だよ」と答えた。そして私達は前のように遊んだ。

アムチュルは、四、五日の間トルマを作っていた。私は三回トルマを盗んだが、気付かれなかった。ある日、また私が手を伸ばしてトルマを盗もうとしていると、彼が私の手を見つけて「やあ、こいつが盗人だな。あんた達の息子がトルマを盗んでいたんだ！」と叫んだ。私はトルマを一つ掴んで逃げた。

夕方家に戻ると、アムチュルは私がトルマを盗んでいたことをノルタ叔父やタムコ叔母に話していた。二人は笑いすぎて目から涙を流していた。アムチュルは「わしがトルマを作っていると、毎日二つずつなくなった。それはあんた達のスンマ（守護尊）が持っていくのかと思っていたが、今日ドワの下から手が伸びて、トルマをつかむのを見た。本当に驚いて、この魔物は一体何者かと思ったが、よく見ると、あんた達の息子じゃないか！　何てことだ！　この頭でっかちは怖いもの知らずだ。お前は知りもしないだろうが、トルマには食べても大丈夫なものと、食べてはならないものの二種類がある。わしのトルマは食べてはならないものだ。トルマを食べた報いが、二十九日後に起こるということを聞いたことがないのか？」など、それを聞いた人が怯えるようなことをたくさん語った。私はトルマを一つといわず、二つといわず、たくさん食べたが、少しも怖くはなかった。しかしそれ以来、トルマを盗むようなまねはしなかった。

また別の日、ドルパと二人で羊を放牧している時、小さなナキウサギの子供を二匹捕まえた。目が開いてから間もないくらいの子供である。私達二人はそれを一匹ずつ飼うことにした。私はテントの端に小さな穴を掘って、小さな寝床を作った。そこにナキウサギの子を入れ、毎日草を与えて養った。十日程して、ドルパがナキウサギの子の鼻に穴を開け、紐を通して私の所へ連れてきた。私が「可哀想に。鼻に穴を開けたら死んじゃうよ」というと、彼は「ヌコ、こうやって鼻に穴を開けておけば、飼うのは簡単だぞ」といった。

「こんなに小さいのに鼻に穴を開けてどうするんだ。痛くて我慢できないよ」

「穴を開けておかないと、大きくなって山に逃げてしまうぞ」

「大きくなったなら、僕ら二人で二匹を親元へ返そう。何といっても、親の所にいる方が幸せだよ」

一か月ほどして、私達は二匹を元の場所へ戻した。数日後に見に行ってみると、二匹は親と一緒に走り回っていた。それを見て私も嬉しくなった。家族が一緒にいるのに、私達が意味もなくそれを離れ離れにしてしまう必要は何もないのだ。

空には鳥と虫が、地面には獣が、水の中には魚や蛙がいる。その能力は色々であり、人だけが話をすることができるが、全ての生きものにはそれぞれ母子の情愛がある。誰であっても自分の家族と一緒に暮らす幸せを望むものであり、家族が離れ離れになる不幸を望まないのは同じである。

全ての生き物が幸福になるよう苦しみの原因を断ち切らねばならないということは、慈悲の教えが説く真実である。私自身は、幼い時に母と別れたという悲しみを忘れることはできないが、全ての生き物が母と別れることがないようにと願ってきた。

第25節

ある日、タムコ叔母は家で大麦を炒りながら[※15]「ヌコ、私が炒っている時、そこからこぼれた粒があったら、ひとつひとつ拾って食べなさい」といった。そこで私は竈の傍にいて、叔母が大麦を炒る時、鍋の外へ飛び出してきた粒をいちいち集めて食べた。私が「なんで集めて食べなきゃならないの?」と聞くと、叔母は「生きている間に地面に落ちた大麦を拾うと、餓鬼の世界に行った時、それをひと月に一粒食べることができるんだよ」といった。「それなら、僕は餓鬼の世界で一年間食べるだけの粒を拾う」

「お前が一年分しか拾わないと、私の食べる分がないよ」

「それじゃ僕達二人はどうしても餓鬼の世界に行かなくちゃならないの?」

「行くのか行かないのかは私には分からないね。とにかく大麦の粒を拾っておいとくれ」

叔母はいつも「ヌコ、子供はお茶を飲んじゃいけない。お茶を飲むと耳が固くなるから」といっていたが、私は内心「お茶が勿体ないから、子供がお茶を飲まないように嘘をついているのだろう」と思っていた。地面に落ちた大麦の粒を拾うことについても、彼女の話が本当であるかどうかは分からない。しかし仮にそれが嘘であったとしても、地面に落ちた粒を拾うことは良いことであり、そこに不都合なことは何もない。

私と叔母が、地面に落ちた大麦の粒を拾う理由について話している時、上の遊牧部落で多くの人々が騒いでいるのが聞こえた。人々はあちこち走り回り、叫びまわっており、何か慌てている様子であった。私と叔母、他の家族が、上の遊牧部落の様子を見ると、多くの家族のテントの上に、子供達が載せられているのであった。私は不思議に思って、「叔母さん、見て。テントの上に子供達が載せられている」といった。叔母は「なんてことだ。これはいけない。狂犬が走りまわっているんだよ」といって、家族や隣人にも「狂犬が走りまわっている！　狂犬が走りまわっている！　子供達が噛まれないように気を付けて！」と叫んだ。

叔母は私とツェホルをテントの上に載せた後で、テントの入り口を閉め、長いカラ（テントの支柱）を手に取り、家で飼っている犬の傍で待ち構えた。その頃には、近所の全ての大人が手にはカラを持ち、テントの入り口を守っていた。子供達は皆テントの上に載せられ、皆が怯えた様子であった。男は皆家畜の放牧に出払っていたので、残っているのは女と老人ばかりであった。近くのレプツァン家の八十歳の老人は目が悪かったが、長いカラを持ち、入り口の所で「狂犬はどこから来ている？　娘よ、狂犬はどこにいる？」と叫んでうろうろと走りまわっていた。そこでツェコが「おーい、おじいさんを家の中へ連れて行ってくれ。役には立たないから」といった。老人は「そんなことはないぞ、俺の近くに来たなら、必ず倒してやる」といいながら、テントの中へ引っ込んでいった。

その時私は見たのであった。「あっあそこだ。黒い狂犬が向こうから来るよ！」と叫ぶと、皆がそれに気づいた。その犬は巨大であった。尾を後ろ足に挟み込んで、上の部落からこちらへ降りて来るようであった。その時ゴンダプが鉄砲を持ち出して、部落の端から上に向かって走った。しかしタムコ叔母も走って行って、ゴンダプの鉄砲を奪って「狂犬に鉄砲を使ってはいけないし、刃物を使うのもいけない。武器を使うとその毒気で病気になるんだ」といい、代わりに長いカラを持たせた。

狂犬は舌をだらりと出し、口からは血を流しながら、部落の端から走って来た。狂犬は真っすぐにテントで飼われている番犬へ向かってきた。ゴンダプと女が二、三人走って行って、番犬と狂犬の間に割って入った。そして狂犬をカラで殴った。本当に恐ろしい狂犬であった。誰かがカラで殴ろうとすると、振り向いて跳びかかって来た。そこで多くの人々がカラで殴ると、狂犬はますます激しく暴れて、口から血を流しながらあちこちを走りまわった。ゴンダプは「みんな近づくな。犬の吐く息を吸ってはいけない」といいながら、カラで狂犬を殴りつけ、それが折れると一旦逃げて、再びテントの近くからカラを取って来た。

その頃までに、狂犬は私達のテントの方角へやって来た。狂犬がテントの入り口近くに来た時、多くの人々が私達のテントと狂犬の間に立ってカラで殴った。その時、我が家の番犬が、狂犬に対して立ち向かっていこうとした。タムコ叔母は家に走って行って、寝具用の皮衣を取って来て、番犬の頭に被せて押さえつけた。人々は狂犬を向こうに追い払ったので、私の家からは遠ざかった。ゴンダプは石をぶつけて狂犬を倒し、「さあ、倒したぞ。殺してしまえ」と叫んだ。皆は走っていって、犬をカラでばんばんと殴ったが、狂犬は起き上がって、人々の間を走った。女達はあちこち逃げ回り、山へ逃れた。その時上の遊牧部落から少年達の一団が来て、一斉に狂犬に石を投げつけた。しばらくして、狂犬はふらふらしながら山道を下って行き、一声叫び声をあげて、大きな道をたどって消えていった。いかに殴っても、私達の口では倒すことはできなかったのである。

夜、家畜を囲いに入れる頃、ノルタ叔父が下から登って来た。彼は「今日、下の遊牧部落に狂犬が来たけど、そこで殺したぞ」といった。叔母は叔父に、狂犬が現れた時の様子を語り、「ゴンダプがいなかったら、どうしようもなかったよ」といった。

その日狂犬は全ての村人を恐怖に陥れた。私は、その日初めて狂犬を見たが、長い間、私の瞼には狂犬が走る姿が焼き付いていた。それは本当の恐怖であった。叔母は「ヌコ、これから山や道で狂犬に出会ったら、遠回りしなさい。狂犬に立ち向かってはいけない」といった。その言葉は私の心に刻み込まれた。「狂犬に出会ったら、遠回りすること」と。

第26節

秋になり、山と平原は灰色に変わった。私の仕事は十頭以上の仔牛を放牧することであった。仔牛は仔羊とは違って、放牧はいくらか簡単であった。しかし、気を付けていないと、夕方牝ヤクが戻って来る前に仔牛が勝手に会いに行ってしまうことがあった。叔母は「お前の不注意で、仔牛が母親に会って乳を飲んでしまったらお前にやる乳はないよ」といったが、勿論実際はヨーグルトや乳をくれた。

仔牛を放牧させるのに、最も難しいのは次のようなことだった。仔牛の中にいうことをきかないものが二頭いた。どうにかして捕まえようとしても捕まらず、綱をつけるのはとても難しく、やっと首に綱をかけても、抑えるのはとても困難であった。ある日クンネの母のツォキが「仔牛を捕まえるのが難しかったら、塩をやるといい」といったので、私はタムコ叔母に「仔牛に塩をやりたいんだけど」と頼んだ。しかし叔母は「仔牛には絶対塩をやってはいけないよ。塩をやると、成長した時に脚綱やテントの張り綱をたべるようになるから」といった。

しかし別の日、ノルタ叔父が、叔母のいない所でモンゴル塩の塊を三、四個くれたので、それを問題の二頭に舐めさせた。二、三日すると、私が手を伸ばすと駆け寄ってくるようになった。特に、牝の仔牛の方は塩がとても好きで、昼間はいつも私の傍から離れなかった。私もこの牛に塩を舐めさせたが、時々塩のない時には私の鼻水を舐めさせた。そのうち仔牛はいつも私の鼻水を舐めに来るようになったので、叔母はその仔牛のことを「ナプセン（鼻水を舐める奴）」と呼んだ。

ある日、ゴンダプ、ツェホル、メラプ等と共に、マチュの屈曲部の一つで、家畜を放牧していた。時々は、マチュの中に入って水遊びをしていた。その時、どこから来たのか見知らぬ年老いた漢人が、十歳ほどの子供を連れて現れた。彼は片言のチベット語を使い、親指を突き上げて（懇願のポーズ）、マチュを渡して欲しいと頼んできた。老人の服を見ると、乞食のようであった。

ゴンダプ達は「可哀想に、渡してやろう」とか「水の中で死んでしまうぞ」などと話し合った。老人は親指を突き上げて訴えており、子供の目からは涙がこぼれ落ちていた。そこで私はゴンダプとメラプの二人に「マチュの渡し場を知ってるでしょ？　どうかこの二人を助けてやって。それは良い行いだし、手伝ってやらないと、あの子供は死んじゃうかもしれない。どうか二人を助けて」と、親指を突き上げて頼んだ。

そこでラプテンや他の少年たちが手助けをして、マチュの渡し場で向こう岸に渡らせた。私も二人が無事にマチュを渡り終えるのを見て、とても嬉しかった。彼らは、マチュを渡り終わった後で、最後に振り返って手を振った。それは感謝を表す漢人の習慣とのことであった。ラプテンが二人を渡らせてからこちらへ戻って来た後で、皆一緒に茶を飲んだ。その時誰かが「あれを見ろ！　山火事だ」と叫んだ。向こうを見ると、マシェゲジョ・ロの山頂の南側斜面で激しく火が燃えており、時々銃声も聞こえた。高い所に登って見てみると、ゲジョの羊達は火の燃える斜面にいて、人々は羊の群れと火の燃える間に走っていって、羊を誘導しようとしていた。彼らは羊達の間で銃を撃ち、群れを二つに分けた。小さいほうの群れは既に川岸に誘導されていたが、大部分は火の燃えている方へ近づいていった。そして一匹一匹炎に向かって飛び込んでいったのである。その頃までに、炎と煙は大きくなって、辺りが良く見えない程になっていた。炎は合わさって、山頂に登って行った。炎が過ぎた後の山や牧地には、火を飛び越えようとした羊の、黒焦げになった死体があちこちに転がっていた。

火の中に飛び込んだ羊は大体五百頭いたそうである。火はまだ燃えていて、多くの村人が火を消す手伝いに来ていたが、遠くから見ているより他にどうしようもなかった。夜になっても火は燃え続け、山は赤々としていた。遠くから見ると、空も赤く染まっていた。

次の日の早朝、ゲジョから、「火の中に飛び込んでしまった羊については、誰でも捕まえて屠殺し、食べてしまって構わない」という知らせが届いた。羊は、火の中に飛び込むと、その目が火にあぶられて見えなくなる。毛に火が付いて丸裸になってしまい、さらに皮が剥がれ落ちたものもいたし、角と蹄が全て脱落したものもいた。

村の人々は、山と牧地に出かけて、目の見えなくなった羊を追い、綱をかけて捕まえた。ノルタ叔父とゴンダプの二人も綱を持ち、羊を捕まえるために出かけた。羊の皮は焼け焦げていたが、その肉はとても美味であった。お陰で全ての村人に十分な肉が行き渡った。十日以上経った後でも、山にはまだ羊がいたので、人々はそれを捕まえて屠殺した。

後になって人々が語るには、その日はゲジョの青年とミキャン（家や財産をもたない独り身の男）の二人が羊の番をしていた。青年はミキャンに薪を集めるよう頼んだ。彼が羊の放牧地の傍で茶を沸かすための火を起こし、そのまま山を下りて水を汲みに行っているうちに火事となったという。また人々は、「可哀想に羊達は煙にまかれて、火が迫っているのにそこから逃げるのではなく、炎に向かって飛び込んでいったんだ」などと、ゲジョの羊についてのたくさんの話をした。

ある夜、私達の家に老人のチューパ（チューの行者）がやって来た。暗闇の中で彼はチューの行をおこない、時々、乾いた人間の手の皮で、そこにいる人々を老若問わず叩いた。彼はまた目を白くしたり、赤くしたりしながら、非常に大きなチューの儀式用の太鼓を叩いた。どういう訳か、私は子供の頃から太鼓の音が怖く、家で太鼓を叩かねばならない儀式がある時は、家の外に出ているか、隣人の家へ行ってそこで終わるのを待っていることにした。その日叩いたのはチューの儀式用の太鼓で、大きな太鼓ほどではなかったが、その音を聞くといらいらした。しかし外へは出て行かなかった。夜になってから、チューの儀式にはたくさんの人がやって来た。最後に、行者は「明日も続けよう」といって、太鼓をテントの上手に置いた。私は「太鼓に穴を開ければ、そんなに大きな音はしないだろう」と思い、暗くなってからこっそり近づき、端を尖らせた細い骨の棒で太鼓の両面に穴を開けた。

次の日、また多くの人々がやって来た。チューの儀式が行われている時、行者は太鼓に穴が開けられていることに気が付いて、「灰でも喰らえ！　なぜこんなことをする。誰がやったんだ！」と怒りの言葉を発した。ノルタ叔父とタムコ叔母は黙っており、私は外にいた。叔母は私を何度か窺ったが、私は何も知らないふりをした。しかし行者はすぐに音の出ない太鼓を叩き、前と同じようにチューの儀礼をおこなって「フーム・パット」などと声を出しながら、人間の皮を振り回して、そこにいる人々を叩いた。その日私はチューの儀式の場には近づかなかった。

次の日行者が去ったあとで、タムコ叔母は「チューパの太鼓に穴を開けたのは絶対にヌコだよ」といったが、ノルタ叔父は笑い、私はそれをしたとも、しなかったともいわなかった。叔母にははっきり分かっていただろうが、彼女もそれ以上何もいわなかった。災難だったのはチューパである。供物を得るために必要な太鼓が、馬鹿な子供によって穴を開けられてしまったのだから。

第27節

ある夜、私が寝ていると、ツェホルが私の所へ来て「ヌコ、起きろ。早く起きろ」といった。私が「こんな夜に起きてどうするの?」と聞くと、「今晩俺達はソグダンに行って、投石縄（ウルド）[※16]を作るのに使う、ノルの尻尾を盗むんだ」と答えた。私が起きると、彼は「ヌコ、お前は白い尻尾を切ってこい。俺たち二人は黒いのを切る」といった。そこでソグダンへ行って、そこにいる近所全ての家畜の尻尾を切り落とした。

次の日の早朝、近所の何軒かが、ノルの尻尾が切られたといって騒ぎ立てた。ツェホルは私の所へ来て、「叔母さんに聞かれても、白状しては駄目だぞ」といった。ノルタ叔父が「家畜の尻尾を切ったのは、我が家の子供達だろう」というので、タムコ叔母は「ヌコ、家畜の尻尾を切ったのはお前達かい？」と聞いてきた。私は「僕じゃないよ。誰がやったかは分からない」と嘘をついた。

それから十日以上たって、タムコ叔母はツェホルが新しいウルドを持っているのを見て、「死んじまえ！　自分の村のノルの尻尾を切るような奴はろくな者にならないよ。この餓鬼は！　近所で盗みを働いて、恥ずかしくないのかい？　本当にろくなことをしないね。承知しないよ！」といって責めた。しかし、誰も私についてては話さず、私も、誰についても話さなかった。

冬になって、地面も凍った。私は一日中家にいて、遊ぶ以外にこれといった仕事はなかった。昼間はツェホルやラプテン等が遊びに来て、私達は外で馬糞を投げて遊んだ。

ある時、誰が投げたかは分からないが、凍って石のように固くなった馬糞が大きな音をたてて私の右目に当たった。私は地面に倒れ、それから遊びを中断して家に戻った。その日の夜は、右目が痛くて眠ることができなかった。朝起き上がってみると、私の眼は真っ赤になっていた。タムコ叔母は「これはひどい。目が潰れたんじゃなかろうか」といった。ノルタ叔父は「そんなことはないだろう。凍った馬糞が当たったとしても、目が潰れたわけではなく、傷ついただけだろう」といった。四、五日の間、眼の痛みは続いたが、十日ほどして痛みは引いた。しかし、右目は全く見えなくなってしまった。その頃はまだ幼かったので、片目が見えなくても心配することは何もなかった。しかしタムコ叔母は泣きながら、「なんてことだ！　うちの子が盲（めくら）になってしまった。どうしよう。うちの子の目を潰した奴は、早く死んでしまえばいい！」といったが、ノルタ叔父は「何てことをいう。これはわざとやった訳ではない。遊びでそうなったのだから」とたしなめた。叔母が「でも明日この子の父親が戻ってきたら、何といおう。ヌコ、ここにおいで。ちょっと見せてみなさい」というので、私は彼女の近くへ行った。「ヌコ、全然見えないのかい?」と聞くので「見えない」というと、彼女は「なんてことだろう。お前が今年、チューの行者の太鼓に穴を開けたから、その報いじゃなかろうか?」といった。ゴンダプは「あの行者にそんな力はないよ。あったとしても、これでもう悪いことは起らないだろう。今年はもう半分済んでしまった。これからはもう悪いことは起らないよ」といった。ノルタ叔父は「この子にこういうことが起こったのも業のせいだ。あれこれいっても仕方のない話だ」といった。

何をどういおうとも、わたしの右目は見えなくなってしまった。それについてタムコ叔母は「行者の太鼓に穴を開けた報い」といい、ノルタ叔父は「自身の業のせいだ」といったが、子供には分からない話であった。つまりは遊びの中の事故であったが、とにかく私の右目は世の光を感じなくなった。後で、ノルタ叔父は「ヌコ、もうお坊さんになるしかないな。右目が見えないと、銃を撃つことができないからな」といった。しかし私は心の中で、右目が駄目なら左目を使って撃てば大丈夫と思っていた。目に障害があるので、成長してから人は私を「目っかち」とか「片目」と呼んだので少々不愉快な思いをしたが、それ以外は困ったことはなかった。片方の目が見えなくても、大した不便はないなどというのはおかしいだろうか。

後に父に会った時、叔母達は父の怒りを怖れて、急いで私の目が傷つけられたいきさつについて説明した。父は「俺に見せてみろ」といった。私が父の傍に行くと、父は「お前は泣いたのか?」

と尋ねた。

「泣かなかった」

「それでこそ男だ。男ならこれしきの痛みは耐えられるはずだ。大人になって敵に会った時、鉄砲で撃たれても泣くことはできない。『泣けば敵に勝てず、笑えば犬にいじめられる』という。勇敢な男ならば、どんな困難に出会おうとも覚悟しておくことが必要だ。分かったか？」

「アパ、右眼が見えなくても鉄砲を撃つことはできる？」

「できるさ。片方の目は問題ないからな。お前の叔父さんは右目を使うが、左手で銃を撃つ。いい腕だったよ」

「叔父さんはなぜ左手で鉄砲を撃ったの？」

「叔父は以前、馬麒（マーチー）※17の軍と戦った時に右手を鉄砲で撃たれてしまったのだ。その後右手を上げることができなくなってしまい、左手で鉄砲を撃つようになった。お前が大きくなった時、左手で鉄砲を撃てば同じことだ」

　そこでタムコ叔母は「やれやれ、この罰当たりの二人は鉄砲の撃ち方の話なんかして」といったので、皆が笑った。

　良く考えてみると、他愛もない遊びで片方の目を失ってしまったことにはやはり後悔している。しかしながら、自分に起こってしまったことを悔やんでも何もならない。済んでしまったことは済んでしまったことである。業の力によって、ナクツァン家の各世代には目の不自由な者が必ずいるのかもしれない。以前はめっかち坊主のナクツァンと呼ばれる者がいた（第12節参照）。私も出家すれば、めっかち坊主とか、ナクツァン家のめくらと呼ばれたであろう。幼い時、ラマが私につけてくれた名前について、「この名前が良いかどうかは分からない」とおっしゃたように（第6節参照）、ゴンポ・タシという名は私にふさわしくなく、今やめっかちのヌコとか、すがめとか呼ばれるほうがふさわしいだろう。しかし、マデ・チュカマにおいては目の悪い者がたくさんいたので、私一人がそれを気に病むことは全くなかった。

第28節

ある朝、私はギャルを連れて、家畜囲いから出ようとしていた。そこにラプテンが向こうからやって来て私を呼んだ。そこへ行ってみると、彼は「ヌコ、今日は何をするんだ？　仕事がないなら二人で羊の見張りをしに行こう」といった。私は「叔母さんにいってくる」といって家へ戻った。タムコ叔母に「今日、僕とラプコの二人で羊の見張りをしに行くよ」というと、叔母は「行ってきなさい。夕方遅くならないうちに戻っておいで。食べ物を持ってゆくかい？」と聞いた。私は「食べ物はいらない。もう行くよ」と答えて、走ってラプテンと共に羊の見張りをしに出かけた。羊の見張りするのはとても気持ちの良いことであった。羊が遠くに行ってしまった時、大声を出して呼ぶと、羊は自分でこちらへ戻って来た。仔羊や仔牛のように、追いかける必要はなかったので、大変楽であった。私達は羊の見張りをしながら、ある川岸にやって来た。ラプコは「ヌコ、今日はお前に泳ぎ方を教えてやろう。マチュの岸辺に住む者が、泳ぎ方も知らないようじゃ恥ずかしいぞ」といった。

しばらくの間、泳ぎ方を教えてもらったり、遊んだりした後、私達は岩の上へ上がって、持ってきた物を食べた。上流の、川の屈曲部では大きな二羽の水鳥が、四、五羽の子供を引き連れて、ある時は水の中に潜り、ある時は水の上を泳ぐのが見えた。遠くから眺めると、まるで遊んでいるようであった。ラプコが「行こう、鳥の子供を捕まえに行こう」というので、川の屈曲部まで行ってみると、鳥たちは全て水の中に潜ってしまった。しばらくするとまた浮かんできたので、石を投げると、また潜ってしまった。ラプコは「お前は下流から上流へ向かってこい。俺は上流から行く。挟み撃ちにすれば捕まえられるぞ」といった。私が「川が大きいから無理だよ」というと、彼は「それじゃ、お前は岸から石を投げて、鳥が飛ばないようにしろ。俺が行って捕まえてくるから」といった。

彼は川に入ってゆき、私は岸で待っていた。しばらくして水鳥達が水の上を泳いで来た。私が石を投げると、再び水の中に潜ってしまった。私が上流の方を見ると、ラプコが水に潜っていった。しばらくして水の上に浮かぶだろうと思っていると、何回かばたばたした後で、再び水の中へ入っていった。彼の髪の毛は水面で渦巻いており、私は岸辺を走り回っては石を投げて、水鳥が水面から飛ばないようにしていた。

しばらくして、ラプコは向こう岸に着いたが、ふらふらになってこちらへ戻って来た。岸辺に着いた時もふらふらしていた。その時初めて私は彼の具合が変であることに気が付いたので、苦労して彼を助けて川原まで連れて行った。そこで彼は大量の水を吐いた。ラプコは落ち着いてから、「川底の窪みに泥がたまっていて、そこにはまり込んでしまった。危うく死ぬところだったよ」といった。私は、水の中から水鳥を捕まえているのだろうと思っていたので、まさか溺れて死にかけているとは思いもしなかった。今日は水鳥を捕まえるどころか、友達が死にそうになったのだ。川を見ると、水鳥は前と同じように水に潜ったり、浮かんだりしていた。

ずっと後になってから、この事について思い出してみるとぞっとする。もしあの日、ラプコが死んでしまえば、私はどうしてよいか分からなかったであろう。ラマ三宝のお陰で、ラプコは死を免れたのである。

夕方、私達二人はそれぞれの家へ戻った。私が戻ると叔母は「やあ、羊飼いの兄さん、今日は楽しかったかい?」と尋ねた。私が「楽しかったよ」と答えると彼女は「食べ物は何を持って行ったんだい?」と聞くので、「肉とヨーグルトを持っていった」と答えた。彼女が「本当かい? さすがメシュルの家畜持ちだ。私達とは違うねぇ。お前は叔母さんに肉をひと切れ持って帰ろうとは思わなかったのかい?」とからかうので、「そんなことは思いもしなかった」と答えると、彼女は「冗談だよ。さあおいで、お茶を飲もう」といった。私はその日の水鳥の一件については、何もいわなかった。

夜眠る頃、私は父を思い出していた。大体、いつも父(アパ)のことを想っているのだが、その夜は特に強く思い出された。小さい頃から兄と二人で暮らしてゆくようにいわれていたので、兄さんが近くにいれば父のことを思い出さずにすんだのだが。

次の日タムコ叔母は「アパのことを思い出すかい?」と尋ねるので、「少し」と答えると、「ニンジェ。昨晩寝ながらアパと呼ぶのを聞いたよ」といった。「昨晩は、アパが戻って来た夢を見た」というと、叔母は「それはどういうわけだろう。いつもジャペを思い出すといって、アパを思い出すとはいわなかったのに。お前のアパに何か悪いことが起こったんじゃなかろうか？」といったが、それに対してノルタ叔父は「馬鹿なことをいうんじゃない。こんな小さな子供が父親を思い出すのは当然だ」といった。しかしタムコは「この子の話すのを聞いてごらん。ただ思い出しているだけではないよ。何がおこるんだろう」と答えた。ノルタは「ヌコ、明日仔馬の世話をしてみないか？　今日茶色の牝馬が死んで、仔馬が残された。明日からお前が世話をしてやってくれ」といった。私はとても嬉しかった。

次の日の朝、タムコ叔母が仔馬に乳をやってから、首に綱を結んだ。そして私に綱の端を持たせた。叔母は「さあヌコ、仔馬を引いて、河岸まで行っといで」といった。私は仔馬を連れて河岸に行き、そこで仔馬は私の近くで休んだ。しばらくして、仔馬は私の顔を舐め、乳首を探している様子であった。そこで小指を乳首のように突き出すと、仔馬は尻尾を振って小指を吸ったが、すぐに吐き出した。私には仔馬が腹を空かせていることが分ったので、家に連れて帰った。叔母は、ヌラ（角の先に皮で作った乳首を取付けた道具）に乳を注いで、私の手に持たせた。私は仔馬に一口飲ませては歩かせ、また一口飲ませては歩かせて、河岸に戻った。仔馬はお腹が一杯になると、また私の近くで休んだ。

二、三日もすると、首に綱を結びつけなくとも私の行く所についてくるようになった。私が手にヌラを持っているのを見ると、仔馬は走り寄ってきて、尻尾を振りながら嬉しそうに乳を飲んだ。私はいつも仔馬に「ア・ロ・ロ！　さあ乳を飲んで早く大きくおなり。お前の母さんは死んでしまった。僕の母さんも死んでしまった。僕らは似たもの同士だ。僕の世話をしてくれるのは父さんと兄さん。

お前の世話をするのは僕だ。分ったかい?」と語りかけた。仔馬も耳をぴくぴく動かして、私の話を理解しているようであった。

夜、仔馬は独りで寝ようとはしないので、私の傍に仔牛の皮を敷き、その上で寝かせた。私の寝具の半分は私が着たが、もう半分は仔馬の上にかけた。その後、仔馬は昼夜問わず私の傍を離れなくなった。私がどこへ行こうとも、仔馬もついて来た。私がどこで呼ぼうとも、仔馬は走って来た。タムコ叔母達は、「ヌコは仔馬の母親になった」といっていた。

ある日の夕方、私と仔馬が河岸から登ってくる途中、近所のガプマッァンの凶暴な犬が突進して来た。私は地面から石を拾い上げたが、その犬は仔馬の足に噛みついた。傷は僅かで、血が少し流れただけであったが、仔馬は震えあがって目から涙を流し、つられて私も悲しくなって、涙を流した。仔馬をいたわりながら、「オ・ヤ・ロ・ロ! もう大丈夫、泣かなくてもよい。明日はやっつけてやるから」というと、仔馬も私の顔を舐め、懐に鼻面を入れてきた。その時私は本当に胸の塞がる思いがして、「ニンジェ! 言葉は話せないけれど、心は通じ合うんだ」と思った。

二年ほど後に、一度だけその馬に再会したことがある。馬はすぐに私の顔を見分けて、私が呼びかけると、叫び声をあげて駆け寄って来た。私が前のように馬を撫でると、馬の目からは涙が流れた。タムコ叔母も泣きながら「ニンジェ! 動物には心がないというけど、こんなに愛情があるなんて、なんてすばらしいことだろう」といった。ノルタ叔父も「馬というものは、たとえ十年後でも母の顔を覚えている。ヌコはこの馬の母親だからな」といった。私は心の中で、「動物に心がないなんていうことはない。命あるものは全て、たとえ言葉が話せなくても母を愛し、子を想うものだ。もし心がないならば、この馬が二、三年も会うことのなかった僕の顔を覚えているはずはないし、こんな愛情を示すこともないだろう」と思っていた。

第29節

ある春の天気の良い日、ラプテンとゲタ、ツェホル等が私を連れてヤクや羊の見張りに出かけた。山に着くと、ゲタは「ラプコ、今日お前の家の牝ヤクが子供を生むだろう。俺達で初乳をいただこう」といった。ラプコは「搾れるか?」と聞いたが、ゲタは「大丈夫」と答えた。そこで私達は川岸で薪を集めて火を起こした。それから大きくて平らな石を探して、初乳を熱する準備をした。

しばらくして、牝ヤクが子供を生んだ。そこへ行って牝ヤクを捕まえ、羊膜を取り出し、その中に初乳を入れて持ち帰ってきた。ラプコは火の中に平らな石を置き、その上に、初乳の入った羊膜を置いて熱した。その時彼は、「お前たち、後ろに下がれ。笑っては駄目だぞ。笑うと、初乳をいれた羊膜が崩れてしまう」といったので、私達は皆離れて見守った。

しばらくして、「さあ、もう大丈夫だ」といったので、行ってみると、ラプコは初乳を熱し終わり、それが石の上で等しく分けてあった。牝ヤクの初乳は、黄みがかった白色で、ぶつぶつと穴が開いており、見た目もおいしそうであったが、実際食べてみると驚くほど美味であった。

山の上で、初乳を熱して食べるのは初めてであった。向こうを見ると、仔牛が立ち上がって、乳を飲もうとしていた。ゲタが「ヌコ、マニを唱えろ。初乳を食べることは大きな罪だからな」といったので、私はマニを二回唱えた。しかし心では「こんなにおいしい初乳を食べられるなら、マニくらいいくらでも唱えるさ」と思っていた。牝ヤクやゾモの初乳を食べることは、特に罪深いおこないであることは私も知っていた。タムコ叔母も「初乳というものは、生まれたての小さな生き物が、息をし、体を養うために三宝によって与えられたものだ。それを奪って食べてしまうことは、何とも罪深いことだよ」といっていた。

肉を食べれば罪深く、ヨーグルトや乳を飲むことですら罪である。食べても罪のないものは麦焦しくらいだろう。これを食べれば罪深く、あれを食べても罪深いという者達は、自分自身も肉を食べ、ヨーグルトを食べている。そして食べるごとに、マニを唱えれば良いという。父がかつて、「知っているか？　肉を食べるなというのはラマだ。肉をたくさん食べるのもラマだ。だから良い、悪いと簡単に決められるものではない」と話していたことは忘れられない。肉を食べ、血を飲む者達が、徳や罪についてどう考えているのかは分からない。善良な心のためか、仏法の徳を重んじるためか、とにかく肉や血を食べてはマニを唱えることは、チベット人が代々引き継いで来た習慣である。善良な心について説かれても、私は心で、「マニを唱えることでは、肉や血を食べることの罪は消えるものではない。しかしこの娑婆世界に生まれたからには、早晩それらを食べずにはいられない。そのことによってどんな罪が生じようとも、それは本人が担うべきものだ。麦の穂を羊が食べてしまったからといって、山羊に悪口をいっても意味がないのと同じだ」と思っていた。

ある夜、雨雲が集まり、あちこちで稲光が光り、上下の遊牧部落全ての家の犬達が吠え立てていた。ゴンダプはテントの後ろの小高い場所に小さなテントを張って、羊を守って眠っていた。私が寝ようとしている時、一度「ケ・ハ・ボー！」という長い叫び声が聞こえてきた。そして、「パン！パン！」と、たくさんの銃声が響いた。羊の鳴き声、馬のいななき、番犬の唸り声などが一時に響くようであった。私は寝床にいたが、内心はびくびくしていた。ノルタ叔父とツェホルは起き上がって、外へ出て行った。私が「叔母さん、何がおきているの？」と尋ねると、叔母は「ヌコ、狼が羊を襲おうとしているんだよ。心配しないで寝ていなさい」といった。その時ノルタ叔父が家畜囲いの中から「タムコ、ここに来てくれ」と声をかけたので、叔母は起き上がって外へ行った。私は独りになって心細くなったので、起き上がって、テントの中の燈明（とうみょう）がともっている一角に移り、いつしかそこで眠ってしまった。

翌朝起きてみると、驚くべきことに狼は昨夜一回羊を襲っただけで、五頭を殺し、三頭を傷つけていた。ノルタ叔父やゴンダプ等は羊を捌き、腸詰を作って遊牧部落の人達に配っていた。その時向こうから黄色い傘を掲げたアラクと、随行する五、六人の僧侶が現れた。老若全ての村人が走って行って、アラクに拝謁し、穀物やバター、チュラなどを献じた。ノルタ叔父は一頭分の羊の肉を献じ、「これは昨夜狼が殺したものです」といった。彼はさらにアラクに、「どうか我が家にお越しください」と願い出たが、アラクは「今日は駄目だ。上の部落に行かねばならないからな」と答えた。タムコ叔母は私の手を引いて、アラクの馬の傍へ行き、私の右手を馬の鐙に置いて、「アラク・ミルドツァン様。この子は鳥やナキウサギに石を投げて遊んでいます。どうかあなた様から叱ってやってください」と頼んだ。アラクは「それは罪深いことだ。大きくなったら出家させるがよい」とおっしゃったので、叔父と叔母は「分かりました、分かりました」と答えた。それからアラクは、鞭の柄で私の頭をぽんぽんと叩きながら、「これからは生き物を殺すことはない」とおっしゃった。

アラクと随行する僧侶が行ってしまってから、私は心の中で「僕を罪深いといったのは、アラク・ミルドツァンなのだろうか」と訝しく思っていた。本当の所、私はいつも鳥とナキウサギに石を投げてはいたが、小さな生き物を殺したことはなかった。父がいつも「一人前の男は鳥や蛙のような小さな生き物は殺さない」といっていたのを忘れたことはなかったからだ。

ソクウォの土地から、クシン・トロク・カル地方まで、ジョマ[※18]やアドゥブドゥ[※19]、ドゥクキャ[※20]などを掘ることができた。秋になると、タムコ叔母は私を連れてジョマを掘り、ナキウサギの巣穴を探しに行った。

その日も早朝から叔母は小さな袋を背負い、手には棒と鍬をもち、私を連れてジョマを掘りにいった。叔母はジョマの入っている土の塊を起こして私の前に置き、私はそこにあるジョマやアドゥブドゥなどを集めた。叔母は棒で地面を叩いて、ナキウサギの巣穴を探した。地中に穴があるかどうかは、叩けば分かった。ある時叔母は「ヌコ、ここにおいで。今日は大きな巣穴を見つけたよ」といって、地面を掘った。すると地中にジョマとアドゥブドゥ、アロギュロ[※21]、ツァドゥム[※22]などがたくさん詰まった穴が現れた。叔母は「これはもぐらの巣穴だ。オム・マニ・ペメ・フム」といいながら、ジョマを拾い集めた。私が「叔母さん、巣穴を暴くことは罪じゃない？」と尋ねると、叔母は「そうだよ。大きな罪だ。マニを唱えなくちゃね」といった。

もぐらの巣穴の中にはジョマが袋一杯ほど入っていたが、それを取ってしまうと、叔母はアフ[※23]やツァドゥム、アロギュロなどを元のように戻して、土をかけた。私が「叔母さん、これは何のため?」と尋ねると、叔母は「こうしておけば、冬の間もぐらも食べることができるだろう」といった。私は心の中で、「人というのは勝手なものだ。食物を全て奪われてしまったら、もぐらは冬に飢え死にしてしまうだろう。何といっても、食べるということは罪深いことだ」と思っていた。

夕方、叔母と私がジョマを背負って家に戻って来る時、叔母が「さあ、ついでだから竈用の土を少し採っていこう」といったので、クシン・トロク・カルの地の、非常に大きな穴の中へ入って、竈用の土を採った。穴は大きく、中の高さは十尋以上あった。そこでは白い土が採れた。叔母が土を掘り、それを私が袋の中へ入れたが、大きな土の塊を壊した時、その中から小さな鼠が現れた。今にも死にそうだったので、手に取って大事にしていると、叔母は「可哀想に、穴の中にいたんだね。まだ生きているよ」といった。良く見ると、耳たぶが内外二つあり、皮の中に羽と爪が包まれていた。私は「叔母さん、これは鼠じゃない。羽があるよ。まだ息をしている」といって、持って帰ることにした。部落のはずれに来た所で、ノルタ叔父とゴンダプに会ったので二人に見せると、ノルタ叔父は「なんてことだ! これは蝙蝠(こうもり)だ。家に持ち込んではいかん」といった。そこで地面に置くと、蝙蝠は少し歩いてからどこかへ飛び去ってしまった。

蝙蝠は神聖な鳥の様でもあり、悪魔の鳥の様でもある。とにかく、叔母と私の二人が地中から拾い上げて、その命を救ってやったのだ。

第30節

またある日、ツェホルとクンネと私の三人で仔牛の見張りをしながら、川岸で遊んでいた時、私達の遊牧部落の馬の大部分も近くの川の屈曲部にいた。そこへ馬に乗った男が現れ、「お前達はどこの口だ？」と尋ねた。ツェホルが「ゴツァ・ロだよ。何でだ？」というと、彼はさらに「この馬はお前達のものか？」と尋ねた。ツェホルは「そうだ。何でだ？」と答えたが、男は何もいわず去っていった。

前のように遊んでいると、遊牧部落の方から犬の吠えるのが聞こえた。そして人々が叫びながら、あちこち走り回っている音がして、銃声さえ響くようになった。私達は何が起きているのかは分からなかったが、ゴンダプが鉄砲を背負い、馬に乗って現れて、「この間抜け！　馬泥棒が馬を連れて行ったのに、なんで知らせないんだ。さあ、家へ戻れ！」と怒鳴った。そして河の向こう側に渡って、駆けながら鉄砲を二発撃った。向こう岸を見ると、一人の馬に乗った男が、我々の口の馬を十頭以上連れて逃げてゆく所が見え隠れしていた。私達の口からも多くの男達が馬に乗って走っていった。一方私達は仔牛を連れて家へ戻った。

夜になって、ゴンダプと仲間たちは馬を引き連れて戻って来た。そこには鞍のついた馬が二頭おり、その一つは血で赤く染まっていた。ノルタ叔父が「馬を盗みに来たのは、どこの口の者だ？」と尋ねると、ゴンダプは「ラデ・ロ（この場合、ングラ・ラデを指す）だ。五人いた内の一人と馬一頭を殺し、一人に怪我をさせた」と答えた。いつもならチュカマの男たちが略奪に出かけていって、デワの馬を盗んでくるのだが、今日は反対にデワからチュカマに馬を盗みに来たのであった。

まことに、盗むということには止めどない。今日盗んできた馬は、また誰かによって盗まれるだろう。盗人は、そこにどんなに大きな問題が生まれるかを、身をもって知ることになる。このマデ・チュカマの者が盗みに出かけることもなく、また盗みに来る者もいなくなる日が来るのはいつのことだろう？

その頃私はアシャン（母方オジ）にあたるゴンツェツァンの羊の見張りをしていた。その中にいた、黒い斑のはいった仔羊は、母親が狼によって殺されていた。私はいつもその仔羊に塩や麦焦がしやチュラを与えていたので、仔羊も私の傍に来た。夕方全ての仔羊を母羊と一緒にする時、仔羊は喜びの声を上げながら乳を飲む。しかしこの仔羊には母親はいないので、悲しくて泣きながら私の所へ来た。わたしもとても悲しくなったが、仔羊を懐にいれて可愛がってやるより仕方なかった。私が食べ物をやるので、仔羊は私の傍にいるようになったし、私も仔羊を可愛がった。時々は家に置いてある乳を盗んでまで仔羊に飲ませた。仔羊は私が飼っているのも同然であった。私が呼べば、仔羊は頭と尻尾を振りながら駆けてきた。

昼間、麦焦がしとヨーグルトの入った袋を仔羊に背負わせ、紐で括り付けておくと、仔羊は袋を背負ってどこまでもついて来た。休む場所を見つけると、そこで私達は食事を共にした。

ある夜、ゴンツェ叔父が「ヌコ、お前が可愛がっている、あの斑の仔羊はお前にやろう。あの仔羊から生まれてくる羊がいれば、それもお前のものだ」といってくれたので、私はとても喜んで、仔羊の頭を撫でながら「聞いたかい？　お前は僕のものだ。早く大きくなれよ。僕はお前を今日から放生（ツェタル）

にする。だから病気で死なない限り、殺される心配はないよ」などと話しかけた。そしてゴンツェ叔父にも「この仔羊は今日からツェタルにするから、殺しちゃ駄目だよ」といったので、皆が喜んだ。私も自分の羊ができたので、とても嬉しかった。しかし、それからこの仔羊を再び見ることはなかった。あとになって、ラプテンが語ったことによれば、その羊は十二歳まで生きて、その子孫は二十代にもなるそうだ。

夏、羊の毛を刈る時、他の家に手伝いに行くと、大人一人一日分として二頭分の羊毛をくれた。また子供が羊を集める手伝いをすると、羊毛のフェルトを帽子一個分くれた。私がその年仔羊を集める手伝いをすると、四、五軒の家のどこでもその日は肉やヨーグルトをごちそうしてくれて、さらに一生懸命手伝いをすると、干し果物や黒糖をくれた。気前のいい家では、手伝いに行って、夕方家に戻る時には肉や腸詰も持たせてくれた。フェルトと食べ物を背負って、意気揚々と家に戻ったものだ。それは私が初めて家の外で働き報酬を得た体験だったので、余計に嬉しかった。タムコ叔母は「今年はフェルトがたくさん手に入ったので、うちの子にヘルル（フェルト製の防寒着）を作らなくっちゃね」といったが、ノルタ叔父は「ヘルルなどはなくてもよい。しかし今年ツァクル（羊の毛皮で作った衣。毛を内側にする）を作らないと、凍えて死んじまうぞ」といった。私はとても嬉しく、「今年は新しい服を作ってもらえるんだ」と思った。

ある夕方、私が川岸から何頭かの馬を連れて上がってくると、部落の下の道を馬に乗った人が来るのが見えた。私は、その馬が我が家のジョルに似ていることに気付き、乗っている人は父ではないかと思ってよくよく見た。近づいてくると、それは本当に父であった。父が戻ってきたのだ！　私は

「父さん！」と叫びながら傍に走っていった。

父は一頭の鹿を馬の背に積んでいたが、私が行くや自分は馬から降りて私を馬に乗せ、鉄砲を私に背負わせた。私が「父さん、今度は毎日父さんを想い出していた」といって泣くと、「父さんは戻って来た。泣くんじゃない。お前には鹿の頭をおもちゃにやるよ」といった。二か月も顔を見ることなく、その日も一日中父のことを想い出していたので、これ以上の喜びはなかった。次の日、鹿の鼻に紐を通して引っ張って遊ぶことを思うと、余計に嬉しかった。

その日から、私と父は周辺の遊牧部落を周った。ある家の老婆は、「ドゥルコ、この子はお前の子供か。私はノルタツァンの子かと思っていたよ。この子の頭の大きいのは、お前の血筋なんだね」といった。父は「この子は下の子だよ。しっかりしているから、どの家にいても大丈夫だ」といった。道すがら私は父に、羊を一頭飼っていることや、狂犬のこと、馬泥棒のことなどを話した。父は「俺の子も五歳になった。大きくなったものだ。もうどんな仕事でもできるだろう。男はしっかりしなくちゃいかん。子供の頃から困難を経験しておけば、大きくなった時に他の者に後れをとることはないからな」といった。

第31節

数日して、父はノルタ叔父とタムコ叔母に向かって「二、三日したら俺達二人は出発する。メシュルツァンに数日いて、それから僧院へ戻るよ」といった。しかし叔母は「あんたは行きなさい。可哀想にジャコが僧院に一人で待っているからね。でもヌコは置いていきなさい。私が世話をするから」といって泣いた。父は「しかし兄弟二人を会わせないわけにはいかない。長い間離れているから淋しいだろう。それからこちらへまた来ればいい」といった。ノルタ叔父は「好きにすればいいさ。お前達親子は来たければいつでも来い。今、兄弟二人が会えば、それは嬉しいだろう」といった。それで叔母も私達二人が出発することを受け入れてくれた。

次の日の夜、馬を連れて家畜囲いへ行くと、父の馬であるジョルが盗まれていた。父と私は予定通りメシュルツァンへ行くことにしたが、父は「このロでは、俺の馬を知らない者はいないから、誰も盗みはしないだろう。馬を盗んだのはソクウォの中に親友がいるから馬は取り戻せるさ」といった。次の日の早朝、父と私は歩いてメシュル・ロへ行った。ノルタ叔父は「馬がなくて、ヌコは大丈夫か？」と聞いたが、父は「近いから大丈夫だ。道々部落に寄りながら行くから」と答えて、鞍を背負って出発した。

最初はショツェツァンに寄った。父が、馬を盗まれてしまったことを話すと、その家の主婦がジョマとバター、麦焦がしを捏ねて大きな塊を作り、私の懐に入れてくれた。ショツェは私達二人を部落の端まで送ってくれて、それから一日歩いてゴンツェ叔父のロへ着いた。彼らは皆大層喜んでくれて、父と叔父は二人で馬泥棒について話し合っていた。叔父は「馬は取り戻せる。お前はソクウォの義兄弟がいるだろう？　明日二人で行ってみよう」といったが、父は「一人で大丈夫。ソクウォの義兄弟がいるノルブ・ロへ行って話をしてみる」と答えた。夕方、羊囲いの所へ行くと、ラプテンが二頭の羊の死体を運んできて、「今日叔父さんとヌコが来るのを狼が知って、羊を二頭屠ってくれたぞ。今晩は羊を殺さなくてもいい。食べるものは十分ある」といった。

次の日、父とゴンツェ叔父の二人は早朝から馬に乗って出発し、ソクウォのダーツェン・ロにジョルを探しに行った。そして三、四日後、ジョルを連れて戻って来た。父は「ソクウォの土地へ行って、友達に会って探してくれるように頼んだ。ある日、友達が馬のいる場所を知っているという老人を連れてきた。友達が老人に謝礼として羊を一匹やった所、馬を探して連れてきてくれた」など、馬を取り戻した話をたくさんした。

十日以上して、父と私はチュカマの僧院へ出発することにした。ラプテンは、「ヌコ、来年また来い。俺がお前の羊の世話をしておいてやる。その時には仔牛の乗り方を教えてやる」といった。私が「来年は兄と二人で来る。その時は犬のナクデも連れてくる」というと、彼は「おお、来年まで待っているぞ」といった。

私達が出発する時、叔父の家で馬を一頭貸してくれたので、馬の背にバターやチュラ、肉などを積み、私はその後ろに乗った。父はジョルに乗り、私の馬の轡を引き、チュカマの僧院へ向かって出発した。

それからは、兄と犬のナクデに会いたい一心で進んだ。ドンダーに到着した時、父は前のように私を後ろに乗せて、馬を追いやってマチュを渡らせた。夕方ワウェンツァンの知人の家に到着したが、この家ではとても歓迎してくれた。父と私のために、ゴリ（パン）を焼き、モモを作るだけでなく、茹で肉と腸をごちそうしてくれた。その家の主婦と父は、こんな話をした。

「この子は下の子だよ。僧院でアクになっているのは上の子だ」

「ニンジェ、あんたには息子が二人いると聞いてるわ。この子は下の子ね。上の子はどこにいるの?」

「結婚しなかったの?」

「しなかった。気の合う相手とは出会わなかった」

「まだ若いから結婚すればよいのに」

「もういい。息子二人が大きくなりさえすれば、あとはどうでもよいのだ」

「チュンキ姉さん（第12節参照）には会った? 彼女には二人の子供ができたの。姉さん可哀想に、あんたのことばかり話していたわ」

「おととしラブランで一度会った。娘のプルコ[※25]にも会った。それから後は会っていないよ」

後から分かったのは、この主婦は、父がワウェン・ロにいた時、結婚しようとしていたチュンキという娘の妹のツェキであった。次の朝、出発する時、彼女は私を撫でながら、私の懐にたくさんの黒糖の塊を入れてくれた。そして私達を部落のはずれまで見送ってくれた。父が「さあ、ここまででよいから。また来るよ」というと、彼女は「またここを通る時には、必ず寄ってね」といった。しばらくしてから振り返ると、彼女は泣いているのであった。

夜、私達は僧院の向かいの船着き場に到着した。父が船頭を呼ぶと、ロチュという年配の船頭がマチュを渡してくれた。彼の家で茶を飲んでから、直接僧院へ行った。家の門を開けて中へ入ると、黒い犬が走って来た。私は犬にかまれると思って門の所まで逃げたが、その犬は嬉しそうに飛びついてきて、顔を舐めまわした。その時になって、その犬があのナクデであることに気が付いた。犬は成長して大きくなっていたのだ。

兄とギャコル叔父の二人も入り口から出てきた。私はとても嬉しくて兄の首にしがみついて泣いた。兄もまた喜びの涙を流していた。その夜私達はごちそうを囲んでにぎやかに過ごした。父とギャコル叔父は竈の近くで、兄と私は台所で真夜中まで食べたり飲んだりしながら話をしたが、嬉しさから少しも眠くならなかった。犬のナクデは餌を食べ終わってから、私と兄の間に座って、私の足に頭を置いて寝た。

第2章　註

註1　（チベット牧畜文化辞典 48）
註2　（チベット牧畜文化辞典 218 - 219）
註3　刻んだ肉を具として、小麦粉の皮で包んで作る料理。包子。（チベット牧畜文化辞典 224 - 226）
註4　乳からバターを除いたものを加熱、脱水して作る。乳の中のタンパク分を固めたもの。干すことによって長期の保存が可能となる。（チベット牧畜文化辞典 149 - 152）
註5　（dgun chos chos ra）冬季に行われる学習会。
註6　（dgong 'tshogs）問答集会
註7　ゲタについては（ナクツァン・ヌロ 2016: 349）参照。
註8　ゴンダプについては（ナクツァン・ヌロ 2016: 352）参照。
註9　ツェホルについては（ナクツァン・ヌロ 2016: 347）参照。
註10　感激した時や、何かに同情した時に用いられる一種の感投詞。
註11　（チベット牧畜文化辞典 48）
註12　（チベット牧畜文化辞典 78 - 79）
註13　トルは肉質が悪く、乳も少量しか出ないとされるため。
註14　悪霊払いの依り代に用いられるもの。多種多様な形がある。
註15　鍋に砂と大麦の粒をいれ、それを火にかけて炒る。砂を振るい落とした後、弾けた大麦を粉に挽いて麦焦がし（ツァンパ）が作られる。
註16　家畜の群れを制御するために用いられる。（蔵族伝統詞図解詞典 32）（チベット牧畜文化辞典 85 - 86）
註17　清朝末期から中華民国期に青海地方で勢力を持った回族軍閥（馬軍閥）の首領（1869 - 1931）。一九一〇年代から二〇年代にかけて、夏河地方の支配を巡ってラブラン僧院と争った。
註18　バラ科キムジロ属の植物の地下茎。（チベット牧畜文化辞典 53 - 54）
註19　不明。
註20　不明。
註21　不明。
註22　不明。
註23　不明。
註24　（南太加 2018: 114 - 115）
註25　漢訳テキストに付けられた註記では、チュンキとドゥルコの子供とされる。（納倉・怒羅 2011: 92）

第３章　ジョウォの御尊顔を拝する

——良縁によって与えられた祝福

第32節

私達はチュカマの僧院で再び暮らし始めた。ある日、父と私、兄の三人は家の周りの草の上に座って食事をしていた。犬のナクデは私の傍で骨をかじっていた。その時父は「ジャコ、ヌコ、お前達の母さんや叔父さん、お祖父さん達が亡くなってから五年になる。あの頃お前達は幼かったので、供養のためどこかへ巡礼に行くことはできなかった。今やお前達も成長したので旅もできるだろう。今年はラサへ行こう」といった。

兄と私はとても喜んだ。「ラサ、ラサ」という言葉は、私達が言葉を理解し始めて以来、絶え間なく聞かされてきた。ラサ、太陽の都。物心ついて以来、何度夢に見たことであろう。ラサを訪れて、ジョウォ[※1]に礼拝することは、私の変わることのない望みであり、夢であった。その時私は六歳になっていたので、一人で馬に乗ることもできたし、歩いて行くこともできた。今行かねばいつ行くのであろう。父と兄がラサへ行くことを決めて以来、私は喜びの余り、夜よく眠ることもできなくなった。毎日会う人誰彼なく、「僕達はラサに行くんだ」と話した。そして夢の中にさえラサへの旅が出てきた。

その頃、多くの近隣の人々や父の友人達が来て、バターやチュラなどラサへの道中の食料をくれた。また銀貨[※2]をくれる者もいた。父は、ギャコル叔父の下衣を使って私の皮衣を作ってくれた。前の年に、父はラブランで小さな磁器の茶碗を一箱とラブラン針を二箱買っていた。茶碗は一箱に約百個、針は一箱に約二百本入っていた。父は以前、道案内をしてラサに二回行ったことがあった。父によれば、ラサでは茶碗と針の値段が驚くほど良いということであった。父はまた、鹿の頭骨が付いたままの、乾いた八支の血角(けっかく)を持って行き、それを売って得た金で、ラサで一丁の鉄砲を買うといっていた。※3 兄は僧院からもらった二十円の銀貨を父に渡し、父の手元には五十円の銀貨があった。

このように、私達は出発の準備を進めていたが、食料については豆の粉が半袋買ってあり、チュラは小袋が一つ、バターは五十斤あった。そこへさらに小麦粉と干麺を用意した。寝場所として、黒い小さなテントも手に入れた。グルダ叔父が貸してくれた馬が一頭と、ヤク二頭の他に自分の家のヤク三頭と、父の愛馬のジョルがいたので、今や出発の準備は整った。しかし部落の中から出発の呼びかけはなかったので、父と何人かの友人は村に様子を見にいった。

五、六日して、父は若い女性と一緒に戻って来た。この女性は兄と私を見て「まあ可愛い。この子達が息子ね。あなたがヌコね」といって私の頭を撫ぜて、口づけをした。父は「ジャコ、ヌコ、この人はお前達の叔母だ。俺達は助け合ってラサへ行くのだ」といった。私はとても嬉しかった。今から思うと彼女は二十歳位であったろう。古い皮衣を着て、朗らかで話好きな人であった。名前はリネといい、ワウェン・ロの近くの出身ということであった。その日から、彼女は私達父子三人と一緒に苦楽を共にして、太陽の都ラサを巡礼し、その後家に戻るまで約一年間旅をした。彼女は心根が優しく、兄と私には心底母のように愛情を注いでくれた。多分、母親の情愛を経験したことがなかったせいであろうが、二、三か月もすると、私は彼女のことを本当の母の如く慕うようになっていた。ある夜、暗闇の中で彼女の首に抱き着いて「ネネ母さん」というと、「ヌコちゃん、お母さんではなく叔母さんと呼びなさい。分かった?」といった。私が「嫌だ。夜以外、昼間はお母さんとは呼ばないから」と答えると、「かわいい子」といって、私を抱きながらも涙を流すのであった。「ネネ母さん」のことを忘れることはなかったが、大人になって再び会うことはできなかった。彼女の恩義に報いることが何一つできなかったことを、私は死ぬまで後悔するだろう。

それから三、四日して、私達は僧院から下って、村に入った。マチュの屈曲部にある平地の一つに巡礼者（ウパ）※4が各部落から集まってきていた。巡礼団にはチュカマからは約八十軒の家が参加しており、その他のデワからも三十軒以上が参加しているとのことであった。ゴンツェ叔父の家も参加していた。テントの真ん中に、馬に乗って鉄砲を背負った多くの男達が集まっていた。土のブロック（ウォト）を積み上げて作った台の上では、香がもうもうと焚かれ、炎は天を衝（つ）いていた。香を捧げた後、ホンツァン家の頭目（ホンボ）が道中に関する決まりについて多くの話をした。

「やあ！　ここに集いし者達よ、聞け！　我らは明日からラサに向けて出発する。自分の村、仲間の村併せて百軒余りの中で、今日よりは自分の村も他人の村もない。自分の口も他人の口もない。一人の頭目の元、心を一つにして、喜びも苦しみも共に担おう。

明日、最初に我々ホンツァン家が出発する。それから放牧部落毎に準備をして、前後の順番に従って出発してくれ。前後の順番を乱す者、集団を混乱させる者には銀貨三十円を科す。各家からは、馬と鉄砲をもった男を一人ずつ出せ。巡礼団には、先頭、中間、後衛の全てに護衛を付ける。襲撃してくる者がいれば戦え。盗賊は捕えろ。ラサに到着するまでは善い行いを守ることが重要だ。山の生き物を殺してはならない。北部平原の動物を殺してもいけない。この規則を守らぬ者には銀貨五十円を科す。

今年先頭で道案内をする者は、ナクツァン・ドゥルコ、ゴロク・ビガ、ニェルチェン・ロルジェとする。この三人がどの道を通るか、どこに泊まるかを決定する」男達はあちこちから、「ヤヤ、ゴゴ」と応えた。

その夜、父は新しいロシア製の鉄砲（ブラ）※5を担い、弾帯を腰に巻き付けて戻って来た。父はとても嬉しそうに、「この鉄砲は、俺が道案内をするのでホンツァン家が貸してくれたものだ。俺の鉄砲はゴンツェ叔父に貸す。弾もたくさんくれた。それからこれもある」といって、小さな望遠鏡を兄と私に見せた。叔母が「明日、朝早く出発するの？」と聞くと、父は「俺は明日から忙しい。頼むからお前が全て面倒を見てやってくれ。ジャコが助けてくれるし、ヌコは俺と一緒に馬に乗ってゆけばよい。ホンツァン家も俺達は順番通りに進む必要はなく、自分の思い通りにすればよいといってくれている」といった。叔母は「ヌコは私が面倒をみるわ。順番通りに進まなくてもよいなら、日が昇ってからゆっくり出発できるわね。荷物は重くないから、ジャコでもヤクに荷物を付けることができる」と答えた。

次の日、夜が明ける前に父は道案内をするために家を出た。私達は日が昇ってから出発し、正午頃に宿営地に着いた。出発前、ヤクに荷物を載せる時は叔母が荷物を持ち、兄がそれを支えた。叔母もまた荷物を運んで載せることができたし、周りの人が手伝ってくれることもあった。私達は定められた順番通り進まなくてもよかったので、行くのも止まるのも思いのままで、非常に楽であった。

毎日は大体このようなものであった。時々、父と一緒にいられると非常に嬉しかった。巡礼団の人達は父が道案内であることを知っていたので、荷物を載せるのを手伝ってくれることもあった。叔母は殆ど歩いていたが、兄と私は馬やヤクに載せた荷物の後ろに乗せてもらい、叔母は自分で馬に乗って進んだ。

第33節

その日、叔母は馬に乗り、兄と私はヤクに乗せてもらっていた。昼頃、前方の谷間で大いに香(サン)が焚かれていた。私が「叔母さん、兄さん、向こうで香を焚いている。僕達も香を焚く?」と尋ねると、叔母は「そうよ。一人前の男なら、どこへ行っても香を焚くものよ。あそこに着いたら二人で香を焚いて」と答えた。谷間に着くと、たくさんの巡礼者が香を焚いていた。見上げると、右手の方に、空を貫くような雪山が見えた。兄は「すごい! アニェマチェン・ポムラだ![※6] 見えるか?」と叫んだ。私には得もいわれない喜びが沸きあがってきた。「おお、アニェマチェン・ポムラ!」子供の頃から、大人達が香を焚く時には「アニェマチェン・ポムラ」の名を口にするのを聞いてきた。それを初めて目にしたのだ。

　雪山の頂を太陽が照らすと、それは水晶で作った仏塔のようにきらきらと輝いた。大人達がいうのには、アニェマチェン・ポムラは南方ジャンブーリン[※7]全体の地主神(ジダ)であるそうだ。そこに着いた巡礼者達は皆アニェマチェンに向かって礼拝し、私達も礼拝した。香を焚いている者達も各自で祈りを捧げ、皆が大声を出すので大変に騒がしく、誰が何をいっているのかはよく聞こえなかった。兄は「キ・ソー。アニェマチェン・ポムラ! マの山は、九つの岩山に囲まれており、その中腹には十八の大きな谷があり、千五百の頂をもつ」と唱えながら、香を焚いた。私達の故郷では、マチェン山脈の中のマチェン・ゴルという名の地主神への祈願文を唱える。私の守護神である、マチェン山脈のマチェン・グダというジダに対する香を焚く際の祈りや祈願文を知らなかったので、私はルンタを播きながら「キキ・ソソ・ラギャロー（神に勝利あれ）！」と叫んだ。そして石塚に小石を積んだ。

香を焚く儀式を終えると、私達は谷をさらに進んだ。

ある日、両側を大石で囲まれた狭い谷を進んでいる時、列の前方から多くの銃声が聞こえた。停止の合図が出されたが、依然として銃声が響き、さらにそれは近づいてきた。私達の近くにいる護衛役の男達は、左右の山腹の岩陰で銃を構えた。また列の後ろにいた五十人ほどの男達は前方に走っていった。父もまた一緒に走った。私は「叔母さん、兄さん、見て！　父さんがいる！」と叫んだ。叔母は「ラマ三宝！」と叫び礼拝した。父達が前方に走って行ってすぐに、そこら中から多くの銃声が響いた。私は「敵に遭ってしまった。父さんは大丈夫だろうか？」と心配しながらじっとしていた。叔母は、私を抱きながら泣いていた。私は心の中で「僕と叔母さんの心は一つだ」と思っていた。

少しして、銃声は止んだ。巡礼団に進めという命令が出され、前に少し進んだ時、父とその仲間達に出会った。私は走っていき、父に抱きついた。父の手には血がついていた。叔母が「どうしたの！　怪我をしたのね」と叫んで父の傍に駆け寄ると、父は「いや、俺は傷の手当をしてやったんだ。賊はゴロクの者で、二十人程いたがもう逃げてしまった。三人の男と六頭の馬を殺し、二人に傷を負わせた。こちらは三人が軽い怪我をしたが、問題はない。俺達はここで茶を作る。茶を飲んでからゆっくり行くよ。上にいる、怪我をした二人のゴロクの男にも茶を飲ませてやる」といった。

巡礼団は、以前のように順番に従って進んだ。私達は茶を作って食事をした。父は近くの岩陰にいる二人の怪我人の所へ茶を持って行った。私が茶を注いでやり、父は麦焦がしを捏ねて二人にやった。そのうちの一人は「おお、ありがとう。お前の名前を教えてくれ。人というものは、生きていさえすれば恩返しをすることもできるからな」といった。父は「俺の名前などどうでもよい。お前達二人はここにいろ。巡礼団が行ってしまったらお前の口の者が来るだろう」といった。向こうを見ると、道の下に三つの死体が転がっていた。話をしていた男は太ももを撃たれていた。もう一人は首を撃たれていた。父は傷の手当てをしてやったが、助かりそうもなかった。

それから我々も巡礼団の後ろに従って進んだ。父に「父さんは前の方にいなかったの？」と尋ねると、父は「俺は今日、中ほどにいた。敵が前から襲ってきたので、後ろにいる男達を呼びにいったんだ」と答えた。見ると、父の弾帯は大部分が空になっていた。

「ラサへはここからどの位あるのだろう」と私はいつも考えていた。兄は「太陽の後ろに行く頃、ラサに着くだろうさ」といったものだ。太陽は毎日山の向こうに沈んだので、その後ろへはいつ行けるのかは分からなかったが、ラサまではるかに遠いことは理解できた。

毎日早朝、叔母は茶と麦焦がしを用意してくれた。私は寝床で朝食を食べてから起きた。叔母と兄が黒テントをたたみ、荷物をまとめてヤクに積んだ。私は馬のジョルを踏み台になる岩の横へ連れてゆき、鞍を置いた。小さな私は岩がなければ鞍を付けることはできなかったのだ。兄と叔母が荷物を積み終えると出発した。

一か月ほどはこのように進んだ。季節は秋になり、そろそろ雪が降ろうとしていた。ある日、空っぽの谷を進むと、何と、空が地面に降りてきたような、青く大きな湖が見えた。叔母は「これはチャラン、ンゴランの二つの湖[※8]の内の一つだわ」といった。一日中その岸を進み、夕方丘に登ると、その向こうにはさらに大きな湖があった。私は「あー、もっと大きな湖がある！」と叫んだ。大きな湖を見て、私の心は弾んだ。宿営地に着くと、父は「前に見たのはチャラン湖だ。これはンゴラン湖だ。この二つの湖がマチュの源流だ」といった。

その後、巡礼団は二、三日間湖岸に留まった。宿営地の真ん中で毎日のように香を焚き、護衛役の男達は打ち合わせをした。夜、テントに戻ってきた時には、父の弾帯は弾で一杯になっていた。父は「これから先の土地は盗賊でいっぱいだ。今日、頭目が我々に弾をくれた」といった。叔母は「どうか気を付けて。あなたが死んでしまうと、私達も生きてはゆけない」といったが、父は「大丈夫。どうか子供達の世話を頼む。心配しなくてもよい」といった。

昼間、皆でンゴラン湖の岸辺に行くと、驚くほど大きな魚の骨があった。その大きさといえば、骨格の中に私が入れるほどであった。もう少し進むと、そこで暮らしている家があったので、叔母と私はヨーグルトをもらいに出かけた。近づくと、大小の犬が二、三頭いて、こちらに走ってきた。私が石を拾って投げつけようとすると、叔母は「石を投げないで。ヨーグルトがもらえなくなる」といって止めた。私はそこから少し進んで「おーい、お願いだ。僕達巡礼者にヨーグルトを少しもらえませんか？」と叫んだ。テントから私達を見ていた子供達が傍に来たので、「どうか、柄杓に一杯ヨーグルトをちょうだい」というと、子供達は笑って、「アマ、巡礼よ。ヨーグルトをちょうだいっていってる」といった。テントにいた女は「ここに連れておいで。お茶を飲んでいって」といったが、私は「お茶は要らないから、ヨーグルトをください」と答えた。それをまた子供が母親に伝えると、女は木桶に一杯入ったヨーグルトを運んできて、「あんた、椀を持ってる？」と尋ねた。私はヨーグルトを帽子に入れてもらった。女はさらに娘に命じて濃厚なヨーグルトを柄杓一杯持ってこさせて、私の帽子に注いだ。私が帽子の外にこぼれたヨーグルトを舐めると、子供達は私の頭や耳たぶをつかみ、顔や額にヨーグルトを塗り付けて笑った。女は、それを叱って止めさせた。私は帽子の裏からラブランの針を取り出して、この女に渡した。「ヨーグルトをありがとう。これはラブラン針だけど、あなたにあげる」というと、女はとても喜び、また娘に命じて、バターを少々持って来てくれた。女は「こういう針があれば売ってくれない？」といったが、私が「売り物ではないんだ」と答えると、叔母に向かって「あなた達親子で、お茶を飲みにおいでなさい」といった。叔母は「ありがとう。お気持ちだけで結構です。息子にヨーグルトをくれて感謝します」と答えた。

それから私達はヨーグルトを持って父と兄の待っている所へ戻り、ンゴラン湖の岸辺でヨーグルトを食べながら楽しい時間を過ごした。父は兄と私に向かって、「以前俺達がラサへ行った時、お前達の叔母の、亡くなったンゴロが村の中のもめ事のせいで、この湖の周りの山の麓で殺された。頭目は犯人に対して銀貨三百円の罰金を科したが、それはラサのジョカンに布施してきたよ」といった。

私達は夕方、暗くなる直前にテントへ戻った。

第34節

巡礼団は、前のように進んだ。叔母が父に「危険なウルゲの地に着いたそうよ。気をつけてね」といった所、父は「大丈夫。ウルゲには俺の親友が何人かいる」と答えた。宿営地に到着した時、父は両手の指がない男を連れてきた。彼は馬の鞭を手首に結び付け、銀で装飾された長い銃を背負っていた。煙草は両手で挟んで吸った。父とその男は茶を飲んだ後、馬に乗ってどこかへ出かけていった。夜、父はバターとチュラを手に戻って来た。父は「今日来た男は俺の大事な親友だ。名前は手なしのホルドゥクという。お前達二人も覚えておいたほうがよい」といった。兄は「もちろん。両手が丸くなっている人だね」といった。父は「あいつは、この地域の盗賊の頭目だ。あいつに話をつけておきさえすれば、ウルゲで襲われる心配はない」といった。

その日、巡礼団が進むにつれ、太陽は激しく照った。山のふもとに二、三家族がいたので、叔母は「ヌコ、針を持ってる？　あそこに行ってヨーグルトと交換してきてくれない？」といった。私は「いいよ」と答え、兄に「兄さん、犬が走ってきたら助けに来て。でないと犬に噛まれてしまう」といった。兄は「それじゃ、僕と叔母さんはここで見ているよ」と答えた。私は道を登っていって、手を振った。その口のテントの戸口にいた子供と一人の女が私の近くに来たので、「僕達はラサへ向かっています。ヨーグルトが欲しいのでくれませんか？」と頼んだ。彼女は娘を家にやって、茶椀にヨーグルトをいれて持ってこさせた。私はそれを帽子の中に注ぎ、茶椀は舐めて返した。娘が「どうしてヨーグルトを食べないで、帽子に注いでしまうの？」と尋ねるので、私が「自分だけではなく、母さんと兄さんに持って帰りたいから」と答えると、女は「それじゃそれはあんたがお食べ。また持ってくるから」といった。そして家へ戻って、真鍮の柄杓にヨーグルトを汲んで持って来てくれた。私は茶椀に半分だけ食べ、残りは帽子に注いだ。それから針を一本取り出して、娘に「ヨーグルトをありがとう。僕にはあげるものがない。この針は本物のラブラン針です。これをあげる」といって帰ろうとした。女は針を受け取ってから、再び娘を家にやってバターの大きな塊を持ってこさせた。彼女は「このバターの半分はあんた達で食べて、もう半分はラサのジョオの燈明に使ってちょうだい」といった。私は「分かりました」といって、針をもう一本渡した。私が戻る時には、この女と子供達は「あなたに百歳の長寿が授かりますように」といって見送ってくれた。このようにヨーグルトを貰ったこともあった。

夕方、宿営地に着いた時、父は私を馬の後ろに乗せて、「友達の所へあいさつに行く」といって出かけた。近くの山の麓で、二張のテントを張っている家へ着いた。父は「ヌコ、ここもまた俺の親友の家だ。ケバ・チィセムという。覚えておけ」といった。父とその家の男は長い間話をし、私には茶が出された。その家には私と同じくらいの年の少年と少女がいたので、彼らと仲良くなってたくさんの話をしたが、お互いに言葉がよく通じなかったので、彼ら二人は大笑いした。

私には小さな茶椀に麦焦がしが山盛りで出されたが、捏ねることができなかったので、舌で舐めるより仕方なかった。子供達はそれを見て笑い転げたが、女が手伝いをしてくれた。さらにヨーグルトが茶椀に一杯注がれたが、それを少し食べてから自分の椀に移し、懐にしまった。女が「どうして食べないの？」と尋ねるので、「叔母さんと兄さんに持って帰る」と答えると、彼女は「それは自分で食べてしまいなさい。持って帰る分は別にあげるから」といった。

帰る時、女はヨーグルトを羊の胃袋に満たしたものと、羊の半身、バターやチュラなどをたくさんくれた。私が針を二、三本渡すと、彼女は「なんて良い針。もっと持ってない？」といった。父が「ヌコ、持っていたらあげてくれ」というので、皮衣の襟元に刺しておいた針を二、三本引き抜いて渡した。その家の男は「この子のものを全部取っちゃったな」といって、銀貨を二枚くれた。私が「どうもありがとう」というと、男は「また必ず来い。お前の父さんと俺は義兄弟（生涯に渡る友人の誓いを立てた間柄）だ。俺の子供とお前達も、大きくなったら義兄弟になればよい」といった。

暗くなる頃、父と私は肉やヨーグルト、バターやチュラを持って戻った。叔母と兄はテントの入り口で待っていた。叔母は「心配したわ。なぜ戻って来なかったの？」と聞いた。私は「父さんが話をしていて時間がかかったんだ」と説明した。

巡礼団はカルジョンに到着した。巡礼はそこで塩を取るといわれている。大沼沢地の右手には褐色をした高い岩山が連なっていた。皆はここをカルル・ザゲン・ラクパと呼んだ。明け方は少々雪が降ったが、やがてすばらしい晴天になった。父は道で待っていて、赤い岩塩を叔母に渡した。進んでゆくと、谷間で十頭以上の狼が羊の群れを追い回しては襲っていた。見上げると千頭ほどの羊がいるようであった。父は近くにいた六、七人の男達を率い、「狼を殺すな。鉄砲を撃てば、狼を羊から引き離すことができるだろう」といって走った。兄もジョルに乗って駆けた。叔母と私はヤクに草を食べさせながら待っていた。父達は山の中腹でさかんに鉄砲を撃ち、狼を追い払って羊を連れて平地に戻って来た。

そこに羊の飼い主の男が馬に乗ってやってきた。少しして私達の口の男達が羊の死体を運んできた。そこには兄もいた。私達はそこで羊を解体し、血と内臓を取った。兄は「昨夜雪が降った時、そこの口の千頭の羊を狼が襲った。今朝までそれに気づかず、追いかけてみると、すでに狼は羊三百頭を殺し、百七十頭以上を傷つけていたそうだ。僕達が羊を連れて行って引き渡したので、彼らは喜んいが、それ以上はいらないといったので、一頭ずつもらってきた」といった。

夕方、宿営地に着いてから、私達は茶を沸かし、肉を煮て、テントの入り口辺りで食事をした。父は「見てみろ。右手の山腹に、尖った黒い岩がある。あれはカルル・ングカル・ドルマだ。小さいが有名な山だ」といった。道を進む時はいつも、父は道から見える山の頂や峠のいちいちについて、名前のついているものは兄さんと私に教えてくれて、覚えておくようにいった。それで兄は土地や山の名をたくさん覚えることができたが、一方私は有名な二つの山の名を覚えただけであった。父は「道を進む時、見渡す限りの山の頂を良く見て、その姿を覚えておくことが大事だ。峠に着いたら後ろを振り返ってみろ。今通って来た土地の様子が分るから。道筋や宿営地を覚えておけば、あとで役に立つ」といった。私が、「父さん、今日は狼を殺したの?」と尋ねると、父は「巡礼がラサに行く時は、虫や獣を殺すことは許されない。殺せば、その罪は千倍になるということだ。普段なら、今日狼を殺すことは簡単だったがな」といった。「狼は何頭いた?」と尋ねると、父は「三十頭程はいたようだ」と答えた。巡礼中に生き物を殺すと、その罪は千倍になるという話は、私も聞いていた。

朝方道を進むと、どこでも狐や狼、鹿、レイヨウ、熊など、野生の動物が現れた。誰もそれらを殺す者はいなかったのは、大変結構であった。しかし、強盗や盗賊に遭遇した時には、多くの人や馬が殺され、あるいは傷ついた。自分の命や財産が危険にさらされれば、千倍の罪さえ忘れてしまうのであろう。あるいは、たとえそれを覚えていても、戦い、殺さざるを得ないこともあるだろう。争うことも、殺すこともなくラサへ行くことができれば、それは大変すばらしいことだけれども。

第35節

私達巡礼団がマや、ユク、カルの谷を次々に渡ってゆく際、「キャン（チベットノロバ）がいる」といわれて遠くに見たことはあったが、近くから見ることはできなかった。しかし、その二、三日は頻繁にキャンがいるという声を聞いた。「キャンは、たとえ喉が渇いても、濁った水を飲まない」といわれる、そのキャンを近くで見ることができた。

キャンは、体は小さいものの頭が大きく、腹側の毛は白かった。遠くから見ると、普通のロバとそっくりであった。移動する時は一頭ずつ連なって進み、留まる時は広がって草を食べ、水を飲んだ。小さい群でも五十頭程で、大きい群ならば百から二百頭もいた。牡のキャンだけが離れて進み、その後を数百の牝と、子供が進んだ。キャンが近くに来るので、巡礼団の馬が怯えることなく、時々は巡礼団の行列の途中に入り込んできた。この地のキャンは人やヤクを恐れることとさえあった。地面の至る所にはキャンの糞が落ちていて、そこを進む間は、巡礼の主な燃料はキャンの糞であった。またブトラと呼ばれた木の根も燃やすことができた。

ある日の昼間、五百頭程ものキャンが、谷の中を進んでいるのが望まれた。巡礼は「すごいぞ！ここにはキャンがたくさんいる。ここはキャンの土地だ」といい合った。その時、護衛の男達が来て、「自分の馬が逃げないよう気をつけろ。キャンの群れの中に逃げ込むと、もう戻って来ないぞ」といった。私は心の中で、「ここは本当に動物達の土地だ。レイヨウは羊の群れのようにたくさんいるし、キャンもまたこのようにたくさんいる。鹿やドン（野生ヤク）など多くの野生動物を見た。これから先もたくさんいるだろう」と思った。

ふと見上げると、開けた谷の右側の山の上に羊の群れがいた。「兄さん、あそこに羊がいる」というと、兄は「あれは羊じゃない。別の動物だ」といった。少しして、巡礼団が谷の入り口に着くと、上にいた動物達は山を登っていった。様子がはっきり見えるようになると、驚いたことにそれは羊ではなく狼であった。狼はそこで十頭以上のキャンを殺して、その死体に群がっていたのである。狼の主な獲物はキャンであった。巡礼の中には「ああ、幻のようだ」という者もいた。そこへちょうど父がやって来たが、父は「何が幻なものか。あそこにいるのは狼の群れだ。見れば二百か三百頭はいるな」といいながら一緒に進んだ。私が「父さん、狼の群れは人を襲うことはある？」と聞くと、父は「狼の群れが無闇に人を襲うことはない。俺達が害を加えない限り、狼も俺達に害をなすことはない。しかし時々は人を襲うものもいる」といった。

私は物語の中で、鼠の群れが走るということは聞いたことがあったが、狼の群れの話は聞いたことがなかった。その日は、話を聞くどころか、実際に目で見ることができた。見上げると、それは大きな羊の群れのようであった。兄は「少なくとも三百頭はいるな」といった。さらに山の向こう側に何頭いるかは見ることができなかった。叔母が「ラマ三宝！　どうか狼が襲ってきませんように。皆殺しにされてしまう」というと、父は「静かにしていれば、襲ってはこない。本当に襲ってきたら、鉄砲で撃って食い止めることはできない。ゴコルで殴らねばならない」といった。私が「父さん、狼の群れが襲う所を見たことはある？」と尋ねると、父は「見たどころではない。以前ラサへ行った時、狼の群れが巡礼団の先頭を襲ってきたことがある」といった。

その頃には、狼の大部分は山の上の高い所から下りてきて、中には尻尾を地面に打ち付けながら吠えるものもいた。一頭の狼が吠えると、続いて十頭以上が空に向かって吠えた。我々の心にも恐怖心が生まれた。父は前にいる護衛に向かって、「狼に構うな。狼が吠えている時は襲われる危険が大きい。鉄砲を撃つな」と命じた。巡礼団は列を作り、犬を連れている家は犬を抑えながら静かに進んだ。谷に入った時は、近くの山の上に百頭あまりの狼が座っていた。狼に人を恐れる様子はなく、私達が進んで行く時も、目もくれないようであった。私達は内心びくびくしながら、一言も話さず谷間を進み、峠の向こう側の源頭に着いた時は心から安心した。振り返ってみると、山の上の方の狼たちは黄土色に見えるだけで、最早その姿ははっきりしなかった。このあと数日は、人々はその日出会った狼の群れについての話以外はしない程であった。

夕方宿営地に着いてから、父は以前二度目に巡礼団を率いて行った時に、狼に襲われた話をしてくれた。

「その時巡礼団には四十家族が参加しており、鉄砲をもった護衛は七十人ほどいた。ある夕べ、チュマル・ジャト・サンシュンという土地に着いた。まだ暗くならない頃、俺達の宿営地の左右で、狼達が、その尾を地面に叩き付けているのが聞こえた。皆は恐怖にかられて、銃を取り出した。ゴンマ(上)・ロの者が狼に向けて鉄砲を撃ち、何頭かを殺した。尾を地面に打ちつけながら吠える狼の数は一層増えていった。ゴンマ・ロでは、人が襲われて何人かが傷ついたそうだ。さらに馬やヤクも襲われて、殺され或いは傷ついた。シャブマ(下)・ロの者も狼に向けて発砲し、何頭かを殺した。

その頃には、周りをすっかり取り囲まれていたが、我々は鉄砲を撃った。鉄砲を撃つ前は、周りを周るだけで人や家畜に襲いかかってはこなかった。鉄砲を撃って何頭かの狼を殺してから、我々に襲いかかってきたのだ。

向こうを見ると、百から二百頭の狼がいて、暗くなるにつれて攻撃はますます激しくなった。男達は鉄砲を撃ち続け、女たちはカラ（テントの支柱）を掴んで地面や岩を叩いて威嚇した。その時ある男が、鉄砲を撃つのをやめてゴコルで戦え、それがない者は、布やフェルトに火をつけて投げろと叫んだ。俺達は鉄砲を置いて、カラやゴコルで戦い、また布に火をつけて投げた。やがて狼の数は段々と減ってゆき、周りから去っていった。その夜は、誰も眠ることはできなかった。夜が明けた時にも周りに狼がいたが、もう襲ってはこなかった。あの夜俺達は中ほどにいたが、怪我の程度は色々であった。十人以上が狼に噛まれ、また俺の衣の背中も噛まれたものの、肉には牙が届かなかった。七頭の馬やヤクが殺され、十頭以上が傷ついた。

朝になって数えてみると、全部で十八頭の狼を殺していた。あとで分かったのは、前日二頭の犬が、狼の子供二頭を殺して運んできたのだった。犬の飼い主は、狼の子の皮を剥いで持ってきたが、母狼が後ろから付いてきて、尾を地面に叩き付け、空に向かって吠えて、狼の群れを巡礼団の周囲に集めたそうだ。しかし、鉄砲を撃って狼を殺さない限り、狼の群れは人を襲わなかったという。俺達はそれを知らずに鉄砲を撃ったので、狼を呼び寄せてしまったのだ」

その夜私はよく眠ることができなかった。私は叔母の寝床の中にいて、叔母は「心配しないで大丈夫」といったが、たくさんの狼が襲ってきて、馬やヤクを血まみれにするような夢を見ては「狼だ！」と叫んで目を覚ました。叔母は父に「あなたがそんな怖い話をするから、子供が怖がるのよ」といって咎（とが）めた。父は「大丈夫だ。俺の息子は勇敢だ。これ位で怖がることはない。俺の寝床へ来い」といった。私は叔母の寝床を出て、父の寝床へ入った。そしてすぐに眠ってしまった。

第36節

巡礼団は前の通りに進んでいった。その日は強い風が吹いたので、赤い土が巻き上がって、進むのが困難であった。やがて長くて開けた谷の麓に着いた。そこから川を渡って土手沿いに下った。右手にはその頂が空を貫くような形をした、高い山があった。父は「あの山はガムリイチョンホ・ゴコ」だといった。また少し進むと、左手の川の向こうには、柱を立てたかのような、三つの頂をもつ黒い山があった。父は「この山はラブリ・チェンスムだ」といった。それから少し進むと、大きな川の合流点（スムド）に至った。合流点には、マニを刻んだ驚くほど高い岩があり、岩の表面にはさらに、リンの三十将[※9]の姿が彫られていた。巡礼はマニの周りを巡り、礼拝をおこなった。岩の近くに張られたテントでは何人かの僧と、多くの石彫り人がいた。私達がそこへ行くと、裾をまくりあげ、腰に小刀を差した石彫り見習いの少年がいて、家に茶を飲みに来いと誘った。彼のあとについていくと、その貧しい家には母親が一人だけいた。座っていると、母親が茶を運んできてくれたので、私達は自分達でもってきた食料を食べ、茶を飲んだ。母親は「私達の家はドコツァンといいます。これは私の息子で、名前をプルマといいます」といった。プルマが「ゴロクの巡礼よ、何か売るものはないか?」と聞いてきたので、兄は「僕達はラサへ巡礼に行くので、売り物はないよ」といった。するとまた「それじゃ兄貴、何か欲しいものはあるかい？」と聞くので、「欲しいものもない」と答えると、「何か必要ならいってくれ。助けになるぞ。ドコツァンのプルマといえば知らない者はないから」といった。叔母が「ここはどの口の土地なの？」と尋ねると、プルマは「ここは俺達ウルゲ・ロの土地だよ。あんた達は夕方キャチェン・スムド[※10]の中国軍の軍営に着くだろう」と答えた。

その日の夕刻、巡礼団はキャチェン・スムドの中国軍の軍営近くの川の反対側に到着した。当時、ラサへ行くには中国軍とウルゲのホンボの両方から許可証を得なければならず、二、三日は留められるということであった。次の日、全ての巡礼は中国軍の軍営に商売をしに行った。父や叔母、私も出かけ、川を渡って向こう岸に着いた。すると多くの仲間達が父の所へ来て、「中国兵とここの口の者が我々の鉄砲を取り上げた」と訴えた。父は人をやってホンツァン家に報告させた。そして護衛役八、九人を率いて、軍営に行った。そこにいた緑色の服を着た五、六人の中国兵と、鉄砲をもった二、三人のチベット人は、「鉄砲を渡せ」と命じたが、父は馬から下りて中国兵の傍に寄っていった。皆は鉄砲に弾を込め、また鉄砲を持っていない者は刀を引き抜いた。父は「俺の口はマデ・チュカマという。呼ぶに名前があり、掴むに持ち手のある（「名声があり、統率のとれた」という意味）デワだ。お前達が我らの手より取り上げた鉄砲を返さないならば、面白い見世物を見ることになるだろう」といった。我々の側には鉄砲をもった十人あまりの男と、その他男女が五十人くらいいた。中国兵とウルゲの者達はあわてて逃れようとしたが、すでに囲まれてしまい逃れることはできなかった。多くの者が雄叫びをあげていた。叔母は父に「どうか戦わないで。ホンツァンが来るから」といったが、父は

「この漢人のくそ野郎と戦うつもりはない」といった。

その時土手から雄叫びが聞こえて、百人以上の、馬に乗った男達が殺到した。ある者は空に向かって鉄砲を撃ち、その一方では父が中国兵とウルゲの者達の鉄砲を取り上げていた。私達のロの男達は、こちら側の岸の岩の上に到着して、雄叫びを上げながら中国軍の軍営を取り囲んだ。

しばらくして中国軍の数人の士官と、ウルゲのホンボの会計であるミグマ、書記のサムドゥン・ドゥプという、足の不自由な老人がカタをもって我々のロのホンツァンの元へやって来た。彼らは朝方取り上げた鉄砲をこちらに返し、我々の側も今取り上げた鉄砲と、捉えた漢人達を向こうに返した。その頃になると、多くの男達が「この中国軍の軍営を破壊しろ！」と叫び、二張のテントを刀で切り裂いた。さらに向こう側には十張以上のテントと、五十人以上の役人や兵士がいたという。ホンツァンは、攻撃してはならないと命じ、男達を引上げさせた。私は「ラマ三宝、危うくとんでもないことになる所だった。戦う必要はないのに。どうか皆が無事でありますように」と願っていた。

我々のロのホンツァンと数人の者は、ウルゲのホンボのテントへ行き、中国兵と役人達もまたそこへ入っていって入り口が閉じられた。その外には一人の漢人もいなかった。近くには漢人の大きなテントがあって商店となっていたので、私達はそこへ行って茶と飴を少々買った。

道で石彫りの少年プルマに会った。父は「お前の所に若いヤクはいないか？」と尋ねた。

「若いのがいくらでもいるよ。なぜだ？」

「俺の家のヤクが足を痛めて歩くことができない。お前の家の若いヤクと交換してくれないか？」

「換えてやろう」

「それじゃ夕方連れて来てくれ」

それから少年は自分の家へ戻っていったが、父は「ウルゲの連中は抜け目がないから、来るかどうかは分からんな」といった。

しかし夕方、プルマは若いヤクを連れてやって来て、ゴンツェ叔父のヤクと交換した。去る時彼は「やあ、ゴロクの子、これで俺達は商売仲間だ。またこちらに来るときは俺の家に寄ってくれ」といった。私も「うん、そうする」と答えた。そして少年はヤクを引いて戻っていった。

朝になって、中国軍の隊長とウルゲのホンボから通行の許可をもらって、巡礼団は以前のようにラサへ続く街道を進んだ。雪がちらつく中、川の反対側に高い岩山が現れた。また岩山の背後にも高い山が見えた。父は「お前達、あそこを見ろ。黄褐色の岩山はセルウィ・ホルタ・ザチャといい、後ろの炎のような形の山はタウィ・ダラ・タクツェという。トン・ニャムツォ・ロの地主神だ」

昼頃、ンガ・モン・ケク（「曲がった首の駱駝」の意）という岩の多い谷に着いた。前方より犬の吠える声が聞こえ、近くの崖の前で多くの馬に乗った男達が何かを見ていた。私は「何だろう」と思いながらそこへ着いた。すでに男達は去っていたが、そこを見ると、何と熊の親子が崖の近くにいた。大きな熊は立ち上がってマルコク（革袋にバターを詰めたもの）を食べており、小さい熊は傍に隠れて骨を噛んでいるようであった。これを見ると母親とその子供のようであった。その二頭の近くには干し肉や、マルコク、チュラなど多くの食べ物が散らばっていた。叔母は「ヌコ、近くに行かないで。襲われるよ」といったが、そこにいた人は、「あの大きな方の熊は目が見えない。人を恐れず、何でももらった物を食べる」といった。熊達は、二匹の犬が近くで吠えたてるのをいささかも気にしない様子で、前に来た巡礼が施した、たくさんの食べ物を食べ続けていた。

「兄さん、熊は人間を食べないの？」

「この口の熊は人を食べない。ましてや目が見えないから大丈夫だろう」

「何か食べる物をやろうか？」

兄は「チュラをやろう」といって、叔母と二人で熊の前にチュラを投げ与えてから立ち去った。振り返って見ると、立ち上がってマルコクを食べ続けている熊を、あとから来た巡礼が見に行こうとしていた。私は「これは驚いた。これがラサへ向かう道でなければ、僕達の口の人間が、さっさとこの熊の親子を殺してしまっただろう。今日は人々が慈悲の心をもって善行を施した。しかし可哀そうに、目が見えないから、どのみち飢えて死んでしまうだろう」などと多くのことを考えた。

その日宿営地に着くと、父は私を馬に載せて、「出かけてくる」といった。叔母が「暗くなるのにどこへ行くの？　子供が怪我をしないようにして」というと、父は「叔父の所へ行く。すぐに戻るよ」と答えた。叔母は「気を付けて。暗くならないうちに戻って」といった。

私達は、巡礼団からは見えないような谷の中に入った。父が「チルー（ツー）[※11]を撃ちに行こう」というので、私は「父さん、動物を殺してはいけないんじゃないの？」と聞いた。「俺達二人しかいないから問題ない。誰も見ていない」といった。たいして進む必要もなく、その小さな谷の南向き斜面には五十頭以上のチルーが草を食んでいた。私が馬を抑えて見守っていると、父はチルーの群れの上方にこっそり近づいていき、チルーを驚かさないようにして、一頭のチルーの後ろに回りこんだ。やがて一発の銃声が響いた。

少しして、馬を引いて父の近くに行ってみると、すでにチルーは解体されていた。私達は肉や脂肪などを全て袋（タレ）に詰めてテントへ戻った。叔母と兄はテントの入り口で待っており、それから皆で肉を煮て食べた。叔母は「もう罪深いことはやめて。食べる物がないわけじゃないから」といった。父も「もう殺しはしない。この一頭だけだ。お前達はマニを唱えろ」というので、私達はマニをたくさん唱えた。しかし、その後も何度か父はチルーやレイヨウを撃ち、肉を袋に詰めて持ち帰った。そのたびに私達は肉を食べ、マニを唱えた。

第37節

私達は毎日、荒涼とした平地や谷を進んだ。そこには人一人見えず、至る所にキャンやレイヨウ、鹿、チルー、ニェン（野生の羊）、狐、べ（チベットスナギツネ）、熊、狼などの動物がいた。

ある日の夕方、私達は間近にドン（野生ヤク）を見た。ある砂山に着いた時、その岡には二つのドンの群れがいた。一つの群れは岡の中腹で草を食んでおり、百頭以上いた。下の方の群れには、大小合わせて二百頭以上のドンがいた。腹側が灰色のドンは石を乱して人を避けて移動していた。私達が近づくと、ドンは黒々としており、脚を跳ね上げていた。体は大きく、角も大きかった。大部分は全身が赤銅色をしていた。良く見ると、首に綱を付けているものが何頭かいた。私が「叔母さん、兄さん、あそこにソク（家畜ヤク）がいる」というと、兄は「この口では、ソクがドンの群れの中に逃げこむとそのままにしておく。馬でさえ、キャンの群れの中に入ると捕まえることができない。ソクがドンの群れに入ったらどうしようもない」といった。私と兄さんがヤクの背中から「ケ・ホ・ホ」と叫ぶと、逃げだすものも、留まるものもいたが、やがてゆっくり山を登って行った。なんと、今日は「ドンは、たとえ空腹でも沼地の草は食べない」といわれる、そのドンを間近に見ることができたのだ。これまでの道のりで、ドンの乾いた頭骨や、遠くからドンらしい動物を見たことはあったものの、これ程多くのドンを、これ程近くで見たことはなかった。

カルの谷を遡ってきた日、空き地に野生ヤクの頭骨を積み上げ、その上にタルチョを差して、ラプツェ（地主神などへの祈願に用いられる一種の祭壇）のようにした。兄さんと私が乾いた頭骨の角の間にあぐらを組んで座ってみても、そこにはさらに二人の子供が座れるほどの余裕があった。兄さんは「ヤ・ホ・ホ、ラマ三宝！　こんなに大きなドンの頭があるのか！」と叫んだ。ここの口では、ドンの角を使って水を汲んだり、乳やヨーグルトを入れる容器にしている家がたくさんあった。

ドコの少年プルマによれば、「大きなドンを殺せば、その肉を運ぶだけでも八、九頭のヤクが必要だ。ドンの皮はとんでもなく厚いぞ。背中の皮の厚さは指四本分はある。これで靴を作れば、一年はもつな」ということであった。それは本当であろう。彼はさらに、「手負いのドンに襲われたら、もうどうしようもない。人を踏みつぶしてしまう。ドンが舐めただけで、お前の衣や肉は裂けてしまう。上に登って行けば多くのドンを見るだろう。近くで良く見てみろ。ドンの中には乾いた人の死体を角に引っ掛けているものがいる。お前がどんなものに出会おうとも、手負いのドンだけは避けた方がいいぞ」といった。その話を聞くと、恐ろしさで体から力が抜けてしまうようであった。

その日、実際によくドンを見ても、首に縄を付けたものがいた以外、角に人の死体を引っ掛けているものはいなかった。夜、父が戻ってきたので、私達はドンを見た話をした。私が「手負いのドンは人を殺すの？」と尋ねると、父は「父さんはドンを殺したことがない。ドンが手負いになると、人や馬を襲い、それを殺すのは難しいということだ。以前、アムチョク・ロがラサへ行った時、七、八人の若者がこっそりとドンを撃って傷つけた。ドンは彼らに襲いかかってきたが男達はどうすることもできなかった。二人の男と三、四頭の馬が殺された。一人の男はドンの角に引っ掛けられて運ばれてゆき、その死体を取り戻すことすらできなかった。次の年、ラサから戻って来た時に再び捜しに行くと、ドンの頭骨が見つかった。その角には弾帯を巻きつけた、空っぽの人間の上半身が突き刺さっていたそうだ」と話した。

私は父の話を聞いて、本当に恐ろしくなった。その話を聞いたのが夜だったので、背中から熱くなるようであった。叔母が「ヌコ、ここにおいで」といってくれたので、私は起き上がって叔母に抱きついた。叔母は父に「どうして子どもを怖がらせるようなことをいうの？」といって咎めたが、父は「大きくなったら、ドンを殺さねばならないかもしれない。その時に怖がらないようにな」と答えた。私が「父さん、手負いのドンはどうしたらいいの？」と尋ねると、父は「ドンを殺すには、近くから額を撃たねばならないという。そうでなければ心臓の中心を撃てば一発の弾で殺すことができる。失敗して手負いにしてしまったら、近くにいてはいけない。馬と一緒に山に逃れて、遠くから見張るんだ。ドンが馬と人を見つけなければ、怒り狂うことなく死ぬか、あるいはそのままどこかへ行ってしまうだろう。トン・ニャムツォでは『撃たれたキャン、衣から摘み取った虱』は遠ざけておけという。手負いになれば、キャンでさえ人を襲う」などとたくさんの話をしてくれた。

巡礼団は進んでゆき、広い砂漠へ出た。ここにもキャンやレイヨウなど多くの動物がいたが、特に多いのはチルーであった。巡礼団の進んでゆく道筋にも多くのチルーの群れがいて、巡礼団が通っても少しも怖れる様子はなく、すぐ近くで草を食べているのを見ることができた。ここでは「ミクチュン・ツー」と呼ばれ、その体は鹿と少々似ていたが、色は赤みがかった褐色であった。牡のチルーの顔は黒色で、頭は細長く、鉄砲の支えに使う銃架のように非常に鋭い角が二本生えていた。牝にも角が生えてはいたが長くなかった。通常牡のチルーとは別々に群れを作っていたが、牝とその子供は一緒であった。その日は巡礼団が通るのを警戒して、牡と牝、子供達が一緒にいた。

その平原には五、六個の群れがあって、一つの群れには三、四百頭のチルーがいた。チルーは走ると非常に速く、特に走れば走るほど、段々と速くなるということであった。父は「チルーの脇の下には風袋がある。走るとそれが風をはらんで、飛ぶように速くなるのだ」といった。群れの一つに出会った時、兄さんと私で叫び声をあげてみたものの、チルーは聞こえないかのように、ちょっと頭を上げてはみたものの草を食み続けていた。何とたくさんいるのだろう。向こうには、五百頭程の群れがいた。叔母は「なんてたくさんのチルー。持ち主はいないのかしら」といった。父は「こんなのは大したことはない。もっと上の方にある『ルティ・ルマル、チルーの土地』という所に行けば、一つの群れに百頭の母、千頭の子供がいる。これらは地主神のものだ」といった。

その時チルーの群れから三、四十頭が離れて、あちこちに散らばった。またたくさんのキャンもチルーに入り混じっていた。彼らには多くの巡礼が通るのが見えなかったかもしれないが、それぞれ草を食み、水を飲んでおり、怯えたり警戒する様子は全くなかった。

こんなに多くの動物を見ると、男達は鉄砲で撃ちたくなってむずむずしたかもしれないが、実際に撃つ者は誰もいなかった。（巡礼中は）一頭を殺せば、千頭を殺したのに等しい罪となるというし、さらにホンツァン家が狩猟を禁じていて、それを破る者には罰金が科されたためでもあった。だから父と私以外動物を撃つ者を見たことはなく、噂話を聞いたことさえなかった。私達が動物を殺したことも、叔母と兄以外は誰も知らなかった。叔母、私、兄の三人については、同罪であった。

巡礼が通って来たこの地では、狼に殺されたレイヨウ、鹿、また特にチルーなどの死体を得ることがよくあった。中でもチルーとヤクがお互いに殺し合った死体は特にたくさんあった。死体を得た家は、夕方宿営の準備が終わると、宿営地の中心の香を焚く台の近くにそれを運び、肉を必要とする家に分配した。また連れているヤクが死んでも、その肉を分配した。それは巡礼団の掟であった。それだけではなく、道で落し物を拾ったら、やはり夕方香の台近くに置いた。落とした者はそこへ行って持ち物を取り戻すことができた。私は自分の椀を三回落としたが、その度夕方には香の台の近くに置いてあった。そのうち皆が覚えてしまい「ヌコの椀だ」というようになった。

第38節

そこは雪の多い土地であった。その日も朝から雪が降っていた。父が「今日は皆で一緒に行くことができる」といったので、私は父の馬に乗せてもらった。私達が岩の多い谷の下に着いた時、巡礼団は前のように谷の中を進んでいった。しばらくして、前の方から銃声がいくつか響いた。そして谷の北向き斜面に十頭以上の狼が現れた。父は「前にいる男達が狼を撃ったようだ」といった。叔母は「撃たなければ、狼は通り過ぎてしまったのに」といったが、父は「獲物を食べている所なら立ち去らないだろう。特に群れだと、簡単にはあきらめない」といった。「狼の群れに鉄砲を撃つと危ないでしょ？」と叔母が尋ねると、父は「昼間ならあまり危険ではない」と答えた。

　再び銃声が響くと、斜面の上に二十頭以上の狼が現れた。兄が「父さん、また狼の群れが来た」というと、父は「そうかな」といって上に登って行った。

　谷の合流点に来た時、右手の小さな谷の入り口の一角に、たくさんの男達と二人の僧が馬に乗って集まっていた。彼らはこちらを見て、その中にいたゴロク・ビガが手を振って「おーい、ドゥルコ、こっちへ来てくれ」と呼びかけてきた。父と私は彼らのいる場所へ向かった。一方叔母と兄は巡礼団の後ろに合流した。その時も崖の上の方では十頭以上の狼が依然として座り込んでいた。

　人々の傍にきてみると、崖の下で人が死んでいるようで、その頭や足は全て血に染まっていた。父は馬から下りて死者の傍へ近づいていった。そこには他に十人以上の男達と僧が二、三人いたが、誰も馬から下りようとはしなかった。私の乗っていた馬は父が引いていたので、私も死者に近づいた。ああ、何ということであろう。私は自分の目を疑った。男達が取り囲んでいるのは、懐に一歳にもならない子供を抱いた女であった。彼女は、頭の黒髪を除いて、全身が血だらけになっていた。青と赤の木綿の縁取りのある皮衣は、帯のあたり以外は引き裂かれていた。背中と太もも、両肩の肉は狼に引きちぎられており、肉と腱がむき出しになっていた。肩甲骨と肋骨の間の肉も引きちぎられて、肺に傷が付いていたので、息をするたびに肺から血が噴き出す音がしていた。体の周りは血だらけで皮衣の切れ端が散らばっていた。しかし左手では子供をしっかりと懐に抱き、右手では銀の飾りのついたバックル（チャブマ）を握っていた。

彼女は父を真っすぐ見つめていた。驚くべきことに、抱いていた子供は頭も体も血まみれであったが、泣いてはいなかった。そして父を真っすぐ見つめていた。そこにいた男は「俺達が見た時、狼の群れは女を引き倒して、女はバックルを頭の上で振り回して戦っていた。俺達は狼を鉄砲で追い払ってから近くに来たが、誰も馬からは下りず、離れて見ていたのだ」といった。父が近寄っていっても、女は声を出せず、子供を抱いている腕を示した。父は子供を取り上げて、顔と体に付いた血をぬぐった。それは男の子で、体には一つの傷もなかった。その時ゴロク・ビガが、「子供が怪我をしていなければ、俺が預かる。ホンツァン家が育てるだろう」といった。父はその子をビガの手に渡した。ビガはその子を懐に入れて、僧達と一緒に去っていった。女は彼らが去ってゆくのを見て、顔に微笑みが浮かんだが、目からは涙が流れていた。そして父に親指を立てて懇願の意を示した。その時には五、六人の男が残っていた。誰かが「可哀想に。俺達が去っても女はすぐには死なないだろうが、また狼が襲うぞ」というと、また別の誰かが「もうこのままにしておこう。死ぬのを待っているわけにはいかない」というなど、色々と話をした。

女は、頭を上げる力もなかったが、再び父に懇願して、父の鉄砲を指さした。その意味は誰の目にも明らかであった。私にも分かった。女は自分を鉄砲で撃ってくれといっているのであった。「どうしても撃つわけにはいかない。このままにしておけばゆっくり死ぬだろう」という者もあれば、「撃ってやった方がいい。このままだとまた狼が襲うだろう」という者もあった。女の目からは涙が流れ、父に懇願の身振りをした。ゴンツェ叔父は「おい、ドゥルコ、とにかく早く息を止めてやった方が良いぞ」といった。父は鉄砲を取り上げて弾を込めた。男達は遠巻きにし、女は懇願を続けたが、父は鉄砲を下した。「手が定まらない」といって女の傍に行って、皮衣の切れ端を女に掛けてやった。女の全身からは肉がえぐられ、腸は地面に垂れ下がっていた。私は「ラマ三宝！　こうなっては死んだのも同然だ。ただ子供のことが気にかかって死ねないのだろう。なんと哀れなことだ」などと考えていた。

父が女に「子供のことは心配しなくても大丈夫だ。お前が死んだらお前の髪をガンデンの鳥葬場に持っていってやろう」というと、女の顔には笑みが浮かび、父を見てまた懇願の身振りをした。再び叔父が「さあ、早く息を止めてやろう。オム・マニ・ペメ・フム、狼に殺されるより良いだろう」といったが、その声が終わらない内に鉄砲の音が響いた。私が見ると、女は額の真ん中を撃たれ、頭をがくっと落とした。傍にいた皆がマニを唱えた。父はナイフを掴み、女の頭から髪を少し切って懐に入れた。それから私達は、皆で一緒にその場を立ち去った。父は馬に乗りながら、なぜか涙を流していた。馬を下りてから振り返って見ると、女のいたその場所には狼が戻って来ていた。

私は心の中で「これで良かったのだ。狼の群れに殺されるよりは、苦しむことなく鉄砲で撃たれた方が良かった」と思った。それからまた「母というものは凄いものだ。掌ほどの肉も残らないほど、全身を狼によって噛み千切られて、肺が現われ、腸は地面を引きずろうとも、女は懐に子供をしっかり抱いて、狼には一口も噛ませなかった。こんなことは両親が話してくれたとしても、とても信じることはできないだろう。今日はこの目で、母がその血肉を狼によって食われようとも子供を懐に入れて守った所を見た。父に、子供を連れて行ってくれと目で訴えた所を見た。子供を取り上げた後で、安心して微笑んだ時の涙も見た。あれ程の怪我を負いながらも生きていた、その力はどこから来るのだろう？　女は狼によってずたずたに引き裂かれようとも、バックルひとつで戦って、子供に一つの傷もつけさせず、一筋の血さえ流させなかった。その勇気はどこから来るのだろう？　それに対する答えはひとつしかない。それは女が母だからだ。これは母の大いなる慈悲の心と、愛情の力だ。これまで父は人を殺し、馬を奪おうとも涙を流すことはなかった。今日父が涙を流したのは、女を殺す罪を怖れたからではなく、母の愛を想ったからだろう」などと色々と考えた。

第39節

巡礼団が高みに登るにつれて、気候は寒冷になっていった。ある夜父は、「これより上に行くと、ツァクダムが来るかもしれん。気を付けてくれ」といった。叔母は「ツァクダムって何？　それがいつ来るか、どうやって分かるの？」と尋ねた。父は「ツァクダムとは、恐ろしい寒気だ。寒い時、灰色の、霧のようなものが向こうからやって来る。雪ではなく、霧のようなものだ。その時には外へ出ることはできない。衣を着てじっとしている他はない。しばらくすれば晴れるだろう。それで大丈夫だ」といった。

その日の朝は非常に寒かった。私達は日が昇ってから出発したものの、全く暖かさを感じなかった。私は「叔母さん、これがツァクダムだろうか?」と聞いたが、叔母は「違うでしょ。ツァクダムは灰色の霧の様なものだそうよ。ヌコ、前を見てて。灰色の霧が来たら知らせて」といった。そこで私はヤクに跨って、ツァクダムが来ないか見ているうちに眠ってしまった。そのうち兄が「やあ、ツァクダムが近くに来るようだ」といったので、私は目が覚めた。ふと見ると霧のようなものがさーっと流れてきた。叔母は「これだろうか? 一度止まろう」と叫んだ。そして私と兄の二人をヤクの背中から降ろし、父の古い衣を着せた。馬やヤクは草を食んでいた。巡礼団は前のように進んでいた。彼らは順番通りに進まねばならないので、立ち止まることはできなかった。

その時ツァクダムが我々の先頭に襲いかかった。仏様! ものすごい寒気であった。馬やヤクは草を食べることもできず、風に尻を向けて立ち止まった。叔母は「お父さんの衣が薄ければ、凍えて死んでしまうよ」といった。少しして、ツァクダムは通り過ぎていった。私達は茶を作って飲み終わってから道に出た。巡礼団のある家が、道で凍死した幼いヤクを解体しており、「さっきツァクダムが来たとき、死んでしまった」といった。

巡礼団が少し進むと、大きな河が現われた。その水は赤く、飲むと塩辛かった。巡礼団は順番に従って河を渡った。私達が赤い河を渡る時は、兄と私はヤクの背にロープで繋がれ、叔母は馬に乗った。私達はマチュの民であった。このような幅の狭い河は少しも怖くなかった。向こう岸に渡ると、既に渡り終えた巡礼者がいた。ホンツァン家やゴンツェ叔父など多くの家の者が「ツァクダムのせいで幼いヤクや、牝馬の後ろに従っていた五、六頭の仔馬が死んだ」と話していた。

夕方父が来た時、叔母が「今日は寒くなかった?」と尋ねると、父は「大したことはない」と答えた。叔母はまた「明日は皮衣を着ていって。今日のようなことがあれば凍えて死んでしまう」といったが、父は「ああ」と答えただけであった。

しかし次の日、父は朝早くから衣を着ずに出かけた。その日は太陽が昇り、とても良い日になった。巡礼団は昼頃、青い河に出た。河沿いの道を遡ると、上部の山の頂に四、五百頭からなる鹿の大きな群れが見えた。そのあるものは寝ており、あるものは草を食べながら、巡礼団が進むのを見ていた。

しばらくして、広い荒地に出た。河は多くの浅瀬によって分断されており、先行した巡礼達は向こう岸に渡っていた。父は「これはディチュ(揚子江上流)の七瀬と呼ばれる所だ。この河は青いが、昨日の河は赤かったな」といった。河岸で、父と叔母は昨日のように私達兄弟二人をヤクの背に結び付けた。父が「怖いか?」と尋ねるので、私達は「怖くないよ」と答えた。それから私達はそれぞれの流れを渡っていった。七つの流れの内、浅い三、四本の流れではヤクは泳がなかったが、しかし他の深い流れでは泳いだ。河の向こう岸に着くと、すでに巡礼団は到着していた。

テントを張ってから、「鳥の頭の石」を掘りに行った。ディチュの河岸から少し行った所に、青い小さな石片でできた小山があり、そこで多くの巡礼者が「鳥の頭の石」を掘っていた。私達も掘ってみると、小さな石の鳥がみつかった。父は「これは『鳥の頭の石』だ」といった。それは本当に鳥に似ており、頭、目、羽が全て揃っていた。父は「故郷に戻った時、テントの上に置いておけば鳴くようになる」といった。私は五個の石を拾い、二個を叔母に渡した。叔母が、「なんて凄い! もっと掘ればよかったのに」といったので、父は自分で見つけた四、五個の石を全て叔母に渡してしまった。叔母は喜んで、全部をケク（首から下げる袋）の中にしまった。

夕方、香を焚く台近くで肉が分配された。兄と二人でもらいに行くと、二頭のヤクが解体されていた。男は肉を配りながら「お前達、マニを唱えなさい。今日俺のヤクが一組、水の中で死んだのだ」といった。夜、私達はその肉を煮て食べた。

寝る時、父はテントの裾を持ち上げて警戒しながら眠り、私は叔母の寝床へ入った。夜半、銃声がいくつか聞こえると、父は叫びながら起き上がり、走って出ていった。その時、近くで銃声がし、父は地面に伏した。私は父が鉄砲で撃たれたと思い、「父さん！」と叫んだ。しかし父は鉄砲を何発か撃った後、また起き上がって走っていった。その頃には応援の男達がたくさん駆け付けてきた。懐中電灯の光で見ると、私達のいる場所の近くの湖の中に男が一人立っていた。また湖の岸辺では一人が負傷していた。人々は湖の中の男を捕え、父は怪我人の手当てをしてやった。その男に尋ねると、「二人が湖の中で死んでいる。さらに仲間が二人いる」と答えた。私の村のある男は、「泥棒の命もおしまいだ。ナクツァンの餌食になったな」といった。その男に、仲間の名を呼べと命じると、彼は「ウルギャン、ドゥクカル！」と叫んだ。すると仲間の男二人が家畜囲いの中で立ち上がって、こちらへやって来た。鉄砲を取り上げて追い払うと、彼らは仲間の死体を岸辺に引き上げ、怪我人を助けて帰っていった。

私は賊達が履いている長靴に、様々な色の布が用いられているのに気付いた。父は「泥棒達はニャムツォ・シャクシェ・ロの者だ」といった。父が戻ってきた時、左の肩先に傷を負っていることが分った。叔母はフェルトを少し炙って、傷を覆った。叔母は「あなたが昨晩殺されてしまっていたら、私達はどうしたらいいの？」といって泣いた。父は「お前は泣かなくともよい。ニャムツォの賊はウルゲ・ロの者のように凶暴ではない。俺はまだ死んだりしない」といった。

ディチュを渡ってから五日後、私達は二つの大きな岩山の間を進んでいた。早朝で非常に冷え込んでいた。全てのヤクと馬の、口と目の周りには吐く息が白く凍り付き、面白い顔になっていた。昼頃、巡礼団の先頭から「停止しろ」という指令が来た。私達が待機していると、私達がいる谷間から熊の群れが山を登ってゆく所であった。群れには二十頭以上の熊がいた。人々は大変怖がって、口々に「性悪な熊」あるいは「凶悪な熊」だといった。巡礼団のヤクや馬も怯えて走りまわった。人々は叫んだり、鍋や鉄を叩いたが、何をしようとも熊たちは無視していた。少しして、再び山の麓から大小の熊十七、八頭が現れ、近くの斜面を登って行った。私も叫び声を挙げながら「仏様、なんと多くの熊がいるのだろう。地面の下から湧いてくるのではないだろうか」と思っていた。

その時、巡礼団の先頭にいたヤク達が怯えて私達の近くに来たため、他のヤクと混じりあって大混乱に陥った。皆は「今日は隊列が乱れても仕方ないな」といった。巡礼団の先頭の者達は火を焚いて煙を出し、また使い古した布を火に投じた。それによって、熊達は頭を上げ、左右を見て何歩か動いた。しかしまたすぐに地面を掘り返しては、石のようなものを採っており、動こうとはしなかった。父が来て、「前の土地で、ジョマを掘っているんだな。これでは巡礼団は進めない。鉄砲を撃ち、大きな声を出しても、熊達は無視している。しかし薪を焚いて煙を出せば、山に向かってゆっくり登ってゆくだろう。そんなに待たずに出発できそうだ」といった。その時向かいの山には、大小の熊が十頭以上集まっていた。さらに麓から登ってくるものもいて、全部で何頭いるのかは分からなかった。

二、三頭の子供を連れている熊もたくさんいた。見上げると、山の上には赤銅色で毛がふさふさした、子ヤクほどの大きさもある牡熊がいて、その顔の長さは一尺程もありそうだった。それは遠くから見ても恐ろしさを感じるほどであった。山の麓には子供を連れた母熊達がいたが、後ろ向きになると尻が丸いので、恐い感じはしなかった。少しして巡礼団は出発した。前方の平地では地面が掘り返されて黒い土が現われていた。何頭かの熊はまだ麓にいて地面を掘り返していたが、近くを巡礼団が通っても気にせず、私達は無事に熊から逃れることができた。

私は心の中で「ああ、ラサへの道がこれ程遠いなんて。川は多く、山は高い。ツァクダムは寒く、賊もまた多い。この旅には、寒さと飢餓の恐怖や、驚くほどの様々な困難が伴っている。ああ、ラサ。未だ至らぬラサ。それはどこにあるのだろう」と考えていた。

第40節

その日も雪の降る中、巡礼団は出発した。道中は川や岩山に阻まれ、至る所が岩だらけで、進むのは極めて困難であった。日中峠を越えて、大きな平原に出た。雪は降りしきり、さらには風が吹きすさび、少しでも迷うと先行する者の跡が消えてしまうので、お互いに呼びかわしては道を探った。

その時、前を進む者から「皆ゆっくり進め。列が途切れないように。迷うなよ」という声が聞こえた。しばらくして、巡礼団は停止した。雪は前のように降り、後ろに続く者も待機していた。少ししてまた動き始めたが、ある所まで来ると道の下でホンツァン家の数人の僧が読経していた。父もまたそこにいた。私が「父さん！　来たよ！」と叫ぶと、父は私達の所まで来て、「寒くなかったか？」と尋ねた。兄は「寒くないよ」と答え、私は「父さん達は何をしているの？」と聞いた。父は「道の下で巡礼者が亡くなっている。だから僧が読経をしているのだ」と答えた。向こうを見ると、二人の僧と一人の男が背中合わせになって死んでおり、その下半身の大部分は雪の下に埋まっていた。私達はそれをしばらく眺めてから出発した。

父が追い付いてきたので、私は父の馬の前の方に抱かれて座らせてもらった。兄は「父さん、ヌコはヤクに乗せたほうがいい。抱いていると手が凍えるよ」と声をかけたが、父は「大丈夫だ」といった。叔母は「ドゥルコ、あなたは皮衣を着ないの？」と尋ねたが、父は「まだ大丈夫。大して寒くはない」と答えた。叔母がさらに「この雪が降りやまないのはなぜかしら？」と尋ねたのに対して、父は「この土地は『白い雪が昼夜降り続く地』と呼ばれるのだ」と答えた。

夜になって、雪はいっそうひどくなった。巡礼団は静かに連なって進んだ。父は近くにいた前衛を、後衛の応援に行かせて、「家族は勿論のこと、一人でも道を外れないように。道を外れたと思ったら、叫ぶか鉄砲を撃って知らせろ」と命じた。やがて巡礼団は峠の麓に到着した。その日は一日中、家畜は草を食べることができず、人も食事をすることができなかったが、やっと穏やかな場所に到着した。巡礼団は誰も迷わず、死者も出さずに休むことができた。

夜食事をしている時、私は「父さん、今日亡くなっていたのはどこのロの人？」と尋ねた。父は「分からんな。二、三人ぐらいの犠牲は少ない方だ。以前、ブパ・ロの者と一緒に初めてラサへ出かけ、この場所に着いた時は、どの口の者かは分からないが、五十人ほどの男女と二百頭ほどの馬やヤクが道に迷って死んでいた。我々が来た時には、その死体を犬と狼が食べていた。俺達も夜道に迷って、進むことができなくなっていた。老人達は『道が分らなければ進むな。無闇に進むと湖の氷に開いた穴から落ちるぞ』といった。朝になって山の上から眺めると、向こうにキャンの群れがいた。キャンの後について行き、道を見つけることができた。しかしその日の夜、二、三人の子供が凍えて熱を出して死んだ。我々四十家族からなる巡礼団も危うく全滅する所であった」と、恐ろしい話をした。

さらに父は、「今日雪の中で迷わなかったのは幸いだった。明日この峠を越えると、激しい風が吹くだろう。その地は『赤い風が昼夜吹く地』と呼ばれる。早く休め。明日は早いぞ」といった。

次の日、まだ夜が明けない内に巡礼団は出発した。父が先頭で道案内をし、峠を越えるにつれて風が激しく吹くようになった。赤い砂と小石が吹き付けて、目を開くことすらできなくなった。小さな丘の傍に来ると風は少し弱くなったが、寒気のせいで凍えるようであった。叔母は私を父の皮衣で包んでヤクに乗せた。赤い砂塵が皮衣に吹き付けて、皮衣の中は、寒気が突き抜けるようであった。少しして、叔母は兄を皮衣で包んでヤクに乗せ、私を懐に抱いてジョルに乗って進んだ。私は寒くて震えていた。赤い砂塵が吹き付けると、馬やヤクは頭を風下に向けて、動こうとはしなかった。巡礼団はこのような困難の元前進し、私達もそれに続いた。

ある場所に来た時、父がドンとキャンの糞を燃やして何人かの男と一緒に煙草を吸いながら私達を待っていた。私達が着くと父は「お前達は、今日の風で吹き飛んでしまったかと思っていたぞ」と声をかけたが、叔母は「あまり進むことはできなかったわ」と答えた。そこで私達は茶を作って飲んだ。その時一人の男が来て、「おい、ドゥルコ、こんなにひどい風が吹くのはどういうことだ？」と聞いた。父は「ここは『赤い風が昼夜吹く地』と呼ばれる。今日いっぱいはここを出られないだろう」といった。男は「灰でも食ってろ。本当に出られるのか？」といって帰っていった。私達は再び出発したが、岡の陰から出るや赤い風によって頭を押さえつけられるようであった。

夕方になってもその地を離れることはできず、「各家は順番に従って野営しろ」という指示が来た。そこで皆はそれぞれ岡の陰にテントを張った。私達は崖の下の、草がいくらか生えている窪地にテントを張った。赤い風は吹き続け、空と大地の境目も分からないほどであったが、この窪地では風はそれほどでもなかった。

食事の後、兄が父に「父さん、ラサへ行った時の話をして」と頼んだので、父は次のような話をしてくれた。「俺がワコルマの者を連れて二回目にラサへ行った時は、四十家族程が参加していた。ウルゲとニャムツォの地では何回も賊に襲われ、三人が殺され、五人が傷つき、また四頭の馬が殺された。俺も脛(すね)を鉄砲で撃たれた。しかし俺達も十二人の賊を殺すか傷つけて、十頭以上の馬を殺した。

この辺りに来た時、朝、まだ夜が明けない内に、前に護衛を十人以上つけて出発した。しかしキャンの死体を食べていた狼の群れに出くわしてしまい、狼は我々を襲ってきた。我々には鉄砲をもつ者が八人しかおらず、狼の群れは百頭程もいた。最初、先頭で戦っていた者達は五十頭ほどの狼に囲まれた。仲間の二頭の馬は狼に襲われ、腹を切り裂かれた。そこで俺達は馬から降り、馬を中心に集めて、その周りを囲んだ。鉄砲を持つ者は鉄砲を撃ち、鉄砲のない者はゴコルで戦った。俺は皆に鉄砲を置いてゴコルで戦えといったが、鉄砲を撃ち続ける者もいた。その頃には狼はもっと増えており、百頭くらいになった。狼は我々を取り囲んで襲いかかり、馬と人に噛みついた。最初に襲われた馬は引きずり出されて殺された。

段々と防ぎきれなくなってきたので、俺は『三頭の黒い狼を狙って撃て』と命じ、二頭を殺すことができた。すると狼の数は少なくなったので、死傷した四頭の馬を残して川岸に移動した。狼の群れも再び襲いかかってきて、仲間の一人の肩に噛みついて地面に引き倒した。我々は再び鉄砲を撃ち、残っていた一頭の黒い狼を殺すことができた。その頃狼の大部分は馬の死骸に群がっており、それ以上は襲ってこなかったので、俺達は川に沿って逃れることができた。狼は、俺達の三人に怪我を負わせ、馬四頭を殺し、二頭を傷つけた。俺達は大体三十頭の狼を殺し、特に三頭の黒い狼を殺してからはおとなしくなった。しかし俺達の弾も殆ど尽きていた」私はこの話を聞いて、少々恐ろしくなった。

巡礼団が赤い風が吹く中を進んで三日たった。やっと穏やかな土地に到着した。巡礼団はそこで三、四日休息した。父は私達を連れて、背後の山にある非常に大きな洞窟へ行った。洞窟の中の岩壁には、様々な仏像が彫りこまれていた。父は「ここは巡礼者にもあまり知られていない」といった。洞窟の中を百歩程進むと、仏像の数はもっと多くなった。その前には、バターやチュラなどが供えてあった。それを見ると、多くの人が礼拝に来たことが分る。奥に進むと何も見えなくなるので、私達は外へ出た。父は「お前達、地面に印を付けておけ。また来た時のためにな」といった。私は「こんな何もないシャンタンの地に、これ程多くの仏像を彫ったのは誰なんだろう？　ここにこれ程すばらしい洞窟があるのは、何と凄いことだろう」と思っていた。

第41節

それからまた何日が過ぎたか、ある日、川のほとりに小さな僧院が建っていた。巡礼団はここで二日を過ごした。父は「ここはナクチュ・シャブテン僧院だ」といった。私達は朝から参拝に出かけた。そこには仏殿と集会堂があって、仏像がたくさん置かれていた。僧侶は二百人以上いるとのことであった。見渡せば、豊かな僧院であることが分った。これは私達が故郷を出立してから最初に出会った僧院であった。父はラブランの茶碗を十個ほど売ろうといって持って行った。僧院の門の近くで茶椀を二個地面に置いて、「一つ二円だ」というと、多くの僧がやって来てそれを買い、もっとないかと聞かれた。夕方には二十個以上が売れ、残ったのは、口の所に小さな傷がある茶碗だけであった。しかしそれも小坊主がやって来て、売ってくれといった。父は「金はいらない。これはあんたにあげよう」といったが、小坊主は手に持った一円を置いて、茶碗を持って行ってしまった。この土地では茶碗を手に入れるのが難しいのか、あるいは、僧侶が金持ちなのであろう。ラブランでは銀一円で七個か八個の茶碗が買えるが、ここでは一個二円で、先を争うように売れるのであった。これは不思議なことであった。

次の日、巡礼団は出発し、大きな川の岸辺に出た。そこには建物の中に大きなマニ車が据えられていた。[※12]父は「ナクチュのマニ車というのがこれだ」といった。巡礼は皆、我先にマニを回した。

そこから少し進むと、家畜の飼養場があった。連れてきた馬やヤクの大部分はここに預けて休ませねばならなかった。私達も五頭のヤクと一頭の馬を預け、食べ物と身の回りの僅かなものをジョルの背中に乗せて運ぶ以外、運んできた物もここに置いていかねばならなかった。巡礼は皆同じようなものであった。昼頃、我々はダムチョクツェの峠に着き、盛大に香を焚いた。父は峠の向こう側、西北に聳(そび)える、天を衝くように高い雪山を私達に示して、「あれを見ろ。あの雪山は北のニェンチェン・タンラだ」[※13]といった。巡礼者は山に向かって礼拝した。父はさらに「今朝右手に見えた高い雪山はサムテン・ガンサンだ」といった。私も幼い時から「ニェンチェン・タンラは、雪の国チベット全体の地主神の王だ」と聞いてきた。その日初めてその山を望むことができたのは、大きな喜びであった。

私達はさらにラサに向かって進んだ。巡礼の大部分は徒歩になったので、前後の順番に関わりなく自由に進むことができた。しばらく行くとまた大きな川に出た。そこでは、川岸の岩から向こう岸にかけて鎖が張られ、そこに革橋がかけてあった。[※14]しかしそれは実際の所、橋と呼べるようなものではなかった。両手で掴むための二本の鎖が張られ、その間にはヤクの革紐を捩って編んだものの上に、足を運ぶ所として長い棒が渡してあった。渡ろうとする者は、左右の手で鎖を掴み、一本の棒の上をそろそろと歩かねばならないので、非常に困難であった。だから、この吊り橋を渡ることができれば、死んだ後、地獄への細道から逃れることができるとさえいわれていた。巡礼者の中でも二名の若者以外は、あえて渡ろうとする者はいなかった。しかし父は「息子達よ、渡ってみろ」といったので、叔母や、その他多くの者が驚いて、「なんと、あんたは気違いじゃなかろうか？　こんな小さい子は落ちてしまうぞ」と非難した。しかし父は「大丈夫。息子達には簡単だろう。落ちっこない」と答えた。そこで私達は吊り橋に行き、他の人達は川の中を渡った。橋を渡っている最中、ぐらぐらと揺れたが、手を離さねば落ちる心配はなかった。何とか橋を渡りきり、向こう岸に着くことができた。

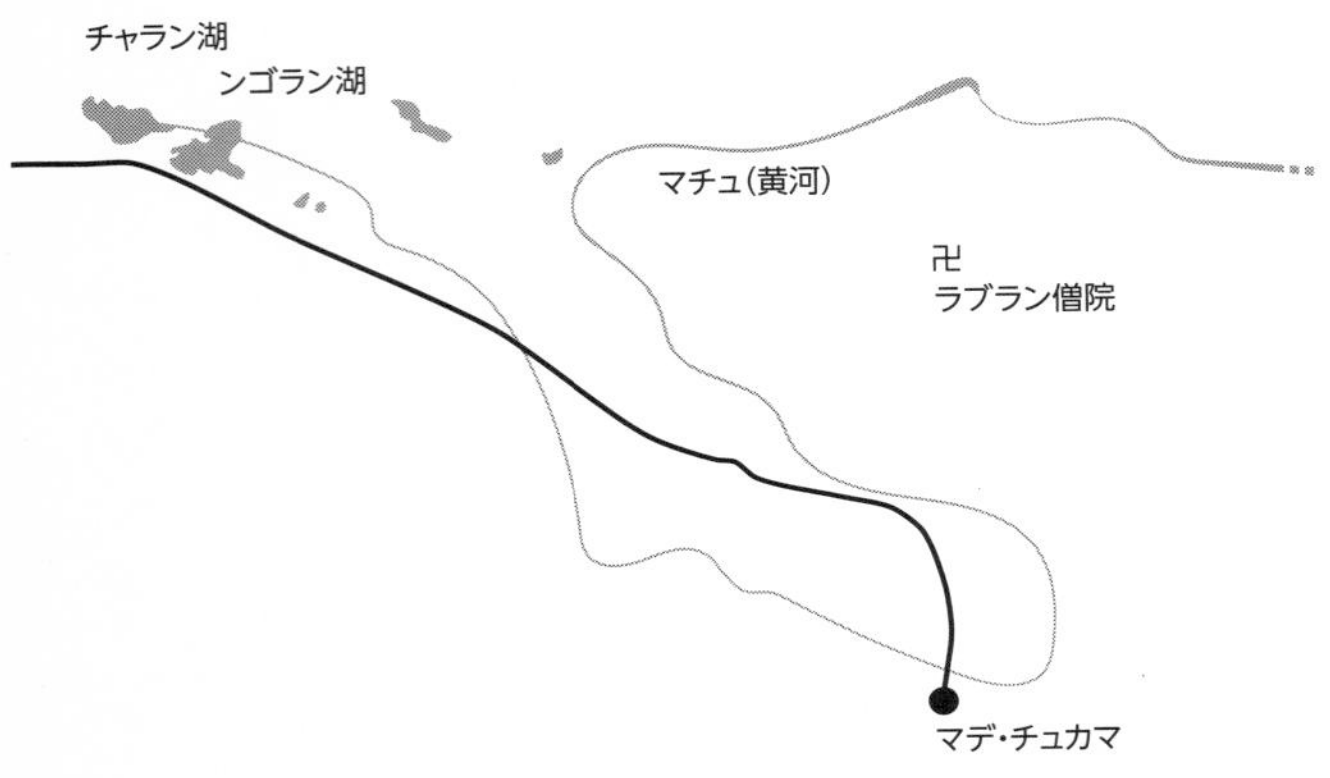

それから少し進み、ある谷の中に入った。そこを登ってゆくと、南側の岩壁に木とシュクパが何本か生えている場所があった。父は「息子達、あれを見ろ。『赤い崖、セレの鷹の巣』[※15]というのがあれだ」といった。見上げてみると、南側の非常に高い岩山の中腹には数人の僧がおり、たくさんの仏像が置かれていた。そこからさらに上を見ると、岩の間に白く長い木が挟まっていた。僧の一人は「あれは大商人ノルブ・サンポの矢だ」と教えてくれた。またお堂の柱にも非常に長い矢が立てかけてあったが、「これは矢に撃たれた鷹がここに運んできたものだ。それで鷹の巣のあった所にお堂を建てたのだ」といった。お堂の建っている岩から下を覗くと、目もくらむようであった。

夕方父は、「今夜峠へ行く。明日日が昇る前に、ジョウォの黄金の屋根を拝めるだろう」といった。そこで全ての巡礼者は夜にゴラ峠へ行った。そして早朝から、巡礼者は老若男女を問わず日が昇るのを待って

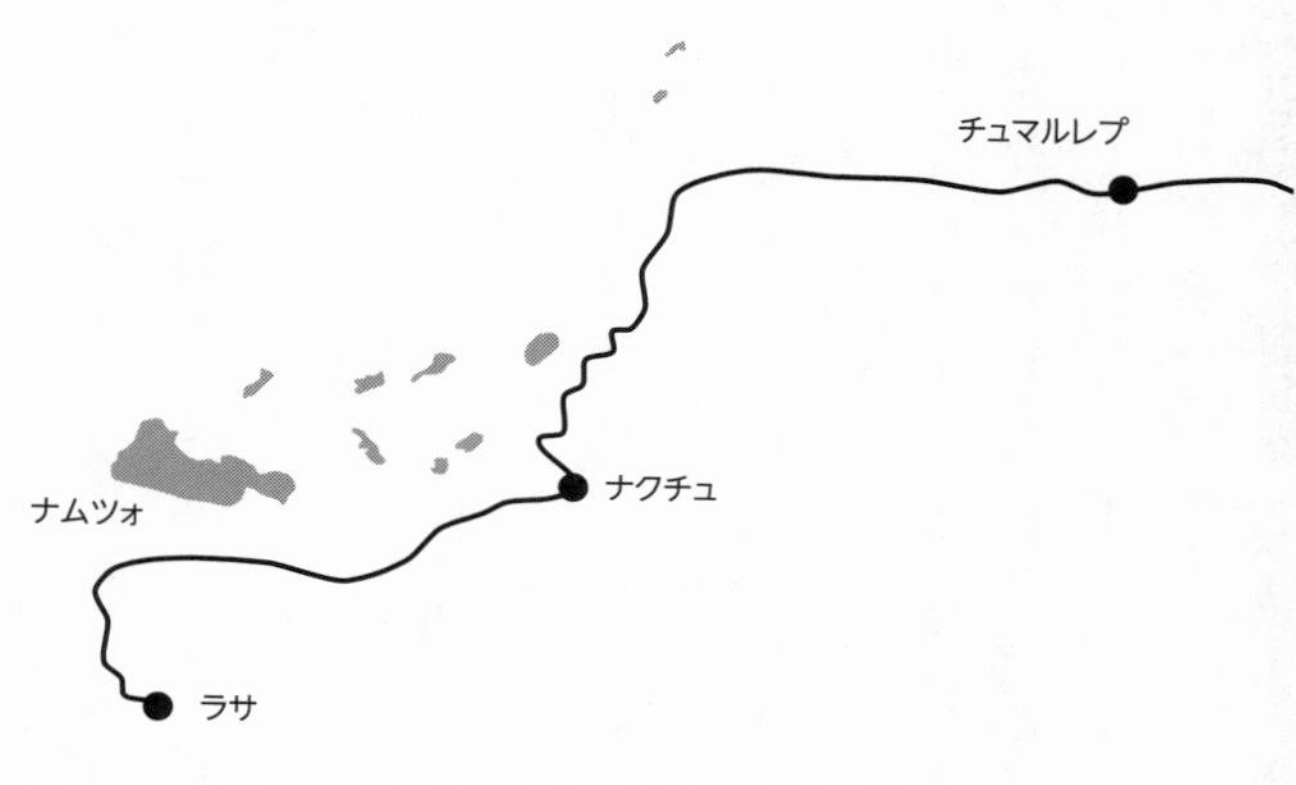

いた。父は「ゴラの右手の山に朝日が当たると、ラサのジョカンにも日が当たるのだ。その時峠から眺めれば、人それぞれの業と福徳にしたがって、大小の金の屋根を見ることができる。悪しき業の、福徳に欠けた者はそれを見ることはできない」といった。

その時、一人の僧が「さあ、日が昇るぞ」と声を上げた。皆は峠に向かって走った。私もゴラ峠へ行ってみると、左手の大きな平地の煙や霞の中に、お堂の金色の屋根や荘厳が太陽の光を受けて輝いているのが見えた。私達も他の巡礼者と同じく、礼拝をし、香を焚いた。多くの者は喜びの叫び声を上げ、私の心の中にも不思議な喜びが湧きおこり、思わず涙を流した。「ラマ三宝！　ジョウォ・イシンノルブ（イシンノルブは如意宝珠の意。ここではトゥルナン寺の釈迦像を示している）！　僕は本当にラサに来たんだ！」父は「今見えているのはジョカンの屋根だ。今日は霞んでいるからポタラの金屋根は見えないな」といった。しかし少しして、ポタラや、その他ラモチェなどの小さな僧院の屋根と装飾が見えるようになった。ゴラ峠は非常に高いので、つづら折りの道を下るのは大変であった。

山の中腹まで来ると、霞が消えてラサの町全体を見ることができた。キチュ川の河原の周りにポタラとチャクポリの二つが宝石を埋め込んだように見え、町全体が水で囲まれているようであった。

私達はその後、ラサの町の東方の川岸にテントを張って泊まった。なんとすばらしいことだろう。とうとうラサに到着した。今やずっと憧れていた、清浄なる太陽の都ラサへ着いたのだ。頭上には白い雲を仰ぎ、足下には黒い土を踏んで、五、六か月もの長い道のりを進んできた。百の山を越え、千の川を渡り、多くの賊を退け、今日本当に太陽の都ラサへ着いたのだ。

夕方ホンツァン家は巡礼団を集めてこう命令した。「これから毎日一緒に僧院巡りをする。その他の時間は自由にしてよい。しかし喧嘩をしてはならない。盗みをしてもならない。また盗まれないように、各自家財の番を置け。巡礼中は、全ての鉄砲はホンツァン家が預かる」その他多くの心得について説明した。

父は私に銀貨を二枚くれて「これはラサにいる間の金だ。今日からお前が持て。布施しようが、食べ物を買おうが自由だ」といった。私は自分で自由にできる金を持つのは初めてだったので、とても嬉しかった。私は一円を叔母に預け、一円を自分で持った。父は兄と私を町はずれの市場に連れてゆき、知り合いに会わせた。彼は店の中で銀貨と銅貨を交換してくれた。見ると、ショとドンツェ（チベット政府の発行した銅貨）が混じって五十枚以上あった。彼はそれを渡しながら「君には余分にあげるよ」といった。私は「なんてたくさんのお金だろう。明日から布施をし、飴と、小さな鍋を買い、子供の乞食がいたら銅貨を二枚ずつあげることにしよう」などと、いろいろと考えた。

テントに戻ると、叔母は私のために小さな袋を作って、首に結び付けてくれた。銅貨はそこにいれた。兄もまた一掴みの銅貨をくれたので、袋は一杯になった。夜、私はその袋を握りながら寝た。

第42節

早朝から、参拝のため順番にジョカンの門前へ出かけた。皆はカタと燈明用のバターをもち、またある者は茶、バター、トゥ（麦焦がし、バター、砂糖、チュラを捏ねたもの）などの供物を用意し持参していた。

ジョカンの扉はまだ閉まっており、私達は固まって並んでいた。ジョカンの門の左右には野良犬と乞食がたくさんいた。乞食の着ているものはぼろぼろで、顔や手足は真っ黒、男女ともに髪は乱れ、見るも恐ろしい姿であった。巡礼者が投げ与えるバターの入った革袋や干し肉、麦焦がしの塊を、乞食と犬は我先に奪い合った。そのため引き裂かれた革袋からは乞食がバターをむさぼり、犬が下からそれを引っ張るといった調子で、私の心にはいいようのない悲しみが生まれた。「ああ、ラサにこのようにたくさんの野良犬や乞食がいるのは、一体どういう訳だろう」と考えながら待ち続けていた。

ジョカンの扉が開くと、父は私を連れて寺の中のお堂のそれぞれに参り、カタを捧げ、礼拝し、燈明にバターをついだ。ドルマに参拝している時は、そこで多くの小さな鼠が供物台で水を飲み、供物を食べ、走りまわっているのが見えた。父は、二枚の銀貨を管理人に渡し、親指を立てて、鼠の死骸を分けてもらった。[※16] それから多くのお堂を巡ったあとで、釈迦堂の中へ入った。三回礼拝した後、釈迦像の右手に周り、私はそこに二、三枚の銅貨を置いた。父は私を抱き上げて、私の額を像に触れさせた。すぐに警備のドプドプ[※17]（警護僧）が私達を梯子から引きずり下ろしたが、とにかく釈迦像の祝福を得ることができた。そのお顔を眺めた時、心には大きな喜びが生まれた。私は心の中で「お釈迦様のお顔は、微笑んでいるようだ。お釈迦様は僕達の喜びや悲しみ、祈りの全てを理解されている。もう死んでも大丈夫だ」と思った。それから釈迦像の左手に周ったが、そこでもまたドプドプが私を引き戻した。次に階上に上がって、マチク女神などの多くの像に礼拝し、さらにラマ・ジャモを礼拝した。それはあるお堂の左側の壁に設けられた小さな扉の中にあった。そこではこぶし位の大きさしかない黄色の山羊が、こちらを振り返って見ていた。私達はそこを出たが、父は留まっており、私達がその他のお堂を周り終わるのを待っていた。

少しして、父は一人の僧と一緒に笑いながら戸口から出てきた。父は「知り合いの管理人に頼んで、鹿の血角と、いくらかの銀貨でティダールン[※18]をもらうことができた」といって、非常に嬉しそうであった。兄が「父さん、ティダールンて何？」と尋ねると、父は黄色い布に包まれた、鳥の卵のような丸薬を見せて、「これがそうだ。日光に当てない限り、武器を防ぐ力をもつ」といった。後に故郷に戻ってから、父は戸口の所で、日光が当たろうが当たるまいが気にせず丸薬を削って、近所の者や友人に分け与えた。ティダールンは鶏の卵くらいの大きさの黒い丸薬で、中心には五色の小さな絹が埋め込まれていた。

ジョカンに参詣した後、私達は町から少し北へ進み、ラモチェ[※19]を訪れた。父は、「ジョカンの釈迦像は、漢人のお妃のコンジョが中国から持ってきたものだ。ラモチェの釈迦像はネパール人のお妃であるミキョ・ドルジェがネパールから持ってきたものだ」といった。ラモチェの釈迦像に参拝している時は皆ゆっくり参拝することができた。そしてドプドプに咎められるようなことはなかった。私は銅貨二枚を布施としてその前に置いた。

参拝を終えてから、ジョカンの周りのマニ車を回しながら門の所へ戻った。ラモチェに参拝してから皆は門の近くで食事をしたが、野良犬と乞食がたくさんいて、落ち着かなかった。それからポタラ宮殿へ向かった。ポタラは岡の上に高くそびえており、麓から見上げると、頭の上に倒れかかって来るようであった。それぞれのお堂に行くために、非常に急な階段を登り、銅や金で作られた仏像や、金や銀で飾られた霊塔に礼拝したが、いくつかのお堂に入るためには靴を脱がねばならなかった。そして宮殿の最も重要な仏像といわれる、ジョウォ・ロキシャラ（観音菩薩）に礼拝した。管理をしている僧侶は私を抱き上げて、仏前の小箱に頭を触れさせた。するとそれは、ごとごとという音をたてた。僧は「ジョウォ・ロキシャラ・ドゥン」と唱えた。私は仏前に銅貨を一、二枚置いた。父は昨日から「仏に詣る時は身、口、意の三つの主要な帰依所に銅貨を二枚ずつ布施しろ。全ての仏に布施することはできないからな」と教えてくれた。その日は何百、何千もの仏に参拝したが、三体の主尊以外には銅貨を置かなかった。仏像の前に来ると布施したいとは思ったのだが、そんなにたくさんの銅貨はもっていなかったのだ。

ポタラ宮殿を訪れた後、私達はチャクポリ[※20]の岩山にある僧院へ行った。父は「ダシェ[※21]を買うなら、今日ここで買ったほうがいい」といったので、皆はダシェ、ギャド[※22]などの薬をたくさん買った。それからチャクポリの周りを右遶したが、途中岩の間を抜けてゆくと、崖下に緑色をした深くて大きな川てあった。私達はそこでも礼拝した。

ある日、リンコル（ラサ市街、ポタラ宮殿を囲む環状路）へ行くことになった。リンコルには大小のお堂がたくさんあったが、道筋には多くの乞食が、ぼろぼろの布でできたテントの中に住んでいた。道端では二人の乞食が死んでおり、その顔には汚れた布がかぶせてあったが、腐った臭いが辺りに漂っていた。彼らが病気で死んだのか、飢えのために死んだのかは誰にも分からなかった。

さらに進むと、小さな店が並んでいた。店を見ながら歩いてゆくと、温かい腸詰を売っているのに出会った。兄がそれを少し買い、二人で食べていると、巡礼仲間の中には「そんなものを食べちゃだめだ。そいつは犬の肉だ」という者がいた。しかし何であれ美味であった。私達が食べていると、父と叔母が来たので「父さん、これは犬の肉なの？」と聞いたところ、父は「とんでもない、食べても大丈夫だ」といい、父と叔母も腸詰を買って食べた。

再びリンコルを進むと、高い塀を巡らした門に着いた。塀の中では二人の人が裸にされ、鞭うたれていた。また何人かは裸にされて、横木に付けられた木の輪を首に嵌められ、塀に向かって立たされていた。その中の二人は肌の色が黒く変色しており、まるですでに死んでいるかのようであった。歩いてゆくと、鞭で打たれる音と、泣き叫ぶ声が聞こえた。父は「この場所は政府の刑場だ」といった。私は何ともいえない悲しい気持ちになった。

さらに進むと、足を引きずっている者、手足の一部が欠けている者、盲人、聾者がたくさんおり、その全てが道端で物乞いをしていた。巡礼者達は食べ残しや、革袋に入ったバターなどを与えながら進んだ。私も二人の子供の乞食に銅貨を二枚ずつ与えたが、叔母は「仏様！　これはどういうこと？恵んでも恵んでも切りがないわ」といった。父も「世の中の手足の不自由な者、盲人、聾者、乞食は全てラサに来ている。その全てに施すことはできないぞ」といった。

そこにはまた手足を鎖で縛られ、首には板を嵌められながら物乞いをしている者達がいた。巡礼者は彼らには特にたくさんの食べ物を与えた。「父さん、あれは何？」と尋ねると、父は「彼らは皆、政府によって処罰されたものだ。目を抉る、手足を切る、首枷を嵌める、ツェチャク（棘の生えた植物）で叩く、生皮をはぐ、頭を切り開き、そこに溶けたバターを注いで燈明にするなど、世間の者が考えもしない方法で、政府は人を罰する」といった。生皮をはいだり、頭を燈明にすることなどを見たことはない。しかしラサの周回路にはあらゆる惨めさと醜さがあり、それを痛ましいと見れば痛ましく、悲しいと見れば悲しかった。これらのことを目にして、私の心にはかつて聞いた次のような言葉が浮かんだ。「地獄の苦しみを見たければ、ラサの町に行けばよい」

私の心にはいいようのない悲しみの気持ちが生まれた。「このラサは、何と色々なことがはっきりしている場所だろう。片や大きな喜びがあり、片や信じられないような惨めさがある。権力者は大きな力をもち、何でも自分の好きなことができる。無力な者は身を隠す所すらない。富む者はあくまでも富み、その家には腐るほどの肉やバターがある。貧しい者はあくまでも貧しく、道端の草で命を繋いでいる。この事に関しては、いかに論じようとも、またお釈迦様の御前において人が何と思おうとも、それぞれが前世で積み上げてきた業によるものなのだ」

第43節

ある夜、ホンツァン家が「マデ・チュカマの者は明日、ノルブリンカ[※23]においてジャルワ・リンポチェ（ダライラマ）にお会いする」と宣言した。次の朝は夜明け前に食事を終え、ノルブリンカへ行ったが、それでも行列の中程であった。前に来た者達は、夜明け前に来ていたという。日が昇る頃、人々は順番に前にある二、三のお堂を巡った。ノルブリンカの塀の中には多くの木があり、様々な鳥の鳴き声が響いていた。お堂の入り口や道の傍には、二人の役人と門番が立っており、少しでも列を乱すと柳の鞭をふるった。

少しして、ジャルワ・リンポチェのお住まいの門前に到達した。先に来ていた者達は、謁見を終えて外に出てきた。今までにチベットの三人の王（ダライラマ、パンチェンラマ、カルマパを指す）にお会いしたことはなく、その日は本当に、謁見のための記念すべき日であった。私達は皆、前夜にジャルワ・リンポチェにお会いできると聞いて、とても喜び、謁見のための準備をした。父は私に一枚のカタをくれたので、私はそこに二、三枚の銅貨を添えた。カタと銅貨を手にもって待っていると、謁見のための準備が整った。入り口の所まで来ると、一人の僧が「靴を脱ぎなさい」というので、私達は靴を脱いで入り口の近くに置いた。階段を上って二階へ登り、そこからさらに狭い入り口を通って中へ入らねばならなかった。中へは一人ずつしか入ることができなかったので、私も一人で中に進んだ。

ジャルワ・リンポチェは右手の高い玉座の上に座っておられた。お顔には微笑みが浮かび、手には祝福を与えるためのダダル[※24]を持っておられた。リンポチェがこちらをご覧になった時、私は少々怖気づいたが、父が入り口から「御前まで進みなさい」というので、カタと銅貨を握って進んでいった。リンポチェは前と変わらず私を眺めておられた。私は落としてしまった一枚の銅貨を拾い上げ、カタと銅貨を御前に置いて、玉座へ進んだ。玉座は高く、背が届かなかった。見上げるとダダルを右手に持たれていたが、何事かをおっしゃられ、ふたたびそれを置いた。何をおっしゃったのかは分からなかったが、御前に控えている僧の一人が私を抱き上げてくれたが、リンポチェはダダルで私に祝福を与えてくださりはせず、代わりに私の頭を指でぱちんと弾き、大いに笑われた。私は痛くて目から涙を流したが、とても幸せであった。それからまた僧侶が私を床に降ろしてくれたので、そこから進んで、別の僧侶から水差しに入った水を注いでもらい、護符を受け取った。

父も謁見を終えたので、私達は入り口まで戻って靴を履いた。父が「リンポチェはお前を指で弾かれただろう？　それはすばらしいことだ。御手で直接祝福していただいたのだからな」といったので、さらに私は嬉しくなった。

塀の中に入ると、各人に大きな茶碗一杯ずつトゥクパがふるまわれた。トゥクパの中には小麦粉の団子がたくさん入っており、ラサで「ザントイ」と呼ぶものであった。このトゥクパは、ジャルワ・リンポチェが特にマデ・チュカマの者達のために命じてくださったものであるといわれたので、皆はトゥクパをいただきながら、たくさんのマニを唱えた。そして「ああ、ジャルワ・イシンノルブに吉祥あれ。大きな加持を賜り、感謝いたします」、「ジャルワ・テンジン・ジャムツォにまたお会いできますように」といった多くの祈願をした。

ノルブリンカを訪れた後、セルリ・ジェタン・タモで川を渡り、セラ僧院[※25]へ向かった。ジェタン・

タモから登ってゆき、遠くから眺めるとセラ僧院の金の屋根や荘厳が輝くのが見えた。僧院に到着すると、私達はいつものように列を作って、お堂を巡り、多くの仏像に礼拝した。中でもセラの主尊であるという馬の頭をもった像に礼拝した時、父は「これはセラの赤タムディン（赤馬頭明王）だ」といった。父は私の頭をタムディンの台座にある小さな箱の中に押し込んで礼拝させた。そこで一人の僧が私の鼻の頭に黒い煤（すす）を塗り付け、私は三枚の銅貨を置いた。振り返って見ると、兄の鼻の頭も黒くなっていた。その日は黒い色を落とせないということであったが、良く見ると、巡礼の連れている子供達は皆、鼻の頭が黒くなっていた。

それからまた多くのお堂を訪れた。セラの学堂で学んでいる六千六百人が集合できる大集会堂へも行った。その日は三千八百人程がいるということであった。私達は集会堂の中を巡り礼拝した。巡礼者は集会堂でンゴイク（亡くなった者の名を書き、追善供養を依頼する紙）を納め、カタと多くの賽銭を献じた。集会堂の後でもまた多くのお堂を訪れた。

それから私達は大きな塀の内側で待つようにいわれた。その場所の真ん中には棒が立っており、小さな猿の子供が繋がれていた。子供達はそれを遠巻きにしていたが、私は近寄っていってチュラをやった。しかし猿は私の衣の袖を掴んだので、破れてしまった。そこでもザントイが一杯ずつふるまわれた。一人の僧が「これはセラ僧院からチュカマの巡礼者に差し上げるものです」といい、皆は「ありがとうございます」といいながらマニを唱えた。

セラ僧院を後にして、皆は麓にある鳥葬場へ行った。鳥葬場の大きな岩の上では、二つの遺体が鳥葬されていた。私達は遠くから祈りを捧げたが、傍に寄ることは禁じられていた。そこでは五十羽以上のハゲワシが肉を食べており、鳥葬場のある山の上には、食べ終わったハゲワシが百羽あまりいた。鳥葬が済んでから、私達はその大岩の上に登り、礼拝し、自分の髪と爪を切って投げ捨てた。鳥葬場を後にしてテントへ戻って来た時には暗くなっていた。

別の日、やはり夜明け前に起きてデプン僧院[※26]へ向かい、太陽の昇る頃に到着した。私は裸足だったので、途中でたくさんの棘が刺さった。私だけではなく、靴を履いている者にも刺さった。「清浄なラサでさえ、棘は避けられない」といわれるが、それは本当であった。

山の麓から見上げると、僧院は本当にその名前の通り白い米の山の様で（デプンとはチベット語で「米の山」を意味する）、心で思い描いていた通りであった。お堂の中でも特に高いものがあり、金の屋根や荘厳の中にも特に美しいものがあった。

僧院に着いた後も、前のように列を作ってお堂と仏像に参拝した。皆は各自で礼拝し、祈願し、カタを献じ、燈明にバターを注ぎ、仏像の御前にお布施を置くなどした。仏像の下に落ちていた土のかけらを拾って食べる者もいた。非常に美しい仏像の前に来た時、父は「これはデプン僧院の主尊のジャルワ・ジャムパ・トンドゥル（弥勒菩薩）だ」といった。私はそこに銅貨二枚を置いた。さらに多くのお堂を巡った後、デプン僧院の七千七百人の僧侶が会することができる大集会堂へ行った。集会堂の中には非常に多くの僧侶がおり、管理人によれば、「今日は四千三百人の僧が集まっている」ということであった。私達はいつものように礼拝し、また多くの者がンゴイクを納め供物を献じた。

デプン僧院の全てのお堂を巡った後、山を下りて僧院の右手の麓にある小さな僧院へ行った。そこへ行くと、お堂の柱や梁、壁の全てに白や黄色、また斑の蛇が描いてあった。父は「これはネチュン堂[※27]だ」といった。護法尊堂の中でネチュンの像に礼拝した後で、戸口から出て、塀の中の香を焚く台の所へ行き、香を焚いた。

デプン僧院とネチュン僧院を訪れた後で、ラサへ向かった。山の麓の平地に至った時、先行していた者達は食事をしながら後から来る者を待っていた。それから皆が揃ってテントへ戻った。この日も到着したころには暗くなっていた。

第44節

ある夜、ホンツァン家から次の日の早朝、ガンデン[※28]へ行くという伝言が届いた。私達も衣服や食料などを準備した。

次の日、巡礼団は夜明け前に出発し、ラサの東方、キチュの川岸沿いにガンデンの方へ向かって進んだ。昼頃、プンド・チャクサムという橋のある所へ着いた。先に着いた者達はここでお茶を作って待っていた。私達もここで茶を作り、食事をした。そこで橋を渡り、坂を登ってゆくと、ある山の麓に小さな僧院があった。そこに参拝した後で、川に沿って下り、大きな谷の中へ入った。その上流へ行くと、十軒余りの家のある小さな村に着いた。巡礼団は皆、その夜はそこで泊まった。私は長い間歩いたので、早々に眠ってしまった。

次の日、巡礼団の先頭は早々と出発したが、私達は遅く起きて、茶を飲み、ゆっくりと山を登って行った。私達が峠に着く頃には、巡礼団の大部分はすでに到着しており、峠を越えて右手に進んでいた。この山の後ろにはさらに山があり、そこで日の光を浴びて、多くの黄金の屋根と、黄金の荘厳が輝いていた。まぶしいほどに輝く大僧院が眼前に出現したので、巡礼者はその場で礼拝した。父は「これがガンデン僧院だ。ガンデン・リウォという山の頂にある」といった。

僧院の中で、巡礼団はいつものように列を作ってお堂を巡った。あるお堂には非常に大きな金色の仏塔があり、その表面はたくさんのトルコ石やサンゴで飾られていた。父は「これがガンデンの金の大仏塔だ。ジェ・リンポチェ（ゲルク派の開祖であるツォンカパのこと）の遺骨が納められている」といった。私はカタと三枚の銅貨を仏塔の前に置いた。それからガンデンの学堂で修行する五千五百人の僧を収容できるといわれる大集会堂へ行った。その日は集会堂に二千八百人程がいるとのことであった。私達はそこで礼拝し、ンゴイクを納め、供物を献じ、それから内部を巡った。そこから出て、さらに高い所にある多くのお堂を巡った。

ガンデンのシャンツェ学堂の学寮の一つの塀の中で、ジトゥク（米の雑炊）が振る舞われた。これは私達のロ出身でガンデンで修行している僧達が、チュカマの巡礼者のためにごちそうしてくれたものであった。それから私達はガンデンの山の上を右遶した。ガンデンの周回路にある黒い大岩の上には、鳥、馬、犬や仏の姿が白い石を埋め込んで上手に描かれていた。

山の後ろには鳥葬場があった。その時は、いくつかの遺体が運ばれていたので、大部分の者はそこに入ることは禁じられたが、父は中に入って、私の母と祖父、叔父等の髪と爪、それから狼に殺された女の髪を納めてきた。山の背後の東側斜面に行くと、ジェ・リンポチェの瞑想所があった。

暗くなってやっと宿泊所に戻ることができた。私達は皆ガンデンに三日間滞在して巡礼を続けた。ガンデン僧院とその二つの学堂は、私達の口の巡礼者に飲み物や食べ物をたくさん提供してくれた。マデ・チュカマの巡礼団は行いが良く、統率が取れており、どこへ行ってもホンボ達指導者のお陰で評判を保っていた。

ガンデン僧院への巡礼を終え、朝日の昇る頃出発した。ガンデンから峠に登り、以前に行った山から大きな谷を南側に下ってゆくと、やがて砂地になった。そこは歩いて下ることができず、下まで滑り降りてゆかねばならなかった。多くの者は自分の杖に跨って、滑り降りていった。兄と私、また多くの子供達は皮衣を敷いて、その上に乗って滑り降りたが、これは非常に楽しかった。中腹に至ると森になった。そこの岩壁には修行者の住む洞窟や瞑想所がたくさんあり、二つの洞窟では何人かの僧が瞑想修行をしていた。夕方、暗くなる頃に巡礼団は山の麓に到着した。

翌朝、私達は川を目指してさらに下った。遠くから見ると、平原の真ん中をヤルンツァンポ河が流れているのが見えたが、谷の端に着いたのは昼頃であった。森の多い平原の中に、大きな寺院の金色の屋根が見え、それに向かって皆は礼拝した。父は「あそこに見える金色の屋根は、サムエの本堂だ。サムエは砂原の中に立っているといわれている」といった。少し進むとサムエ僧院[※29]に到着した。サムエは大きくはなかったが、環状の囲いの中に[※30]多くの白い仏塔が建っていた。私達は大門より入り、最初に本堂に参拝し、それから大小全てのお堂を巡った。その後父が皆を案内して、「サムエの白塔」と、「サムエの白鶏」などを訪れた。有名な「サムエの白鶏」というのは、壁に描かれた白い鶏のことである。

囲いの中のお堂を巡った後、私達はサムエ・ヘーポリの岡に行った。サムエは実際砂原の中に建っており、歩くと白い砂しかなかった。ヘーポリは高くはなかったが、頂にはウルギャン・リンポチェ[※31]が修行された洞窟と、香を焚くための台があった。私達はここで礼拝し、香を焚いた。それからサムエの鳥葬場へ行った。鳥葬場は山の麓の一角にあり、そこには多くのナイフと斧が置いてあった。私達もそこにナイフと斧を置いた。父は「南方ジャンブーリンの者達は皆、死後、魂の抜けた肉体をここで刻むといわれている。毎夜、数千、数万の死体だ。俺達が今日置いたナイフや斧は、明日見ると、すり減ってしまっている。それは夜に数千、数万の死体を処理するのに用いられたからだ」などという話をたくさんしてくれた。

次の日、巡礼者達が置いたナイフや斧を調べてみると、多くの者のナイフや斧が実際にすり減っていた。皆は「生きているうちに、この鳥葬場を訪れることができれば、死んだ後で道に迷うことはない」などと話した。

サムエを後にして、ツァンポ河に沿って上流へ何日も歩き、ある場所で馬の頭の飾りのついた木造船[※32]に乗って河を渡った。引き続いて砂の上を歩かねばならなかったが、皆徒歩だったので、進むのは大変であった。兄さんと私は砂の丘を越えながら進んだので、少しは楽であった。本当に歩けなくなった時には、叔母が私達二人のために水で麦焦がしを捏ねて食べさせてくれたので、なんとか進むことができた。

十日以上を要して、ツァンのタシルンポ僧院[※33]に到着した。僧院は、高い岩山の上で太陽を浴びて、入り口を南側に向けて建っていた。多くの建物、金色の屋根、金色の荘厳が並び、見るだけで信心が生じるような、すばらしい僧院であった。僧院の中に入って、まず三階の建物と同じ高さのある、タシルンポの主尊であるジャルワ・ジャムゴン（弥勒菩薩）の像に礼拝した。私達はいつものように礼拝し、カタを納め、燈明にバターを足し賽銭を置いた。そして多くの堂を巡った。大集会堂には二千三百人の僧侶が集まっており、私達チュカマの者が施主となった。ジョカンやセラ、デプン、ガンデンなどの僧院を訪れた際にも私達は施主となって僧達に供養したので、僧院も私達を接待してくれた。私達はまたダツァン（学堂）の集会堂でも礼拝し、供物を献じ、ンゴイグを納めた。ダツァンを巡った後で、大きな塀の中で一人のラマが、皆に長寿灌頂（かんじょう）と沐浴灌頂を授けてくれた。そして学寮からの接待として、ネチャ（麦雑炊）が配られた。

ツァンに四、五日いた後、ラサに向けて出発した。途中ギャンツェという場所で非常に大きな仏塔に参拝した。父は「これはギャンツェのペーコル・チョルテン[※34]という」といった。次の日非常に高い峠を越えて、またラサに向かった。何日かかったかは分からないが、日暮れ頃ラサに到着した。

第45節

ラサに着いてからは、巡礼団は各自自由に参拝し、あるいは買い物に出かけた。私達もまたバルコル[※35]の商店へ行った。商店では肉、腸詰、バター、チュラ、茶、ヨーグルト、乳、黒糖の塊、麦焦がしなどが売られていた。ロサルの時期だったので、全てのお堂が巡礼者で一杯であった。役人やドプドプ達はその巡礼者を手あたり次第殴りつけていた。
ある日ジョカンにおいて、一人のドプドプが私達のロの老人の頭を大きな鍵で殴ったので、老人の頭から血が流れた。その息子はドプドプの頭をゴコルで殴って倒した。他のドプドプや僧が駆けつけて、老人の息子を殴ったが、老人の家の婿やロの者達が、僧やドプドプにナイフやゴコルなどで襲いかかったので、僧の何人かが怪我をし、二、三人のドプドプが地面に倒れた。遠くには多くの僧がいたが、「アムドのならず者が」と叫ぶだけで、加勢に来る者はなかった。そこにホンツァン家の者が駆けつけ、喧嘩をやめさせ双方を引かせた。しかしその後数日間、私達のロの者はジョカンに入ることを禁じられた。

ラサがロサルを迎える夜、各家は「メザゲ」という行事をおこなった。土器の中で何かを爆発させ、それが割れれば縁起が良いとされる。日中、ラモチェのお堂から戻って来る時、ラサの貴族たちが馬に乗ってやって来た。人々は道端で手を合わせ、頭を垂れ、舌を出した。馬に続いて、二、三人の者が肩車をされて通って行った。人が人に乗るのを見たのは初めてであった。

その頃、ラサのジョカンでの集会[※36]が終了して、僧達は各自の鉢と麦焦がしを入れる袋を手にもって、道や町や広場を埋めた。それは壮観で、真の仏国土を思わせた。これ程多くの僧がいるのは、セラ、デプン、ガンデンの三僧院の全ての僧が来ているためだという。私は、こんなに多くの僧を見るのは初めてであった。私だけでなく、巡礼は皆驚いたに違いない。

ある夜、巡礼団が揃ってジョカンに参拝した時、ホンツァン家より、二日後に故郷に向けて出発するという指示が下された。その夜、父は一丁の鉄砲と、百発以上の弾丸を買って来た。父は「これがインドのモツァ※37という鉄砲だ」といったが、皆がそれを見に来た。父によれば「八支の鹿の角と交換した」ということであった。

出発の当日、早朝から皆でダシ・ラモ（著者によれば、セラ近くのダシという所に祀られていた女神）の所へ行って、香を焚いた。香を焚き終わってラサのツァンポ近くの中国軍の軍営に来ると、立派な門の上に、大きな赤い提灯がたくさん掛かっていた。誰かが「これは漢人の正月だ」といった。

私達が環状路を通って宿営地に近づいた時、巡礼団の者達がたくさん集まって、叫び声を上げていた。皆の手にはナイフや鉄砲が握られていた。近くに寄ってみると、鉄砲をもったチベット軍の兵士十人以上が、若い男に鎖を付けて引き立てているのであった。そして私の口の者と、兵士達の間で争いになろうとしていた。ある者は「この男を引き渡さないならば、お前達は一歩も進むことはできないぞ」といい、またある者は「この男は俺達が命を預かって、故郷に連れてゆく」といった。兵士の指揮官は、「アムドの者は勇敢だが、重罪を犯して死刑になる男を奪い、命を救うなどとんでもない。分かっているのか？　政府の囚人を奪うことなどできない。皆殺しにするぞ」などと、ひどい罵詈雑言を喚いた。その頃にはチュカマの男達百人以上が集まってきており、その多くが叫び声を上げ、囚人を奪い返しただけでなく、兵士がもっていた鉄砲をも取り上げた。

既に先行していた者達もいたが、囚人はホンツァン家に引き渡され、十人以上の兵士が捕えられ、縄で縛られて巡礼団に同行させられた。昼頃、巡礼団は休息して茶を作った。ホンツァン家では兵士にも茶を飲ませ、鉄砲を返してラサに帰した。その際指揮官にはカタを一枚と、三十円の銀貨をやった。指揮官はぺこぺこと頭を下げ、「ありがとうございます、ありがとうございます」といいながら、弾の入っていない鉄砲を担いで、兵士を連れて戻っていった。

それから護衛の大部分は二、三日の間巡礼団の後ろを進んで、政府軍による追撃の警戒をした。四、五日して、家畜の飼養場に着き、二、三日の間は旅の準備をした。政府軍が追ってくるという話は一向になく、囚われていた男はホンツァン家の故郷に連れていかれた。その後彼がどうなったかは分からない。

巡礼団は非常に早く移動した。ヤクや馬は導くまでもなく、自分の故郷を覚えているかのように早く歩いた。人もまたそうであった。移動は早く、心には喜びがあふれた。父は道すがら他の護衛と一緒にレイヨウやチルーを何頭か撃って、肉を得た。ある日、谷の中を進んでいる時、山の斜面に丸い角を付けた動物がたくさんいた。父は「大きくて丸い角のあるのが牡のニェン（大型の野生ヒツジ。アルガリ）だ。平らな角が牝だ。俺もこんなにたくさんのニェンを見るのは初めてだ」といった。この群れには三、四百頭のニェンがいるようであった。以前ニェンだといわれる、大きな頭と角をもった動物を遠くから見たことはあったが、その日は近くから仔細に見ることができた。とても大きくて美しい動物であった。

夕方宿営地に着いた後、叔母と私は父がラサで買った粉を捏ね、茹でた肉を刻んでモモを作ろうとしていた。しかしどうしても皮が破れてしまい、モモを作ることができなかった。そこに父が来て「これは小麦粉ではなく豆の粉だ。茹でてトゥクパにしろ」といった。そこで私達は豆の粉のトゥクパを作って食べた。

ある夜半、遠くで人の叫び声がし、銃声と犬が吠えるのが聞こえた。父は起き上がって鉄砲を背負って出ていった。叔母は「行かないで。これはどういうこと?」といったが、父は「多分、政府の軍隊だろう」と答えた。ゴンツェ叔父など十人以上が集まってきた。父は「政府軍の兵士なら、今戦わねばならない。近くの高い場所を押さえておこう」といって、男達を率いて高い場所に登った。その頃には四十人近い男が集まっていた。遠くから何発もの銃声が聞こえた。一人の男が「ドゥルコ、応援に行かなくても良いか?」と尋ねたが、父は「銃声を聞くと、多勢ではないようだ。向こうにはたくさんの味方がいる。夜明けまでこの場所を守ろう」といった。夜明けになった時、また銃声が聞こえたので、父は男達を率いて走っていった。少しして多くの銃声が響き、川の向こうを十騎以上が山に登って逃げてゆくのが見えた。また多くの銃声が響き、二、三人が落馬した。さらに七、八人が川に沿って馬を走らせていった。鉄砲が撃たれ、二、三の馬と人が倒れるのが見えた。倒れてから男達は立ち上がり逃げていったが、馬は死んだようであった。

太陽の昇る頃、私達の口の男達も帰って来た。二人が軽い怪我をし、父の馬も尾骨のあたりを撃たれて怪我をしていた。そのため長い間出血が続いたが、歩くのに支障はなかった。父は「政府軍の兵士ではない。ニャムツォの賊だな。今朝、ホンツァンの口が襲われた時、俺達は賊の背後から鉄砲を撃ち、賊を退けた。賊は三人が死に、二人が傷つき、若い男二人が捕まった。馬は五、六頭が死んだ。これらの殆どは俺達が駆けつけてから後のことだ」などと、賊との戦いについてたくさん話した。

ラサから故郷へ戻るまで、賊に襲われたのはこの一回だけであった。その他には賊に襲われることもなく、無事に帰ることができた。

第46節

ゴロクの下手に着いた時、道が二手に分かれたので、巡礼団も二つに分かれた。ある者達は上手の道を進むといい、ある者達は下手の道を進むといった。ホンツァン家は、各自の判断に任せるとし、巡礼団を二つに分けた。私達と一緒に進む家は三十軒以上あった。十日程したある日、父は私を馬に乗せたままで、レイヨウを一頭撃った。その夜、兄は「父さん、叔母さんは明日家に戻るそうだよ」といった。それを聞いて、私はとても悲しくなった。一年もの間、どんなに辛い時でも、叔母は私達兄弟に対して母のように接してくれた。私には母と呼べる存在がなかったため、叔母が来てからは母親ができたように感じていた。しかし思いがけずに別れることとなって、心にはいいようのない悲しみが生まれ、涙がとめどもなく流れた。私が「父さん、叔母さんはどこへ行くの?」と尋ねると、父は「明日、叔母さんの口の上手の遊牧部落に着いたら、叔母さんは自分の家に帰る」と答えた。私が「ネネ母さん、行かないで! うちにいることはできないの?」というと、叔母は私を抱きかかえて、涙を流しながら「ヌコ、可愛い子。叔母さんはお父さんとお母さんの世話をしなくてはいけないの。そのうち二人の家に行くからね」といった。夜になって、悲しみの中でたくさんの話をした。父は叔母に赤い帯と木綿の生地、飴などラサで買った色々な品物を贈った。叔母はいつものように私を抱いて寝て、「ヌコ、可愛い子。明日私が行く時には泣いちゃだめよ」といった。

次の日の昼頃、山の麓に大きな遊牧部落が見えた。叔母は自分の荷物を背負って家に戻っていった。別れ際兄と私の二人を抱き寄せて、泣きながら「叔母さんはあなた達に会いに行くわ。あなた達も叔母さんの所に来て。分かった?」といった。そして振り返ることなく去っていった。その時は私達の誰も、その後に会うことができなくなるとは思っていなかった。しかし今日に至るまで、叔母のことを忘れたことは決してない。

叔母が去ってから、何日もの間私は悲しみに沈んだ。私達巡礼団の大部分の者も自分達の遊牧部落に戻っていった。チュカマの遊牧部落は当時ソクウォの地にあったので、僧院へ行くのは私の家の他は三、四軒しかなかった。

それから何日たったかは記憶にないが、ある日、マチュの渡し場に着いた。前年の同じ頃そこから出発し、また寅の月（チベット暦六月）に僧院に到着した。何処であれ、自分の故郷ほど良い所はないものだ。僧院へ行くと多くの知人に会うことができて、とても嬉しかった。父と私達兄弟二人は、カルト叔母などたくさんの親戚の家を訪れた。父はラサで買ってきた数珠や飴をカルトに贈った。何日かして、父はまたラサで買った孔雀の羽で二本の傘を作り、僧院に寄進した。さらに五部箴言などの購入した経典も僧院に納めた。孔雀の羽の傘はチュカマの僧院の歴史で初めてであった。その年から、正月十六日の弥勒仏の巡行には孔雀の羽の傘を差すことが慣例となり、ナクツァン家の孔雀の傘[※38]として有名になった。ギャコル叔父は父に「お前は立派なことをした。百軒あまりが巡礼に出かけたが、僧院にこんなことをした者はいない」といった。

僧院に着いてから十日以上たったある日、父は私を連れて僧院へ行き、護符をもらい、アラク・ミルドツァンの御前で私を出家させた。実際に僧院に住む僧になっただけでなく、トクメ先生の所で経典について学ぶことになった。それから数日して父はンガバに行った。六、七日後、暗くなる頃に父は戻ってきた。親子三人で茶を飲んでいると、数人の僧が来た。彼らと父は、門の所で小声で話をしていたが、父は戻って来ると「お前達はここにいろ。俺は今晩用事がある」といって僧達と一緒に出かけていった。兄と私はそのまま寝た。

次の日の朝、僧院の集会堂へ入る前、僧達は石畳の上で経典の暗唱をしていた。突然多くの僧が顔を上げて、門の所を見た。そこで一人の僧が「あれ、これはどうしたことだ？　ナクツァンを縛って連れてゆくぞ」といった。この言葉は、私の頭に大きく響いた。門の方を見ると、門から二、三人の僧が父の両手に鎖を付けて引っ張ってゆく所であった。私の心には悲しみと怒りが沸き起こり、目には涙があふれて、父の顔をはっきり見ることができなかった。

父は鎖で繋がれた手を掲げて、大声で「マデ・チュカマの四百人の僧よ、見るがよい。俺、ナクツァン・ゲンポは子供の頃から今に至るまで、この僧院を自分の命のように大事にしてきた。俺は金持ちではないので、ラサに行っても息子達に与えるものも惜しみ、自分では食べるものも惜しんで、孔雀の羽を買って僧院に寄進した。今日禿のゲクー・ワサンは、俺が夜、僧院の中で鉄砲を背負い、馬に乗って彼の前を通り過ぎたという理由でこのように罰する。マデ・チュカマの僧院が建てられて以来、僧院が俗人を捕まえて鎖に繋いだことはない！」といった。父は再び鎖に繋がれた両手を掲げて、「我が村、我が僧院の僧達よ、良く見ろ。今日禿のゲクー・ワサンがしたことは、あってはならないことだ。出家者が因果の法を無視するのはどういうことだ？　見ろ！　僧院は俺に善ではなく、悪を以て報いた」などと、多くのことを叫んだ。父は集会堂の末席まで連れていかれ、そこでワサンは「ナクツァン・ドゥルコよ。僧院の規則を破ったばかりではなく、暴言を吐いたことに対して千五百回の鞭打ちを科す。さらに、明日ヤク二頭を僧院に納めろ。明朝、僧達の食べるトゥクパにその肉を使う」と命じた。

父は「今は禿のワサンがゲクーだ。しかし僧院の規則を破ったのは俺でなくお前だ。僧院の僧が人を捕え鞭打つというのは、前代未聞のことだ。今はお前の思うまま、何でもできる。しかしその因果は巡ってくるだろう。今日俺が千五百の鞭打ちを耐えることができなかったなら、ナクツァン家の帯は犬のための帯になる」と答えた。集会堂にいた僧達は静まり返った。

僧達は父の手の鎖を外し、衣を脱がせて裸にし、集会堂の末席で衣の上に寝かせた。そして二人の僧が各々手に三本の柳の枝を束ねて持ち、父の左右に立ってその尻を代わる代わる叩いた。最初の者が柳の鞭で叩いた時、埃のようなものが舞い上がったが、それから血が飛び散って周りは赤くなった。しばらくすると鞭をふるう僧達の手や衣にも血が付いた。僧達は上半身裸になって、僧衣を腰に巻きつけて鞭で叩き続けた。父は動くことができず、一方僧達は疲れて大汗をかいていた。私は心で「こいつらは何て無慈悲なのだろう。彼らは鞭で叩く相手を人とは考えていないようだ。まるで石を叩くように、情けのかけらもない。僧衣をまとう出家者がこのように情けも慈悲もないというのはどういうことだ。馬やヤクであっても、こんな風に叩くことは心の痛むことなのに」と思っていた。そしてその有様をじっと見ていた。「ヒュッ、ヒュッ」という鞭の音が集会堂の中に響き、全ての僧は暗い顔をして押し黙っていた。その音はまた、鉄の釘のように私の心に突き刺さっていった。

第47節

マデ・チュカマのタシ・チューリン僧院の中で、僧が俗人を捕えて鞭打っただけではなく、集会堂の末席で鞭打ったことは、僧院の創建以来初めてのことであった。ある者は「ワサンこそが規律を破っている」といい、またある者は「これはタシ・チューリン僧院の仏法が衰える前兆だ」といった。つまりは、その日災難が私達親子に降りかかったということであった。集会堂の末席では四人の僧が交代で、私の父の尻を柳の鞭で叩いた。鞭が跳ね返るたびに血が飛び散り、辺りを赤く染めた。父は衣の端を噛んで、鞭打たれている間中、一度も声を出さなかった。

遂に僧達から、「千五百回の鞭打ちが終わりました」という声が上がった。各僧は三本の柳の枝を一緒に握っているので、それで五百回叩けば千五百回叩いたことになるという。父は「禿のワサンよ。俺が死ぬまで叩くが良い。慈悲の心はお前にはない。規律を重んじる心もない。今日四百人の僧の前でこの俺、ナクツァン・ゲンポを殺せたら、お前は安心できたものを」と叫んだが、集会堂の中はやはり静まり返ったままであった。

その時私は集会堂の右側の端に座っていた。僧達が父に対し無慈悲に鞭を振るい、血が飛び散った後で、私が我慢できずに泣きだしたのを見て、ワサンは飛んできて「この餓鬼が！　泣くんじゃない。何のつもりだ」といいながら、手に持った棒で私の頭を音の出るほど強く殴った。私には一瞬星のようなものが見え、気を失った。後から聞いたところによればその時、「ジャペが泣きながら立ち上がって走ってゆき、ワサンの顔に爪を立て、赤いひっかき傷を付けた。ワサンはジャペを殴り倒し、さらに手に持った棒で殴ろうとした。しかし、モンラム叔父が席から立ちあがり、ワサンの棒を掴んで『おい、何をする。父を罰するといっても、その息子を殴る必要はない。いい加減にしないと、お前の足腰を立たなくしてやるぞ』といって、私を抱えて集会堂から出ていった。ギャコル叔父もまた立ち上がってワサンの所へ行き、『人でなし。お前は狂犬にでも噛まれたのか？　ここは僧院の集会堂であってお前の家ではない。子供を殴るとは。役立たずめ』といって出ていった。ワサンは何もいわず立ちつくすだけであった」ということであった。後から兄もまた同じ話をしてくれた。

気が付くと、兄とギャコル叔父、モンラム叔父の三人が私を支えていた。水汲み役のソパは私の頭に冷たい水をかけながら「禿のワサンの奴、子供をこんなにひどく殴るとは。ろくでもない奴だ」といった。丁度その頃、全ての僧が集会堂から出てくる所であったが、ソパは大声で「禿のワサンめ、頭をかち割ってやろうか。黙ってはいないぞ」と叫んだ。皆は私の顔についた血を洗い、ギャコル叔父は下衣から皮を切り取って、私の頭の傷に貼り付けた。私は兄に「兄さん、父さんは何処？」と尋ねた。兄は「父さんはゴツァの僧達が家に運んでくれたよ」と答えた。千五百回の鞭打ちが終わった時、父はワサンを非難したが、ワサンは何もいわなかった。僧達によれば、それは「モンラムがワサンを非難し問い詰めたからだ」ということであった。

集会が終わった時、父は立ち上がることはできなかったので、ゴツァ・ロ[※39]の僧達がチャラ（扉の前に垂らす布）を持って来て、その上に載せて家に運んできたという。私たちが家に戻ると、ゴツァ・ロの十人以上の僧が経を唱えていた。私と兄が父の所へ行くと、父は寝床で頭を上げて、茶を飲みながら僧達と談笑していたので、少し安心した。私は「千五百回も鞭で打たれたなら大抵は死んでしまうだろう」と思っていたので、父の首にすがりついて泣いた。父が「良い子だ。泣くんじゃない。男には多くの困難が降りかかるものだ。こんなものは大したことではない。勇敢な男は泣くものではない」というので、私は泣くのを止めた。父はまた「お前の頭はどうしたんだ？」と尋ねた。私が「ワサンが棒で殴った」と答えると、父は激怒して「ワサンめ、地獄に落ちろ。俺が起き上がれるようになった時、あいつを殺さねば、俺は人ではない」といった。ギャコル叔父はあわてて、「やめておけ。そんなことをいうものではない。あいつが何をしようとも、今は僧院のゲクーだ」といった。モンラム叔父も「あいつがゲクーなので、今日はそのままにしておいたのだ。そうでなければ、殴り倒してやったものを」といった。さらにギャコル叔父は「争いが大きくなれば、ホンツァン家もアラクも心を痛めるだろう。捨て置いた方がよい」といった。

次の日、私の家のヤク二頭が屠殺され、僧達に供された。水汲み役のソパは、ヤクの頭を二つと、足を一本、皮を二枚持ってやって来た。父は頭の一つを彼に与えた。夜になって、ワサンは再び僧三人を寄越して父の鉄砲を僧院に渡せと命じた。父は怒りの余り体が震える程であったが、まだ寝床から起き上がることができなかった。しかし僧達に「お前達は帰ってワサンに伝えろ。間違えるなよ。おれの鉄砲を取り上げるつもりなら、誰であろうとも、そいつの血で俺の手を汚すことになるだろう。そうでなければナクツァン・ゲンポは死んだも同然だ。お前達の口のどんな勇敢な男でも寄越すがよい。俺は良い顔ひとつ見せるつもりはない。ジャコ、俺の鉄砲と弾を持ってこい」といった。兄は鉄砲と弾を父に手渡した。ギャコル叔父とそこにいた僧達は「ワサンがそんなことを命じるのはなぜだ。お前はここにいろ。俺達が行って話をつけてくる」といったが、父は「その必要はない。自分で取りにくればよい。誰が来ようとも、そいつの血でこの手を汚さない限り、それはナクツァン家の滅ぶ徴（しるし）になる」といいながら、鉄砲に弾を込めた。

ギャコル叔父は三人の僧を連れて、外に出ていった。モンラム叔父とその他の僧は経を唱え続けていた。私はその時「父さん、僕は僧にはならない」といった。父は「それがいい。明日からお前達二人は集会に行くな。ワサンの下で僧になることはできない。俺が元気になったら、俺達はどこか遠くへ行こう。ワサンの元で暮らすことはできないし、何処へ行こうとも食べてゆくことはできる」といった。

ギャコル叔父の話のせいか、ワサンが怯えたせいか、それ以後、鉄砲を取り上げる話は出なかった。一か月後、父は回復して歩くことができるようになり、ンガバへ出かけた。私と兄は家にいたが、兄は集会には行かず、家で経を読んでいた。私は僧衣を脱いで、前のように茶を作り、薪を集め、水汲みに行った。私達の、立派な僧になりたいという夢はワサンの棒の一振りで消え去った。今生では、僅か三か月間僧になっただけである。

長い間、私は「馬に乗り、鉄砲を背負って夜間ゲクーに遭遇したとはいえ、このような刑罰を科す必要は全くない」と繰り返し考えていた。

第48節

私は僧ではなくなったが僧院に住み、前のように僧院の厨房にトゥクパを貰いに行き、茶を作ったり水を汲む手伝いをし、余った食料を貰って帰った。その頃私は七、八歳であった。自分の家に必要な薪を集めるだけでなく、時にはアク・ヒルゲやアク・キョゲなどにも持って行ったので、彼らも米や麦焦がし、チュラなどをくれた。また山でチュム（大黄）やコウを集めて僧達に持って行くと、彼らも私達に茶や食べ物をくれた。またカルト叔母もバターやチュラをくれたので、私達兄弟二人は自活することができたし、食べ物に不自由することは全くなかった。

夏になると、父は私達二人を連れてラブラン僧院へ出かけた。途中、チュカマの村ではゴンツェ叔父の家に六、七日滞在し、その後一緒にラブランへ出かけた。七日程でラブランへ到着した。私は「ラブラン・タシキルよ。三千五百人の僧の住処。ツァンチュの左岸に面し、広場を中心として多くの堂宇、金色の屋根と荘厳、身口意の帰依所がある。グンタン・トンドル・チェンモ[※40]を見れば信心が生じる。なんとすばらしい僧院よ、今生でここに参拝できるのも、前世で積み上げた功徳のお陰だ」と考えた。

ラブランに到着した後は、グンタンの宿坊に滞在した。ある日父は兄と私を連れて、アラク・グンタン[※41]にお会いした。父はアラク・グンタンを以前から知っていた。私達はアラクの住まいで食事をいただき、その後御前に出た。アラクは二十歳を超えたくらいであったが、微笑みながら「おや、ここに来なさい。この二人はお前の息子達か？」と尋ねられた。父が「そうです」と答えると、「この子達の母が亡くなったのは痛ましいことだ」とおっしゃった。父はまた「しかし二人とも大きくなりました。あなた様に帰依しますので、どうか将来私が亡くなるようなことがあれば、この二人を御心に留めてください」と申し上げた。アラクは「分かった。将来困ったことがあれば、私の所へ来るがよい。上の子はアクだな。下の子はヌコといったかな」とおっしゃった。アラクは私達にトゥやゴリをたくさんくださった。

外へ出てから、ゴンツェ叔父は知人の所へ行くというので、私達三人は再び僧院へ行った。ある壁の所で二人の高齢の僧が一人の少年僧を連れてくる所へ出会った。父はその場で礼拝し、僧達と話をした。少年僧は私の耳たぶを引っ張って、「お前はいくつだ？」と聞いてきた。「八歳です」と答えると、彼は「おや、僕達は同年だ。僕は子歳だ」といって、私の頭を二回叩いて行ってしまった。その時私は分かった。少年僧はラブラン僧院の大座主、ジャムヤン・シェーパ・キャプゴンリンポチェ[※42]であった。当時リンポチェは幼かったので、謁見されることはなかった。その日、幸運にもお会いすることができて、御手で耳たぶを引っ張られただけでなく、頭を二回叩いてくださった。父は「リンポチェはお前の耳たぶを引っ張ってくださった。すばらしい、すばらしい」といって喜んだ。

ラブラン僧院に滞在しているうちに、人々が「明日、パンチェンリンポチェ[※43]がお越しになるそうだ」というのを聞いた。次の日の朝、私達は僧院の前の、山の斜面にある林の中でリンポチェを待っていた。僧院の全ての僧やラマが袈裟をまとい、整列して待っていた。しばらくして、多くの車が漢人街から僧院の方に登って来た。最初に小さな車が来て「リンポチェは三番目の車に乗っておられます」と知らせて通過していった。その後に来た、三番目の車の中に黄色い衣を来た僧をはっきりと見ることができた。

彼らは僧院のチューラ（法苑）の中に入っていった。チューラの中には何千人もの人がおり、パンチェンリンポチェはこれらの人々のために灌頂儀礼をおこなった。私達は遅れて行ったので、チューラの中へ入ることはできなかった。ゴンツェ叔父と私達親子の四人はチューラの背後の小さな門の所へ行ったが、そこにも漢人の兵士が二人いて、中に入ることを禁じていた。しかしその時、数人の僧が供物を運ぶために門の中へ入っていった。父は私を抱え、兄の手を引いて門の中へ入った。同時にゴンツェ叔父やその他四、五人が中へ入ろうとした。兵士は私達を足蹴にし、銃床を振りまわして止めようとしたが、何とか中へ入ることができた。中にいた兵士達は私達を連れて前列の方へ押しやった。そのためリンポチェの玉座に非常に近い場所へ行くことができた。

父は門の所で兵士に殴られたために、頭から血を流していたが、随行のアクがやって来て、青い布を父に渡し血を拭かせた。リンポチェは灌頂を終えたので、前にいるラマやホンボ達に謁見された。近くにいた漢人の兵士は私達を導いて謁見の列に並ばせた。リンポチェの玉座近くからは、一人ずつ進んだ。カタを捧げ、玉座に近寄ると、それはとても高く、前には多くの銀貨が積まれていた。そのため玉座の近くに進もうとしても銀貨の上で滑ってしまい、進むことができなくなってしまった。見上げるとリンポチェも私をご覧になっており、手にはダダルを逆さまに持っておられた。その時後ろから一人の漢人の兵士が進み出て、私を前に押し出した。そこでリンポチェは、私の頭をダダルの柄で音が出る程を強く叩いた。痛さの余り、私の目からは涙が流れた程であった。謁見が終わり、引き下がってきた時もまだ涙が止まらなかった。

それから僧が、謁見を終えた者に結び目を作った赤い紐を配り、掌に聖水を注いだ。また別の僧が、ヤクの毛で作った糸で結ばれた、油で揚げた大きなゴリを二個くれた。少し進むと、漢人の兵士が裏門から私達を外へ出した。僧院の周回路を行くと、老人達が「お願いだから少し恵んでもらえないか」というので、ゴリをちぎって分け与えた。すぐさま一個のゴリはなくなってしまった。

ある日、僧院の集会堂に向かっていた時、私は壁際で用を足した。終わるか終わらない内に一人の僧が私の髪を掴んで「馬鹿野郎！　糞をしやがった」と怒鳴った。私はどうしてよいか分からなかったので、自分がした大便を手ですくって溝に捨てた。その僧は私の髪を掴んだまま上に持ち上げたので、私の両足は地面から持ち上がり、頭からは「シャッ」という音がした。僧はさらに力任せに私を石で囲われた溝の中に放り込み、そこで私は気を失った。

気が付くと、二人の僧に囲まれており、そのうちの一人が「おお、仏様、生きているぞ」といった。私は頭に怪我をしており、血が流れていたので、僧達は傷に皮を貼ってくれた。そして血が止まってから、顔の血を拭って私を集会堂に連れて行ってくれた。そこにはゴンツェ叔父達がいた。私は「転んだんだ」といっただけで、その他のことは何もいわなかった。しかし心では「このすばらしい僧院の中にさえ、悪僧はいる。僧衣を着ている全ての者が菩薩の心を持っているわけではない。三千人の僧の中に、このような悪僧が一人二人いても驚くことではないけれど」と思った。

また別の日、私と兄はラブランの漢人街の商店を周っていた。商店の棚には驚くほどたくさんの商品が並んでいた。兄はゴリを二つ買って、私達はそれを食べながら商店を周った。ある商店では、赤い紐を売っていた。私は手の中に赤い紐を一本隠して商店を出た。少しすると、漢人がそれを見つけ、私を殴って紐を取り戻した。兄はそれを見て、石を拾い上げて投げつけたので、漢人の顔に当たって血が流れた。漢人は兄と私を蹴り倒した。その時私の口の者達がこれを見つけて走って来て、ゴコルで漢人を殴ったので、漢人は地面に卒倒した。そこにいた多くの者が叫び声を上げ、中には漢人の商店に石を投げつけてガラスを壊す者もいた。やがて漢人の兵士が大勢駆けつけ、間に割って入った。私は鼻血を出していたが、皆に助けられて宿に戻った。結局私はラブランで二回殴られた。兄も私のせいで一回殴られたのであった。

第49節

父が狼の皮を売るというので、その日は朝から漢人街へ出かけて商売をした。昼頃グンタンの宿坊へ戻ると、白い自動車が停まっており、一人の漢人がいた。そこに数人の漢人がアラクの住まいから出てきて、自動車の中へ入っていった。自動車は「ドゥッ、ドゥッ」という音を立てた。私はぼんやりとそれを見ていたが、車は走り出してから私をかすったので、私は二、三歩先に倒れた。私は頭がくらくらして立つことができず、耳鳴りがして何も聞こえなかった。車からは漢人が二人降りてきて、こちらに歩いてきた。また一人の僧が私を助けようとするのが見えたが、口を利くことはできなかった。少しして意識がはっきりしてきた。眩暈(めまい)が少々する以外は問題なかった。漢人の一人は私に何枚かの紙幣を渡し、また僧はたくさんの飴やゴリをくれた。それから皆は車に乗って走り去った。

宿に戻った時、父にその話をした。父は「そうか。俺の息子は勇気がある。何も問題はない。息子よ、これを一口飲んでみろ」といった。そしてチャンの入った杯を私に渡した。それを大きく一口飲んでみた所、また眩暈がして眠り込んでしまった。

ある日父は、「ジャコ、お前達二人はここで待っていてくれ。隣のドンマが手助けしてくれるだろうし、困ったことがあればアラクツァンにお願いしろ。俺はクンブム[※44]に行ってくる」といった。そして数人の仲間と共にクンブムへ出発した。

私と兄はラブラン僧院の中を巡り、時々は近くの山で薪を拾った。食料はあったので、私達は楽しく暮らしていた。ある日私はアラクのお住まいに水を汲みに行った。するとアラクの猿が井戸の中に落ちていたので、僧を呼んだ。すぐに何人かの僧が来て、猿を助け出した。そこにはアラク・グンタンもお越しになった。僧の一人が「この子が知らせてくれました」と報告すると、アラクは「おや、この子は私の知り合いだ。ヌコといったな。お前の父はまだ戻らないのか」と尋ねられた。私が説明すると「そうか。今日は私の所に来い」とおっしゃって、私を連れて住まいへ行き、そこで世話役の僧が茶や肉などを私の前に並べてくれた。アラクは「さあ、食べなさい」とおっしゃり、自分は茶を飲まれた。

「ヌコ、お前は字を知っているか？」

「カカ（チベット語の文字）三十文字[※45]は知っていますが、それ以外は知りません」

「おお、そうか。文字を知るのは良いことだ。文字を知らぬ者は馬鹿だ。文字を知っていれば、将来大きな助けになる」

それからアラクは私を連れて門の所にある花壇に行かれた。

「お前はこの花を知っているか？」

「この花はギャメンですね。他の花は分かりません」

「そうだ。私達はギャメンと呼ぶ。これは中国の五台山にある文殊菩薩の聖地に咲いている。それで『文殊の花』と呼ぶ者もいる」

「ヌコ、お前達はラサへ行ったことはあるか?」

「昨年行きました」

「ジャルワ・リンポチェにはお会いしたか?」

「私の口の者達と一緒にノルブリンカでお会いしました」

「そうか。チュカマには私の叔父の家がある。私達は同郷人だな」

少しして、僧がまた茶を運んできた。アラクがそれを受け取って、私に注いでくれながら、「チュカマの子よ、茶を飲みなさい。父がいないと淋しいだろう?」とおっしゃった。

「大丈夫です。父はいつも僕達二人を残して、どこかへ出かけています」

「可哀想に。小さな子供なのに立派だ」

それから世話役の僧から飴や果物、ラブラン・ゴリをたくさんもらった。去り際にも、アラクは「お前達に何か困ったことがあれば、私にいいなさい。分かったか? 私はお前の父からお前達を託されたのだから」とおっしゃった。私は「分かりました。ありがとうございます」と答えた。兄が戻って来た時、それを聞いた兄も非常に喜んだ。
七、八日して父がクンブムから戻って来た。私は父や叔父達に、アラク・グンタンと一緒に花壇を見て茶を飲んだことなどを話した。父は「私の息子達はアラクにとても可愛がられている」といって喜んだ。ゴンツェ叔父も「帰依しなさい。アラクの御心から離れてはいけない」などと、喜んで多くのことを語った。

ある夜、私達は街に映画を観に行った。ラブランには解放軍の兵士がたくさんいた。夜は軍が映画を上映した。映画を観終わると、多くの兵士が行進して帰っていった。人々は「映画の中で戦っていた兵士は彼らだ」といったし、私もそう思った。しかし父は「そうじゃない。あれは漢人のまやかしを見せているのだ」といった。

ラブランへの巡礼を終えて家へ戻ることとなった。私達親子三人は街で干し棗(なつめ)とラブラン・ゴリを買った。ラブラン・ゴリと干し棗は有名だったので、故郷へ持って帰り、周りの人に贈ると大変喜ばれた。父はゴリを一箱と、干し棗を二袋買った。父が干し棗を袋に詰めて量ってもらっている時、兄と私はそれを好きなだけ食べた。また買った後にも、その漢人の商店主が、私達の懐一杯に干し棗を入れてくれた。さらに乾麺を何束かと麦焦がしを半袋買って、必要な買い物を終えた。ラブランには約一か月滞在して、ラブランの様々な場所を巡礼しただけでなく、パンチェンラマ、ジャムヤン・シェーパ、グンタン・ジャムペヤン、アラク・ダゴンパなどの多くの転生ラマにお会いすることができた。

故郷に向かって出発し、六、七日してチュカマの土地に入った。まず私達はメシュル家で六、七日過ごした。グルダ叔父の家でも私達を待っており、トゥクパ・ツォやゲタと一緒に何日か泊まり川岸で遊んだ。リドゥン叔母は「ドゥルコ、私の息子のヌコを連れて行かないでおくれ。面倒を見させてちょうだい」といったが、父は「今年は連れて行くよ。多分来年ラサへ行くから」と答えた。次に私達三人はノルタ叔父の家で数日を過ごした。去り際にタムコ叔母も、「ヌコは置いていきなさい。来年の夏には送って行くから」といったが、やはり父は「今年は連れて行く。多分来年にはラサに行くから。そうでなくても彼ら二人は僧院で一緒に暮らした方がよい」と答えた。叔母は「それは残念だね。長い間会えなくなる」といった。それから私達はチュカマの僧院へ向かった。

二日後、チュカマの僧院の前の渡し場に着いた。船頭のロチュにマチュを渡してもらった後で、僧院へ行った。私達は前のようにギャコル叔父の家に滞在した。次の日、兄は僧院の集会へ行った。その時はゲクーのワサンは交替しており、ジャンジクがゲクーとなっていた。ギャコル叔父は「ジャコ、ゲクーは交替したぞ。地元の僧が、自分の寺の集会に行かないなどという法はない。お前は明日から集会に参加しなさい。ヌコは自分で望んだのだからもう僧にはなれない」といった。兄はそれで集会へ行くことになった。父と私は連日僧院の中や周りの家を訪ね歩いて、ラブラン・ゴリや干し棗を配った。私が家にいて食事の支度をし、父はどこかへ出かけていくこともあった。

グンダの初め（チベット暦十月）、山も平地も冬枯れの景色になっていた。ある日、僧院の右手のチューロン・ゴンマのタクラン座主の建物の傍から火が上がった。火は燃え上がり、僧院の右手の山に広がった。全ての僧が僧院の周回路に並んで火が及ばないよう警戒した。火が広がって周回路に及びそうになった時、僧達は走って行って火を消した。その時一陣の風が吹き、火は僧院の背後の山に燃え広がってそこを黒く焦がしたが、僧院には全く被害を与えなかった。僧達は「守護神が火をそらしてくれたのだ」といい、私もそう信じた。間もなく雨混じりの雪が降り、それによって火は消えてしまった。

第3章　註

註1　ラサのジョカン寺の本尊の釈迦像。吐蕃王国時代、唐の文成公主によって将来されたと信じられている。

註2　中華民国で発行された一円銀貨。袁世凱や孫文の肖像が刻まれている。

註3　河口は、「宝鹿の血角」として、ラサに於けるその値段の高いことを記している。（河口 2015:［下巻］124 - 127）

註4　ラサのあるウ地方に巡礼に行く人々をウパと呼んだ。

註5　口径七・六二㎜のライフル銃のこと。

註6　青海省・果洛チベット族自治州瑪沁県にある有名な聖山の名。

註7　仏教的世界観の中で描かれる、須弥山の周りに存在する四つの島（四大州）の一つ。人間の住む世界が存在する。

註8　青海省・果洛チベット族自治州・瑪多県西部にある二つの広大な湖の名。

註9　チベットの英雄叙事詩「リン・ケサル物語」に登場する、大王ケサルの三十人の将軍。

註10　青海省玉樹チベット族自治州曲麻莱県内の地名

註11　（チベット牧畜文化辞典：48）

註12　（西川 1990:［中巻］142）

註13　ラサ北方、ニェンチェンタンラ山脈の主峰。

註14　（木村 1982: 130 - 131）（西川 1990:［中巻］157 - 158）

註15　（Akester 2016: 36）

註16　西川によれば、この鼠の死骸は安産のお守りになるとされていた。（西川 1990:［中巻］194 - 195）

註17　出家した僧侶であるが、学問と修行を通じて高僧を目指す道を放棄し、警護や肉体労働といった荒事を専らとする者達のこと。河口は「壮士坊主」という、うまい言葉をあてはめている（河口 2015:［上巻］368 - 372）。

註18　高貴薬（リンチェン・ノルブ）の一種と思われるが不明。

註19　ジョカンの北側にある寺。元来は、吐蕃時代に文成公主が唐より将来した釈迦像を祀るために建立された。その釈迦像は、現在はジョカンの本尊となっている（金子 1982: 126 - 129）。

註20　ポタラ宮殿のある丘（マルポリ）の西南に位置する小さな丘。薬学堂があった。

註21　(zla shel) 月晶丸。方解石、サフラン、ナツメグなどを原料とし、月明りの下で作られる。主に胃炎や胃潰瘍に用いられる。（小川康氏の御教示による）

註22　(brgya rdo) ギャルプ・チュ・シ (rgya rub cu bzhi) とドラプ (rdo rab) という二つの薬から作られる。喘息や咳の治療に用いられる。（小川康氏の御教示による）

註23　ダライラマ法王の離宮。ポタラ宮殿の西南、キチュ川河畔にある。（河口 2015:［上巻］397 - 398）

註24　矢に白布などを結び付けた法具。祝福を与えるために用いられる。

註25　ゲルク派ラサ三大僧院の一つ。ラサ北郊に位置する。一四一九年にシャキャ・イシェによって創建された。

註26　ゲルク派ラサ三大僧院の一つ。ラサ西郊に位置する。一四一六年にタシ・パルデンによって創建された。

註27　護法神、ドルジェ・ダクデンを祀るニンマ派の僧院。政府の神託官が住み、しばしば国事に関する諮問を受けた。（河口 2015:［下巻］95 - 99）

註28　ゲルク派ラサ三大僧院の一つ。ラサの東方四十五キロ、キチュ川南岸に位置する。一四〇九年にツォンカパ・ロプサン・ダクパによって創建された。

註29　吐蕃王国時代、ティソン・デツェン王によって創建されたチベット最古の僧院。

註30　サムエ僧院は須弥山を表す本堂の周りに、太陽と月を表す堂や、四大州を表す仏塔などが配置されている。

註31　ティソン・デツェン王時代、インドから来たとされる神話的な密教行者。グル・リンポチェ、パドマ・サンバヴァ、ペマ・ジュンネ（蓮華生）とも呼ばれる。

註32　（青木 1995: 270 - 271）

註33　ツァン地方の中心地、シガツェにあるゲルク派の大僧院。一四四七年に一世ダライラマ、ゲドゥン・ドゥプによって創建された。歴代パンチェンラマの本拠地となってきた。

註34　十五世紀前半にギャンツェに作られた大仏塔。内部に七十五の部屋を有し、その各々に仏像が据えられ、壁面や天井には多くの仏像や曼荼羅が描かれている。中国共産党による破壊を奇蹟的に免れ、その美しい姿を現在まで留めている。

註35　ジョカン寺（トゥルナン寺）を巡る環状路。寺内部のものをナンコル（内環状路）、寺の外側を巡るものをバルコル（中間環状路）、ジョカン寺、ポタラ宮殿、チャクポリの外側を巡るものをリンコル（長環状路）と呼ぶ。バルコルには現在も多くの商店が立ち並んでいる。

註36　チベット暦正月の四日から二十四日までラサでおこなわれる宗教的行事。ラサ三大僧院（セラ、デプン、ガンデン）の僧侶は全てラサに集結し、連日法会が営まれた。ゲルク派の学位の授与もこの時行われた。（山口 1987: 312 - 316）

註37　ドイツ製モーゼル銃のこと。（ツェラン・トンドゥプ 2017: 71 - 72）

註38　一九五八年の僧院の破壊によって、この二本の傘の一本は失われ、もう一本も損傷を受けた。後にナクツァン氏自身がインドで孔雀の羽を入手して再び一対の傘を製作し、二〇〇一年にチュカマのタシ・チューリン僧院に納められた。（ナクツァン・ヌロ 2016: 360 - 361）

註39　チュカマを構成する五つのツォワの一つ。ナクツァン家もゴツァに属した。

註40　三世グンタンラマ（1762 - 1823）によって作られた仏塔。（Nietupski 2011: 132）

註41　この時著者が会ったのは、六世グンタン、テンペ・ワンチュ（1926 - 2000）である（Nietupski 2011: 146 - 147）。ラブラン僧院の破壊後、六世グンタンは還俗することを拒否して逮捕された。彼が解放されたのは、一九七九年のことであった（Makley 2010: 147）。

註42　ラブランを創建した一世ジャムヤン・シェーパの転生。この時著者が会ったのは六世ジャムヤン・シェーパ（1948 - ）である。

註43　この時著者が会ったのは十世パンチェンラマ（1938 - 1989）である。彼は後にチベットでの中国による弾圧を告発する書（七万言書）を毛

沢東に提出した。

註44　青海のゲルク派大僧院。ツォンカパの生誕地に一五八八年に三世ダライラマ、ソナム・ギャムツォの命によって建てられた

註45　チベット語表記に用いられる三十の表音文字のこと。

第4章　地の果てをさまよう悲しみ

——大きな変化の時期にあっては、どうしようもない

第50節

その頃、人にとっても、犬にとっても良い知らせは一つとしてなかった。ゴロク・ビガが故郷より来て、「漢人の軍が来るということは、禍が来ることと同じだ。ソクウォの地では昼間は人が殺され、夜は犬が殺されるそうだ。降伏すれば首をはね、逃げれば足を切る。彼らは馬麒(マーチー)の軍だという話もあるが」などと、色々なことを話した。父はそれに対して、否定も肯定もしなかった。

夜にアク・キョゲが来て、「おい、ドゥルコ、今度来た漢人達は、老人を虫の穴に落とし、子供達にはヨーグルトを腹いっぱい食べさせた上で、屋上から突き落として腹を破裂させるというぞ。それは本当か?」と聞いた。父は「そんなことはない。俺達は解放軍の兵士達をたくさん見たが、そんな悪いことは何一つしなかった。馬麒の軍ならばそうかもしれんが」と答えた。私はまだ子供だったので、このような話を聞いた後で、非常に不安になった。後からゴンツェ叔父も来て、「漢人の解放軍は、魔術を使って一日で生革で作った橋をマチュに架け、ダーツェン・ロ[※1]を跡形もないほどに破壊した。[※2] 現在ドンダの軍営には、数千の兵士がいるそうだ。アムチョク・ギャラク[※3]が防ぎきれなければ、俺達のロもダーツェンのようになってしまうぞ」など、多くの話をした。このように、日増しに人々の恐怖は高まっていったが、各自で祈願するより他に仕様はなかった。

ギャコル叔父はまた「ラマ三宝! 今は変化の時だ。今年、彗星が出現しただけでなく、昨日、今日と西から鞍の形の雲が出現しているではないか。これは不吉な徴(しるし)だ」といった。父は「大きな戦乱が起こるだろう。鞍の形の雲が出現したということは、戦乱の徴だ。昔それが出現した時は、ロシアの白軍と赤軍が戦った。今は悪しき時だ。僧院でトルマの儀式をしても、それが何になるだろう」といった。

「お前まで馬鹿なことをいわないでくれ」

「何が馬鹿な話なものか。昨日僧院でトルマの儀式をした際、トルマを投げる前に（トルマで用いられる人形の）頭が取れてしまった。その時アラク・タクリンの衣の端が燃え上がったというではないか。それが凶兆でないなら何だろう」

「ラマ三宝！　結局はどうなるか分からない。戦いにならなければ良いのだが。戦いになったら、我々の口ではかなうはずもない。ロとデワ、僧院の全てに災厄が降りかかるだろう」叔父はそういって不安そうにしていた。

今や全ての者は、「変化の時」や「転換の時」に関すること以外の話をしなくなった。私も何といえず不安な気持ちになり、「転換の時がどの様なものであれ、なぜこのようなことが起こるのだろう。全ての者がこの様に怖れるのはどういう訳だろう。転換の時が来ると我々にどんな災厄が降りかかるのだろう」と、自問自答をしながら落ち着かない気持ちで過ごした。「父さん、転換の時になったら、どこに住むの？」と尋ねると、父は「僧院の中に住めばよい」と答えた。

「それでは僧院に転換の時が来たらどうするの？」

父は「不吉なことをいうな。さあ、茶を作ってくれ」というので、それ以上は尋ねず、茶を作りに行った。私はしかし「不吉なことではない。今が転換の時であることは、誰もが分っている。しかしそれはどの様に転換するのだろう。誰の得になるのだろう。誰に危害が及ぶのだろう。豊かな者が貧しくなり、貧しい者が豊かになる時代になれば、良き者は寿命が短くなり、悪しき者は皆有力者になる時代になるのだろうか。漢人の軍が武力でチベットを変え、悪しき業による悪しき時代となり、不吉な話ばかりを聞く。しかし本当の所は誰にも分からない。今は何でも思ったことを口にすることができるが、悪しき時代になったら、災厄が皆に降りかかるだろう。その時になれば、答えは自ずから分かるだろう。各々が積み上げた業の果報に従って、幸、不幸は生じる。それは皆が自分で担うべきものだ」などと考えていた。

父は村へ出かけて行った。兄は僧院の集会から戻って来て、「今日、ゲクー・ジャンジクが、漢人の軍隊がやって来るといった。ラマとホンボが、マデ・チュカマの全ての男は武装して戦えという命令を出したそうだ。男は一人として僧院にいることは許されない。僧院に残る男は、誰であれ僧院に歯向かうものと見なされるそうだ」といった。私が「父さんは出かけてしまったがどうしよう？」というと、兄は「父さんは今は帰ってこない。タムコ叔母さんに、父さんは夜中に戻るようにと伝言しておいた」といった。

そこにギャコル叔父が戻って来て「困ったことだ。チュカマの男達が漢人の軍と戦ったそうだ。ノルタの親子も戦いに参加し、父子共に死んでしまうかもしれん。お前の父はまだ来ない。招集がかかっているのにどうするのだ？」といった。私が「叔父さんは戦いに行かないの？」と尋ねると、叔父は「僧は戦ってはならない。しかし仏敵が僧院を破壊しようとするならば、僧であっても戦うことができる。ラマ三宝！　そんなことは起らないでくれ」と答えた。

夜中に悪夢を見た。黒い煙が覆う中、漢人でもチベット人でもない何百、何千もの騎兵が鉄砲を背負って駆けて行く。時々鉄砲が撃たれ、人というが、その実柳の木が次々に切られてゆく。私は隠れることもできず、泣き叫びながら父の後を追いかけてゆくものの、足が痛んで歩くことができない。「父さん！」と呼びかけても、父は顔から血を流しながら前を走っていってしまった。私は「父さん！」と泣き叫んだ。

その時「ヌコ！　どうしたんだ？」と兄が私を掴んでおこした。私はしばらくぼんやりしていたものの、次第に非常に不安な気持ちになってきた。その時、家の門を叩く者がいた。兄と私は「父さんが来た」といって門の所まで走った。父は馬に乗っておらず、鉄砲を背負っていた。中に入る時、「家に誰か客はいないか？」と聞くので、兄が「客はいないよ。僕達二人だけ」と答えた。家に入り、兄は「父さん、戦いには行かないの？」と尋ねた。

「俺がお前達を見捨ててゆくことができるか」

「僧院に見つかったら罰せられるよ」

「僧院は自らを守ることすらできないのに、人を罰することはできない。ヌコ、お前は明日出かけていって、ギャコル叔父を呼んできてくれ」

私が「父さんは家から出ない方がいい」というと、父は「俺は家にいる。俺がここにいることを誰にも話してはいけないぞ」と答えた。

次の日、私は叔父を呼びにいった。叔父は父に「おまえはどうかしたんじゃないか？　戦いに出ないと、明日には裏切り者として村と僧院の敵になってしまう。僧院が知ったならただではすまないぞ」といった。しかし父は「こんなに小さい二人の息子を置いて、戦いには出られない。俺達の口の男達は、ホンボの命令に従って、下は十五歳から上は六十歳まで戦いに出て、ソクウォの地へ行った。そこで漢人の土地調査員と兵士を百人程殺したという。しかし、ツー[※4]のラマとホンボは漢人に騙されて捕らえられてしまった。アムチョク・ラデの僧院は全て破壊された。[※5]五百人の兵士が昨日俺達の口に来た。おそらく明後日にはここに来るだろう」など、たくさんのことを話した。それは震える程恐ろしい話であった。

ギャコル叔父は「僧院は（歓迎の意を表す）挨拶のカタを用意して、降伏することを決定した。僧は誰も漢人に歯向かってはならないと命じられた。鉄砲を隠しておかないと、兵士に見つかると危険だぞ。なんということだ。不吉な。奴ら、灰でも食らうがいい。転換の時が来たな」といった。

降伏すれば平和な生活を送れるという望みは、もはや叶わないものとなった。私が「父さんは家にいて。僧院の者が来ても門はあけないから」というと、父は「僧院の者にはここに来るような暇はない。明日になったら終わりだ。漢人の兵士達が来たら、隠れる所はない。仕方がない。マデ・チュカマの僧院と村と仏法はどうなるのか。俺達親子の運命も同じで、業次第だ。隠れる場所は一切ない」といった。そういった暗い話をたくさんした。

その数日は不安なまま、いつ漢人の軍隊が来るのだろうかと心配していた。父は家に隠れていたので、私は僧院に見つかるのではないかとびくびくしていた。考えてみれば、父と兄がいるのに、私が心配した所で仕方のない話であった。父は豪胆であったので、夜に門を出てゆき、明け方まで戻ってこなかった。何処へ行って何をしているのかは分からなかった。

第51節

前夜の雨のせいで、朝の草原は柔らかく、山は輝いていた。朝日は温かくあたりを照らしていた。僧院の前のタシ・チューリンの平原を覆うもやの中には、白や黄色、赤や緑色の秋の花がたくさん咲いていた。全ての花は太陽に向かって咲き、辺りには甘い香りが満ちていた。鳥達は様々に鳴きかわし、それぞれの喜びや悲しみを抱いて新しい一日を過ごそうとしていた。

私はいつものように茶を作り、「父さん、起きて。茶を飲もう」といった。「ああ。カルト叔母さんはチュラとバターを持ってきてくれたか？」「昨日持ってきてくれたよ。乳も持ってきてくれた。だから今日はオジャ（乳をいれた茶）にしたよ」

その時門から兄があわてた様子で入ってきた。「父さん！　漢人の軍隊が河岸まで来た。今日の集会はなくなった。僧達は整列して兵士達を迎えろと命じられた」といった。父は起き上がって、「そうか、僧院は降伏するんだな。嘆かわしいことだ」私が「父さん、降伏すると首を切られるの？」と尋ねると、父は「首は切られないが、僧院は壊されるだろう」と答えた。兄は「ゲクー・ジャンジクは、降伏すれば僧院は壊されないけれど、降伏しなければ人は殺され、財は奪われ、僧院は壊されるといったよ」といった。父は「哀れなもんだ。チベット人は愚かだな。僧院を壊すつもりがないなら、兵士が来るはずもない。ラブラン僧院でさえ壊されてしまったんだ。それに比べれば俺達の僧院は鳥の巣のようなものだ。後には何も残らないだろう」といった。兄は私に「早く茶を飲め。漢人の兵士を見に行こう」といった。

「兄さん、今日来る兵士達は、去年僕達がラブランに行った時に見た、解放軍と呼ばれる人達なの？」「違う。解放軍は毛主席様の軍隊だ。今来るのは邪悪な赤軍だ」私が「彼らは僕達を捕まえない？」と聞くと、父は「お前達に何かすることはないだろうが、近づかない方がよい」といった。

それから兄と私は門を出た。チュルン谷の下の、小さな山の上から多くの人がマチュの河岸を見ていた。僧院の内外では人々が落ち着きなく動き回っていた。私達が山の上に着いた時、マチュの向こう岸では黄色い制服を着た兵士達が整列し、河を渡る準備をしていた。ある者は「漢人は泳いで渡ろうとしているんだ」といい、またある者は「船頭のロチュは、漢人を舟で渡す手助けをしなかったそうだ」といった。そこである老人が「みんな、ここにいるのはまずいぞ。山の上に陣取っていると思われて、鉄砲を撃ちかけられるかもしれん」といったので、大部分の者は麓に降りていった。しかし私と兄は山の上に留まって見守っていた。対岸の兵士が鉄砲を二、三発撃つと、全ての者が手を繋いでマチュに飛び込んだ。程なくして、大部分はマチュのこちら岸にずぶ濡れになって上がってきた。

僧院の全ての僧は整列して道の端で待っていた。河岸から来た者が「兵士達は河から上がってきた。船頭のロチュは捕まってしまった。五、六人の兵士が溺れ死んで、その死体を運んでくるそうだ」といった。そこで大多数の見物人は逃げていった。私達も怖くなったが、どうしても兵士達を見ておこうと思ってそこに留まった。僧院の多くの僧達、ラマ、ゲクーはカタを捧げて待っていた。遠くから誰かが「来るぞ！」と叫ぶと、多くの者があわてふためいて逃げ出した。マチュの岸辺から、百人程の兵士達が隊列を組んで、歌を歌いながら行進してきた。近寄ってみると兵士達は鉄砲を背中に背負い、歩調を合わせて行進しており、大変立派に見えた。殆どの兵士の服は濡れたままであった。

「兄さん、これは解放軍だよ」

「そうだな。これは毛主席様の軍隊だ。では心配しなくても大丈夫だよ」

以前、ラブラン僧院に行った時、多くの解放軍の兵士が行き来しているのを見たことがあった。彼らは私達に豆や飴をくれた。兵士達は行進しながら私達を見て微笑んだ。だから安心して兵士達の傍に行くことができた。

僧院の下に着いた時、僧院を代表してラマやトゥルク（転生ラマ）達が兵士にカタを捧げた。彼らはカタを受け取って拍手をし、返礼としてラマ達にカタを捧げた。後続の兵士達もマチュの河岸から登ってきたので、併せて三百人程になった。ラマ達はにこやかに兵士達を案内し、僧院に連れていった。私達は道端で後続の兵士達が来るのを見ていた。

兵士達は僧院に到着すると、護法尊堂、アラク・ダゴンの住まい、それから多くの僧の住まいに入り、屋上に鉄製の棒（アンテナ）をたくさん立てた。その夜、僧院の冬のチューラ（学習会）の場所で中国軍の集会が開かれ、僧と僧院周辺に住む俗人の男女全てが集められた。兵士達は鉄砲をもち、集会を囲んだ。兄と私も集会へ行った。一人の指揮官が演説をし、それが通訳された。「本日、僧院の皆さんが歓迎してくださったことにお礼を申し上げます。皆さん、心配することはありません。私達漢人とチベット人は一つの家族です。私達は五、六日すれば引き揚げます」などと、多くのことが語られた。しかし集会が終わる時、再び通訳から「今晩から僧院の中の僧、村人は全て夜間に出歩いてはいけません。兵士達が夜間に巡回します。皆さんが夜間出歩いて殺されたとしても、責任は皆さんにあります。明日の朝、夏のチューラの場所に集まってください。来ないのが分ったら、処罰され、あるいは逮捕されます」などと、人々を不安にさせる多くの命令が出された。この話を聞いて、私達は以前には経験したことのない不安な気持ちになった。その不安がどういうものであるのか、自分でも説明できなかった。以前の多くの甘い言葉は、人を欺くためのものかと思われた。

次の日の夜明け頃、僧院一帯を鉄砲を持った兵士が包囲した。昨日カタを受け取り、微笑んでいた様子は消え去り、固い表情で、あちこち歩き回っては皆に指示を出した。チャルゲという僧は大声で、「ジャマ[※6]（漢軍）が、僧は全員集会堂に来るよう命じている。僧は集会堂に来るよう命じている」と叫んで周った。アク・ングンツィがチャルゲに「何か話を聞いたか？」と尋ねると、彼は「多くは聞いていない」といい、小声で「とんでもないことになった。ゲクー・ジャンジクと高僧達は昨夜のうちに捕まってしまった。今日もまた誰かを捕まえるということだ。それは集会堂へ来れば分る」と付け加えた。さらにチャルゲに「集会に行かなくてもいいか？」と尋ねると、「それは絶対に駄目だ」と答えて行ってしまった。私は心の中で「これが転換の時なのだろうか？　昨夜感謝の気持ちを表しながら、漢人とチベット人は一つの家族だといっていたのは嘘だったのだろうか。ゲクーやラマを捕えるとは、これは解放軍なのだろうか？　本当は邪悪な赤軍ではないだろうか？」と考えていた。それはいくら考えても分からないことであった。

私も僧達の後ろについて集会堂の入り口まで行ったが、兵士に止められた。すぐに通訳が来て、「子供は集会堂の中へ入ってはいけない」というので、私は入り口の所で様子を眺めていた。集会堂の中では僧達が各自のカムツェン（出身地別の寮）ごとに固まっており、皆が黙りこくっていた。少しして指揮官が現れ、演説をした。通訳は「君達は黙っていてはいけない。この僧院が必要であるか、それとも不要であるかを話し合ってくれ。指揮官のいう所によれば、黙っているのは不良分子だそうだ。不良分子は反逆者とみなす。反逆者と思われたくないなら、話し合ってくれ」といった。

そこへ二人の兵士が、ゲクー・ジャンジクの手に鎖を繋いで連れてきて、お堂の中へ入っていった。ゲクーは下衣の他は何も身に付けていなかった。アク・ツェチュは「これが、昨日歓迎したことへのお返しだ。今黙っていなくても僧院は壊されるだろう。しかし黙っていれば、僧院は壊されて人も捕えられるだろう」といった。アク・フテンジャムも「いまや彼らの思うがままだ。壊したければ壊すだろう。壊すなといってもどうしようもない」といったが、通訳は、「そんなことをいってはならない。今日は君達にとって僧院が必要かどうかを尋ねているのだ」といった。ツェチュは「僧院は勿論必要だ。お前もチベット人なら分かるだろう。お前は知っているのだろう。今日は、僧院が必要だとはいわせないつもりなのだろう」といった。さらにアク・シラプが「漢人はこんな馬鹿げた話をさせる。僧達に、僧院が必要かなどと聞くとは。僧院を壊すために、そういわせたいのだろう」というと、通訳は何もいわずに出ていってしまった。私は戸口で全てを聞きながら、「ひどい話だ。変化の時、災難が天のように僧院の上を覆ってしまった。もう何をどうしても悪いことが起きるだろう」と思っていた。

第52節

僧院の僧達は、集会堂で話を続けた。「僧院が必要であるか、それとも不要であるか」について話し合うよう命じておいて、しばらくしてから指揮官が再び現れ、通訳を介して「他のカムツェンの者達は、僧院は不要であるといった。君たちはどう考えるのだ。必要なのか不要なのかを決めてくれ」といった。アク・ングンツィは怒って、「灰でも食らえ！　僧院が不要だと誰がいったのだ。さあ、誰がいったのだ」と問い詰めた。通訳は指揮官にそれを説明したので、指揮官は怒って通訳を介し、「ここにいたくないなら出ていけ！」と命じ、合図をして二人の兵士を呼んだ。そしてアク・ングンツィを無理やり連れていった。アク・ングンツィは振り返って、「仏敵め！　何でも思い通りにするがよい。地獄に落ちろ、仏敵め」と叫んだ。二人の兵士は彼を引きずって戸口から出ていった。

指揮官は通訳を通じて「出ていきたい者はいるか？　いなければ話し合いをしなさい」といった。何人かの僧は「お前達の好きにするがよい。我々には僧院が不要であるとはいえない」といった。アク・カルゲは「今のままでは人と僧院の両方が滅んでしまう。それよりも僧院が不要だといっておいて、人さえ生き残れば僧院を再建する日が来るに違いない」といった。指揮官が通訳を通じて、「君たちは皆、僧院は不要だと意見が一致したんだな」というと、何人かの僧は「そうです」といったが、大部分は「お前達の好きなようにしろ」といった。

少しして、大部分の僧が集められ、指揮官は微笑みながら通訳を介して「今日の集会は実にすばらしい。大部分の僧と、人々の希望によって、この僧院は不要であると決まった。君たちの願いに、私達も賛成する」といった話をたくさんした。そして「今日ここにいる僧達によって集会堂の仏像と経、仏具を全て一か所にまとめてくれ。二、三日のうちにマチュ・ゾンへ運ぶから」といった。その話が終わらないうちに、僧達は立ち上がって大騒ぎをした。「壊したいのなら、お前達で壊せ。俺達は絶対に壊さない」という者もおり、また「私達をだまして壊させるのだ」という者や「お前達が壊せばよい。俺達は出てゆく」という者もいた。大騒ぎをしていると、どこからか多くの兵士が集会堂の内外を取り囲み、鉄砲を構えた。集会堂から少し離れた空き地では二、三人の兵士が機関銃を据えて、僧達を狙っていた。突然「パン、パン」という銃声がして、指揮官が拳銃を上に向けて発射した。彼は通訳を介して「皆、床に座れ。僧院が不要だといったのはお前達だ。お前達は進んで僧院を壊さなければいかん。不服があるなら立て」といった。突然の銃声と武器による威嚇のため、皆は俯いて黙り込んだ。そこへ兵士が来て、前に座っていた数人の僧を脅して、集会堂の供物台の近くへ連れて行った。そして壇上の仏像や大蔵経など、身口意の帰依所を床に投げ落とさせた。集会堂にいる僧達や、入り口にかたまっている村人の多くは、泣き叫び、悲鳴を上げた。何人かの年寄りは入り口の所で礼拝していた。そこに一人の兵士が来て、鉄砲で脅して大部分の人々を追い払い、去ろうとしない何人かの老人を無理やり座らせた。

集会堂の中では年寄りの僧が一か所にかたまり、多くの僧は身口意の帰依所や仏具などをまとめて積み上げていた。大きな仏像は、壇上から床に大きな音をたてて崩れ落ちた。集会堂の中は、埃のせいで煙が立ちこめているかのようであった。キャチャ[※7]という僧は長い綱を持ってきて、それを護法尊堂の中の像の首にかけて引っ張った。護法尊の像は周りの眷属と共に傾いて、ばらばらになって床に崩れ落ちた。多くの者が「ラマ三宝！」と叫んで礼拝し、恐怖に慄いた。私は「何と恐れ多い僧だろう。シンジェ（閻魔王）の首に縄をかけて引っ張って壊し、災いを恐れる様子もないとは。本当の鬼だ」と思った。それからキャチャと彼を手伝う僧達は、護法尊の塑像を引きずってゆき、集会堂の中の崩れ落ちた仏像と一緒にした。私は「普段その近くでは大きな声を出すことさえできないのに、今日シンジェは、埃をかぶってても何もできず、壊されてしまった。全ての神や魔は、今日全て壊されてしまった。これは本当の転換の時だ。転換の時には神は救いをもたらさず、魔は災厄をもたらす力さえ失ってしまう」と考えていた。

考えてみると、私は安穏に人生を過ごすことのできない人間だ。これらの仏像が作られた時を、私は知らない。いつもは仏と法と帰依所に対してまともに見ることさえなかった。その日私は、仏像が基壇から根こそぎにされて床に落とされ、経典が棚から抜き出されて床にまき散らされる所を見た。多くの僧は、恐れからなりふり構わずそれらを懸命に破壊した。チョルゲは一巻のカンギュルを床に落として、大声で泣きながら「ああ、こんな災厄が降りかかろうとは！　悪しき漢人共よ、この罪業を担うがよい！」と叫んだ。二人の兵士がやって来て、彼を犬の死体のように引っ張って、外へ連れていった。その時壇上では、僧達が恐怖から、うろうろと走り回り、また多くの兵士達も集会堂の中を走り回っては叫んでいた。見ると、一人の兵士が頭から血を流しており、二人の兵士が彼を支えて外へ出ていった。そして基壇の近くにいた四人の僧が捕らえられ、鎖で縛られて連れていかれた。あとから知ったのは、壇上にいた僧の一人が仏像を投げつけ、兵士の頭にぶつけたのであった。それが誰によるものかが分からなかったので、そこにいた四人の僧が捕まえられたということであった。

集会堂の中心には、あちこちから集められた仏像と経が積みあげられていた。僧達が作業するのを、兵士達は離れて見ていた。私は、「転換の時には、暴力というものはこのように傍若無人だ。暴力の下では、いくら嫌でも自分の信仰するものを自分で壊さねばならなくなる。『弱者が怒っても何の役にもたたない』という喩（たとえ）のように、今は何でも壊してしまうより他に仕方がない。最初ラマ達が、僧院を守るためには誰も漢人には逆らってはいけないと命じ、整列して白いカタを捧げて迎えた挙句、感謝の言葉も虚しく自分の僧院を自分で壊す羽目に陥ってしまった」などと考えていた。

仏像が破壊された場所を通った時、足元に何かを見つけた。それは親指大の釈迦像であった。兵士達は没収した物を守っていたので、私には注意していなかった。そこで仏像を拾い上げ、懐にしまって何事もないかのように集会堂の出口へ向かった。外へ出る時、兵士の一人が笑って何かいった。意味は分からなかったが、「仏像を拾うのを見られたのだろうか。多分そうではないだろう。見たのなら、笑わないはずだ」と思った。しかしそこに別の兵士が来て、私の顔をひどく殴り、懐の仏像を取り上げた。さらにそれで私の頭を殴った。そこで前の兵士が彼を止めた。私は悲しくなって、涙が流れた。さらに年配の兵士が来て、私の頭を撫ぜて、外へ出してくれた。私は「これは以前会ったことのある、善良な解放軍ではない。兄さんがいっていた魔の軍隊なのかもしれない」と思った。集会堂の石畳を通って外へ出て、振り返ってみると、入り口の左右の柱の上に、毛主席と朱総司令の大きな肖像画が掛けられているのが見えた。私は「これはやはり前に見た解放軍だ。彼らは以前とは違って、邪悪で憎悪に満ちている。その理由は僕には到底分からない」と思った。

第53節

家に戻り、今日集会堂で見たことを詳しく父に話した。父は「僧達が壊したのか?」と尋ねた。

「壊したのは僧達だよ。護法尊堂のシンジェの像は、キャチャが首に綱を付けて引き倒した」

「ギャコル叔父、ジャコの二人はいたのか？」

「ギャコル叔父さんはいなかった。兄さんはカルト叔母さんの所へ行っていて、まだ戻っていない。僧院が壊されてしまったら、僕達はどうするの？」

「どうしたらよいか分からない。何も良いことはないのは確かだ。村と僧院の全てに災厄が降りかかったのだからな」

その時、扉を叩く者がいた。私が出ると、アク・テンジンが門から入ってきて「ヌコ、父さんはいるか？」と尋ねた。

「父さんはいないよ」

「嘘をつくな。お前の父さんと俺は一緒に戻って来たんだ」

「冗談だよ。父さんは中にいる」

その時父が家の窓から「やあテンジン、どうかしたか？　早く中へ来い」と呼んだ。彼は家に入って「どうしようもない。今日から三日の内に僧院の周りに住む者達は、マチュの向こう岸に行けということだ。俺達の口の者は、すでに今日河岸まで移動した……」と話し始めた。私が二人の話を聞いていると、父が「ヌコ、お前は昨日の小麦粉をカルト叔母に持っていってくれ」といったので、そこにいることはできなくなった。私は「二人は僕に聞かれたくないことを相談するのだろう」と思った。

そこで門を出て、カルト叔母の家に出かけた。門を出る時は、外から鉄の門を掛けた。僧院の端まで来てみると、これはどうしたことだろう、山も平地も大混乱に陥っていた。皆が背中に担げるだけの物を担ぎ、全ての家畜を引き連れ、泣き叫ぶ子供達と共にマチュの河岸に向かっていた。森の端ではいくつかの銃声も聞こえた。飼い主のいなくなった番犬が至る所で吠え、馬や牝ヤクが鳴き、羊は鳴きながらあちこちをうろついていた。こんな光景はそれまで見たことがなく、何とも悲しい気持ちになった。

叔母の家に着いて小麦粉を渡すと、叔母は「よく来たね。ヨーグルトをお食べ。明日には漢人が私達をマチュの向こう岸に追いやるそうよ。また会えるかどうかは分からない」といった。竈の傍に一人の老婆が座っていた。彼女は「何てことだろう。漢人の鬼どもに虫の穴に投げ込まれちまう。私のような悪しき業の者は、この僧院がちゃんとしていた時に死ぬことができなかった。今、漢人の手にかかって死んでしまうとはね」と嘆いたが、叔母は「馬鹿なことをいわないで。漢人にも年寄りはいるわよ。全員を虫の穴の中に投げ込むなんてことはないわ。それよりも心配なのは、子供達をどこか遠くへ連れてゆくということよ」といった。私が「叔母さん、子供にヨーグルトを腹いっぱい食べさせた後で、高い所から突き落として破裂させるというのは本当？」と聞くと、叔母は「そんなことはないわ。殺しはしないけど学校[※8]に入れて、頭を変えてしまうということよ」と答えた。

話をしている所に兄と、叔母の息子のダジャクの二人が来た。ダジャクは「母さん、上の口の者はもうマチュの向こう岸に渡ってしまったよ。多くの物がマチュに流されたけど馬とヤク、羊は一緒に向こう岸に渡ったそうだよ」といった。老婆は「私達の口はいつ発たなければならないんだ？」と尋ねた。ダジャクが「明日早くということだよ。明後日には僧院の僧達も追い出される」というと、老婆は「もうだめだ。僧院を壊し終えたら僧達は逮捕されるだろう。なんてことだろう。それよりは初めから、相手と戦えばどんなに良かっただろう」といった。

私と兄はマチュの河岸を見ながら僧院に登っていった。道では泣いている老人達がおり、全ての人々が右往左往していた。河岸では多くの家が家財を積み上げ、人々はその周りに座っていた。マチュの河岸の林では中国兵が警備しており、彼らの周りには殺された犬の死骸が散らばっていた。兵士が私達に来てはならないというので、僧院に行くために森を通った。そこで「ジャペ、ヌコ!」と呼ぶ声がした。見ると、船頭のロチュが呼んでいるのであった。彼は「ヌコ、お前の父は家にいるか?」と聞いた。

「いるよ。おじさんは中国軍に捕まらなかったんだね?」

「昨晩多くの者が捕らえられた時に逃げることができた。お前の父に、俺が今晩会いに来ると伝えてくれ。お前達二人は家に戻れ。ここを通る時は、犬に気をつけろ」

ロチュはそういって、再び森に入っていった。

兄と私が家に戻ると、父とモンラム叔父の二人が話をしていた。父が「この災いの時にあっては自分で判断するしかない。占いをしても役には立たない。今後の事は誰にも分からない。去るか、それとも留まるかは自分で決めるしかない」というと、モンラム叔父も「そうだ。去るにしても、それを決めるのは自分だ。その後どうなるのかは分からない。占いをしてみた所で、難を逃れるための僧院はもうない。アラクにお願いすることもできない。もしガンデンパ・ツァンにお会いできたら、何を申し上げようか」といった。

私は「叔父さん、暗くなるよ。早く帰らないと、兵隊に捕まるよ」といった。叔父は「おお、俺が持っている、人から見えなくなる黒い帽子をかぶれば大丈夫だ」といって立ち上がり、戸口から出がけに「ドゥルコ、外へ出るなよ。見つかると面倒なことになる」といった。

私は不安のあまり、夢うつつの状態で、こんな夢を見た――上のロの者達が山を降り、馬、ヤク、羊、老人、子供、番犬などが大混乱のうちにマチュの河岸に急いでいた。そこで、「お前は転換の時が来るのを見たか？　転換の時が来るのを見たか？」という声が聞こえ、巨大な仏の像や経典が頭に落ちかかってきた。「転換の時が来るのを見たか？」という声は繰り返し聞こえた――

その時扉が開く音がして、目が覚めた。家には数人の男がいて、父は彼らと長い話をしていた。ロチュ以外に僧が二人いるようであったが、それが誰なのかは分からなかった。私は眠いのを我慢して彼らの話を聞こうとしたが、時々「中国兵が……僧院の馬……大人数は良くない……ラサ、インド」などの言葉が切れ切れに聞こえただけであった。いつの間にかまた眠ってしまい、「ヌコ、起きて茶を飲め。父さんが叔父さんの家へ行けって」という兄の声で起こされた。

「叔父さんの家へ何をしに行くの？」

「轡を二組借りに行くんだ」

「家に馬がいないのに、轡を借りてどうするの？」

「ぐずぐずするな。置いて行くぞ」

起きて茶を飲み、門を出る所でギャコル叔父に出会った。彼が「お前達はどこへ行くのだ？」と聞くので、兄が「二人で轡を借りに行けといわれた」と答えると、叔父は「家に戻れ。轡なら俺が借りてきた」といった。家に戻ると、叔父は父に「お前はどうかしたんじゃないか。マデ・チュカマがどうなったか知っているのか。どこにも行く所はないぞ。この二人の子供を連れて放浪するつもりじゃないだろうな……」などといった。父は扉を閉めたので、それから二人が何を話したのかは分からなかった。少しして、アク・テンジンが来て、中へ入っていった。私は「どこかへ行こうとしているのだろう」と思った。日が昇り、話が終わった後で、叔父とアク・テンジンは外へ出ていった。父は「お前達は話を聞いたか?」と聞いたが、私は「聞こえなかった。父さん、僕達はどこへ行くの?外へ出ると中国軍に捕まるよ」といった。

「明後日より、僧院の僧達は全員河の向こう側に移動しなければならない。それから建物を壊すつもりだ。その前に俺達は出発しないとな」

兄は「父さん、僧院が壊されてしまうと、僕達二人には住む所がない。父さんの行く所へ僕達も連れていって」と頼んだ。

「俺がホンボやラマの命令に背いてまでチュカマの戦いに加わらなかったのは、お前達二人のことを考えてのことだ。今お前達を放り出して、俺が一人でどこかへ行くことはない。今からは苦楽を共にして、親子一緒に行動するんだ」

「父さん、それではどこへ行くの。中国兵に見つからないようにしないと」

父は少し考えてから、「どこに行けばよいかは分からない。仲間が来たら、今晩か明日の晩には出発する」といった。私は呆然としてそれを聞いていた。

第54節

私達親子三人で、どこへ行き、どこに住むのかといった話を暗い気分でしている所に、門の所からカルト叔母が「ジャペ、ここにおいで」と呼びかけてきた。私が門の所まで行って、「叔母さん、家に入って」というと、彼女は「あら、ヌコ、今は忙しいの。私の口は河を渡らねばならないから。このバターとチュラをもっていって。父さんはいる？」といった。

「ありがとう。父さんは家にいるよ」

「父さんに伝えておくれ。早くどこかに行かないと、昨晩から兵士がおまえの父さんの居場所を尋ねているそうだよ。明日には僧院の僧達も河の向こうに追放される。そうしたら隠れる所はないよ」

「わかった、叔母さん」

「じゃあ、ヌコ、また会おうね」そういって、叔母は去っていった。

下を見ると、僧院の周りの道には警備の兵士達が配置されており、僧院から出てゆく者達を調べていた。私は急いで門を閉め、家に入った。父にカルト叔母の話と、中国兵が配置されていることなどを父に伝えると、少しして父は、「俺達はラサへ巡礼に行こうと思う」といった。兄が「中国軍が行かせないのではないの？」と聞いた。

「方法はある。村と僧院が全て破壊されてしまったら、ラサへ行くしかない」

「僕達は中国兵に見つからないように山の中を行くんだね」

「俺達だけではない。仲間も何人かいる。夜の内に僧院から出れば大丈夫だ」

私はとても怖くなった。「兵士達は昼夜問わず僧院の周りにいるので、どこを通って逃げれば良いのだろう」と思って、「父さん、逃げれば中国軍に殺されるよ。そうするとラサには行けない。やめた方が良くない？」と尋ねた。父は、「息子よ。俺達には仲間がいるから中国軍には殺されない。ラサに着いて、そこで何年か暮らしているうちに、中国軍は出てゆくだろう。その頃にまた戻ってくればよい」と答えた。そこで兄は「僕達は逃げるしかない。父さんが逃げなければ、明日には中国軍に捕まってしまう。だから何とかしてラサへ行った方がいい」といい、父も「俺は馬と同行する仲間を集めた。今晩出発しないと、明日には中国軍に捕まるかもしれない」といった。

それから父と兄は食べ物や服、炊事道具を準備したが、私は竈の傍で物思いに沈んだ。これは本当の転換の時であった。故郷に留まることができず、辺地を彷徨わねばならない。何といっても、良いことは一つも起きないであろうことは明らかであった。しかし他にどうしようもないのであった。

夕方私が水汲みのために山を登ってゆくと、中国兵が何人かの者を調べ、刀や弾帯を取り上げた後で帯を解かせて地面に座らせていた。その傍では何人かの老婆が泣きながら何事かを訴えていた。何を訴えているかは聞こえなかったが、私はそこに立ち止まらないで、水を運んで家に戻った。門の所でアク・カンゲに出会った。彼は声を低くして、「おいヌコ、父親に伝えてくれ。中国兵が全ての家を調べているそうだ。分かったな」といって帰った。私は、父がいることがいつ分かったのだろうかと不思議に思いながら家に入った。家では父とアク・テンジン、兄の三人が茶を飲みながら話をしていた。私がカンゲから聞いたことを彼らに伝えると、アク・テンジンは「それは誓って本当だ。俺は行くが、馬については心配しなくてよい。何とかして漢人には捕まらないでくれ」といって出ていった。

黄昏時になって門を叩くものがいた。門の叩き方から、私の口の者ではないことが分った。私達は不安になり、父は素早く物置の中へ隠れた。門の所へ行き、隙間から覗いてみると、鉄砲をもった中国兵が四、五人見えた。私は「これは困った。彼らは父が家にいることを知っているのだろうか。もう逃げられない。父が捕まってしまう」などと思いながら門を開いた。しかし兵士達は中へ入らず、私の頭を撫ぜ、耳を引っ張りながら何かを盛んにしゃべった。そこにアク・チャルゲと通訳、それから指揮官らしき者などが到着した。通訳は「お前の家には何人いる？　客はいるか？」と尋ねた。私は「家にはジャペ兄さんと僕の二人がいる。客はいない」と答えた。この時チャルゲも「この家には父親と息子の三人しかいない。しかし父親は村から逃亡して今どこにいるかは分からない。家には二人の子供以外にはいない」といった。通訳は「家を出るんじゃない。夜に門から出ると兵士に殺されるぞ。わかったな」といって去っていった。私は心臓がどきどきしていたが、彼らがどこへ行くかを見ていた。

彼らは各家の門を叩きながら、やがて遠ざかっていった。それから私は門を閉じて家に入った。見ると、父は手に鉄砲を持ち、食堂の窓から覗いていた。兄が「中国兵は何といった？」と聞くので、私は「客はいるかと聞かれた。いないというとアク・チャルゲが、この家の父親は逃げてしまい、今はいないといってくれた。通訳は、夜に門を出ると兵士に殺されるといった」と説明した。父は「当然だ。昨夜中国兵の馬が十頭盗まれたことと、家の屋根の上の鉄棒が石で壊されたためだろう」といった。私が「そんな盗みを働くのは誰だろう？」と尋ねると、兄は「僧ではないね。タアワ・ロの者かもしれない」といった。父は「電信用の棒（アンテナのこと）に石をぶつけたのは僧らしい」といった。

夕食の後、父は私達に寝ろといっておいて、自分は茶を飲んでいた。私は眠ったが、しばらくして壁を激しく叩く音で目を覚ました。頭を上げてみると、兄はいたが、父が見当たらず、家の後ろからはまだ壁を叩く音がしていた。私は怖くなり、「父さんはどこへ行ったの」といいながら泣いた。兄は「泣くな。父さんは門を開けに行っただけだ。仲間が来た。さあ出発だ」といった。私が「僕は行かない。中国兵が待ち受けていて、僕達は殺されてしまう」といっていると、黒い人影が家の中に入ってきた。燈明(とうみょう)の明かりで見ると、船頭のロチュであった。彼は「ヌコ、勇敢な息子よ、出発するぞ」といった。

考える間もなく起きて戸口の所に出てみると、これは何としたことだろう、塀の中には鞍を着けた多くの馬と、何人かの僧がいた。門の外側では、鐙(あぶみ)を鞍の両側に装着していた。この夜は月が出ていたが、雲が多いせいではっきりとは見えなかった。少しして、全ての者が家に入ってきた。そして押し黙って茶を飲み、麦焦がしを食べた。そこにはロチュの息子のガルザンやギャコル叔父などがいた。ギャコル叔父は「ラマ三宝！　もう少し待てば来るだろう。来なければ、出発するしかないな」といった。父は、「何があろうとも待つべきだ。それでも来なければ、お前達は先に出発しろ。俺が待つ」といった。その時、再び家の後ろの壁が叩かれ、「今着いた」という声がした。門を開くと、三頭の馬を引いた二人の僧が入って来た。それが誰なのかははっきり分からなかったが、一人の僧が「周回路に中国兵がいる。見つかるかもしれない」といった。ギャコル叔父は「もう待たなくてよい。お前達は早く出発しろ。出発したことは彼らに伝える。チュールン・ゴンマの上で待て。さあ行け、早く行け」といった。

門を開いて外へ出る時には、恐怖から体が震えた。経堂の後ろまで来た時、一頭の馬がいなないたため、一同は地面に伏せた。周回路では兵士が懐中電灯で通行人を調べていた。時々その光が我々にも当たったが、兵士には気付かれず、私達はゆっくりと崖下に降りることができた。そこで三頭の馬を連れた二人の僧と落ちあったが、私は後ろにいたのでそれが誰であるかは分からなかった。それから僧院の崖を登った。月明りは切れ切れの雲に遮られて、時に明るく、時に暗くなった。兵士達はあちこちで呼び交わしてはいたが、私達が出発したことには誰も気づいていなかった。私は心の中で、「グンタン・ジャムペヤン様、中国軍に見つかりませんように」と念じながら、馬を引いて皆の後についていった。兄は私の傍におり、一行は静かにゆっくりと進んだ。静かで、恐ろしい夜であった。私は、足が地面を踏みしめているのかさえ分からない位緊張しており、聞こえるのは人や馬の吐く息だけであった。自分一人だけが、別の世界に向かっているような気がした。こうして故郷を離れ、異郷をさすらう生活が始まった。

第55節

月明りの下、私達は僧院の崖下をゆっくりと進んだ。タアワの一軒から、女が泣き叫ぶ声が聞こえた。ただでさえ怯えながら進んでいる私たちにとって、その声は恐ろしいものであった。アク・テンジンは「どうしよう、あれは母だ。私は戻るから、お前達は進んでくれ。後から追いつく」といって、馬に乗って行ってしまった。少しして、女の叫び声は収まったが、アク・テンジンは現れなかった。父は「さあ、行こう。待つ必要はない。彼は一人だから逃げるのは簡単だ。俺達は先に進もう」といって出発した。

少ししてクルンの源頭に着いた。そこで崖を登る必要があったので、最初に一人が偵察に行った。彼は「静かだ。僧院の周りには中国兵の電灯が見える。崖を登れば見つかることはないだろう」といった。そこでアク・テンジンが追い付いてきて、「今行かなければ。タアワの中国兵が僧院に登って来る」といった。その言葉が終わらぬ内に、僧院の上から二、三発の銃声が聞こえ、僧院の中にいる犬が吠え、我々の馬も驚いて立ち上がった。父は「まずいな。とにかく馬に乗って崖を登り、ユダタンで待つことにしよう。もし中国軍に出会ったら、逃れることのできた者はユダの峠で落ち合うことにしよう。さあ、ぐずぐずするな」といいながら、私を馬に乗せて崖を登り、そこから広い道を走った。皆も蹄の音を響かせて崖を登り、馬を走らせた。馬の吐く息や蹄の音を中国兵が聞きつけることはなかったようで、私達は再びゆっくり進んだ。アク・テンジンは「アク・ジャクパ達は到着していない。ここで少し待とうか?」と聞いたが、父は「お前達は子供を連れて進んでくれ。俺は夜明けまでここで待ってみる。それでも来なければ、後から追いつくから」といった。そこで私達はさらに進んだ。

しばらくして、僧院の辺りから何発かの銃声が聞こえた。見ると、僧院の右側の山の上から中国兵が電灯で照らしていた。私は「あとから来る仲間達は、中国兵に見つかったのかもしれない。あとに残った父はどうなるのだろう?」と心配しながら皆の後に付いていった。やがて私達の後ろから蹄の音を響かせて、馬が駆けてくるのが聞こえた。私達は中国軍が追跡してきたと思い先を急いだが、やがて父が「待ってくれ、俺達だ」と呼びかけてきた。私は「父さんだ！　父さんが追い付いたんだ」と思い、前を走っていた人達も速度を落とした。父と一緒に何人かが来たが、それが誰であるかは分からなかった。アク・テンジンは「後ろから犬が一匹付いてくる。まずいな。殺そうか?」といったが、別の僧が「殺すな。必要ない。兵士が銃声を聞きつけるぞ」といった。しかし少しして銃声がして、犬が悲鳴をあげた。その意味は明らかであった。

また少し登った時、アク・テンジンが「兵士はお前達に向けて鉄砲を撃ったのか？」と尋ねた。一人の僧が「前に撃った鉄砲は何なのかは分からないが、タアワから僧院へ登って来る兵士に出会ったので、俺達はマニ堂の後ろに隠れた。兵士が行き過ぎてから出発したが、周回路の端に来た時、僧院の右手の山の上の兵士達が俺達に気付いたようだ。俺達の方に光を当て、鉄砲を撃ってきた」といった。

夜明け前、ユダの峠を越え、チュカの深い森に入った。そこで初めて、昨晩から別々にやって来た者達が誰であるかがはっきり分かった。それは以下の通りである。

・僧院の船頭のロチュ。俗人、五十歳。
・ロチュの息子のガルザン。僧、十五歳。
・アク・モンラム。僧、二十六歳。
・アク・モンラムの甥のカンドゥル。僧、十八歳。
以上四人は私の家から一緒に出発した。
・アク・テンジン。僧、三十三歳。
・アク・テンジンの甥のレコ。僧、十九歳。
この二人は僧院の崖の下で合流した。
・アク・ジャクパ。僧、三十二歳。（ナクツァン・ヌロ 2016: 335）
・アク・ジャクパの甥のツェコ。僧、十六歳。

・私の父のナクツァン・ドゥルコ。四十七歳。
・兄のジャペ。僧、十四歳。
・私。俗人、十歳。
・彼の親類のドンツィク。僧、十五歳。
この三人は後から追いついた。この僧俗九人に、私達親子三人が加わる。

私達十二人は、中国による弾圧によって、また同時に前世の業によって、恐怖の夜に、多くの兵士が包囲するマデ・チュカマのタシ・チューリン・僧院から脱出し、太陽の都ラサに向かって一緒に旅をすることとなった。その結果はどうなろうとも、業に従って山を下り、地の果てをさまよう旅路についた仲間であった。大人五人は自分と親戚の子供七人を必ずラサの僧院へ連れてゆこうと決心しており、居心地の良い故郷を後にして、ラサに向けて旅立つことに何の後悔もなかった。

苦難の中を出発したものの、それは幸福の端緒かもしれず、あるいは逆に幸福の終わり、更なる苦難の始まりかもしれなかった。それでも眼前の道を進む以外はなかった。その日私達はユダの背後の森の中で茶を作って休んだ。父とロチュの二人は高い場所へ見張りに行った。他の者は茶を飲み、眠りについた。昨晩のいつ頃から来たのかは分からないが、僧院の神馬二頭が後ろからついてきており、どうしても追い払うことができなかった。暗くなってから、父は「今晩から二、三日は夜間に進む。この口にはすでに中国軍が来ているはずだ」といった。

私達は月明りを頼りに進んだが、泥沼を伴った小さな川にぶつかった。そこを渡るのは非常に難しく、アク・モンラムや私達はなんとか渡ったが、後から兄が渡ろうとした時には、馬が泥の中にはまり込んでしまった。私は「兄さん、しっかりつかまって！　水に落ちるよ」と叫び、父は「ジャコ！たてがみを掴め！　馬から落ちるなよ！」と呼びかけた。しかし兄は怖がる様子もなく「父さん、大丈夫だから来ないで。ここは泥が深いから」といって、馬を鞭で叩き、馬を五、六回跳ねさせて岸辺に上がった。そこで馬は体を震わせてよろめいた。ロチュは「ジャコは本当にすごかったな。落ちたら危ない所だった」といった。

さらに進むと犬が駆け寄ってきた。父は「くそ！　遊牧部落の真ん中に出てしまったようだ」といった。よく見ると、何軒かの家では燈明を灯していた。父は「進むしかないな。ロチュとモンラムは先に進んでくれ。アク・テンジンと俺は後から進む。中国兵らしき者に出会ったら、ロチュ達は子供を連れて逃げてくれ。テンジンと俺で防ぐから」といった。部落の端に着き、その下を進んでゆくと、多くの者が焚火をしていた。そこを避けることはできないので、父とアク・テンジンが鉄砲を構えて進んだ。そこで一人の女が「撃たないで！　私達はジョマ掘りよ」と叫んだ。父が話をしに行き、戻ってきて「さあ、行こう。カンサル・ロ[※9]の生き残りがジョマを掘っている」といった。私達が焚火の下を過ぎる時には、全ての女達が立ち上がり、中には祈りを捧げる者もいた。

夜明け頃、煙をあげている村へ着いた。よく見ると、至る所に引き裂かれたテント、箱、バターやチュラ、着物など多くの物が散らばっており、何匹もの野良犬が唸りながら走り回っていた。アク・テンジンはバターとチュラを少々拾ってきた。ロチュは「ここには誰もいない。中国兵に襲われたな。崖下で何人かが殺されている」といった。私達はそこを通過したが、中国軍によって破壊された村を見るのはそれが初めてであった。しかし私はその時、殺された人を見ていない。

第56節

二昼夜の間は留まったり進んだりを繰り返したが、隠れながら進むのは非常に困難であった。人に出会うこともあったが、向こうが逃げることもあり、また私達が逃げることもあった。まことに、「熊を怖れず、人を怖れる」の喩どおりであった。警戒せずに済む時間は全くなかった。しかし段々と恐怖はやわらいできた。皆が逃げれば私も逃げ、皆が留まれば私も留まればよかった。私は「とにかく昼夜問わず、馬から落ちさえしなければ大丈夫」と思っていた。

その日は夜半過ぎに出発し、夜明け前に谷の出口に到着した。そこからは川岸にテントが張られ、多くの馬がいるのが望まれた。父は「まずいな。ここでは中国軍以外、馬飼いがテントを張ったりはしないだろう」といった。アク・テンジンが「俺が見て来よう」といって、鉄砲を手にもって行きかけたが、父が「止めておけ。もう日が昇ったので行かない方が良い。もし軍ならば逃げることはできない。それよりも、あそこの小さい谷の中を通ってゆけば、見つからないだろう」と止めた。ロチュも「そうだな。とにかく見つからない方がよい。戦いになったら、逃げられない」といった。

それから私達は稜線を超えた。下を見ると、そこにいるのは中国軍ではないようであった。約三十頭の馬がおり、僧が行き交うのが見えた。はっきりしたことは分からないまま下り、川岸に到着し、父もそこで茶を作った。その後再び進み、下流で大きな河に出た。皆は「マチュに出た」といい、「今日中に、何とかしてマチュの向こう側に渡らないとな。それからは、当面警戒する必要はないだろう」といった。河岸から見ると、秋の河は茶色に濁り、渦巻いていた。また河幅は広く、多くの波が立っていた。皆は呆然とするだけで、そこを渡る方法は全くなかった。アク・ジャクパが「ああ、恐ろしい。こんなにも広い河を渡ることができるだろうか。大人ならば、馬を泳がせて一緒に泳ぐこともできようが、子供には無理だろう」といったが、ロチュは「大人でも泳ぐのは無理だ。木でもあれば何とかなるのだが。ここらあたりに木はあるかな」といった。父は「そうだな。ここから河を遡れば、カンサル・ロとの境に出る。村に行けば、木を手に入れることもできるだろう」といった。

そこで私達は河に沿って上流に移動した。河の屈曲部に数軒の家が建っているのが見えた。近寄ってみると、それはある村のグンサ（冬用の住居）であったが、今は誰もいなかった。ありがたいことに、必要なだけの木がそこに積み上げてあった。そこで兄と私は茶を作り、他の者は木を河岸に並べて筏を作った。夕方、山影が延びる頃、全ての物を筏の上に置いた。ロチュは「ドゥルコ、アク・テンジン、俺の三人で筏の前の馬を引く。他の馬は後ろに繋いでおけば良い」といった。それから彼のいう通りに、兄とドンツィク、ガルザン、私の四人が筏の中心に座り、他の者は筏の端につかまった。ロチュ達三人は、馬の尾に綱を結んで水の中へ入った。筏と馬が水に浮かび、皆は叫び声を上げながら渡り始めた。

河の中ほどに来た時、筏の後ろに繋がれていた三頭の馬が岸辺に戻り始めた。アク・モンラムが三頭の馬を引っ張って、筏に近づけようとした時、アク・テンジンとロチュの二人が握っていた、馬の尾に結び付けてあった綱が切れてしまった。父が引っ張っていた馬だけでは筏を渡すことはできず、人、馬、筏は河の中央で流され始めた。アク・テンジンは綱を放し、泳いで筏の後ろから押し始めた。父は「そこにいろ！　俺が何とかする。水が冷たいから泳ぐな！」と叫んだが、アク・テンジンは構わず筏の後ろを押し続けた。筏は河の中央でゆっくり流されていったが、父が馬を掴んでいたので、向こう岸に近づいていた。さらにアク・モンラムが後ろにいた馬を筏の前に導いたので、やがてゆっくりと向こう岸に着いた。カンドゥルは、筏の後ろの二頭の馬を引っ張り、一頭は前に追いやり、もう一頭を連れてアク・テンジンを救いに行った。少しして、彼ら二人は岸辺に着いた。後から聞いた所では、アク・テンジンは泳ぐことができないので、カンドゥルが来なければ死んでしまったに違いないということであった。

私達はマチュに流れ込む小さな谷の中に入り、そこである者はテントを張り、ある者は茶を作った。父は寒さのあまり口をきくことができず、皮衣を着てうずくまっていた。アク・テンジンも凍えていたが、少々震えているくらいで大したことはなかった。ロチュが茶の中に生姜を入れて父に飲ませ、さらに上からたくさんの着物をかぶせた。少しして父は震え始め、歯の根が合わないようであったが、ロチュは「ラマ三宝！　もう大丈夫だ。震えるなら死にはしない。震えることもできないならそれは歳のせいで、肝臓が凍って死んでしまうだろう」といった。その日は、皆がマチュを渡った話をした。何といっても、皆が力を合わせて無事に河を渡ったのだ。私達がテントを張った小さな谷は、草の豊富な気持ちの良い場所であった。私達は野生動物を撃ち、その肉を煮、腸詰を作って二、三日過ごした。人には食べ物が、馬には草があった。そこでは心配することなく快適に過ごし、疲れを癒すことができた。

再び早朝に出発し、半日程して私達は谷の中で茶を作って休んでいた。そこで馬を連れ戻しにいったツェコが「谷の下からヤクを連れた男達が来るぞ。漢人だろうか?」といった。あわてて起き上がって見に行くと、ヤクを連れた男達が近くにいた。アク・モンラムは「漢人ではないな。ラマのようだ。黄色い帽子を被っているからな」といった。父はアク・テンジンに「何者かは分からないので、鉄砲を撃つなよ。近くに来させよう」といった。

彼らは、私達が待ち受けていることに気付かなかったので、突然父とアク・テンジンの二人が鉄砲を構えて、「お前達はどこのロの者だ?」と尋ねた時、驚いて立ちすくんだ。そこで私達全員が立ち上がって歩み寄ると、彼らもまたこちらへやって来た。見ると、彼らは僧ではなく、各自が僧の黄色い帽子を被っているだけであった。詳しく尋ねてみると、彼らは「俺達カンサル・ロの僧院は中国兵によって破壊されてしまった。俺達は僧院の品物を中国軍の軍営まで運ばされている。現在僧院の中には中国兵はいないが、村もなくなった。人々は皆脅かされて、マチュの対岸に追いやられてしまった」といった。彼らは被っていた黄色い帽子を全て僧達に渡し、また銀貨を布施して「あなた達がラサに着いた時には、私達と死者のために供養してください」と頼んだ。アク・モンラムは銀貨などを受け取り、「ラサに着いたなら、お釈迦様の前でお前達のために供養しよう。安心しなさい」といった。私達がチュカマの僧院から来たというと、彼らは殊の外喜んだ。ある者は「俺達は漢人の食料を運んでいる。必要なら持って行ってくれ」といったが、父は「ありがとう。食べ物は必要ない。それに俺達が持っていってしまったら、明日お前達が困るだろう」といった。それから双方は別れてそれぞれの道を進んだ。

その日私は色々な事を考えた。以前は、「チュカマの僧院が壊されてしまったのは、チュカマの男達が漢人をたくさん殺したからだ」といわれていたが、このロの僧院が壊され、人々がマチュの対岸に追われたその様子を見ると、それがチュカマだけではなかったことが分る。おそらく中国軍はどこへ行っても全ての村の僧院を破壊するのだろう。彼らは地元の者に自ら僧院を破壊させ、身口意の帰依所全ては国家に寄付しろといい、ゾンの中心地へ運んでいった。

第57節

私達は旅を続けた。ある日、高い山の南向き斜面に建つ僧院の黄金の荘厳や屋根が、黄色い炎に包まれているのが見えた。誰かが「おお、これはカンサル僧院だろう」といった。僧院の周回路を登ってゆき仔細に見ると、僧院の上部のお堂は燃えており、中腹の建物からは煙が上がっていた。大きな旗竿は燃え尽きており、どこから火が燃え広がったのかは分からなかった。至る所から煙が立ちのぼり、通路には赤い僧衣が散らばっていた。集会堂の屋根の金色の荘厳や鹿の像、法輪（釈尊の悟りを象徴するシンボル）は全て崩れ落ち、周回路沿いの多くのマニ車は地面に転がっていた。大マニ車も破壊され、中に納められた、経文を記した紙が風に吹かれていた。何匹かの野良犬が鳴いている以外、辺りに人の声は一切聞こえず静まり返っていた。僧院全体が煙に包まれ、悲しく、そして恐ろしい光景が広がっていた。

アク・ジャクパは「ニンジェ！　この僧院は中国軍と戦ったんだろう。ラマ三宝！　どれほどの人が亡くなったのだろう？」といった。またアク・モンラムも「ここと比べれば、俺達の僧院は無事だったといってよいな。この口の者は殺され、僧院は壊されてしまったのだから」といったが、それに対しロチュは「馬鹿な事をいうな。今頃は俺達の僧院もこの様になっているさ」といった。このように話をしながら登ってゆくと、上の広場に非常に大きなテントが張ってあり、入り口では二、三人が茶を作っていた。彼らは私達を見ると、立ち上がって帽子を取ってこちらへやって来た。テントの入り口へ行くと、何ということか、僧院の集会用のものだという、その巨大なテントの中には仏像や経典、太鼓やラクドゥン（長大な金管楽器）、シンバル、金色の荘厳、様々なマニ車などが積み上げられていた。そこにいる者達は、それらの品物の見張りをしているといった。

私は「この立派な僧院もこんなにひどく壊されてしまった。チュカマの僧院だけが被害を受けたわけではない。どこへ行っても状況は同じなんじゃないだろうか」と思い、「父さん、モンラム叔父さん。ラサへ行った所で、ガンデン等もこんな風に壊されてしまっているんじゃない？　もしそうなら、どこへ行けば良いの？」と聞いた。父は何もいわず、モンラム叔父は「どうしてそんな恐ろしいことを思いつくんだ。不吉なことをいうんじゃない」といったが、その言葉が終わらない内に、アク・テンジンが「不吉というわけではない。中国軍はおととし既にラサに入っていただろ」といった。父は「確かにそうかもしれん。中国軍は山火事のようなものだ。それが及ばない所はない。この様子では、俺達の道のりも困難なものになるだろう。しかしどちらにしても前に進むより仕方がない。死なない限りお前達をラサに届けてやる」といった。アク・ジャクパも「南無三宝！　この先何が起こるかは分からない。業に従って進むしかないな」といった。皆は重い心のまま、旅を再開した。二、三日後、ゴロクの地に到着し、聖山アニェ・マチェンを仰ぎ見ることができた。道中多くの人に出会ったが、その全てが「この先には進むな。中国軍がいるぞ」というのであった。しかし私達は、長い間中国軍の跡にさえ出会うことはなかったので、前のように夜間進んで、日が昇ると谷に隠れた。

その日の夜明け過ぎ、私達は飼い主のいない馬やヤク、狼に追い散らされたような羊を至る所で見た。さらに進むと、山の上にたくさんの野良犬がいた。そのあるものは家畜の死肉を食べ、あるものは空に向かって吠えており、その声を聞くだけで恐ろしかった。空にはまた多くのハゲワシが旋回していた。ロチュは「アカカ、これはどういう事だ。家畜には主がなく、野良犬がそこら中にいる。何か悪いことが起こったに違いない」といった。不安な気持ちで進んでゆくと、平地の端に到着した。ああ、仏様。そこには十余りのテントが張ってあったが、大部分は倒れていた。平地から山際まで色々な物が散らばり、至る所に人と家畜の死体が転がっていた。アク・テンジンは「灰でも喰らえ！この口もまた中国軍に襲われたな」といった。

　僧達は馬から下り、道の端に転がっている二、三の死体の傍で経を唱えた。あるテントの入り口には犬が繋がれており、飢えて死にそうになっていた。アク・ジャクパがロチュに「あの犬を放してやってくれないか？」と頼むので、兄とロチュの二人がそこへ行って綱を切り、犬を放してやった。父は「見つかる恐れがあるので、早く立ち去った方が良い」といい、僧達も馬に乗って出発した。道を進むと、米やバターの塊が至る所に散らばっていた。アク・テンジンが「ドゥルコ、干し肉やバターなどを拾っていかないか？」といったが、父が答える前にアク・モンラムが、「『馬のいる谷の天がおちても、犬のいる谷では太陽が輝く』という。[※10] これだけの災厄が降りかかった所で、俺達が死体の傍から物を取ることができると思うのか？　食べ物は十分だ。そのままにしておこう」といった。

私達は黙って前に進んだ。

　私は、「これはどこの口なのか、哀れな事だ。中国軍と向こう側で戦って、ここを襲われたのだろう。こんな禍に巻き込まれた挙句、死者を弔う者すらおらず、テントの傍で目玉を鴉に啄まれている。家財は持ち主を失って至る所に投げ出され、馬、ヤク、羊は守る者もなく、狼の餌になっている。悲しいといえば悲しく、哀れといえば哀れな光景だ」と思いながら後ろを進んだ。私は、このように多くの人や家畜の死体を見るのは初めてであり、怖れとも悲しみともつかぬ思いに沈んだ。父は、「哀れにも中国軍はこのロを包囲して、ソクウォのダーツェン・ロのように皆殺しにした。場所からして、これはゴロクのカンゲン・ロ[※11]だろう。ゴロクは勇敢な部族だ。中国軍と戦ったに違いない」といい、アク・テンジンは「人や家畜の死体から臭いがしていない所からすると、このロが襲われたのは二、三日前だろう」といった。

そこを出て山の稜線に着いた時、振り返って見ると、たくさんのハゲワシが死体をつついていた。食べ終わったハゲワシの多くは、山の上に並んでいた。アク・モンラムは「可哀想に。昔ある歌い手が、『悪しき時代、死体は山や平地を埋め尽くし、ハゲワシも吐き気を催し、狼も嫌気がさす』と歌ったが、それがまさにこのロに起こったことだな」といった。私は「自分の故郷で、ヨーグルトのようにかたまって暮らしている時、こんな災厄に見舞われたなら、逃げても逃げなくても災厄を免れることはできない。殺されるのも前世の業による。しかし死者を弔う者すらいないのは何と哀れなことだろう。二度とこのような光景は見たくない」などと様々なことを思ったが、もうそのような惨禍を見ることがないように願った。

それから二、三日の間は、平穏に街道を進むことができた。恐ろしいことや急を要することは何も起こらなかった。しかし昼夜問わず脳裏に浮かぶのは、この目で見た僧院と村の破壊の様子と、人と家畜の死に様であった。父は「漢人達は以前はこんなではなかったのに。一体何があったんだろう。

去年ソクウォ達が、『漢人が最初に来た時は大平原の中で暮らすようなもので、自由に馬を走らせていた。次に漢人が来てからはヤクの角の中で暮らしているようなものだ。動くこともできず、移動の自由もなく、頭を抑えつけられている』といっていたが、それは本当だな」といった。アク・テンジンは「そうだな。俺達の僧院が降伏した時、漢人達にカタを贈ると彼らは喜んで『ありがとう』といっていた。しかし次の日には僧院は壊されてしまった。濡らした皮靴を履かせるのと同じで、段々と締め上げられるだけだ」といった。

私は「私達は、自分の村や僧院でおとなしく、かたまって暮らしていたのに、理由もなくそれが壊されてしまったのはなぜだろう」と繰り返し考えたが、それに答えてくれる者はなかった。

第58節

その日は少々暑かった。谷沿いにゆっくり進んでいる時、私達の前方で銃声が二回響いた。状況が分からないので全員に緊張が走り、前の方にいた者達は、私以外は馬から下りた。その時数頭のゴワが、あわてて前方の山の上へと駆けあがり、さらに右側の山へ逃げていった。私が馬に乗ったまま遠くを眺めていると、何ということだろう、中国軍が、最後尾が見えない位の長い列を作ってこちらへ向かってくるではないか。私は「父さん、中国軍が見える！　前から中国軍が来る！」と叫んだ。父は「このままだと、もうすぐ彼らに出会う。逃げる場所もない。早く谷の中に入ろう」といった。

皆は馬を引っ張って、道の上の谷の中へ走った。ラマ三宝のお陰で、その谷は大きく曲がっていたので、そこからは道が見えず、また道からは私達を見ることができなかった。さっき逃げていったゴワも、上の斜面から私達を見ていた。父とアク・テンジン、ロチュの三人は鉄砲を構え、谷の入り口で中国兵を見張り、私達は谷の奥で自分の馬を抑えてじっとしていた。道からは中国兵の乗る馬の蹄の音や、話し声がはっきりと聞こえ、一方私達は息を殺していたので、自分の心臓の鼓動の音さえ聞こえるようであった。中国兵の傍ではチベット人がヤクを引き連れており、彼らの話す声が聞こえた。

その時私達の近くにいた僧院の神馬二頭が、草を食べながら谷の外へ出ていった。私達は驚き、あわてたが、その二頭を連れ戻す術はなかった。父は私に動くなと手で合図し、僧達は「仏様」「グンタン・ジャムペヤン様」などとつぶやいた。道ではチベット人達が「何て良い馬だ。これはどのロの馬だろうか?」などと話していた。しかし、漢人もチベット人も、誰もこの馬を捕えるためにやって来なかった。私達は状況が分らないまま隠れていたが、アク・テンジンは再び、私達にそこを動くなという合図をした。

少しして、中国兵達が行進する音と、話し声が聞こえた。その時、「パシ！　パシ！」という銃声が響いた。私達は馬が驚くのではないかと心配したが、各自がしっかり押さえていたので大丈夫であった。しかし山の上にいた二頭の神馬は、びっくりして私達の近くに戻って来た。やはり上の方にいたレイヨウ達も、土煙を上げて逃げていった。私は「中国兵はレイヨウを撃ったんだな。ラマ三宝！　弾が当たらなかったよいようなものの、もしレイヨウを殺していたら困ったことになっただろう」などと思っていた。僧達は非常に怯えていた。中国兵が我々を見つけたのだと思ったらしい。父は「中国兵は全部で五百人程いた」といった。皆は「今日見つからなかったのは、ラマ三宝のお陰だ」「ユルラ、ジダ（土地神、地主神）が庇ってくださった」などと口々にいった。とにかく、その時はこのようにして中国軍を避けることができた。

それから再び街道を進み始めたが、誰も口を開く者はなかった。皆、村や僧院が破壊された様子を見てからいい知れぬ恐怖を感じていた。私は兄に「僕達も中国軍に出会ったら、殺されてしまうのだろうか?」と尋ねた。

「山に逃げればいい。簡単に殺されはしないさ」

「どうせ殺されてしまうなら、なんのために旅をしてるんだろう?」

その話が終わらない内に、アク・モンラムは、「こらっ、そういう事をいうな」と私を叱った。兄は「もうやめよう。遅れるぞ」といったが、私はそのことを考え続けていた。

その時父が、「ゴロクのイグジョンに着いたぞ」といった。谷を通って上に登ると、道の上で多くのハゲワシが旋回していた。父は「おいロチュ、こんなにたくさんのハゲワシがいるのはどういう訳だろう。不吉だな。俺達二人で見に行ってこよう」といって様子を見に行った。いくらも進まない内に、何匹かの野良犬が家畜の死体を食べているのに出会った。辺りには死体の腐った悪臭が漂い、さらに進むと、あちこちに裸で、黒く変色した多くの男女の死体が転がっていた。水際を進むことはできなかったので、崖下を進んだが、その先にはさらに七、八体の大人と子供の死体が転がっていた。仲間達はそこで祈りを捧げ、マニを唱えた。しかし私は祈りを捧げたり、マニを唱えたりする気にはなれなかった。最早死体を見ても怖いとも思わなくなっていた。崖下にはたくさんの子供の死体があり、中には母子が一緒に殺されているものもあった。谷と崖下の二か所には大小の死体が二六、七もあった。頭や髪を見ると、その大部分は女性と子供であった。私は「変革の時には、女や子供であってもこんな風に殺されてしまうのだ」と思ったが、しかし自分もいつか殺されはしまいかという怖れは、なぜか少しも感じなかった。

そこには二つの崖があったが、私達は谷を通って低い方の崖の上に出た。そこには十張り以上のテントがあったが、大部分は倒れていた。いくつかの、倒れていないテントには多くの弾の跡が残っていた。父とロチュの二人は高い方の崖の上にいた。そこへ登ってゆくと、全員が「ア・ホ・ホ！　仏様！」と叫んだ。そこは多くの俗人の男女と数人の僧の死体、家畜の死体で埋まっていた。馬は綱や鞍が付けられたままで、ゾやヤクも繋がれたままで殺されていた。倒れていないテントの傍らにも、いくつかの死体が転がっていた。どこを見ても、またどのロの者であっても、全てが殺されており、見るに目が耐えられず、思い出すに心が耐えられない光景であった。私は馬に乗ったまま呆然とするばかりであった。

父は「彼らの帽子や着物からすると、俺達と同郷の巡礼だな。俺とロチュが上に登ったら、中国軍の機関銃の薬莢が山の様にあった」といった。皆は「邪悪な漢人め！　皆殺しにするとは酷い話だ。せめて彼らは、何人かの漢人を殺すことができただろうか」

「この巡礼達を見ると、ラデのようだな。そうでなければメマ・ロだろう。帽子からして間違いない。可哀想に、漢人の餌食になったんだな」

「鬼め。子供達をこんな風に殺すとは。どうしてこんなことができるのか。あいつらは本当の鬼だ」などと口々に罵った。

父は「これは夜明けに襲われたんだろう。中国軍は人と家畜を一緒に殺した。年齢なんか関係ない。死んでいる様子を見ると、テントの外に出て、谷や山へ逃げようとしている所を殺されたな。可哀想に」といった。アク・テンジンは「今度中国兵に出会ったなら、たとえ自分は死んでも、必ず何人かを殺してやる」といったが、父は「死ぬのは簡単だ。敵を殺すこともできるだろう。しかし今死ぬことはできない。子供達をラサに送り届けることができさえすれば、その時は死んでもよいだろう。さあ、彼らのために祈ってやってくれ。ここに長く留まることはできない」と答えた。

そこで僧達は祈りを捧げた。ロチュは私を連れて崖の上に行った。そこからは人の死体、家畜の死体、倒れたテント、至る所に散らばった家財道具、死体を食べる犬、空を旋回するハゲワシが見えた。私は呆然としてそれらを見ながら、「南無三宝！　どこへ行ってもこの有様だ……。僕はもうどこへも行きたくない」と思っていた。

第59節

その日も私達は街道を進んでいた。悲惨な光景が頭から離れず、一日中ぼんやりして食欲もなく、夜は悪夢のせいでよく眠ることができなかった。何の理由もなく、あれ程に多くの命が失われてしまった。最早恐れもなく、涙も枯れてしまった。哀れなのは、恐怖の中で殺された子供達であり、またとりわけ子供を腕の中に抱いて逃げようとしたものの、逃げきれず子供共々殺されてしまった母親達であった。

日中進んでいる時、道で二人の女性に出会った。彼女達は「殺されたのはアムドの巡礼達よ。私達の口を出てから何日も経たない内に、中国軍にいるモンゴル兵達が皆殺しにしたそうよ[※12]」と話した。さらに「あなた達も街道を進んではいけない。ジムド[※13]の軍営にぶつかるよ。そこは最近兵隊であふれている」と教えてくれた。そこで私達は休憩を取ることとし、茶を沸かした。

夜になって父は、「さあ、出発しよう。夜のうちにジムドを通過しないと、そこは平坦な土地なので隠れる所も逃げる所もない。速やかに進めば、日が昇らないうちにそこを抜けることができるだろう」といった。私達は人と馬だけだったので、出発するのも月明りの下、進むのも容易であった。しばらくして、山の麓にある村の傍を過ぎた時、犬が吠え、数人の人が叫び声を上げた。またある時は、突然前方で動物の吠える声がして、前を進んでいた父とロチュの馬が怯えた。ロチュとレコの二人は落馬したが、私達の馬は少々驚いただけであった。それから二発の銃声が響き、再び大きな叫び声がした。前にいた者達は馬から下りたが、兄は「下りるな。怖がらなくていい。熊だ」といったので、私達は馬に乗ったままであった。後から聞いた話では、前方で熊が立ち上がって吠えたが、落馬したロチュが鉄砲を二発撃ち、そのため熊は山に逃げていったということであった。

そこから少し行くと、山の麓で大きな道にぶつかった。その道を進んでゆくと、爆音が聞こえてきた。アク・テンジンは「飛行機が飛んでいるな」といったが、アク・ジャクパは「そんなはずはない。飛行機は夜飛べないはずだ」といった。父は「これは自動車だろう。だとすれば怖れる必要はない。道の外は走れないからな」といった。さらに進むと、前方からもっと大きな音が間近に聞こえるようになった。父は「まずいな。この道は自動車の通る道の様だ。早く川の向こう側へ行こう」といったが、その話が終わらないうちに、前方の山影から強い光で照らされた。私達はばらばらになって山に逃げ込んだが、光は私達をはっきりと照らし出し、それと共に、「パシ！　パシ！」という銃声が響き、近くで砂ぼこりが上がった。父は「道を通って逃げるな！」と叫んだ。弾は私の頭近くを、うなりをあげて通過していった。

やがて私達は中国軍の光の届かない場所に着いた。一行はばらばらになり、ドンツィク、ガルザン、兄、私の四人は一緒であったが、他の者はどこにいるのか分からなかった。向こうを見ると十台ほどの車がゆっくりと進んでいた。それから皆であちこち呼び交わし、すぐに全員が一緒になった。父とアク・テンジンの二人は山に逃げ込まず、道の近くで馬を抑えていたということであった。

夜明け前、私達はジムドの軍営の下の川を渡り、夜明け頃には峠に到着していた。峠から下を見ると、軍営はテントと軍馬で一杯であった。有名なジムドの軍営を私達は無事に通過することができたのだ。

それから小さな谷の中で三日間を過ごした。僧達は経を読み、父とロチュの二人は香を焚いた。数日前に見た、あの恐ろしい光景さえ忘れたかのようであった。その頃は昼夜いつでも出発することに慣れていたので、私は少しも疲れてはいなかったし、恐怖も以前ほどではなかった。自分の村と僧院を出てから一か月以上が経過していたが、私は常に鞍にしがみついていて、落馬したことはなかった。僧達は私のことを「馬の背に張り付いた蛙」と呼んだものだ。私自身、決して馬からは落ちまいと心がけていた。なぜなら私は、中国軍と遭遇して殺されてしまうことよりも、夜間落馬して、荒野に置き去りにされることが恐ろしかったのだ。

旅を再開し、ある谷の中を進んでいると、前方で煙が上がっていた。父は「俺達二人が様子を見に行ってくる。お前達はゆっくり来てくれ」といい、モンラム叔父と二人で前を進んだ。しかし私達がそこへ着くと、二人は火を掻き起こして茶を作ろうとしていた。父は「今朝誰かがここでキャンを撃った」といった。テント跡の近くにはキャンの頭と皮、肉を食べた後の骨が捨てられていた。私達もそこで茶を作り、半日程過ごした後で出発した。しばらくして、大きな岩の転がっている渓谷の中に入った。前を進む父とアク・ジャクパ、カンドゥル達が馬から下り、こちらに来るなと手で合図したので、私以外の全員は馬から下りて待機した。アク・テンジンは馬を置いて、鉄砲を持って前に走った。どうなるのだろうかと思い不安になったが、少しして、前にいる者達はお互いに話を始めた。向こうからは「お前達、鉄砲を撃つな。大丈夫だ」と呼びかけられ、こちらではアク・テンジンが「俺達はラサへ向かっている。殆どは僧と子供だ。お前達も警戒しなくていい」などと答えた。そこで私達が馬を引いて向こうへ行くと、左手の岩の後ろからも鉄砲を持った男達が五、六人立ち上がって私達の方へやって来た。その皮衣の様子を見ると、ゴロクの者達らしかった。近くに来ると、彼らは頭から帽子を取った。男たちは父達を含めて十人以上おり、大部分の者は鉄砲を持っていた。

向こうでは、連れているヤクに多くのキャンの死体を積んでいた。彼らは「俺達はゴロクのマルトの民兵で、キャンを撃ちに来た」といった。彼らは私達の多くが僧であることを知って、鉄砲を撃たなかったといった。彼らは僧達にあいさつし、銀貨を献じる者、回向のための願文や供物を委ねる者もいた。父が「お前達、中国軍に知れたら危ないぞ。俺達も中国軍に降伏した方が良いかもしれんな」というと、ある男が「この頃では、僧やラマが中国軍に降伏するなどとはとんでもない。俺達のロの主だった僧やラマは逮捕され、反抗した者達は殺されてしまった。お前達も早く出発した方が良い。俺達は自分で何とかする」と答えた。

僧達は「ありがとう。道中無事で」などと丁寧にあいさつし、私達は各々の道を進んだ。ロチュは「俺達を見逃してくれるとは良い連中だな。村に戻ると、中国軍に殺されるかもしれん。誰かが話すかもしれんから」といったが、父は「ゴロクの者は口が固いから大丈夫だろう」と答えた。アク・ジャクパは、「ここの中国軍は奇妙だな。チベット人の手にたくさんの鉄砲を渡すとは。叛乱したり、逃げたりする恐れはないのだろうか?」といった。

「彼らは中国軍に降伏したからだろう」

「俺達の口では降伏しても、鉄砲を渡すどころではなく、人を捕まえたではないか」

私は、「中国軍も民兵も奇妙だが、彼らは僕達を助けてくれた。あの良い人達に悪いことが起きませんように。彼らは、僕達が故郷を出て以来、鉄砲を持っているのに人を撃たない初めての人達だ。有難いことだ」などと思っていた。

第60節

その日は天気が悪く、みぞれが降ることがあった。父は「アルチョンの土地に着いたぞ。この地では秋から大雪が降る。ここには中国軍は来ていないだろう」といった。少し進むと、山の斜面で数頭の鞍を付けた馬が草を食べているのが見えた。アク・テンジンは「あの馬には持ち主がいないようだ。俺が行って連れてこよう」といった。ロチュは「注意しろよ。傍に人がいるかもしれん」といった。私達が待っていると、アク・テンジンは鞍を付けた三頭の馬を連れてきた。一頭の馬の鞍は腹側に落ちていた。それらは非常に良い馬だったので、アク・モンラムとレコの馬、それに一頭の駄馬をその三頭の馬と取り換え、自分達の馬は山へ放した。

さらに進むと、川辺に十頭以上の馬、百頭ほどのノルがいた。誰かが「おや、ここにも持ち主のいない家畜がいる。変だな」といった。いくら進んでも、その辺りは持ち主のいない家畜で一杯であった。父が「これはおかしいな。ここもまた中国軍に襲われたに違いない。そうでなければ、持ち主のない家畜が、こんなにたくさんいるはずはない」というと、アク・ジャクパも「そうだな。こんなにたくさんの羊がいるのは、ここらでは多くの家が羊を飼っているからだろう。こんなにたくさんの羊は今まで見たことがない」といった。

それから私達は山の鞍部に登ったが、その辺りには多くの野良犬がいた。鞍部から下ると、山の南向き斜面には狼に殺された、たくさんの羊の死体が転がっており、それを野良犬が食べていた。その辺りでは百頭程の羊が殺されていた。谷を通って登ってゆくと、川の両側にも持ち主のいない馬、ソク、羊が至る所にいた。ロチュは「これだけの家畜があれば、ここで何年も暮らしていけるな」といったが、モンラム叔父は「お前、馬鹿なことをいうな。ここのロは襲われてなくなってしまったんだぞ。俺達がここで暮らすことなどできるものか」といった。アク・ジャクパは「ここは元々無人の地ではないだろう。このロの者は中国軍によってどこかへ追放されたんだな。俺達のタアワ・ロと同じだ。人々は武器で脅かされて追放され、家畜の番をする者すらいなくなった。邪悪な漢人共のいない土地はないのか。

ラマ三宝！　今はどこもかしこも災厄に見舞われている」と嘆いた。父も「これを見ると、ラサも駄目だろう。チベット政府の歩兵では、中国軍にかなうはずもない」などと話した。

皆が暗い気持ちで進んでいると、また持ち主のない羊の群れが現れた。アク・テンジン、カンドゥル、ツェコの三人がその羊を連れてきた。私は「また皆殺しにされた村に来たのだろう」と思っていた。しかし奇妙なことに、持ち主のいない家畜は至る所におり、野良犬もいたが、村のようなものには一日中一つも出会わなかった。私は「おかしなことだ。煙を上げる者すらいないのはどういうことだ。殺されたなら死体があるはずだし、殺されていないなら誰かいるはずだ」などと、色々と考えた。

夕方私達は川辺に幕営した。傍には千頭ほどの羊の群れがおり、山上には多くの馬やソクがいた。ロチュは「明日はここで休養しよう。羊を殺さないと、肉がない」といったが、父は「この平地では逃げることもできない。朝の内に羊を殺したら、もう少し進もう。この谷の奥に良い隠れ場所がある。そこに二、三日滞在しよう」と答えた。

その夜は大雪が降ったが、私達は翌朝三頭の羊を屠殺して、さらに進んだ。しばらくしてから後ろを振り返ると、大部分の羊が集まって寝ている所へ、雪が降ったため山から馬やソクが下りてきていた。私達が昨夜泊まった場所からは青い煙が上がっており、まるで多くの家畜を持つ豊かな家の様であった。しかし実際は、これらの馬、ソク、羊のいる牧地は無人なのであった。

私達はそこに三日間幕営し、夜明け前に出発した。みぞれが降り、風も凍えるように冷たかった。私の着物は穴だらけになっていたので、風を防ぐことができなかった。若い僧達も寒さで歯の根が合わない様であった。しばらくして、川の反対側に二頭の馬を連れた男が現れた。ロチュとアク・テンジンが話をしに行き、私達は少し進んで茶を作って待っていた。そこへ二人が戻ってきて、ロチュは「このロでは、村がなくなって合作社[※14]になったそうだ。ここを襲ったモンゴル兵は、会う者全てを捕え、見る者全てを殺した。だからモンゴル兵には投降するなといわれた。またこの頃では、この辺りで中国軍のいない土地はないので、街道を通るなともいわれた」などと、多くの事を話した。アク・テンジンも「敵の手に落ちることには、毛筋ほどの怖れもない。全滅した村から自分達だけが逃げ出せても、少しも嬉しくはない」といった。

それに対しアク・ジャクパは、「到着することができようができまいが、ラサに向かって旅する以外はないな」といい、ロチュも「ラマ三宝！　この子供達を仏土に連れてゆくために俺達は故郷を出て放浪をしている。ここがどこであれ、ラサを目指さないわけにはいかない」と応えた。父は「この頃夢見がよくない。心の安らぐこともない。しかし怖れているのではない。死ぬも生きるも、俺達十二人は業に従うばかりだ」といった。

このように、私達は重い心で多くの事を話し合った。私も「父さん、この頃は僕も変な夢を見る」といったが、皆は笑うだけで気にも留めてくれなかった。しかし本当は、中国兵に撃たれ、父と二人して頭から血を流しているというような恐ろしい夢を見ることがあった。昨夜、無人の牧野で泊まっていた時も、兄と二人だけで山へ逃げてゆく夢を見たが、それを皆に話すことはできなかった。夜寝る時には、悪夢を見ることが怖くて中々寝つくことができなかった程である。

別の日、カンドゥルとレコの二人が「あそこにたくさんの人がいる」といった。そこに行くと、五、六人の老人がいた。その多くは寝ており、怪我をして動けないということであった。さらにそのた。この人達も中国軍に襲われたんだろう」といった。父やロチュ、アク・テンジン等は彼らの傷の手当てをしてやった。ロチュはフェルトの布を火で焦がし、父に渡した。父は太腿の傷にそれを貼り付けて縛り、「これでいい。血は止まるだろう。死にはしない」といった。

全ての怪我人の手当てをしてやって、彼らに肉と麦焦がしを与えた。中には五、六歳の女の子もおり、腕を二個所撃たれていたが、骨は折れていなかった。兄と私は麦焦がしを捏ねて食べさせてやったが、彼女が両親を殺されてしまったといって泣くので、私の目からも止めどなく涙が流れた。一人の老人が「俺達はザチュカのザムラ・トゥルクの領民だ。トゥルクと多くの人が殺された。村人の殆どは中国軍と戦い、散り散りになってしまった。俺達は負けた後、ここに取り残されてしまった。上の方にまだ怪我をした者が十人程いる。彼らには食べるものがないので、どうか助けてやってくれ」といった。

そこでもう少し進むと、岩山の傍に十人程の者がおり、壊れた薬缶でお湯を沸かそうとしていた。私達がそこへ行くと、殆どの者が立ち上がって礼拝した。父とロチュは馬から食料をおろし、僧達が皆にそれを配った。父とロチュはまた、彼らの怪我の手当てをしてやったが、怪我人の大部分は女性であった。一人の女は「私達の口の者の多くは、中国軍と戦って散り散りになってしまいました。あなた達がもし彼らと道で会ったら、どうか私達がここに取り残されていると伝えてください。ここは無人の土地で、私達は死にかけています」と泣きながらいった。

山の上の方に数頭のソクが見えたので、父とロチュが出かけていってそれを連れてきた。そこには五、六頭の荷運び用の牝ヤクと、五頭のヤクがいた。父達は二頭の大きなヤクを殺した。アク・テンジンは前に会った者達の中から老人を一人連れてきて、「この牝ヤクを手元に置いて、この肉を食べていれば飢えて死ぬことはない。そのうち誰かが来るだろう」などと、多くのことを話した。私達の心はさらに重く沈んだ。私は「可哀想に、こんな遠い山の中で死ぬくらいなら、自分の故郷で死んだ方がどれだけ良いか」と思いながら、道を進んだ。

第61節

二、三日の間、私の脳裏からは、両親を殺されてしまった女の子の様子が消えなかった。哀れにも彼らはラサへ行こうとして故郷を出発し、辺境をさまよった挙句にこのような災難に出会ってしまった。そして彼女は、両親を殺された挙句に無人の荒野に取り残された。私達も彼らと同じ思いで行動してきた。これまではかろうじて災難が降りかかるのを避けることができていた。しかしラサへ到達できるという期待は日毎に薄れてゆき、思うのは「早ければ今日殺されるし、遅くとも明日には殺されるだろう。ラサに向かう全ての者が妨害されているのに、私達の進む道はあるのだろうか？　この上なく難しい話だ」ということだけであった。

ある砂地の峠に着いた時、前にいた者達が馬を下りた。カンドゥルは「馬から下りろ。中国兵がいる」といったが、私は前には出ず、馬からも下りなかった。少しして前に行ってみると、向こうの山の後ろの谷を、何百もの騎兵が列を作って移動しているのが見えた。風が強く吹いていたので、砂塵のせいで時々その姿は見えなくなることがあった。父は「あいつらはラサに向かっているようだな」といい、アク・テンジンは「悔しいな。あいつら皆、殺してやりたい」といった。父は「彼らが過ぎるのを待っていることはない。お前達は後ろの川べりへ行って茶を作ってくれ。俺はここで見張っている」といった。ロチュが「茶を作って大丈夫か?」と尋ねたが父は「大丈夫だ。風が強いから中国兵に気付かれることはない」と答えた。

そこで私達は背後の谷に降り、茶を作り、飲んだり食べたりした。アク・テンジンは肉と茶を父の所へ運んでいった。昼頃、二人は私達に出発の合図をした。そこで私達は峠を越えて進み、夕方、良い草の生えている川辺にテントを張った。

しばらくして、ドンツィクとガルザンが谷から走って戻ってきて、「漢人が来る、兵隊が来る!」と叫んだので、皆はあわてて立ち上がった。ロチュは「お前達はここにいろ」といい、鉄砲を背負って馬に乗り、父とアク・テンジンも続いた。父は「お前達はここにいろ。中国兵の数が多くて俺達が逃げることができなければ、お前達は降伏した方が良い。誰が生き残ったとしても、子供達の面倒を頼むぞ」といい、三人は馬に乗って駆けていった。

私は崖の上に登って見ていた。僧の一人が、「ヌコ、戻ってこい」といったが、私は戻らずに見守っていた。荷物を積んだヤクが来ただけで、中国軍はいなかったので、少しも怖くはなかった。父達三人は川を渡った後で馬を置き、小山の上で鉄砲を構えて待ち伏せした。ヤクを連れていた者達は気付かないまま、父達の方へ向かって進んできた。小山が見えるか見えないうちに銃声が響き、紺色の軍服を着た男が馬から落ちた。後に続く者達は、馬が驚いて棒立ちになったため落馬したものの、立ち上がって腕を上げていた。父達三人も立ちあがって彼らの所へ行った。

後ろを振り返ると、僧達は岩陰に隠れていた。ここに来いと合図をすると、彼らも私のいる所までやって来た。それからモンラム叔父、ジャクパ、カンドゥルが馬に乗って様子を見に行った。川向こうで何人かがテントを張っており、ヤクを連れている者達もそこにいた。

少しして、父達は戻って来た。父とアク・テンジンはそれぞれ新しい鉄砲と多くの弾を持っており、ロチュも新しい弾帯を持っていた。彼らは、自分達の鉄砲の弾を抜いて、中国兵に渡したといった。さらに多くの小麦や米、パンも奪っていた。アク・テンジンはロチュに「ドゥルコとお前が止めなければ、俺は絶対にあの邪悪な中国兵を殺していた」といったが、父は「お前が二人の中国兵を殺せば、明日には中国軍が五人のチベット人を殺すだろう。中国兵を赦してやれば、そいつが話し、チベット人を苦しめることもなくなるだろう」といった。そのように、中国兵を解放したことについて話し合った。中国兵一人を殺し、三丁の鉄砲と多くの弾を奪ったので、アク・テンジン達はとても喜んでいた。しかし中国兵を逃がしてやったので、次の日私達は夜明け前に出発し、道を避けて二日間進んだ。

その日、私は前の晩から少々頭が痛かったので、父と一緒の馬に乗っていた。これは、家を出てから自分の馬に乗らない初めての時であった。いつも私は兄と一緒に列の中ほどを進んでいたので、列の前や後ろに来たことはなかった。その日は父と一緒に列の前を進んでいたので、とても気分が良かった。

私達は、大きな谷を登ってゆき、谷の出口を塞いでいる岩の所に着こうとしていた。アク・テンジンが前を進み、その後を父と私が進んでいた。突然、岩の間から二頭の犬が走って来た。ロチュは馬を降りて、石を拾った。その時、アク・テンジンが「中国兵がいるぞ！」と叫び、鉄砲を構えた。「パシ！　パシ！」という多くの銃声が響き、体の脇を弾がかすめてゆくのを感じた。父と私は馬から地面に落ちた。私は「父さんが撃たれた！」と思い、頭を上げたが、父は鉄砲を掴んで、岩に向けて走っている所であった。ロチュも父と一緒に走り、アク・テンジンは岩を盾にして中国軍に向けて鉄砲を撃っていた。僧達は皆、自分の馬を抑えようとしてもがいていた。私は立ち上がって父とロチュの馬を捕まえ、大きな岩の陰に隠れた。しばらくしてロチュが戻ってきて「アク・ジャクパ、子供達を連れて、谷の下で待っていてくれ。中国兵の数は増えている。とても防ぎきれない」といった。アク・ジャクパはアク・テンジンの馬を引き、私をモンラム叔父の後ろに乗せると、後ろを振り返ることなく、谷に沿って下った。銃声も段々と遠くなっていった。

私はそこで自分の馬に乗り換えた。多分恐怖からだろう、頭痛は治まっていた。アク・ジャクパは「ここに留まろう。さもないと彼らと合流できない」といったが、モンラム叔父が「もっと進もう。彼らが逃げられなければどうしようもないし、逃げられれば、もっと遠くへ行っても大丈夫だ」と答えた。

そこで私達は前に進んだ。やがて、銃声は聞こえなくなった。不安な気持ちで後ろを振り返った。この時の皆の考えていることは同じであった。「父達三人はやられてしまったのだろうか？」しばらくすると再び銃声が聞こえるようになったので、私達は再び前進した。そこで列の後ろにいた誰かが「三人が来るぞ！」と叫んだ。振り返ると、三人の後から、中国兵が鉄砲を撃ちながら追跡してくるのが見えた。私が「モンラム叔父さん、中国兵が追いかけて来た！」というと、叔父は「左手の岩山の上に登ろう。早くしろ！」といい、皆は走って岩山の上に登った。その時父達三人も山の麓に着いたが、中国兵の姿は見えなかった。三人が上に着いた時、中国軍の騎兵が鉄砲を撃ちながら近づいて来た。敵は約十騎で、一方、父達三人は岩山の上で馬から下りて、鉄砲を構えていた。アク・テンジンは左手を負傷し、血を流しており、それを父が手当てしていた。アク・テンジンは「これは良い場所だ」といい、父は「敵を引き付けて撃て。気を付けろ。何人か倒したら、敵は退却するだろう」といった。

私達は岩陰に隠れて戦況を見ていた。中国兵達は鉄砲を撃ちながら登ってきた。弾は私達の頭の上を「シルシル」という音をたてて飛んでいった。父が撃つと、先頭を進んでいた兵士が馬から落ちて、馬は引き返していった。さらに向かってくる兵士達に、ロチュとアク・テンジンも鉄砲を撃ち、前にいた二人の兵士を人馬共に倒した。さらに父が別の兵士を倒した。そこで兵士達は正面から攻撃するのを諦めて、騎兵は右手の谷の中に逃げた。またある者は、落馬した際に馬が逃げたので、地面に伏せたまま鉄砲を撃ってきた。少しすると、右手の谷から兵士が上がって来て、一人の赤ら顔をした騎兵が私達の方に突進してきた。私の父が鉄砲を撃つと、その兵士は馬から落ち、そのまま崖下に落ちていった。アク・テンジン達も、後に続く騎兵を人馬共に倒し、彼らも崖下に落ちた。残りの中国兵は下に降りていき、遠くから鉄砲を撃ってくるだけで、それ以上に向かって来る者はいなくなった。

父が「これでよい。行くぞ。追いかけては来ないだろう」といったので、私達は馬を引いて岩の後ろから山を下った。背後では時々、中国兵の銃声が響いていた。

第62節

中国軍から逃れてから、私達はある谷の中に隠れた。向こうを眺めると、ンゴレンの湖が望まれた。そこで数日間を過ごしてから、夜明け前に出発した。

父は「今日カルジョンに着く。そこはウルゲ・ロの土地だ。中国軍がまだ来ていなければ、俺の親友がいるから、旅も楽になる」といった。夕方、私達はカルリ・ツァデ・マルレブの近くに着いた。谷の中にテントを張ったので、見つかる心配はなかった。崖の上に上がれば、平原全体が見渡せた。そこでもさらに二日間を過ごした。

次の日の早朝、兄とドンツィクの二人で燃料を集めに行き、戻ってきて「山の麓に多くのテントが並んでいる」といった。崖に登って眺めると、山の麓に多くのテントが張られ、驚くほどたくさんのソクや羊がいた。父は「安全かどうか分からないから馬を崖の上に出すな。大きな煙を立てるな。俺達が崖の上に出なければ、気付かれることはない。昼間、家畜番が来たら、話を聞いてみよう」といった。

私達は、神馬二頭を除いて、全ての馬を繋いでおいた。少しして、正面の山の麓に、ヤクを追って、十人余りの馬に乗った者が現れた。レコは「漢人だな。真ん中にいるのは全部漢人だ」といった。カンドゥルは「手前はチベット人だな。鉄砲を背負っている」といった。アク・テンジンが「ここも中国軍に占領されたな」というと、モンラム叔父も「灰でも喰らえ！　もうチベット人の土地で中国軍のいない所はないのか」と嘆いた。父は「ウルゲも中国軍に降伏した。ディチュ（長江）の七渡河点も中国軍がおさえてしまっただろう。そうなると俺達がまともにラサへ行くのは難しい。しかし何とかして中国軍を避けないとな。戦いながら進むことはできない」といった。

崖の上から見ていると、羊と共に、家畜番をしている二人の女性が現れた。私が「父さん、あそこに二人の羊飼いがいる」というと、父は「お前達はここにいてくれ。俺が話をしてくる」といって、回り道をして二人の所へ行った。そして彼女達と長い間話をしてから、再び回り道をして私達のいる所へ戻って来た。父は「女達はウルゲのホンボの一族で、トゥツァンとンゴツァンの口の者だ。女達のホンボは中国軍に降伏し、無理やり合作社を作らされたそうだ。あそこのテントは政府のものだ。男と僧は皆、逮捕された」といった。

その時アク・テンジンが一人の老人を連れてきた。老人は手に持った袋の中に百発余りの弾を持っていた。アク・テンジンは「この人は向こうの山の中に鉄砲を隠しているそうだ。俺は弾があったら欲しいといったのだ」と説明した。老人は「俺達の村は終わりだ。鉄砲や弾は漢人に見つからないようにしてあった。お前達には必要だろう。弾はこれだけしかないが、鉄砲が必要なら今晩持ってきてやる。俺達の口の鉄砲と弾は、早々に中国軍に取り上げられてしまった。ホンボが降伏したからだ。漢人は騙して、ラマや僧侶、俗人の男女全てを捕まえた。俺の息子、婿も皆捕まった。もうここには漢人のいない土地はない。その大部分はスチャチェン・スムドの軍営にいる。ラサへ向かう巡礼達はディチュの七渡河点で中国軍に殺された。お前達もそこを避けるのは難しいぞ」といった。

アク・テンジン達は、思いがけずに多くの弾を手に入れることができたので非常に喜び、父に「弾をもらったぞ。立派な父の息子よ、お前は間違いなく射撃の名人だ。死ぬのは運命だが、代わりに必ず何人かの敵を殺してやる。それを避けて逃げようとは少しも思っていない」といった。

次の日の、まだ夜が明けない内に我々は出発した。夜明け頃、起伏の多い地形の中の、砂地の道を進んでいた時、後ろから銃声が聞こえた。「敵が来るぞ！」と誰かが叫んだ。私達が高い場所へ逃げようとすると、さらに多くの銃声が響き、周りの地面に砂塵が舞った。父は馬を走らせながら、「アク・テンジンは向かいの丘の上に行け！　有利な場所をおさえないと、逃げられなくなる」といった。中国兵は私達に鉄砲を撃ちかけたものの、一発も当たらなかった。

岡の上に着くと、正面から二十人程の騎兵が砂塵をあげて、鉄砲を撃ちながら向かって来た。父は「僧達は岡の後ろに隠れろ。俺はここにいる。アク・テンジンとロチュの二人は向こうの高い所へ行け。ここは険しい地形だから、暗くなれば有利だ」といいながら、鉄砲を構えた。私と兄、カンドゥルの三人は父の後ろに座った。他の者はアク・テンジンのいる場所の後ろで、馬をおさえていた。ロチュは「ドゥルコ、お前は射撃の名手だ。今日は新しい鉄砲（ブラ）で存分に戦ってくれ」といった。

中国兵達が進んできたので、アク・テンジンが鉄砲を撃ち、先頭の騎兵が人馬共に倒れた。同時に父も鉄砲を撃ち、別の兵士が落馬した。さらにその後の兵士も落馬したが、後続の騎兵が前に進んできた。父は「白い馬に乗っている兵士を狙え」といって、一斉に撃つと、その兵士は落馬した。さらにアク・テンジンとロチュのどちらが撃ったのかは分からなかったが、また一人の騎兵を倒したので、中国兵はこちらに向かって来なくなり、あちこちの丘の背後に退いていった。

その日は中国兵の中に青い軍服を着た兵士が何人かいた。アク・テンジンは父の所へ来て、「ここは有利な場所だ。心配することはない」といったが、父は「弾を節約しろ。もう大丈夫だ。遠距離から狙えばよい」と答えた。その時、中国軍が岡の上から機関銃を撃ってきた。父は「アク・テンジン、ここに来てくれ。あの丘の二人を狙おう」といい、同時に鉄砲を撃ち、機関銃を沈黙させた。ロチュは「やった、やった」といってこちらに来たが、兄は「父さん、敵が後ろから来る」と叫んだ。後ろを見ると、左手の丘の麓から三人の騎兵が私達の方へ駆けあがって来る所であった。父が「黒い馬を狙え」といって、鉄砲を撃つと、一人が落馬した。さらにアク・テンジンとロチュがもう一人を倒した。残った一人は、馬の首を廻らして退いていった。

その時、機関銃が置かれている丘に再び兵士が登っていった。ロチュが「また来たぞ」というより早く、父が鉄砲を撃った。その兵士は倒れて、岡の上から落ちていった。父は「テンジン、お前は岡の上を見張っておいてくれ。機関銃に人を近寄らせるな」といった。アク・モンラムは「オム・マニ・ペメ・フム、今日は多くの者が亡くなった」とマニを唱えた。父は「おい、弾はどれくらい残っている?」と尋ね、アク・テンジンは「俺は十六発」、ロチュは「こちらは二十発くらい」と答えた。父は「弾を無駄にするな。敵はいくら倒しても増えてくる。弾がなければどうしようもない」といった。

夕方、影が長くなる頃、前面の平地に三十人程の兵士が進んできた。ロチュは「早くここから移動して、もっと高い場所へ行った方が良い」といった。父は「大丈夫。俺達は簡単に移動できる」と応えながら、私に肉を渡して食べるようにいい、鉄砲を置いた。アク・テンジンは「これは中国軍の本隊だな。あいつらを近づけない方が良い」といった。

再び騎兵が私達の方に向かってきた。父は「先頭の黒い馬を狙おう。射程に入ったら撃つぞ」といった。彼らが鉄砲を撃つと、黒い馬に乗った兵士と、その後ろにいた別の一人が同時に倒れた。再び狙いを定めて撃つと、先頭の二、三人の騎兵が倒れ、大部分の騎兵は辺りの丘の背後に散らばった。下を見ると、五、六体の人や馬の死体が散らばっていた。

その時、左手の丘の上に数人の兵士が走っていき、再び私達に向けて機関銃を撃ってきた。その弾は私達の周囲の岩に当たって、火花が出た。敵は手榴弾を投げたが届かずに、私達のいる岡の麓で爆発した。しかしそれ以上進んでくる者はいなかった。父は「暗くなれば、敵は近くには来ないだろう」といい、鉄砲を構えて待機した。

暗くなった後、私達は岡の背後を周り、その場を離れた。

第63節

岡から退いた後、父が「今日は何人もの敵を殺したから、俺達を追跡してくるだろう」というので、私達は一晩中移動した。夜明け前に大きな川の岸辺に着いた。日の昇る頃、岩の陰で茶を作った。茶を飲んでいる時、ロチュが「前からヤクを連れた者が来る」というので、彼とアク・テンジンの二人が、鉄砲を持って様子を見に行った。少しして、三人の馬に乗った男達が、四十頭ほどのヤクを連れて現れた。彼らは私達と一緒に茶を飲み、「俺達はチュマルゾンの者だ。ここには中国軍のいない所はない。お前達もここから先に行くことはできないぞ」といった。それから私達は別々の道を進んだ。

昼頃、大きな砂地の谷に着いた。ロチュは「向こうから中国軍が来る」といい、アク・テンジンも「たくさんの兵士が来る。出くわしたら、戦いを避けることはできないな」といった。しかし父が「不利な場所では戦うこともできない。あそこの谷の中へ行こう」といったので、私達は近くの小さな谷の中へ入り、上流に向けて走った。そして小高い場所に隠れた。下を見ると、百人程の兵士が進んできたが、私達は隠れていたので見つからなかった。

それから私達はその谷の上を越えた。父はそこで「ここはンガム・リだ。右手の高い山はンガム・リのチュンショク・ゴムゴという。ここを下って、ンガム・リの川を渡れば、チュマル・グマロンに到着する。そして夕方にはチュマル河（金沙江の源流）を渡らねばならない」といった。

稜線から下ると、小さな川に着いた。日当たりのよい川原には、小さなマニ塚が積み上げられていた。アク・ジャクパは「気持ちの良い場所だな。ここで泊まらないか」といい、モンラム叔父も「この二、三日のことで、人も馬も疲れている。早めに休まないか」といった。そこで、アク・テンジンが父に「ドゥルコ、ここに泊まらないか」と聞いた。父は「お前達次第だが、俺は今晩チュマル河を渡った方が良いと思う。この谷は狭いので、敵が来たら逃げるのは難しいぞ」といったものの、他の多くの者達がそこに留まろうといったので、谷の合流点にテントを張って泊まることになった。

そこで茶を作り、馬の大部分からは鞍を下ろして放してやった。しかし父の黒褐色の馬はテントの傍に繋いでおいた。ロチュとアク・テンジンも馬を放さず、綱に繋いでおいた。何人かの僧はテント近くの崖下で眠り、レコとカンドゥルは山裾に馬を連れていった。父は鉄砲を傍らに置いてテントの隅で眠っており、私はテントの入り口に作った炉で腸詰をあぶっていた。

その時、遠くで銃声がし、私の前の炉の間から砂が飛び散った。皆は「敵が来た！」と叫び、あわてて走り回った。父は一つ伸びをして、鉄砲を掴んで辺りを見回した。アク・テンジンも鉄砲をもってテントから出てきて、「敵はどこにいる？」と聞いた。父は私達のいる西側の斜面を指さした。見ると、日が当たっている崖の上に多くの中国兵がいた。彼らは私達に向かって鉄砲を撃っていたが、こちらの馬は逃げてしまっていた。アク・テンジンは「俺が行って馬を連れて来よう」といった。父は「行くな。敵がどこにいるか分からない。急がなくてもよい」といったが、アク・テンジンはそれが聞こえなかったのか、聞かなかったのか、馬を捕まえに行き、雄叫びをあげてこちらに戻ろうとした。しかし左右の山の上から弾が降り注ぎ、人馬共に砂塵をあげて倒れた。僧達は「なんということだ！」と叫んだ。鉄砲を撃ったのは、右手の崖の上にいる中国兵であった。父は「くそっ、敵の頭を血まみれにしてやる」といいながら立ち上がって、崖から下に降りてきた兵士を一人倒した。別の兵士が立ち上がって、手榴弾を投げたが、この兵士も倒した。手榴弾は爆発して地を震わせ、大音響がしたが、誰も傷つかなかった。

崖の上にいた敵が、日陰側の斜面を通ってこちらに向かって走りながら、レコとカンドゥルに向かって鉄砲を撃ったので、父は大声で「アク！　走らずに隠れていろ！　こっちに来るな！」と叫んだものの、二人はこちらに向かって走って来た。レコは撃たれて血まみれになって倒れた。カンドゥルはレコの傍に駆け寄ろうとしたものの、そこへ着く前に撃たれて倒れた。

アク・テンジンは崖の下から続けて二、三発鉄砲を撃ち、上にいた二人の兵士を倒した。彼はさらに「あいつら殺してやる」といって、斜面を駆け上がろうとしたが、ロチュが「そっちに行くと敵がいるぞ。こっちに来い」といって止めたので、私達の所へ戻って来た。敵は彼の馬を殺したが、アク・テンジンは無傷であった。ロチュとアク・テンジン、父の三人は、揃って西側の敵に向かって鉄砲を撃ったので、何人かの兵士が立ち上がって逃げていった。私はテントの入り口にいたが、兄が「ヌコ、ここに来い」と呼ぶので、向こうを見てみると、皆は崖下に隠れていた。私もそこへ行こうとして走り出した所、頭を何かがかすってゆき、視界には星のようなものが光って地面に倒れた。

気が付くと、私は父に抱えられていた。父は「息子よ、どうだ?」と尋ねたが、私は何があったか分からなかった。頭からは血が少し流れていたが、父は「大丈夫だ。弾がかすっただけだ」といった。父はさらに、「俺達のいるこの場所は、地形が悪いので不利だ。アク・テンジン、ロチュ、お前達二人はここで戦ってくれ。アク達は崖下にいろ。俺は前面の崖の上を奪ってみる。俺が戻って来なければ、もう戦わずに降参した方が良い。大人は捕まるだろうが、子供達は大丈夫だろう。男達よ、誰か生き残ることができたなら、子供達のことを頼むぞ」といい終わるや、馬に飛び乗った。

先ほどアク・テンジンが二人の兵士を倒した崖の上には、再び何人かの兵士が来ており、父に向かって鉄砲を撃ってきたが、アク・テンジンとロチュも彼らに向けて鉄砲を撃った。父は馬の頭を上に向けて、鉄砲を撃ちながら上に登っていった。誰が撃ったのかは分からないが、上にいた二人の中国兵が倒れた。その時、崖の上にいた兵士が鉄砲を撃ち、父が撃たれた。父は頭をがくっと下げ、手にもった鉄砲を地面に落とした。そして両手で鞍を掴んだが、すぐに馬から落ちた。父の黒褐色の馬はいななき、後ろを向いて走り去った。父を撃った兵士は立ち上がって父の所へ来たが、皆呆然としてそれを見ている他はなかった。モンラム叔父は「おい二人！　鉄砲を撃ってくれ、さあ撃ってくれ！」と叫んだが、二人は鉄砲を撃つことができなかった。アク・テンジンは「もう弾がない」といって、鉄砲を下に置いた。兵士は父に近づいて、鉄砲を持ちあげて父を狙ったが、兵士が撃つ前に父の所で煙とともに小さな銃声がして、兵士は頭から下に落ちていった。

私は怖いのも忘れて、立ち上がって父の所へ駆けつけた。西側の崖から私に向かって鉄砲が二発撃たれたが、私には当たらなかった。私の後から、兄をはじめとして大部分の者が走って来た。傍に駆け寄ってみると、父は右手に拳銃をもち、左手で腹を押さえていた。アク・テンジンとモンラム叔父の二人が父の体を支え、アク・テンジンは「大丈夫か？」と尋ねながら涙を流した。父が「鉄砲を、鉄砲を取ってくれ」というので、アク・テンジンは父の鉄砲を取りに行って、西側の崖の上に向けて撃った。ロチュは死んだ敵の鉄砲と、弾を十発程奪って戻って来た。西側の敵は何発か撃ってきたものの、こちらに当たることはなく、それに対しロチュは二発撃ち返した。

モンラム叔父とアク・テンジンの二人は、何もいわずに父を支えていた。少しして父はゆっくりとアク・テンジンに「レコ達二人を見にいってくれ。可哀想に、多分駄目だろうが」といったが、アク・テンジンは「済んだことだ。見に行く必要はない。死んでしまった」と答えた。

私は「時代は変わった。転換の時の災厄が僕達の頭上に降りかかった。仲間は殺され、父さんも傷ついて死にそうだ。どんなことをしても、中国軍から逃れることはできない。今に中国兵が僕達を殺すだろう」などと考えながら父の傍にいた。日はすっかり沈んでしまった。銃声はいくつか響いていたが、今や誰が誰を撃っているのかも分からなくなった。私は深く悲しみながらも、涙を流さずに父を見守っていた。

ロチュはまた崖の上に向けて鉄砲を二発撃った。アク・テンジンとモンラム叔父は父を支えていた。父の顔は蒼白になっていった。私は「こんな遠くまで、多くの日数をかけて恐怖の中を旅してきたことが全て無駄になった。自分の故郷にいれば、こんな悲しい目に会うことはなかったろうに。今父さんは死につつある。これもまた業なのだろう。ラサにも行けなかったな」と考えながら、父の傍にいた。父は「カナダ製の拳銃だ。弾はない」といって、アク・テンジンの手に拳銃を渡した。アク・テンジンは拳銃を私に渡し、私はそれを懐にしまった。アク・テンジンが「ラマ三宝に祈るがよい。頑張れ」というと、父は「この上にマニ塚がある。俺をそこへ連れて行ってくれ」と頼んだ。

四、五歩上に登った所にマニ塚があった。父を支えてそこに座らせると、背中からたくさんの血が流れた。中国兵の撃った弾は、父親が腰に差した刀の柄に当たり、跳ね返って右胸を貫き、肩甲骨の下から飛び出していった。モンラム叔父が「この傷をどうしたものか」というと、父は「ありがとう。しかしこれはどうしようもない」と答えた。

その時、中国軍のいる方向から、チベット語で「お前達、降参しないならば殺すぞ!」という叫び声があがった。アク・テンジンとロチュは声のする方向へ鉄砲を撃った。中国軍も私達に向けて機関銃を撃ってきた。父は「テンジン、アク達、もうどうしようもない。もう戦うのはやめたほうがよい。大人はひどい目に会うだろうが、子供達は大丈夫だろう。戦い続ければ、敵は大人と子供の区別をしない。子供達を殺させるわけにはいかない。俺達は彼らをラサに連れて行ってやることはできなかった。せめて命だけは守ってやらないと」といった。アク・テンジンは「分かった。お前のいう通りだ。たとえ俺達が殺されても、子供達の命は助けてやらないとな」と答えた。父はまた「敵が、誰が首領かと尋ねたら、俺が首領だといってくれ」といった。モンラム叔父が、父の懐から血の染みた袋を取り出し、その中の丸薬を父に与えた。父は「残りはお前達が食べてくれ。敵の手には渡したくない」というので、叔父は私達にも分けて食べさせた。兄が泣きながら「父さん、大丈夫?」というので、父は「誰が泣いているんだ? ジャアコ、泣くんじゃない。男は泣くものではないといったのが分からないのか。可愛い息子よ、泣くな」と答えた。

「父さん、僕が大きくなったら、仇を討つ。安心して」

「可愛い息子よ、アクともあろう者がそんなことをいっては駄目だ。俺が死んだらヌコの面倒を見てくれ。お前は父と母の代わりだ。将来故郷に戻った時、もし我がロの村が無くなっていたら、アラク・グンタンのもとへ行け。お前達二人の世話をしてくださるだろう」

「父さん、安心して。ヌコは僕が面倒を見る」

その時私が、「僕はアクではないので、僕が仇を討つ」というと、父は「父の仇を討とうとしてはならない。中国軍はチベットの多くの地方で破壊と人殺しをした。しかし大いなる変革の時期には敵味方はないという。仇を討つこともできない。死ぬのは父だけではない。俺達は道中多くの死者を見てきた。今日またレコ達二人も殺された。

これからお前は兄さんのいうことを良く聞きなさい。父はお前達をラサに連れて行ってやることができず、こんな遠い所を彷徨わせることになったが、大丈夫だ。アク・テンジン達がもし殺されなければ、お前達二人の面倒を見てくれるだろう。全てはラマ三宝の思し召しだ。何とか二人で助け合ってくれ」などと目をつぶったままで話した。ロチュは父の体を支えて、泣きながら「中国軍はどこにいるのか分からん。お前は大丈夫か？」と尋ねた。アク・テンジンは「もうどうしようもない。彼が死んだら降参しよう。中国兵を何人も殺したから俺達は殺されるだろうが、子供達は無事だろう」といった。

父は一、二回咳をして、口から血を吐いた。モンラム叔父は「ドゥルコ、怖れることなく祈りを捧げるがよい」といって泣いた。アク・テンジンも「安心しろ。二人の息子達は俺達が世話をする。昨日、今日でたくさんの敵を倒した。お前の死の代償は既に得ている」といって泣いた。その他の者達も静かに泣いていた。父は僅かに頭を持ち上げて「テンジン、泣くな。俺達は業に従って別れるのだ。お前達が敵の手から逃れるのは難しいだろう。なんとか子供達に害が及ばないようにしてくれ」といった。アク・テンジンは「大人達はひどい目に会うだろう。しかし子供達については安心してくれ。何とかするから」と答えた。

父は「ありがとう。お前達には済まないことをした」といいながら、目を開いて、「ジャアコ、お前達は泣いてないな？」というので、私は「僕達は泣いてない」と答えた。父は「良い息子達だ。泣くんじゃないぞ。父は今まで多くの人や馬を殺してきた。昔馬麒（マーチー）の軍と戦った時には、俺達はその兵士をたくさん殺した。昨日、今日も多くの敵を殺した。今晩は敵が俺を殺す。今俺の寿命は尽きたのだ。怖れはない。ただアラクツァンに祈るだけだ……」といったが、その声はだんだんと小さくなってゆき、聞こえなくなった。皆は黙って座っていた。アク達は経文を唱え、アク・テンジンはゆっくりと父の頭をマニ塚の上に置いた。兄も私も泣かなかった。私は「父のいったことは本当だ。道中多くの者が殺されていた。全ての者は同じようなもので、ただ業に従うのみだ」と思っていた。

夜空には星が輝いていた。父は息絶え、私達兄弟を後に残して、ゆっくりと、この娑婆世界に二度と戻ることのない浄土へ赴いた。アク・テンジンと他のアク達は父の着物を脱がせ、葬儀を始めた。中国軍は空に向かって照明弾を二発撃ったものの、攻撃はしてこなかった。私は絶望的な気分の中で多くのことを考えていた。そしてこのように祈りを捧げた。

「ラマ三宝に帰依します。僕達父子は、この僻遠の地に於いて、死によって別れることとなりました。故郷を後にして、太陽の都ラサを目指し、頭上には白い雲をいただき、足下には黒い土を踏んで、この地にまで至った日々、僕達親子には自由がなく、中国軍の銃口の下で、父の命と赤い血は、マニ塚のあるこの谷で失われました。ザ・ンガム・リのチュンショク・ゴムゴのこの小さな谷は、父の頭骨がさらされる場所となりました。絶望のあまり、涙も枯れてしまいました。ラマ三宝に帰依します。父の迷える魂が西方浄土へ導かれるように、祈願します。帰依所、如意宝珠、有雪国チベットに降りかかったこの災厄をご覧ください。

鷲に襲われた兎は天に向かって叫ぶものの、天はそれに応えようとしません。地に隠れようとしても、そこに穴はありません。ひ弱な僕は、この僻遠の地で災厄に見舞われて、想うのはあなた様の事だけです。帰依するのはあなた様だけです。まことの帰依所、如意宝珠よ。父が敵の手にかかって死んだこの時、枕辺にラマはなく、経を唱える僧達もおらず、読経の声は聞こえず、供物もありません。御恩深き根本ラマよ。父の、小さな蜂のような意識をバルドの恐怖からお救いください。冷たい風によって凍えることのないよう、見知らぬ世界を徘徊することのないよう、悪趣（地獄、餓鬼、畜生の世界）に生まれることのないようにしてください。

良き世界への道を示すのはあなた様です。どこに生まれようとも、帰依するのはあなた様だけです。どうか御心にお留めください、如意宝珠よ。この有雪国チベットの地では、多くの者が無残に殺されています。それらの者に引導を渡してくださいますようにお願い申し上げます[※15]」

「父さん、どうか良き世界に生まれてください。バルドの狭い道を、心安らかに進んでください。善業がないことや、遺骸を守る者のないことを悲しまないでください。僕に命があれば、ここに戻り、父さんの遺志を引き継いで、太陽の都ラサへ行きます。僕は善業を積みます。父さんの識がどこにあろうとも、僕のいうことを聞いてください。いつか苦しみから解放される時が来ますように。僕の唱えるオムマニペメフムという真言の全ては、父さんのために捧げます」

私はこのように考えながら、どれほどの時間が過ぎたか気づかずにいた。考えてみると、変革の時期の災厄は、国全体に降りかかったものであり、私達父子だけに降りかかったものではなかった。道中、どれほど多くの村で人々が殺され、傷ついていたことだろう。多くの僧院もまた破壊されてしまった。大いなる災厄の時期に、そこから逃れることのできる場所はないということが今は分かった。しかし、後悔しようがしまいが、全ては終わったのだ。

後に私は知った。その日は西暦の一九五八年九月九日であった。

第４章　註

註１　現在の青海省黄南チベット族自治州河南モンゴル族自治県南部の多松一帯をテリトリーとしたデワ。

註２　この時の、河南蒙旗における人民解放軍による殲滅作戦については本書解説 3-5 及び（李 2012: 192 - 203）参照。

註３　アムチョク（甘粛省甘南チベット族自治州夏河県阿木去乎）出身の英雄。ナクツァン氏によれば、ギャラクとは頬髯があったことに由来する。僧侶であったが、還俗して故郷の男達を率いて人民解放軍と戦い戦死した。

註４　(gtsos)：現在の甘粛省甘南チベット族自治州合作。

註５　ツー、アムチョクは共にラブラン僧院の直轄領であった。(Nietupski 2011: 189)

註６　ジャミ、ジャマはそれぞれ本来漢人、漢人の軍を著す。原著では一貫してジャミ、ジャマという言葉が用いられているが、訳文ではジャマについては文脈に応じて、適宜中国軍という言葉を用いた。この場合の中国軍は中国共産党人民解放軍を指す。

註７　キャチャについては（ナクツァン・ヌロ 2016: 344 - 347）参照。

註８　(zho thang) 漢語の学堂に由来する。

註９　チュカマの西側の地域、現在の青海省果洛チベット族自治州久治県周辺をテリトリーとするデワの名前。

註10　漢訳版ではこの喩の部分は省かれている。

註11　現在の青海省ゴロク・チベット族自治州班瑪県周辺をテリトリーとするデワの名前。

註12　チベット地域へのモンゴル騎兵の投入については、（楊 2014）が詳しい。

註13　(rgyu mdo)：現在の果洛チベット族自治州達日県。人民解放軍のゴロク地方における本拠地があった。

註14　人民公社の前身となった協同組合。農地や農機具、家畜など生産手段の共有化を進めた。

註15　筆者によれば、この祈りの文句はダライラマに向かって唱えられたものとのことである。

第5章　悲惨な孤児の暮らし
——運命は思い通りには進まない

第65節

父は息絶えた。しかしそれまでに多くの恐怖を体験し、また道中多くの死者や傷ついた人達を見てきたので、最早涙も枯れ果ててしまっていた。兄もまた涙を流すこともなく私の傍に座っていた。アク・テンジンが「お前達は向こうの崖下に行って、回向の経を唱えろ。俺とロチュは亡くなった二人のアクの遺体の世話をする」といったので、僧達は皆、立ち上がって崖下に行き、兄と私もそれに従った。

夜も更けた時、敵は山の上から散発的に鉄砲を撃ってきた。あちこちの山の間で呼び交わす声も聞こえた。私は「今に夜が明けたら、敵は鉄砲を撃ってくるだろう。ラマ三宝、そこでまた誰かが死ぬに違いない」と思っていた。ロチュがアク・テンジンに、「どうしよう、もう弾がない。鉄砲をどうしたもんか」と尋ねると、アク・テンジンは、「夜が明けたら、降参するよりほかに仕様がない。降参することもできなければ、それもまた業だ。敵に頭目は誰だと尋ねられたら、首領は二人の男の子の亡くなった父親だというしかない。俺達大人は捕まるだろう。鉄砲は壊して川に捨てよう」と答えた。

二人は鉄砲を岩に叩きつけて壊し、川の中に投げ込んだ。それから私達は前のように隠れていた。月はあったが、雲に隠されて辺りは暗かった。私達の隠れている所から、テントが張られている所までは百歩程であった。西側の斜面にいた敵が、大声を出しながらテントの方へ下りて来るのが見えた。その時私達の近くの山から「おい！　武器を置け。降参した方が良いぞ。降参すれば自由にしてやる」とチベット語で呼びかける声が聞こえた。しかし私達の方は誰も声を上げなかった。

少しして周りの山から中国軍が下りてきて、テントの周りに集まり、鉄砲に弾を装填した。しかし彼らは私達の隠れている場所には気付いておらず、再びチベット語で「おい、降参しろ。降参しなければ殺すぞ」と呼びかけてきた。その時アク・テンジンが立ち上がって、「おい、俺達はここにいる。鉄砲を撃つな。降参する」といった。中国兵は走り回り、地面に伏せた。アク・テンジンは斜面を下りてゆき、「鉄砲を撃つな。降参する」と叫んだ。我々も彼に続いて下りていった。

一人のチベット人が「武器を地面に置け。置かないと撃つぞ」といったが、アク・テンジンは「俺達は僧と子供だけだ。武器はない」と答えた。

「地面に座って、両手を上げろ」

私達は地面に座って両手を上げた。近くの中国兵が何人か私達の近くまで来た。それから鉄砲を背負った二、三人のチベット人も来た。一人が「餓鬼ども、手を上げろ」といい、前にいた者達を何回か蹴った。それを一人の中国兵が止めさせた。

やがて夜が明けた。二人の中国兵がロチュを連れてゆき、帯を解いて懐を調べた。調べ終わると、そのまましゃがませた。その後二人のチベット人が来て、僧達を調べ、帯を解かせて首に巻いた護符を切った。チベット人の一人は、アク・テンジンの袴の下に短剣があるのを見つけ、アク・テンジンの頭を殴って「この野郎、僧が短剣をもってどうする！」と罵った。私は「どうしよう、僕の懐にはカナダ製の拳銃がある。今捨てても見つかるだろう。しかし捨てなければ、調べられた時に見つかって殴られてしまう。僕は小さいから調べられないかもしれない。今更捨てられないので、何も知らないふりをしているより他に仕方がない」などと考えて座っていた。

兄が調べられ、それから私は立つように命じられ、耳たぶを掴まれて連れて行かれた。帯を解くに持って、私を見た。彼は穏やかに笑いながら、通訳を通じて「この拳銃は誰の物だ？」と尋ねた。
と、拳銃が地面に落ちた。そのチベット人はゆっくりと立ち上がって、「この餓鬼、鉄砲を隠していやがった」といいながら、再び私の耳たぶを掴んで漢人の士官の前に連れて行った。士官は拳銃を手に持って、私を見た。彼は穏やかに笑いながら、通訳を通じて「この拳銃は誰の物だ？」と尋ねた。

「僕の父さんの物だよ」

「君の父さんは誰だ？」

「僕の父さんは殺された」

「どこで殺された？」

私は手で示しながら、「あそこの崖の上で殺された」といった。見上げると、斜面に朝日が当たり、崖の上には多くのハゲワシが舞い降りてきていた。士官は私の頭を撫ぜ、傷に気が付いた。彼は何か色々なことを漢語で話した。そこへ小柄な兵士が来て、私が帯を結ぶのを手伝ってくれ、さらに漢人の女性が小さな箱を運んできて、傷の手当てをし、顔を拭いてくれた。それから彼らの宿営地へ連れてゆかれ、パンを与えられた。

戻って来ると、兄は「あそこの山の上を見て見ろ。漢人の死体だ」といった。見ると、山の上に白い布を被せられた六体の中国兵の死体が並べられていた。テントには、頭に包帯を巻いた二、三人の兵士達がいた。私は「この様子を見ると、大人達も殺されることはないだろう。むしろ捕えられて安心した。心配することはなさそうだ」と思った。

その時山の向こうから、たくさんの兵士が砂塵を巻き上げながらやって来た。私は「大部分の中国兵は今朝着いた。昨晩はまだ一部だけだったんだな」と思った。中国兵達はそこで炊事を始め、私達にも食事を作らせてくれた。遠くに見張りが一人いるだけで私達を見張る者はおらず、彼らも食事をしながらあちこち動いているだけで、私達の存在は忘れられてしまったかのようであった。多くの鉄砲が近くのテントの入り口に立てかけられているのを見て、アク・テンジンは「おい、どうせ死ぬならあそこの鉄砲を奪って戦わないか?」といったが、アク・ジャクパは「そんなことを考えるんじゃない。子供たちが危ないぞ」といって止めた。

そこへ青い軍服を着た兵士と、多くのチベット人の民兵が到着した。見ると、刀の鞘のようにせまい谷は、二百人程の兵士で一杯であった。指揮官は、青い軍服を着た兵士とチベット人の民兵を連れて私達の近くに来た。彼は、あちこちを指しながら、多くの指示を出した。彼はまた私の頭を撫でながら、斜面の上の方を指して話をした。昨晩の戦いの様子を話しているようであった。それから中国兵は向こうに行ってしまい、その代わりに二人のチベット人が私達の所へ来た。そこで軍隊ラッパが鳴り、全ての中国兵は隊列を組んでどこかへ行ってしまった。

少しして、数人の中国兵とチベット人が来て、兄とドンツィク、私の三人以外の仲間達を後ろ手に縛って馬に乗せて連れていった。私達三人は各自の馬に乗り、彼らについて来るようといわれた。一人のチベット人は「土匪(どひ)共! 遅れるなよ。ついてこなければ撃つぞ」といった。

山の麓にある小高い場所に着いた時、見上げると、日の当たる斜面で多くのハゲワシが父の死体に群がっていた。しかし反対側の草地にある、レコとカンドゥルの解体された赤い肉には、まだハゲワシは下りて来ていなかった。それを見て、私の目には涙が溜まったが、泣き声は上げなかった。私の前を行く兄も涙を流していたが、やはり泣き声は上げなかった。この様に私達兄弟二人は、父の死体をそこに置いて立ち去ってゆくより他に仕方がなかった。

その日は砂を巻き上げて強い風が吹いていた。チベット人の民兵一組と、数人の漢人が私達を連行していた。風は非常に強く、私と兄はしばしば後ろに取り残されたが、見張る者は一人もおらず、全員が自分の目の前だけを見て進んでいた。もっと年齢が高ければ、私達二人で逃げようとしたかもしれない。しかし、どこに行ったらよいかも分からず、取り残されては道に迷ってしまうと思っていたので、遅れないように急ぐばかりであった。

夕方、私達はある遊牧部落に着いた。兄とドンツィク、ガルザン、私の四人は一軒のテントに連れてゆかれ、そこで食事を与えられた。テントには婦人が一人と、老婆が一人いた。彼らは私達に茶や麦焦がし、ヨーグルトをくれた。老婆は「可哀想に。こんな幼い子供を捕えるなんて、何を考えているのやら。あの漢人共、早くくたばってしまうがいい」といった。婦人は「母さん、馬鹿なことをいわないで。漢人に聞かれたら捕まるわよ。さあ、お茶を飲みなさい」といった。しかし老婆はさらに、「わたしゃ何も怖くない。たいていの者はもう捕まってしまったんだ。もうどうなってもいいよ」などと漢人に対する悪口をいった。それで私は「ここの口も中国軍に襲われたんだな」と思った。

それから鉄砲をもったチベット人が一人来て、ドンツィクとガルザンの二人を連れて行った。婦人は私の衣の前後に穴があいているのを見て、「寒くないの?」と聞いた。

「大して寒くはないよ」

「寒くないはずがないわ。穴があいて、ひどいことになっているのに」

彼女は針と糸を持ってきて、私の衣にあいた穴を繕ってくれた。私は無性に悲しく、止めどなく涙が流れた。そして兄と二人で茶を飲みながら座っていた。

第66節

テントで茶を飲んでいると、民兵の一人がやって来て私達を連れ出した。少し離れた所に、大きな中国軍のテントが張ってあった。そのテントへ入る前から「餓鬼ども！　漢人を憎いんだろ？　殺したいんだろ？」と責めながら、鞭で叩く声が聞こえた。私は「仲間達が鞭で叩かれている。僕と兄さんも叩かれるんだな」と覚悟しながらテントへ入った。テントの片隅にはロチュ、アク・テンジン、モンラム叔父、アク・ジャクパの四人が縛られて転がされていた。彼らは上半身裸で、後ろ手に縛られていた。その綱は皮膚に深く食い込んでおり、外からは見えない程であった。ロチュは頭を地面に横たえていたが、頭から血を流しており、時々「アヨ、アヨ」と唸っていた。アク・テンジンは鼻血を流しており、顔中が血だらけであった。モンラム叔父の顔にも血が流れており、目も塞がっていた。彼らの上手ではツェコが縛られていた。見ると顔は少々腫れていたが、ひどくは殴られていないようであった。その向こうではガルザンとドンツィクの二人が頭を垂れて座っていた。背の低い、黄色い下着を来た漢人が、馬用の鞭とシャベルを使って彼らを殴り倒したようであった。しかし実際は皆、このロのチベット人であった。私は、「チベット人のくせに、こんな残酷なまねをするとは。お前達の父親を殺したわけでもない。訳もなく僧と老人をこんなにひどく殴るとは、どうしてそんなに酷いことができるのだろう」と思って座っていた。

そこへ一人のチベット人が来て、兄の頭を棒で殴り、「そこへ座れ」といってドンツィクの傍に座らせた。そのチベット人は私の頭も殴って、「ちびの謀反人共、地面に座れ」といいながら再び殴った。彼はさらに私達の頭を棒で殴った後で、ロチュを引っ張って来て「この餓鬼、お前達の頭目は誰だ?」と尋ねた。ロチュは「お前達が俺だというのなら俺だろう。好きにしろ。お前はチベット人のくせに、年寄りをこんな風に扱うとは。恥ずかしくないのか!」といったが、その言葉が終わらない内に漢人とチベット人の二人が走って来て、ロチュを殴りつけた。その時アク・テンジンが「お前達、年寄りを殴るな! 頭目は死んだんだ!」と叫んだ。チベット人は「この野郎、黙っていられないなら、俺が黙らせてやる」といいながら、アク・テンジンを殴った。アク・テンジンは「お前の口を血で塞いでやる! お前こそ餓鬼だ。漢人の手先め。男なら俺を殺してみろ。お前はチベット人のくせに年寄りをこんな目に会わせて、どうせ誰かの死体が必要なんだろう!」と叫んだ。

アク・ジャクパは「お願いだからやめてくれ。彼らには話しても無駄だ。黙っていたほうがいい」といったが、モンラム叔父は「話しても話さなくても一緒だ。この人でなし共め。漢人は殺したが、お前達の両親を殺したわけではない。それなのにこんなひどい扱いをするなんて。殺すなら俺を殺せ。人の生き血をすする奴め。慈悲のかけらもないとは、お前達は本当にチベット人なのか?」と罵った。これを聞いて、漢人とチベット人の二人が走って来て、アク・テンジンとモンラム叔父を、鷲に捕らえられた兎のように運んでゆき、入り口に縛り付けた。後ろ手に縛られた腕は、頭の所まで持ち上げられ、深く食い込んだ綱は、外から見えないくらいであった。そのチベット人は「餓鬼ども、お前達は勇敢なんだろ！　さあ、どうする？」といいながら、二人の口にスコップを叩きつけて歯を折った。モンラム叔父は気を失い、アク・テンジンも何か罵った挙句に気を失った。殴った男の顔からは汗が流れていた。

私は、「漢人とチベット人のうちで、むしろチベット人の方が残酷なのはなぜだろう？」と思っていた。戸口の方を見ると、アク・テンジン、モンラム叔父は死んではおらず、少し動いていた。チベット人達は少し休んでから、再びロチュの顔を上げさせて、「おい、老いぼれ、見ただろう。死にたくなければ本当のことを話せ。お前達の頭目は誰だ？　いわないと、生きながら地獄に送るぞ」といった。ロチュは「話しただろう。頭目は死んだんだ」と答えたが、チベット人はさらに「あの殺された、ぼろぼろの着物を着た男は拳銃さえ持っていなかった。頭目はお前なんだろう？　餓鬼め、本当のことを話せ」といって、頭を鞭で叩いた。ロチュは「お前の首を血の池に沈めてやる。糞喰らえ！　お前こそが餓鬼だ。そうだ、俺が頭目だ。だとしたらどうするんだ？　お前達の子孫を根絶やしにしてやる」といった。

再び漢人とチベット人の二人が一緒に来て、ロチュを死ぬほど殴った。そこでロチュの息子のガルザンが、泣き叫びながらそのチベット人を掴んで、「お前の首を血の池に沈めてやる！　殺すなら俺を殺せ。年寄りをこんな目に会わせるとは、お前には慈悲のかけらもないのか。犬め、殺すがいい」などと叫んだ。ツェコが立ち上がってガルザンを止めたが、傍にいた漢人がガルザンの頭を鞭で叩き、流血させた。チベット人もまた殴ろうとしたが、アク・ジャクパが立ち上がってその男を止め、「子供を殴るな。殴るなら俺を殴れ」といった。そこで男はアク・ジャクパの頭を鞭で二、三回叩いた。

その時、鉄砲を背負った二人のチベット人が中に入って来て、「どうした？　このひどい姿の男達は謀反人なのか？」と聞いた。アク・ジャクパは「俺達は謀反人ではない。父親が殴られているので、子供達が泣いているんだ」といった。そのチベット人は、ツェコ、ドンツィク、兄に、誰が頭目なのかを尋ねた。兄は「頭目は僕の父さんだ」と答えた。チベット人は彼らの頭を二、三回鞭で叩いた後で、私の前に来て「見ただろ。本当のことを話さないと、死ぬほど殴るぞ」と脅した。

「知ってる」

「誰が頭目なんだ？」

「頭目は僕の父さんだ。でも中国軍に殺された」

彼は、「おまえの親父ではないだろう？」といってロチュを指さし「この老いぼれだろ？」と尋ねた。

「その人は船頭だ。頭目じゃない。頭目は僕の父さんだ」

すると彼は、今度はアク・テンジンを指さして「頭目はあいつか？」と尋ねた。

「彼は僧で、頭目じゃない」

彼は、「この餓鬼め！　悪魔のようなちび土匪だ」と怒鳴って、私の耳たぶを掴んで引っ張り上げた。その時兄が立ち上がって、私をかばい「餓鬼はお前だ。子供を殴るな！」と叫んだ。その男は兄を鞭で叩いたが、さらに叩こうとした時、漢人が止めに入った。私は大声で「お前が餓鬼だ。地獄に行け！」と叫んだ。そのチベット人は「こいつら逆らいやがる」といって、鞭を振るって私を叩こうとした。私は「地獄に行け！　叩いてみろ、叩いてみろ！」と叫んだ。しかし彼は、仲間のチベット人に止められて叩くことができなかった。そのチベット人は私の顔を見て、漢語で何か話した。それから全てのチベット人、漢人は外へ出ていった。

アク・ジャクパ、ツェコ、ガルザン等はロチュ、アク・テンジン、モンラム叔父を支えてテントの中へ連れてきて、縄を緩めてやった。少しして二人の女が、茶と麦焦がしを運んできて、彼らの縄をほどいた。ロチュ達の手は動かなくなっていたので、女達が麦焦がしを捏ねてやり、ガルザン、ツェコ、ドンツィクが助けて食べさせてやった。

暗くなる頃、数人の漢人とチベット人が来て、大人四人を縄で縛った。子供達には、大きなシャラ（ヤクの毛で作った荒い布）がかけられて寝かされた。しかし私は少しも眠くならず、今日の彼らの振る舞いを想い出していた。「父さんが生きていれば、今日殴られて殺されてしまっただろう」などと考えていると、兄が「お前は寝ないのか？」と尋ねてきた。

「父さんが生きていれば、今日殴られて殺されていたと思う。鉄砲で撃たれて亡くなったのは幸せだったかもしれない」

「今日あいつらはひどく殴ったな。父さんが生きていて中国兵を殺したことが分れば、もっとひどく殴られただろう。父さんは自分が頭目だというだろうし、中国軍の隊長は、山の上で多くの兵士を殺したのは父さんだというだろう。その時父さんは拳銃も持っていた。拳銃を持っていれば、生きながら目の前で殴り殺されただろう。それよりは鉄砲を持ったままで亡くなった方が良かった。また父さんがどこかに逃げてしまったとしたら、僕達は心配で仕方がない。父さんも僕達を心配しただろう。それよりはましだ。こんな苦しみを味わうこともなかったのだから。父さんは僕達に見守られながら亡くなった。今後は僕達二人で、自分達だけのことを考えてゆけばいい」

私も全く同じ気持ちだった。私は「遅かれ早かれ死は免れない。こんな苦しみを経験せず、僕達に見守られながら亡くなったのは、むしろ幸せだったろう。ばらばらに離れてしまえば、僕達三人はお互いに不安で仕方がなかった。もう心配することはない。病気や飢えで死なない限りは、漢人が僕達二人を殺すことはないだろう。運がよければ道は開ける」と考えていた。兄も「父さんはあまり苦しむことなく亡くなった。もう大丈夫だ。僕達が大きくなったら、ちゃんとした法要をしてあげよう」といった。見ると、兄も昨日とは違って、落ち着いた様子であった。兄はまた「僕達二人は大丈夫だ。大きくなったら、どのみち故郷に帰ることができるよ」などと話した。このように慰めの言葉を掛け合っているうちに、私はいつの間にか眠ってしまった。

第67節

夜が明けた。テントの入り口から、二人の女が茶と麦焦がしを運んできた。一人は、昨日私の衣を繕ってくれた人であった。彼女は兄と私、ドンツィクの三人を連れて、昨日行ったテントの中へ入った。私達はそこで茶を飲み、麦焦がしやヨーグルトを食べた。その女は「可哀想に。この子達の父は殺されたというのに、何の必要があるのかしら」といって泣いた。そこには他に二人の老婆がいたが、彼女達も目から涙をこぼしていた。女は「あんた達二人はここに住めばいい。私の父さんや男達は皆中国軍に捕らえられてしまった。もう母さんと私しか残っていないの。あんた達がここにいるなら、自分の子と同じように面倒をみるよ」といった。私は「僕達は二人だけではないんだ。仲間達と故郷に戻らなくちゃ」と答えたが、彼女は「中国軍は、あんた達の仲間を解放しないよ。私の家にいなさい。あんた達が大きくなったら、故郷に戻ればいい」と勧めた。しかし兄も「僕達は二人だけじゃない。仲間達の行く所へは僕達も一緒に行く」と答えた。私は「ラマ三宝！　この人はなんて優しいのだろう。仲間がいなければ、僕達はここに住むのに。父や男達が捕まってしまっては、これから暮らしてゆくのも大変だろう」と思った。

その女は再び麦焦がしを捏ねて、兄と私の椀の中にいれてくれて、道中食べなさいといった。その後、鉄砲を背負った民兵が来て、私達三人を連れて馬の傍に行った。少しすると、仲間達全員がそこに連れてこられた。二人の中国兵と数人の民兵が来て、後ろ手に縛られた大人四人を馬に乗せ、私達は各々馬に乗って昨日のように出発した。

午前中から雪が降り、風が吹いていた。大人四人は馬に乗せられ、ツェコ、ガルザン、ドンツィクがその馬の口を引き、兄は私の馬の口を引いた。雪が激しく吹き付ける時には、私達だけが列から離れることもあった。やがて、ある遊牧部落に到着した。部落の全ての住民が私達を見に集まってきた。彼らは私と兄を見て、「おお、あんな小さな子まで捕まっている」「少年僧だぞ」「彼らが土匪のはずはない。ラサへの巡礼だろう」などと話した。見ると、そこにいるのは子供達と、多くの女、何人かの老人だけであった。老人の一人は「ひどい話だ。彼らが土匪の訳がない。ラサへ行こうとしていただけだ。しかし駄目だったな」といった。

大人達は別々にされ、子供達は大きなテントの中へ連れて行かれた。テントの中の大きな竈の上には三個の銅鍋がかかっていた。老婆が私達に茶と、米の雑炊をついでくれ、また別の女が大きな黄銅製の柄杓の中で麦焦がしを捏ねて、私達の椀の中に入れてくれた。その時長い口髭を生やした男が来て、「これはどうしたことだ。こんな土匪がいるものか。まだ子供じゃないか」といった。彼は私の頭を撫ぜながら、「可哀想に。父親が殺されたのはこの二人か。お前の名前は何という？」と尋ねた。

「ヌコといいます」

「歳はいくつだ？」

「十歳です」

「お前達はここで暮らしなさい。私は教師で、ここには私の生徒達がいる。生徒達の両親は皆捕らえられてしまったので、今はみなし子ばかりだ。食べ物はここで食べればよい。漢人からの許しは得ている」

「僕は生徒にはなりません。仲間と一緒に故郷に帰ります」

他の三人も、仲間と一緒に故郷に帰るといった。

「お前達の仲間はたくさんの中国兵を殺した。牢獄から出ることは難しかろう。学校に入らないと、牢獄に入れられるぞ。ここにいた方が良い」

その時ドンツィクは、「牢獄に入れられても、仲間と一緒に入る」といった。またガルザンは「今出ていかないと、騙されて仲間達が連れて行かれるかもしれない！」と叫んだ。

私達は立ち上がって、出ていこうとした。そこにいた女は「今はお茶を飲みなさい。雪が降っているから出発することはできないわ」と宥めたが、私達は聞かないで、外へ出た。外では雪が降っていた。下を見ると、全ての馬がソグダンに繋がれていた。ガルザンがそこにいた子供に、「僕達の仲間はどこにいる?」と尋ねると、その子供は「お前達の仲間は大きなテントの中に閉じ込められているよ」と答えた。そこへ教師だという男が来て、「さあ、テントの中に入りなさい。今晩は出発しない」といったので、その夜はそこに泊まることとなった。

次の日の朝、食事を終えるや出発することとなった。昨夜の教師と女、子供達が集まって来た。教師と女達は再び「子供達は残りなさい。ここにいた方が良い。今日は皆牢獄に入れられてしまうよ」といった。

そこに鉄砲を背負った二人の民兵が来て「お前達はここにいろ。学校へ入るんだ。学校へ入らなければ、牢獄に入れるぞ」といった。兄は「牢獄だって構わない。学校へは行かない。僕達は仲間と一緒に行動する」といった。私も「僕は仲間達と一緒に故郷へ戻る」と答えた。

少しして、一人の漢人が来て漢語で多くの指示を出した。それから私達は前の様に連行されていった。私は「今日牢獄に入れられてしまうのだろう。しかし大丈夫だろう。今の所僕達九人は、ばらばらにならずに一緒にいる。可哀想なのは亡くなった三人だ」と考えたり、あるいは「死んでしまった者達は、苦しみのない世界へ行ったのだ。どちらにしても死を免れない運命ならば、数日の違いなどなんでもない」と考えたりした。

その夜の遅くに、大きなテントが張られている場所に到着した。テントの周辺には多くの中国兵がいた。私達は馬から下ろされて、中国兵と鉄砲を担いだチベット人に連れられて大きなテントの入り口へ行った。大人達は綱をほどかれ、また全員が帯を解かれてテントの中へ連れて行かれた。テントの中は暗く、最初は何も見えなかったが、目が慣れるにしたがって、そこには驚くほど多くの人々が寝ていることが分った。私達も互いに寄り添って眠った。しかし私の耳には、「今日、お前達は牢獄に入れられる」「お前の仲間達はたくさんの中国兵を殺した。牢獄からは出られないよ」といった声が響いていた。また「この多くの人達の中には、昨日の女の父や夫、家族がいるのだろうか」などと色々なことを考え、その夜は中々眠ることができなかった。テントの向こう側からは、中国兵が呼び交わす声が聞こえていたが、やがて知らぬ間に眠ってしまっていた。

翌朝明るくなると、ああ、何ということだろう。その大きなテントの中には百人以上の者がぎっしりと寝ているのであった。少ししてテントの入り口が開き、人々は外へ出された。昨夜は分からなかったが、そこには十張以上のテントが二つの区画に分けて張られており、三張の布製のテントと一張のヤクの毛織物のテントが牢獄に用いられていた。向こう側は中国兵の区画であった。緑色の軍服を着た中国兵が五十人以上おり、他に漢人の幹部と通訳、民兵がいた。

囚人は用便を済ませ、帯を解いたまま地面に一緒に座らされた。そこには女が六十人以上、俗人の男が百八十人以上おり、他に何人かの僧と、黄色い上着を着たアラクらしい者も何人かいた。年寄りの男女が、地面に石を三つ並べて作った炉の上で茶を沸かしていた。中国兵達は、離れた所で鉄砲をもって集まっていた。やがて女達は上のテントに連れて行かれたが、帯は解いたままであった。私の近くにいた男は「漢人どもは死ぬがいい。邪悪な漢人共は我々の口のラマ、僧侶、男達を捕えただけでなく、女達も捕らえてしまった」といい、また他の者も「くそっ、最初から降伏せずに、中国軍と戦っていれば、こんなひどい目には会わなかったのに」「もう駄目だ。乗る馬もなく、手には鉄砲もない。奴らは好きなようにできる。たとえ殺されても、報復することもできない」などと話した。

アク・テンジンが「お前の口は戦わなかったのか?」と尋ねると、その男は「戦うどころではない。俺達ウルゲのホンボは、事の起きる前に武器を差し出し、降伏した」といった。別の男も「ホンボ達は、毎月銀貨百円を受け取って喜んでいたそうだ。皆が降伏してしまうと、漢人は裏切って俺達を捕えた。俺達は勇敢な部族だ。戦っていれば、誓ってこんなひどい目には会わなかったものを」などと話し、悲しみの涙を流した。

私は「なんてひどい話だ。ダ・ウルゲ(宿敵ウルゲの意)といえば僕達にとっても大きな脅威であった。今や漢人にやられてその勇気も失ってしまった。女達でさえ牢獄の中でひどい目に会っている。驚いたことに、この口は中国軍の馬を盗まず、中国兵を殺さず、謀反をしなかったのに全員が捕らえられてしまった」などと考えていた。彼らがなぜ捕らえられたかは分からなかった。

第68節

テントの中で、人々は残してきた家族についての多くの悲惨な話をした。アク・テンジンとロチュは中国軍と戦った話や、中国兵を殺した話をした。私は少々お腹が空いてきたので、懐からもらった麦焦がしを少し取り出して、兄に渡した。兄は「僕は自分のがあるから、お前が食べろ。でも少しにしておけ」といった。それは昨日、親切な女が持たせてくれたものだった。兄が要らないというので食べていると、周りの者達から「おお、何と良い匂いなんだ。誰か麦焦がしを持っているのか？」と声が上がった。その中の髪の白くなった老人が「俺に少しくれないか？」といって手を伸ばすので、私は極まりが悪くなって、椀から一口分の麦焦がしを取って渡した。彼は「おお、長寿あれ！　かたじけない。ここに来て二十日程になるが、麦焦がしの匂いすらかいだことがない。ああ、眩暈(めまい)がするくらいだ」といって、麦焦がしを少し取って、首や頭にこすりつけた。さらにそれを傍の男に渡し、「これを首筋と背中に塗ってみろ。ルンの病に効くぞ[※1]」といった。そして手の中の僅かな麦焦がしの香りをかいでいた。

私は「なんてことだ、食べなくても良いはずはなく、我慢しているのだろう」と思った。もっとわけてやりたいとは思ったが、私にも少ししかないので止めておいた。夕方兄がこの老人に再び麦焦がしをわけた。老人は「おお、長寿あれ！　お前達二人は何と良い子だ」といいながら、傍らの男達にもそれをわけ、自分の手と顔に塗り付けた。向こう側にいた男は、「ありがとう。食べ物がなくとも、麦焦がしの匂いで元気が出るようだ」といった。

昼間、全ての囚人はテントの外へ出された。上のテントからも黄色い僧衣をきた二、三人の僧が出てきた。アク・テンジンが近くの男に尋ねると、彼は「あの方はガルデン・ホブラだ。隣のお年寄りはセルラ・ラマだ」と教えてくれた。

「回向のお願いをして良いだろうか？」

「構わないだろう。ホブラには漢人も敬意を払っている。お経を唱えることも許されるだろう」

そこでアク・テンジン、モンラム叔父、アク・ジャクパの三人が登ってゆき、ラマ・ホブラの前まで行った。そこにいた中国兵は何もいわなかった。少しして、アク・テンジンが私にこちらに来いと呼びかけ、手招きした。兄と私がラマの前へ行くと、彼は「おお、これはまだ幼い子供ではないか。心配しなくてよい。死者への回向はしておいた」などといわれた。兄と私は「アラク、ありがとうございます」などとお礼を述べた。アク・テンジンが、「アラク様、私達大人は牢獄から解放されることはないでしょう。漢人はあなたを敬っています。この二人はあなたにお任せします。どうか目をかけてやってください」とお願いすると、ラマは「私は漢人からは少しも敬われていない。しかしこの子達は、私がここを出てゆく時に連れて行こう。私が責任をもって学校へ入れる。後で、お前達が解放された時に来るがよい。心配しなくてよい」とおっしゃった。私達は「ありがとうございます」とお礼を申しあげて、引き揚げた。アク・テンジンは、「ありがたいことだ。もう死んでも大丈夫だ。アラクが面倒を見てくださるから、お前達は心配することはない」といった。私達もとても嬉しかった。

その時、「食事だ！」という叫び声が聞こえた。全員が先を争って走ってゆき、鍋から椀でスープを掬(すく)って食べた。私の椀には麦焦がしが少し残っていたので、スープを掬うことができなかった。そこで兄の椀から麦焦がしを取って、肉とスープを少し掬ったが、すぐにスープはなくなってしまった。モンラム叔父と兄は私にスープをわけてくれたが、スープを作っていた足の悪い男が私に、「その子、ここへ来い」と呼びかけてきた。私が兄の顔を見ると、兄は「行ってみろ」といった。近づくと、その男は大きな鉄の鉢の中から、屑肉がはいったスープを椀に一杯注いでくれた。男は「あさましい奴らだ。我先に争って。この子の分がないじゃないか。今日からお前は俺が食事を作るのを手伝いなさい。食べ物は俺がやる」といった。

「手伝うよ。おじさん、ありがとう」

「良い子だ。ゴロクの出身か？　俺の名前はラクシ・ジャトクという。中国軍の調理人だ。お前は今晩から俺を手伝ってくれ」

肉の入ったスープを持って行き、兄とアク・モンラム、私の三人で食べた。ロチュは「ひどい臭いだ。これは何の肉だ？」といい、アク・テンジンは「腥（なまぐさ）いな。スープが白っぽいので、これはキャンの肉だ」といった。

それから毎日私は朝晩二回、男が茶やスープを作るのを手伝った。時には、兄と私で薪を集め、キャンの肉を刻むのを手伝った。男はいつも、「生の肉を食べろ。そうでないなら、よくあぶってから食べるんだ」といった。しかしキャンの肉は新鮮でも口にすることはできず、私は時々端っこの乾いた部分を少し食べるだけだった。兄と私は、どこへでも自由に行くことができた。ジャトクは朝晩の食事時、私達には前もって鉄鉢一杯のスープを取りおいてくれた。

ある日、彼は私達に一塊りの茹で肉をくれて、「ああ、俺の息子もお前達の歳くらいだ。俺は牢獄で死んで、家族の者とは死ぬまで会えないだろう。お前達は会うことができるかもしれん。俺の名はラクシ・ジャトクという。覚えておいてくれ」などと、涙を流しながら話した。私は、「おじさんは、何をして捕まったの？」と尋ねた。

「俺は漢人が嫌いだ」

「漢人を殺したの？」

「殺してはいない。俺の鉄砲は取り上げられてしまった」

そこで彼は遠い目をして、声を潜め、「お前達見ていろ。一、二日したら俺は見張りを殺して脱走するぞ」といった。

その時、上のテントにいるラマ・ホブラが私に来いと呼びかけてきた。そこへ行くと、彼はヨーグルトを私の椀一杯に注いでくれた。私がそれを半分食べて懐に入れると、彼は「どうしたんだ?」と尋ねた。私が「兄さんにあげます」と答えると、彼は私の椀を取り上げて再びヨーグルトを一杯に注いでくれた。ラマの傍には両足がなく、髪の黒々とした男がいて、歌を歌いながら針仕事をしていた。彼は「そこの子、こちらにおいで。俺が着物を繕ってやろう」といった。私が着物を渡すと、「着物を繕っておかないと、冬に凍えてしまうぞ」といいながら、衣の前後に開いた穴を全て繕ってくれた。私が「おじさん、ありがとう」というと、彼は私の頭を撫でながら、「可哀想に。悪しき中国兵はこの子達の父親を殺した。子供まで捕えるなんて何を考えているのだ」といった。しかし私は「中国兵は奇妙にも僕達逃亡者を捕まえただけではなく、足のない男まで捕まえた。捕まえてどうするというのだ」などと考えていた。私が外へ出ていった時にも、彼は歌を歌いながら針仕事をしていた。後から、彼の名前は「ケレ・ムンツェ」ということを知った。彼はいつも歌を歌っており、両手を地面に突いて歩くこともできた。ケレ・ムンツェは足のない囚人であった。

テントの牢獄で何日を過ごしたかは覚えていないが、囚人には昼にキャンの肉の入ったスープが、夜には薄い、麺の入ったトゥクパか、キャンの肉が少し付いた骨が配られた。囚人達が虐待されることはなく、病気で死ぬ者もおらず平穏に過ごすことができた。しかし、毎日のように男女が捕らえられて送られてきた。その大部分は、元々は豊かな生活をしていた者達であるということだった。私は父の親友のケバ・チィセムとホルドゥク・ラクロ（第34節参照）達について尋ねた。彼らを知る者は「とっくに捕まって、ゾンの中心地に連れて行かれてしまった」と教えてくれた。

私は兄と一緒にいたので、何も心配することはなかった。毎日薪を集め、ラクシ・ジャトクの手伝いをした。ある日起きると、たくさんの中国兵が到着していた。朝食の後、全ての囚人は後ろ手に縛られ、三十人毎に綱で繋がれた。女達も同じように扱われた。ガルザンとドンツィクの二人は後ろ手に縛られてはいなかったが、片手を繋がれていた。私は、小さな黒馬に付けられたヤクの鞍に座らされ、その馬の口を兄が引いた。見渡すと、多くの人の中にラマ・ホブラ、セルラ・ラマ、その他数人の僧が、やはり後ろ手に縛られて繋がれていた。少しして、中国軍の士官が通訳を通して、「今日から君達はチュマルレプ・ゾン[※2]へ行く。ゾンで二か月間の学習をする。学習が済めば、全員故郷へ戻ることができるから安心してくれ。しかし途中で逃げようとすれば、殺されることになる」と説明した。

その時囚人は約三百人いた。皆徒歩で、繋がれていた。砂混じりの風が吹き付ける中、チュマルレプ・ゾンに向けて出発した。鉄砲をもった六十人以上の中国兵が先頭と後衛、中間に配置されていた。私は「ジャトクは見張りを殺して脱走することができなくなったな。中国兵もラマ・ホブラを敬っているというが、今日は後ろ手に縛られて、引き立てられている」などと考えていた。

赤い砂嵐の中、囚人達は繋がれたまま俯いて進んだ。人々は六人毎に繋がれていた。中国兵とチベット人は馬に荷物を積んで引いていた。風は強く、非常に寒かったので、私達も時には馬から下りて進んだ。時に、中国兵や前を行く囚人達は先に行ってしまい、私達は急いで追いつかねばならなかった。昼頃一つの村に着いた時には、囚人と中国兵はすでに食事を終え、出発しようとしていた。そこへ一人の若者が来て、「お前達二人は、遅れないようにしろ。狼の群れに出会うと食われてしまうぞ」といいながら、ヤクの毛のテントへ連れて行き、食べ物を与えてくれた。その若者はテントの中の女に向かって「母さん、この子達は以前俺達の所で中国軍に捕まった僧達の仲間だ」といった。

「何てことを。父親を殺されたのは、この子達だね」

「そうだ。ワエンの学校には入らずに、牢獄に連れていかれたんだ」

「可哀想に。漢人どもはさっさとくたばってしまうがいい。こんな子供を捕まえて、どうするというんだい」

私達が食事を終えて戸口から出てきた時、囚人と中国兵は、すでに見えない所まで進んでいた。女は「お前はヤクに乗って、この二人を送って行っておあげ」といった。若者はヤクに乗り、兄を後ろに乗せ、私の馬を引いて進んだ。私は「なんと親切な人だ。自分達のことは構わずに、僕達を助けてくれるとは」と思っていた。

私達はある山裾で囚人達に追いついた。若者は「もう遅れるなよ。早く行け」といった。兄が「あなたはどこの口ですか?」と尋ねると、彼は「俺はワエン・ロの者だ。名をジャポという」と答えて去っていった。私達は「ありがとう!」と呼びかけた。

再び他の囚人達や中国兵と一緒に進み、夕方ある遊牧部落の端に到着した。囚人は全て川の傍の、黒っぽい崖の下に集められた。ガルザン、ドンツィク、兄と私の四人は馬を放牧するよう命じられた。ガルザンは「くそっ、ここから馬を盗んで逃げないか？」といったが、ドンツィクは「馬鹿な、どこへ逃げるというんだ。生死いずれにせよ、仲間と一緒の方が良い」などと答えた。暗くなる頃、私達は馬を引いて戻った。囚人達は皆、空地で円を作って集まっていた。アク・テンジン、モンラム叔父、ロチュの三人もいたので、私達もそこへ行った。彼らはまだ繋がれており、多くの中国兵と民兵に取り囲まれていた。そこへ漢人の士官が通訳を通して、「君達、心配するな。暴れたり逃げたりするんじゃないぞ。ゾンに到着したら、各自の故郷へ戻してやるから」と、昨日と同じ内容の話をした。ロチュは「地獄に行け！　反乱を起こされるのが怖いんだな。故郷へ返すつもりはないぞ」といい、アク・テンジンは「今は従うより仕方ないな」といった。通訳は再び、「今から名前を呼ぶ者は、立ち上がって向こうのテントまで来るように。明日は出発しない」といい、「ラマ・ホブラ、セルラ・ラマ、ラクシ・ジャトク、トゥプジャム、ホルドゥク、来なさい」と命令した。私は「あっ、父の親友のホルドゥク・ラクロのことじゃないか」と思い、近くの大人に「おじさん、ホルドゥクというのは誰？」と尋ねた。

「略奪者ホルドゥク・ラクロだ」

「それじゃケバ・チィセムも知ってる？」

「チィセムは中国軍に捕らえられて、ゾンに連れて行かれ、そこで銃殺された。お前はなぜチィセムを知っている？」

「聞いたことがある」

その時別の者が、「俺達とは違うんだ。ホブラとセルラ・ラマ達は漢人にも敬われている。トゥプジャムとジャトクもそのお陰で解放されるんだ」といい、また別の者は「惨めなのは俺達だ。解放するというのは嘘だろう」といった。

私は、「ラクシ・ジャトクは見張りを殺して逃げる必要はなかったんだな。危ない所で解放されたと思っていた。アク・テンジンは「子供達よ、ホブラを知っているな。よく覚えておけ。お前達は解放されたらあの方を探して、世話をしてもらいなさい」といった。その時中国兵が、二人の囚人を綱で縛って連れてきた。モンラム叔父は「おい、テンジン、ロチュ、見ろ。今来たあいつらは、前に俺達を殴った奴らじゃないか?」といった。ガルザンは「そうだ。地獄に落ちるがいい。見ていろ。悪しき業の報いだ」といった。

中国兵はその二人を連れてきて、私達の前に彼らを置いて行ってしまった。その時、誰がしたのかは分からないが、そのうちの一人の男の頭に石が音をたてて命中した。彼は倒れたが起き上がり、「痛い! どこのどいつだ?」と叫んで、頭から血を流しながら辺りを見渡した。彼は、私達が後ろにいるのを見て、顔色を変えて「お前達が俺に石を投げたな!」と叫んだ。その時は中国兵の見張りが近くにいたが、何もいわなかった。しかしその後、アク・テンジンは「糞喰らえ! また叫んだら、二度と口がきけないようにしてやるぞ」と脅した。彼はこちらを睨んだまま地面に座ったが、頭からは血が滴っていた。モンラム叔父も「ラマ三宝! これはお前の積んだ悪業の報いだ。お前とお前がいたぶった者は、一緒に牢獄で死ぬことになるんだ」などと、彼らをののしった。

私は、石を投げた者はガルザンだろうと思っていた。暗くなる頃、全ての囚人は崖の下に集められたが、兄とドンツィク、ガルザン、私の四人は中国兵の馬と物資の見張りをさせられた。私は「石を投げたのはガルザンだろ?」と尋ねた。

「そうだ。どうして分った?」

「大人は腕を縛られていたから石を投げることはできない。ドンツィクと僕達兄弟は一緒にいた。そうするとガルザンしかいないよ」

「うまくいかなかったな。本当は殺してやりたかったのに」

その時、立派な皮衣を来て、鉄砲をかついだ若い男が現れた。彼は「おお、チュカマ・ロの者だな。どうした」といいながらそこに座った。ガルザンが「あなたはどこのロの者ですか?」と尋ねると、彼は「俺はアムドの青海湖から来た。名前はジグメト・ドルジェという。今晩はここで一緒に泊まろう」といった。ガルザンが「あなたは中国軍の士官ですか?」と尋ねると、彼は「いや。俺は中国軍に雇われているだけだ。俺はお前達を知っている。以前学校へ入ることを断っただろう。ゾンへ行けばそこにも学校がある。お前達子供は心配しなくて大丈夫だ」といった。兄が「ジグメト、さっき連れて来られた二人はどこのロの者?」と聞くと、彼は「お前達は彼らを知っているんだな。さっき石をぶつけただろう。これからはあんな事をするなよ。中国兵が見たら困ったことになるぞ。子供には分からないだろうが、お前達が捕まった時には彼らは民兵だった。今は囚人になってしまった」などと、たくさんの事を話した。

次の朝起きてみると、驚くほど多くの雪が降っていた。少しして、民兵が二人来て、馬に鞍を置いた。ガルザンは「いつ出発するの？」と尋ねたが、民兵は「夜に馬を盗まれたから、今日は出発できない」と答えた。しばらくすると、周りから多くの人々が集まって来た。私達は長い間待たされたままで、出発しろという指示はなかった。

やがて女が来て、私達四人をテントへ連れて行った。そこには数人の中国兵がいたが、私達が来ると出ていった。その女は、「あなた達は今日の集会に行っちゃだめ。ここでお茶を飲んでいなさい。私は行かなくちゃならないけど」といった。「あなたの口の、参加してはいけない集会は、どんな集会？」と尋ねると、女は非常に怯えた様子で、「今日、ラマ・ホブラ、セルラ・ラマ達を闘争にかけて、殺さなくちゃならないの」と答えた。何と驚くべきことだろう！　信じられない話であった。私達は黙りこんで、茶を飲むしかなかった。

彼女が外へ出ていってから間もなく、集会が行われている辺りから叫び声があがった。外へ出て見ると、人々の周りを中国兵がとり囲んでいた。チベット語で「今日は……、今日は……」と何か甲高い声で叫んでいたが、私達にははっきりとは聞こえなかった。その時数人の中国兵がテントの中からラマ・ホブラなど五、六人を連れ出してきて、人々の真ん中に押しやった。再び漢人が何か叫び、その間に全ての者は立ち上がって、ハゲワシが死体に襲いかかるようにホブラ達を引きずりまわし、叫び声をあげ、殴り倒し、足蹴にし、踏みつけた。私達はそれを崖の上から見ていた。

しばらくして中国兵が乱暴をやめるように命じた。見ると、もう起き上がれる者は一人もおらず、皆死んだように横たわっていた。顔中殴られたせいで顔色はどす黒く、口や鼻からは血を流していた。ラマ・ホブラの衣は引き裂かれ、裸にされて陰部を手で覆っていた。

何とも恐ろしく、信じがたいほどに惨い光景であった。この目で見たものを、心では信じることができなかった。私は、「酷すぎる。これは一体何だろう？　父も死ななかったら、このように殺されていたのだろうか？　これはどの口の殺し方なのだろう」などとあれこれ考えながら、呆然としていた。

第70節

「洪水は止めることができず、群衆は留めることができない」という言葉は真実である。一人の女が何か話すと、人々は再び叫び声をあげ、ラマ・ホブラ達五、六人に殴る蹴るの暴行を加えた。それは革をなめすよう、生姜を叩き潰すように激しかった。

再び中国兵と民兵が止めに入った。その時、昨晩会ったジグメトという男が現れて、「もっと近くで見てもいいぞ」といったので、私達はもう少し近づいた。人々は体を起こしているラマ達を取り囲んでいた。セルラ・ラマは裸にされ、体を二つに曲げて倒れており、すでに死んでいた。一人の漢人が、通訳を介して「簡単に殺してはならない。まず、彼らの犯した罪を明らかにしなさい。それから闘争をする必要がある」といった。そこで、真っ黒い髪の女が、セルラ・ラマの頭を踏んで、「この搾取者達は、死んでしまったようだ。こいつらは民衆の肉を喰らい、血をすすった。今日殲滅された」といいながら、ラマを蹴った。また別の者が声高に「今日、この人喰い狼達は闘争にかけられる」「肉には肉を、血には血をもって復讐しよう！」と叫ぶと、人々も「復讐しよう！」と応え、

「全ての搾取者を殲滅しよう」と呼びかけると、「殲滅しよう！」と応えた。そして再びラマ達の体を殴ったり踏みつけたりした。

再び漢人が話し始めた時、ラマ達五人は人々の中心で倒れていた。私は「もう彼らは死んでしまった。何とひどい口だろう。何と残酷な。自分の口のラマやホンボに殴る蹴るの乱暴を働き、こんな風に殺すなどということが、この世界にあるだろうか。因果の法も知らぬ所だ」などとあれこれ考えていると、ドンツィクが「死体を引きずってゆくぞ」といった。私達が向こうを見ると、死体の足を掴んで、崖まで引きずっていった。人々は何事かを叫びながらその後について行き、崖から全ての死体を投げ落とした。

死体は崖の下の川辺に落ちていった。人々は叫び声をあげながら集会に戻っていった。兄は「見ろ。まだ生きている者がいる。頭を上げている」といった。見ると、ラクシ・ジャトクが頭をもたげ、靴を履こうとしているかのようであった。誰かが「ラマ三宝！　あいつは死んでいない！」と叫んだ。崖の近くにいた女達も「ラクシ・ジャトクが死んでいない！」と叫び、それに応じて、漢人が何かを命じた。人々は崖の下に降りてゆき、ハゲワシが死体に群がるように、音をたてて殴ったり蹴ったりした。死体を踏みつけている者もいた。私は、「なんと間の悪い。もう少し死んだふりをしていれば良かったのに。どうして頭をもたげる必要があるだろう。今度は本当に殺されてしまった。ここで初めて出会ったのに、僕に食べ物を与えてくれた恩人のラクシ・ジャトクは殺されてしまった。何という事だ。皆が、漢人ですら敬っているといっていたラマ・ホブラも、今日闘争にかけられて殺されてしまった。僕達兄弟の面倒を見る所ではなく、自分の命さえ守ることができなかった。仏様！　死なない者はないけれど、このように殺されるのは、生きているうちに地獄に行くようなものだ。ひどい死に方だ。[※3]なんといっても運命に従って、それぞれの死に方はあるだろう。それを選ぶことはできない。父は鉄砲で撃たれて殺されたが、これは良い死に方だった。今朝、女が集会へ行くなといったのは正しかった。もう二度とこんな光景を見ることがありませんように」などと考えながらそれを見ていた。

人々は去っていった。崖の下には死体が転がっていた。崖の上からは子供達が石を投げ、死体の周りを犬がうろついていた。その時民兵の一人が、「お前達、今晩はここで食事をしろ。今日は出発しない」といった。テントへ入った時、ガルザンは「この口は何とひどい殺し方をするんだ」といったが、ドンツィクは「この口のせいではないだろう。中国軍がやらせたんだ」といった。私が「ドンツィク、僕達の口でも中国軍はこんなことをさせるだろうか？」と尋ねると、彼は「そうかもしれん」と答えた。私は「見知らぬ場所だからまだましだ。もしこんなことが自分の村で行われて、自分達のラマやホンボを闘争にかけることになったら、どんなにかつらいだろう。そんなことはできない」と思った。

少しして、女が戻ってきて私達に食事を与えてくれた。彼女はその日の闘争の様子についてたくさんの事を話した。私はその日の出来事が頭に浮かんで、一晩中眠ることができなかった。

翌朝、全ての囚人が連れて来られて食事が与えられた。ツェコは「昨日は、朝食以外一日中何も与えられなかった。この口を血まみれにしてやる。腹が減って、眩暈がするくらいだ」といった。私達四人は早朝に食事を済ませた。馬を引いて向こう側を見に行ってみると、崖の下では数匹の犬が死体を食べていた。その周りには多くの黒い鳥が舞い降りてきていた。私は「可哀想に、誰も世話する者はない。自分達のラマやホンボの死体を、自分の村の傍らで犬に喰わせるとは。こんな統率のない所で、どうして法を行うことができよう」と思っていた。

その時兄が、「ヌコ、出発するぞ」と呼びに来た。私が戻ると、多くの囚人達が立ち上がって騒いでおり、士官や兵士達が走っていった。何が起こったのかは分からなかったが、向こうを見ると囚人同士で喧嘩をしているようであった。やがて中国兵は囚人達を集団ごとに引率していった。民兵の一人は「何でもない。こいつらの仲間の一人が囚人のノルツェと喧嘩をしたんだ」といった。それで私達は、アク・テンジンが昨日ここに連れて来られた男達と争ったことが分った。ツェコによれば、「今日アク・テンジンが男を見つけ、椀で目の上を殴って倒した。起き上がって来るともう一発殴って、その男の目の上が切れた。皆にはその理由は分からなかったろうが、喧嘩は止められた。その男は顔から血を流し、体を支えられていた。中国兵は特に罰することはなかった」ということであった。私達は皆喜んだ。私は「これは因果の当然の報いだ」と思った。

囚人達は雪の降る中を出発した。その日はたくさんの川を渡ったが、多くは凍っていた。ドンツィク、ガルザン、兄と私の四人は一緒に進むことが許され、見張りもいなかったので、列の後ろをゆっくり進むことができた。ロチュやアク・テンジン達五人も一緒に列の後ろの方にいたので、私達は時々一緒に話をしながら進んだ。

ある時、列の前方で叫び声が起こり、銃声が二、三発響いた。列の中間にいたのは女達で、全員が地面に座った。数人の中国兵が前の方に走ってゆき、私達も座るように命じられた。再び前の方で銃声が響き、さらに中国兵が走っていった。しばらくして中国兵が戻って来て、ガルザンとドンツィクが縛られたが、私と兄は前の通りであった。通訳は囚人に向かって「おとなしく進め。逃げたり反抗したりすれば殺すぞ」と脅した。囚人達は立ち上がって歩き始めたが、向こうを見ると、一人の死者と、頭に包帯を巻いてもらっている一人の中国兵がいた。少しして、路傍に何人かの中国兵が立っていた。傍には白い布を被せられた兵士が倒れており、下を見ると水辺で二人の男が死んでいた。また山の斜面でも一人が死んでいた。たくさんの銃声が聞こえたのはこの為らしかった。私は、「可哀想に。馬鹿な事だ。近くにたくさんの中国兵がいるのに、逃げられるはずがない。何を血迷ったのだろう」と思っていた。

夕方、ある山の麓に到着した。暗くなる頃食事をしたが、その時ある男が「彼らは俺の口の者ではない。ゴロクの者だ。懐にナイフを隠していて、綱を切り、中国兵を刺した。そして二人の中国兵を倒して、鉄砲を奪って逃げたが、前の方にいた中国兵に撃たれて殺されてしまった。中国兵に向けて鉄砲を撃ったものの、一発も当たらなかったそうだ。勇敢な奴らだ。逃げられなかったのは気の毒だ」などと話した。それを聞いて私は、「このゴロクの男達は勇敢だった。抵抗を試みて、殺されてしまったのは残念だった。彼らの死体も、犬や狼が食べるのにまかせられるだろう。各々の運命というのは説明しがたいものだ。死すべき運命ならば、それを避けることはできない。それでも昨日の酷い殺され方に比べれば、今日の彼らの死に方は良い方だ。中国兵の一人を殺し、一人を傷つけたことを知って、少しは穏やかに死んだだろう。昨日殺された者達は、自の村の人々に殴られ、蹴られて殺された。惨い死に方だった」などと考えていた。

第71節

その日は西暦一九五八年の十月十六日であった。早朝に食事を終えた後、出発に際して中国軍の士官が通訳を介して、「今晩チュマル・ゾンに到着する。全員おとなしく進むように。逃げたり反抗したりする者は殺す」といった。

全ての囚人は前のように進んだ。高い山の中腹に着いた時、列の中ほどにいた女二人と老人が付いていけず、中国兵によって後ろに連れれて来られた。見ると、若い方の女は腹を壊していた。そのため少し進んでは地面に座り込み、また少し進んでは地面に座り込んだ。しばらくして、私と兄さんがそこに近づいたが、私達は寒いので馬に乗っていなかった。そこで兄が「ヌコ、お前の馬をこの病気の女に貸してやったらどうだ?」と聞いた。私は馬を引いていって女に「姉さん、この馬に乗って。これは僕の馬だ」といったが、女は「乗ることはできないわ。ありがとう」と答えた。私は「大丈夫。これは中国兵が貸してくれた馬だから」といって、彼女達に馬を貸した。そこで病気の女が馬に乗り、彼女の連れがそれを引いた。

その時、前を行く囚人の中で叫び声があがった。そこへ行ってみると、老人が地面に座り込んでいた。囚人達は綱で繋がれていたので、誰かが動けなくなると、他の者も進めなくなるのであった。すぐに二人の中国兵が来て、老人を蹴り、進めと命じた。老人は「殺してくれ。死ねば歩かなくてもよいからな」といった。中国兵はまた老人を蹴り、銃床で殴った。老人は何事かつぶやき立ち上がったが、すぐに座り込んで、「殺してくれ。もう歩けない」といった。そこで中国兵は彼の綱をほどき、他の囚人達を先に行かせた。私達はそれを見ていたが、中国兵が怒鳴るので前に進んだ。

それから間もなくして、銃声が響いた。振り返って見たが、何も見えなかった。その時近くの中国兵が、病気の女の連れを他の囚人達と一緒に繋いだ。病気の女が乗っている馬は私が引いた。少しして、老人を殴っていた中国兵が来たが、老人は現れなかった。明らかなことだった。私は「可哀想に。一発の弾で老人は浄土へ運ばれた。また後に、世話する者のない死体が残された」と思った。

昼頃、囚人達は大きな川のほとりに到着した。そこには非常に長大なマニ塚があり、「ボーチェン・ドカと呼ばれていた。囚人達はそこに留まるように命じられた。そこへ二人の民兵が、漢人の死体を馬に積んでやって来た。死体を馬に結びつけるために、彼らは私に馬の口を押えているよう命じた。私は馬の口を押えながら、彼らが行こうとした時に、「おじさん、後ろからお祖父さんは来るの?」と尋ねた。民兵は、周りを見回しながら、「この餓鬼、黙っていろ。老人は中国兵に殺されてしまったんだ」といって去っていった。病気の女は、「坊や、そんなことを話してはいけない。殴られるわよ」といった。

夕方、暗くなるまで川岸に留められ、食べ物は与えられなかった。月が昇る頃、前の方の囚人が出発し、後から私達も進んだ。チベット人の通訳が、「早く行け! 早く行け!」と叫んでいた。その夜は月明りがとても明るかった。私は馬に乗り、それを兄が引いた。そこへ病気の女が来て、私に「坊や、お腹が空いてない?」と尋ねた。私が「ちょっと空いた」と答えると、彼女は私の手に何か長い物を握らせて、「これを食べなさい」といった。「お姉さん、ありがとう」というと、彼女は「大きな声を出さないで」といって去っていった。見ると、トガン(親指の先から中指の先までの距離)ほどの長さの干した腸詰であった。それを兄と二人で分けて食べた。その腸詰は塩味が効いていて非常においしかった。

その時、「ゾンに着いたら声を出すな」という指示がされた。さらに少し進むと、テントと、多くの白い家が建っている場所に到着した。囚人達は道路の中心を進んだ。道の両側に家が整然と並んでいる様子が、月明りの下ではっきり見えた。しかし多くの囚人達の足音以外、何の音も聞こえなかった。

やがて、高い塀に挟まれた門の中へ入った。囚人達は六人ずつ繋がれていたので、真っすぐに並ばないと、門を通ることはできなかった。そこには数人の中国兵がいて、銃床で殴っては囚人達を門の中へ入れていた。兄と私は、モンラム叔父とアク・テンジンの間に並んで進んだ。

門の中は非常に大きな広場になっていた。月明りの下、鉄砲をもった中国兵が、懐中電灯で照らしながら塀の上を動き回るのが見えた。綱が解かれ、また帯や靴紐までが全て取り上げられ、衣がはだけたまま整列させられた。良く見ると、前方にいる者達が連れて行かれ、広場の中心まで来ると消えてしまうのであった。また別の一団が連れて行かれると、やはり消えてしまった。私は「どういうことだ？　何が起こっているのだ？」と思った。向こう側の塀は月明りで見えるのに、連れて行かれた多くの人々は途中で見えなくなるのであった。

そこへ中国兵が来て、三十人程に区切って前に連れて行った。私と兄は別々になり、兄はモンラム叔父と一緒に前に進んだ。私は「ジャペ兄さん！」と叫んで、兄にしがみつこうとしたが、中国兵は私の耳たぶをつかんで、列の外へ出した。アク・テンジンは「心配するな。ヌコは俺が面倒を見る」と叫んだ。モンラム叔父と兄は前に進んでいったが、見ると、やはり広場の真ん中で見えなくなった。

中国兵は戻ってきて、私達三十人程を引き連れていった。広場の真ん中あたりまで来ると、中国兵が地面から四角い板を引き上げた。それは穴を覆う蓋であった。蓋を開くと、悪臭が鼻を衝いた。囚人達は一人一人、穴に飛び降りるよう命じられた。穴の中からは、「アラ、アナ」と叫び声が聞こえた。私が穴に近づくと、兵士がチベット語で「おい、こいつを受け取ってくれ」といいながら、私の腰を掴み、穴の中へ下した。下からは誰かが「何てことだ、子供じゃないか」といいながら、受け止めてくれた。

穴の中は、糞、小便、体臭の混じった臭いが鼻を衝き、息もできない程であった。前からいる者達が、穴の底でぎっしりと寝ており、後から来た私達には寝る場所どころか、足の踏み場さえない程であった。寝ていた者達は、体や頭を踏まれては、「アラ、アナ」と叫んだ。私は「とうとうチュマル・ゾンの牢獄に着いた。しかしこれは牢獄ではなく地獄だな」と思った。

その夜は、全く眠ることができなかった。穴の中は、悪臭がするだけではなく、いびきをかく者、屁をする者、歯ぎしりをする者などがいて、とても喧しかった。私は「この穴は一体何だろう？　ここにはどれ位の人がいるのだろう？　漢人は、老人を虫のいる穴の中に落とすという噂は本当だった。老人だけでなく、子供も落とすんだな。この穴にはどんな虫がいて、どんな風に人を噛むのだろう？　兄さんはどうしているだろう？　また会うことができるだろうか？」などと、あれこれと考えていた。穴の中は、多くの人がいるせいで非常に暑く、汗をかく位であった。時には、気分が悪くなって吐きそうになった。

穴の中にいると、どれくらいの時間がたったのか分らなかった。見上げると、穴の蓋らしき所には細い光の筋が見えた。しかし穴の中ははっきりとは見えず、そこにどれくらいの数の人がいるのかも分からなかった。

突然、蓋が引き上げられた。良く見ると、その穴の横幅はそれ程大きくなく、およそ八、九人が座れる程であった。しかし非常に長く、五十人程が座れる位であった。私達がいる穴には、三百六十人程の囚人がいた。穴の中央には三つの桶が置かれており、小便をする所となっていたが、糞をする者もいた。中国兵は穴の口から鉄製の梯子を下ろし、そこを途中まで降りて、囚人達の点呼を始めた。囚人の胸に付けられた、白い布の上に記された数字が読み上げられると、殆どの者は、「います」と答えたが、数人の者については、何度呼ばれても「います」という返事がなかった。その時は、近くの者が「ここで死んでいます」と報告した。その朝、私達のいた穴では、二人の囚人が死んでいた。

第72節

その中国兵は、梯子の中ほどにつかまって、囚人の点呼をおこなった。私達の近くには漢語を解する囚人が一人いて、周りの囚人が呼ばれた時には、漢語の数字を教えてやっていた。全員の点呼が終わると、置かれていた便、小便の入った三つの桶を外へ出した。それから名前を呼ばれた者は全て外へ出された。漢人は何人かに命じて穴の中の二体の死体を外へ運び出させた。その後二人の漢人と通訳が降りてきて、私達を整列させ、赤字で数字の書かれた、手のひら程の大きさの白い布を各人の胸のあたりに縫い付けた。

それから私達は梯子(はしご)を登って外へ出るよう命じられた。ああ！　その大きな広場は囚人で一杯であった。ある者達は整列して門を出ようとしており、またある者達は中に入ろうとしていた。塀の上では多くの中国兵が行ったり来たりしていた。広場の西側の門を出た所の、山の麓には便所が設けられていた。人々は、二つの門を通って整列して進んだが、男女ともに衣ははだけていた。崖の下に溝が掘ってあり、そこが便所となっていた。私達がそこに着いて用を足そうとした所で、監視していた中国兵達が石や土塊を手当たり次第に投げつけてきたので、皆は急いで立ち上がって戻って来た。再び整列して、門の中へ戻った。

その時兄とモンラム叔父は、門を出ようとしていた。私は「兄さん！　ジャペ兄さん！」と叫んだ。兄も私に気づいて笑った。アク・テンジンが後ろから、「兄貴の所へ走って行け」といったので、私は兄の近くに駆け寄った。しかし見張りの兵が走って来て、罵りながら私の耳たぶを掴んで連れ出した。モンラム叔父は、「大丈夫だ。アク・テンジンと一緒にいれば、お前達二人は会うことができる」といった。私はどうすることもできず、前と同じようにアク・テンジンと一緒に穴の中へ戻った。穴の入り口にはまだ死体が置いてあった。向こうを見ると、穴の入り口ごとに何体かの死体が置かれているようであった。確かではないが、噂によれば、これらの死者は自殺によるものとのことであった。

少しして、囚人達に食事が与えられた。各人には饅頭が二個と、米の粥が椀に一杯ずつ配られた。私には多すぎるので、饅頭の一個はテンジンに食べてもらった。大人には量が足りないように思えたが、テントの牢獄にいた時に比べれば良い食事であった。

しばらくして穴の入り口は閉じられ、囚人達は各々身の上話を始めた。大部分の者が、家に両親、配偶者、子供達を残してきていた。皆に、語るに尽きない悲しみがあった。アク・テンジンと私の近くには漢語を解する男がいた。彼は「俺は以前漢人と一緒に働いていた。しかし漢人は俺達が反乱を企てているといい出し、俺達五人を逮捕した。二十年の禁固刑が下ったので、牢獄で死ぬことになりそうだ。俺の名前はテンバ・ツェランという。チュマル・ラツァン・デワの者だ。母と妹の二人がゾンに住んでいる」と話した。

暗くなる頃、再び穴の蓋が開いて、便所へ行かされた。囲いから外へ出る時、私は兄が広場で整列しているのを見かけた。兄も私を見つけて、合図をした。走り寄ると、兄は懐から饅頭を取り出して私にくれた。私が「僕達は今朝二個ずつもらった」というと、兄は「僕達の所はチベット人が配る。僕は三個もらった」といった。しかし門を出る時、近くにいた意地の悪い漢人が私を見つけ、アク・テンジンの所へ戻るよう命じた。便所ではやはり石や土塊を投げつけられた。

穴に戻った後、暗くなる頃に麺を煮込んだトゥクパが椀に一杯ずつ配られた。各人の持っている椀の大きさは様々なので、配られる量も大きく異なった。アク・テンジンは鉄製の大きな鉢をもっていたので、食べきれない程の量をもらった。私や周りの者達の椀は小さかったので、少ししかもらえず、お腹は一杯にならなかった。

暗くなってから、三個の桶が前夜の様に人々の真ん中に置かれた。穴の中は糞尿の悪臭で一杯になった。チュマルレプ・ゾンの牢獄での初日は、このように過ぎていった。この日のことは今も脳裏から消すことができない。おそらく生涯忘れることはないだろう。

翌朝起きると、やはり中国兵が梯子の半ばまで降りてきて、囚人達の点呼を始めた。囚人の大部分は「います」「います」と返事をしたが、返事をしない者が数人いた。私は「可哀想に。また誰かが死んだんだな」と思った。その時中国兵が「ヌコ」と呼んだので、テンバ・ツェランが私の胸に付けられた番号を読み上げた。同様に、彼は周りの十人程の番号を読み上げた。後で、私の四桁の番号「三三九九」は忘れられないものとなった。テンバ・ツェランが「サン・チェン・アール・パイ・ジウ・シ・ジウ」というのを覚え、名前を呼ばれる時に自分でいうこともあったが、それを聞いて中国兵は笑うのであった。

その日も便所へ行ってから、食事が配られた。その日食事を配ったのは二人のチベット人であった。そのうちの一人が近くに来た時、アク・テンジンは「お前はジャクパじゃないか！」といった。彼は「大きな声を出すな」といい、頷いた。彼は「モンラム、ジャペの二人からお前達に麦焦がしを預かっている。仲間は皆無事だ。さあ、ゴリを食べろ」といって、数個の饅頭と、小さな麦焦がしの袋を渡してくれた。アク・テンジンは「ジャペとこの子はナクツァンの息子だ。ナクツァンは殺されてしまった。この子達はお前に託すので面倒を見てやってくれないか」と頼んだ。

ジャクパという男は穴から出ていった。アク・テンジンは「ヌコ、あいつは知り合いだ。アラク・グンタンツァンのナンソ（従者）だった。彼がお前達二人の世話をしてくれるだろう」といった。それからは、朝夕にジャクパが食べ物を配りに来て、何をいわなくても私達に麦焦がしと四、五個の饅頭をくれた。そのため毎日二回の食事で、空腹を感じることはなかった。

ある朝、私達が便所から戻って来る時、意地の悪い漢人の見張りで、その実自身も囚人である者が、門の所で私の耳をつまんで引っ張った。テンバ・ツェランが漢語で文句をいうと、漢人はテンバの頬を殴り、一方テンバは拳を振るったが当たらなかった。しかしアク・テンジンが男の耳の辺りを殴って倒した。男は立ち上がったが、アク・テンジンが再び殴りつけ、男は倒れた。テンバも走って来て、その漢人を二、三回蹴った。囲いの中の多くの男女が「その性悪な漢人を殺せ！」「もっとやれ！」などと叫んだ。私達の近くにいた男も「この野郎、これでもくらえ！」と叫んで顔を蹴り上げた。漢人は口や鼻から血を流しながら、「ああ、助けてくれ！」と泣き叫んだ。

そこで何人かの兵士が駆けつけ、私達を囲いの中へ連れて行った。向こうでは倒れている漢人を介抱する者は誰もいなかった。穴の中へ入ってしばらくすると、五、六人の銃を持った中国兵が降りてきた。通訳は「皆そのまま座っていろ。動いたら殺すぞ」と告げた。兵士はアク・テンジンとテンバの二人の所へ行き、何もいわず銃床で頭を殴ったので、アク・テンジンの頭からは血が流れた。テンバ・ツェランは漢語で何かいいながら、私を指さした。通訳は「あの漢人はお前を殴ったのか？」と尋ねた。私は「殴ったよ。今日は耳をつまみあげられた。皆が見ている」と説明した。通訳は漢語で長い説明をし、中国兵はアク・テンジンとテンバに手錠をかけて出ていった。隊長らしき中国兵は私の耳をつかんで穴の入り口まで引っ張っていった。そこで私の頭を撫ぜて、通訳を通じ、「ここを出るんだ。向こうの小さな扉から入って、炊事場に行け」といった。私が振り返りながら歩いて行くと、隊長は「行け！」といいながら手を振った。私はその扉から中に入って、「これはどうしたことか、一人にされてしまった。ここから追い出されたらどうしよう。今晩戻れなければ一人でどこにいれば良いのだろう。騙されたかもしれない」などと思っていた。

第73節

私がその小さな扉に向かっている時、振り返って見ると、漢人達はいなくなり、広い囲いの中には誰もいなかった。少し前までは数千人がいたのだが、今は全ての者が穴に入れられてしまったのだ。とにかく、その扉から中に入って進むと、小さな中庭に出た。そこにいた男は「おい、ジャクパ、お前の親類の子供がここに来たぞ」といった。部屋の中からジャクパが戸口の所まで出てきて、「おお、ヌコ、どうした？　誰がお前をここに来させた？」と聞いた。

「漢人がここに行けといった」

「中に入れ。そこで茶を飲み、ゴリを食べなさい」

見ると、饅頭がジャラ（ヤクの毛の織物）の上に積み上げられており、さらに竈の上で蒸されていた。ジャクパは調理人になっていた。彼は今の状況について尋ね、私は詳しく説明した。彼は「お前達子供は大丈夫だ。大人達は解放されるかどうか分からないな」といった。私達が話していると、チベット人のソナム・ノルウという者が[※4]、兄を連れて入って来た。そして、「ジャクパ、今日からお前がこの二人の子供の世話をしてくれ。劉局長[※5]には説明した。朝穴から連れ出し、昼間はここに置いてくれ。夕方また穴に戻せばよい」と説明した。彼は私の頭を撫ぜながら、名前などを尋ねた後で、「お前達はジャクパのいうことを聞きなさい。怖がらなくてもよい。数日すれば解放されるだろう。しばらくこの塀の中で暮らし、昼間は遊んでいればいい。ただ、外へは出るなよ」といって、出ていった。

アク・ジャクパはアラク・グンタンのための商売で、ラサに向かっていた。しかしチュマルレプに来た時、中国軍に捕えられたのであった。獄に来てからは、彼の仲間であるシラプ、ルドゥプ、ゾパと彼の四人で囚人の食事を作っていた。

それからは、毎朝便所に行った後で、アク・ジャクパかシラプが私と兄の二人を炊事場へ連れて行った。私達は、炊事場の囲いの中で遊んでいることが許された。そこでは好きなだけ茶を飲んだり、饅頭を食べることもできた。時には、ジャクパ達と茶を飲みながら、長い間おしゃべりをすることもあったし、薪を焚いたり、灰を捨てる手伝いをすることもあった。炊事場の囲いの隅にはたくさんの袋が積み上げられており、中には麦焦がし、チュラ、バターや黒糖（bu ram）が入っていた。ジャクパは「この袋は、囚人が捕まった時に持っていたものだ。食べてもいいぞ」といった。他に、女の頭飾りに用いられる琥珀や、首飾りにするトルコ石、珊瑚、ジー[※6]などがたくさん積み上げられていた。また、帯やバックル、靴紐もたくさん積み上げてあったが、これもまた、囚人達が捕まって連れて来られた時に取り上げられたものとのことであった。

このようにして、私と兄はここで多くの日の日中を過ごしたが、夜間はそれぞれの穴に戻された。何でも食べたいものを食べ、遊んでいられたので、居心地は良かったのではないかと思われるかもしれない。しかし、囚人であることに変わりはなく、夜間は穴の中で寝なければならず、とても居心地が良いとはいえなかった。しかし悲惨な有様とはいえ、生き残って兄と共に暮らすことができて、食べるもの、着るものには不自由せず、他に心配することもなかったので、特につらいということはなかった。時には、バターと麦焦がしを捏ねたものを、モンラム叔父とアク・テンジンに持って行くこともあった。

毎朝便所へ行かされる時、扉の中から観察すると、囲いの中に九箇所ある穴毎に三百人から四百人以上の囚人が収容されていた。アク・ジャクパは「男の囚人は二千三百人、女の囚人は千六百人いる」といっていた。料理人は囚人の数を正確に知っていた。便所に行く時も、女達の衣ははだけており、またその頭は虎刈りにされていた。大部分の女達は獺の毛皮の付いた、子羊の毛皮の衣を着ているところを見ると、裕福な家の出身であるらしかった。若い者は二十歳程で、支えてもらわねば歩けないような年寄りもいた。また頭や足に怪我をしている者もいた。

ある日の早朝、中国兵の暴力によって殺された者達の死体が門から運び出された。二人の囚人が、死体が載せられた担架を獄の背後の丘の向こう側へ運んでいった。その日運ばれた五体の死体の内、二体は女のものであることが、着ているものから分かった。ジャクパは、「毎日五、六人が亡くなる。それも各自の業だな。穏やかに死ぬのなら、それは何でもないことだ。しかし女達の中には、漢人の暴力によって生きながら殺される者もいる。哀れな話だ」といった。ルドゥプも、「女だけではない。男でも暴力によって殺される者がいる。昨日シラプと俺が食べ物を配りに行った時、穴の中に男の死体があった。顔や胸、腹、陰部には焼けた鉄を押し当てられた跡があった。無残な殺され方だった」と話した。またゾパも「今朝、二人で食事を配りに行った穴でも若い女が死んでいた。女の乳房や太腿の内側、陰部には焼けた鉄による火傷があった。火傷は酷い状態だった。殺された女の連れによれば、昨晩、漢人が二人を強姦したあとで、殴ったり、焼けた鉄を押し当てたりした。漢人は『お前達、外ではこのことをいうなよ』といい、女は口外しないと約束したので、それ以上何もされなかったそうだ。しかし殺された女は『漢人は何と邪悪なのか。いつか解放されたら、お前達に目に物見せてやる』といったという。少しして女達は穴に戻された。しかし今朝、便所へ行かされる時には穴の中で死んでいた。女は『彼女は死んだのではなく、いたぶられて殺されたのだ』と話していた」といった。

毎日便所へ行かされる時に、兄と私は遠くから眺めて仲間のドンツィク、ガルザン、ツェコなど七人を確認し、互いに手を振って合図をした。仲間は誰も死んでいないことを知って安心することができた。

ある時、私達が炊事場で茶を飲んでいると、ゾパがあわてた様子で走って来た。

「ひどい話だ。便所へ行く時、二、三人の女が殺されたぞ」

「便所へ行く時、一人の女の気が狂った。女は大声で叫び、あちこち走り回った。女達は怖がって逃げまわった。その時中国兵や獄卒が走ってゆき、鉄棒や銃床で女達を殴って押し留めた。女の一人は獄卒のマヘシャン[※7]に殺されたそうだ」

私達は扉の所まで行って、外を見た。女達は全員、囲いの中心に集められていた。門の近くには、二体の女の死体が見えた。一つは気の狂った女の死体であった。そこへソナム・ノルウが来て、「何をしている。中に入れ。何を見に来たんだ」といったので、私達は炊事場へ戻った。ジャクパが「女達はどうしたんだ?」と聞くと、ソノル（ソナム・ノルウのこと）は「分からない。何人かの女が逆らって、兵士を石で殴ったらしい。それで、面倒をおこした女を二、三人殺したようだ」ゾパは、「俺は、女の一人をマヘシャンが殺すのを見たぞ」といった。ソノルは、「ふん、あのマヘシャンの野郎は、自分も囚人のくせに人を殺す権利がどこにある。くそっ、今に見ていろ」といった。そして私に「ここで暮らしていくのは恐いか?」と聞いた。

「恐くなんかない」

「夜の穴の中は恐いだろ?」

「全然恐くないよ」

「ほう。とても勇敢な子だな。ここに長くいる必要はない。今はゾンに学校がない。そうでなければ早く出してやれるんだが」

「僕達二人と仲間は出ることができる?」

「子供達は早く解放されるが、大人達については、今は分からない」

そして女達について多くの話をした後で、ソノルは茶を飲んで出ていった。

夕方、暗くなる頃、アク・ジャクパは兄さんと私をそれぞれの穴へ連れて行った。私はたくさんのバターと麦焦がしを捏ねて、アク・テンジンに持って行った。彼はそれを食べながら、「麦焦がしを持ってくる所を見られないようにしろよ。この頃は配られる食べ物が少ない。今に飢え死にしてしまうぞ」といった。私は「大丈夫。麦焦がしを捏ねている所には、僕と兄さんしかいない。アク・ジャクパは持って行って構わないといっているし」と答えた。

眠りについた後も、夢の中に女の囚人達や、焼けた鉄を押し当てられてできた火傷が出てきて、目が覚めてしまうのであった。うとうとすると、死体を運ぶ囚人達、死体の頭や手足の様子などの夢を見て、再び目を覚ました。穴の中は暗黒で、糞尿の悪臭が満ち、放屁、歯ぎしり、うめき声や叫び声が絶えなかった。私は頭を起こし、闇を見つめるのであった。

第74節

その日は早朝に起きた。いつものように点呼がなされたが、二人が返事をしなかった。漢人が再び名を呼んだが、返事はなく、誰かが「死んでしまった」と答えた。その二人は下痢をして死んだ。死体を穴から出す時、その便が下の者にかかった。

私は穴を出て、いつものように炊事場へ向かった。見渡すと、入り口に二、三人の死体が置かれていない穴はなかった。炊事場では、麦焦がしの重湯が炊かれていた。その頃、饅頭を作るための小麦粉が尽きていた。夕方には小麦粉の重湯、朝には麦焦がしの重湯が配られる以外、食べ物は何もなかった。ジャクパは炊事場の責任者に「どうするんだ。こんなことが長く続けば、囚人達は飢えで死んでしまう」と訴えたが、責任者は「今はどうしようもない。数日のうちに小麦粉が届くだろう。それまで何とかしてくれ」というだけであった。

夕方、私はまた麦焦がしを捏ねてアク・テンジンに持っていった。牢獄では、食事は日毎に少なく、質も悪くなっていき、囚人達の飢えもひどくなっていった。ある者は大声で「くそ！　漢人の奴ら、俺達を餓え死にさせる気だぞ！」と叫んだ。多くの者は「こんなことになると知っていたら、そもそも降伏せずに戦ったものを」と嘆いた。

「仕方がない。ホンボが俺達の口のデワをつぶしたんだ。しかし昨日そのシムグンも批判闘争にかけられて死んだという話を聞いた。彼は以前、漢人から丁重に扱われていた。しかしどちらにしても死は免れなかったな」

兄が悲しむことだろう。どうなるかは、ラマ三宝だけがご存じだ」と思っていた。

「俺達の口の男は皆死んで、後には女しか残らないのか」

「いや、女も逮捕され、死んでいる。男女問わず皆殺しだ」などと、悲観的な話ばかりが聞こえた。

その夜は、特に恐ろしい夢を見ずに眠っていたが、突然叫び声が上がった。テンバ・ツェランが「どうしたんだ?」と尋ねると、ある男が「ここで続けて二人死んだ。もう一人も死にそうだ」といった。また別の者が「漢人を呼んでくれ。疫病ならば全員が死ぬぞ」といった。皆が大声で叫んだので、しばらくして漢人が穴の蓋を開けに来た。テンバ・ツェランが漢語で説明すると、すぐに穴の入り口から梯子が下ろされた。テンバが「死体を外へ出せといっている」というので、アク・テンジン達が死体を穴の外へ出した。また誰かが、「ここでも一人死んでいるぞ」というので、さらにもう一つの死体を運び出した。皆は恐怖に駆られたが、私は「今や死が迫ったようだ。短い時間に三人が死に、二人が死にかけている。今晩中に穴の中の殆どの者が死んでしまっても不思議ではない。三百人以上が死のうとしている所で、自分の死を嘆く必要があろうか。しかし自分が死んでしまっては、

その時、軍服の上に白衣をまとった者と、鉄砲を持った五、六人の兵士が穴の中に降りてきた。白衣を着た者は医者であった。彼は病人に薬を与えた後で、「皆目をつむれ。薬を散布する」といった。そして穴の全体に白い霧のようなものを撒いた後で、蓋を閉めて出ていった。皆が咳込み、鼻水と涙を流し、着ているものは濡れてしまった。その時誰かが「おい、ここでまた一人死んでいるぞ」といった。多くの者が恐怖から叫び声をあげた。ある者は「漢人は毒を撒いたな。みんな死んでしまうぞ」といったが、皆は構わうと、別の者が「くそ！　邪悪な漢人は毒を撒いた。叫んでも無駄だ」といったが、皆は構わ

ず騒ぎ続けた。そこで蓋が開いて、一人の男が「お前達は何を叫んでいるのだ?」と尋ねた。誰かが「今中国兵が来て、毒を撒いていった。すでに一人死んで、俺達も死んでしまう」と答えた。入り口にいた男は「馬鹿をいうな。これは毒ではなくて薬だ。誓って大丈夫だ。全ての穴に薬を播いた。蓋を開けておくので、しばらくすれば元に戻るだろう」といった。私はその男を知っていた。彼は中国軍のために働いているソナム・ノルウであった。彼は「ここに小さな子供がいるだろう。入り口から出してくれ」といった。アク・テンジンが「ありがとう、ありがとう」といいながら、私を持ち上げた。ソノルは私を引っ張り上げながら、「おや、どうしてこんなに濡れている?」と聞いた。

「今医者が水を撒いていったんだ」

「これは水じゃない。消毒のための薬だ。心配するな」

彼は蓋を閉じながら、「安心して、黙って寝てくれ」と呼びかけ、私には「炊事場へ行くぞ」といって、私を連れて行った。

炊事場には、多くの漢人、チベット人がいた。ジャクパがソノルと私に茶を注いでくれて、一掴みのチュラをくれた。彼らが話すのを聞くと、この十日間で食料不足による飢えや寒さ、腹下しのせいで百三十人あまりが死んだとのことであった。昨日、今日は特にひどく、三十人以上が死んだ。ソノルは、「今夜から、県長達が医者を連れて巡回している」といった。ジャクパは「この二人の子供を早く解放してやらないと、腹を下して死んでしまう恐れがある。どうにかならないか?」と聞いた。ソノルは「明日局長に話してみよう。今晩はここで寝かせてやってくれ」といいながら、私の頭を撫ぜた。私は「中国軍のために働いている者の中にも善良な人はいるんだな」と思っていた。

その夜はそこで寝た。次の日も、話がどうなったかは聞かされないまま、兄と私は炊事場で過ごした。夜は穴に戻され、アク・テンジンの横で寝た。眠っている最中、夢うつつでいた所、アク・テンジンが「起きろ！　お前を呼んでいるぞ」といった。見ると穴の蓋が開き、日の光が差し込んでいた。アク・テンジンが私を持ち上げ、ジャクパが私を引き上げた。

ジャクパの後に付いて行くと、その日は驚いたことに炊事場ではなく門に向かっていった。いつもは呼ばれるまでもなく、便所に行った後は炊事場へ行った。私は「今日は炊事場へ行かず、どこへ行くのだろう？」と不審に思いながら、歩いていた。見ると、門の内側では漢人とチベット人が話をしながら立っていた。私がそこへ行くと、ソナム・ノルウもやって来た。彼は私を連れて、白いズボンをはいて、タバコをくわえた人物の所へ行き漢語で長々と説明した。その漢人は、私の顔の汚れをぬぐってから話を始めた。ソノルは「今日お前はここを出て、学校へ行くことになった」といった。

「僕は学校へは行かない。ジャペ兄さんと一緒にいる」

「兄と一緒に行くんだ」

「僕達二人はここで仲間を待って、一緒に故郷に帰るんだ」

そこにいた漢人、チベット人は笑った。再び漢人が何か話して、それをソノルが訳した。

「お前達二人は学校に入らなければならない。まず文字を学んで、後から許可が出れば故郷へ戻ってよい」

「兄と一緒なら、故郷へ帰ることはできるよ」

再び皆は笑ったが、ジャクパは「ヌコ、もう分かった。まず学校へ行け。それから皆で一緒に故郷へ戻ろう」といった。

その漢人は私の胸に付けられていた、数字を書いた布を引きはがした。私の皮衣も一緒に破れたが、「三二九九」と書かれた布は地面に捨てられた。そこへ別の漢人が兄を連れてきた。私は兄の所へ行って、手をつないだ。ソノルは兄の胸に付けられた、「三二八九」という数字の書かれた布も剥がして捨てた。彼は再び、学校へ入らねばならないことを長々と説明したが、兄は「学校へ行くか行かないかは関係ない。僕達はここで仲間を待って、一緒に故郷へ戻らなければならないんだ」と答えた。そこで長い間相談した挙句、ソノルは「とにかく今日、お前達はここを出ろ。ゾンの近くで数日間待って、仲間達が解放されれば、一緒に故郷へ帰ればよい」といった。兄は「分かった」と答えた。ジャクパは「俺達は後で会えるだろう」といいながら、麦焦がしの入った小さな袋をくれた。それから漢人とチベット人達は私達を連れて、門の所まで行った。

第75節

私達が門を出る時、ジャクパは「元気でな。ジャコ、弟の面倒を見るんだぞ。俺も解放されたら、お前達を探しに行くから」といった。私達も「さようなら、アク・ジャクパ」と挨拶した。私は「アク・テンジン達に、僕達は解放されたと伝えて」と頼み、兄も「僕達はゾンの近くで待っていると伝えて」と頼んだ。

私達は、仲間やアク・ジャクパを残して門を出た。牢獄から解放されたことは嬉しかったが、仲間のことを考えるとつらかった。その日、私達はチュマルレプ・ゾンの穴から出された。私達の後ろで鉄の扉が大きな音をたてて閉まり、間違いなく牢獄から解放されたのだった。私は「これも前世の業なのだろう。悪しき時代のせいで、僕は十歳で父と共に故郷のラデ・カルオを離れ、一か月と十八日間旅をした。しかし結局ラサには到着できず、父と死に別れることとなった。チュマルレプ・ゾンの牢獄には十八日間いた。太陽が沈んでしまうと、夜は果てしなかった。凍え、空腹、乾きといった苦しみと恐怖による、生きながらの地獄を経験した。ラマ三宝！　救世主、如意宝珠！　どうか生きとし生ける者が、このような苦しみを受けることのないよう、祈願いたします」と祈った。

それから漢人とチベット人の役人が私達を案内し、とても立派な家に着いた。ソノルは、再び学校へ行かねばならないと説得したが、兄さんと私がゾンの周りで仲間達を待つといい張るので、「頑固な子供だ。俺のいうことが聞けないなら、勝手にすればいい」といった。

少しして、腰に剣を帯びた若い男が来て、「キャルマ・タシ」と名乗った。ソノルは彼に私達を引き渡した。彼は困って、「この二人をどうしたら良いのだ？　どこへ連れて行こう？」と尋ねた。ソノルは「説明しよう。兵舎近くの、ゴロクの女達が住んでいる所に、土の家が空いている。そこに住まわせればよい」

「食料はどうするんだ？」

「俺が牢獄から麦焦がしを運んでくる。なかったらお前が何とかしてくれ」

「着物はどうする？」

「それもお前が何とかしろ」

「とにかくどうにかなるか、見てみよう」

しばらくすると、ソノルが麦焦がしの入った小さな袋を運んできて、チュラと一緒に私達にくれて、「さあ、これだ。残念だがバターがない」といった。キャルマ・タシが「さあ、行こう」というので、私達は麦焦がしの袋を背負って後ろから付いていった。

役所の入り口辺りまで来て、向こうを見ると、牢獄の門から見張りの兵士が行き来するのが見えた。私は、「気の毒に、仲間達を地獄のような穴の中に残してきてしまった。いつか奴らが仲間達を穴から出し、解放する時は来るのだろうか？」と思った。キャルマ・タシは私達二人を連れて大きな商店の前へ行き、「お前達、学校に行けば食べるものも着るものも全て貰えるぞ」といったが、兄は「僕達はゾンの近くで仲間を待っている」と繰り返した。彼は「お前達はここで待っていろ。どこへ行くんじゃないぞ。すぐ戻るから」といって中に入り、少しして、穀物が半分ほど入った白い袋を背負って出てきた。そして、「学校へ行かないのなら、俺の後に付いて来い」といった。

しばらく行くと、町はずれの、兵士がたくさんいる場所へ来た。兵舎のこちら側には土でできた小さな家があった。彼がその家の扉を開け、私達は中に入った。家の中には寝床と羊の皮衣、フェルトなどの着るものがあり、また竈と鍋、容器、さらには薪や小さな石臼まであった。キャルマ・タシは「ここで昨日何人かのゴロクの者が泊まっていった。今日からお前達が住め。数日したら見に来るから」といって出ていった。

私達は家の内外を掃除した。それから私は水を汲みに行き、戻ると兄が火をおこしていた。そこで私達は湯を沸かし、麦焦がしを食べた。その日私達はとても幸福であった。牢獄から解放されただけでなく、自分達だけで一軒の家を持つことができたからである。ここに住んで仲間達を待っていれば良いのだ。夕方、近くの家に住むゴロクの女が二人、私達の所へ来てあれこれ尋ねていったが、私達は本当のことを話さなかった。若い方の女は「あんた達がここに住むとは聞いてないわ。明日私達の仲間が来ればここが必要になる」といったが、相手にしなかった。夕方、食事を終えるや早々と門をかけて眠りについた。寝床は快適であった。穴の中のような糞尿の悪臭もなく、いびきや歯ぎしりの音もなく、不安や恐怖もなく眠りにつき、翌日起きると既に日が昇っていた。

外へ出て見ると、家の近くの広場では多くの中国兵が整列してあちこち走り回り、演習をしていた。兵舎の囲いの入り口近くでは、二頭のヤクを解体していたが、腸や頭、肺や肝臓などは地面に捨てられていた。それを兄に話すと、兄は「それじゃお前はゆっくり行って、拾ってきてくれ。僕はここで見ているから」といった。私はゆっくり近づき、地面に落ちていた肝臓を一つ拾った。そこへ中国兵が走って来たので、私はあわてて肝臓を捨てて戻ろうとした。兵士は私の耳たぶを掴んで、解体している所へ連れて行った。そこで彼は大きな肉の塊を切って、私の懐に入れてくれた。さらにヤクの頭と四本の脚をまとめて紐で縛り、私に背負わせてから笑いながら、「さあ、行け」といって手を振った。私は「どうもありがとう」といって、親指を立てた。兵士達は笑いながら漢語で何か話していた。私は戻る道すがら、肝臓も拾ってきた。兄もこちらに来て、運ぶのを手伝ってくれた。私達はとても嬉しかった。最初は肉と肝臓を煮て、それから頭を割って舌を取った。頭の他の部分はそのままにして門の近くへ置いておいた所、少しして行ってみると、頭と脚がなくなっていた。それらはゴロクの女達が持ち去ったのであった。可哀想に、腹が減っているのだろうと思い、私達は何もいわなかった。

昼間、私と兄は兵舎の後ろの山の麓に行って薪を集めた。帰りがけ、解体場に捨てられていたヤクの胃を拾ってきた。少しして、二人の兵士が来て私達を呼んだ。私は「ヤクの胃を持ち帰ったのがいけなかったんだろうか」と心配した。兵士の一人は兄の手を掴んで連れて行こうとしたので、私は兄にしがみついたが、兵士は笑いながら私にも一緒に来いといった。兄も「大丈夫だ」といった。兵士は私達の手を掴んだまま、兵営の中にある建物の中へ入って行った。

そこには、今朝私に肉をくれた兵士がいた。よく見ると、彼は隊長のようであった。彼は私達に何個かの飴をくれた。少しして通訳が到着した。通訳は「恐がらなくてもよい。明日からヤクの放牧をしてくれないか？　毎日四元ずつやろう。お前達はどこかに行くのか？　五、六日ぐらいはここにいるんだろう？」といった。兄は「分かった。明日の朝から放牧に行ける」と答えた。隊長は兄の手に一枚の書類を渡した。再び通訳が「この書類があれば、明日から兵営の中に入ることができる。朝太陽の昇る頃、兵営からヤクを連れ出して、夕方戻してくれ。毎日手間賃を渡そう」といった。兄は「分かった」と答えた。隊長は笑いながら、私の耳たぶをつまんで、兵営の入り口まで送ってくれた。

私達は再び家に戻ることができた。私は嬉しくて、兄に「兄さんは明日から放牧に行って。僕は家で茶を作ったり、粉を引いたりするよ」といった。その夜は二人でたくさんの話をした。

次の日から、兄は兵営のヤクの放牧に出かけた。二十二頭のヤクを放牧し、夕方連れて戻った。私は家で石臼を回し、麦焦がしを作った。兵営では毎日二頭のヤクを屠殺した。私は毎日そこへ行って、ヤクの頭、心臓、胃の食べられる所を拾って持ち帰った。夕方兄が戻って来ると、茶と共に、頭の肉、舌、心臓などを煮て食べさせた。兄は毎晩紙幣四元と、ゴリ、米飯などをたくさんもらって帰ってきた。私達には毎日の仕事があり、手間賃ももらい、家には肉や麦焦がしの他にゴリや米などの食べ物があった。本当に幸せであった。

第76節

ある朝、ゴロクの二人の女が来て、「ねえ、私達には食べる物がないの。ヤクの脚と頭をくれない？」といった。

「嫌だ。必要なら自分達で取ってくればいい。たくさんあるから」

「私達は兵士から見える所には行けないの。お願いだから少しちょうだい。お腹が空いているの」

そこで私は頭の肉と、肝臓を少し渡した。

「ありがとう。明日は肺や脚を持ってきて」

次の日から、私は肺や脚を持ち帰って、二人に渡した。このようにして十日以上が過ぎた。兄の放牧するヤクの数は三、四頭になったが、毎日四元と、他にゴリなどをくれた。兄と私は時々商店へ行って、茶、塩、飴などを買った。生活はとても快適であった。

ある日商店へ行った帰りがけ、漢人の女が私の手を捕えて引っ張っていった。家では土が積み上げられており、女はそこに水を注いだ。女は私にスコップを手渡し、土を捏ねろという仕草をした。私は土を捏ね、竈にそれを塗る手伝いをした。塗り終えると、女は二元の金と、飴、蒸したゴリを三、四個くれた。それを持って家に帰ると、兄が茶を作って待っていた。私はとても嬉しかった。それは初めて自分で稼いだ金であった。兄もとても喜んでいた。

このように、そこで楽しい十八日間を過ごした。兄の放牧するヤクの数は二、三頭しかいなくなることもあり、十頭以上いることもあった。ヤクは毎日屠殺され、そのため毎日ヤクの頭や心臓、胃などをもらいに行った。十八日間はこのように過ぎたが、その間私達は三、四日毎に、仲間達が解放されはしないかと思って牢獄の門まで行った。しかし、四人達の死体が運び出されてくるだけであった。私は「可哀想に。これではいずれ仲間達も死んでしまう」と思った。

その日は西暦の一九五八年十二月二十日であった。まだ日が昇らないうちに、キャルマ・タシが現れて「お前達、すぐに支度をしろ。今日ここを出るぞ」といった。支度をしながら、兄は「どこへ行くの？」と尋ねた。

「もうここに住むことはできない。ラツァン小学校へ入るんだ。学校から迎えが来る。椀を懐に入れておけ。それ以外の物は何も持って行く必要はない。学校に行けば、食べる物も着る物も、何でも必要な物はある」

そこで私達は朝食を食べて待っていた。

「兄さん、僕達の食べ物をゴロクの女達にやろうか？」

「そうだね。行って呼んでおいで」

私はゴロクの女達を呼んできて、麦焦がしや肉など全ての食料を渡した。年長の方の女は「ありがとう。恩にきるわ。でもどこへ行くの？」といった。私は「学校へ入るんだ」と答えた。

それから少しして、一人の男と二人の女が荷物を積んだ五、六頭のヤクを連れて到着した。彼らは私達をヤクの背に乗せて、出発した。すぐに川を渡り、向こう岸に着いた。川岸には百張程のテントが、道の両側に一列に並んで張られていた。私達は道の中央を進んだ。道の両側のテントでは、多くの子供や老人が私達を見ていた。

いくらも行かない内に、大きなテントの入り口に到着した。人々は、ヤクから荷物を下ろすのを手伝った。多くの子供達が、兄と私に向かって様々なことを尋ねてきた。ややあって、背の高い若者が現れ、私達をテントの中へ連れて行って、そこで食事をさせてくれた。彼は私達の名前、年齢、出身地、ここまでどうやって来たのか等について尋ねた。兄が詳しく答えると、彼は「私は教師だ。名前をツェラン・ドルジェという[※8]」といった。他の者とは違い、彼の声は非常にはっきりとしていた。私達がゴロクの出身だと名乗ると、彼はとても喜び、「私もゴロク出身だ。私達は同郷だな。君達は学校で快適に暮らしてくれ。ゾンへ行ったら、君達の仲間が解放されたかどうか聞いてみよう」といった。私達は「先生、ありがとう」と答えた。彼は、「今後、困ったことがあれば私に話しなさい。私が何とかしよう。大丈夫だ。毛主席様のお陰で、飲む物も食べる物もある。『幸福寮』へようこそ」などと、多くの話をした。

それからクンチョンという名の生徒が、私達を宿舎となるテントへ連れて行った。それは非常に大きなテントであった。テントの中には十三人分の寝床が並んでいた。私達の寝床はテントの奥と入り口の中間に設けられた。兄は入り口側、私はその上手であった。それでテントの中にいるのは十五人となった。次にクンチョンは私達を教室へ連れて行った。教室となっているテントは、僧院の集会堂として用いられていた巨大なものであった。そこには三百人以上の子供達がいて、カカなどを唱えていた。クンチョンは「僕達は第一隊だ。今は第二隊が学んでいる。第三隊もある。ここが幸福寮だ。三つの隊で、併せて生徒は千人位いる。大部分は両親が捕まってしまい、面倒を見てくれる者がいなくなった者だ。身寄りのない老人も六百人程いる。国が全員をこの幸福寮で養っている」などと長々と説明した。

昼食時、炊事場では女達が数個の大鍋の半ばまでバターで満たし、そこに麦焦がしとチュラを混ぜて捏ね上げ、生徒達に一塊ずつ配った。しかし生徒達は麦焦がしを食べたがらず、あちこちに捨てた。私は、「この餓鬼ども！　こんなにバターのたっぷりはいった麦焦がしを捨てるとは！」と憤った。兄と私は既に散々苦労をしてきたので、こんなにおいしい麦焦がしはたとえ食べなくても、捨てることはできなかった。そこで私は革袋に、自分の分や他の生徒達の捨てた麦焦がしを拾い上げて詰めておいた。

夕食には肉のスープが出された。毎日がこのようであったので、私は「こんなに多くの人が食べても尽きないだけの食料を、一体どこから運んでくるのだろう？　本当にここは『幸福寮』とか養老院と呼ばれるのに相応しい。ここでは、老人は穴に投げ込まれず、子供もヨーグルトをお腹に詰め込まれた上、屋上から突き落とされるようなことはない。皆が快適に暮らしている。これを知っていたなら、僕達も故郷を離れて彷徨ったりはしなかったものを。哀れなのは、この口の裕福だった者達だ。

皆穴の中に入れられてしまった」などと考えていた。

ある大きなテントの入り口に来て、ふと中を見ると、食べきれない程のバター、チュラ、麦焦がしなどが置いてあった。その大きなテントの四方には、バター、チュラ、大麦、小麦が積み上げてあった。バターは革で包まれ、チュラは革袋の中に入っていた。近くの女に「こんなにたくさんのバターやチュラをどこから持ってきたの？」と尋ねてみると、彼女は「これは全部、裕福な家の持ち物をとりあげたものよ。上のテントの中には干し肉もあるよ」と答えた。私は、「ラマ三宝！　幸福寮には食べ物があり、身寄りのない子供や老人も快適に暮らすことができる。食べる物は何でもあり、働く必要はない。ああ、幸福寮、ああ養老院。この悪しき時代に、なんとすばらしい所であろう」と思った。夕食後は、毎日のようにツェラン・ドルジェ先生が生徒達を輪に並ばせて、踊ったり、遊戯をした。

ある日、ツェラン・ドルジェ先生は生徒達全員がいる所で、「皆さん、昨今我ら無産階級は政権を握りました。毛主席様のお陰でこのように快適に暮らすことができます。このことを忘れずに、君達はしっかり勉強しなさい」などといった話をした。私は「ラマ三宝！　幸福寮と養老院はこんなにも快適だ。この口の捕らえられた両親と家族達も、自分達の子供や老いた両親が快適に暮らしていることを知ったなら、たとえ牢獄で死んだとしても安心できるだろう。兄さんと僕も、自らの業に従って、このように快適な境遇を得た」と思った。

しかし疑わしい気持ちも起こってきた。国が変革の時期で困難を経験している時、この口だけがこの様に安楽な状態でいられるのだろうか？　私は、どうしても疑問に感じてしまうのであった。「これは現実だろうか？　このような幸福が長続きするだろうか？　ある日、これもまた破たんするのではないか？　中国軍は両親を殺した後、残った子供や老人に対し、このような良い扱いを続けるものだろうか？」と思った。そこで私は貯めておいた袋一杯の麦焦がしを山に運んでいって、ある岩穴の中に隠しておいた。

第77節

夜寝る時、私は兄に「僕達が貯めた麦焦がしは、山の上に隠しておいたよ」と話した。兄は「そうか。今は必要ないね」といった。

その朝は、雪が激しく降った。私はテントの入り口の雪を除き、道を作った。朝食を終えた後、生徒達は学校の入り口に集まったが、私と兄は行かなかった。生徒達は麦焦がしを餌にして、テントの周りにいる全ての犬を捕え、崖から投げ落として殺した。さらに山の麓で、石を投げて全ての母犬と子犬を殺した。その時ある老婆が「お前達は早死にするよ。なぜ犬を殺すんだ？　こんなことをすると、いずれその報いが来るよ」といって、激しく叱った。その言葉を聞くと、ゴロク出身のようであった。少しすると、「割れ鼻のダラ」と呼ばれる生徒などが来て、兄と私に「お前達ゴロクの二人は、今日犬殺しに参加しなかった。夕食はなしだ」といった。さらに「さあ、犬を殺しに行け」といい、私達の手を引っ張ったが、私達は従わなかった。

その頃第二隊、第三隊の生徒と、鉄砲をもった教師が山の麓で犬を殺していたので、彼らもそれを見に行ってしまった。日中は皆が犬を殺しに行き、戻ってきてから、ペンノルとクンチョンが「今日、幸福寮では百頭位の犬を殺した」と話した。夕食を終えてから、再び生徒達は教室の入り口に呼ばれた。兄と私が行くと、割れ鼻のダラが「今日は革命をする。皆の首に掛かっている護符を取って、ここに置け」といった。見ると、生徒達の中心に大小の経典が積み上げてあった。全ての生徒は、各自の首に掛けていた護符を取ってそこに置いた。生徒達は二人の大人の男からも、無理やり護符をむしり取った。チュノルという男は、「この悪餓鬼ども！　今日は犬を殺し、今またお経や護符を燃やすとは、ひどいことをするもんだ」といった。兄は「さあ、帰ろう」といったので、私達はそこを離れて寝床へ戻った。少しして、経典や護符を燃やす匂いが漂ってきた。

その時、割れ鼻のダラが数人の生徒と共にテントへ入ってきて、「お前達二人は、どうして護符を燃やす場に来ないのだ？」と詰問した。

「僕達は護符を持っていない」

「行け！　経典を燃やす場に行かないなら、革命に反対することになるぞ」

生徒達は無理やり私達を連れ出し、経典が燃えている場所へ連れて行った。割れ鼻のダラは「このゴロクの二人は、経典を燃やす場所へ来なかった。闘争が必要だ！」と叫び、そこにいる他の生徒達も「闘争が必要だ！」と叫んだ。

その時クンチョンがツェラン・ドルジェ先生を連れてきた。先生は「お前達は何をしている！　この餓鬼ども。ゴロクの二人が何をしたというのだ？」といい、私達を傍に引き寄せた。ダラは、「こいつらは宗教や迷信を信じていて、今日犬殺しに来なかったし、今も護符を燃やしている所に来なかったんです」といったが、先生は「来ないなら来ないでいい。お前に何の関係がある。みんなあっちへ行け。自分の所へ戻れ。ダラ、お前はこんなことを止めるんだ。悪餓鬼どもめ、行け、行け、行け」といって、皆を追い払った。

先生は私達を炊事場へ連れて行った。そこで料理人のブグロ（「太って背の低い」という意味）が、「私がクンチョンに先生を呼びに行かせなかったら、この二人は闘争にかけられていたわよ」といった。先生は「悪餓鬼どもめ、碌なことをしない。怖がることはない。今後あいつらが何かしてきたら、クンチョンかワンノルにいえ。もし彼らがいなければ、私の所に来い」といった。私は、「こんな所でも、僕達のことを気にかけてくれる人がいる。クンチョンやワンノルはなんと親切だろう」と思っていた。

次の日、生徒達の大部分は風邪をひいてしまった。ある女は、「昨日お経やお守りを燃やしたせいだ」といったが、私は「それが何だろう。僧院を壊した時には、頭が痛くなった者さえいなかった。お経の一つや二つくらい何でもない」と思っていた。

ある朝、兄は「割れ鼻のダラとツェジャプの二人は、いつも嫌がらせをしてくる。今日こそは目に物見せてやる」といった。そこで私は懐に尖った石を忍ばせたが、兄が手に何を持ったかは見えなかった。向こうに行くと、ダラは他の生徒達と一緒にテントの入り口辺りで遊んでいた。ダラは十五歳で、兄よりも一歳年上であった。しかし体の大きさは同じ位であった。すぐに彼らは、「ゴロクの奴ら、何しに来た？」「乞食の子め、糞でも食いにきたか？」「こいつらは糞を漏らしているから殴ってやらないとな」などと悪口雑言を投げつけてきた。その間にも、ダラと兄は胸倉をつかみあい、私はダラの後ろに回った。兄は懐から鉄片を取り出し、ダラの鼻を殴った。私も懐から石を取り出し、ダラの後頭部を殴ると、そこから血が流れた。ダラは後ろを振り返ったが、兄が再び彼の顔を殴り、昏倒させた。ダラは泣き叫びながら、地面の上を這って逃げようとした。鼻からも血が流れていたので、何人かの生徒は逃げながら、「ゴロクの二人が人を殺した！」と叫んだ

さらに兄はツェジャプの胸倉をつかみ、鉄片で鼻を殴った。ツェジャプは十二歳であった。私も走って行って彼の顔を引っ掻くと、そこから血が流れ、四筋の傷が付いた。兄は再び彼の鼻の辺りを拳で殴って倒した。彼もまた泣きながら逃げていった。生徒達は歓声を上げ、中には「割れ鼻のダラは殴られて当然だ」という者もいた。

そこへ料理人のブグロが来て、私達を引っ張っていった。彼女が「まあ、何があったの？」と尋ねるので、兄は「ダラ達二人は、いつも嫌がらせをしてくる。やめないとどうなるか、思い知らせてやった」と答えた。

次の日、先生はこっそりと「よくやったな」といった後、声を張り上げて「お前達は今後喧嘩をしてはならん！」といって笑った。それからは、私達に嫌がらせをする者はいなくなったし、悪口をいう者もいなくなった。多くの生徒達は兄を「ジャペ兄さん」と呼んで慕った。兄は組長や食事の配分係として、私達の組の三百人の中から選ばれた。それは主にゴロクのツェラン・ドルジェ先生のお陰であった。

その日は漢人の新年であった。朝から雪が激しく降っていた。私達は早朝からテントの入り口に積もった雪を取り除いた。昼頃、第三隊の生徒達に、ゾンに舞踊団が来るという知らせが届き、観に行くこととなった。ゾンには若い男女がたくさんいた。皆貂の毛皮の付いた羊皮の衣を着ており、白や

赤の長い袖をひらめかせながら、歌い、踊った。チベットの踊りを見るのはその時が初めてであった。彼らが並んで円を作り、「ダルギャダロジソン、ダロロマヤクソン」[※9]等と歌いながら踊る様子はとても素晴らしかった。踊り手の女性の中には、スルマ、ツェ・ラモ、ユドゥンマといった者達がいた。彼女達はたくさんの歌を歌った。そこにはキャルマ・タシもいたので、私達は仲間達の様子を尋ねた。しかし彼は「今は分からないな。あそこへ戻ったら聞いてみるよ」といっただけであった。彼は私達に黒糖や油で揚げたゴリをたくさんくれた。

夜にツェラン・ドルジェ先生が兄と私を先生のテントへ連れて行った。そこには何人かの客がいたが、一人の若い男が私の頭を撫ぜ、肉とヨーグルトをくれた。先生は「この人は私の友達で、チュガ[※10]という。ナンチェン・ギャルオ・ロの出身で、今は幸福寮で仕事をしている」と紹介してくれた。食事の後、私達は自分のテントへ戻った。

その夜はまた、生徒達も新年の踊りを踊り、大人達がそれを見物した。私も楽しく遊びながら、初めての漢人の新年を過ごした。その時チュガが「ゴロクの子供達、ここに来なさい」というので、私は彼の近くへ行った。彼は包みをくれて、「これを持って行きなさい。お前達で食べるといい。他の者に見つからないようにな」といった。私は「チュガおじさん、ありがとう」とお礼をいい、それを持ってテントへ戻った。中には肉と、漢人のゴリが入っていた。兄と私はそれらを食べ、傍で寝ていた男の子と女の子にも少し分けてやった。私は二人に「今日は新年だ。楽しく過ごそう。これは新年のごちそうだ」といった。男の子は「ヌロ兄さん、これは誰にもらったの？」と聞いてきたが、私は「これは山で見つけたんだ」と答えた。このように、肉やゴリを食べながら楽しく新年を過ごした。

第78節

私達と一緒に新年のごちそうを食べた二人は、とても喜んでいた。男の子は八歳で、女の子は五歳ということであった。彼らは兄と妹なので、同じテントの中で寝ていた。彼らは自分達の両親の名前を知らなかった。あとで先生は、「この二人は殲滅された土匪の村の出身だ。兵士がここへ連れてきた」と教えてくれた。兄と私はいつもこの二人の面倒を見て、食事や、寝床の世話をした。彼らは私を「ヌロ兄さん」と呼び、私も殊更に可愛がった。この二人と、私達兄弟は同じような境遇であった。しかし両親の名前さえ分からないのは可哀想であった。業によって、私達と彼らはひとつ屋根の下で苦楽を共にすることとなった。

新年から三か月程たつと、幸福寮と養老院の食事は日毎に少なく、質も悪くなっていった。以前は鍋の半分ほどをバターで満たしてから麦焦がしを加えて捏ねていたが、皆はそこにチュラがたくさん入っていると食べたがらなかった。今やバターはなく、僅かな麦焦がしにチュラがたくさん入っているものさえ、食べたくても食べることはできなくなった。夕食のスープにも肉はなかった。老人達の中には、食べ物が悪いといって生徒達の食べ物を貰いに来る者さえいた。しかし生徒達も麦焦がしやチュラを少ししか与えられず、日毎に飢えがひどくなっていった。生徒達と老人達は、飢えるのも満たされるのも一緒であった。飢えを防ぐための方策を思いつく者は誰もいなかった。盲人の如く、手に何が置かれるか、椀に何が注がれるかは、炊事場から配られるまで分からなかった。

ある日先生は、「お前達安心しろ。数日のうちにゾンから小麦や米が届けられる」といった。私達よりも、老人達の方が状況は悪いようであった。彼らには僅かなチュラの他、何もなかった。食料の不足のため生徒や老人達の間に病気が広がった。ある者は風邪をひき、ある者は腹を壊した。まことに、「病と飢えに閏月（「泣き面に蜂」の意）」の喩の通りであった。冬の寒さは非常に厳しく、食べ物が乏しくなるにつれ、病が広がっていった。料理人のブグロが「先生、お役人達、食べ物を貰ってこないと、子供達は飢えて死んでしまうよ」と訴えたので、先生は「明日ゾンへ行って、食べ物を貰ってこよう」と答えた。二日程して、ツェラン・ドルジェ先生とチュガはゾンから食料を貰って戻って来た。私達が見に行くと、小麦粉が四、五袋と、豆が二袋運ばれてきただけであった。これは絶望的な状況であった。生徒と老人が四百人いるのに、食料はこれだけしかなかった。人々の顔は曇り、いいようのない恐怖の表情が浮かんだ。先生も、食料を得ても全く嬉しそうではなかった。その表情を見ると、前よりも沈んでいた。それも当然であった。食料がなければ、子供達と老人達がこの先どうなってしまうのかは明らかだったからである。

次の日、私は先生のテントへ水を運んだ。その時先生とチュガの二人は、非常に悲しそうな表情をしていた。私はすぐに分かった。昨日チュマル・ゾンで、「幸福寮にはもう一粒の麦もやれない。お前達は自力で養え」といわれたのであった。先生は、「こんなにも多くの人がいて、手元には馬もヤクも羊もなく、一粒の麦もよこさずに、どうやって自力でやっていくことができよう」と嘆いた。チュガと先生がこのように絶望する一方、大部分の者は空腹を訴えるだけで、どうしたら良いか、思いつく者は一人もいなかった。私は、「数日間でチュラと豆を食べつくしてしまったら、どうなるのだろう？　飢えて死ぬのだろうか？　病気はこんなにも流行っている。以前ならゾンから医者が来て、診察して薬をくれた。この大事な時には、医者の影もない。薬をくれる者もいない。しかし今の所、病気で死んだ者の話を聞かないのは幸いだ」と考えていた。

私達のテントにいた十五人の生徒の中には病人は一人もいなかったが、空腹を訴える者はいた。私は、「可哀想に。まだ本当の飢えの時期は来ていない。僅かなチュラと豆を食べつくしてしまったら、その後には麦一粒ないのだから、本当の飢えが来る。悪ければ、死人も出るだろう」と思った。私の耳には、「ゾンは一粒の麦さえくれない」という言葉が何度も響いた。しかし私はその話を誰にもしなかった。

季節は冬であった。テントの外は厳しい寒さが支配し、中は病と飢えが支配した。日々、寒さは増し、飢えも増していった。兄にこっそり相談すると、兄は「この先どうなってゆくのかは全く分からない。全員が死ぬなら、僕達も死を免れない。驚くことではない。全員が生き残るなら僕達も生き残る。病気で死にさえしなければ、飢えについてはなんとかできるだろう」といった。

夕食のスープの中には豆がいくらか入っているだけで、チュラもなかった。私は「とうとうチュラも食べつくしたんだな。豆一袋で何日もつのだろう？」と思った。先生は料理人に「心配するな。明日各組あたり一頭ずつヤクを屠殺する」といった。私はその話を兄に伝えた。兄は「そうか。病気にならなければ、飢えで死ぬことはない。状況が悪くなっても、なんとかできるさ」といったので、私も気が楽になった。兄はこのようにしっかりしていたので、私も無闇に怖れなくなった。その夜は、肉と麦焦がしをたらふく食べる夢を見た。

次の日は朝早く起きた。昨晩は、肉を食べることができると思って、よく眠れない位であった。しかしその日は朝から雪が激しく降り、外へ出られない程であった。日が昇ってからかなり経って、炊事場から食事ができたという声がかかった。兄は大鍋を持って炊事場へ行った。少しして、肉や血が煮込まれた、鍋一杯のスープを運んできて生徒達に配った。十日以上も空腹が続いたので、生徒達は無我夢中でそれを食べた。兄はスープを配る時、私の椀の中に肝臓の塊を入れた。私はその肝臓を取り出して半分に切り、近くにいた幼い生徒に分けた。その時ある生徒が、「ジャペはスープを配る時にえこひいきをする。ヌロには大きな肉をやった」といった。兄は、「それじゃ、えこひいきがないように、お前が配れ。僕は配らない」といって、大鍋をその生徒の前に置いた。しばらくは、誰もスープを配ろうとはしなかったし、それを炊事場へ取りに行こうとする者もいなかった。そこで別の生徒が、「それじゃスープを配り、炊事場へ取りに行く者がいなくなる。僕達の取り分がなくなってしまう」といった。さらにウパという生徒が、文句をいった生徒に向かって「この馬鹿野郎！ 父親の腐った死体でも喰ってろ！ 肝臓を一切れ入れたからといって何なんだ。それじゃお前が行って、スープを運んで来い」といったが、文句をいった生徒は俯いて泣くばかりであった。ウパは、「ジャペ兄さん、スープを貰ってきてくれ。僕達は文句をいわないから」と頼んだ。兄は鍋からスープを配った後で、再び炊事場へ貰いに行った。このようにして、五、六日の間は肉のスープが配られたので、それほど空腹にはならなかった。

肉が尽きると、再び煮た豆が椀に半分ほど配られるだけで、他に食べる物はなかった。本当にひもじい思いをしたものの、僅かでも食べる物はあったので、飢えて死ぬようなことはなかった。しかし生徒や老人達の中には、腹が減ったといって泣き叫ぶ者もいた。

ある日、多くの中国兵が到着し、馬から大袋に入った豆とトウモロコシの粉を十袋程下ろし、炊事場へ運んだ。これは、ツェラン・ドルジェ先生が軍隊に頼んでもらってきた物とのことであった。これには皆が喜んだ。明日からの食べ物があるということが分ったからである。その次の日にも各組毎にヤクを屠殺したので、再び肉のスープを飲み、食べ物を食べることができた。

さらに数日して、チュガが漢人とチベット人の役人達を連れてきた。彼らは、七、八袋の小麦粉を持ってきてくれて、「生徒達よ安心しなさい。君達を飢えて死なせるようなことはしない」などと、たくさんのことを話した。食料を得たので、皆には飢えや寒さへの心配がなくなった。夕食の後には、以前のように踊ったり遊んだりした。ツェラン・ドルジェ先生とチュガも笑顔になった。食べ物があれば彼らも安心し、食べ物がなくなると、非常に不安そうであった。

ある夜、皆が集められて、「明日、川向こうのホルタギャプマに移動する。朝、各自の衣服などを持って氷の上を渡ってくれ。食事は向こうに着いてからする」と告げられた。

第79節

移動の朝、テントは早々に取り払われてしまい、私達は起きてから各自の必要な物を集めた。兄は私達の寝具を運び、私は椀や平鍋などを背負って運んだ。私達の荷物の上には幼い兄妹の寝具を載せた。幼い女の子と手をつなぎ、私達四人は一緒に氷の上を渡り、新しくテントが張られ場所へ行った。

そこには多くの中国兵が集まっていた。私は、移動の手伝いをしてくれた人達は囚人であることに気が付いた。こっそりと何人かに仲間達のことを尋ねたが、知っている者はいなかった。夕方になると、百人以上いた囚人を兵士が整列させて連れて帰った。テントは高い崖の近くに張ってあり、私達は前の様にそこに寝床を作った。暗くなる頃、僅かな食事が出された。

テントには囲いがなかったので、その夜は風が吹き込み、寒さの余り一睡もできなかった。翌日、兄は私達を連れて崖の下から石を運び、テントの裾に並べ、その隙間を土で埋めた。さらにそこに水を注ぐと、土は石と共に固く凍りつき、お陰でテントには風が吹き込まなくなった。

川向こうに移動してから二、三日の間は、食事に豆やトウモロコシが出された。食料が乏しくなるにつれ、飢えの危険が高まってきた。しかし数日の間は何とかなった。毎日昼に水の様に薄い、お湯に小麦粉を溶いたものが椀に一杯出された。稀に、親指の頭ほどの、干した肺の一片が椀の中に入っていることがあったが、それが入っていない時は、全くお湯のようであり、歯で噛むようなものは何もなかった。

日毎に飢えはひどくなっていった。ラマ三宝！　今や餓え死にが迫ってきた。体全体に力が入らず、眠気に襲われて、立ち上がる元気もなくなった。立ち上がろうとすると眩暈(めまい)がし、頭が引き戻されて倒れてしまうのであった。生徒達の中には、空腹の余り昼夜泣き叫ぶ者が増えてきた。また歳をとった老人はさらに悲惨であった。

生徒達は空腹のせいで話もせず、ふらふらとしていた。私は、「これでは皆飢えて死んでしまう。平地や谷は空っぽで、土地は乾き、山は荒れ果てている。一粒の穀物も来るあてはない。老人は余りにも老い、子供は余りにも幼い。誰にも飢え死にを防ぐ方策はない」と思った。先生や役人もその頃には姿が見えなくなり、私達は顔を見合わすばかりで、死を待つより他にどうしようもなかった。

ある朝早く起きると、兄が「僕達二人で、今日はゾンへ行こう」といった。ゾンは近くであり、私達のいる崖下から見ることができた。しかしその頃には、ゾンの中国軍の軍営に行く勇気がある者はいなかった。私達二人も空腹のせいで早く歩くことはできなかったが、川の岸辺で氷に空いた穴から水を飲み、休息しながら進んだ。ゾンに着くと、まずは商店へ行き、兄が黒糖やビスケット、落花生を五元で買った。持ってきた袋はそれらで殆ど一杯になったが、商店にはその他の食べ物はなかった。帰り道、兵舎まで来ると、軍馬が繋がれている所にたくさんの大豆が散らばっていた。私達はそれを全て拾ったが、馬の餌袋一杯分程もあった。兵舎の囲いの近くでは、歳をとった兵士が鉄鍋でゴリを焼いていた。それを眺めていると、兵士は私を手招きした。近くに行くと、彼は私の懐に焼きあがった大きなゴリを入れてくれた。ゴリからは香ばしい香りが立ち上って、鼻を衝いた。「ありがとう」といって親指を立てると、兵士は冗談をいいながら笑った。

それから私達は寮へ戻った。その日私達はゾンへ行って、多くの食料を得たのでとても嬉しかった。テントが近づいてきた時、兄は「今日ゾンへ行ったことは誰にも話すな。暗くなってから戻ることとしよう。そうしないと食べ物を奪われてしまう」といった。そこで私達は河岸の崖下に隠れて、暗くなる頃寮に戻った。テントの中では大部分の生徒が寝ており、行方不明になった者もいた。私達は食料を寝床の下に隠したが、幼い兄妹にはビスケットを一つずつやった。少ししてウパが来て、「今日はどこへ行ってたんだ？　第二隊では二人が飢え死にしたぞ」といった。兄はウパに一掴みの半分ほどの大豆をやり、私も兄妹に三粒ずつやった。ウパは声を潜めて、「この豆をどこから手に入れたんだ?」と尋ねたので、兄は「拾ったんだ」と答えた。

そこへ先生が来て、「ジャペ!」と兄を呼んだ。ウパと兄は戸口を出ていき、しばらくして戻って来た。

「僕達の第一隊で女の子が死んだ。その死体の片づけを手伝ってきた」

「飢え死にしたの?」

「多分そうだ。また一人死にそうだ」

夜、私は中々眠くならず、「とうとう死人が出始めた。一人二人ではすまないだろう」と思った。

次の朝、私と兄は寝床から起きず、昼食のスープを飲みにも行かなかった。スープには何もはいっておらず、湯と変わりなかったからである。私達は黒糖や大豆を食べて過ごした。兄は、「今日から毎日一人につきビスケットを一つ、落花生を三個、大豆を十粒だけ食べることにする。少しくらい腹が減っても構わない。塩を舐めればよい」といった。

それから私達は、毎日朝には黒糖を少々、ビスケットを一つ、大豆を三粒食べ、昼には落花生を三個食べた。夜には再び七粒の大豆を食べた。数はきちんと守り、兄はそれ以上は一粒もくれなかったが、時々塩を舐めさせてくれた。いくら空腹でも、我慢するより他に仕様がなかった。

次の日の朝、私達のテントの中で、病気になっていた生徒が一人死んだ。先生は死体を片付けるように命じた。その日は、第一隊で三人の生徒が死んだということであった。もう慣れてしまって、人が死んだといわれても少しも怖くなかった。

ある日、私達がテントの中にいると、ウパが来て、「ジャペ兄さん、行こう。第三隊では、牛革や羊皮を食べているそうだ。早くいかないとなくなってしまう」といった。行ってみると、第三隊に着く前に多くの者が羊皮を持って走っていた。着いてみると、既に大部分の羊皮はなくなっていた。人ごみをかき分けて、兄は羊皮を二枚取り、私は小さな牛革を一枚取った。自分達のテントへ戻り、兄は一枚の羊皮を他の生徒達に分けてやった。それから私達は第三隊のやり方を見習い、牛革や羊皮の毛を剃り落とし、火で焦がして食べた。味というほどのものはなかったが、飢えを凌ぐのには役立った。生徒や老人達の中には、火で焦がさずに、毛を取り除いた後の革をそのまま噛んでいる者もいた。

数日のうちに革で作ったものは食べられてしまい、挙句には、テントの張り綱に用いられている革紐さえ取って食べてしまう始末であった。そのため殆どのテントは傾いてしまった。さらにヤクの鞍に用いられている革紐や、最後には自の革靴など、手当たり次第に食べてしまった。今や飢えた生徒や老人達は、喉を通るものならば何でも食べた。

ある日、私が第二隊のテントの近くを通りかかると、老人が目を閉じて、頭を揺らしながら革を噛んでいた。それをある生徒が奪って逃げた。老人は「なんてことを。餓鬼どものせいで俺は飢え死にする！」と泣き叫んだが、後を追う力はなかった。私は老人を哀れに思い、その生徒を追いかけた。その生徒も遠くには行けず、地面に座っていた。私が革を奪い取ると、彼は「僕は三、四日何も食べていないので、このままでは死んでしまう。その革を少しくれないか？」といいながら、親指を立てて懇願した。私も「ああ、哀れな子だ」と思ったので、その革を裂き、半分をその生徒に与え、半分を老人に返した。老人は「おお、ありがとう」といって、前の様に革を噛んだ。その有様を見ると、思いがけずに涙が流れた。夕方この出来事について兄に話すと、兄は「今は憐みの心を持つべきではない。今日もまた三人の生徒が死んだ。死体を片付けた先生と生徒達も、空腹の余り眩暈がしたほどだ。これからは死者が出ても、片付ける者さえいない」といった。次の日兄と私は、大豆を何粒か持って老人を探したが、老人はテントの傍らで革を握りしめて死んでいた。戻って来る途中に、小さな女の子が二人、地面に寝ていた。兄は二人に四粒ずつ大豆を与えた。しかし彼女達は死にかかっていて、豆の何粒かでは命を救うことはできないのは明らかだった。

第80節

ある日、兄と私はまたゾンへ行った。商店に行ったものの、黒糖以外の食料は何も売っていなかった。私達は商店の後ろの小高い場所をうろつき、小さな家の裏に七、八枚の魚が干されているのを見つけた。兄はそれらを盗んできた。そこには何人かの漢人がいたが、何もいわれなかった。私達は魚を袋にしまって、軍営の、馬が繋がれている場所へ行った。馬は囲いの中に入れられ、門の外には誰もいなかった。囲いの中には二、三張のテントがあったが、辺りには人がいなかった。下方のテントの入り口近くには、トウモロコシの入った飼料袋がいくつか置いてあった。兄は「ゆっくり行って、飼料袋を取ってこい」といった。私達はテントの近くへ行き、私が飼料袋を取ってきた。塀の上には見張りがいたが、やはり何もいわれなかった。

私達は夕方、暗くなる頃にテントへ戻って来た。私達のテントでは、また一人の生徒が死んでいた。以前は病気と飢えが原因で衰え、最後は病気で死んでいたものの、今や飢えのみが原因で死ぬようになっていた。少しして、先生とクンチョン達が来て、死体を引っ張って小川の向こう側に捨てに行った。翌日、夜が明ける頃、私達のテントでまた一人が死んだ。先生は、年長の生徒達に命じて死体を捨てに行かせた。生徒達は、「本当に、腹が減って死体を捨てにも行けない」と文句をいいながらも、川岸まで死体を引っ張っていった。後で兄と私がそこへ行き、小川の向こう側の谷間に捨ててきた。

ある朝、兄と私が第三隊に向かって歩いていると、一人の老人がヤクの鞍を火であぶって、革紐を食べていた。傍では二人の老婆が自分の靴の革を火であぶって食べていた。兄が彼らに塩を少し渡すと、老人は「おお、ありがとう」といって、火にあぶった革紐を少しくれた。老人は「俺達の第三隊では、毎日六、七人が死んでいる」といい、老婆は「みんな死んじゃうよ。私達もね」といった。

自分のテントへ戻る時、私は兄に「僕達が川向こうにいた時、僕は食べきれない麦焦がしを袋に入れて山に隠した。今探したらあるかもしれない」といった。

「どこに隠したか覚えてる?」

「二人で行けば分かると思う。岩穴の中に隠した」

「それでは二人で行って探してみよう」

そこで私達は氷の上を渡って対岸の山を目指した。以前暮らしていた所から山の麓まで行き、そこから見上げると岩壁が見えた。そこへ行ってみると、大した苦労もせずに袋を見つけることができた。新年の少し前に隠したので、袋の下側は水で濡れ、土や石と一緒に凍り付いていた。麦焦がし自体も凍り付いていたが、溶かすと捏ねたての様になって非常においしかった。私達はとても嬉しかった。レイヨウの革袋一杯の麦焦がしがあれば、当分は飢え死にしないですむからであった。

私達は、また暗くなる頃にテントへ戻った。幼い兄妹だけが待っており、他の者は寝てしまっていた。私達は彼らに麦焦がしを少しやり、頭を衣で覆ってこっそり食べるようにいった。

翌朝日が昇っても、テントの中の子供は誰も起きて来なかった。食べる物は何もない上に、凍えるように寒いからである。しかし兄と私は起き上がり、麦焦がしを少し持って炊事場へいった。ブグロに茶を頼んで、小さな壺に湯を入れてもらった。私達はそれを持って行き、日当たりのよい崖下の窪みに行き、麦焦がしと塩を捏ねて食べた。

昼頃テントへ戻ると、ウパが「昨夜、俺の傍で寝ているドジャプが死んだ。今朝、先生達が死体を片付けた」といった。夜寝た後、一人の生徒が腹痛がするといって泣いていたが、夜更けには静かになった。しかし明け方頃に死んでしまった。死体を片付ける者がいないので、そのまま二日以上放置された。その後で、ウパと兄、私の三人で川向こうへ死体を捨てに行った。私達のテントにいた者の大部分は幼かったが、その中でも少し年上なのは兄とウパであった。ウパは当時十三歳であるといい、兄よりも一歳年下であった。

元来、学校にいたのは豊かな家の息子や娘だけであった。彼らは普段家で飢えや寒さを経験したことはなかったし、自分で自分を養うこともなかった。食料不足になった時も、自分で何とかすることはできず、革が手に入っても食べることさえできなかった。食堂で食事を待つこと以外、自分ではどうすることもできなかったのである。だから飢えるのも早く、死ぬのも早かった。三つの隊の中で、その十数日間で既に二百人程が死んでいたが、全てが豊かな家の息子、娘であった。老人についてもそれは同じであった。三つの隊の中で、老人は百人以上が死んでいた。やはりその全てが豊かな家の出身であった。

第二隊では死んだ老人が若干多かったが、死体を片付ける者がいないということであった。ある日、第二隊の多くの子供達がテントの中を覗き込んでいた。兄と私が行って見ると、小さなテントの中で二人の老婆が死んでいた。死体を片付ける者はおらず、誰もテントの中へ入ろうとしなかった。私達は自分のテントへ戻り、それから五、六日して、今度は一人で行ってみた。そのテントは崩れかかっており、入り口から覗くと、死体が中に残されていた。死体を片付ける者は誰もいないのであった。私は小さなナイフを持っていたので、それを取り出して、テントの主な張り綱を全て切った。テントは崩れ落ち、死体の上に覆い被さった。戻ってきて兄に話をすると、兄は「それでいい。夏になれば、テントごと腐るだろう」といった。

その頃、朝、炊事場の入り口に多くの人が集まっていることがあった。ブグロが大声で「昨夜、皿に入れておいた犬の脂を盗んで食べた者がいる。もうスープに油を入れられない。泥棒が誰であれ、碌な事にはならないよ！」と叫んでいた。私達は炊事場で犬の脂を使っていたことを初めて知った。先生は「ほうっておけ。皆飢えて死にかけているんだ。盗んだ者でも同じだ」といった。

昼に兄と私は炊事場へ行き、スープを椀に一杯飲んだ。スープは、少し麦焦がしの香りがした。スープの表面に輝いているのは犬の脂であろう。子供や老人で、それまで生き残ることができた者の多くは、このスープに頼っていた。夜、就寝後少しして、私達のテントの二人の生徒が、腹が痛いといって泣きだした。兄が介抱したものの、夜更けには静かになった。私は「可哀想に。また死んでしまった」と思ったが、それは正しかった。明け方、二人は顔が腫れあがって死んでいた。顔の周りには脂を吐いた跡が残っていた。哀れにも、犬の脂を食べたのは彼らであった。昼頃、私は先生の所へ行って状況を説明した。先生は「立派な父の息子よ、お前達で死体を片付けてくれないか？　俺は病気で動けない」といった。クンチョンを探していると、戸口の所にたくさんの人が集まっていた。見ると、そこでも二人の生徒が死んでいた。彼らの顔も腫れあがり、傍には脂が吐いてあった。人々は「この二人は昨日犬の脂を盗んだ。可哀想に、食べ過ぎで死んだんだな」といった。クンチョンが見つからずに歩いていると、別のテントの入り口でも子供と老人がたくさん集まっていた。そこへ行って見てみると、テントの入り口近くに、やはり同じ様子をして死んでいる三人の子供がいた。私は「ラマ三宝！　一皿の犬の脂で七人の子供の命が奪われた。死というのはこんなにも簡単なものだ。これは飢え死にではない。詰め込みすぎて死んだのだ。犬の脂を食べ過ぎて死ぬとは」などと考えた。そこで一人の老婆が「何てことを。子供は知らないのだ。長い飢えの後で、いきなりたくさん食べると死んでしまうことを」といった。とにかく哀れな話であった。彼らは飢えて死んだのではなく、腹に詰め込みすぎて死んだのだ。悪いことに、その死体を片付ける者もなかった。そこで、どこの隊の者が死んでも、その隊が死体を片付けることとされた。

テントへ戻って来ると、テントには誰もいなかった。入り口近くには二人の子供がいたが、彼らは空腹の余り眩暈がし、死体を片付けるどころではなかった。どうしようもないので、小さい方の死体の首にロープを巻き、テントの外から引っ張った。そのままテントの外へ出し、崖下まで引いていった。再びテントへ戻り、もう一つの死体を同じように引っ張って行き、崖下に置いてきた。子供の死体は小さくて軽いので、引っ張って行くのは簡単であった。私は再び崖下に降りて、死体をひとつずつ川の向こう側の小さな谷の中に捨てた。私は幼い頃から死体には慣れていた。父は僧院での鳥葬に何度も私を連れて行き、そこで茶を作らせた。それで私は死体を怖れなくなった。その日初めて、私は誰も世話する者のない二体の死体を片付けた。うまくやれたことに、私は満足であった。

第81節

ある夜、就寝時にウパが来て、「ジャペ兄さん、第二隊にいるおばあさんの所へ行く。おばあさんは死にかけているので、死んだら戻って来る」といって出ていった。その時既にこのテントでは七人の子供が死んでおり、ウパが出ていったので、後には七人が残った。その殆どは行く当てもなく、死は免れないものとして、生き残る希望もなかった。人は毎日死んでいった。子供が死に、老人が死んだ。前日には四、五人が、次の日には六、七人が死んだ。飢餓が長引くにつれ、昼に出される椀一杯の薄いスープでは何の助けにもならなくなっていた。

その日も私達のテントで二人の子供が死んだ。それを訴える所もなく、私は前の様に死体の首にロープを巻いて引っ張り、川向こうの谷の中に捨ててきた。その数日間、全ての隊で飢死者が出たという。第一隊では二百七十人以上が死んだとのことであった。

それからまた十日程して、さらに私達のテントの二人の子供が死んだ。彼らの死体もまた私が片付けた。今や、大きなテントの中には幼い兄妹のうちの妹、兄と私の三人だけが残った。兄妹のうちの兄が死んだ時、彼女はそれに気づかなかった。朝、「兄さん、起きて！」と呼んでいるので、私は彼女を騙して食堂へ連れて行った。彼女が食堂にいる間、私はその死体を片付けた。昼頃彼女が戻って来た時、「ヌロ兄さん、私の兄さんはどこ？」と尋ねるので、私は「知り合いが連れて行ったよ。数日間は戻って来ない」などと嘘をついた。彼女はその嘘を信じていたが、私は哀れで涙が出た。それからは、兄と私が得た食べ物は何でも同じだけ彼女にも食べさせたが、五、六日経った朝、彼女も死んでしまった。これは私のテントの中で出た最後の死者であった。

私は「この大きなテントで、兄と私だけが生き残った。全ての生徒達は、この二か月間飢えや寒さに苦しみ、毎日のように仲間が死んでゆくという恐怖の下で暮らしてきた。僕達は命を繋ぐため、空腹のあまり眩暈を感じながらも食堂へ行き、小麦粉や麦焦がしを溶いた湯を椀に一杯飲んだ。しかし、飢餓は長引き、生きる望みも尽き果てて、皆後生のバルドへ旅立ってしまった。僕の飢えも日毎にひどくなっている。動くのも大儀で、耳鳴りもひどくなり、全身がだるく、すぐに眠ってしまう。他の子供達も、うとうとしながら死んでしまった。僕がこんなに眠いのも、死が迫っているからだろう」などと考えていた。

兄は、「お前は先生の所へ行って、別にテントを張って暮らしてよいか聞いてくれ」といった。そこで私はツェラン・ドルジェ先生の所へ行った。先生はテントの中で、寝台に寝そべっていた。私が中に入ると先生は頭をもたげ、「ああ、良かった。お前は死んでなかったな。ジャペはどうだ?」と尋ねた。私が「兄さんはテントにいます。僕達は無事です」と答えると、先生は「よかった。ここにおいで」といい、体を起こしてベッドの下からチュラを一掴み取り出して私にくれた。私がそれを食べながら、「先生、僕達のテントの生徒達は、僕達二人を除いて皆死んでしまいました。あの大きなテントの中で僕達二人だけで寝ることはできません。別にテントを建てても構いませんか?」と尋ねると、先生は「俺には僅かなチュラ以外食べ物がない。立派な父の息子よ。頑張って生き抜けば、いつかは幸せになるだろう。テントはお前達の好きにするがいい」といった。そして再びチュラを一掴みくれて、「これはジャペにあげてくれ。お前達には食べ物はあるのか?」と尋ねた。「黒糖と豆が少しあります。それから塩もあります」と答えると、先生は「立派な父の息子達よ。なんとか工夫してくれ。死ぬなよ」といった。

私は、「先生も食べ物がなければ死んでしまうだろう」と思いながら自分のテントへ戻って来た。兄に「先生も食べ物がないそうだ。飢えて死んでしまうだろうか?」と尋ねると、兄は「空腹でも先生は大人だ。子供や老人とは違う。飢え死にするようなことはないだろう」といった。

テントは大きかったので、私達二人では倒すことができなかった。兄はナイフでテントを繋いでいる縄を切り、テントを半分にして引き倒した。半分になったテントから四角い布を一枚切り取り、さらにそこから四角い布を切り取った。そして三本の支柱に綱を結び付け、テントの布地をその上に被せ、周りを石で押さえた。このように、私達は崖の上に新しく小さなテントを張った。この口の人達は、「ゴロクの二人の子供が小さなテントを張った」といった。とにかく、その日から私達は自分達の小さなテントを所有することとなった。テントを張り終えてから、私達は破れたテントの布や、テントを畳んだ後に残った石や砂、死者の衣服等を崖下に捨てて掃除した。崖の上には私達の小さなテントがあるだけで、周りには他のテントはなかった。テントの中には小さな竈を設け、寮から小さな鍋を二個持ってきた。また料理人のブグロは、ヤクの毛で織った大小の袋二枚をくれた。これで私達のテントは普通の住まいのようになった。

昼頃私達がセウ川の川辺を、平たい石を探しながら歩いていると、氷に開いた穴の中に子ヤクの下半身を見つけた。上半身は、犬が殆ど食べてしまっていたが、骨と皮は残っていた。また骨には肉が少々付いていた。私達はそれを見つけて大変喜んだ。新しくテントを張った日に、死んだヤクを得たのだ。今や私達は小さなテントに住み、怖れることは何もなくなった。ヤクの肉と骨、腸の良い所全てを取り、皮から毛を除き、小さく切って煮た。また学校の炊事場の裏手から、捨ててあった茶殻を拾ってきて水の中へ入れて煮てみた所、良い香りの茶ができた。今や私達には肉、大豆、トウモロコシが少々、チュラが一掴み、さらに黒糖と塩があったので、一か月くらいは飢えて死ぬような心配はなかった。

私達の小さなテントからは、朝夕煙が立ち昇った。第一隊には大小のテント三十張りあまりがあったが、煙が立ち昇るのは炊事場と私達のテントだけであった。朝はいつも、テントの入り口に、飢えから死にそうになっている子供が数人やって来るようになった。私達は彼らに肉のスープをいくらか与え、煮た革を一口食べさせてやった。やがて、ツェワンとサンジの兄妹、ドゥン、また名前も知らない子供が毎日私達のテントの周りをうろつくようになったので、私達は彼らにスープを三口ずつ、また大豆もしくはトウモロコシを四、五粒ずつ与えることとした。彼らは非常に喜び、食べながら帰っていった。

私達のテントから百歩程離れた所に炊事場があった。料理人のブグロには五歳の娘がいて、いつも「ヌロ兄さん」といって私達のところへ遊びに来ていた。私は彼女と遊んでやったので、ブグロは時々麦焦がしやチュラを少しくれることがあった。ブグロの娘に「お母さんに、麦焦がしをちょうだいといって」と頼んだ所、娘は麦焦がしを捏ねて、私達に持ってきてくれた。ある時ブグロは「娘に変なことを教えないでおくれ」といいながら、麦焦がしとチュラを椀に一杯くれた。私は、「水も飲めないこの時期に、料理人は麦焦がしやチュラに不自由しないのはどういう訳だ」と思ったが、とにかく娘のお陰とはいいながら、ブグロは私達にとっての恩人であった。

その頃私達は、食堂で出されるスープを飲みに行かなかった。ブグロには、私達の分はいつも来る二人の子供にあげてくれと頼んでいた。私達は空腹でないばかりか、テントへ来る子供達に僅かながら食べ物を与えていた。

ある時兄はナキウサギ(アダ)の死体を二つ持ってきて、「これは川の向こう側にいた。山や平原のどこでもナキウサギがいる。これは今日、石を投げて殺した。さっき石の罠をいくつか仕掛けてきた。明日か明後日に見に行こう。何匹かかかっているかもしれない」といった。それから私達はナキウサギの皮を剥いで、煮て食べた。ナキウサギは小さいが、味は良かった。私はスープの中にナキウサギの頭や内臓を入れた。兄はナキウサギの皮の毛を燃やし、スープの中に入れた。少しすると子供達が来たので、私は彼らにナキウサギの頭や内臓の入ったスープを与えた。子供達はあまりに空腹なので、顔から汗を出していた。

その次の日から、兄は夕方に罠を仕掛けて、翌日の朝見に行った。そして五、六匹のナキウサギを捕えては持ち帰ってきた。私は毎日ナキウサギの頭や内臓を煮込んだスープを作って子供達に食べさせた。私は「これだけナキウサギを捕まえていれば、子供の八、九人位は餓死から防げるだろう」と思った。

第82節

その日の朝、兄と私はまたゾンへ行った。兄は軍隊の家畜番をした時の賃金をまだ二十元以上持っていた。商店では落花生の入った飴四、五斤と茶の塊一つ、塩少々を四、五元で買ったが、それ以外に買える食品は何もなかった。帰りがけ、また軍の馬場へ行き、黒豆が半分ほど入った小さな袋を盗んだ。さらに道端では馬が死んでおり、そこから何人かの大人と子供が肉を切り取っていた。私達がそれを見ていると、役人とおぼしき男が、「そこの二人、馬肉をやろうか?」と聞いた。兄が「ありがとう、ください」と答えると、彼は胸肉の大きな塊を切り取って兄にくれた。また私にも胸肉の端から肉を切り取ってくれた。私達はまた「ありがとう、ありがとう」と礼をいった。肉にはとても脂がのっていた。

その時ゾンから数人の役人とチュガが一緒にやって来た。彼らには面識があったので、少し話をした後で、馬肉を切ってチュガに分けた。それから私達はチュガと一緒にテントへ戻ったが、途中でチュガは私達に小麦粉を椀に三杯くれて、「お前達、この事は黙っていろよ」といった。私達は「わかった。ありがとう」と答えた。彼は一緒にいた二人の役人に兄と私についての話をして、「このゴロクの子供達は鬼みたいだ。そうでなければ、飢えて死んでしまっている」といった。それに対し、役人の一人は私達二人に紙幣で二元ずつくれて、「今は食べ物を持っていない。これで黒糖でも買いなさい」といった。私達は「ありがとう。恩にきます」と礼をいった。

夕方テントへ戻り、脂ののった馬肉と小麦粉でモモを作って食べた。そこへウパが来て、「おばあさんが飢えて死にそうになっている」といいながら茶を飲みモモを食べた。兄はナキウサギの肉を四、五切れと馬肉を少々与えた。

「ありがとう、兄弟。これで数日は大丈夫だろう」

「時々ここに来い。一緒に工夫して生き抜こう」

「おばあさんの食事の準備をするよ。この三、四日程食べ物がなかった。これでしばらくは大丈夫だ」

そういって、ウパは出ていった。

翌日の朝ウパは薪を持って現れ、「昨晩おばあさんに肉のスープを飲ませ、今日もまた飲ませたら頭を起こすことができた。もう大丈夫だろう」といったので、私達はとても喜んだ。

ある日の夕方、私が水を汲んで崖の上に登って来ると、役人のテントの入り口からチュガがこっちへ来いと手招きしてきた。私がそこへ着く前に、彼は「ゴロクの子よ、塩を少しくれないか」と聞いてきた。私はテントへ戻り、塩を少し持って役人のテントへ行った。そこにはツェラン・ドルジェ先生もいた。私が塩を渡すと、チュガは「おお兄弟、明日俺が商店で塩を買って返すから」といったが、私は「いらない。まだ塩はあるから」と答えた。ツェラン・ドルジェ先生が「お前達はどうやって塩を買ったんだ?」と聞くので、私は「兄さんが軍隊の家畜番をした時にもらったお金があります」と答えた。チュガが「こいつらはゾンへよく買い物に行っている。黒糖や茶、塩なんかをたくさん買っている」というと、それを聞いた先生は「それはすごい。ゴロクの子はさすがだな」といった。

彼らは煮てあった肉に塩をふり、私にも食べて行けといったが、私は要りませんと答えて帰ることにした。ツェラン・ドルジェ先生は小さな骨付き肉を布に包んで、「さあ、これを持っていって二人で食べなさい。人には見せるなよ」といった。礼をいってテントへ戻り、肉の包みを兄に渡すと、兄はとても喜んだ。兄は包みを開いて、「これは犬の肉のようだ」といった。それが何であれ、脂肪ののった肉であった。

このように一か月程は飢えることもなく、ヤクの干し肉、馬肉、犬肉、豆、小麦粉等を得て自活できたばかりではなく、他の子供達にも毎日肉スープやナキウサギの頭や肉を与えることができた。

ある日、兄と私は川向こうへ薪を集めに行った。戻って来る時、石の罠で捕らえた五、六匹のナキウサギを持ち帰ることにした。河岸に着くと、二人の子供が一本の骨を砕いて骨髄を食べていた。見ると、人の大腿骨であった。兄は「可哀想に、分からないのだな。人の骨を生で食べていることを」といった。兄が、「お前達、ナキウサギの肉を食べるか?」と聞くと、二人は「食べる」と答えた。そこで兄は二人に一匹ずつ渡した。私達は何もいわずに川を渡り、テントへ戻って来た。川向こうを見ると、二人の子供は顔を寄せ合って骨をかじっていた。

夕方私達が食事をしていると、ウパが来た。彼は「第二隊の年長の者は、人肉を食べているそうだ」といった。私は「それは本当だろう。飢えて死にそうになれば、何でも食べるものだ。この状況で、考えも、手立てもない子供がどうすることができよう。何でも食べて、命が助かればよいのだ」などと考えた。

その頃何人かの生徒が先生に、「ゴロクの二人は恥知らずだ。盗んだ物を食べている」と告げ口をしたが、ツェラン・ドルジェ先生は「お前達は余計な事をいうな。飢えが蔓延しているこの時、盗める物があればお前達も盗めばよいのだ。俺が許す」といった。

ある日、私達が四、五匹のナキウサギを平たい石の上で焼いていると、ツェラン・ドルジェ先生がテントに入って来た。先生は「ゴロクの子達、良い匂いがしているが、今日は何を食べているんだ?」と尋ねた。私は立ち上がって、先生を兄の寝床に座らせた。私が「先生、ナキウサギの肉を食べますか?」と訊くと、先生は「お前達二人は、どうやってこんなにたくさんのナキウサギを捕まえたんだ?」と聞いた。私は「兄が石の罠を仕掛けて捕まえました」と答えた。先生は石の上からナキウサギの肉を一つ取り上げて食べながら、「明日から、年長の生徒達にナキウサギを捕まえるようにいおう。ナキウサギの肉があれば、飢え死にすることはないだろう」といった。私はもう一つナキウサギの肉を渡した。先生は「このナキウサギの肉はうまいな。しかしもう要らない。お前達に悪いから」といった。私は「僕達にはたくさんありますし、すぐにまた兄が五、六匹捕まえてきます」といいながら、鍋の中に入れた十四以上の焼いたナキウサギを見せた。先生は茶を飲み、もう一つナキウサギの肉を食べた。私が「チュガはナキウサギの肉を食べますか?」と尋ねると、先生は「食べるだろう。俺達にはあまり食べ物がないんだ」といった。そこで私は、以前彼らが犬肉を包んでくれた布に三匹のナキウサギの肉を包んで先生に渡し、「これをチュガに渡してください」と頼むと、先生は「分かった」といって、包みを持って出口へ向かった。私が「先生、お腹が空いたらここに来てください。ナキウサギの肉を食べましょう」というと、先生は「ありがとう。お前達死ぬなよ。俺達はしばらくは大丈夫だ」といって出ていった。先生が私達のテントに来て食事をしてくれたので、私達はとても嬉しかった。

その後、何人かの年長の生徒達がナキウサギを捕まえに来ているのを見かけたが、何匹捕まえたかは知らない。しかし相変わらず、毎日のように二人位ずつは飢えで死んでいった。この頃誰かと出会うと、「おや、まだ死んでいないのか」と挨拶するようになっていた程である。

ある日の夕方、まだ暗くならない時にウパが来た。彼は「ジャペ兄さん、この谷の斜面の上に、一頭のヤクが昨晩からいる。弱っているのかもしれない。今晩見にいかないか?」といった。テントの入り口から見ると、斜面の上の方にヤクがいた。兄は「今夜は月がある。二人で見に行こう」といった。私は「僕も一緒に行きたい」と頼み、二人は承諾した。

私達三人はナイフと綱を携え、兄とウパは大きな袋を、私は小さな袋を持った。暗くなる頃、私達は川の側の崖を登った。山の麓まで来た時に月が出た。山の上に着くと、ヤクもまだそこにいて、少し驚いたようであった。私達が用心深くヤクに近づいて行くと、それは荷運び用のヤクであり、盲目で、四、五尋程の長さの鼻綱がついていた。ウパは「ラマ三宝がくださったんだ!」といい、鼻綱を掴んだ。私は「すばらしい。このヤクはここで僕達を待っていたようだ。これで僕達は飢えから救われる。ラマ三宝がくださったというのは本当だ。ヤクには可哀想だけれど」などと思いながら、兄達の引くヤクの後ろについて行った。そして山を下り、川辺の溝の所へ着いた。

第83節

私はそこでヤクの鼻綱を握っていた。兄達はヤクの前足を縛り、後ろ足も縛って引き倒そうとしたが、それは無理であった。私は前からヤクの鼻に指を入れたが、ヤクはおとなしく、少しも暴れなかった。私は兄達に「引き倒すことができなければ、立たせたままで口を縛ったらどう?[※11]」と声をかけた。彼らも他にどうしようもないので、ヤクを立たせたまま素早く口を縛った。それでもヤクはおとなしく、静かにしていたが、やがて二、三回跳ねた挙句に倒れた。

ヤクが死んだ後、肉を切り取って、各々の袋の中に入れた。私はヤクの後ろ脚から肉を切り取った。夜が明けぬ前に肉を背負ってテントへ戻ることとした。朝日が昇る頃、私達は第三隊の傍に着いた。兄達は袋に一杯の肉を背負っていたので、早く進むことができなかったが、私の袋には半分ほどしか入っていなかったので、少し早く進むことができた。日が昇ってしまったので、兄達を待つことはできず、「早く来て。見つかったら取られてしまうよ!」と声をかけて、先に進んだ。私が崖に着いてテントへ入ろうとした時、後ろを振り返って見ると、二人は第二隊の傍の崖下を歩いていた。テントの中へ肉を置き、入り口から見ていると、兄達はゆっくりと、休みながら歩いてきた。崖の上には何人かがいたが、兄達には気付かなかった。しかし第一隊の食堂近くの崖下に着いた時、食堂の入り口にいた数人の生徒達に見つかってしまった。生徒達は「見ろ！　ジャペとウパが食べ物を盗んできたぞ！」と叫んだ。そこで先生や生徒、料理人達が集まって入り口から見ている中で、兄達は肉を背負って崖の上に登って来た。何人かの生徒は二人の側に来て、「肉だ！　肉を盗んできた！」と叫んだ。先生が「おい、肉を炊事場に持ってこい！」といったので、二人はどうしようもなく肉を炊事場に運んでいった。二人は、怒った顔をしてテントへ入っていった。肉は炊事場で取り上げられたが、二人にはそれぞれ二個の肉の塊と肝臓少々、麦焦がしとチュラが椀に三杯ずつ渡された。それから私達は二人が持ち帰って来た肉や麦焦がし、チュラなどを三等分し、ウパは自分の取り分を持って帰って行った。私は入り口で彼に、「今晩暗くなってからここに来て」といい、彼は「ああ、暗くなってから来るよ」と答えた。

それから兄と私は肉を煮て、スープの中に麦焦がしを混ぜて食べた。さらにその日は炊事場でも肉のスープを作ったので、私は鍋を持ってスープを貰いに行った。ブグロは「この二人にはスープの肉の多いところを鍋に一杯入れてあげる。この子達がいなかったら、肉をどこから持ってきたらよいの？」といって、私には肉のたくさん入ったスープを鍋一杯にくれた。さらにそこに、麦焦がしとチュラを椀に一杯分入れてくれた。それをテントへ持って帰ると、兄は「肉は取られたが、このスープを三、四日は飲めるな」といった。私が「僕の運んでいた肉は取られていない。ここにあるよ」というと、兄は非常に喜んだ。

暗くなってからウパが来た。肉を食べ、スープを飲んだ後で、私は彼に「僕の運んだ肉は少なかったので、誰にも見られていない。肉はここにある」といった。彼も喜んで、「おや、俺達も少しにしておけば取られることはなかったな」といった。そこで私達はその肉も三等分した。私はたくさんの量を運ぶことはできなかったが、運んできたのはヤクの後ろ脚なので、赤身の肉がたくさんあった。ウパは自分の取り分を受け取って帰っていった。

翌朝起きてから、私は「昨日ヤクを殺した場所に行けば、まだ幾らかは肉を取れるだろう」と考えた。そこでナイフを二本持って、ヤクを殺した場所へ向かった。ヤクを殺した溝の中へ行って見ると、ヤクの皮の上で、二匹の犬が骨をかじっていた。石を投げて犬を追い払うと、崖下から四、五匹の犬が走って来て、周りから襲ってきた。犬達は前後から噛みつき、私を地面に倒した。私は、一旦は立ち上がって石を投げつけたが、その甲斐もなく再び倒されてしまった。それから犬達は、あちこちから吠えかかって噛みつこうとした。しかし噛まれはしなかったので、しばらくはそのままでいた。犬も向こうへ行ってしまったので立ち上がって逃げようとすると、再び犬達が走って襲いかかってきた。そこで私は、左腕に噛みついてきた大きな犬の鼻面にナイフを刺した。その犬は叫び声を上げて逃げていったが、再び犬が噛みつきに来たので、犬の腋にナイフを突き立てた。その犬はキャンキャンいいながら逃げていったが、私のナイフも犬に刺さったまま持っていかれてしまった。

その時再び三、四匹の犬が襲いかかって来た。一匹の犬が私のふくらはぎに噛みついたので、私はまた地面に倒れた。前の様にしばらくそのままでいると、犬達は私の顔に涎をたらしたが、噛みつきはしなかった。やがて犬達は向こうに走って行ってしまった。向こうを見ると、近くの河岸にたくさんの石があった。私は立ち上がって走って行き、石を投げては走って来る犬にぶつけた。

犬が去ってから、私はテントへ戻った。その日はヤクの肉を取るどころではなく、犬に自分の肉を与えてしまうところであった。テントでは兄が茶を沸かしていた。犬に噛まれた話をし、調べてみると大小の傷が左手には六か所、体には四か所あった。噛まれていない所にも多くの青痣ができていた。その頃には薬も手に入らなかったので、椀に尿を入れ、兄がそれで傷を洗って手当てをした。さらに衣の皮を切り取って、傷に貼り付けた。

それから数日間は寝ていたが、十日もすると傷は大方治ってしまった。兄は以前のように、ナキウサギを捕まえては持ち帰ってきた。とにかく、私達は飢えることはなかった。ある日兄とウパがゾンへ行くと、モンゴル兵がたくさんいた。兄達はモンゴル兵が去った後から、炊いた米や余ったゴリ、トウモロコシなどをたくさん持ち帰ってきた。今や私達にはヤクの肉、ナキウサギの肉、穀物は何でもあった。さらに皆に羊の干し肉が少々配られたが、それは昨年の秋に飢えて死んだ羊だったので、肉と呼べるようなものではなく、あばらの間の僅かな皮位しか食べる所はなかった。兄と私はそれを食べたくなかったので、細かく刻んで戸口に来る子供達に配った。彼等はそれをとても喜んだ。

ある日またウパが来た。兄が「政府の放牧地にいる羊を盗みに行こう」ともちかけると、ウパは「行こう、行こう。どこの羊を捕まえる?」と答えた。兄は「うまく場所を選べば捕まえることはできるだろう。羊飼いに見つかると逃げられないけど」といった。

私達三人は、ナイフ、綱、袋などを持って、谷の奥にある政府の放牧地へ羊を盗みに出かけた。放牧地への距離は、ゾンよりも近い位であった。私達は山中の窪地で腹ばいになって待っていた。すると程なく羊達が前面の山影から姿を現し、私達の隠れている窪地や、その周りの草を食べに来た。兄は縄を輪にして投げたが、羊達は逃げてしまい捕らえることはできなかった。しかし羊達の大部分は、何もなかったように草を食べ続けた。家畜番の姿も見えなかったので、兄とウパが出て行き、二人で羊を囲んだ。そこで兄が再び縄を投げ、一頭の羊の首に掛けて捕らえた。

二人はその羊を窪地に連れて来た。その放牧地には二、三千頭の羊がいるようであった。私は「何という事だ。一つの谷の上の、政府の放牧地には千頭のヤク、万頭の羊がいる。谷の下では何百何千という人間が飢えて死んでいる。これもまた各人の業だといえるのだろうか」と思った。

ゆっくりと二人に近づいてゆくと、既に羊は殺されており、肉や血を取っていた。兄は私に肝臓を少しくれて、「行って、崖の上から人が来ないか見張ってくれ」といった。私が崖まで行くと、源頭の中央から家畜番が現れた。私は「早くして。家畜番が来る」といった。少しして、家畜番の後ろから犬も現れ、私達に向かって走って来た。さらに山の上から「大変だ、泥棒だ！」という叫び声がした。山の下の羊達も散りぢりになった。見上げると、山の上から二人の男が私達に向かって投石縄で石を投げていた。彼らは家畜番に違いなかった。

第84節

兄達は肉を運び、私は羊の頭を持って、窪地を下に向かって逃げた。家畜番はさっき私達が羊を殺した場所まで来た。

テントへ到着した後、私は茶を作り、羊のあばら肉を茹でた。兄達は肉を刻み、血を混ぜて腸に詰めた。茶を飲み肉を食べた後で、肉と腸詰を三等分し、ウパは自分の取り分を持って帰って行った。兄と私は余った血の中に塩と小麦粉を混ぜ、肺の中に入れた。それを茹でて食べるととても美味であった。

次の日の朝、兄は起きると茶を作った後で、どこかへ出かけていった。私が入り口の所にいると、ツェラン・ドルジェ先生が炊事場の戸口に現れた。「おお、ヌロ、お前達は大丈夫か？」と尋ねるので、私は「大丈夫です」と答えた。内心では、「先生に肉と腸詰を食べさせてあげたい。向こうに持って行く訳にはいかないから、こっちに来ないかな」と思っていた。そこで「先生、茶ができています。飲みませんか」と呼びかけた。先生は「それじゃ客になろう」といってテントへやって来た。

先生が来たので私は茶を出した。

「お前達は茶を持ってるんだな」

「ゾンで買ったんです」

「まだ金を持ってるのか？」

「まだ少しあります」

「不思議な奴らだ。才覚があるんだな」

そこで私は切った肉と腸詰を取り出し、先生の前に置き、「先生、ナキウサギの肉を食べてください」といった。

先生は置かれたものがナキウサギの肉ではなく羊の肉と腸詰であることを見て取り、「あれ、お前達は本当に不思議な奴だ。この肉や腸詰をどこから手に入れたんだ?」といいながら、肉を数口と、腸詰を少し食べた。そして「ああ結構だ。この腸詰は上手に作ってある。もう十分だ。これ以上食べてはお前達に悪いしな。スープを少しくれ」といった。私は「先生、もっと食べてください。僕達の分はありますから」といって、先生にスープを出した。

その時入り口に子供達が来た。私は彼らに来いといって、皆にスープ少々と、親指の先ほどの腸詰を与えた。それで彼らは帰って行った。「あの子達は何だ?」と聞くので、私は「あの子達は私達の隊の第一テントの子供達です。八、九人の子供が毎日ここへ来ます。余ったスープや、ナキウサギの頭を与えているので、いつも来るようになったのです」と説明した。

「俺が前に、お前達の肉を奪ったことを怒っていないのか?」

「少しも怒っていませんよ。兄達が持ってきた肉は取られましたが、僕が持ってきた肉は取られませんでしたし」

「お前も肉を運んできたのか」

「僕は少ししか肉を運んでいなかったので、日が昇る前にテントへ戻っていました」

「息子達よ、何とか頑張ってくれ。一、二か月もすれば、食料が届くだろうから」

そういって、先生は戸口から帰って行った。私は再び先生をもてなすことができたので、とても嬉しかった。

私がテントの中で茶を飲んでいると、入り口から一人の子供が「ヌロ兄さん、今日肉を分けるそうだよ。行く?」と声をかけてきた。外へ出ると、サンジという子であった。二人で一緒に肉を分けている場所へ行ってみた。（元々私の名前は「ヌロ」ではなかった。幸福寮に来てから、皆が「ヌロ」と呼ぶのでそうなってしまったのだ。おそらくこの地域の呼び名であろう）

隊の中心には、多くの人が集まっていた。前の方に出てみると、誰が持ってきたかは分からないが、キャンの皮つきの脚の肉が敷物の上に置いてあった。それを切り分けた時、肉が腐っていたため緑色の汁がこぼれた。皮に固い肉が少々付いている他は骨しかなかったが、何人かの老婆や子供達は敷物の上にこぼれた、腐った肉から出た緑色の汁を手で掬（すく）って飲んだ。それは飲むどころか、見ただけで食欲がなくなるような代物であった。私は「南無三宝！　この人達は、余りに空腹すぎて分別もつかないのだ。腐った肉から出た、こんな汁を飲んでも何ともないならば、人間というものは絶対に死なないことになる」などと、あれこれ考えた。肉は分配され、私と兄にも皮つきのキャンのすね肉が渡された。しかし私はそれを持ち帰らず、そこにいた子供の一人に与えてしまった。

テントへ戻ると、兄はまだ戻っていなかった。そこで私は袋を持って、薪を集めに出かけた。季節は春であった。水辺には青い草や赤い新芽が出ていた。そこで薪を集めながら上に登ってゆくと、牝ヤクの親子と、荷物を付けたヤクが草を食べていた。私の前方の崖下には小さなウィル（ヤクの仔）と茶色のガル（ゾの仔）が寝ており、私は「このウィルを殺したらどうだろう」と思いついた。見渡すと、辺りには誰もいなかった。私はゆっくりしのび寄って行った。ウィルとガルは耳をぴくぴくさせながら寝そべっていた。私は用心深く近づき、ウィルにとびかかって首を押さえこんだ。ウィルは驚いて立ち上がろうとし、私を地面に投げ出して逃げた。その衝撃で、しばらくは頭ががんがんとしていた。

ウィルを殺し損ねたので、私は立ち上がってその場を離れた。しばらくすると、ウィルとガルは虫を嫌って、また崖下に来た。見ると、ガルの方が少し大きいが、ウィルは難しいので今回はガルにとびかかった。ガルはもがいたが、私は跳ね飛ばされず、そのまま水辺に来た。ガルの頭を水中に沈めると、すぐにガルは死んだ。私はガルの死体を運び、まず袋の底のオンワ[※12]（乾燥した牛糞。燃料に用いる。）を取り出し、そこにガルの死体を置き、さらにその上をオンワで覆った。それを担いで戻ることにしたが、ガルとオンワのせいで、袋はかなり重くなった。休みながら谷を下り、テントへ戻った。途中、第三隊の近くに来た時、一人の女が歌を歌いながら谷を登って来た。少しして、彼女はヤクや牝ヤクを連れて川の向こう側を下って行った。それからまた彼女は上って来て、私の近くに来て、「あんた、上で茶色のガルを見なかった？」と尋ねた。私は「見てないよ」と答えた。彼女はさらに谷を登って行き、私がガルを殺した辺りを探していたが、再び私の近くに来た。私は荷物が重いので、休憩していた。

「あんたは、茶色のガルを見てないのね？」

「見てないよ」

「それじゃあんたは何を持っているの？」

「オンワを運んでいるんだ。嘘だと思うなら調べても良いよ」

彼女は私の顔を見て少し笑い、歌を歌いながら行ってしまった。私は心臓がどきどきして、「ラマ三宝の助けがなければ見つかっていた」と思った。

その場所で休憩していると、川の向こう側で何人かがヤクや牝ヤクを連れて行く所であった。その中の一頭の牝ヤクは、鳴きながらあちこちを探し回っていた。私は「ああ、ガルを殺してすまなかった。可哀想に」と思ったが、そもそもガルを殺して運んでいるのは自分なので、後悔してもどうしようもないのであった。

私がテントに戻っても、兄はまだ戻っていなかった。私はガルを解体し、肉、血、内臓を全てきちんと処理した。肉を煮て兄を待っていると、突然役人のチュガが入って来た。

「やあ、ゴロクの盗人兄弟、何をしてるんだ?」

「何もしてないよ。肉を煮てるんだ」

「おい、一体どこから肉を盗んできたんだ?」

「盗んだんじゃない、取って来たんだ。さあ座って。肉をあげるよ」

彼は本当の肉だとは思っていないので、私がガルの肉を取って前に置くと、「やや、これは本当の肉だな。俺はまたお前がナキウサギの肉をくれるのかと思った」

そういって肉を食べ、茶を飲んだ後で、「兄弟、もう十分だ。お前達に悪い。食べ物がないといっても、ある所にはあるものだな」といった。

「お腹一杯食べて。僕達の分はあるから」

「どんな肉か見せてみろ」

私は焼いたナキウサギの肉を彼に見せた。

「前にお前達のくれたこの肉を食べた。ナキウサギの肉もうまいもんだ」

そういって彼はナキウサギの肉を一つ食べた。

「夏には食料が届くだろう。苦労もするものだ。以前赤軍が食料不足になった時には、自分達のベルトや靴を食べた。それから勝利したのだ。俺達がこの飢餓を生き抜けば、きっと幸せが来るよ」

そこへ兄が帰って来た。兄はゾンへ行ってきたといい、茶と塩、さらに羊の半身の干し肉を持ち帰って来た。チュガは「お前達二人は本当にたくましい。この口の子供だけではなく、大人でさえゾンには行こうとしない。困難に出会っても、ナキウサギを食べて飢えをしのごうともしない。それに比べるとお前達は何と安楽に暮らしているのだ」などといい、帰って行った。兄は「この肉はチュガにもらったのか?」と尋ねた。私は「違うよ。今日僕が山で殺したゾだよ」といった。兄が笑うので、私は詳しく話をした。兄はとても喜び、「それはすごい。春になれば何とかなるものだ」といった。それから兄はガルの後ろ脚一本と茶、塩少々を袋に入れ、「ウパに持っていってやれ」といった。

第85節

私は茶や塩などを入れた袋を持って第二隊のウパのテントへ行った。ウパは病気だといって寝ていた。テントには老婆が二人いたが、どちらがウパの祖母かは分からなかった。ウパが「この子がヌロだよ」というと、老婆の一人が「長寿あれ。この子がゴロクの子だね。恩に着るよ。あんた達がいなければ、私達は皆死んでいたよ。でもまた食べ物はなくなってしまった」といった。

私がガルの肉と茶や塩などを渡すと、老婆は「おお、ありがとう!」といった。ウパが「この子は弟の方だ」というと、老婆は「なんと良い子だろう。長寿あれ!」といった。私が「ウパ、食べる物がなければ、僕達の所においで。ナキウサギの肉をあげるから」というと、ウパは「兄弟、ありがとう」と礼をいった。それから私はテントへ戻ったが、「とりあえずはガルの肉で数日はしのげるだろう。でもその後は何か手立てを考えないとな」と思っていた。

ある朝私は水汲みに行った。春なので水辺には青草や赤い芽が出ていた。少し下流に行くと、草原にはアルチュルが生えていた。私は鍋を地面に置いてチュルを集めた。さらに崖下には指の幅三つ程の長さのアカザとイラクサが生えていた。そこでも私はアカザとイラクサをたくさん摘んだ。これらの草は、以前故郷にいた時に摘んで食べたことがあった。茹でてから炒めて食べるのも良いし、スープに入れても美味であった。摘み終わってから水辺へ行き、アカザなどを洗ってから持って帰る時、別の場所でジョロ[※13]が生えているのを見つけた。私は、「ここにジョロが生えているということはジョマがあるということだ」と思い、尖った石で地面を掘った所、最初に髭根の出たジョマが出てきた。さらに掘ると、たくさんのジョマが現れた。私は「崖の下でジョマを掘れば、崖の上の人々が飢え死にすることはなかったのに。何てことだ。豊かな家の者はジョマを掘ることさえ知らないんだな」と思った。

私は掘ったジョマを食べながらテントへ戻り、取って来たアカザなどを茹でた。それから小さな鋤を持って、ジョマを掘りに行った。昼頃まで掘ると、帽子の半分以上になった。一番大きなジョマのいくつかからは髭根が出ていたが、大部分は非常に良質であった。テントへ戻ると、兄がアカザとナキウサギの肉、羊の干し肉を料理して、とてもおいしいスープを作っていた。兄が「このアカザはどこに生えてた?」と聞くので、私は「崖下に生えていたよ。これを見て。川向こうの崖の上や下、どこでもジョマを掘れるよ」と答えた。兄は喜び、「すごいな。この口の者達は飢えて死んでいるのに、どうしてジョマを掘らないのだろう?」といった。

私達は夕食にジョマとナキウサギの肉を一緒に料理して食べた。それがとてもおいしかったので、次の日も早朝からジョマを掘りに行き、兄はナキウサギの罠を見に行った。昼頃、帽子に一杯になったジョマを持ってテントへ戻って来ると、兄もナキウサギの内臓と骨を取り除いて持ってきた。そこでその中にジョマを詰めて、平たい石の上で焼いた。ナキウサギの肉が焼けると、ジョマにも火が通った。二つを一緒に食べると実に美味であった。私達はその料理を「ナキウサギのモモ」と呼び、毎日のようにそれを作って食べた。

ある日の朝、兄は「今日は、以前に行った政府の放牧場のテント跡へ行ってみよう。何か食べ物があるかもしれない」といった。そこで私達は袋を持ち放牧場のテント跡へ行ってみた所、バターを容れていた羊の胃袋を拾うことができた。その他には何も食べる物はなかったが、周りには羊の骨がたくさん捨てられていた。兄は「骨を拾って持ち帰ろう。割れば脂が取れる」といった。そこで私達は骨を袋に一杯拾い、持ち帰ることとした。テントに戻ると、骨を茹でて洗ってから、石で割って鍋で煮た。骨の中からはたくさんの脂が取れ、さらにそこに塩と麦焦がしを少々加えると、非常においしいスープになることは故郷にいた時から知っていた。その日は脂が小鍋に一杯、スープが大鍋に一杯取れた。兄はスープの中に茶を加え、私達はそれを「骨茶」と呼んだ。骨茶を飲むと、顔や体から汗が流れ落ちた。夕方子供達にも飲ませると、皆の顔や体からも汗が流れた。私達は骨茶を何日も飲んだが、その度に汗が流れた。

このように、私達は毎日ジョマや脂の入ったスープを飲み、「ナキウサギのモモ」も食べていたので、飢えることはなかった。

ある朝、川辺でジョマを掘っていると、ツェラン・ドルジェ先生が来た。先生は「おい、お前は何をしているんだ?」と聞いた。

「ジョマを掘っています」

「でたらめをいうな。こんな所にジョマがあるのか?」

「ありますよ。髭根が出てしまっているのもありますけど」

先生は私の近くに来て、「あれ、本当にジョマだ。明日、生徒達にジョマを掘るようにいおう。ジョマを食べれば、飢え死にすることもないだろう」

私は帽子に一杯ジョマを掘っていたが、先生はそれを一、二個食べ、「これは良いジョマだ。ちょっと俺の所に来い。渡すものがある」といった。先生の後に付いてテントの中へ入ると、先生はストーブの後ろや、寝台の下を探った。少しして、「すまんな。バターがあったのだが、誰かに盗られてしまった。代わりにチュラをやろう」といって、椀に一杯のチュラをくれた。私が「先生、ありがとう。このジョマをあげます。僕達にはたくさんありますから。それにまた明日掘ればよいし」というと、先生は「要らない。お前達に悪いからな。明日、ジョマを食べに行くよ」といった。

それから私はテントへ戻った。前の日にブグロから茶碗に一杯の麦焦がしをもらい、その日は先生からチュラをもらった。私達には食べ物は何でもあったので、翌日はジョマを煮て、準備をして先生を待っていた。

二日して先生とチュガが連れだってやって来た。チュガが「ゴロクの盗人共、今日は何を盗んできたんだ?」というので、私は「今日はジョマを盗んできたよ」と答えた。それから兄が二人に骨茶を出した。その日は骨茶に麦焦がしが少し入れてあった。私はジョマと脂を竈の上で温めた。先生達も、骨茶を飲んだ後は顔や体から汗を流した。チョガは「これは風邪に効きそうだ」といい、先生は「飢えにも良さそうだ。見ろ、俺達はこんなに汗をかいている」といって笑った。チュガは「こんなにたくましい子供を見たことがない。骨から茶を作るとはな。どうしてそんなことを思いつくのだ?」といった。それから兄は、ジョマと脂を混ぜたものに麦焦がしを少し加えて二人に出した。二人はそれを喜んで食べた。チュガはまた「こいつらは本当にすごい。麦焦がしやチュラもあるんだな」といった。

その日私達は、故郷を出発したこと、父が殺されたこと、牢獄に仲間達と共に入っていたことを全て詳しく話した。チュガは「明日ゾンへ行く。ソナム・ノルウは知っているから、お前の仲間達がどこへ行ったか聞いてみよう」といった。二人は帰り際にチュラを一袋くれ、またツェラン・ドルジェ先生は兄に五、六元を渡した。先生は「明日ゾンへ行って、何か買いなさい」といい、私達は二人に「ありがとう」と感謝の言葉を述べた。

それから二、三日してチュガが来た。彼は「ソナム・ノルウに会った。お前の仲間の内、若い三人は新年の前に解放されたということだ。どこへ行ったかは分からない。年長の者達については分からないそうだ」といった。この話を聞いて、私達は喜ぶと同時に心配になった。仲間が解放されたことは喜ばしかったが、どこへ行ったか分からないのは不安であった。年長の者達は死んでしまったのではないかと思うと、もっと心配であった。私は「僕達が幸福寮に送られてから一か月も経たない内に、ドンツィク、ガルザン、ツェコは解放された。もう故郷へ戻ったかもしれない。今の所僕達は飢えで死んではいない。故郷へは戻ることができるだろう。デワが破壊されていても、何人かの親戚には会えるだろう。アラク・グンタン様にもお会いできるだろう。この前先生は『今年ゾンに学校を作る。その時お前達はここを出るんだ』といった。ゾンの学生になれれば、とても嬉しいのだが」などと、色々な事を考えた。兄は「彼らもまだ若いから、故郷へは戻っていないだろう。色々と尋ねてみれば、遅かれ早かれ会うことはできる。特にゾンへ行けば、噂を聞くこともあるだろう」といった。

以前は飢えて死ぬことばかり心配して、仲間達の事を考える余裕がなかった。チュガの話を聞き、いつか会うことができるといわれても、彼らがどこにいるか知る術はなかった。

第86節

その頃でも幸福寮では飢えで死ぬ者が出ていた。また毒草を食べて二、三人の生徒が死んだともいわれる。兄と私が知っている限りでは、第一隊では、世話をする者がいて数人が引き取られた他は、子供が二百六十人以上、老人が九十人以上死んでいた。第二隊の状況はこれよりも悪かったといわれる。ラマ三宝！ 食べ物が届かなければ、皆が死ぬことになる。私は「人というものは、大人になるのはこんなにも難しく、死ぬのはこんなにも易しい。この頃では人々は幸福寮の事を餓死寮と呼び、養老院のことを殺老館と呼んでいる。それは本当だ。当初は幸福な暮らしであったが、今は全て失われてしまった。この口の者達は気の毒だ。大人の男女は捕まって牢獄の中で死に、老人や子供達は幸福寮で死んだ。どのみち逃れる術はなかったのだ。僅かに生き残っている者にとって、苦しみから解放される道があるのか、三宝のみがご存じだろう」などと考えていた。

ある朝、兄と私がテントで茶を飲んでいるとウパが現れた。私達は一緒に茶を飲み、ナキウサギの肉を食べた。少しして、兄達はウパのテントへ出かけ、私はジョマを掘りに出かけた。セオ川へジョマを掘りに行ったものの、地面はまだ少し凍っていて、掘ることはできなかった。川辺を上流に向かって歩いていると、何か白い物が流れて来た。岸辺から見ると、羊の死体の様であった。その後からまたいくつか流れて来た。私は急いで戻り、兄とウパを呼んだ。ウパがテントの入り口に出てきたので、「ここへ来て」といって、手を振った。二人が駆けつけて来ると、私は川の中に羊が流されていることを話した。岸辺へ行ってみると、川の中にはたくさんの羊の死体が流れていた。二人は岸辺に流れ着いた四頭の羊の死体を引き上げた。川の真ん中にも流れていたが、水量が多く、引き揚げることはできなかった。

それから二人はめいめい一頭の羊を背負ってテントへ運んだ。私は二頭の羊の死体を見張っていたが、そこへ一人の老人が来た。老人は羊を見て、「おい、その羊をどこから持ってきたんだ?」と尋ねた。

「水の中から引き上げたんだ」

「嘘をつくな。水の中に羊がいる訳はない。兄弟、俺は飢えて死にそうだ。一頭くれないか?」

「嫌だよ。自分で水の中から引き上げればいい」

老人は川辺をちょっと眺めた後で、再び現れて「兄弟、俺達は死にそうだ。後生だから羊を一頭恵んでくれ」といい、勝手に羊を取り上げて担いだ。私は何もいわず、心で「可哀想に、飢えて死にそうなんだろう」と思っていた。老人は「長寿あれ。これも功徳だ。ありがとうよ」といって、去っていった。

兄達が戻って来た時、私は「一頭の羊は、向こうにいる老人が、飢えて死にそうだといって持っていってしまった」といった。ウパが「おーい」と呼びかけると、老人は振り返ったが、兄は「ほっておこう。気が狂っているようだ」といった。そこで私達はもう一頭の羊をテントへ持ち帰った。

私達は二頭の羊を解体し、一日かけて腸詰を作り、肉と内臓を煮て食べた。そして子供達にも血のスープを少しずつ飲ませ、腸詰を与えた。私は「食べ物が十分あれば、この八、九人の子供を飢え死にさせはしないものの」と思った。

夕方ウパが来て、「ジャペ兄さん、ジクチャプ達は、今晩ゾンへ馬の餌を盗みに行くといっている。俺達も行こうか?」と聞いた。兄は「行ってもいいな。でも盗むような物はあるかな?」と答えた。兄は私に「お前は来るな」といったが、私は「僕も行きたい。盗む場所まで行けなければ、遠くで見ているから」と頼みこんで、同行を許してもらった。

その夜は全くの闇で、自分の手の指も見えない程であった。ゾンの軍営に着いた時、歩哨の持つ懐中電灯の光があちこちに見えた。私が「行くのはやめよう。見張りに見つかると、鉄砲で撃たれる」というと、兄も「見張りがいる時に行くことはできないな。余りに危険だ。それよりも、明日の昼に豆を盗みに行けば良い」といった。しばらくそこにいると、歩哨の叫び声が聞こえた。兄は「さあ、戻ろう」といい、私達は引き返してテントへ戻った。私達が少し歩いた時、軍営の方で「パン！　パン！」という銃声がたくさん響いた。振り返って見ると、多くの兵士が懐中電灯をもってあちこち調べていた。兵士達は私達のいる方向にも鉄砲を二、三発撃ってきたが、当たることはなかった。私達が見つかる心配はなかったが、とにかく素早く道から下りて、テントへ戻った。その頃雪が降り出したので、テントへ戻る前に着物が濡れてしまった。戻ってから私達は茶を作って食事をした。ウパは「畜生！　もう少しで殺される所だった」といい、兄は「俺達が着いた時、あいつらはすでに軍馬の飼料置き場にいたはずだ」といった。食事の後、ウパは帰っていった。

次の日には雪が積もっていた。日が昇った時、戸口から出ると、至る所に兵士がいた。チュガとツェラン・ドルジェ先生も兵士に同行していた。私はテントへ戻って兄と話をした。兄は「今泥棒を探しているようだ。雪の上に足跡が残っているんだろうな」といった。

「僕達三人の足跡も残っているかな？」

「大丈夫だろう。僕達がテントへ戻って来たのは雪の降り出す前だから、跡が残るはずがない」

私達は茶を沸かして飲んだ。しばらくするとツェラン・ドルジェ先生が兵士を二人連れて来て、私達を戸口に呼び出し、「ジャペ、お前達二人は昨晩外へ出なかったか？」と尋ねた。私が「僕達は早く寝てしまいました。外へは出ていません」と答えると、彼らは去っていった。少ししてウパが現れ、「今、兵士が第二隊で二人の子供を捕まえて連れて行った。昨晩鉄砲を撃たれた時、ジクチャプは太腿を撃たれて足を切断したそうだ。仲間の一人は殺された」などと、多くの話をした。私は「ラマ三宝！　危うく一粒の豆のために命を落とす所だった」と思った。「二人の子供はどうして捕まったの？」と尋ねると、ウパは「昨晩の夜中の雪に、足跡が残っていた。それをたどって捕まえられたんだ」と答えた。

その時、全員食堂の入り口へ来るようにとの命令が響いた。そこにはチュガと数人の兵士がいた。チュガは「昨夜、第二隊の何人かの子供が軍の武器を盗みに行き、一人が殺され、一人が負傷した。さらに二人が捕まったが、小さいので、すでに釈放されている。今日からは誰であってもゾンへ行ってはならない」などと多くの話をした。私は「くそっ、何が馬の餌を盗むだ。軍の武器庫から鉄砲を盗もうとしていたとは」と思った。

テントへ戻ってから、ウパも「畜生、馬の餌じゃなかったのか!」と怒ったが、兄は「たとえ豆であっても、夜に見張りに見つかったら撃たれるさ」といった。それから私達はナキウサギのモモと、脂であえたジョマを食べ、茶を飲んだ。ウパは「兄弟、俺達に比べると、ここは毎日新年のお祝いのようなものだなぁ。本当にたくさんの食べ物がある」といった。私が「今は僕達が捌いた羊の干し肉、ジョマと脂、ナキウサギの干し肉がたくさんある。このチュラはチュガがくれたものだし、麦焦がしはブグロおばさんがくれた。これで一年はもたないけど、数か月は飢え死にすることはないと思う」と説明した。ウパは「俺達の所には、昨日も今日も食べ物がない」というので、兄が羊の干し肉少々とナキウサギの干し肉を六、七個渡した。ウパは「兄弟、本当にありがとう」といって、戻っていった。兄は「あいつの所には人がたくさんいるから、あれでは一、二日分にしかならないな」といった。

その日は雨が降っていたので、私はテントの外へは出なかった。しかしある時、子供の泣く声が聞こえた。戸口から見ると、雨が降り、水かさが増している中、川の中州で二人の子供が泣いていた。一人は立ち上がり、一人は地面に倒れていた。外へ出て、川を渡ってゆくと、サンジの兄妹であった。妹は倒れており、凍えて話すこともできなかった。私は妹を背負い、サンジの手を引いて川を渡った。苦労して川を渡り終えたが、妹を背負ったままでは崖を登ることができなかった。私はサンジに「お前が行って、料理人を呼んできてくれ」と頼んだ。少しして、彼は料理人とツェラン・ドルジェ先生を連れて来た。雨は依然として降り続いていた。彼らは妹を食堂へ連れて行き、茶を飲ませ、体を温めた。やがて妹はがたがたと震え出し、口を聞くことができるようになった。ブグロおばさんは、「ヌロがいなければ、お前達は川の中で死んでいたよ。こんな天気で、どうして外を歩いていたんだい？」などと叱った。彼らが元気になったので、私はとても嬉しかった。

第87節

ある日食堂へ火を貰いに行くと、ツェラン・ドルジェ先生とブグロが話し合っていた。先生は「もう安心しろ。明日から三つの隊の子供達全てに麦焦がしが配られる」といった。私はテントへ戻ってその話を兄に伝え、二人で喜んだ。その夜は喜びの余り、よく眠れなかった程である。私は「これで、僅かに生き残っている者は飢えから解放される。僕達も、飢えて死ぬんじゃないかという不安がなくなる」などと考えた。

次の日の朝起きると、雪がたくさん積もっていた。私は茶を沸かしながら、入り口の雪をどけた。昨日は雨の降る中、サンジの妹を背負って助けたので、ブグロは私に麦焦がしを椀に一杯くれた。私はナキウサギの肉を刻み、麦焦がしを加えたスープを作った。それからは外を眺めては、麦焦がしをくれるというのは本当だろうかと考え、また外を眺めては、本当に麦焦がしをくれるのかどうか考えるという始末であった。

テントの中で落ち着かない気持ちでいると、昼になって、太鼓を鳴らしながら「全員食堂へ来い」と呼ぶ声が聞こえた。兄と二人で椀をもって行くと、食堂の入り口で三つの隊から教師と生徒達が集まっていた。生徒達はぐるりと円を作って待っていた。そこへ第二隊のトクメ先生が、容器一杯の麦焦がしとちいさな柄杓を運んできた。ツェラン・ドルジェ先生は「今日から三つの隊の五十三人の生徒達は、昼間ここで一緒に食事をする。正午に太鼓が鳴った時現れなければ、割り当てはなくなる。分かったか?」と話した。子供達は声を揃えて「分かりました」と答えた。

それからトクメ先生が、各人に柄杓に一杯ずつの麦焦がしを配った。トクメ先生は麦焦がしを柄杓で掬った後、それを揺すって柄杓の口から盛り上がらないようにしたため、生徒達は非常に不満であった。私は「なんてけちな教師だろう。柄杓をあんなに揺すって、山盛りにならないようにしても意味はないのに」と思った。その日は食料不足が始まって以来、初めて麦焦がしが配られた日であった。その夜は、麦焦がしを食べたせいで皆良く寝たということであった。先生は「長い間空腹だったから仕方がない」といった。

それから二、三日たって、麦焦がしが配られる前に、ある生徒が「トクメ先生に麦焦がしを配ってもらうのは嫌です」と叫んだ。それに合わせて生徒達は皆、「トクメ先生は嫌です」と叫んだ。そこで、第三隊のスタクロ先生と第二隊のトゥタン・リクズン舎監が順番で配ることとなった。彼らは麦焦がしを柄杓に山盛りで配ったので、生徒達は皆大喜びした。私は「ラマ三宝!　生きとし生けるもの全てに、二度とこのような飢えが降りかかりませんように。

幸福寮の三つの隊には、子供が千人、老人が六百人いたが、世話する者がいて引き取られていった者を除いて、今や子供が五十人、老人は十人程しか残っていない。それが半年に満たない間に起こった。正確にいうと、二、三か月の間に皆死んでしまった。主のないヤクや羊であっても、こんなに死ぬことはないだろう。今や死ぬ者は皆死んでしまった。死に様の良し悪しを話しても仕方のないことだが、死ぬ前は誰にも世話されず、死ぬ時も看取る者はなく、死んでからも葬る者はなかった。多くは、その死体を捨てに行く者さえいなかった。この悪しき業の者達は、いかなる悪業を前世に積んだというのだろう。老人はまだましだ。なぜなら彼らは人生の喜びや悲しみを経験してきたのだから、たとえその最後が不幸でも、心は穏やかであろう。本当に可哀想なのは子供達だ。彼らはこの娑婆世界に生まれて間もないのに、自分の両親や親戚が捕らえられた訳や、自分自身がこのように独りぼっちになってしまった訳を理解することはできないだろう。理解できないままに、このような災難に見舞われて、飢え死にしてしまった。これは本当に可哀想で、悲しいことだ」などと、あれこれ考えた。

私は前にツェラン・ドルジェ先生が食堂で、「今や、幸福寮と養老院にいた者は飢えて死んでしまった。山の草は食べられず、川辺の石も食べられない。俺達はこの荒野でなすすべなく、申し訳なく恥ずかしい。飢え死にした方が良いくらいだ」といっていたのを思い出し、「先生達も同じだ。この赤茶けた荒地で、家に富なく、腕に力はない。老人は歳をとったというだけで行く所はなく、幼い者には考えも手段もない。先生達が善意であっても、この人々を養うことは絶対にできなかった。どう考えても、各々の業だというより他はない」と思った。

配られる麦焦がしの量は日増しに増えていき、椀に半分ほどになった。十日程したある日、チュガが麦焦がしを配っている場所に現れた。ツェラン・ドルジェ先生は「子供達、毛沢東様のお陰で、明日から米の雑炊を食べられることになった」といった。そこにいた者達は手を叩いて喜んだ。チュガは私に、「ゴロクの子よ、もう飢えることはない。お前達二人は生き抜いて、幸せの端緒をつかんだな」といった。私が向こうにいたツェラン・ドルジェ先生の顔を見ると、先生とスタクロも私の方を見て微笑んでいた。私は心嬉しく、「今や本当に飢えから解放されたのだ」と思った。

次の日は朝早く起きた。その日は米の雑炊を食べられる、喜ばしい日であった。太陽が昇る頃には多くの人が食堂の入り口に来ていた。ウパが来て、「今日は本当に米の雑炊を作っているぞ」といった。炊事場のテントの入り口を入ると、おいしそうな匂いがしていた。竈の上では大鍋の中で米が「バグバグバグ」と音をたてて煮えていた。戻って兄にこの話をすると、兄は「しばらくは、食事の順番は周ってこないだろう」というので、私達は干し肉を食べ、麦焦がしを加えた茶を飲むことにした。戸口に来た子供達にもナキウサギの肉を与え、茶を少し飲ませた。

それから私は鍋を持って水を汲みに行った。川の岸辺に着くと、向こう側に荷物を付けた五、六頭のヤクを連れた二人の女がいた。少しして、赤い帯を巻き、角製の銃架を付けた鉄砲を背負った若い男が歩いて来た。彼は私がいる岸辺に近づくと、「そこの子、どこの口の者だ?」と尋ねた。私が「第一隊だよ」というと、彼は「お前の口にジャペとヌロという子供はいないか?」と尋ねた。私は「これは誰だろう。どうして僕達の名前を知っているのだろう」と不審に思い、「あの二人に何の用なの?」と尋ねた。すると彼は「彼らに会ったら、仲間のドンツィクとガルザン達が探しているといってくれ」と答えた。私は「ドンツィク、ガルザン」という名前を聞いて、父に会ったような喜びを感じた。仲間に会えるのだ！　私はすぐに、「僕がヌロだ！　ジャペは上にいる！」と叫んだ。彼は足を止めて、「お前は誰だ」と聞いた。「僕はヌロだ。兄さんは崖の上にいる」と答えると、男は前を行く女に「おーい、ヤクをこっちに連れてきてくれ！」と呼びかけ、川を渡ってきた。彼が「お前は本当にヌロか？」と聞くので、「本当だよ。ツェコ、ドンツィク、ガルザンは僕達の仲間だ」と答えると、彼は非常に喜び、「俺の名前はロドゥ・ラプサル[※14]という。ドンツィク達は政府の牧場で俺達と一緒に働いている。お前達二人も来るか？」と尋ねた。私は、「行く！　今ジャペ兄さんを呼んでくる」と答え、崖に向かって走った。彼は「お前達に何か荷物があれば、一緒に持ってこい」といった。

テントへ着き、私は兄にその話をした。兄も喜び、「さあ行こう。古い皮衣と椀以外に必要な物はない」といった。そこで椀と古い皮衣を持って外へ出た。私はそこで子供達を呼び、テントの中にあった食べ物を子供達に配り、そのテントに誰か住みたければ住んでも良いといった。食堂の入り口にはブグロがいたので、「ブグロおばさん！　仲間が迎えに来たので、僕達二人は出ていったと先生に伝えてください」と頼んだ。彼女は「雑炊を食べてから行きなさい」といった。

「ありがとう。でも要らない」

「それじゃ二人とも達者でね」

「ブグロおばさんも元気で」

それから、そこにいた多くの子供達が「元気で！」「ヌロ兄さん元気で！」などと挨拶する声が長い間聞こえた。

第88節

ロドゥ・ラプサルは私達二人をヤクの背に乗せて、山の上にある政府の牧場へ行った。そこでまず私達は食堂へ行き、食事をした。アゴという調理人は、カナル・デワの僧であった。彼は「この二人にはたくさん食べさせるな。長い間飢えていたので、たくさん食べさせると死んでしまうぞ」といった。そこには多くの人がいた。シャクドルという男は、「この二人の顔を見ると、健康そうだな」といい、ジノクという女は、「可哀想に。こんな小さな子が死ななかったのはすごいわ」といった。またジガという女は「ゴロクの者は簡単には死なないよ。ここの口の者とは違うんだ」というなど、皆が口々に話した。彼らの話し方や帽子の様子、服の着方を見ると、皆ゴロクのようであった。

その時ガルザンとツェコがテントの中へ入って来た。彼らは私達の頭を抱えて、泣きながら「お前達二人が死んでいなくて、本当に良かった」といった。兄と私も喜びの余り、涙を流した。夜、食事時に兄と私は、ツェコとガルザン、その他多くの人達に向かって幸福寮での生活について話した。

次の日、ドンツィクが鉄砲を背負って現れた。その時も三人で喜びの涙を流した。ドンツィクは「俺達三人は、漢人の新年の前に解放されて牧場へ来た。お前達がどこへ行ったか色々聞いてみたのだが、分からなかった。年長の仲間達が牢獄でどうなったかということも分からない」と話した。ドンツィクは文書を運んでいるため、鉄砲を背負っていた。ガルザンとツェコは家畜番であった。後から話をすると、私達が牧場から羊を盗んだ日の家畜番は彼らであった。ガルザンは、「羊を盗んだのが幸福寮の子供なのは分かっていた。幸福寮では飢えで人が死んでいると聞いていたので、見て見ぬふりをした。そこへヤクを連れた者が来たので、彼らに見つかるとまずいと思って、『泥棒！』と叫んでウルドで石を投げたんだ」と説明してくれた。二、三日して、兄とガルザン、ツェコは一緒に家畜番をするようになった。

私はゴロクのジガ、ジノク、クンザムという三人の女達と牝ヤクやウィルの世話をした。彼女達は母親のように私の面倒を見、可愛がってくれた。私もジガとジノルをアネ（叔母さん）と呼んだ。またクンザムは、いつも夜には抱いて寝てくれたので、時々は彼女をアマ（母さん）と呼ぶこともあった。特にシャクドルという男は、私のことを自分の息子と呼んで目をかけてくれて、服を繕ったり、下着をくれたりした。私が死なないよう、このゴロクの人達がしてくれたことの恩義を、私は決して忘れない。彼らは、大きくなったら故郷へ連れて行ってやるともいってくれたので、私は彼らが一層好きになった。私は心で、「ラマ三宝！　ここはなんと幸福寮とは違うのだろう。人は少なく家畜は多い。ここでは絶対に飢えることはないだろう」と思った。

ある日、ニャムツォのウツェという男が私を河岸に連れて行き、火をおこせと命じた。私がふいごを使って火をおこすと、男は鍋で肉を煮た。煮えると男はその肉を食べ、私にも少しくれて「さあ食べろ」といった。私が「これは何の肉？　僕は食べない」というと怒って、「何の肉かは関係ない。食べないと、（殴られて）糞を漏らすことになるぞ」と脅すので、仕方なく少し食べた。

しかし夜、料理人のアゴがウツェに「馬鹿なことをするな。お前が食べたいからといって、子供に無理強いするんじゃない」というと、ジガ叔母さんも「この野郎！　私の息子に鼠を食べさせるなんて！」と叱りつけた。私は「幸福寮では、人の肉以外食べないものはなかったよ。そんなにひどい肉じゃなかった」といったが、アゴは「そういうことじゃない。あそこでは食べる物がないから仕方がない。ここではヤクや羊の肉を食べられるのに、どうして鼠の肉を食べる必要がある？」といった。

またある日、兄とガルザン、ツェコの三人が私のいる所まで来た。彼らは普段は羊番のテントに住んでいた。牧場長のツォゴヨン[※15]は彼らに長い話をしていた。夕方帰る時、彼らは私の所まで来て、兄が「明日、僕達三人はチュマル・ゾンの学校に入らなければならない。お前はまだ小さいから、今年は行くことはできない。ツォゴヨンは来年行かせてやるといっている」などと話をした。夜アゴに、「僕も兄達と一緒に学校へ行きたい。牧場長が来たら、頼んでみて」というと、彼は私を牧場長のツォゴヨンの所まで連れて行ってくれた。ツォゴヨンは「今年は三人しか入学を許されていない。お前はまだ小さい。来年行かせてやるよ」といった。私は「ツォゴヨンさんありがとう。でも僕は兄と一緒に学校へ行きたい。どうか行かせてください」などと頼み、アゴもまた色々と頼んでくれた。ツォゴヨンは「今は行かせられない。彼ら三人は年長なので先に行かせたんだ。しかしゾンへ行ったら、学校と話してみよう。年末には学校に行かせるよ」といったので、私はとても嬉しかった。

しかし兄が行ってしまうと、私は寂しくて仕方がなく、毎日が憂鬱であった。十日程して兄とガルザンが来て、私に飴をいくつかくれ、「学校が許可をくれたから帰って来たけど、夜には学校に戻らないといけない」といった。別れ際に兄は、「また十日したら会いに来るよ」といった。私はまた独りになってしまい、一日一日が長かった。

ある夜、私は一人でツォゴヨンの所へ行き、「学校へ行きたい」と訴えた。彼が「学校からの許可は下りた。数日後にお前を学校に行かせてやろう」といったので、私はとても喜んだ。戻ってきて、アゴ、シャクドル、クンザムに話すと、ある者は「止めておいた方がいい。漢人に騙されるよ」といい、ある者は「行った方がいい。ジャペやガルザンと一緒なら安心だ」といった。アゴは「学校へは行った方がいい。文字を学べば、後から役に立つからな」などと話した。

何といわれても、私は日夜学校に行きたいと願っていた。ツォゴヨンが「数日後にお前を学校に行かせてやろう」といっていたのを思い出し、喜びの余り寝られない程であった。また学校へ行く夢もたくさん見た。そして毎日その日を楽しみにしていた。

ある朝、ウィルを連れて川岸まで行こうとしていると、ツォゴヨンとアゴが呼んだ。食堂の入り口まで行くと、二人が茶を飲んでいた。ツォゴヨンは「ヌロ、今日学校へ行きたいか？」と尋ねた。私は喜んで、「行きたい！　ツォゴヨンさん、ありがとう！」と答えた。それからツォゴヨンは、大きなチベット靴を私の足にはかせ、アゴがそれを紐でしばった。さらにツォゴヨンは私の古い皮衣を脱がせ、青い木綿でできた新しい下着と、綿の入った漢人の上着を着せ、赤い帯で縛った。それから彼らは私を眺めて大笑いした。アゴは「ツォゴヨンさん、ありがとう。漢風でもなくチベット風でもないが、暖かいだろう。これでいい」といった。それからツォゴヨンは私を馬に乗せてゾンへ行った。

私達二人がゾンの学校へ着くと、兄と他の学生達がたくさん集まってきた。そこへ李ツェテン[※16]という先生が現れた。ツォゴヨンは先生に私を引き渡すと、帰って行った。その日は西暦一九五九年の十二月三十日であった。とうとうゾンの学校へ入ったのだ。そこにはウォト（土のブロック）で作った宿舎があった。学生は百人以上いるとのことであった。私は「ラマ三宝！　すばらしい学校へ来ることができた」と思った。李ツェテン先生やツォデ先生達は、本当の親のように私達の世話をしてくれたし、シクロ、ダンドゥル、ラコ、ツェルガ・ラモ、ラクレ、アゴ、クンザン、デジャ、デンジャクといった友人達は兄弟同然であった。私達は毎日一緒に勉強をし、遊び、仲良く過ごした。しかし、時に不安になることもあった。

「ラマ三宝！　この幸福は続くのだろうか？　僕達が幸福寮に来た時は、やはりこの様に快適だった。しかし半年もたたない内に、殆どの者が餓え死にしてしまった。ここにも大きな変化が起こりはしないだろうか？　ここはゾンの中にあり、荒野の中にあるわけではないので、まさか餓死することはないだろう。とにかく、全てはラマ三宝の定めた業だ。

今、本当に幸福の端緒を掴んだのだろうか？　もしそうならば、飢えて死んでいった子供達は何と哀れであろう。こんな幸せな日に出会うことができなかったのだから。兄と僕がこの様に幸せに暮らしているのを父さんが後生のバルドの中で見ることができたなら、少しは慰められるだろう。僕達が成長したら、父さんのために法要を催す日も来るだろう。また故郷へ戻る日も来るだろう。その時親戚たちは、『何とすばらしい。ナクツァン家の二人の子供は生き抜いて、故郷へ戻ることができた』というに違いない。いつかきっとそんな日も来るだろう」

完

第5章　註

註1　チベット医学では、病は、人間の体を構成するの三つの要素、すなわちティーパ、ルン、ベーケンのバランスが崩れることにより発生すると考えられる。

註2　現在の青海省玉樹チベット族自治州曲麻莱。

註3　文字通りには「刀で殺されるようなものだ」。

註4　ソナム・ノルウについては（ナクツァン・ヌロ 2016: 323 - 329）参照。

註5　（納倉・怒羅 2011: 208）

註6　チベット人の珍重する瑪瑙製の装身具。

註7　漢訳テキストでは馬海山の文字が与えられている。（納倉・怒羅 2011: 210）

註8　ツェラン・ドルジェ先生については（ナクツァン・ヌロ 2016: 320 - 323）参照。

註9　「めでたい年を喜びましょう。良い収穫がえられました」の意。（ナクツァン氏からの聞き取りによる）

註10　チュガについては（ナクツァン・ヌロ 2016: 331 - 333）参照。

註11　チベットにおける一般的な屠殺方法である。（チベット牧畜文化辞典 153 - 154）

註12　（チベット牧畜文化辞典 388）

註13　（チベット牧畜文化辞典 _55）

註14　ロドゥ・ラプサルについては（ナクツァン・ヌロ 2016: 318 - 319）参照。

註15　漢訳テキストでは鈔國垣の文字が与えられている。また（ナクツァン・ヌロ 2016: 333 - 337）参照。

註16　李ツェテンについては（ナクツァン・ヌロ 2016: 337 - 340）参照。

本書を書いたことについて

――著者によるあとがき

親愛なる読者の皆さん。本書を書き終え、皆さんのお手元に届けることができて、私は非常に嬉しく思っています。皆さんが、本書を丁寧に読んでくださったことに深甚なる感謝の意を表します。この本の中には、私が書きたいと思っていたことを全て書きました。それは、私が話そうと思っていた事や、生い立ちに関する事柄です。今それらを書き終えて、いささか安心しています。

改めて考えてみると、この本には冒頭より幼い子供が見聞きし、感じた事柄のみが書かれており、勇壮な言葉や美しい言葉、深い学識を示すものはありません。しかし、この本の内容は、私と同時代に生まれた人々にとっては、私と彼らがその運命、時代の転変を共有してきたことを示すものです。私は数多くの苦難を経験しましたが、それは私だけではなく、多くの人々が経験したものです。だから各人にはそれぞれの苦楽に関する話があり、村や家族にはそれぞれの、汲むに尽きない歴史についての物語があるはずです。けれども、これらの物語を文字に記したものは非常に少ないのです。もし文字として残さなければ、これらの物語は各々の心の中では明らかであるということだけで、後の世代が知ることはありません。

歴史というものが、後世の者達が深く社会を理解するために必要であるとするならば、私達、前の世代の者達には、その時代の経験を書き残し、後の世代の者達に手渡す義務があるはずです。特に子孫のために、前の世代の苦楽の物語を知るための良い機会を作ってやることが必要であるとすれば、これらの物語を書き残しておくより良い手段はないように思います。一人の人間（mi）について語れば、それは一つの家族（kyim tshang）、一つの民族（mi rigs）について語ることになるからです。

父や叔父の世代の物語をその息子が知ることができないならば、家族や民族の物語を後から知ることはできません。したがって、それらを文字として残しておくのはとても大事だと思います。特に私達の世代は既に高齢となっているので、その命が尽きる前に、自らの村、地域、民族の有様や変化について記録しておき、後世のために残しておけば、それは計り知れない価値のある宝となるでしょう。何といっても、人の命は六十年か七十年といった所です。その人が亡くなってしまえば、全ては消えてしまいます。しかしこのような本を残しておけば、後の多くの世代のためになります。いささかなりとも志のある老人達が、自らの子孫や民族のために、自らが経験した多くの困難について隠さずに書き残しておけば、それは大事な意味のある行いとなることでしょう。

私のような知識も徳もなく、知性や教養のない者は自らの子供時代の苦楽について書くこと以外、深遠な思想を著し、他者に教えるようなことはできません。私が書いたこの本は、チベット民族の歴史の大河（チベット語テキストでは「海」、漢訳テキストでは「長河」となっている。ここでは「大河」と訳した）の中の一粒の水滴のようなもので、水を飲みたいと願う者にとっては、少しはその渇きを癒すことができるのではないかと思っています。しかし三白三甘（三白は乳とチュラとバター、三甘は氷砂糖、黒糖、蜜を指す）をお腹いっぱい食べて、吐きそうになっている者達の中には、泥水のようなこの本を読みたくない者もいるかもしれません。あるいはカンギュルやテンギュル（大蔵経経部と論部）を読んでも知識の渇きを癒すことのできない学者達は、私が書いた、考えのない子供の話など読みたくもないかもしれません。

希望にあふれた若者達や、時間のある老人達の中には、食事の後、暇つぶしの為にこの本を開いてみる者もいるでしょう。友人のトゥプテン・ゲドゥンはこのようにいったことがあります。「君がうまく書いたとしても、その本を読みたい者が百人いるとすれば、読みたくない者は千人いるだろう。

君がうまく書けなかったとしても、その本を世間に広めることができれば、やはり読みたい者が百人、読みたくない者は千人いるだろう」

考えてみれば、それでも構わないのです。しかし文字に記し、本として出版しなければ、私一人が知るだけで、誰の助けにもなりません。記憶を文字として書きとめ、このように本にまとめれば、読者は十人から五十人、五十人から百人に増えてゆくことでしょう。本を書くという目的は達成されましたが、これからどれくらいの読者を得るのか、どこまで広まってゆくのか、どの民族、どの国の言葉に翻訳されるのか、漢人、チベット人、モンゴル人の読者に、どのような喜びや悲しみや苦しみの感情を引き起こすのか等のことについては誰も予想がつきません。

さらにいうと、読者達がこの本を読む理由も様々でしょう。ある者は、この本に書かれていることが自分と関係があるから読もうと思い、ある者は、本に書かれている歴史が、彼や彼の村の歴史とその多くが共通しているために読もうと思うかもしれません。またある者は、ナクツァン少年にこのように多くの苦楽が降りかかったことを知り、心動かされて読もうと思うかもしれません。つまり、人それぞれに本を読むその人なりの動機があるのです。

また読者は、読むということについては同じでも、理解の仕方は同じではありません。それについては、「人が三十人いれば三十の考え、考え方はひとそれぞれ」という諺の通りで、「考えのない子供の見たものには、何の価値もない」と思う者もいるでしょうし、「これは、同世代のチベット人なら誰でも経験した事だから、知っておく必要がある」と思う者もいるでしょう。また「民族であれ国であれ、平和であって、疫病や飢饉、戦乱のないことが非常に大事なことは明らかだ。我が民族に、このような疫病や飢饉、戦乱が将来降りかかることのないように、有益な行いをしなければ」と考える読者も多いでしょう。また特に若者がこれを読めば、人生の苦楽はレイヨウの角の節のようなものであり、誰であっても多くの苦楽を経験することを知るでしょう。そしてどのような困難に出会おうとも、怖れることなく自らの努力によって困難を克服し、この娑婆世界で生計を立て、他の人と同様に努力することの必要性を知るでしょう。

この世の誰もがそれぞれの苦楽についての物語をもっており、百人の体験が似通っていれば、千人のそれは異なったものでしょう。似たような経験をした者が読めば、「ああ、これは真実だ。私にもこのような経験がたくさんある」と思い、似たような経験のない者が読めば、「老いぼれの狂人がでたらめを述べたものであろう」と考えるかもしれません。しかし、私にとって明らかなことは、私と同年代のチベット族の者ならば、この物語の事柄について、同様の体験をしている者がたくさんいるということです。彼らはこの物語の内容に関する証人です。私が書いた物語の全ては、私が経験したことをそのまま書いたもので、自分に都合の良い事を取り上げ、都合の悪い事を隠すというようなことは一切していません。私は、この物語はその時代に起こったことの実相だと考えています。

約五十年が経過した現在、その頃の出来事をありのまま書く以外、自分に都合の良い事を取りあげ、都合の悪い事を隠すというようなことは一切していません。もし私がそんなことをすれば、本書を書く意味はなくなると思っています。またそのような嘘を書き残せば、後世の者を欺くことになるでしょう。

はっきりさせておきたいのは、私が書いた人や土地、村、僧院の全ては実際に存在したものだということです。これは五十年も前の話なので、いくつかの数字の間違いや、個々の出来事についての誤解があるかもしれません。勿論それは意図的にしたものではなく、年寄りの記憶違いのためです。関係者の方々で、この本を読んだ時に村や僧院の記述に誤りを見つけたならば、衷心よりお詫びを申し上げます。また私の誤りを正し、意見を賜れば有難く存じます。

「長い話をすれば人が嫌がり、長い棍棒を振り上げれば犬が嫌がる」という諺があります。本書については、その内容には一トガン（親指の先から中指の先までの距離）の長さもなく、記述には一ドムパ（両腕を左右に開いた際の、両掌もしくは中指の先の間の距離）の長さもありませんが、その意味は歴史の証する所になると思います。歴史を振り返ることの目的は、我が土地、我が村、我が民族、さらには世界中の人々の調和と平和が永続し、疫病や飢饉や戦乱が起こらないようにするためです。チベット全土と世界全体が常に調和し平和を保つように、疫病や飢餓、戦乱が生じないように祈願いたします。

ナクツァン・ヌロ

チベット暦第十七ラプジュン乙酉（二〇〇五）八月十五日

中国青海省西寧にて

解説「アムドにおける叛乱の記録」（阿部治平）

訳者解説・訳者あとがき・参考文献

解説「アムドにおける叛乱の記録」

阿部 治平

はじめに

チベットは日本でもだいぶ知られるようになったが、それでも誤解されていることは多い。本書を理解するには、その環境と時代背景を知っていただいたほうがいい。そのような観点からナクツァン・ヌロの故郷アムドで、一九五〇年代後半に起きた「チベット叛乱」の概要を紹介することにした。

四十数年前、インド・ヒマラヤを徘徊したとき、山麓の小さな町で思いがけずチベット人の集団に出会った。それからずっと、ヒマラヤの峠を越えてインドに出た人々のことが気にかかっていた。二十一世紀に入って、十二年間中国の研究所と大学で、漢人・回人（漢人系ムスリム）・チベット人の学生に日本語を教えたことがある。ここでびっくりしたのは、学生らが「大躍進」による数千万の餓死の事実はもとより、一九六六年からの文化大革命、一九八九年の天安門事件すらろくに知らないことだった。チベット人学生も、故郷の「叛乱」とダライ・ラマ十四世のインド亡命についてほとんど知らなかった。

中国の学校で、こうした中国共産党のマイナスになる事件を教えるはずもないが、家庭でも祖父母や両親が自分の体験を話さないのである。子供が知ってそれをしゃべったら、逮捕投獄といった政治的な危険をもたらすかもしれないからである。

というわけで、一九五九年三月のダライ・ラマのインド亡命を頂点とする「チベット叛乱」を調べたとき、年配者から聴きとれたことはわずかで、チベット人地域の地方誌を主な資料とせざるを得なかった。日本にも「〇〇市史」とか「××村誌」があるが、内容は実証性と客観性を重んじている。ところが中国では、地方誌は「叛乱」を鎮圧する側の論理だけで編集されている。叛乱といっても立場を変えれば暴政に対する「蜂起」であるから、時に執筆者の良心が現れる記述もあるが、それは中国共産党の政策が許容する範囲内にとどまる。一般には地方誌には政治的道義的に都合の悪いことは書かない。書いたとしてもひとつの事件を分割してそれぞれを別の項目で述べてわかりにくくしたり、曖昧にしたりするのが通例である。

以下の私の話は、以前発表した論考のいくつかにもとづいているが、それは主に地方誌を資料としたため、鎮圧する側の記述にかたむき、「叛乱」「叛徒」「殲滅」などの用語もそのまま使用している。あらかじめお許しを請う次第である。※1

※1　以下、中国共産党は中共と略称する。また中国の軍隊は日本での通例にしたがって「中国軍」と呼ぶことにする。意外かもしれないが、中国軍は国家の軍隊ではない。中国共産党という政党の支配する軍隊であって、革命以前は「紅軍」、国共内戦以後は「人民解放軍」と呼ばれてきたから、むしろ中共軍とするのが正確である。中国軍の編制は、班（班）、排（小隊）、連（中隊）、営（大隊）、団（連隊）、旅（旅団）、師（師団）、さらに「軍」、「集団軍」があった。原則として三から四班で一排、三から四排で一連のように構成され、兵員は「連」でほぼ百二十人程度である。以下（　）内に示した日本の編制名称で記すこととしたい。また中国では省・自治区　──　民族州・大きな市　──　県・小さな市　──　郷・鎮という行政になっている。これを日本の地方自治体である県　──　郡　──　市町村にはうまくあてはめられない。

資料とした主な拙文

一、「チベット高原の農牧業分布と最近の動向」

(「人文地理」第35巻第2号　一九八三年四月　人文地理学会)

二、「東チベット生活誌――アムドのチベット青年に聞く(1～5)」

(「中国研究月報」五〇七号～五一三号、一九九〇年五月～十二月　(社)中国研究所)

三、「東北チベット(アムド)における社会主義」

(「中国研究月報」五六〇号　一九九四年十月、〈社〉中国研究所)

四、「カムパ『叛乱』の記録について――『甘孜蔵族自治州民主改革史』の検討」

(「中国21」vol.16　二〇〇三年三月　愛知大学現代中国学会)

五、「忘れられたものの記録――アムドの一九五八年前後・上下」

(「中国21」vol.24.25　二〇〇六年二月・九月 愛知大学現代中国学会)

六、『もう一つのチベット現代史――プンツォク・ワンギェルの夢と革命の生涯』

(二〇〇六年四月　明石書店)

七、『チベット高原の片隅で』

(二〇一二年　連合出版)

1、「民主改革」以前のチベット

1―1　アムドはどこをさすか

チベット人は、中国の現行行政区分とは別に、自分たちの居住地域を方言や習慣の違いによって三地区に大別してきた。一つはラサ・シガツェを中心とする主に旧チベット政府の支配地域で、これはラサを中心とするウと、シガツェを中心とするツァンから成り立っていた。本稿ではこれを中央チベットという。まん中をヤルンツァンポという大河が通っている。

二つめのアムドは、青海省の玉樹蔵族自治州を除く部分、すなわち五つの蔵族（蒙古族）自治州と甘粛省甘南蔵族自治州、四川省ガワ（阿壩）蔵族羌族自治州の三つを合わせた地域をいい、これはチベット高原の東北地域にあたる。「蔵」はチベットのこと。長江・黄河・メコン川の最上流部である。

三つめのカムは、現自治区東部のチャムド（昌都）地区、青海省玉樹蔵族自治州、四川省カンゼ（甘孜）蔵族自治州、雲南省デチン（廸欽）蔵族自治州の四つを合わせた地域をさす。

これらのうち、中央チベットとアムドは、三千〜四千メートル前後の寒冷乾燥気候であるが、カムは標高が高いとはいえ、年間降水量の比較的多い地域である。三地域の総面積は中国全土の五分の一に及ぶ。

三地域の方言は互いに通じにくいが、語法や文字は同じで、ともに篤い仏教信仰とそれに彩られた文学や芸術がある。チベット仏教は日本と同じ北伝（いわゆる大乗）仏教である。だから般若心経の最後のサンスクリット文は私の聞き取りだと日本で唱えるのに似て、ほぼ「ガッテー　ガッテー　ワーラーガテー　ワラサンガテー　ボーディ　ヤソワー」のように聞こえる。だが、僧侶の数は日本に比べたらびっくりするくらい多い。伝統的生業は、河谷平野の牛羊飼育を伴った小麦・裸麦などの穀物農業と、山野のヤクと羊の牧畜である。こうした文化的、宗教的、経済的な共通点がチベット民族としての一体感をもたらしている。

1—2　土司・集落・生活

中央チベットを支配したラサ政府は、貴族二百家族とセラ・ガンデン・デプンの三大寺院から成る連合政権であった。中国ではこれを「政教一致政権」という。アムドやカムでも、おおむね各地の領主と僧院が支配者だったから、これも小さいながら「政教一致政権」といえよう。

モンゴル帝国以後の明朝・清朝は少数民族の各地領主に地域自治をみとめ、チベット人地域では万戸・千戸・百戸、モンゴル人地域では親王・郡王といった爵位を授けて懐柔した。これを土司制度という。清朝末期には、ツォ・ゴンポ（中国語では青海湖、モンゴル語ではココノール）南部の青海省海南州には千戸が十四、百戸が百余りあったという。

またチベット高原にはゴロク（果洛）や玉樹地方のように、ラサ政府や土司支配などとは直接の関係を持たない自律的な地域があった。清朝末期・中華民国になると、アムドやカムには軍閥が跋扈するようになり、アムドの大部分を占める青海省は、西寧を拠点とするムスリム軍閥馬麒・馬歩芳によって支配され、四川省西部のカム（当時は西康省）には国民党系の軍閥劉文輝が勢力を張っていた。

アムドやカムの農牧民社会の基礎組織については棚瀬慈郎教授の「訳者解説」をごらんいただきたい。ここでは棚瀬先生のいうツォワを集落と呼ぶが、時にその連合組織であるデワをそう呼ぶこともある。ツォワの多くは数十家族の血族を基礎にした集団で、百戸集落にあたる。

集落共同体は慣習法によって運営された。慣習法は地方によって違いがあるが、おおむね寺への布施・軍事兵役・集落内の犯罪に対する裁判・損害の賠償・結婚・家畜の季節移動と放牧の管理・作物保護・灌漑の管理・森林牧野の防火と神山・神獣の保護などを規定していた。

集落や集落連合の首長や長老らは、集落を維持する重大な責任を持たされていた。首長は世襲のところもあり、上級支配者による任命もあり、輪番や選挙で選ぶ慣習を持つ地域もあった。チベット人地域では、集落間で放牧地や灌漑用水をめぐって紛争がたびたび起きたが、農牧民の先頭に立って交渉したり戦ったりするのは集落の首長らであった。

チベット人地域の寺院は、宗教上の権威であると同時に、世俗の支配者という側面を持ち、地主であり大家畜所有者であり、高利貸でもあった。その反面寺院は窮民を保護し、農牧民の悩みや訴えを聞き、民衆の精神的よりどころであった。本書著者のナクツァン・ヌロも幼年時代、兄とともに寺院の庇護を受けている。とりわけ高僧（ラマ）は農牧民の崇拝の対象であり、集落紛争の調停者になることもあった。歴代ダライ・ラマはその頂点に立っていた。

チベット仏教は日本同様宗派が多く、歴代ダライ・ラマはゲルク派の長であるが、同時に他の宗派にも強い影響力を持っている。庶民の間では輪廻転生の観念が強く、生前の所業が現世にかかわり、現世で善行を積めば来世は幸せになると考える。したがって不殺生を心掛けるものもまた多い。

ところが、その一方で成人男子には尚武の観念が非常に強く、集落抗争のたびごとに勇者が生まれる。アムドやカムでは農牧民ばかりか寺院も、伝統的に馬・鉄砲・槍・刀を常備していた。これらはオオカミ駆除のためでもあり、集落紛争の際の武器でもあったが、叛乱の際は寺院がその拠点とみなされる理由になった。

チベット人地域の伝統的な民族服の材料は木綿や苧麻・大麻、羊毛、羊皮などである。伝統的には男女とも日本の「どてら」に似た長衣であるが、これは掛布団ともなる。現在洋服姿が多くなり、伝統的な衣服はだんだんハレの日だけのものになった。

主な食物は、パンや麺など小麦粉製品・ツァンパ（裸麦を炒って粉にひいたもの）・ジャガイモ・ナタネ油・ヨーグルト・バター・乾燥チーズなどである。農耕地帯では、羊やヤクの肉はハレの日の食べ物であるが、交通不便の遊牧地帯では、時にはパンや麺、ツァンパが貴重な食べものとなる。乳製品と茶は農牧いずれの地域でも欠かすことができない。

農耕地帯では、日干し煉瓦か焼きレンガの壁、陸屋根の家である。もともとは壁、天井ともに木材で、屋上は穀物の乾燥・脱穀に使った。暖房はカン（ベッド式暖房）と鉄製ストーブである。アムドでは平屋と二階建がおおいが、二階建て以上だと一階は家畜小屋として使うこともある。台所の燃料は乾いた牛糞、暖房は羊糞である。牧畜地帯では風を通しやすく重いヤクの毛織物のテントだったが、現在ではテント生活は夏の放牧地だけで、それも帆布の軽い家型テントに変った。冬営地では固定住宅に住む。

1―3　土地制度

中国では通常、旧チベット人社会を「奴隷制遺制をともなう暗黒の農奴制社会」と一括する。だがアムドの農牧民は中央チベットとは異なり、重税に苦しむことはあったが、農牧民のほとんどが土地や家畜など生産手段を持った自営農で、ヨーロッパ封建制下の農奴のような領主・地主への従属性は小さかったと思われる（才仁東智・多傑論文「青海民族研究」vol.11. 二〇〇三年三月）。

これを中華民国末期の青海省海南州で見ると、「海南地区の農耕地は主に私人が占有するもので、次いで寺院・廟宇・祠堂・学校・国民政府墾務局の占有であった。一九四九年の革命直後の地代削減・ボス打倒（「減租反覇」）の後の調査では、海南州チャブチャ（共和）の農村では、地主・富農は三六三戸で、農家の14％、耕地面積の34・5％を占め、70％あまりの中層農は全体の三分の一の農地を持ち、貧・雇農などは九七八戸で農家の14％、耕地面積の29％を占めた」という（『海南州誌』）。

青海省黄南州チェンザ（尖扎）県では、三四〇二戸のうち93％を占める一般農家が耕地の80％を、5％を占める中等農家が耕地の7％を持っていた。これ以外は、戸数の2％を占める地主・封建領主が耕地3％を、寺院が3％であった（『黄南州誌』上）。

これからすれば、少なくともアムドは農民的土地制度、つまり日本の農家のような自営農がかなり大きな割合を占める地域であった。

牧畜集落では放牧地は基本的には集落共同体所有である。地方誌には、良好な草地を集落支配層が優先利用したという記載があるが、そういうところもあるし、もっと平等な集落もあった。この社会には10％以下の割合で、主に借金による奴隷・半奴隷身分の者がいたが、人口の90％以上は家畜を所有し、人身の自由のある自営牧民であった（『海南州誌』）。

少数の奴隷身分の者がいたとはいえ、チベット人地域全体を中共の公式筋がいう「奴隷制遺制をともなう暗黒の農奴制社会」といった定義はまとはずれだとみなすことができる。

1―4　搾取

地方誌の多くは、農牧民が封建領主や寺院から過大の搾取を受けていたと記している。現物地代のほか、首長らの馬の飼料、寺院の祭祀費用、裁判費用などを負担したし、さらに江戸時代の助郷によく似た制度で、官吏の出張に伴う物資提供と無償労働を強制する「ウラー」があったからである。

チベット人地域では耕地面積を播種量であらわすが、甘粛省甘南州夏河のラブラン大僧院領の農地の地代は、穀物播種量一升につき、灌漑地で収穫穀物二升、無灌漑地で同一升であった。収穫量は播種量の五倍から七、八倍だったから地代だけだと平均20％、つまり「二公八民」弱である。日本では戦乱の時代の「五公五民」くらいから幕末になると「二公八民」程度にさがったといわれている。寺の活仏や裕福な大家畜所有者などが牛羊を貧困牧民に貸し出した場合の小作料は、母ヤク一頭につきバター十五キロ前後、ゾモ(ヤクと牛の混血雌牛)一頭につきバター二十五キロ前後であった。もちろん他の負担を考慮しなければならないが、いわれるほど小作料が重くはなかったことに気が付く。

ラサ周辺の農民についていうと、彼らは荘園貴族の直営地ではたらき(労働地代)、さらに自身の小作地の収穫から現物地代を納めていた。「通説」では、地代は収穫物の70％だったとされる。「七公三民」である。ハダカムギなどの穀物の一人当り生産量は二百キロから四百キロ程度であったから、来年のための種子の取置きや、「ウラー」や、寺院への布施、さらには高利貸の搾取もあるとなると、70％を搾取されては、どんなに多めに見ても、口に入る食料は年百キロにも満たないことになる。その上彼らは貧富にかかわりなく、寺院にかなりの布施をしていた。

そうならば、毎年端境期には貧困層の食料不足や餓死が起こり、数世代で多くの集落は消滅するはずである。ところが中央チベット社会でも集落は、中共支配に至るまでちゃんと存続していた。農牧民への経済外的強制と高利貸、地代負担の程度が大きかったことは否定できないが、中国の公式出版物がいう、いつも食うや食わず、飢餓線ぎりぎりだったというのは誇張であることがわかる。

1―5　中国軍の軍政

ナクツァン・ヌロの父親が中国軍に射殺されるにいたった事情を知るために、まず一九四九年の革命のとき、チベット人地域に進駐した中国軍がどんな軍隊であったかを見ておこう。

毛沢東による建国宣言直前、一九四九年九月彭徳懐と習仲勲（現国家主席習近平の父親）率いる中国軍第一野戦軍――中共西北局はシルクロードを西へ進み、甘粛省で軍閥馬歩芳の軍を撃破し、つづいて青海省省都の西寧を制圧した。

このときチベット人地域に進攻した中国軍は、チベット人によって「ほとけさまの軍隊」として歓迎されたというのが中国の「通説」である。日本でも中共は少数民族に対しておしなべて寛容な態度で、その文化を尊重したという学者がいるが、まったく疑わしい。

四九年十月王震将軍率いる第一野戦軍第一兵団は、甘粛省都蘭州に近いイスラム教諸宗派のモスクが集まる河州（現在臨夏）に到達するや、河州の回人（回族＝漢人系ムスリムなど）の「金持」に対し過大の食料供出を命じ、これに応じないと身柄を拘束するなどの挙に出た。また国民党系回人集団に無条件降伏を求め、これを多数拘束して殺したり、（指を切るなどの）肉刑に処したりした。さらに一般民衆のもつ銃を強制的に取り上げた。これに対して河州地域の一万人近くが大叛乱を起した。叛乱によって死傷した漢回大衆は千人余、住居を失って流浪したもの十万余、被害大衆は三十〜四十万人だったと伝えられる（『甘粛統戦史略』）。

河州から黄河支流のサン・チュ（川）をさかのぼると、チベット六大僧院のひとつラブラン大僧院（現在甘粛省甘南州夏河県）がある。ここを占領したのも、やはり王震部隊の一部である。彼らも進駐するや、ラブラン大僧院の徴税権と監獄を廃止し、僧院領の実質上の支配者ロサン・ツェワン（中国語名黄正清）を西寧に連行して軟禁してしまった。彼は軍閥馬歩芳の重税に反対し、農牧民を率いてこれと何回も戦かったラブラン地域の英雄であったから、その影響力を削いでおこうとしたのである。

中国軍は夏河でも農牧民に過大な食料の供出を要求し、これを渋ると罵ったり殴ったりした。また将兵は買春、収賄をやり、没収した黄金・アヘン・銃などの私蔵や隠匿、銃や物資の横流しに走り、裁判抜きで人を銃殺し、有夫の婦人を横取りするなど、河州の部隊と同じような非行をやってのけた。これに反発した僧侶と農牧民は食料供出などを拒否し、中国軍通訳や中共の手先となったチベット人を殺すなどの挙に出た（『中共夏河県党史資料』）。

一九四九年の革命初期のカムについて語った『中国と戦ったチベット人』などをみると、略奪や暴行などしない部隊もいたことは確認できる。王震部隊の非行が中国軍一般の例外か否か判断は難しい。だが食料などの重要な戦略物資の現地調達を原則とした軍隊がやることは、どこでもあまり変りがない。チベット人地域に進攻した中国軍がすべて「ほとけさまの軍隊」ではなかったことは確かである。一九五二年になって中共中央主席毛沢東は「少数民族の宗教・風俗習慣を尊重せよ、命令主義は厳禁する」といい、少数民族を侮蔑し差別するのは、地主階級の反動思想であるとし、大漢民族主義に反対せよと発言した。漢人の「幹部特殊化風」つまり少数民族に対する漢人幹部や軍将兵の横暴が目に余ったからであろう。

さて、中共の権力機関である青海軍政委員会は、軍閥政府もあまり干渉しなかった玉樹やゴロクなどにも軍を派遣して、各地の現地政権に対し帰順を要求した。彼らが西寧に来て帰順を誓うとその権力を剥奪したうえで、形だけの官職を与えた（「有職無権」）。だが基礎組織である集落の伝統的支配には手を付けず、そのまま残した。

一九五〇年二月中共中央は、現地に進駐した軍と官僚の幹部に対して「少数民族地区での農業の社会主義改造問題に関する指示」を出した。それは「民族の特徴と、政治・経済・文化のレベルが遅れていることに十分の注意を払い、時間をかけて慎重にゆっくり進めて社会主義改造を実現し、少数民族地区の互助合作運動を健全な形で前向きに進める」というものであった。これによって、中共が権力を握った直後の旧社会の改造は、その後のむちゃな急進的改革とは異なり、穏当で堅実なものであったことがわかる。

1―6　「叛乱」の醸成―極左急進主義の登場

では一九五九年のダライ・ラマ亡命につながる「叛乱」の種はどのように播かれ、発芽したのだろうか。

一九四九年の革命から一九五三年までに、中国内地（漢人地域）では土地改革が完了した。地主・富農の土地を貧窮農民に分配して平均化し、自営農を作ったのである。このとき、中国内地では、すでに初級生産合作社（のちの生産隊）と呼ばれる農業の共同経営が試行されていたが、それは期待通りの成果を上げていなかった。したがって五十五年第一回全国人民代表大会（全人代）では、集団化は「穏歩漸進（ゆっくり確実に）」という決定がなされた。

ところが、これに不満を抱いた毛沢東は地方党書記を集めた会議を全人代の翌日に招集し、「集団化を急げ」と号令し、農業部門の責任者鄧子恢らを「ブルジョア・富農の思想」「纏足女のよちよち歩き」とこき下ろした。

このときすでに、毛沢東はほとんど皇帝にならぶ権力を持っていたから、彼の発言は絶大な重みがあった。毛沢東の指示は中国全土に農業集団化への狂奔を生んだ。五十六年末には内地全農家の88％が高級合作社（のちの生産大隊・完全な集団農業）に組織された。農民は自立した存在ではなく、管理者の指示によって働く農業労働者になったのである。

もともと中共中央は、ラサ政府管轄下の中央チベットでは荘園貴族や、セラ・ガンデン・デプンなど三大寺院の高僧の同意と、農牧民の下からの要求があるまでは改革を急いではならないという方針であった。だが一九五五年十月毛沢東は、チベット政府の北京訪問団やダライ・ラマ事務所の要員を接見したとき、「民主改革」問題を持ち出して「釈迦牟尼に学び人民とともに改革せよ、改革を恐れるな」といって土地制度の改革を急がせた。同じ趣旨のことを五六年二月にも繰り返し、別な北京訪問団に対しても「チベットは雲南の方法で土地改革をやるべきだ。チベットに戻って、ダライ・ラマやパンチェン・

ラマと進め方を検討せよ」と要求した。

チベット人地域の「民主改革」とは、寺院や土司などはもちろん、末端の集落首長までも権力者の地位から引きずりおろし、階級区分をやり地主・富農とされた人々の農地や家畜を貧農・雇農に分け与え、自営農を創設することである。要するに地域全体の旧権力打倒と土地革命である。

毛沢東はチベット人地域でも土地革命と農業の集団化を構想していた。彼はマルクスから階級闘争史観を取り入れたが、頭に描いた農民像は、古代周の井田制とか農民叛乱の首領や清末の改革派がとなえた大同思想に近く、ほとんど空想に等しかった。それが集団農業、すなわち初級合作社(生産隊)・高級合作社(生産大隊)・人民公社である。

毛沢東は、チベット問題を自分の専管事項とし、他のだれにも口をださせなかった。そのうえで彼は「民主改革」はチベット農牧民に歓迎されるものと思い込んでいた。

「民主改革」実施が指示されたとき、階級教育を施されてチベット人地域に進駐した軍と官僚にとっては、待ちかねていた日がやっと来たという思いだっただろう。これを早く、うまくやることで、成績を上げて上司に認められ、出世する絶好の機会が来たのだ。

ところが、こうなると当然行き過ぎを生む。行き過ぎとは、罪のないものの逮捕、投獄、殺害である。すでに毛沢東は、内地の農地改革のとき、「誤って殺したものはいるか?――いる。反革命大粛清のときにもやはりいた」といい、五一・五二・五三の三年間で殺された地主は全国で七十万になるといった(釜屋修「中国語」一九九三年十一月)。誤って失われた命について毛沢東は「革命に行き過ぎはつきものだ。行き過ぎがなければ革命はできない」と語っている。人命を軽視すること、同時代の軍閥とたいして変わりはない。

1―7　民族問題は階級問題である

一九五六年ソ連のフルシチョフ首相によってスターリン批判がおこなわれると、東欧に動揺が広がり、ハンガリー事件が起きた。毛沢東も自分の治政に不安が生じたらしく、一九五六年六月、「党外人士（非党員の知識人）」に対して中共の政治に対する批判を求めた。これを「百花斉放・百家争鳴（＝鳴放運動）」という。

それまで「おれのやることは正しい」とばかり語っていた最高権力者から、にわかに「批判してくれ」といわれても、だれもが怖くておいそれと発言できるものではない。そこで中共中央は、発言に対しては報復しない（「言者無罪」）と何回も批判を促した。しばらくすると、中共に対する不満や批判が各方面からぞくぞくと湧き出た。しかもこれが予期しないほどの大きさになり、中共の権威を脅かすほどになってしまった。

驚いた毛沢東は、「鳴放運動」の呼びかけからわずか一年後、やおら政策を転換した。中共に対する批判は右派・ブルジョアジーの攻撃であり階級敵のもの、すなわち「敵対矛盾」だと言い始め、それまで革命の伴走者ともいえる民主諸党派を名指しで攻撃した。これが「反右派闘争」の始まりである。

一方、五六年四月毛沢東は、中共中央政治局拡大会議で「十大関係を論ず」という講話をおこない、「我々は大漢民族主義に反対するのに重点を置く。地方民族主義にも反対するが、これは一般的にいえば重点ではない」といっていた。

「地方民族主義」は説明が必要である。反右派闘争がつづくなか、一九五七年七月、山東省青島に二十九民族百五人の代表を集めて民族工作座談会がひらかれたが、このとき周恩来首相は、遠慮のない発言を求め、発言に対して報復をすることはありえないといった。

モンゴル、ウイグル、カザフ、それにチベットなどの民族は、国家を樹立した「歴史の記憶」がある。当然会議では民族自決すなわち独立国家、あるいは高度の内政自治権を要求した。これはレーニンやスターリンによる民族理論を学んだ少数民族のコミュニストにとっては当然の要求であった。

中華民国からの独立運動「東トルキスタン共和国」を戦った新疆のチュルク系民族代表からは、独立とソ連式の連邦国家の要求が出された。青海省副省長だったタシ・ワンチュクは、チベット自治区を中央チベットだけでなく、アムド・カムなどチベット人の居住地域全体に拡大するよう要求した。さらにこの当時、各地に勃発した「叛乱」に対する中国軍の鎮圧の仕方が無慈悲で、罪のないものが大量に殺されていると抗議した※2。

会議の終りに、周恩来は前言を覆し、少数民族の要求を全面的に退ける挙に出た。少数民族は漢民族などと雑居しており、独立した経済単位となってはいない。したがって独立の主体とはなりえないと民族自決と連邦国家構想を否定し、民族自治区域の変更も拒否した。

これ以後、民族自決や自治区域の変更・自治の高度化・民族別共産党などの要求、漢人の横暴に対する批判は、いずれも祖国と中共の分裂を図るものとされた。これがすなわち「地方民族主義」である。

少数民族地域では、地方民族主義批判は反右派闘争とともに進められた。右派分子・地方民族主義分子の摘発が始まった。これにはノルマがあり、青海省海南州では五七年七月「反右派辨事処」を設けて年

※2　タシ・ワンチュク（一九一三～二〇〇三）四川省甘孜蔵族自治州ニャロン（新龍）すなわちカムの人（カムパ）。貧困牧民の出身。一九三五年カムを通過した紅軍に参加し、甘孜ボェパ（＝チベット）政府騎兵大隊隊長。その後紅軍の北上に従い一九三八年延安に行き、中共に入党。国共内戦期は第一野戦軍に所属して青海に至り、青海省党副書記・副省長となる。五八年に「叛乱」鎮圧の方法や人民公社に反対したため右派分子とされて失脚し、文化大革命期は労改農場（監獄）に追いやられる。文化大革命後青海省党委常任委員に復帰。

末までに八十九人を右派分子とし、同州牧畜地帯のガパスムド（同徳）ですら五七年九月から五八年上半期までに十六人を右派分子にした。

叛乱が各地に起きた五八年十一月、反右派・反地方民族主義の闘争は一層深刻化した。中央民族委員会責任者の汪鋒は、会議の席で「自治区拡大や単一民族の自治区を求めるのは中央の政策に逆らうものだ」といい、「地方民族主義批判は少数民族地区における社会主義と資本主義の二つの道の戦いだ（すなわち生死を賭けた階級闘争だ）」と発言して、少数民族の要求を封じ込めた。

民族問題は階級問題といっしょくたにされたのである。これから文化大革命が終わるまで二十年余り、「右派分子」「地方民族主義者」のレッテルは地主・富農同様、マイナスの社会的身分となり、本人と家族を悩まし続ける。

プンツォク・ワンギェルは「こうした階級闘争の結果、全国人口の8％しかない少数民族のうち、十数万の人々が地方民族主義の帽子をかぶせられ迫害を受けた。これに引きかえ人口の92％を占める漢人にはだれひとり大漢民族主義分子がいないのである。この不公正な現象はどうしても理解できない」と慨嘆している[※3]（"A Brief Biography of Phuntsok Wanggyal Goranranpa" by Daweixirao）。

※3　プンツォク・ワンギェル（通称プンワン、一九二二〜二〇一四）はカムのパタン（現在四川省甘孜蔵族自治州巴塘）の人。日中戦争のさなか、南京の国民党政府蒙蔵学院に学んだときマルクス主義を知り、一九四〇年代半ばラサでチベットの完全独立と民主政府樹立をめざして雪域（チベット）共産党を結成、カム・ラサ間でカムにおける軍閥支配に抵抗するとともに、旧態依然たるラサ政府刷新のために活動した。中国軍がラサに進撃しようとした際のチャムド戦役のときは中国軍の兵站を担い、中国・チベットの「十七条協定」締結時には中共側の通訳を担当した。中国軍のラサ駐屯以後はチベット自治区最高権力機関「チベット工作委員会」の唯一のチベット人委員であったが、六一年地方民族主義者とされ、文化大革命期に十八年間秦城監獄に監禁された。文革後に出獄、全人代民族委員会副主任などを歴任した。

2、「叛乱」の起源

2―1　中共が掲げた「民主改革」

元来「民主改革」は、農業地帯では、①高利貸の排除と借金の帳消し、②「ウラー（役人出張の際の費用や労役の負担）」の廃止と地域貴族階層の特権の取消し、③家内奴隷の解放と生活の安定、といった初歩的な「三項目の改革」にとどめ、完全な「民主改革」をやるのはモデル地区だけ。したがってそれ以外の地域でも旧支配階層の打倒とか、彼らから土地を取り上げるといった土地改革は行わないとしていた。牧畜地帯でも旧支配層に対しては「不分不闘・不画階級」「牧工牧主両利」つまり階級区分をせず、大牧畜所有者と牧畜労働者がともに有利になるようにことを運ぶものとされた。

ところが現場では、これはお題目にすぎなかった。中共中央はチベット人社会を「暗黒の封建農奴制社会」とみなしていた。当然のことながら、チベット人地域へ派遣された軍幹部や行政要員もチベット人地域は内地より一段階も二段階も遅れた社会だと思い込んでいた。だから青海・甘粛・四川・雲南など各省チベット人地域の「民主改革」の工作者たちは、「三項目の改革」という初歩段階だけでは満足できなかった。

彼らは行政成績を上げるために、内地の階級区分の方法を適用して、アムドやカムで農牧民を地主（牧主）・富農（富牧）・中農（中牧）・貧農（貧牧）・農村プロレタリア（牧畜労働者）などと区分した。地主・富農に区分された人は「階級的敵」とされた。

ところがチベット人集落共同体の首長ら上層、すなわち地主・富農すべてが民衆のうらみつらみの的とは限らなかった。集落あるいは集落連合の首長らは、軍閥政府のために徴税し、自身も農牧民から搾取したが、その反面彼らは集落共同体の核心であり農牧民の日常生活とかたく結びついていた。これを罵ったり殴ったりして打倒、排除することは、農牧民の生活のよりどころ、すなわち共同体を破壊することであった。

チベット人地域にはどこにでも地主であり、畜群所有者である寺院があったが、そうであったにしても、農牧民は地域寺院のラマ（高僧）を釈迦や菩薩、ダライ・ラマやパンチェン・ラマとともに崇拝し、心のよりどころとしていた。これを打倒するといって、罵ったり殴ったりするなどとんでもないことであった。

さらに工作員らは、一般農牧民と同じレベルの富しか持たない集落首長や長老、選挙や輪番でその職務を務めていたもの、また中農に区分した農牧民までも「階級闘争」の対象とした。紙一重の差で貧農に区分されなかったものには、文化大革命終了まで過酷な運命が待っていた。私の知合いにも、先代が草原の開墾をせっせとやって耕地を比較的多く持っていたために、富農とされて集中訓練処分を受け、一般の農民が仕事を終わっても、なお残業を強いられ、長年の重労働が祟って歩行困難となったものがいる。

チベット人地域では「民主改革」の前に「学習」名義で集落首長、寺院高僧など社会上層部を一ヶ所にあつめて予防拘束した。寺院を含めた伝統的支配層が民衆を煽って「民主改革」に抵抗するのを警戒したからである。カム東部の地方史『甘孜蔵族自治州民主改革史』によると、五六年初めのある地域では、首長らと寺院高僧を多数集めて、七十日という長い間、「説得と闘争」をおこなった。最終的に「反動派」は、土地改革と寺院の特権の剥奪に「同意した」というが、これは強制以外のなにものでもない。首長らは長期の拘束に耐えられなくなっただけのことである。

2―2　訴苦大会

中共が農牧民に「民主改革」を受け入れさせる主な手段は、「訴苦大会」であった。これは地主・富農を集会に引っ張りだし、代々搾取と強制を続けた過去を糾弾し、悪罵や暴行を加えるなどして、彼らがすでに権力を失ったことを農牧民に認識させ、貧窮農牧民が農村牧野の主人公になったことを自覚させる集会のことである。農牧民にしてみれば、昨日まで権威を認めてきた集落首長や、崇拝してきた寺院のラマが吊るし上げられ、罵詈雑言を浴びせられ、殴られ蹴とばされ、時には銃殺されたりするのは、腰が抜けるほどの恐怖であった。

「民主改革」工作員として働いたのは、中国軍の兵隊と内地から来た漢人官僚である。工作員は農牧民に対して、地主・富農はお前たちから過大な地代を絞りとり、地代を納めないものを鞭打ち、自分らだけが豊かな暮らしをしている。寺院は迷信をもってお前たちを惑わし布施を巻き上げている。「だれが農牧民の敵かだれが友かを自覚せよ」と呼びかけ、階級意識に目覚めよと説いた。

工作員らは「民主改革」を準備するにあたって、チベット人の貧農・中農下層のなかからこれぞという人物を選び出して短期教育を施して「積極分子」とし、「訴苦」をさせることにした。彼らが下層民から選ばれたのは、「貧しいものほど革命的だ」というマルクス主義とは縁のない中共独特の理論によるものだ。だからときには集落社会の怠け者、ルンペン、チンピラなどが積極分子になることもあった。積極分子は「訴苦」をするとき、目の前にいる地主・富農らの悪事を糾弾し、搾取と圧迫に苦しんだ過去を思い出して壇上で泣かなければならなかった。

『甘孜蔵族自治州民主改革史』には、銃殺されなかった上層人士が「漢人地域ならば、私は即刻殺されていた」と、その恐怖を語っているし、ナクツァン・ヌロも、叛乱鎮圧戦争のさなかに行われた、中国軍によるすさまじい「訴苦大会」の模様を鮮明に語っている。

「訴苦大会」は、各地で何十回となく続けられた。『海南州誌』は、「全州で、宗教改革と反封建運動を展開し、大衆的運動としてチャブチャ（共和県）の一万人大会をかわきりに、（訴苦大会を）全州各地で広げ、半年の長きにわたってつづけた」と記している。

「民主改革」によって、寺院や土司・首長・富農らの屋敷は占拠されて工作員らの住宅となり、そのほかの家屋や耕地、家畜、農具などは農牧民に分けあたえられた。中共当局にしてみれば、農牧民はこれを喜ぶべきはずであった。ところが、「民主改革」によって自作農になったはずの農民が、夜になると与えられた土地証文を元の所有者の寺院や首長らに返し、あるものは首長のところへ行って労役をし、あるものは貰った土地を耕さなかった。このため工作員は「民主改革」の「補習」のために、幾度も訴苦大会を開かなければならなかった。

中共中央は、はじめ寺院の影響力を考慮して、その富と支配力に手を付けないことにしていた。だが現場では、寺院も「民主改革」の対象にした。哲学体系を持つ宗教でも、民衆レベルでは奇跡だのご利益だのの迷信的要素を持っている。工作員らには仏教哲学などわからない。誰よりも毛沢東に信仰と迷信の区別がなかった。彼らがチベット人地域で見た民衆の信仰は、絶え間ない読経であれ、寺院へのバターやツァンパの布施であれ、仏像への五体投地であれ、まさに迷信そのものにほかならなかった。

工作員は仏教寺院だけでなく、イスラム教のモスクも閉鎖しムスリムの指導者アホンを拘束した。漢人を中心とする工作員にしてみれば、寺院は地主で高利貸で、そのうえ民衆をだまして布施を巻き上げているのだから、寺院に対する「民主改革」は当然だし、農牧民の利益になるはずのものであった。寺院の「民主改革」は「三項目の改革」では終わらなかったのである。

一九五八年の八月と十二月に、中共中央は「宗教改革」を進める政策を通達した。寺院やモスクが「叛乱」を引き起こしたか否かを問わず、彼らの裁判権、武器の私蔵、高利貸、ウラーを廃止させた。民衆にとって大きな衝撃になったのは、寺院伽藍の閉鎖と、参拝と布施の禁止である。さらに「坊主も大衆同様労働せよ」として僧侶を強制還俗させた。

釈尊は僧侶の労働を禁じているから、労働は破戒の強制である。布施がなくなると僧侶は餓える。還俗して帰郷すれば、家族は被扶養者を抱え込む。アムドは僧侶の割合がカムほど多くはなかったが、一家のうち男児一人は僧侶になる習慣があり、人口の20％前後が僧侶であった。一連の「宗教改革」が、たちまち集落社会を混乱に陥れた。アムドの中でも黄南・ゴロク・玉樹の三民族州は僧侶の多い地域だったから、「宗教改革」への反感が強かった。

さらに、中国軍への反感を高めたのは、農牧民の持つ武器没収である。中国軍は武装した民衆と、城砦ともなりうる寺院を警戒した。武装解除は叛乱鎮圧とその後の統治のためにはぜひ必要なことであった。だが、チベット農牧民にしてみれば刀剣・槍・銃など武器を持つことは伝統であり義務であった。彼らは集落首長の命令がいったん下れば、銃と食糧と馬をもって集落間の戦闘に参加する義務があった。戦いでひるむのは恥であり、時には処罰の対象とされた。

2―3　四川省ガワ（阿壩）

アムドの最初の「叛乱」は、五六年三月に四川・甘粛・青海が接する四川省ガワ（阿壩）州北部の牧畜地帯で起きた。「叛乱」は、多くは集落首長らを中心に秘密裏に計画された。だが、それは一揆的であって、中国軍の軍事力を分析し、先の見通しを持ったものではなかった。

ある地方では、「叛乱」の首謀者らは「訴苦大会」の開会が宣言されると同時に、一斉に壇上にかけあがって「民主改革」工作員に襲いかかり、斧や刀で切り殺した。一般農牧民は襲撃の計画があるのを知っていても、工作員らに秘密を洩らさなかった。

ガワ州北部は二〇〇八年の四川大地震で壊滅的被害を受けた地方である。『阿壩州誌』『壌塘県誌』などによると、ガワ州では、まず漢人の比較的多い平野部の農業地帯で「民主改革」が行われ、それが終わるとチベット人・羌人の多い北部の牧畜地帯に重点を移した。

ザムタン（壌塘）県では、一九五六年三月十日までに初歩段階の高利貸の清算、ウラーの廃止、家内奴隷の解放など「三項目」の改革がおわった。ところが同県北西部の牧畜地帯では本格的な「民主改革」すなわち「訴苦大会」で旧支配者に対する糾弾を始めたとき、同県上塞地区の牧民が隣接する四川省甘孜州宗斯満地区で「民主改革」工作団三十人を襲撃し殺害するという事件が起きた。甘孜州セルタ（色達）では、すでに二月に「叛乱」が起きていたから、この事件は甘孜・ガワ両蔵族自治州を抱える四川省当局を震撼させた。

おなじ三月、ガワ州マルカム（馬爾康）の東部で集落首長の昌旺洛（チベット名不明）に率いられた農牧民六百人余りが蜂起した。他の村塞と結び、守備隊と工作団を包囲して三十人余りを惨殺したのである。この「叛乱」集団は、たちまち九の郷、千百人余りが参加し、うち銃を持つもの八百余りに膨れ上がった。これに現地部隊は直ちに対処し、一個大隊の兵力で、三月二十五日から蜂起した「村塞」を次々に攻め落とし、四月には山林に逃げ込んだ「叛徒」を追って山狩りをやり、四月十五日には昌旺洛の部衆三百余人を殲滅した。

ここで集落といわず「村塞」というのは、ガワの家は石造で窓が小さく銃眼があり、隣と壁を共有し、しかも「村塞」ごとに十数メートルの望楼があって、集落全体が城塞のようになっているからである。この地方では四月二十二日までに一軒一軒叛徒を潰していくといった戦闘を十一回行い、三百九十八人を殲滅し、銃百三十丁を鹵獲するという「戦果」を挙げた。生き残ったものは地区外に逃れ、五八年に再起した。

以下、ガワ州各地の蜂起と殲滅の統計を示そう。

マルカムでは、一九五六年三月から八月までの間に蜂起した者は二千七百人。六〇年の統計でマルカム県全人口は二万千三百四十六人だから五六年の蜂起者は13%、うち殲滅されたもの千六百六人。ゾルゲ（若爾蓋）では全人口が約三万のところ、13%の三千五百人が蜂起し、殲滅されたもの三千二十人。黒水でも全人口三万千五百人のところ、9%の二千九百人が蜂起、うち六百人が殲滅された。松藩マオルガイ（毛爾蓋）では全人口一万四千人のところ、15%の二千二百人が蜂起、うち殲滅されたもの千四百人。五七年一月からは松藩メワ（麦哇）地区では蜂起したもの千余人、殲滅されたもの六百六十三人。

まとめると、ガワ州では各地区人口の10%内外が蜂起した。各家五、六人の家族とすれば全世帯の三分の一とか半分近くに上る。さらに注目したいのは、殲滅されたものの割合の高さである。殲滅が単に戦闘力を奪った意味だと、戦死・負傷・捕虜の合計である。

地方誌には「殲滅」と「捕虜」とを並べて書いてあるから、殲滅は字義通り皆殺しの意味と受け止めざるを得ない。実際の戦闘では30％も死傷者が出たら完全な敗北、50％を殲滅された集団はほとんど壊滅状態である。

2―4　黄河第一の湾曲部

『甘南州誌』『黄南州誌』によって、青海・甘粛・四川の省境の接する黄河第一の湾曲部の状況を見てみよう。

一九五六年五月八日真夜中に、青海省黄南州の牧民が河南蒙旗[※4]のダツァン（達参）郷に駐屯していた中国軍と工作隊を銃撃した。蜂起したのは甘粛と青海の省境地帯の甘南州西倉地区と河南蒙旗セーロン（賽爾竜）郷ダツァン集落の牧民である。急襲された中国軍は形勢不利と見て撤退した。

河南蒙旗で「叛徒」は軍の倉庫から小麦粉八・五トン、馬の飼料四トンを奪い、事務所を破壊した。つづいて六月九日午後には政府の食糧輸送の車列を襲撃して、軍と政府要員四人を殺し、七人を負傷さ

※4　河南蒙旗（現青海省黄南州河南蒙古族自治県）は周囲をチベット人に囲まれたモンゴル人の民族島である。十七世紀オイラートモンゴルのホシュート部首長グシ汗は部衆を率いてアルタイ地方から南下して青海を制圧し、さらにラサに進んでダライ・ラマ五世を政権につけた。河南蒙旗はホシュート部衆の子孫である。母語はほとんどチベット語に変ったが、彼らはモンゴル人としてのアイデンティティを強く持っている。もう一つのモンゴル人集中地域は海西蒙古族蔵族自治州であるが、ここはモンゴル語を維持している。

せ、自動車四両を破壊した。その後七回にわたり中国軍などを襲撃、強奪をくり返した。同じ六月九日この地区に隣接する甘南州ルチ（琭曲）では、七百人余りの牧民が三十両近い食料運搬の車列を襲撃した。彼らは十八日には河南蒙旗に移動して工作隊を待ち伏せて五人を殺害、武器・物資・馬匹を奪った。

六月二十四日青海軍区内衛騎兵大隊の二個中隊が到着し、河南蒙旗の草原において甘南州部隊とともに反撃しこれを撃破した。鎮圧部隊側に死者十三人と負傷者二十八人を出したというから、「叛乱」側にはこの数倍の死傷者が出たことであろう。

『黄南州誌』は、中国軍の鎮圧による報復が「匪民不分（見境なし）」に行われたと語っている。当時の中共省委副書記・青海省副省長のタシ・ワンチュクは、省党会議でこの鎮圧作戦を激しく非難した。『黄南州誌』によると、河南蒙旗の「叛乱」が収束してから、省政府は現地に工作隊・医療班を二回派遣し、宣伝工作を行って人心の安定を図った。誤って民衆を傷つけ、また損害を与えたことに対しては、無料で治療にあたり、六万元余りの銀元を与えた。またセーロン郷寺院高僧と旧支配層には、新政府の高位の官職を与え、礼物を贈り慰撫をはかったという。部隊の「やりすぎ」に対して事態の収拾に苦慮した省政府が、慣習法に従って賠償をし、僧侶に官職を与えるなどして、住民の機嫌をとったものとみられる。

チベット人地域の慣習法では、集落間抗争の殺人事件の多くを民事賠償によって解決する。寺院高僧などの仲介によって、紛争時の死者に対しては「命価」、負傷者に対しては「血価」を支払い、失われた財産は現物や銀元で弁償する。こうすることで被害者家族とともに加害者家族の生活も保障しようとするのである。

このように五六年のアムド武装蜂起は、まず牧畜地帯に「民主改革」実施への反旗として散発的に発生した。だが叛乱集団には相互の連絡がなく事前協議の形跡もなかった。

2―5　一歩後退二歩前進

中共中央は少数民族の「叛乱」に直面して、五六年七月二十二日全人代民族委員会第三次会議を開き、チベット人とイ人地域のこの春からの「叛乱」について、四川・チベット・青海・雲南各省の現地指導者らの意見を求めた。この会議は紛糾し、のちに「十七回の会議」といわれるほど何回も開かれたらしい。

この中では「民主改革」の必要性を前提としながらも、準備不足、急ぎ過ぎ、農牧民の階級区分の際境界が不明確（つまり敵味方の区分があいまい）なこと、見境なしの拘束や発砲など「匪民不分」のやり方が指摘された。なかでも、寺院を「民主改革」の対象にするか否かは中央にも意見の違いがあり、激烈な論争となった。チベット人地域では一家に一人は出家しており、それは一家の誇りでもあった。だが、寺院は叛乱側の城砦となりやすく、実際にその拠点となった。

この会議で毛沢東は「改革は必要で、その決定は正しい」といいながらも、このときは「叛乱分子はこの階級闘争を民族と宗教を防衛する闘争だといっていることに注意しなければならない。われわれの工作の仕方に問題があり、それは叛乱分子によって叛乱の口実に使われた」とまともな意見を述べた。討論の末、毛沢東は寺院の「民主改革」は遅らせるという判断をした。

これを踏まえて周恩来は、「七月指示」と呼ばれた方向転換を指示した。これは、「①平和裏に「民主改革」をおこない、②地主の余っている耕畜・農具・食料・家屋などの四つの財産は無償徴発せず（つまり金を払う）、③寺院の耕地と財産には触れず、④民族地区のどんな問題を処理するときでも少数民族の上層人士と相談し、⑤武装『叛乱』に対しては停戦と平和交渉を進めて寛大に処置し、十回捕まえて十回放つようにし、一人といえども殺さない」というものである。

中共中央は、中央チベットについては同年八月（正式には九月四日発表）中央チベットとチャムド地区すなわちのちの自治区の「民主改革」は第一次五か年計画期間中は実施しない、少なくとも六年間すなわち六二年まではやらないことを明らかにした。アムドとカムの「叛乱」がラサ政府支配地域すなわちウやツァンに及ぶのを恐れたのである。一歩後退である。

ところが毛沢東は、一ヶ月もたたないうちに方針を転換した。「改革は必要だし、やると決意したらやるのだ」「戦争は解放戦争であって、基本的には階級闘争の性格を持っている」と発言した。当然、中央だけでなくチベット人地域の現場も混乱した。

叛乱鎮圧のために、内モンゴルから騎兵隊が動員された。三千メートルのチベット高原でも、同じ牧畜民族ならば漢人兵士よりはうまく戦えるだろう、というのが中共中央の目論見であった。期待通りモンゴル騎兵はよく戦った。

内モンゴル騎兵隊将兵の手記を集めた一九六五年刊行の『戦闘在高原』（内蒙古軍区政治部編輯出版）によると、五八年六月中旬、騎兵三一部隊と四一部隊は、青海に行って「叛乱」鎮圧闘争に参加せよとの上級の命令を受けた。彼らは内モンゴルから汽車で移動し蘭州に着くと、そこからは蘭州軍区の指揮下に入り、蘭州からはトラックで西寧に向かった。

彼らが事前に受けた教育は、「チベット人の上層反動集団は、幾百万の農奴が立ち上がって社会の主人公になり、自分らが二度と人民の上に立ち威張り散らすことができなくなるのを恐れて、帝国主義とインド反動派集団の策謀と支持を得て、一九五八年夏から反革命武装叛乱を起こしたものだ。だから叛乱鎮圧は勝つか負けるかの階級闘争である」といったものだった。モンゴル人将兵はこれを固く信じてチベット人の農村牧野に向かった。

事前教育で、（アメリカ）帝国主義とインド反動派の策謀と支持を指摘していることは興味深い（国民党蒋介石をこれに加える場合もある）。事実、「叛乱」の後半期には、アメリカCIAはチベット人をグアムやアリゾナで訓練し、無線機だの自動小銃だのを持たせて落下傘降下させ、叛乱集団を援助した。『玉樹州誌』の「大事記」にも、一九六〇年二月から四月のあいだに「インド反中国勢力と蒋介石集団は、六回の空中投下で降下特務十六人、無線機八台、小銃三千七百丁余、弾丸十万発を送ってきた」とある。他の地方誌をみると、たしかにその種の「援助」は各地にあったらしい。だが中国軍の優勢という戦局をひっくり返すには至らなかった。

いったい「叛乱」側はどう戦ったのか。武器は旧式の銃と弓、槍である。不完全な調査だが、中国軍が革命のために進駐したばかりの一九五一年、海南州には万余の各種の銃があったという。だが、集落の男子全員が銃を持っていたわけではない。たとえば、一九五八年の「民主改革」直前、黄南州では出兵可能な農牧民一万九千人に対し、長短の銃を持つものは七千人であったというが、先進的な小銃は限られたものだった。叛乱鎮圧後、一部の寺院から機関銃が押収されている。だが、こうした鋭利な武器は例外というほかない。しかも叛乱側には軍事訓練はなく、組織的に戦った経験がないから戦術も自己流であった。

これに引きかえ、叛乱鎮圧に向かう中国軍は、国共内戦と朝鮮戦争の経験を持ち、練度が高かった。近代的な自動小銃と各種機関銃、迫撃砲や野砲を備え、国共内戦で鹵獲した国民党軍のアメリカ式武器もあり、さらにソ連から贈られた爆撃機、戦闘機があった。カムの甘孜州リタン（理塘）僧院が瓦礫の山となったのは、大量の砲撃とともに爆撃があったからである。海南州のチャブチャ（共和）には、いまでも牧野の中に「叛乱」鎮圧時に作られた軍用滑走路が残っている。

さきの内モンゴル騎兵隊隊員の手記『戦闘在高原』には、勇ましさを強調するためか、いわゆる白兵戦の記述が多い。それによると自動小銃や機関銃、迫撃砲、野砲など先進的な兵器で寺院や逃亡集団を攻撃し、戦闘の終りには抵抗力をほとんど失ったチベット人集団を手榴弾で追い詰め、白刃を振るって切り殺したという場面がいくつかある。当然のことながら無辜の牧民からテントや食料を奪い見境なく殺したなど、中国軍側に都合の悪いことは書いてない。

3、大躍進――「叛乱」

3―1　青海の方法

一九五六年の「七月指示」が出てから数ヶ月間は、中共は「叛乱」側との和平談判を進めた。だが、その時間は短かった。先に述べた毛沢東の急進政策への転換があったからである。

一九五八年一月青海省党委員会は、中共中央の少数民族政策と宗教政策に反したとして、漢人指導者の中の「穏歩漸進」派ともいうべき人々を除名した。省長孫作賓、河南県（河南蒙旗）党書記潘光亜、省婦連主任劉傑、省高級人民法院副院長高継光らである。党副書記・副省長タシ・ワンチュクは、除名はされなかったが、その職務から追放された。処分対象に河南県党書記があるところ見ると、毛沢東は五六年の河南蒙旗事件の後始末が甘すぎた判断したのであろう。

急進派が実権を握った青海省当局は、「叛乱」の徹底鎮圧を中央に申請した。五八年六月二十四日毛沢東はこれに同意の回答をした。

「青海の反動派の『叛乱』は極めて結構だ。労働人民解放のチャンスがやって来た。青海省委の（断固鎮圧するという）方針は全く正確だ」「チベット人地域の問題は戦略問題であり、革命の問題である。革命の問題は革命の方法を採用しなければならない。任務は素早く徹底的にやれ。青海は初めのころ平和的にやったが（これはよくなかった）、いま革命的方法をとっているのは正しい」

さらに七月には青海省委の循化県「叛乱」事件報告（後述）にコメントし、「階級社会では民族問題の本質は階級問題であって、階級の本質をつかまなければ、民族問題を徹底的に解決できない」といった。これはまもなく「民族問題の本質は階級問題である」と単純化されて各地に広がり、文化大革命が終わるまで少数民族を苦しめることになる。「青海の方法」はすべての「叛乱」地域に適用された。

毛沢東のお墨付きを得て、内モンゴル騎兵隊も含めて中国軍はだれに遠慮することなく、農村牧野で人民を大量に殺害し、仏教寺院を打ち壊した。「叛乱」が終わってみると、アムドで残った寺院は、西寧近郊のクンブム大僧院（塔爾寺）だけだった。周恩来の命令によって打ち壊しを免れたといわれるが疑問がある。

チベット六大寺院のひとつラブラン大僧院も壊され、伽藍は家畜の処理施設になった。

ナクツァン・ヌロは、父親や兄とともに二度目のラサ巡礼に向かったとき、みちみち多くの集落・寺

院・テントが破壊されているのを見た（第57節）

青海省極左派は、毛沢東の指示通り徹底的にやった。省党書記袁任遠は「反革命集団を捕まえれば50%成功、殺せば百パーセント成功だ」といった。海南州マンラ（貴南）県では、「民主改革」を控えて集落首長や僧侶四十一人を「学習」名目で招集して大部屋に監禁し、窓から銃を撃ち込んで皆殺しにした。私がこの悲惨な事実を知ったのは、当時の公安警察幹部だった人物が五十五年後に事件を明らかにしたからである（尹曙生論文、雑誌「炎黄春秋」二〇一二年三月）。

五六年の各地の蜂起は一時的に鎮圧されたが、五七年もゲリラ戦は散発的に続いた。五八年軍事力を背景に人民公社が組織されはじめると、各地で「逃散」がおきた。青海のチベット人・モンゴル人地域では、中国軍が来たと聞けば、集落を捨ててラサ方面への逃亡をはかった。中国軍は逃げる人々を「叛徒」とみなして、これを追撃し、爆撃し、機銃掃射をやり、無差別に殺害した。この時中国軍に捕まった僧侶は、逃げたというだけで二年間鉱山で強制労働をさせられた。彼は私に「おれは運良く殺されなかった」といったから、彼の同僚で殺されたものが多くあったのだろう。

兵士たちは、チベット人モンゴル人の家屋やテントを破壊し、食料がなくなれば牧民の牛羊を略奪して食った。テントと家畜を奪われた牧民は大量に凍死、餓死した（後述）。またナクツァン・ヌロも幼子を抱いた母親の死体、子供の死体、殺害された家畜、散らばった家財道具、死体を食う犬を見て、涙も枯れ、恐怖の中で呆然としていたと語っている。また彼は負傷して動けなくなった老人、女性、親を失った子供の集団にも遭遇し、持主がいなくなった馬、ヤク、羊の大きな群を見ている。

静岡大学教授楊海英氏は、著書『チベットに舞う日本刀』のなかで、「（モンゴル騎兵は）あまりに戦闘に慣れていて、瞬時に戦いを制す。いざ、投降すると、決して捕虜を殺害しない。これらすべて、中国兵との根本的な違いだった。……チベット人に出会うと老若男女を一切区別せず、中国兵は必ず虐殺を働く。この違いにチベット人の『叛匪』も気づき、モンゴル軍に投降するものは増えていった」といっている（同上書 p259）。楊教授が引用した『戦闘在高原』は、叛乱鎮圧に活動したモンゴル将兵が帰還後に記した記録だから、中共にとって都合の悪いことは書いてはいない。

少年ナクツァンは逆にモンゴル人部隊がチベット人巡礼を皆殺しにした例を語っている。

「日中進んでいるとき、道で二人の女性に出会った。彼女たちは『殺されたのはアムドの巡礼たちよ。……中国軍にいるモンゴル兵達がみな殺しにしたそうだよ』（第59節）」。

「この口では村がなくなって合作社になったそうだ。ここを襲ったモンゴル兵は、会うもの全てを捕まえ、見るもの全てを殺した。だからモンゴル兵には投降するなといわれた（第60節）」。

どちらが正確かは断定できないが、蒙漢いずれにせよ、無辜の民を遠慮なく殺したことは確かである。五八年だけで青海省の牧畜地帯では、四万九千人余が反革命として逮捕され、その多くが殺された。成人男子が殺されたために、働けるものは女子供だけになった集落が出た（寡婦村）。さらに無人の集落もうまれた。私も青海湖のほとりの集落で、「叛乱」がなかったのに、二十数戸のうち十数人の成人男子が連行されて帰らなかったため飢餓状態に陥った集落の話を聞いた。

中国軍による捕虜の扱いは残虐を極めた。彼らは男女を問わず、縛りあげられ荷物のように積み重ねられて、農村牧野からトラックで次々省都西寧の監獄に送られた。水も食事も与えられなかったため、人事不省のものもあり、運搬途中で死んだものの死体もあった。当時、青海省副省長だったタシ・ワンチュクはこれを見て、捕虜虐待のひどさに驚き激しく怒った。彼はのちにプンワンに会ってこの悲劇を語るたび、同胞の無残なありさま思い出して涙を流したという。

内モンゴルからの騎兵隊を含めて鎮圧部隊は、どうして仏教寺院やチベット人の逃亡集団に対してこのように激しい敵意を抱いたのだろうか。どうして寺僧であろうが俗人であろうが「階級的憎しみ」をもって、チベット人モンゴル人を殺したのだろうか。

先の玉樹州ナンチェン（嚢謙）県の叛乱拠点となった寺院を攻略し、寺僧を皆殺しにしたモンゴル騎兵将校は大略つぎのように記している。

「活仏・ラマは実際には大農奴主であり、横暴無残の暴君であり、冷酷この上ない魔王である。奴らは反抗するものは誰でも捕まえて目を抉るとか、心臓を抉るとか、生皮をはぐとか、煮え油に漬けるといった酷い刑罰を加え、生きながら殺した。また牧民の年頃の娘を犯した。残忍非道な奴らは十五、六歳の美しい少女の大腿骨で笛を作り、頭のよい少年の頭蓋骨で碗をつくった……（『戦闘在高原』保日寺肉薄戦）」――まさにチベット人地域は暗黒の社会であった。

だが事実はこうだ。私も人の骨でつくった笛や頭蓋骨の碗は、チベットだけでなく、インド・ヒマラヤ山中の寺でも内モンゴルの寺でも見た。寺院によっては人間の皮を後生大事に「お守り」にしてあるところもあった。もちろん、これは仏教教学とは何の関係もないしろものだが、生きた人間を殺したのではない。死者のものを加工して仏具としたのである。

3―2　寺院の壊滅

仏教に深く帰依し、信仰心の強いチベット人社会にとって深刻な打撃は、民主改革時期に「宗教改革」

の名のもとに行われた寺院の伽藍と僧侶組織の破壊であった。

『海西州誌』には、五八年に僧侶を全員還俗させ、寺院を全部破壊したと記されている。また『海南州誌』には「この年全州で閉鎖され壊された寺院は八十五ヶ所、僧侶五百六十四人が還俗帰郷して生産に従事するようになったと記されている。ゴロク州ガッデ(甘徳)では、「叛乱」がおきると、「政治協商会議」の委員の職につけられていた僧侶全員が、「叛乱」への関与の疑いで逮捕投獄された。

例えば前述のラブラン大僧院(甘粛省甘南州夏河)は、伽藍ばかりか、美術品としても価値の高い仏像も壁画もタンカ(仏画)も破壊され、仏像を飾った金銀財宝も誰かに持ち去られた。仏典は燃やされるか布靴の底になった。高僧は甘粛北部の北山の砂漠や内地の労改農場(監獄)へ送られた。こうした事態は各地で起きた。「善知識」の命がそこで尽きると、仏教に彩られた哲学と文学、建築技術、美術、舞踊と音楽も衰弱した。

かくして「社会上層の反動派」すなわち「叛乱」の指導者が「『民主改革』は仏教を滅ぼす」と宣伝したとおりのことが現実となった。日本では寺院やモスクの破壊は文化大革命期に行われたといわれているが、文化大革命よりも十年前にチベット高原の寺院は90%以上が壊されたのである。私は一九九〇年代に農村牧野で、なお破壊されたままの寺をいくつも見た。

パンチェン・ラマは叛乱鎮圧後、チベット人地域を視察して『七万言書』(後述)を著したのだが、そのなかで信仰と寺院破壊のありさまについて、次のように記している。

「(宗教改革後組織された寺院の)民主管理委員会の正副主任と委員たちは、戒律に背き女を買ったり酒を飲んだりしている。また公然と寺院の中で恋愛をし、髪を伸ばし、俗界の服装をするなど規則に合わないことをし、自分ばかりか僧尼大衆にもこれをやらせ、人々に吐き気をもよおさせる」「『宗教改革』と称して、僧侶をこちら側に、村の女や尼僧を向こう側において、結婚相手を選ばせたりする」「ウ・ツァン以外の省のチベット人地域では、（現在）民衆も僧侶もともに基本的に信仰のない生活をしている。叛乱平定後はほとんどの地域で、末端幹部が妨害するので日常の読経もこっそりやれるだけである。もし幹部に人の唇が動くのを発見されれば、読経をしているとして咎められる」「信仰と修業は反革命活動と同じように圧迫され、僧俗大衆は自由に宗教活動をすることができない。それ故、（わたしは）基本的に彼らに宗教活動はないというのである」

3—3　鉄砲による支配

「民主改革」は五八年以後、軍事的手段で強行された。五六年初期の叛乱が起きたアムドのガワ州のその後を見てみよう。

ゾルゲ（毛爾蓋）県では、「民主改革」工作隊は五六年の「叛徒」が逃亡した後、「積極分子」つまり改革の働き手二千七百二十九人を養成した。これが積極的に働いたとは限らないが、三戸に一人の割合である。「反動中上層」とその手先、悪党とされたもの千百三十四人は「学習」のために県城に監禁した。六戸か七戸に一人の割合である。

さらに「積極分子」を使って戸別訪問や小集会、鉄砲狩りをおこない、旧支配者六十人余りを「訴苦大会」の壇上に上げて吊るし上げる「面対面」の闘争をやった。また「反動中上層」の手先百三十四人を捕まえ、うち三十六人を「監視訓練」処分とした。各種訴苦集会は二千三百三十二回を数えた。

当然高利の借金は一律帳消しとした。また現地人の役人・首長のもつ労役・徴税・警察などの権力すべてを剥奪した。ただ「愛国守法（すなわち中共側に立場を移した）」の人物からは家畜の没収、分配はしなかった。

また旧支配層と「富牧」の牛一万三千六百九十八頭、馬六千六百十一頭、羊七万八千七百六十七頭を没収して、六ヶ所に「公私合営」「社私合営」の牧場を作った。※5

また富裕牧民が経営する牧畜場を公有化したときは「公私合営」といい、牧民に家畜を貸して家畜小作をやらせていた経営を公有化するときは「社私合営」と呼んだ。理由はわからない。

これに反対して五八年春から始まったガワ県・ゾルゲ県の蜂起は、十二月までに制圧された。殲滅されたものは三千四百四十二人。同じ時期ザムタン県などでふたたび蜂起したものは三千五百人余、うち十一月までに殲滅されたもの二千八百四十五人（殲滅率81％）に達した。さらに五九年四月から八月までの四ヶ月間に、ガワ州の牧畜地帯で殲滅されたものは七千八百七十九人の多きにのぼる。

3―4　パンチェン・ラマ生地

パンチェン・ラマ十世の故郷、循化県ウィムト（温都）郷（青海省海東地区）は、十五年間地上から抹消されていた。

※5　以下、牛とするのはヤクと平地の牛、その混血牛の総称である。

五八年はじめ、循化県では「民主改革」に際し、回人（漢人系ムスリム）も含めて地域の上層分子を学習名義で県城に集め拘禁した。その中にパンチェン・ラマ十世の幼時の師匠で、声望の高いウィムト・ゴンパ（温都僧院）のジャムホル・ラマがいた。当時、循化県ではチベット人の郷十一個のうち、四郷だけが「民主改革」未実施地域となっていた。青海省政府は、そのひとつガンチャ（剛察）郷に工作組を派遣していきなり牧畜の集団化を強行した。

これに対して四月十七日、郷首長ヌリ・ゴンポは工作組を襲って指導者を殺害し、武装した数百人の牧民を率いて循化県城に行き、ジャムホル・ラマ救出を呼びかけ、そこにいたイスラム教徒らと結んで県政府を包囲攻撃した。そこへ同じくジャムホル・ラマの釈放を陳情する農牧民が押しかけ、四千人という大集団になった（楊海英教授はチベット人・回人ではなく、ムスリムのサラール人としている（『チベットに舞う日本刀』）。

二十五日未明、中国軍二個連隊が黄河を渡って「叛徒」を包囲銃撃し、たちまち五百人をなぎ倒し、女や老人を含め二千五百人を捕虜とした。かりに民衆をすべてチベット人とすれば、当時の循化県のチベット人は一万千人ほどだから、四分の一が殺傷逮捕されたことになる。ヌリ・ゴンポ集団は混乱に乗じて県城を脱出し、黄南州に逃亡した。のちに彼らは山地と放牧地にこもって中国軍に抵抗した。肝心のジャムホル・ラマは自殺したというが、私は殺されたのではないかと疑う。仏教は自殺をかたく禁じているからである。

「叛乱」鎮圧後、ウィムト郷は全郷反革命地区とされて、全員が近くのガラン、ドビなどの郷へ強制移住させられ多くの餓死者を出した。生存者が帰郷できたのは、文化大革命が終わって七年後の一九八三年である。

3―5　ケセントルゴ

一九五八年初め、循化県の西にあたる黄南州でも「叛乱」は、十九の郷、二十五の集落で起き、「叛徒」は一万千人に達した。州人口は八万八千人だったから叛乱参加者は12％程度だが、一世帯家族四～五人とみると、世帯毎に一人の参加とすれば、ほぼ半数の世帯が蜂起に参加したことになる。

そのスローガンは「民族と仏教を守れ」であった。「叛乱」側の首長や僧侶は、「蒋介石や馬歩芳が間もなく戻ってくる」「共産党は馬の年にはひっくり返らないが犬の年には必ず倒れる」「集団化は政府が我々の財産をとり上げることだ」と民衆に宣伝したという。

五八年五月青海省南部鎮圧部隊指揮部は上記循化の掃討作戦が終わると、二個連隊と砲兵一個連隊に歩兵の混成大隊を加えた部隊を黄南州に進め、六月初め、甘粛省甘南州の掃討部隊と連携し、河南蒙旗のケセントルゴとジュシュロンカの包囲殲滅戦を戦い、「叛乱」集団の主力を殲滅した。

ケセントルゴは河南蒙旗の黄河に面した山の名前である。河南蒙旗は前述のように、一九五六年中国軍を攻撃したために残酷な弾圧を受けたから、五八年五月鎮圧部隊が接近するのを知ると、いくつかの郷がラサ方面への逃亡を企てた。六月一日早朝黄河北岸のケセントルゴ山に集結し、黄河を渡って南に逃亡しようとしたのである。ところが騎兵第一師団が事前にこれを察知してケセントルゴ山を包囲し、明け方に野砲と機関銃によって集結した牧民を攻撃した。そして殲滅戦は午後六時には終わった。

射殺したもの二百六十五人、負傷したもの百四十三人、捕虜五百八十四人、投降してきたもの四百七十六人、黄河に溺れたもの百十五人、その他の死者十一人、持ち逃げした銃百丁であった。

六月十日までに逃亡したものを掃討し終わり、「叛徒」の92・1%を殲滅したという。逃亡しおおせたのは百三十七人に過ぎなかった。内モンゴルからの騎兵部隊は、遠慮なくモンゴル同胞を殺傷したのである。

「叛徒」とされたものは、戸数にして千五百九十七戸(全県の64%)、人数は七千四百八十七人(70%強)であった。そのうち武器を持つもの千七百三十二人、銃は千三百五十七丁、乗馬は二千五百三十五頭だった。これからすれば、銃の数は五人に一丁たらず、馬も人数の三分の一に達しない、家族連れの機動力のない集団であった。

河南県は五七年調査で二千五百九戸、人口一万二千百二十人、五八年二千二百十八戸、一万五百人だった。『河南県誌』は、七千五百人に近い「叛徒」がほとんどが「脅迫されて参加した」牧民だったという。だが、このように多くの人が脅迫によって「叛乱」に参加することはあり得ない。中国軍による殺害の恐れがなければ、故郷に残るのが最も安全なのだから。

最後の河南蒙旗親王ザシ・ツァイラン(女)は、この事件には関与しなかったが、中立の態度をとったためか、文化大革命期に非常な侮辱と迫害を加えられ、自殺したとされているが、真実はわからない。悲劇の山ケセントルゴは現在改名されてタシデレ山と呼ばれる。タシデレはチベット語で「吉祥あれ」の意味である。

黄南州の牧民の抵抗は六〇年下半期までには完全に鎮圧された。黄南州だけで中共が動員した部隊や民兵は千八百人余り、うち八十五人が犠牲となった(『河南県誌』)。鎮圧された側の犠牲者については記録がないが、武器の優劣からすればこの数十倍に達するだろう。

私が一九九〇年代初め、セーロン郷を訪問したとき、蜂起のとき大砲で破壊された寺院はまだ瓦礫の山で、一部修復された伽藍の中で赤衣の若い僧侶たちが読経をしていた。

3―6　ジュブリン

五八年六月、黄河第二の湾曲部、純牧畜地帯の海南州ガパスムド（同徳）、ティカ（貴南）・ツィコルタン（興海）に三万人余りの蜂起があった。

『海南州誌』は、「叛乱」参加者はガパスムド十八郷のうち九郷、ティカ十九郷のうち十四郷の全人口、あるいは一部分であったと伝える。「叛乱」集団はあわせて三千二百戸余り、五千人余りという。

彼らは、はじめ各地各様に中国軍に抵抗したが、やがて各個撃破を避けるためか、森林地帯のジュブリン地区に逃げ込んで大集団となった。ここを守り切れないときは、黄河を西にわたって、ツィコルタンのジャザ（加扎）草原に逃げ、さらにゴロク（果洛）・ジェクンド（玉樹）をへて中央チベットに逃げる計画であった。大躍進前までは黄河谷にはモミやトウヒの森林が分布していたから隠れるには都合がよかった。

海南前線司令部は連隊規模の作戦を展開し、ジュブリンで一万数千規模の「叛乱」集団を包囲し、七月下旬までにこれを打ち破った。この時の「叛乱」側死者千百六十三人、負傷二百八十七人、捕虜二千百七十人。さらに死傷した馬四百九十四頭、分捕った馬三千五百五十五頭、押収した各種の銃百七丁、銃弾千八百九十七発、刀剣千百二十二振り、望遠鏡一であった。鎮圧部隊の犠牲者は、指揮員十一人、負傷者三十九人、行方不明者九人、失った銃七丁、壊れた八九型無線機二台であったという。

注目すべきはこのほかに家族五千九百人が降伏したと記録されていることである。老人・女・子供も家族ぐるみでこの集団に加わりラサへの逃亡を図ったことがわかる。私はこの地域で、さまようヤクの背の籠の中に餓死した幼児を発見した人の話を聞いたことがある。

この後も、小規模ながら抵抗は続き、一九六一年三月「血で手を染めた危険な匪賊」といわれ、最後まで中国軍に抵抗した伝説の英雄ジャウ・ワンダが射殺されて海南州の「叛乱」鎮圧作戦は終わった。各地の蜂起で殲滅されたものは20～90％に及ぶ。

犠牲者の多さについて、『海南州誌』は「『叛乱』鎮圧闘争の初期、階級闘争を強調しすぎて民衆と「叛徒」をいっしょくたにし、……軍事掃討作戦を展開するときも、善良なものを傷つけるという重大な間違いを犯した」と無辜の大衆を殺傷した事実を認めている。

また、海南州では「叛乱」側に立ったために処分された「各種犯罪者」は一万六千七百二十七人、州人口の11％を占めるという。このうち監禁・強制労働などの「集中訓練」に処せられたもの一万二百七十六人、逮捕されたもの六千四百五十一人である。

3―7　チベット高原最奥部

ゴロク州は黄河源流部である。バヤンカラ山脈を越えた玉樹州は長江の最上部の流域である。ナクツァン・ヌロは、第一回のラサ巡礼のとき、黄河源流域に盗賊がごろごろしていたことを語っているが、これはゴロク州や玉樹州が伝統的に内地の権力が及びにくい地方であったことと関係があるかもしれない。中共がこの地方を制圧したときは、のちに青海省副省長になるザシ・ワンチュクが軍事力を背景にして首長らを説得、帰順させたのである。そのとき、ある首長がザシ・ワンチュクに「おまえたちの中国はゴロクより大きいか」と聞いたという笑い話が残った。

ゴロクでは副州長だの県長といった、中共によって高い地位につけられた旧支配層が「叛乱」を起した。五八年末までにゴロク州の「叛乱」参加者は一万六百七十三戸、四万四千五百二十三人に達する勢いだった。一家四、五人家族とすれば家族ぐるみの数字である。それに五七年にゴロクの人口は五万八千百九人というから、いわゆる「叛徒」は全州の80％ちかくに達したことになる。対する中国軍は蘭州軍区騎兵つまりモンゴル騎兵一、二、三連隊のほか、さらに騎兵一師団、五五師団百六十五連隊を鎮圧作戦に投入した。

五八～六〇年の三年間の鎮圧作戦は六百五十六回に達し、二千六百三十八人を倒し、八千百七十七人を捕虜とし、「叛乱」側にいた民衆二万二千八百人を「解放」したという。中国軍側の戦死者は二百三十六人、負傷二百八十五人であった。驚くのは、五九年四月にはバイマ（班馬）で流浪していた四千人の集団を発見し、千八百人を殺したという記録である。これはゴロクと四川北部つまりガワ州・甘孜州の牧民であった。

玉樹では、五八年に全州各地、つまりジェグ（結古・玉樹州都）、ナンチェン（嚢謙）、ザドイ（雑多）、チンドゥ（称多）、チュマルレブ（曲莱）などで自動車隊を襲われ物資が奪われ、政府人員が殺されたりする事件が発生した。この叛乱事件は十一月までに鎮圧部隊によって殲滅されたというが、五九年にも叛乱分子殲滅の記事があるから、抵抗は続いていたものと思われる（『玉樹州誌』）。

玉樹州にも鎮圧のやりすぎ問題があった。一九八一年この再審査をしたとき、五八年に逮捕したもの二万二千七百八十人、うち無実だったもの一万八千三百五十三人、罪を軽くしたもの四千九十一人という。一九五七年の全州人口は十六万二千二百人だったから、叛乱参加者を成人男子とみれば、その半数近くが逮捕されたことになる。

3―8　ツァイダム

ツァイダム盆地を含む海西蒙古族蔵族自治州の『州誌』は、寺院の大量破壊を記録しているが、「叛乱」・逃亡の記録はつまびらかではない。ただ五八年から六〇年に至る間の「叛乱」防止工作の中で「ダライ・ラマ集団『叛乱』事件」に関与したとして、六百九十三人逮捕、一万千二百八十二人に対して「集中訓練」をおこなったとある。

これが事実なら、子供から老人まで、たかだか一万九千人の人口しかないチベット人・モンゴル人社会の60％、おそらく成人男女すべてが「叛乱」鎮圧の対象になり、監禁されたり強制労働などをさせられたことになる。またこの州では同時期の反右派闘争の中で、右派分子とされたもの百三十二人が投獄された。二十数年後の八二年になって、逮捕・誤判・「集中訓練」を受けた冤罪事件の千八百二十一人を無罪としたというが、これは当時の人口の10％に当る数である。

二十三年後の一九八〇年に青海省当局は、反革命事件四千五百七十四件について審査を行い、90％近くの四千七十八人を無罪とし、刑免除二百四十八人、再審減刑八人、原判決維持二百四十人とした。

3―9　殲滅の理由

すでに述べたとおり、中国軍は現地民の逃亡集団を反革命と見て殲滅したのだが、その死者の数は驚くほど多い。「叛乱」といわれるものの前半は「民主改革」に反対する蜂起であり、後半は中国軍による虐殺の恐怖からの逃亡である。正確な情報に乏しいチベット高原の人々は、中国軍が近づくと聞けば殺害の恐怖に駆られて逃亡した。当時山林や草原への逃亡は「叛乱」とみなされた。五八年のケセントルゴの悲劇、ジュブリンの大量死、ゴロクや玉樹の集落をあげての逃亡などがそれである。中国軍は山林に逃亡した集団をその家族や集落に残った者を動員して山狩りをした。

逃亡集団は家族ぐるみ、家畜ぐるみだから機動力がない。中国軍に発見されれば家畜を捨てて逃げるしかない。ナクツァン・ヌロはチュマルレブ（長江最上流部）付近で管理する者のいない大量の牛羊群を見ている。

内モンゴル騎兵隊を含めた中国軍や漢人官僚は、チベット人居住区へ入ったもののチベット語を知らない。習慣もわからない。だれが敵対行動に出るか見当がつかない。そのうえ中国軍に組織されたチベット人民兵がいたが、これがいつ叛乱を起こすかわからない。銃弾がどこから飛んでくるかわからないという恐怖の中で作戦を展開した。五六年の「叛乱」直後から鎮圧が見境のない虐殺になったのは、この恐怖からであろう。

毛沢東の「青海の方法」は、大量虐殺に大義名分を与えた。五九年ダライ・ラマ十四世のインド蒙塵の後、四川から中央チベットに入った丁盛が指揮する部隊は、長髪・チベット服・腰の小刀を見ればすべて「叛徒」・反革命分子とみなしたという。丁盛は一時毛沢東の後継者に擬せられた林彪麾下の将校である。

プンワン（1・7参照）の弟トワンは、パンチェン・ラマ十世の北京訪問時の高級通訳を務めたために十四年間投獄されていた人物であるが、彼は私にチベット人が大量に殺された原因のひとつとして、「チベット人は降伏のしるしに白旗をあげることを知らなかった。そのためにみすみす銃火の的となった。さらにその上、青海の中国軍には（反乱鎮圧のための）発砲数がノルマとなっていた」と語ったことがある。

迫害を逃れて放浪した牧民は多かった。「叛乱」鎮圧後の五九年には、あてどなくさまよっていた牧民集団の42％を連れ戻して合作社に入れた。地域によっては元の集落に帰ってきた人は70％に達したというから、集落ごとの逃亡がいかに多かったかわかる。どこへ逃げたらよいかわからないとき、逃亡者はラサをめざした。ダライ・ラマに救いを求めたのである。パンチェン・ラマ十世の故郷循化の人の中には、チベット高原を横断して、ヤルンツァンポ河上流のシガツェまで逃げた人々がいた。ここのタシルンポ大僧院はパンチェン・ラマが寺主で、当時ここには彼の父親がいたので助けを求めたのである。

逃亡集団の多くは、ラサへ到着する前に、チャンタン（チベット北部高原）や、メコン川や金沙江（長江）の上流地帯で捕捉、殲滅された。だが、チベット人研究者のジャンベン・ジャツォは「一九五六年から五八年の三年間で、少なくとも五、六万人は（アムドやカムから）中央チベットに逃げ込んだ。この中には上層人物もいたが、ほとんどは普通の僧侶と農牧民であった。彼らの多くは、事情が分からないまま戦乱から逃れてきた避難民であった」という（ジャンベン・ジャツォ『班禅大師』東方出版社　一九八九年）。

一九六一年十月までに「叛乱」はほぼ鎮圧された。中共が投入した兵力は二十万。二年間に死者千五百五十一人と負傷者千九百八十七人を出した。少数民族側の死傷者は数十万、いや百万を越えたかもしれない。かくして、五九年から六〇年にかけては、十万を超す難民がヒマラヤの峠を越えて、新しい苦難の待ち受ける異民族社会に逃れたのである。

4、鎮圧の後で

4―1　大躍進と飢餓

一九五七年七月までに、のちのチベット自治区のほかは、少数民族地区でも高級合作社が組織され85%になったという。五八年二月「人民日報」は、社説で「中国は大躍進の前夜にある。一切の保守思想を打破して苦闘すれば、三年ののちには様相は一変する」と、大躍進への進撃を呼号した。中国全体が毛沢東の空想的社会主義に踊った。そしてこの二年後に食糧危機と大量餓死という生き地獄の時代を迎えたのである（大躍進・人民公社については楊継縄『毛沢東大躍進秘録』文藝春秋　二〇一二　参照）。

五八年春、青海でも大躍進政策は急激に進んだ。ここでも「纏足女に反対する」運動を大いにやり、「数年で天国へ行く」路線を選んだのである。中共ツァイダム工作委員会議は「苦戦五年――ツァイダム地方工業大躍進」とか、「苦闘五年――食料・油・肉を供給してあまりある」などの決議をおこなった。工業化は未発見のツァイダム盆地の地下資源をあてにし、食料は自給しようとしたのである。

人民公社は「叛乱」を鎮圧した地域でいきなり組織された。タシ・ワンチュクは「棍棒で民衆を天国に行かせてはならない」と反対したが、もはや彼に同調する者はいなかった。もっとも辺鄙なゴロク州でも初級牧畜合作社が総戸数の20%になった。

「一大二公」すなわち「公社は大きく、すべては公有に」という呼びかけに応えて、チャプチャ（共和県）やティカ（貴徳県）では、一県一公社という規模になった。一九五九年青海省海南州農牧場党委書記会議では「牧畜は後進、農業は先進」「農をもって牧に代える」というスローガンを持ち出し、草原の開墾と農耕を強制した。漢人の「水草を追って遷移する」牧畜を未開・原始的だと考えるのに加えて、毛沢東による「青海を全国の食糧基地とする」計画があったからである。

海南州の会議記録を見ると、労働力の第一は労働改造所の囚人、第二は移民青年、第三は現地農牧民といい、五九〜六三年の間に全州で四百万畝すなわち二十六・七万ヘクタールを開墾するという計画を決定した。青海にはツァイダムを中心に各地に労改農場があり、国民党の官僚と軍人が多く収容されていた。青海省には内地から理想に燃えた移民青年がやってきた。海南州には河南省からが多く、それだけでも一万五千七百六十五人を数えた。

チベット高原でも、人民公社が組織されると、人々は幹部の号令で働くようになった。これを「組織軍事化・行動戦闘化」と呼んだ。牧野でも規模が大きければ大きいほどよいとされたから「家畜大集中」となった。漢人幹部は牧畜の伝統技術を無視して、牛羊を分けず、また母仔畜・雄畜・去勢畜などを一緒くたにした大群で放牧させた。これを「大混群・大編群」と呼んだ。もちろん家畜は太らず、ヤクのミルクも少なくなり、仔畜も育たなくなった。

軍事化は人間に及んだ。親戚に祝いごとや不幸があっても幹部の許可なしに外出はできない。テントは、放牧地に一戸ずつ離して張るのは禁止され、軍隊式に列状に並べた。これを「帳篷街道化」といった。「帳篷」とはテントのことである。男の長髪は禁止、短髪で左右に分けることとされた。さらに成人女性の髪を細かくすだれ状に編むのは禁止、二本の三つ編みにすること。これは「双辮化」といった。民族服は無駄

が多い、農耕に適さないということで人民服にさせ、ズボンを強制してこれを「褌子化」といった。

荒れたのは、人の社会だけではない。アムドには黄河をはじめ大きな河川の河谷にはモミ・トウヒ・ネズなどの森林があったが、これは大躍進のとき土法製鉄の燃料として、またゲリラの潜伏場所をなくするため、ことごとく伐採された。公式には二年間で原木三万七百五十二立方メートルが消えたというが、実際にはこの数十倍に達するだろう。

さらに大躍進後も伐採は続き、九〇年代半ばに禁止されるまで伐採が続いたから、河谷斜面は丸裸になった。森林の消滅によって黄河のさらなる泥流化がすすみ、長江は「黄河化」して洪水が毎年起こるようになった。これが三峡ダム建設を導いたことは間違いない。

さて、『同徳県誌』によると、ガパスムド（同徳県）では五六年から合作社を始めたが、五八年上半期には百七、公私合営牧場は十八となり、これらに組織された牧民は千五百三十五戸、46％を数えるに至った。合作社に家畜を組み入れるときは、畜種によって等級を決め、百元を一株とし、生産物は労働力六、家畜四の割合で分配することにした。

カムで新政権の役人に任命されたニャロン（新竜）のアテンによると、地主の土地を分けてもらい自営農となったものが受けた集団化に関する説明は、第一段階は各人の土地や家畜、農具を人民公社に出資し、年末には全体の収穫物から税金・種子・その他を除いた後の部分の50％を出資に応じて分配をうけ、その残りは人民公社の成員全体が均等に分配をうけるというものだった（人民公社というのは、初級合作社・のちの生産隊と思われる）。

第二段階では、土地も家畜もすべて人民公社（高級合作社・のちの生産大隊と思われる）のものとなる。公社の農牧民は労働に応じて紙幣の形で給与が支払われるというのである。労働は点数制で評価され、もっとも働きのよいもので一ヶ月最高十キロの食糧が分配されるというものであった（『中国と戦ったチベット人』）。

食料のほかに賃金がなければ、十キロは少なすぎる。ちなみに第二次大戦前の日本では「一日ニ玄米四合ト味噌ト少シノ野菜ヲ食べ」たとき、玄米の量は月に十八キロである。

各家から厨房具を没収して作った共同食堂は、「人民公社の心臓、社会主義の陣地」とされ、初めのうちは「食い放題」だったが、やがて「定量」そして「働かざるもの食うべからず」となり、月十キロの時期はあっという間に過ぎ去った。毎月の主食は五キロに減り、野草などが常食となった。

上述のように、海南州の一帯は「民主改革」に反対して大規模な「叛乱」と逃亡事件を起こし工作組を襲撃するなどしたので、中共当局は盗難防止のため家畜は冬の牧野に押し込めた。このためガパスムドの年末までの家畜の死亡は、十四万二千二百頭となり、年初よりも三割強減少した。五九年も家畜は十一万三千五百頭減少した。開墾によって草地が不足したこともあるし、管理の不適もあるが、集団化への反発と食料不足のために牧民が食ったものもある。たとえばヤクを含む牛二万五千七百頭は冬の牧野を開墾されたために餓死したのである。

ガパスムドでは五九年から六一年の三年間に、人の死亡率が上昇し出生率は下がった。六一年は対前年比千三百九十二人（8%）、六二年も対前年比千四百七十四人（9%）が減った。牧畜地帯では、家畜が餓死すれば人も餓死する。

餓死は老人と子供という力のないものから始まった。五九年下半期から六〇年の一年間は食生活は困窮を極めた。公社の牛羊をこっそり殺して食うのはもちろん、絶対に食わなかった馬や犬も食った。このため青海の家畜数はあっという間に五四年の水準にまで減少し、五七年のレベルに戻るまでに六七年までかかった。人肉食の地獄は中国各地にあった。人の出産時の胎盤を食った人もいる。

4―2　鬼哭啾啾

歴代パンチェン・ラマは、ダライ・ラマに次ぐチベット仏教第二の転生ラマである。パンチェン・ラマ十世（一九三八～八九）は、ダライ・ラマ十四世のインド亡命と農牧民の「叛乱」を非難するなど、もともとは中共政権を支持した人であった。

一九六一年から彼は、青海・チベット・新疆の「叛乱」地域を視察し、そこに民族と仏教が消滅の危機に瀕している惨状を見た。彼は資料を集め、自分の見たことを加えて、チベット語で民族と仏教の危機を訴える嘆願書を書いた。それはチベット人学者・僧侶らの援助によって漢語に翻訳され、漢字にして七万字になったので『七万言書』と呼ばれている。一九六二年五月彼はこれを国務院総理周恩来に提出した。

彼は、その中で、中央チベットではチベット人に対する殴打、侮辱、病人に対する重労働の強制、飢えが至る所にあるといい、またカムやアムドでは、「ヒトを遠慮会釈なく捕まえ、ほしいままに各階層の罪のないものの平和と自由な生活をもてあそんでいる」「こうした運悪く拘禁された何万という囚人の監視などは、（カムやアムドでは）よりもっと悪い。とくにわざと囚人を気候の合わないところに連れて行って、何万という人に不正常な死に方をさせ、死体の埋葬もまともにできない状態が生まれている」と訴えた。

彼はまたこうも語っている。

「青海のいくつかの地方を視察したとき、末端幹部のいろんな妨害を振り切って、たくさんの同胞が参拝に来てくれた。その老若男女は一目見て、一時期の苦難の生活を思い起こさせるものだったので私は思わず涙を流した。彼らの中に涙を流しながら、大胆にも『衆生に飢餓をなすなかれ、仏法を滅ぼすなかれ、わが雪域（チベット）の人々を滅亡させるなかれ、このようにお祈りしております』と言ったものがいた」

周恩来はこの嘆願書を放置できず、毛沢東に提出した。毛沢東は批判されるのは嫌な性分だから、一見して「党に対する毒矢だ」と一蹴した。以後パンチェン・ラマは右派分子とされ、文化大革命が発動される前から監禁、投獄、時々つるし上げという目にあわされた。文化大革命期の迫害は想像に余りある。だが彼は耐え抜いた。

文化大革命が終わって十年後の一九八七年春、全国人民代表大会チベット自治区常務委員会で、パンチェン・ラマは、一九五九年までの中国軍によるチベット「叛乱」鎮圧について発言した。以下はその抜粋である。

「ゴロク地区では、大勢の人が殺され、その死体は丘の斜面から深い凹地に転げ落とされた。そして中国軍兵士たちは遺族に向かって『叛乱』は一掃されたことを喜べといった。人々は死者の体の上で踊るよう強制され、しかもそのあとで、機銃の一斉射撃によって虐殺され、その場で埋められたのである」

「……青海省には三、四千（ママ。三、四百の間違いか）の村や町があり、そこではそれぞれ三、四千世帯が四、五千（ママ。各家四、五人の間違いか）の家族とともに暮らしていた。この各村や町の八百人から千人が投獄され、そのうち少なくとも三百ないし四百人が獄死している。つまり投獄されたもののほとんど半数が獄死したということだ。『叛乱』に加わったものはその中の一握りにすぎないことを去年（一九八六年）

我々は知った。大部分の人間は全くの無実だったのである」

「七万語に及ぶ『嘆願書』の中で、チベット人口の約5％が投獄されたと指摘した。だがその当時私の手もとにあった情報では、全人口の10％ないし15％ものチベット人が投獄されたのである。しかしその時、数字のあまりの大きさに私はそれを公表する勇気が持てなかった。もし本当の数字をあげれば、〝人民裁判〟で殺されていただろう」

パンチェン・ラマの故郷青海省循化県では、五八年三月の事件によって多数の農牧民が殺されたが、その九月には全県の人民公社化をやり終わった。循化県70％の農牧村幹部は逮捕され、「叛乱区」とされた地域の党員と共青団の70％近くは除名された。循化県は十月「宗教改革」を全県的に展開して、「宗教家の中の反革命分子を粛清し、信仰するものの思想を徹底的に改造し、寺院の白旗を下ろして赤旗を立てる」ことを目標とした。

仏僧とムスリム指導者とは、西寧か県城に「学習」名目であつめられ、そのほとんどが学習期間中に逮捕され、甘粛省北部の馬鬣山などの砂漠や荒地の労改（監獄）に送られた。「宗教改革」が実施されて後、循化県のモスク七十四、仏教寺院二十六はすべて閉鎖された。

パンチェン・ラマの生家のウィムト公社（郷）は、前述のように「全面叛乱区」とされ、五九年三月公社の集落三十余り、戸数七百余り、人口三千余りのすべてを、ガラン（葛棱）・ドウィ（道幃）の二つの公社に強制移住させた。跡地には河南省から五千人余りの武装した青年男女を入植させ、青年農場を創設した。

この種の青年農場は青海各地に作られた。それは前述のように、「青海を中国の食糧基地にする」という計画があったからである。彼らは労改農場の囚人らとともに、六〇年末までに十三・二万ヘクタールを開墾したが、この60％は家畜の越冬用の良好な冬春草地であった。当然家畜は食料を失って餓死する。さらに指導者らは雪線（万年雪の末端）以上の土地やアルカリ地まで開墾させたというが、どんな作物を植えようとしたのだろうか。

青年たちは当初情熱に駆られて頑張ったが、内地の農法はチベットでは無力であった。二年間やったが収穫はほとんどなかった。彼らは寒冷乾燥の気候になやまされ、食糧・医薬品・防寒衣服の不足のために飢死、凍死、病死に追い込まれた。死を避けようとすれば、逃亡、売春もやむを得ないものであった。だが当局は警戒線を張って逃亡者を逮捕した。

一九六一年青年農場は撤収され、わずかの生き残りが河南省に帰った。死者のあまりの多さのために、のちに青海省は河南省へ慰問団を送るはめになる。前述のように、ウィムト郷の生き残りの人々が強制移住の措置を解かれて故郷に帰ったのは、二十四年後の八二年のことである。

4—3　民族消滅の統計

一九五三年の第一次センサスでは、中国全体人口は五億八千七百九十六万であった。一九六三年の第二次センサスでは七億四百九十九万になり、大躍進による四千万余ともいう餓死者が出たものの、十年間に一億千七百万人が増加した。

これに引きかえ、チベット人全人口は五三年には二百七十七万五千と推計されたのに、六三年には二百五十万五千となり、十年間に二十七万人減少している。チベット人の「叛乱」鎮圧による死者と大躍進期の餓死者数は、十年間の自然増ではカバーしきれなかったのである。

青海省のチベット人人口は、一九五三年の第一次センサスでは四十九万三千四百六十三人、六四年には四十四万二千六百六十四人となり、ここでも十年間にほぼ五万人が減少している。

ゴロク州では、一九五七年末の人口が七万三千三百人であった。五八年末には五万千七百人となっている。一年間で二万千六百人（30％）が減少した。さらに第一次センサス（五三年）ではゴロクは十万三百四十二人、第二次センサス（六四年）では五万六千七十一人である。十年間に四万四千二百七十二人、44％が減少している（邢海寧『果洛蔵族社会』）。

「叛乱」鎮圧の模様は、性比（女性を百としたときの男性人口）にはっきり現れている。一九九〇年センサスの年齢別の性比は、六十五歳（一九二五年生れ）以上では、漢人103・2に対し、チベット人は54・9しかない。「叛乱」が始まったころ、三十一歳以上だったチベット人男性は、女性の半分しか生存していないのである。十六歳以上だった階層をとっても同じ結果が得られる。どうしてこのような事態が生まれたのかは、すでに述べたところで明らかである。

青海では五八年半年間だけで「叛乱」参加者は十三万人といわれる。うち十一万六千人が殲滅されたほか、五万人余りを予防拘禁した。牧畜地帯ではチベット・モンゴルの一割以上を逮捕した。当時の青海チベット人モンゴル人は五十一万強とみられるから、人口の26％が「叛乱」に加わり、23％が殺されたのである。予防拘禁されたものの獄死は不明。

一九八〇年に青海省当局は、反革命事件四千五百七十四件について再審査を行い、90％近くの四千七十八人を無罪とし、軽免除二百四十八人、再審減刑八人、原判決維持二百四十人とした。

「叛乱鎮圧時のゆきすぎ問題に関する青海省から中央への報告書」(一九八一年五月)によると、逮捕・拘留・集中訓練・死刑判決をうけたもののうち、八万四千五百六十六人を再審査し、七万八千百四十七人を冤罪によるものとした。つまり90%強は無罪だったというのである。

李志剛「蔵族人民的優秀児子」論文によると、『中国共産党青海地方組織誌』にはこう書かれていたとのことだ。

「当時の指導者(毛沢東とその追随者を指す)の『左』の間違った指導のもとで、『叛乱』鎮圧が過度に拡大し、『(当初の)軍事的には討伐するが、政治的には勝ち取ること』という方針に反し、過度に軍事的打撃を強調して、政治的に勝ち取る方針を無視し、「四不政策(民衆を捕まえない、監禁しない、殺さない、闘争にかけない)」にはなはだしく違反して、投降してきたものを捕虜とした。それぞれ(の状況に応じて)対処するという政策に反して、民衆を捕まえ、監禁し、殺し、闘争にかけた。さらにでたらめに(反革命などの)レッテルを張り、(食料や財産などを)没収した。これは深刻な結果を招いた。当時はまた人民公社を強制したので、(食料事情が悪化して)情勢はなお一層複雑になった。そして宗教・寺院の敵情を過大に見て、これへの攻撃を拡大した」

さらに李志剛は、「六一年に拘留者二万四千三百六十五人を釈放し、民族宗教人士三百八十人の地位を回復し、ラマ教(仏教)寺院百三十七、清真(イスラム教)寺院百五十三を(信者に)開放した」「大衆の牛羊を殺して食った場合にはカネで弁償し、生活用品を分捕った場合には現物で返し、借りたものは全部返し、壊したものは弁償した。家を壊されたものには建てなおしてやった」このために青海省は二百五十七万元を使ったという。

これは略奪と破壊の証拠である。もちろん内モンゴル騎兵隊を含めた中国軍によるものである。略奪は、現地調達を原則とした軍隊がどこでもやることではあるが、食料だけではなく、テントや家屋、生活用品を奪ったり壊したりしているところからすれば、農牧民を消し去るために意図的に生活基盤を破壊したのであろう。

これに引き続いて大躍進政策による生産の不振と餓死者を加えたものが、先に述べたセンサスに反映しているのである。中共中央もこれを座視できなかったらしく、六一年西北民族工作会議ののち、青海省に当時のカネで一千万元を供給している。だが、この措置も六四年「民主改革」の「補課」と文化大革命に向かう「四清」運動が行われると中断され、文化大革命後の八一年の再審査のときは、「向前看（前向きに生きよう）」という理由で何もしないことにした。

4―4　ゲリラと難民

アムドとカムには、「叛乱」の形に違いがある。カムでもアムド同様、初期の「叛乱」はばらばらに起きたが、やがて連合し臨時政府を打ち立て、地元を根拠地として戦う姿勢をとったのにたいし、アムドでは「叛乱」集団の連合組織ができなかった。青海省の中国軍が初期蜂起に対して見境のない虐殺をしたために、叛乱側はいったん戦闘に負けると、中国軍の虐殺を恐れて追撃を逃れようとして草原をさまようか、ラサをめざして逃亡したからだと思われる。

カムの状況を見よう。五六年十二月下旬から翌年一月にかけて、ディヨン・アチョンらが中心となり、カム南部六県の「叛乱」指導者ら五百人がラマヤ（剌麻亜）で集会を持った。そこでは中共側の和平交渉の誘いに対し、「銃は差し出さないし、『民主改革』はやらない」ことを談判の条件にすることで統一した。また武装集団を軍隊編成にし、バタン(巴塘)東部と南部に基地を設置し、金沙江をまたいで活動した。彼らのゲリラ戦はダライ・ラマ亡命後も続いた。

「仏教護衛軍」とか「チュシ・ガントゥク(四水六崗＝四つの河六つの山、チベット人地域の美称)」と自称したゲリラは、一時は一万三千人に達した。上述のように、五九年十一月からはアメリカCIAによってグアムやアラバマの砂漠で訓練されたゲリラ要員が数回、自動小銃や無線機などとともに落下傘降下した。だがカムの戦局を変えることはできなかった。

五九年三月から六〇年上半期までに、ダライ・ラマ十四世の後を追って十万余の難民が新しい苦難が待ち構えているネパールやインドへとヒマラヤを越えた。

あくまで中国軍に抵抗しようとしたゲリラ部隊は、国境を越えてネパール・ヒマラヤ山中の藩王国ムスタンへ逃げ込んだ。彼らの中に中央チベットやアムドのものが混じっていても、世に「カムパ・ゲリラ」と呼ばれた。アメリカが「カムパ・ゲリラ」へ援助した武器は性能が高く、ネパール国軍はムスタンに居座ったゲリラを制圧できなかった。彼らは中国軍に奇襲攻撃をくりかえした。その戦果の一部に中国軍内の飢餓状態を伝える雑誌「工作通訊」がある。

ところが一九七一年アメリカは、対ソ・対ベトナム戦略のため米中和解をもとめ、中国もこれに応じた。アメリカはカムパ・ゲリラへの援助を停止し、ダライ・ラマ十四世もまたゲリラ集団に武力闘争の中止を説得した。これによってゲリラの大半はネパール軍に降伏したが、タシ・ワンドゥなど一部はダライ・ラマの説得に承服できず、ネパール北部への逃亡を試み、ネパール軍に捕捉射殺された。ゲリラの子孫は今もムスタンで牧畜生活を送っている。

終りに——毛沢東は生きている

中国の農民は古くから、貧困と圧政からの脱出と平等を渇望したが、その実現をいつも英雄に託してきた。勝利した英雄は、農民出身であれ貴族出身であれ、たちまち誰からも干渉を受けない至高の地位に昇り、伝統に従って中華帝国という専制国家を継承した。

一九八〇年に反体制派の王希哲は香港で発表した論文「毛沢東と文化大革命」の中でこう指摘した。「……毛沢東が成功裏に指導したこの革命は、農民革命にすぎなかった、ということだ。それは共産党の指導下に行われたが、その内容について言えば、農民革命の範疇を出るものではなかった。……もしわれわれが毛沢東を一人の農民首領として考察するのであれば、別に何も彼を糾弾せねばならぬところはない。毛沢東は中国の歴史上もっとも偉大な、空前絶後の農民首領である。彼が後に中国の帝王になったのは、まったく農民首領の階級的必然性がしからしめたのであって、すこしもおどろくにはあたらない（高島俊男『中国の大盗賊』講談社現代新書　二〇〇四年）」。この論文によって王希哲は懲役十五年の刑を受けた。

マルクスは十九世紀の民主主義を前提とした社会主義を構想したが、レーニンは革命戦争勝利のために自由を制限せざるをえなかった。さらにボリシェヴィキの党規約に下級は上級に従う、少数は多数に従うという中央集権の組織原則を設けた。コミンテルン参加の各国共産党はみなこれに従った。

中国では、レーニンの組織原則は中国伝統の皇帝支配の伝統にうまく調和した。毛沢東は「私は秦始皇にマルクスを加えたものである」と公言してはばからなかったのは、ここに由来する。

荒野を血で染めた農民革命は、二十世紀半ばに新たな皇帝支配と官僚専制国家を生み出した。民族自決あるいは高度の自治を望んだ少数民族のコミュニストも、民主と自由を中国革命に託した漢民族知識人も、皇帝支配と階級闘争の論理によって無残に踏みにじられた。

古代秦漢帝国以来、漢民族国家としての中国は、周辺民族を征服し同化させてきた。この歴史的傾向は、一九四九年の革命後も現代に引き継がれた。反乱の鎮圧と大量の殺害は、力ずくの少数民族同化の始まりである。歴史上民族国家を形成したチベット、ウイグル、カザフ、モンゴルなどの民族も、「中華民族の大家庭の一員となる」という新たな形の漢化政策の下にある。漢化とは、「少数民族の進歩は漢民族になることによってのみ実現できる」という意味である。

そうであるがゆえに、ナクツァン・ヌロが卓抜した勇気をもって少年時代の記憶を文字にあらわしたのはかぎりなく尊いのである。また、この翻訳出版は日本のチベット近現代史研究に画期的な史料をひとつくわえたということができる。

訳者解説

——テキストについて——

本書は、ナクツァン・ヌロ（nags tshang nu blo）著、「ナクツァン少年の喜びと悲しみ（nags tshang zhi lu'i skyid sdug）」の全訳である。この本は元来、二〇〇七年に中国青海省の西寧で自費出版されたもので、チベット語で書かれている。著者によれば、西寧では最初に三千部、次に口絵写真の配列を変えた形で三千部が刷られた。それは出版されるや青海チベット人の間で大きな反響を呼んだが、そのため著者の関わらない海賊版が多数出版され、流通した。Robert Barnett は、同書の英訳版である'My Tibetan Childhood'の Introduction の中で、その数四万部という数字をあげている（Barnett 2014: XVI）。

原著では、著者の故郷であるアムド（現中国青海省方面。甘粛省や四川省の一部を含む）特有の言葉が用いられており、またチベット文字の綴り間違いも多いために[※1]、二〇〇八年にダラムサラの Khawa Karpo Tibetan Cultural Centre から標準チベット語版が出版された。さらに二〇一一年に台湾の雪域出版社から漢語訳「那年・世時翻轉」が出版された。これは著者自身が翻訳作業の大半に携わったとのことである（ナクツァン・ヌロ氏本人からの聞き取りによる）。また Angus Cargill と Sonam Lhamo による英訳が二〇一四年に出版されているが、これは原著の内容の一部が省略されている。

翻訳の作業は、原著（つまり西寧で自費出版されたもの）を底本として用い、適宜他の翻訳を参考にして行われた。その際最も有用であったのは漢訳版であった。

――背景――

本書の舞台となるのは、一九四〇年代から五〇年代にかけてのアムドの遊牧地帯である。中国本土では、日中戦争後、国共内戦を経て一九四九年に中華人民共和国が成立したが、当初、少数民族への政策は宥和的で穏健なものであった。しかし一九五〇年代後半になってからの中国共産党の少数民族政策の転換に伴い、急激な集団化、宗教弾圧がおこなわれるようになり、チベット地域では武装蜂起が頻発するようになった。

本書の歴史的背景にはこのような、中国共産党の少数民族政策の変化や、一九五八年に開始される大躍進運動に伴う大規模な飢餓の蔓延がある。これらの点に関しては阿部治平先生による解説を参照されたい。

本書の特に第1章～第3章の背景となっているのは、アムド南部の伝統的な遊牧社会である。そこには中国本土の国家からも、ラサを中心とするガンデン・ポダンの政府からも干渉されない、自律的な社会が存在した。主人公達が暮らしたマデ・チュカマのようなコミュニティは「デワ（sde ba）」と称され、近隣の他のデワ（マロン・メツァン、ワウェンツァン、ングラ等）とは潜在的な対立関係にあった。

デワは世襲的なリーダーであるホンボに統率され、その内部は通常ツォワと呼ばれる下位集団に分割された。チュカマの場合は、ゴツァ、コチェン、ワルシ、ギュラク、タアワの五つのツォワが存在した。さらにツォワの内部には、実際にテントを近接させて設営するルコル（ru skor）という家集団（著者によれば、平均二十軒ほど）が形成された。ルコルの形成には相互扶助と、狼の襲撃や、家畜の盗難に対する自衛的な目的があった。ルコルは通常年に二、三回デワのテリトリー内を移動しながら放牧をおこなっていた。

一九五〇年代後半、チュカマのデワに属する大半の家族は、近隣のマロン・メツァンとの抗争に敗れ、北部のソクウォ（現青海省・黄南チベット族自治州・河南モンゴル族自治県）南部に移動していた。[※2]（3、11章参照）一方、チュカマの元来の土地（現甘粛省・甘南チベット族自治州・瑪曲県斉哈瑪）である黄河南岸に建つ僧院では、僧侶や村人が変わらぬ暮らしを続けていた。父親が遊牧生活を放棄した後の、幼少期の著者達も僧院に留まって暮らしていた。

——ゾミア論との関連——

Sulek（Sulek 2014: 133-135）やHaver（Haver 2014: 105）は、この本で描かれた、アムド南部の遊牧社会の、ゾミア（Zomia）的な性格を指摘している。ゾミアとは元来国家による支配の及ばない、東南アジア大陸部[※3]の山岳地帯を指す（スコット 2013: 13-33）。そこには国家という枠組みに抵抗し、あるいはそこから逃避してきた人々の作る自律的な小社会が存在していた。ゾミアに関する議論には、そこを文明の恩恵に浴さぬ野蛮な地とみなすのではなく、むしろゾミアの側に国家というシステムに主体的に対抗しようとする意志を認める所に特徴がある。

アムド南部の遊牧社会も、片や清朝、中華民国、中華人民共和国といった中国本土の国家システムによっても、片やラサを中心とするチベット政府の統治システムによっても支配されない自律的な性格をもっていた（Samuel 1993: 87-98）。中国軍が進攻してきた時、抵抗するか恭順するかについてはホンボと僧院が決定したということ（第50節）や、[※4]ラサにおいてチベット政府に捕らえられた仲間の巡礼者の一人を、無理やり奪い返して故郷に連れ帰ったこと（第45節）は、デワのもつ自律的な性格を物語るものであろう。

Sulekは、本書をゾミア終焉の物語であると評するが（Sulek 2014: 135）、東チベット、つまりカムやアムドの遊牧社会のゾミア的な性格は現代に至るまで引き継がれているようである。それが典型的に表れているのは、地域紛争を巡る調停の方策である。

遊牧地域における地域紛争の原因には、偶発的な喧嘩や家畜の盗難といったものもあるが、特に牧地の境界を巡る争いは、大規模かつ長期に渡る紛争に発展する傾向がある（Ekvall 1964 Pirie 2005, 2008, 2012 デンチョクジャプ 2018 上原 2009 シンジルト 2003）。長期に渡る紛争は当事者を疲弊させるものとなり、やがて調停の機運も高まってゆく。紛争当事者はそれぞれ信頼する調停者を立て、交渉が開始されるが、現代でも多くの場合は、行政の介入を招かない形での解決が目指される（Pirie 2005: 97-98, 2012: 101）。また行政の側も、地域紛争の慣習法による解決を事実上容認せざるをえない状況がある。

現在中国政府は、この「まつろわぬ民」に対し、「生態移民」「定住化プロジェクト」といった形で環境保護や近代化を名目とした政策を押し付け、遊牧という生業そのものを放棄させようとしている（ナムタルジャ 2015: 260-274）。東チベットの遊牧社会のもつゾミア性は、そのため一層蚕食されてゆくのか、あるいは権力との関係を巧みに利用しながら本質的な変化を拒み続けることができるのか、その行く末を予言することは困難である。

―チベット人性―

アムドの遊牧民にとっては、そのチベット人としての民族的なアイデンティティを保証するチャンネルは、むしろ宗教的なものであった。仏教は人々の生活に深く浸透し、僧院は単に宗教的な崇敬の対象であるに留まらず、社会的な弱者を保護する機能さえ担っていた。著者の父親がテント住まいの遊牧生活を放棄した後、著者本人とその兄が僧院に依存して不自由なく生活できたこと（第16節）は、かつての遊牧地域では、僧院は不安定な遊牧生活に対する社会的なセーフティーネットの機能をも果たしていたことを物語るものであろう。かつて梅棹忠夫がモンゴルにおける僧院について述べていたように、僧院は遊牧社会における「社会の固定拠点」（梅棹 1991：67）であった。

特にチュカマのあるアムドの東南部では、ゲルク派の名刹であるラブラン僧院が圧倒的な影響力をもっていた（棚瀬 2017）。チュカマはングラ・ラデなどとは異なり、ラブラン僧院の直轄領ではなかったが、ラブラン僧院と、特にその大ラマの一人であるグンタンに深く帰依していた（第6節、第9節、第48節、第49節など）。また多くの危険を冒しながら、一年がかりでラサへの巡礼がなされたこと（第3章）、中国軍の進攻後、著者達が故郷を離れて一心にラサを目指したこと（第4章）は、ジョカンやサムエ等の聖地やセラ、デプン、ガンデンといった大僧院への巡礼、さらにはダライラマ法王などの高僧に対する帰依こそが、ゾミア的な状況で暮らす人々にとって自らのチベット人性を創出し、確認するチャンネルであったことを物語っている。

――本書の意義――

Sulek は、原著の出版に対する人々の反応を以下のように書く。

「私がチベットでフィールドワークをおこなっていた二〇〇七年から二〇〇八年の冬にかけて、ナクツァン・ヌロの本は至る所に存在した。それが何であるかということに私が気付くはるか以前に、その緑色のカバーは最も思いがけないような場所と時間に存在した。人々はそれを所有するか借りるかし、読み、あるいは単に家に置いてあった。町の者も田舎の者も、知識人も牧民もその本を持っていた。ヌロの本は、たくさんの書棚を揃えた本屋のある都会から、チベットの最も僻遠な地方の片隅にまで到達しているように思われた。それは田舎町や村の小さな店でも売られ、読むことに親しまない者さえその本の価値を理解しているようであった。

一方この本は出版界の陰の世界に属していた。つまり、それは個人的に出版されたものであり、公式的なチャンネルによるものではなかった。しかし二〇〇七年の冬から二〇〇八年にかけて、チベット人はそれを所有し、机の上か、どこか他の目立つ場所に置き、また書店の主人は窓辺に飾った。ヌロの本の重要性は、明らかにその文学的価値を凌駕した。それは読むためだけの本ではなく、所有するための本であり、また所有することが一つの主張であるような本であった」(Sulek 2014: 122)

Sulek は、この本の成功の理由として以下の四つを挙げる。

《1》 二十世紀にチベット人が経験した暴力について描かれている。
《2》 誰も語ろうとしなかったことを語っている。
《3》 読者が彼ら自身の姿をそこに認めている。
《4》 この本を読むこと自体が不服従の表明となる。(Sulek 2014: 122)

また Xaver は、アムドで最近になって出現した、中国の提示する「解放と近代化の物語」に対抗するテキストとして、本書とツェラン・トンドゥプの小説、ジャムド・リンチェン・ザンポによるインタビュー集について論じる。彼は、それらの作品はチベット人のカウンターメモリーを確認することによって、一九五〇～七〇年代についての競合する歴史の語りの中におけるチベット人の力を取り戻すものであるとする（Xaver 2014: 103）。

著者のヌロ自身は、あとがき（「本書を書いたことについて」）の中で、本書を書いた理由として、「歴史というものが、後世の者達が深く社会を理解するために必要であるとするならば、私達、前の世代の者達には、その時代の経験を書き残し、後の世代の者達に手渡す義務があるはずです。特に子孫のために、前の世代の苦楽の物語を知るための良い機会を作ってやることが必要であるとすれば、これらの物語を書き残しておくより良い手段はないように思います。一人の人間（mi）について語れば、それは一つの家族（kyim tshang）、一つの民族（mi rigs）について語ることになるからです」と記している。

――物語の力――

現在、大躍進政策の失敗に伴う途方もない被害の一旦が明らかになりつつある。例えばDikötterは、中国全土での餓死者の数は少なく見積もっても四千五百万人に及ぶと主張している（Dikötter 2010: xii）。その莫大な数のもつ意味、そこに存在するはずの苦しみや悲しみの大きさは、とても私達の想像力の及ぶ所ではない。しかし私達は、本書を読むことで、中国軍に両親を殺され、自らは荒野に取り残されてしまった少女（第60節）の絶望感に、また「幸福寮」の中で餓死に追いやられていった哀れな孤児の兄妹（81節）

の苦しみや悲しみに思いを致すことができる。著者は、これらのサバルタンに声を与えることで、彼らの魂を鎮めようとしているようにも思われる。

ナクツァン・ヌロの本は、著者自らが経験した事を物語の形で提示することで、出来事と、私達人間が共通して持っている痛みを感じる器官の間に回路を開く。それを可能としているのは、私達人類が共通して持つ、他者の痛みを自分の痛みとして感じる能力である。現代中国の小説家余華は、自身の文革体験について書いた本のあとがきでこのように書く。「この世に痛みほど容易に人間相互の意思疎通を可能にするものはないと思う。なぜなら、痛みを伝える経路は人間の心の奥底に通じているのだから。私はこの本で、中国の痛みを書くと同時に、自分の痛みも書いた。中国の痛みは、私個人の痛みでもあるから」（余華 2012: 255）

本書は、一人の人間、一つの家族、一つの民族、そして一つの人類の物語として読まれねばならない。

註1　著者によれば、本書は著者が初めてチベット語を用いて書いた文書であるとのことであった。しかし、その文章は引用符を用いた会話体が多用され、率直、簡明で、むしろ現代的な印象をもつものである。

註2　(Nietupski 2011: 78) によれば、チュカマがモンゴルの地に来たのは一九四六年とされるが、本書11章の記述によれば母の死の翌年ということになる。著者が生まれたのは一九四八年なので、Nietupski の記述とは食い違うことになる。

註3　スコットの引用するジャン・ミショーの規定によれば、以下の地域を含む。「北から南へ、まず四川の南部と西部、そして貴州と雲南のすべて、そしてそれに隣接するインド極東（北）の一部、タイの北部と西部、メコン川の谷を除くラオスのほぼすべて、アンナン（長山）山脈沿いのベトナム北部と中部、そしてカンボジア北部と東部の末端地帯を含む」（スコット 2013: 13）

註4　デンチョクジャプは、この時中国軍に抵抗したデワが、多くの男性を失ったことにより、その後隣接する、中国軍に恭順したデワによる牧地の侵犯を受けた事例について報告している。その問題は、後に双方に多くの死傷者を出す地域紛争の一因となった。（デンチョクジャプ 2018）

訳者あとがき

本書の存在を教えてくれたのは、私が奉職する大学で学ぶ、青海省出身のチベット人留学生達であった。彼らの話によれば、多くの文字を読めないチベットの人々、とりわけ多かれ少なかれ著者と経験を共有する老人達は、人に頼んでそれを読み聞かせてもらい、涙を流しながら「この本に関かれていることは真実だ」と語るそうである。

この話を聞いて、読むより先に私は是非ともこの本を訳してみたいと思った。ドイツの本屋にストックされていた本を取り寄せ、二〇一六年の十一月から翻訳を始めて、二〇一八年の六月に一応下訳が完成した。意味の不明な方言や、つづりの間違いが多いという問題はあったが、全体に率直な散文で書かれており、引用符を用いた会話の部分も多いなど、むしろ現代的な文体であるとの印象をもった。

その後二〇一八年八月二十五日には甘粛省のラブランで、二〇一九年八月十日にはやはり甘粛省のマチュで著者のナクツァン・ヌロ氏に直接お会いする機会を得て、翻訳上の疑問点などを質問することができたのは大きな喜びであった。その時お聞きした話と、いただいた、「ナクツァン老人の冗話（nags tshang rgad po'i 'bel gtam）」（ナクツァン・ヌロ 2016）に書かれていることを本書の内容とも併せてまとめてみると、マデ・チュカマの僧院を脱出した僧俗十二名（第55節）の運命は以下の様であった。

著者の父であるナクツァン・ドゥルコは戦死し、青年僧のカンドゥルとレコも中国軍の銃弾に倒れた（第63・64節）。

残りの九人は一旦チュマルレプ・ゾンの土牢に入れられたが、少年であった著者とその兄は解放され、幸福寮に入れられた（第76節）。また少し遅れてガルザン、ツェコ、ドンツィクも解放され、政府の牧場で働くこととなった（第88節）。

元船頭のロチュ、僧侶のアク・モンラム、アク・テンジンはチュマルレプ・ゾンの土牢で獄死（おそらく餓死）した。大人の中で唯一生き残って解放されたのはアク・ジャクパのみであった。アク・ジャクパは一九六一年六月に解放された。その後、彼はツェコ、ガルザンを伴い、馬を盗んで故郷へ向けて逃亡したが、ゴロクのガッデで逮捕されてしまった。彼らは苦し紛れに「チュマルレプの牧場長、ツォゴヨン（第88節）から許可を得て故郷へ戻る途中だ」と弁明した。ガッデではチュマルレプに電信で問い合わせたが、事情を察したツォゴヨンは「許可を出したのは本当だ」と返答した。おかげで彼らは釈放され、無事故郷に戻ることができた（ナクツァン・ヌロ　2016: 335-336）。

漢訳版によれば、著者の略歴は以下の通りである。

一九四八年　現甘粛省甘南マチュ県チュカマ生まれ
一九五九年十二月　チュマル県小学校入学
一九六四年　玉樹州民族師範学校卒業
一九六五年　青海民族学院入学。　十月　チュマル県小学校教師
一九七一年　巴幹郷公安特派員
一九七九年　チュマル県民衆法院副院長
一九八四年　県司法局副局長
一九八七年　チュマル県副県長

一九九〇年　玉樹県中級民衆法院
一九九三年　退官
現在　青海省蔵族研究会常務理事（納倉・怒羅　2011:10）

本書自体は、著者の小学校入学の話で終わっているが、その後著者は一九六六年から十年間に及ぶ文化大革命を経験しているはずである。私が、「文化大革命の時の話はお書きにはならないのですか？」と尋ねた所、吐き捨てるように「文化大革命の時は、チベット人同士で争った。そんな話は書きたくもない」と答えられたのが印象的であった。本書で描かれた内容よりもさらに心痛む、苦々しい体験とはどのようなものであるのか、私には想像することもできない。

本書の訳出と出版に関しては多くの方々にお世話になった。とりわけチベット族の留学生諸君からは、訳出に関することのみならず、ナクツァン・ヌロ氏との面会をお膳立てしてもらうなど、様々な助けを得た。彼らの助力なしでは、この翻訳を完成させることはできなかったろう。

本書の内容に関して、その歴史的な背景、とりわけ中華人民共和国建国初期の、共産党による少数民族政策の変遷に関する説明を付けることは、どうしても必要であった。阿部治平先生には私の不躾な願いを諒とされ、必ずしも体調の優れぬ中、熱量の籠った解説を書いてくださったことに心からの御礼を申し上げたい。

インドのダラムサラで学び、日本で唯一のチベット医（アムチ）となった小川康さんには文中に出てくる植物や薬に関して御教示いただいた。また、牧民の用いる道具や食物、植物名等に関しては、東京外国語大学の星泉先生を中心とするグループが編纂した「チベット牧畜文化辞典」が非常に有益であった。台湾からの留学生である李崇瑜君が手に入れてくれた漢訳版は、本書の訳業を進める際に非常に役立った。

末筆ながら集広舎への紹介の労を取ってくださった旧友の三浦順子さん、本書の意義を認め、出版に向けて御尽力いただいた集広舎社長の川端幸夫さん、編集者の月ヶ瀬悠次郎さん、本書の表紙のために美しいイラストを描いてくださった泉一聞さんに御礼を申し上げたい。

- Dikötter, Frank
  2010 Mao's Great Famine. Walker Publishing Company.
- Ekvall, Robert B.
  1964 Peace and War Among the Tibetan Nomads. In American Anthropologist, 66:1119-48.
- Erhard, Franz Haver
  2014 Remembering History in Amdo: Three Literary Accounts for the Years from 1956 to 1976. Journal of Research Institute: Historical Development of the Tibetan Languages. vol.51, pp.193-123.
- Goldstein,Melving and Daweisherap , Siebenschuh ,William R.
  2003 A Tibetan Revolutionary :The Political Life and Times of Bara Phuntso Wangye . University of Califonia Press.
- Li An-Che
  1982. Labrang.(李安宅の調査報告) 中根千枝(編)東京大学東洋文化研究所
- Makley, Charlene
  2010 Minzu, Market, and the Mandala. National Exhibitionism and Tibetan Buddhist Revival in Post-Mao China. In Tim Oaks & Donald S. Sutton(eds.) Faiths in Display. Rowman & Littlefield.
- Naktsang Nuro
  2014 My Tibetan Childhood. Duke University Press.
- Nietupski, Paul Kocot
  2011. Labrang Monastery. A Tibetan Buddhist Community on the Inner Asian Borderlands, 1709-1958. Lexington Books.
- Panchen Lama The 10th
  1997 A Poisonal Arrow :Secret Report of the 10th Panchen Lama. Tibet Information Network.
- Pirie, Fernand
  2008. Violence and Opposition among the Nomads of Amdo: Expectations of Leadership and Religious Authority. In Fernanda Pirie &Toni Huber (eds.) Conflict and Social Order in Tibet and Inner Asia, pp.217-240. Brill.
  2012. Legal dramas on the Amdo Grasslands: Abolition, Transformation or Survival? In Katia Buffetrille(ed.) Revisiting Rituals in a Changing Tibetan World, pp.83-107. Brill.
- Samuel, Geoffrey
  1993 Civilized Shamans. Smithonian Institution Press.
- Sulek, Emilia Roza
  2014 Like an Old Tent at Night: Nagtsang Boy's Joys and Sorrows or a Personal History of the Years 1948-1959 in Tibet. Tibet Journal. pp.121-143.

- 河口慧海
  2015『チベット旅行記』(上・下)中公文庫
- 金子英一
  1982『チベットの都 ラサ案内』平河出版
- 木村肥佐男
  1982『チベット潜行十年』中公文庫
- シンジルト
  2003『民族の語りの文法 中国青海省モンゴル族の日常・紛争・教育』風響社
- スコット、ジェームズ・C
  2013『ゾミア 脱国家の世界史』みすず書房
- ツェラン・トンドゥプ
  2017『黒狐の谷』勉誠出版
- 棚瀬慈郎
  2017「ラブラン僧院の現状について」チベット文化研究会報第40号、1-4頁
- 旦却加(デンチョクジャブ)
  2018「アムドチベットにおける地域紛争に関する研究」博士論文 滋賀県立大学
  2019「紛争と調停の人類学―青海チベット牧民の事例から―」はる書房
- 南太加(ナムタルジャ)
  2018『変わりゆく青海チベット牧畜社会』はる書房
- 西川一三
  1990『秘境西域八年の潜行』中公文庫
- 星泉・海老原志穂・南太加・別所裕介(編)
  2020『チベット牧畜文化辞典』東京外国語大学アジア・アフリカ研究所
- 山口瑞鳳
  1987、1988『チベット』上・下東京大学出版会
- 楊海英
  2014『チベットに舞う日本刀』文藝春秋
- 余華
  2012『ほんとうの中国の話をしよう』(原タイトル:『十個詞彙裡的中国』)河出書房新社

英語

- Akester, Matthew
  2016 Jamyang Khyentse Wangpo's Guide to Central Tibet. Serinda.
- Barnett, Robert
  2014 Introduction. In Naktsang Nulo, My Tibetan Childhood. pp. xv-li. Duke University Press.
- Daweixirao
  ? A Brief Biography of Phuntsok Wanggel Garanangpa.

- 青海省人口普査辦公室 編
  1995『青海民族人口』中国統計出版社
- 四川省巴塘県志編纂委員会 編纂
  1993『巴塘県志』四川民族出版社
- 孫懐陽、程賢敏 主編
  1999『中国蔵族人口与社会』中国蔵学出版社
- 西蔵自治区党史資料徴集委員会・西蔵軍区党史資料徴集領導小組 編
  1995『平息西蔵叛乱』西蔵人民出版社
- 西蔵自治区党史資料徴集委員会等 編
  1995『和平解放西蔵』西蔵人民出版社
- 西蔵自治区党史資料徴集委員会 編
  1995『中共西蔵党史大事記』西蔵人民出版社
- 邢海寧
  1994『果洛蔵族社会』中国蔵学出版社
- 楊林多吉等
  2000『在康巴』四川民族出版社
- 扎扎(zha zha)
  2000『拉卜楞寺活佛世系』甘粛民族出版社
- 中共甘粛省統戦部
  1988『甘粛統戦史略』甘粛人民出版社
- 中共甘孜州委党史研究室
  1993『紅軍長征在甘孜蔵区』成都科技大学出版社
- 中共西蔵自治区委員会党史資料徴集委員会 編
  1991『西蔵革命史』西蔵人民出版社
- 中共中央統一戦線部 編
  1991『民族問題文献滙編 1921・7～1949・9』中共中央党校出版社
- 中国人民政治協商会議青海省委員会文史資料研究委員会 編
  1991『青海文史資料選集 第1～20集』

日本語

- 青木文教
  2015『秘密国チベット』芙蓉書房出版
- 上原周子
  2009『チベット族による民族間紛争の解決に関する人類学的研究―中国青海省海東化隆回族自治県における事例から』博士論文 北海道大学
- 梅棹忠夫
  1991『回想のモンゴル』中公文庫

参考文献

チベット語

- nags tshang nus blo（ナクツァン・ヌロ）
  2007 nags tshang zhi lu'i skid sdug. 青海西寧印刷
  2008 nags tshang zhi lu'i skid sdug. kha ba dkar po kyi srid gzhung khang.（ダラムサラ版）
  2016 nags tshang rgad po'i 'bel gtam（私家版）
- tshul khrims blo gros（慈誠羅珠）編著
  2016 bod kyi srol rgyun tha snyad ris 'grel ming mdzod（蔵族伝統詞図解詞典・上巻）四川民族出版社

漢語

- 北京大学社会学人類学研究所・中国蔵学研究中心 主編
  1997『西蔵社会発展研究』中国蔵学出版社
- 陳慶英、何峰 編
  2002『蔵族部落制度研究』中国蔵族出版社
- 丹増、張向明
  1991『当代中国的西蔵』当代中国出版社
- 当代中国民族工作編集部
  1989『当代中国民族工作大事記 1949〜1988』民族出版社
- 党史資料辦公室
  1991『中共夏川県党史資料』
- 得栄・沢仁鄧珠
  2001『蔵族通史・吉祥宝瓶』西蔵人民出版社
- 格勒
  1984『甘孜蔵族自治州史話』四川民族出版社
- 降辺加措
  1989『班禅大師』東方出版社（池上正治訳 1991年『パンチェン・ラマ』平河出版社）
  2000『感謝生活』民族出版社
- 李安宅、于式玉
  2002『李安宅-于式玉蔵学文論選』中国蔵学出版社
- 李江淋
  2013『當鐵鳥在天空飛翔 1956−1962 青藏高原上的秘密戦争』聯經出版
- 李志剛
  2004「蔵族人民的優秀児子」雑誌『青海蔵族 2004年第1期』青海蔵族研究会刊行
- 納倉・怒羅（ナクツァン・ヌロ）
  2011『那年・世時翻轉』雪域出版社

略歴

著者　ナクツァン・ヌロ（Naktsang Nuro / 納倉・怒羅）

1948年チュカマ（現中国甘粛省甘南チベット族自治州瑪曲県斉哈瑪）生まれ。1964年玉樹州民族師範学校卒業。チュマル県人民法院副院長、チュマル県副県長などを歴任。1993年退官。

訳　棚瀬 慈郎（たなせ・じろう）

1959年愛知県生まれ。1990年京都大学大学院文学研究科博士課程研究指導認定退学。現在滋賀県立大学教授。著書に『インドヒマラヤのチベット世界 ――「女神の園の民族誌」』（明石書店）、『ダライラマの外交官ドルジーエフ ―― チベット仏教世界の20世紀』（岩波書店）、『旅とチベットと僕 ―― あるいはシャンバラ国の実在について』（講談社）などがある。

解説　阿部 治平（あべ・じへい）

1939年長野県生まれ。1962年東京教育大学農学部卒業。高校教員を経て中国で日本語教師生活十数年。著書に『中国地理の散歩』（日中出版）、『黄色い大地、悠久の村 ―― 黄土高原生活誌』（青木書店）、『もうひとつのチベット現代史 ―― プンツォク・ワンギェルの夢と革命の生涯』（明石書店）、『チベット高原の片隅で』（連合出版）などがある。

ナクツァン
～あるチベット人少年の真実の物語～

令和2年（2020年）11月1日　初版第1刷発行

著 ……………………………… ナクツァン・ヌロ
訳 ……………………………… 棚瀬 慈郎
解説 ……………………………… 阿部 治平
発行者 ……………………………… 川端 幸夫
発行 ……………………………… 集広舎

〒812-0035 福岡市博多区中呉服町5番23号
電話 092-271-3767　FAX 092-272-2946
https://shukousha.com/

装幀・組版 ……………………………… 月ヶ瀬 悠次郎
印刷・製本 ……………………………… モリモト印刷株式会社

ISBN 978-4-904213-98-8 C0023